U0474575

国家社科基金
后期资助项目

从"梦中道路"
到"革命的路"
——何其芳文学道路研究

周思辉 著

From "Dreamy Road" to "Revolutionary Road":
Research on He Qifang's Literary Path

西南大学出版社
国家一级出版社 全国百佳图书出版单位

图书在版编目(CIP)数据

从"梦中道路"到"革命的路"：何其芳文学道路研究 / 周思辉著 . -- 重庆 : 西南大学出版社, 2023.12
ISBN 978-7-5697-2180-5

Ⅰ. ①从… Ⅱ. ①周… Ⅲ. ①何其芳（1912-1977）—文学思想—研究 Ⅳ. ①I206.7

中国国家版本馆CIP数据核字(2024)第016966号

从"梦中道路"到"革命的路"——何其芳文学道路研究
CONG "MENGZHONG DAOLU" DAO "GEMING DE LU" ——HE QIFANG WENXUE DAOLU YANJIU

周思辉　著

| 责 任 编 辑：李晓瑞 |
| 责 任 校 对：畅　洁 |
| 装 帧 设 计：闻江文化 |
| 照　　　排：夏　洁 |
| 出 版 发 行：西南大学出版社（原西南师范大学出版社） |
| 　　　　　　网　　址：http://www.xdcbs.com |
| 　　　　　　地　　址：重庆市北碚区天生路2号 |
| 　　　　　　邮　　编：400715 |
| 　　　　　　电　　话：023-68868624 |
| 印　　　刷：重庆市圣立印刷有限公司 |
| 成 品 尺 寸：165 mm × 238 mm |
| 印　　　张：24 |
| 字　　　数：461千字 |
| 版　　　次：2023年12月　第1版 |
| 印　　　次：2023年12月　第1次印刷 |
| 书　　　号：ISBN 978-7-5697-2180-5 |
| 定　　　价：72.00元 |

国家社科基金后期资助项目
出版说明

  后期资助项目是国家社科基金设立的一类重要项目，旨在鼓励广大社科研究者潜心治学，支持基础研究多出优秀成果。它是经过严格评审，从接近完成的科研成果中遴选立项的。为扩大后期资助项目的影响，更好地推动学术发展，促进成果转化，全国哲学社会科学工作办公室按照"统一设计、统一标识、统一版式、形成系列"的总体要求，组织出版国家社科基金后期资助项目成果。

全国哲学社会科学工作办公室

序

高恒文
(天津师范大学教授,博士生导师)

何其芳的思想和创作的转变,是众所周知的事实,但这个事实作为一个史实,即转变的由来、发生、发展及其结果,却未必众所周知,这就是思辉这本专著——《从"梦中道路"到"革命的路"——何其芳文学道路研究》的学术价值。

很显然,全国抗战爆发之后奔赴延安,是何其芳思想和创作之转变的明显标志。在延安,他热情地"为少男少女们歌唱"(《我为少男少女们歌唱》),这"少男少女"迥异乎他在北平写作的诗中的"成天凝望着悬在壁上的宫扇"的"少女"(《扇》),更不是令他失望的那个"无语而来""无语而去"的"年轻的神"(《预言》)。《我为少男少女们歌唱》中以下几行诗句,尤其值得注意:

> 轻轻地从我琴弦上
> 失掉了成年的忧伤
> 我重新变得年轻了
> 我的血流得很快
> 对于生活我又充满了梦想,充满了渴望

这里的"忧伤""梦想",以及"成年""年轻",曾经是何其芳20世纪30年代的京派时期的作品中的关键词,例如他在《柏林》中说:

> 我昔自以为有一片乐土,
> 藏之记忆里最幽暗的角落。
> 从此始感到一种成人的寂寞,
> 更喜欢梦中道路的迷离。

由此可见,从《柏林》到《我为少男少女们歌唱》,虽然诗的语言具有一定的承续性,但关键词的内涵有了根本性的变化。当然,这只是诗人的思想和创作的变化表现在诗的语言上的表征。从这样一个文本分析的角度,似乎可以更为确切地看出何其芳思想和创作的变化。

但是我所谓的思辉这本专著的学术价值,并不仅仅是通过这样的对比分析、论证从而揭示何其芳的思想和创作的变化,而是对这种转变的由来、发生、发展的演变过程的叙述和分析。这方面的具体内容,自然不必在这里转述了,但我特别提示的是,本书对何其芳的思想和创作的演变过程的叙述和分析,以何其芳的"新月时期"的创作作为起点,这是极有见地的。问题并不在于"新月时期"仅仅是何其芳创作的开始这样一个简单的事实,而是在于"新月时期"的创作之于何其芳创作变化之分析的意义。何其芳"新月时期"的创作与新月派诗一样,是典型的浪漫主义的诗,爱与美是其唯一的主题,也就是说,浪漫主义的创作,是何其芳创作的起点。这不是受新月派诗风影响的问题,而是何其芳诗人气质使然,所以即使在"京派时期",虽然在艺术上曾经感染现代主义诗风,但其思想上的浪漫主义个性却无变化,甚至由浪漫主义进而唯美主义,沉湎于"梦中道路的迷离",诚乃"美的偏至"(参阅解志熙《美的偏至》,第二章第四节"厌世的'画梦者':废名、梁遇春和何其芳的幻美之旅",上海文艺出版社,1997年,第128—149页)。由此,对何其芳"新月时期"的浪漫主义的创作个性的"再发现""再阐释",其重要意义在于,揭示了何其芳思想和创作转变的一种"内在理路",即由文学浪漫主义走向政治浪漫主义。从广义上说,文学浪漫主义与政治浪漫主义具有"家族相似性"(family resemblance),同质异构,出自同一"基因"。让-雅克·卢梭(Jean-jacques Rousseau)则是二者思想和精神的"教父"。那么,就何其芳而言,由呼唤"年轻的神"到"我为少男少女们歌唱",这种文学创作的变化,来自他的由文学浪漫主义走向政治浪漫主义的思想变化,然而变化中有其不变的思想实质,这个思想实质就是文学浪漫主义和政治浪漫主义的本质的同一性。

我以为,从这个意义上说,何其芳的这种变化,其实并非孤例。比如闻一多,作为新月派代表性的诗人,其浪漫主义的诗风和思想个性,自不待言;再由给予徐志摩深刻印象的室内布置以及为徐志摩的散文集《巴黎的鳞爪》所作的封面设计来看,其唯美、颓废的审美趣味十分明显。那么,他在20世纪30年代躲进书斋研究古典文学,40年代在讲台上批评时政,这两个看似截然相反的思想向度,其实都是其浪漫主义之思想个性的鲜明体现,一种浪漫主义者常有的那种对社会、政治极度失望、愤怒之后的激烈(或曰极端化)表现。其实,这种思想特征,曾经十分明显地体现在其名作《死水》之中,特别是最后一节:

> 这是一沟绝望的死水,
> 这里断不是美的所在,
> 不如让给丑恶来开垦,
> 看它造出个什么世界。

"美"与"丑恶","绝望"之后的愤然、决然,诗人的思想表现得极为情绪化、极端化。躲进书斋,不问世事,研究古典文学,就是"不如让给丑恶来开垦,/看它造出个什么世界"这种思想的使然?

当然,不能因为强调、突出思想的内在原因,而忽略了来自社会现实的外在原因。对此,《从"梦中道路"到"革命的路"——何其芳文学道路研究》已有详细的论述。这里,补充两条材料,以为佐证。

一为内证。1934年,何其芳发表《古城》一诗。诗的第一、二节如下:

> 有客从塞外归来,
> 说长城象一大队奔马
> 正当举颈怒号时变成石头了。
> (受了谁的魔法,谁的诅咒!)
> 蹄下的衰草年年抽新芽。
> 古代单于的灵魂,
> 已安睡在胡沙里,
> 远戍的白骨也没有怨嗟……
>
> 但长城拦不住胡沙
> 和着塞外的大漠风
> 吹来这古城中,
> 吹湖水成冰,树木摇落,
> 摇落浪游人的心。

"但长城拦不住胡沙/和着塞外的大漠风/吹来这古城中",隐喻日军逼近北平,"古城"实乃"边城"。接着第三、四、五节书写"悲这是故国,遂欲走了,/又停留……"的感怀,以"望不见落日里黄河的船帆,/望不见海上的三神山……"两行结束。这是类似《离骚》"及果'远逝'矣,乃'临睨旧乡',终'顾而不行'"①的情怀,"念念不忘,重言曾欷,危涕坠心"②。这也是何其芳诗作之浪漫主义特性的表现,写法也同样来自《离骚》。钱锺书《管锥编》论《离骚》云:"忧思难解而以为迁地可逃者,世人心理之大顺,亦抒情之常事,而屈子此作,其巍然首出者也。逃避苦闷,而浪迹远逝,乃西方浪漫主义诗歌中一大题材,足资参印。"③然而,这首《古城》的最后一节,尤其值得注意:

> 悲世界如此狭小,又逃回
> 这古城。风又吹湖冰成水。
> 长夏里古柏树下
> 又有人围着桌子喝茶。

"长夏里古柏树下/又有人围着桌子喝茶",这最后两行,出人意料地呈现一个极为庸常性的日常生活场景,悠闲喝茶,与诗的第一部分客说长城隐喻战争灾难即将来临、第二部分诗人"悲这是故国"而欲走又留,形成强烈对比。这是双重对比:一是具有重大意义的民族灾难即将来临的紧张、危急的态势,与市民对此麻木无知或漠不关心的悠闲、自足的表现,形成紧张的对比;二是诗人对如此之国势危涕坠心,与市民之宛如天下太平的安闲适意,形成鲜明的对照。这显然是何其芳关心世事,不再沉湎于"梦中道路的迷离"的表现。更重要的是,"喝茶"二字似乎意味深长。我在正在写作的一本书稿中,这样分析了"喝茶"这个细节:

> 如此"边城",尚且如此悠闲"喝茶",寄讽刺批判于反讽。"喝茶",或出典于著名的今典。这首诗发表于1934年7月出版的《文学季刊》第1卷第3期,正是同年4月《五十自寿诗》发表并立即引发左翼激烈批判之际,且发表在左翼文学杂志,这个文学史细节,似未引起研究

---
① 钱锺书:《管锥编》,中华书局,1986年,第597页。
② 钱锺书:《管锥编》,中华书局,1986年,第585页。
③ 钱锺书:《管锥编》,中华书局,1986年,第583页。

者的注意。如果诗中最后这两个字"喝茶",出典于"且到寒斋吃苦茶",那么何其芳1938年对周作人即将叛国投敌的严词谴责(参阅卞之琳《何其芳与〈工作〉》,载《新文学史料》,1983年第1期),显然就不是因为一时的人事变化,而是由来已久。

何其芳显然是以"喝茶"这一细节,含蓄地批评了周作人自诩"闲适"以示高蹈的思想和人生态度。那么,这表明何其芳早在20世纪30年代中期就开始了某种程度的思想变化。

二是外证。叶公超是京派著名的成员,文章很少,却是京派文学思想的明确体现者。1934年,叶公超发表《现实世界与艺术世界》,开篇即云:

> 常谈时代与文学的人,尤其是那些以时代来要挟文学的人,似乎只能意识到两种世界的存在:一是他们身外的现实世界,这里至少有风花雪月或者农工暴动,一是与外界接触后而产生的情感世界,这里至少有悲欢离合或是被压迫阶级的苦痛。他们没有想到在这二界之外还有一个影响于他们自己很大的世界,一个比他们所知道的现实世界更真实、更亲切的世界。这就是本文要讨论的"艺术世界"。

这显然是对左翼文学理论和创作的批评。然而,1939年,叶公超发表《文艺与经验》,批评"现阶段的文艺":一是就小说而言,"我们周围一切逼人注意的现实……(按,引略)还都未走进我们的文艺";二是就新诗而论,"情调过于单调","我并不主张放弃了抒情诗来写史诗——我自己是最爱读抒情诗的人,——我只指出这个缺点来证实我们文艺意识是过于狭隘了"。最后提出这样的主张:

> 我们只希望一般作者要在这个时期里把他们知觉的天线树立起来,接收着这全民抗战中的一切。

可见从1934年的《现实世界与艺术世界》到1939年的《文艺与经验》,叶公超的文学观发生了巨大的变化。从新月派到京派,叶公超是中国现代文学流派的两朝元老,是所谓"纯正"的文学"趣味"的代表;从新月派到京派,何其芳成长为著名作家,追求的也是所谓"纯正"的文学"趣味"。叶公超和何其芳这样不约而同地走出了京派文学"趣味"的范围,这实在是一个意味深长的事实。叶公超不仅呼吁文学表现"时代""现实",而且不久毅然从政,虽然走的不是何其芳的"革命的路",但时代的变化引发了个人思想的变化,他的思想变化的外在原因,却与何其芳几乎是一样的。

《从"梦中道路"到"革命的路"——何其芳文学道路研究》,原是思辉的博士论文,现在经过大幅的修改、充实,当更上层楼。草作此序,似为当年师生商讨"何其芳文学道路"的延续,实则青出于蓝,思辉的学术境界应该已经独上高楼了。

目录
CONTENTS

绪 论 ·· 001
    第一节　研究的意义 ··· 001
    第二节　国内外研究现状 ·· 006

第一章＞新月时期 ·· 031
    第一节　新月时期作品的存在 ··································· 031
    第二节　在虚幻的文学世界追寻青春的理想 ················ 034

第二章＞京派时期 ·· 042
    第一节　文学境遇与创作心态 ··································· 043
    第二节　"刻意""画梦"与"精致""唯美"的创作 ········ 056

第三章＞奔赴延安 ·· 067
    第一节　"打算专心写报告" ····································· 067
    第二节　"我倒是有一点厌弃我自己的精致" ··············· 070
    第三节　"巨大的转变中何其芳失去了所有的读者" ······ 073
    第四节　"一种被压抑住的无处可以奔注的热情" ·········· 076

第四章 > "新我"与"旧我"的矛盾 086
    第一节　报告文学写作与两次论争 086
    第二节　"写熟悉的题材"与"关门提高" 104

第五章 > 延安文艺座谈会之后的思想转变 110
    第一节　"改造自己，改造艺术" 110
    第二节　思想的进一步变化 116

第六章 > 延安文艺座谈会之后的创作 124
    第一节　关于《叹息三章》和《诗三首》的论争 124
    第二节　无声的"美人鱼" 130
    第三节　重庆时期的诗创作 135
    第四节　杂文、报告文学创作 139

第七章 > 新中国成立后何其芳现代诗创作道路 149
    第一节　新中国成立后现代诗书写 150
    第二节　新中国成立后现代诗的思想内容 163

第八章 > 新中国成立后何其芳的古体诗创作道路 177
    第一节　古体诗创作："来者可追当益壮" 177
    第二节　公共话语与唯美主义书写 189
    第三节　古体诗的艺术特色 198

第九章 新中国成立后何其芳的散文选编 ············ 203

第一节　"何其芳现象"提出及其背后的隐微表达 ········ 205

第二节　走向延安的道路 ·························· 210

第十章 何其芳晚年的译诗之路 ···················· 216

第一节　译诗概况 ······························ 216

第二节　译诗的思想内容 ·························· 225

第三节　译诗的艺术特色 ·························· 238

第十一章 《预言》隐微修订与何其芳文学道路转型 ······ 248

第一节　《预言》：何其芳京派时期诗创作的结晶 ········ 248

第二节　《预言》文化生活出版社初版本与新文艺出版社重刊本异同之比较 ·································· 258

第三节　从发表本到初版本、重印本：异文和版本的变异 ······ 270

第十二章 何其芳的文艺批评道路 ···················· 287

第一节　何其芳的《论〈红楼梦〉》 ·················· 288

第二节　何其芳的《论阿Q》 ······················ 301

第三节　何其芳的新诗定义及其理论 ·················· 314

第四节　何其芳现代格律诗理论 ···················· 322

结　语 ·· 339

参考文献 ······································ 344

后记 ·· 363

绪 论

本书是对何其芳思想和创作的整体研究，着重研究他从一个浪漫而唯美的作家如何转变为一个革命作家的复杂的文学道路。

迄今为止，关于何其芳的研究，已经有了很多重要的研究成果，但从国内外研究的整体上看，大多集中在对作为"京派"作家的何其芳的思想和创作的研究，或者是对所谓的"何其芳现象"——从"京派"作家到革命作家的问题的研究，相对而言，从整体上研究何其芳的思想和创作，并从人生、思想的经历考察何其芳思想、创作的转变，研究成果比较单薄，更没有很好地发掘出何其芳的转变在20世纪三四十年代知识分子转变大潮中的普遍性与典型性意义。同时，已在新中国成立前从唯美主义作家转变为革命作家的何其芳，新中国成立后其思想与创作仍然充满"新我"与"旧我"的矛盾冲突，充分体现了转型的不彻底性与复杂性。这种现象在知识分子转型中也具有典型性和代表性，内中隐情不是一个"何其芳现象"所能解释清楚的，所以在何其芳转变研究中还有很多问题需要进行深入而细致的研究。

第一节 研究的意义

何其芳（1912—1977）是中国现代文学史上著名的诗人、散文家、文艺理论批评家。他出生于四川万县（今重庆万州）一个地主家庭，从小接受了严格的私塾教育。因当时动荡不安的时局及家乡土匪横行，他从小就开始躲避土匪，甚至要到远在湖北的亲戚家避祸、生活。残酷的生活环境使他一心扑在充满着美好、幻想的书籍中，由此沉醉，他阅读了大量古文经典，孕育了深厚的古文功底。他在就读小学和初中时走进了五四新文学，阅读了冰心、泰戈尔等人的作品，同时开始创作。

1929年夏，何其芳在重庆治平中学毕业，在家人不同意他去上海求学的情况下离家出走，同方敬等人奔赴上海，进入上海中国公学读预科。

1930年上半年,他同时考取清华大学外文系和北京大学哲学系。1930年秋进入清华大学外文系,几个月后,因无高中文凭被清华开除。在困顿中,他进入北京四川人创办的夔府会馆,直到1931年秋才在四川同乡曹葆华的帮助下进入北京大学。1929年秋,何其芳进入中国公学读预科到1931年秋,这一时期模仿新月派诗进行创作,由此留下了一批带有明显新月派特征的诗,也就是笔者认为的是他创作上的"新月时期"。

进入北京大学读书,何其芳开始了"京派时期"的创作。1932年,他以真名"何其芳"在上海著名的《现代》文学杂志上发表诗作《季候病》《有忆》,由此"诗坛瞩目,读者喜爱"[1],也为他"赢得了诗名"[2]。后与卞之琳、李广田合编诗集《汉园集》,三人因此被文坛誉为"汉园三诗人"。1945年,个人诗集《预言》《夜歌》的出版发行为他赢得极高的诗人美誉的同时,也奠定了他在中国现代诗坛的地位。1936年,充满唯美主义色彩的散文集《画梦录》,凭借其"是一种独立的艺术制作,有它超达深渊的情趣"[3]获得《大公报》文艺奖金,更让他蜚声文坛。《画梦录》的获奖更夯实了他唯美主义作家的称号。大学毕业后,走出"象牙塔"的他随着生活和思想的转变,渐渐厌弃了自己的精致,其文风也由雕饰唯美趋向平实稳健,以散文集《还乡杂记》及1936—1938年间创作的诗为代表。

1937年全国抗战爆发后,何其芳最终走向了延安并留在延安参加革命。经过整风运动和延安文艺座谈会的洗礼,并两次作为使者赴重庆宣讲毛泽东《在延安文艺座谈会上的讲话》(以下简称《讲话》)和从事统一战线工作,他由一个浪漫的唯美主义作家转变为革命作家,这种转变作为20世纪三四十年代一种重要的知识分子转变现象引起学界后来的高度关注与争议。

1949年新中国成立后,何其芳原本已经从思想和创作上转变为一个完整意义上的革命主义作家,思想上信奉的是马列主义和毛泽东文艺思想,创作上也努力践行毛泽东《在延安文艺座谈会上的讲话》精神,但在践行的过程中思想与创作却出现了矛盾,他无法协调思想认同与创作追求的矛盾冲突,在这种矛盾的思想下,他的创作出现波动,个人抒情的急于表达与革命集体主义精神阐发的追求无法有效融合,他一度出现放弃创作的现

---

[1]方敬、何频伽:《早年读诗写诗》,载《何其芳散记》,四川教育出版社,1990年,第36页。
[2]方敬、何频伽:《早年读诗写诗》,载《何其芳散记》,四川教育出版社,1990年,第36页。
[3]萧乾:《大公报文艺奖金》,《读书》1979年第2期。

象。尤其是到后期，何其芳甚至学做古体诗，出现了翻译诗歌这种以译代作的现象。总体上看，何其芳的文学道路贯穿着一条主线，这条主线就是从浪漫唯美主义作家向革命主义作家不断转变的过程。从唯美到革命的转变并非直线前进而是有着时常反复的过程，这牵涉他的人生经历、思想与创作观的变化、外部政治社会语境的变迁等内在和外在的多重因素。所以，通过何其芳的转变研究他的文学道路可以探析一代知识分子转型的意义和当代价值。

周扬曾在《认真勤奋的何其芳》一文中提出过这样一个问题："其芳同志自己曾说，他的来到延安，是'一个平常的故事'……但其中也有着不平常的意义。这个《画梦录》的作者，他以刻意追求形式、意境的美妙，表现青春易逝的哀愁和带点颓伤的缥缈的幽思见长；他和现实生活似乎离得相当遥远，他怎么走到革命的道路上来了呢？"①这一问题的提出对何其芳思想转变的研究方向具有重要的启示意义。除此之外，1938年与何其芳一起奔赴延安的沙汀在听说了澳大利亚学者要对何其芳的思想转变问题进行研究后，也认为这一选题不错，并且提到何其芳由远离现实政治的诗人转变为革命战士，在中国知识分子界有代表性。②沙汀所说的澳大利亚学者当指庞尼·麦克道高尔（Bonnie S.McDaugall），她编选并译成英译本的何其芳诗文选集《梦中的道路》，③在卷首语及后记《何其芳的文学成就》中，探讨了何其芳在不同时期文学观的变化和文学成就，认为何其芳"很典型地代表了他这一辈的许多知识分子：出身于地主阶级或城市资产阶级，在一九三七至一九四五年的抗日战争中间，否定了自己的过去，接受了共产主义"④。可见，何其芳的转变问题早就引起了国内外研究者的关注。

20世纪30年代，抗日战争爆发，知识分子们在民族责任感的巨大感召下，放弃了单纯的文学艺术追求而走向民族解放战争的前线。何其芳由唯美主义作家转变为革命作家的文学道路既有普遍性又有典型性，其中的转变过程十分艰难。

自20世纪30年代以降，学界对何其芳的转变争议不断，他们普遍认

---

① 周扬：《〈何其芳文集〉序》，《人民日报》1982年3月3日。
② 沙汀：《〈何其芳选集〉题记》，《文艺研究》1979年第1期。
③ 庞尼·麦克道高尔（Bonnie S.McDaugall）编选、翻译《梦中的道路：何其芳散文诗歌选》(Paths in Dreams：Selected Prose and Poetry of Ho Ch'i-fang, University of Queensland Press, 1976)。
④ 文洁若：《梦的道路——何其芳诗文选》，《新文学史料》1979年第2期。

为,何其芳的转变是"思想上进步,艺术上退步",何其芳本人对"思想上进步,艺术上退步"的说法有过详细的说明,他说:"我发现了这样一个事实:当我的生活或我的思想发生了大的变化,而且是一种向前迈进的变化的时候,我写的所谓散文或杂文却好像在艺术上并没有什么进步,而且有时甚至还有些退步的样子。"①这也被有的学者称为"何其芳现象",但也有论者认为他的转变是一条正确的道路。直到20世纪末,樊骏还以专文论述这一问题,他认为何其芳具有重大研究价值,从唯美主义到马克思主义的转变就包含很多值得研究的题目,而且"从30年代中期成名以来,何其芳就一直是个对他有不同理解、不同评价的人物,彼此意见分歧很大,到现在依然如此。这不仅是何其芳个人的问题,同时也涉及到现代文学的发展、知识分子的道路等带有普遍意义的课题,有很丰富的内涵,而且具有现实意义"②。尽管对于何其芳的文学道路这一选题,学界已有相关的研究成果,但缺乏全面深入系统的研究,也没有很好地揭示出他转变的复杂性、普遍性和典型性意义,所以这一课题还有进一步研究的必要。本书从整体上考察何其芳的思想与创作,以其创作的作品为主要研究对象,通过研究其思想和创作的转变过程,试图揭示他的文学道路在20世纪三四十年代知识分子转变大潮中的普遍性、典型性和复杂性。

从普遍性来说,全国抗战爆发,"中国的知识分子也就进入了另一个时代,再也没有窗明几净的书斋,再也不能从容缜密的研究,甚至失去了万人崇拜的风光……伴随的总是摆脱不尽的灾难和恐怖"③。在民族灾难面前,作家们纷纷选择"文章下乡,文章入伍"④,认为"文化是反侵略的最锋利的武器",所以要以笔为枪"去'消灭'侵略者的灵魂"。⑤为国家和民族解放而战的使命感,掀起作家转变的高潮,使这种转变带有普遍性。孔罗荪认为,"战争所引发的作家生活方式、生活状态的改变,主要表现为两个方面,一是'回乡',二是'参加战争'。"⑥这两个方面的改变,概括了战争中作家们转

---

① 何其芳:《散文选集·序》,载何乃光编《画梦人生:何其芳美文》,花城出版社,1992年,第261页。
② 《满怀信心迈向新世纪——〈文学评论〉创刊40周年学术座谈会纪要》,《文学评论》1998年第1期。
③ 贾植芳:《在这个复杂的世界里——生活回忆录》,《新文学史料》1992年第1期。
④ "文章入伍,文章下乡"这一说法见《抗到底》1938年第5期。
⑤ 《作家战地访问团告别词》,《抗战文艺》1939年第4卷第3、4期合刊。
⑥ 钱理群:《"文章入伍":抗战初期的战地文化活动》,《中国现代文学编年史——以文学广告为中心(1937—1949)》,北京大学出版社,2013年,第103页。

变的普遍方式,而何其芳在全国抗战爆发后即回到家乡从事宣传抗战的工作,后又奔赴延安参加革命,他的这种转变方式正体现出了一种普遍性。同时,何其芳的转变又有独特性和典型性。首先,他是"京派"文人,更是唯美主义作家,因为抗战,他从一个浪漫的唯美主义作家最终转变为革命作家,相较其他作家,这种转变是巨大的,也是典型的。其次,何其芳与卞之琳、沙汀一道奔赴延安,三人最初去延安都没有长期留在延安的打算,因种种原因,卞之琳、沙汀执意离开延安,只有何其芳最终留在了延安。卞之琳也是"京派"文人,沙汀是"老左联",在延安去留问题上,何其芳确实有独特性和典型性。即使在延安,何其芳在知识分子中依然是典型的,他在延安文艺座谈会召开期间就"带头忏悔"①,并"甘愿向无产阶级缴械"②。延安文艺座谈会之后,他在思想和创作上以《讲话》为准则,"改造自己,改造艺术",最终成为一名思想坚定的革命作家。当年的鲁艺学生岳瑟在《鲁艺漫忆》中说,何其芳是典型的"京派"文人,他当时能够从"画梦"中醒来,转变为直面人生的革命现实主义者,这事实本身就充分体现出时代的本质,是真正应该在现代文学史上大书一笔的"何其芳现象"③。沈宗澂也说:"何其芳过去曾是极端的抒写个人的诗人,或者散文家,现在却成了最能彻底走向群众的一个。但何其芳的转变比一般人来的艰难……何其芳作了这个时代的知识分子的代表,从过去跨越现在而迈向未来,走上了知识分子应走的路。"④这些都说明何其芳的转变具有典型性。

另外,何其芳的转变具有复杂性。延安文艺座谈会后,即使他转变为革命作家,对艺术上的唯美追求也并没有在他的思想与创作中完全褪去。出于政治环境与自己身份的双重压力,艺术上追求唯美和现实中要求文艺服从政治的矛盾,在他身上产生强烈冲突,"新我"与"旧我"的矛盾并没有完全解决,这种矛盾在他1949年以后的思想和创作中也若隐若现。

对于何其芳的文学道路,必须从何其芳的思想和创作的整体历程来考察,也即把何其芳1949年前后的思想和创作当作一个整体,历史地考察其演变的轨迹。因此,深入、细致地研究何其芳1949年前后各阶段的思想和创作,揭示其特征,具有重要的文学史意义。

---

① 何其芳:《毛泽东思想的阳光照耀着我们》,征求意见本,1977年,第83页。
② 何其芳:《朱总司令的话》,载《星火集续编》,群益出版社,1949年,第155—156页。
③ 岳瑟:《鲁艺漫忆》,载《延安作家》,陕西人民教育出版社,1992年,第226页。
④ 沈宗澂:《何其芳的转变》,《观察》1948年第5卷第2期。

第二节　国内外研究现状

一、国内研究综述

国内对何其芳转变研究主要分为五个时间段：一是1949年新中国成立之前，为研究的起步期；二是新中国成立后到"文革"结束前，研究的停滞期；三是"文革"结束到20世纪80年代末，为研究的发展期；四是20世纪90年代至2012年为研究的较快上升期；五是2013年至今为研究的平稳期。

（一）起步期：1949年新中国成立之前

1937年全国抗战爆发前，对何其芳的研究主要是对其作品的解读，而且往往以书评的方式，其中对《汉园集》和《画梦录》的评点涉及了何其芳的思想、创作观和艺术风格。如张景澄《〈汉园集〉里何其芳的诗》中就比较了《汉园集》中何其芳第一辑诗（1931—1932）和第二辑诗（1933—1934）及1936年诗的区别，认为第一辑的诗"有时还充溢着抒情的气息"，第二辑诗"显出深一层的悲哀了"，对于1936年何其芳诗作，作者则认为其有了一些思想转变，"想他已把整个的人世，看得如浮云了"[1]。袁勃在《读〈汉园集〉》[2]中认为何其芳、卞之琳、李广田诗虽"婉转清脆"，但脱离时代与现实人生。所以，"何其芳，李广田和卞之琳诗歌上的生命，系以'梦'始，亦必以'梦'为终结的"[3]。李影心的《〈汉园集〉书评》认为《汉园集》三诗人的诗充满"现代性"，何其芳则"喜欢梦中道路的迷离，且有那分凋零或杀败艳冶的沉迷与萦系"[4]。刘西渭《读〈画梦录〉》是评点《画梦录》的经典文本，认为何其芳是"一个艺术家""一个画家""更是一位诗人"，《画梦录》中体现出来的是"他把人生里戏剧成分（也就是那动作，情节，浮面，热闹的部分）删去，用一种魔术士的手法，让我们来感味那永在的真理，那赤裸裸的人生的本质"[5]。在艺术手法上，李健吾认为《画梦录》中的篇章和废名的"先淡后浓"不同，《画梦录》是"先浓后淡"。尘无在书评《画梦录》中说何其芳对于艺术

---

[1] 张景澄：《〈汉园集〉里何其芳的诗》，《国闻周报》1936年第13卷第21期。
[2] 袁勃：《读〈汉园集〉》，《诗歌杂志》1937年第3期。
[3] 周木斋：《〈画梦录〉和文艺奖金》，《生活学校》1937年第1卷第3期。
[4] 李影心：《〈汉园集〉书评》，《出版周刊》1937年第237期。
[5] 刘西渭（李健吾）：《读〈画梦录〉》，《文季月刊》1936年第1卷第4期。

的忠诚,差不多到了宗教者的地步。①周木斋的《〈画梦录〉和文艺奖金》②主要着眼点在透过《画梦录》反映出的何其芳的人生观,可以看出何其芳对人生绝不是"空灵"的,是"置之死地而后生""想着死便更能想着生"。以上是全国抗战爆发前对何其芳进行研究的文章,多在思想内容和艺术层面的"点"上批评。因何其芳这时思想上还没有突变,所以,上述论者在评论中几乎没有涉及何其芳的转变问题。

1937年之后,尤其是1938年何其芳奔赴延安,他的转变引起文坛关注。一个极端唯美的诗人、散文家为何突然走向延安参加革命,这无疑使很多人感到震惊。"周作人事件"发生后,何其芳写《论周作人事件》抨击周作人,结果引起争议。徐中玉在一篇书评中说何其芳"你既然做过梦,就不应该醒来!"③。同为"京派"文人的萧乾直接给何其芳写信,并以带有嘲讽的语气说他假如要写《抗战对于作者们的影响》,一定要把何其芳作为例子。"你看,《画梦录》的作者也写出这种文章来了。"④这或许是最早一批对何其芳的转变表示不解的评论。艾青的《梦·幻想与实现——读〈画梦录〉》⑤这篇评论尽管写于1937年夏,却发表于1939年6月1日,这时候的何其芳已经从成都奔赴解放区,并随贺龙部一二○师转战晋西北前线。因某种原因这篇文章1937年并未发表,直到1939年才在《文艺阵地》发表,因为这篇文章"由文及人",评论的是1937年的何其芳,而1939何其芳思想生活已经发生重大变化,所以艾青在这篇文章中有两个附录:"好消息""一点声明"表示对何其芳转变的欣喜和欢迎。这是较早关注何其芳转变的文章,但在正文中艾青以左翼的激进观点抨击何其芳的思想落后,这对于已身处延安的何其芳显然失去了时效性,何其芳也对其进行了反批评,进而引发了两人之间的论争。

1945年,《夜歌》由诗文学出版社出版,收录了何其芳1938年至1942年5月延安文艺座谈会之前的作品。诗集出版后劳辛发表《评〈夜歌〉》,主要从《夜歌》中反映出来的何其芳追求科学思想及对他"新我"与"旧我"斗争中倾向走向"新我"给予正面评价,说《夜歌》"具有独特的优点,因为他有

---

① 尘无:《画梦录》,《光明》1937年第3卷第4期。
② 周木斋:《〈画梦录〉和文艺奖金》,《生活学校》1937年第1卷第3期。
③ 何其芳:《给艾青先生的一封信——谈〈画梦录〉和我的道路》,《文艺阵地》1940年第4卷第7期。
④ 何其芳:《给艾青先生的一封信——谈〈画梦录〉和我的道路》,《文艺阵地》1940年第4卷第7期。
⑤ 艾青:《梦·幻想与实现——读〈画梦录〉》,《文艺阵地》1939年第3卷第4期。

着努力追求科学思想的精神与感觉。它提供给我们以新的人底解放的愉快和向黑暗的努力,向神的势力作不屈斗争的顽强风姿"①。黄药眠的《读〈夜歌〉》,以《夜歌》中的诗为蓝本,分析了何其芳心情矛盾的原因和走向革命的原因。认为前者"并不是如所常见的理智和感情间的矛盾,而是新的感情和旧的感情间的矛盾",后者则是"为了美,他才走进了革命的队伍。也就是说,他为了要使广大的人民的生活更合理,更公道,更调和,所以他才走进了革命的队伍"②。此外,1949年之前关于何其芳的研究文章还有辛迪的《夜歌》。③1942年延安整风开始后围绕何其芳《叹息三章》和《诗三首》等六首诗展开的争论,对何其芳转变问题也略有涉及。④

这一时期真正谈到何其芳道路问题的研究文章是《谈何其芳》《何其芳小论——诗人的道路》《何其芳的转变》。《谈何其芳》一文简单分析了何其芳由唯美诗人转变到革命工作者的现象,对何的转变表示惋惜,认为他转变后对文艺创作不重视了,而且创作水平也下降了。⑤巴丁的《何其芳小论——诗人的道路》认为何其芳走向革命的道路是正确的道路,而且"诗人何其芳的道路,亦就是中国知识分子的道路"⑥。沈宗澂的《何其芳的转变》认为造成何其芳转变的主要原因是作者自身内在矛盾及作者与读者之间的外在矛盾。⑦1949年新中国成立之前关于何其芳的道路问题的研究多从其作品分析出发,至今依然有很高学术价值的是沈宗澂《何其芳的转变》,其他的研究偶有涉及,探讨得并不深入。总体上看,1949年新中国成立之前何其芳转变问题研究并未全面展开,属于起步阶段。

(二)停滞期:新中国成立后到"文革"结束前

因新中国成立后至"文革"结束前特殊的政治背景和何其芳的特殊身份,对何其芳的研究一度停滞,1949—1978涉及何其芳的文章主要来自一些文学论争和对其诗歌作品(主要针对1954年何其芳在《人民文学》上发

---

①劳辛:《评〈夜歌〉》,《文联》1946年第1卷第1期。
②黄药眠:《读〈夜歌〉》,《中国诗坛》1946年光复版第3期。
③辛迪:《夜歌》,《文艺复兴》1946年第1卷第2期。
④吴步韵:《何其芳的〈叹息三章〉和〈诗三首〉读后》,《何其芳研究专集》,四川文艺出版社,1986年;金灿然:《间隔——何诗与吴评》,《何其芳研究专集》,四川文艺出版社,1986年;贾芝:《略谈何其芳的六首诗》,《何其芳研究专集》,四川文艺出版社,1986年。
⑤黄伯思:《谈何其芳》,《文艺春秋》1947年第1卷第1期。
⑥巴丁:《何其芳小论——诗人的道路》,《春秋》1949年第6卷第1期。
⑦沈宗澂:《何其芳的转变》,《观察》1948年第5卷第2期。

表的《回答》一诗)及其诗学观点的文艺批评,何其芳的转变在这一时期并没有受到学界的广泛关注,直到"文革"结束,对其研究才逐渐展开。这一时期围绕何其芳的主要文学论争有:

一是关于"典型共名说"的文学论争。李希凡与何其芳的文学论争始于二人对于《红楼梦》研究的不同意见,后来二人逐渐展开了"文学典型"问题的激烈讨论。1964年,何其芳在其《文学艺术的春天》[①]的序言中坚持为"典型共名说"进行辩护,并对李希凡《典型新论质疑》[②]中关于"典型问题"的观点质疑。1965年,李希凡发表了一篇长文《阿Q、典型、共名及其他——对何其芳同志典型新论的再质疑》[③],对何其芳的《论阿Q》和《文学艺术的春天》的序言发出了诘难,反驳了何其芳对其文章中观点的批评。李希凡在文中就二人对典型问题的主要分歧进行了系统的阐论,反复强调了何其芳的"典型共名说"是对典型的阶级分析的歪曲,认为何其芳以人性论的概念替代了阶级性的概念化是超历史、超阶级的结论。

李希凡与何其芳的论争一直持续到"文革"时期,从文学的角度来说,两人对典型问题的思考都具有一定的启发价值,在典型问题的研究上也发挥了一些学术性的推动作用,但是由于时代的敏感性,在一些观点的讨论上出现了阐述的偏颇,这对两位学者日后的人生道路造成了不可避免的影响。

"文革"结束后,1978年梁长森发表的一篇文章《典型共名、"三突出"原则及其它——为何其芳同志挨棍子鸣不平》对何其芳和李希凡长久的论争进行了一个简单的梳理,并在文中提出自己的观点。一方面是为何其芳在之前受到的不公正的批评而鸣不平,另一方面也是在指责李希凡对何其芳"典型共名"说批评的偏颇之处,反批评李希凡对待批评的态度问题。他认为,"典型共名说是在对典型的分析和对典型的社会效果的研究的基础上抽象出来的,它既不是黑格尔的'绝对理念',更迥异于'四人帮'的'三突出'原则"[④]。

除此之外,这一时期对何其芳"典型共名说"的讨论文章还有张谨之的

[①] 何其芳:《文学艺术的春天》,作家出版社,1964年。
[②] 李希凡:《典型新论质疑》,《新港》1956年第6期。
[③] 李希凡:《阿Q、典型、共名及其他——对何其芳同志典型新论的再质疑》,《新建设》1965年第2期。
[④] 梁长森:《典型共名、"三突出"原则及其它——为何其芳同志挨棍子鸣不平》,《安徽文艺》1978年第5期。

《研究阿Q典型与引用经典著作》，张谨之指出"蔡仪、何其芳和李希贤等几位同志引用经典著作，没有按照原著的精神，只是为了说明自己的论点而孤立地摘引只字片语，容易将读者引入迷途"①。在《论典型的共性和阶级性的关系——兼评蔡仪、何其芳同志关于典型问题的论点》②中，谷熊也表明了他对"典型共名说"的质疑态度。

二是关于诗歌形式和新诗发展问题的论争。关于诗歌发展问题的争论，主要针对三个方面：一是新民歌的形式问题和局限性问题；二是对五四以来新诗的评价问题；三是新诗歌如何发展的问题，主要是新诗的形式问题与格律问题。何其芳在1954年发表的《关于现代格律诗》③中提出了建立现代格律诗的倡议，然而在讨论中，有很多人都不同意他的主张，如工人诗作者张永善的《民歌在发展着》④和仇学宝的《不同意何其芳、卞之琳两同志的意见》⑤都通过自己的体会表达了对何其芳等人"轻视"新民歌地位的不满。

面对质疑，何其芳在《关于诗歌形式问题的争论》⑥中进行了回应，对现代格律诗的诘难、新民歌"轻视"的质疑以及新民歌体裁及发展等问题做出了自己的阐释。接着李希凡在《对待批评应当有正确的态度——"关于诗歌形式问题讨论"的读后感》一文中针对何其芳与其他学者的争论态度，发表了他这个"门外汉"的见解，他认为何其芳"把问题讨论纠结在个人意气方面去"，指出何其芳对待批评的态度"不仅批评本身收不到应有的效果，而且会助长一种坏的风气，影响到青年人的对待批评的态度"⑦。同时，在涉及现代格律诗的讨论文章中，也有一些对于何其芳诗学观点较为中肯的评价，如金戈在《试谈现代格律诗问题》⑧中提到，何其芳的主张自重申以来受到不少人的非难，应当得到正确的评价；陈业劭在《论"自由格律诗"》⑨中

---

① 张谨之：《研究阿Q典型与引用经典著作》，《江西师范学院学报》1964年第1期，第18页。
② 谷熊：《论典型的共性和阶级性的关系——兼评蔡仪、何其芳同志关于典型问题的论点》，《文史哲》1965年第2期。
③ 何其芳：《关于现代格律诗》，《中国青年》1954年第10期。
④ 张永善：《民歌在发展着》，《诗刊》1958年第12期。
⑤ 仇学宝：《不同意何其芳、卞之琳两同志的意见》，《萌芽》1958年第24期。
⑥ 何其芳：《关于诗歌形式问题的争论》，《文学评论》1959年第1期。
⑦ 李希凡：《对待批评应当有正确的态度——"关于诗歌形式问题讨论"的读后感》，《诗刊》1959年第4期。
⑧ 金戈：《试谈现代格律诗问题》，《文学评论》1959年第3期。
⑨ 陈业劭：《论"自由格律诗"》，《文学评论》1959年第3期。

肯定了何其芳主张格律诗的作用以及所带来的启发,但针对格律诗发展的形式和传统问题有自己的阐释和见解;罗念生的《诗的节奏》[1]基本赞成何其芳的主张,但对何其芳关于"顿"的念法提出了异议;周煦良在《论民歌、自由诗和格律诗》[2]中对新诗歌的形式问题做出了分析和探讨,并提出保留"顿"的意见;对于何其芳提出的建立格律诗以解决新诗的形式和古典诗歌脱节问题,王力在《中国格律诗的传统和现代格律诗的问题》[3]中表示,这句话正确地指出了新格律诗的方向,但王力也指出,何其芳的主张中仍存在一些有争议的部分。

三是其他论争。如关于对待"文学遗产"的态度问题的论争。1958年的《光明日报》上刊载了一篇署名为方明的文章,即《对何其芳同志的"论'红楼梦'序"的意见》,并在同一版面上附上了《文学遗产》编辑部何其芳对该文的回应。方明指出何其芳《论'红楼梦'序》一文中提到的"解放后不久出现的那种简单粗暴的反历史主义的倾向不应该重复。现在已经开始有了一些苗头"这种观点的提出没有显示出根据性,而且这种对待文学遗产的态度会"给那些厚古薄今的人以武器"。另外,方明针对古代统治阶级内部分裂出来的作家作品的评价问题,提出"人民群众的文学创作,是文学的源头"[4],不能只强调杰出作家的作品,对于有消极因素的古代文学作品也要给予严肃的批判。何其芳在看过该文之后写出了回应文章《关于"'论红楼梦'序"的一点说明》,首先表明自己接受方明提出的批评,承认自己当时考虑不周,但同时也再次申明对于某些古典文学的作家作品还是应该分别看待,"应该容许他们发表不同的意见,不宜听到意见有些不同就说那是资产阶级的观点和'厚古薄今'的思想","不宜把民间文学和古代的杰出的作家对立起来"[5]。

此外,还包括关于生活与艺术的关系问题的论争。如夏放的《关于生活与艺术的关系问题》,他指出何其芳在《战斗的胜利的二十年》[6]一文中对生活与艺术的关系问题的论述有不恰当的地方,他与何其芳就这一问题的分歧主要在于,何其芳认为艺术美与生活美是无法比较高低的,而夏放持

---

[1] 罗念生:《诗的节奏》,《文学评论》1959年第3期。
[2] 周煦良:《论民歌、自由诗和格律诗》,《文学评论》1959年第3期。
[3] 王力:《中国格律诗的传统和现代格律诗的问题》,《文学评论》1959年第3期。
[4] 方明:《对何其芳同志的"'论红楼梦'序"的意见》,《文学遗产》1958年第231期。
[5] 何其芳:《关于"'论红楼梦'序"的一点说明》,《文学遗产》1958年第231期。
[6] 何其芳:《战斗的胜利的二十年》,《文学评论》1962年第3期。

"艺术能不能高于生活,关键在于典型化"的观点,他认为何其芳等人将生活区分为普通的实际生活和特殊的实际生活,在文末强调"这种认识不仅是不符合实际的,而且是十分有害的"①。

此时期关于何其芳转变的研究仅有零星几篇文章。大多是对于何其芳转变原因的猜想及讨论。1958年《读书》第13期发表的《何其芳》一文对何其芳转变的原因说法是,"他在大学毕业以后,到社会上寻找职业,开始对旧社会的不合理现象感到愤懑,以后又受到青年学生救亡运动的影响,逐渐抛弃了消极悲观的思想,倾向进步"②。这种观点受当时社会政治背景的影响,再加上何其芳本人在文章中流露出类似的思想倾向被学界广泛接受,但此种观点并未根据作家的创作经历、思想渊源、文艺道路等进行深层分析,探讨得不够深入。

(三)发展期:"文革"后至20世纪80年代末

"文革"结束到20世纪80年代末这近15年的时间,对何其芳的研究开始受到重视,关于何其芳的转变研究也逐渐发展起来。这表现在以下七个方面:

一是《何其芳选集》(1—3卷)的出版。1979年9月,四川人民出版社出版三卷本《何其芳选集》,除收入了何其芳部分诗歌、散文、论文等著作之外,还首次收录何其芳的部分书信、长篇小说未完稿的《无题》及部分译诗。负责具体编选和注释工作的是何其芳的四川老乡尹在勤。《何其芳选集》的出版,为开辟系统研究何其芳之路奠定了基础,沙汀和方敬分别为这套选集作了题记和序。沙汀在题记中明确指出,何其芳的转变这一研究选题具有很高的学术价值。方敬在序文《缅怀其人　珍视其诗文》③中详细回忆了何其芳生平和文学道路,自然也涉及了何其芳的转变问题。沙汀、方敬与何其芳关系密切,这两篇文章对于研究何其芳的转变具有重要的史料价值。

二是何其芳第一部个人评传的出版。1980年4月,曾负责《何其芳选集》编选与注释工作的尹在勤所著的《何其芳评传》出版,这部传记试图勾勒何其芳生平、创作、理论及爱憎和情操的大体轮廓。这是第一部何其芳

---

① 夏放:《关于生活与艺术的关系问题》,《文学评论》1964年第3期。
② 《何其芳(作家小辞典)》,《读书》1958年第13期。
③ 方敬:《缅怀其人　珍视其诗文》,《何其芳选集·序》,《何其芳选集》第一卷,四川人民出版社,1979年。

较系统的评传,因此对其转变研究具有一定的参考价值。但因当时关于何其芳的史料和作品尚在挖掘与整理当中,所以这部评传中出现了一些史实错误,这也曾引起学界的非议。

三是《何其芳文集》六卷本陆续出版。《何其芳文集》(1—6卷)相比《何其芳选集》(1—3卷)所选何其芳作品数量明显增多。《何其芳文集》从第一卷到第六卷跨度历时两年多,《何其芳文集》第一卷(1982年1月),第二卷(1982年10月),第三卷(1983年3月),第四卷(1983年9月),第五卷(1983年9月),第六卷(1984年6月)。文集以作者新中国成立前后编辑出版的创作、论文集为主要依据,并收入部分已发表或未发表的集外诗文,力求反映出作者一生著述的基本面貌。文章按不同体裁和写作时间编次,并标以年序,不再保留原有集子的名称。文集共分六卷,诗一卷、散文、小说等各一卷,文学评论三卷。文集对文字有适当的改动。《何其芳文集》六卷本,凝聚了当时及之前何其芳研究的成果,在20世纪80年代出版对于从整体上研究何其芳具有重要意义。

四是《何其芳佚诗三十首》的出版。1985年,重庆出版社出版罗泅编的《何其芳佚诗三十首》,收录了1930—1938年间何其芳的佚诗30首,书末附有罗泅《关于三十首佚诗的说明材料》。尽管《何其芳佚诗三十首》不是研究专著,但它提供了研究何其芳思想与创作的重要参考资料,尤其是有何其芳文学创作上的"新月时期"的具体作品。现在学界能找到的何其芳创作于这一时期的诗,《何其芳佚诗三十首》中都有收录,因此从何其芳转变研究的角度看,这部何其芳的佚诗集具有重要的史料价值。

五是何其芳学术讨论会的召开。1986年10月,在万县师专图书馆首次召开全国性的何其芳学术讨论会。参会论文经过筛选编成《何其芳学术讨论会论文集》[①]。论文集涉及何其芳的人品和治学精神、作为批评家的何其芳、何其芳诗歌的美学系统、诗歌创作对同时代人的影响、《画梦录》《还乡杂记》等散文艺术的追求、何其芳研究发展方向等领域。其中涉及何其芳转变研究的有黎风的《从〈预言〉到〈夜歌〉的思想变化与艺术发展》、周忠厚的《鞭子一样打在身上的事实——评〈还乡杂记〉》,两文分别从诗歌和散文的方面探讨了何其芳思想与创作的变化,对研究何其芳的转变,具有一定的学术价值。

---

① 万县师范专科学校、四川省万县文化局编:《何其芳学术讨论会论文集》,1987年。

六是两部具有重要史料价值的专集的出版。《何其芳研究专集》1986年3月在四川文艺出版社出版，由易明善、陆文璧、潘显一等人选编。内容涉及何其芳的生平和创作、评论文章选辑、何其芳著作系年、评论文章目录索引四部分。何其芳的生平和创作方面的内容又分为两部分，一是何其芳去世后亲友的回忆录和何其芳本人文集的序、后记及相关介绍自己创作的文章（如《一个平常的故事》《梦中道路》）等，还有能帮助理解何其芳为人的通信和传记（如易明善的《何其芳传略》）；二是选录的国内外对何其芳及其作品有代表性的研究和评论，其中有多篇文章涉及何其芳的转变，如沈宗澂的《何其芳的转变》、陈尚哲的《何其芳的诗歌创作及其发展》等。这些文章论及何其芳思想与创作的转变，有的观点很深刻，唯一不足之处是着眼点在点、线，而未能从整体上把握何其芳思想与创作的转变。何其芳著作系年第一次试图从整体上把握何其芳一生作品的系年情况，以这种方式呈现是对何其芳转变资料的直观展示。遗憾的是囿于当时的研究资料和研究成果，这部系年中很多何其芳公开发表或在其生前文集中选录过的作品都没有被统计进去，而且作品最后是否收在何其芳自编的文集中也没有注明。评论文章目录索引（1936—1983）梳理了1936—1983年间涉及何其芳的有代表性的研究成果，对于现在的研究还有一定的参考意义。总之，《何其芳研究专集》，是一部研究何其芳思想与创作较丰富的资料，但随着研究的不断深入，该书在何其芳的转变研究上更重要的还是史料价值。《衷心感谢他》这部带有纪念和研究性质的专集1987年由上海文艺出版社出版，是为纪念何其芳逝世十周年，由众多何其芳亲友、同事在他去世后所写的回忆录结集而成。这是一部研究何其芳转变的重要史料集。

七是专门研究何其芳的《何其芳研究资料》的创刊。《何其芳研究资料》由万县师范专科学校何其芳研究室编印，时间为1982年10月至1990年5月，共出版14期。这一刊物主要做的是一些比较深入的资料性工作，以及部分有关何其芳创作与文艺思想的研究工作——集中在对何其芳早期创作与思想研究上。由于主编罗泗去世，加上万县师专和万县教院两校合并、调整，《何其芳研究资料》1990年出版至第14期后停刊。

八是港台地区的研究。香港、台湾地区对何其芳的研究也相当重视。司马长风在《中国新文学史》中评价何其芳诗文"似烟似梦"，并"确立"了

"美文格调"[1]。香港其他学者如黎活仁也有多篇文章研究何其芳及其作品并持续关注何其芳相关研究动态,其论文《谈〈何其芳梦中道路〉》(香港《天地图书》1978年2月第5期)注重研究早期何其芳诗风与创作的改变。此外,黎活仁的《何其芳的遗作及其他》(《抖擞》1978年第3期)、《〈中国文学家词典〉中〈何其芳传〉的一些问题》(香港《开卷》1979年5月第1卷第7期)、《关于〈中国现代作家传略〉中的〈何其芳传〉》(香港《抖擞》1980年1月第36号)、《〈何其芳评传〉读后记》(香港《开卷》1980年12月号)、《四川人民出版社〈何其芳选集〉读后记》(《开卷》1980年6月号)都体现出香港学者对何其芳研究的浓厚兴趣。台湾学者司马江《盖棺小论何其芳》(台湾《创世纪诗刊》1978年第47期5月)对何其芳诗文创作、人生轨迹及在中国现代文学史上的地位进行了研究。周伯乃《早期新诗的批评(第六章)》(《中国现代文学研究丛刊》,台湾成文出版有限公司,1980年5月)涉及何其芳诗歌艺术风格的评价。

从总体上看,这一时期关于何其芳的转变研究最重要的是做了大量资料性的工作,为以后何其芳转变研究奠定了基础。还有一个明显的标志是,这一时期没有一部比较系统的研究何其芳的专著出版,更不要说何其芳的转变问题了,所以"文革"后至20世纪80年代末为何其芳转变研究的发展期,至于活跃期,则是从进入20世纪90年代开始的。

(四)上升期:20世纪90年代至2012年何其芳转变研究

20世纪90年代至今进入研究的较快上升期,经过20多年国内外众多学者的辛勤努力,相比上一时期,何其芳转变研究领域取得了更多、更有价值的研究成果,其中包括专著、专辑、博士论文、国家社科基金项目结项成果等。这一时期产生了大量何其芳研究专著,2010—2012年就有7部专著出版,2012年一年就达到4部。经查,2012年之后,直到2022年8月没有明确以何其芳为研究对象的专著出版。从总体上看,2012年在某种程度上是何其芳研究的一个峰值。

国内对何其芳及其作品研究的专著不断出版,代表性的著作有:

一、评传与传记:尹在勤的《何其芳评传》(1980)[2]、贺仲明的《喑哑的夜

---

[1] 司马长风:《中国新文学史》中卷,昭明出版社,1978年,第114—118页。
[2] 尹在勤:《何其芳评传》,四川人民出版社,1980年。

莺——何其芳评传》(2004)①、卓如的《青春何其芳——为少男少女歌唱》(2007)②及《何其芳传》(2012)③。这些带有传记性质的研究成果,在一定意义上对何其芳的文学道路脉络是有梳理的,因为传记和评传从研究体例看,更多的是对整个何其芳为人为文的脉络梳理。如果要详细考辨何其芳文学道路的复杂性,需要专题并以具体创作作品和批评文章为依据,再加上人生阅历的背景。

二、创作、思想、文学观、人生阅历方面的研究有:方敬、何频伽的《何其芳散记》(1990)④,周忠厚的《啼血画梦 傲骨诗魂——何其芳创作研究》(1992)⑤,何锐、吕进、翟大炳合著的《画梦与释梦——何其芳创作的心路历程》(1995)⑥,王雪伟的《何其芳的延安之路——一个理想主义者的心灵轨迹》(2008)⑦及《何其芳的文学之路》(2010)⑧,赵思运的《何其芳人格解码》(2010)⑨,姚韫的《主流话语下的何其芳文学思想研究》(2012)⑩,谢应光、谭德晶合著的《梦中道路——何其芳的艺术世界》(2012)⑪。这些专著对于何其芳文学道路的研究具有重要意义,一些基本的史实和一些基础性评论工作是丰富的。但随着时间的推移,何其芳相关研究资料和成果以及时代文化文学语境的变化,何其芳文学道路需要在前人研究的基础上向更深层次突进,以期发现何其芳文学道路的复杂性、典型性以及对于当代文学影响的价值。

研究专辑有《巴蜀芳踪——何其芳的故事》(2012)⑫,这是一部论文集,收集了不同视角研究何其芳的论文,对于研究何其芳的文学道路具有启发意义。《何其芳研究资料》截至2015年共出了30期。《何其芳研究资料》期刊主要分两个阶段:第一个阶段是从创刊到1990年,共出了14期;第二个阶段

---

① 贺仲明:《暗哑的夜莺——何其芳评传》,南京师范大学出版社,2004年。
② 卓如:《青春何其芳》,北岳文艺出版社,2007年。
③ 卓如:《何其芳传》,中国三峡出版社,2012年。
④ 方敬、何频伽:《何其芳散记》,四川教育出版社,1990年。
⑤ 周忠厚:《啼血画梦 傲骨诗魂——何其芳创作研究》,文化艺术出版社,1992年。
⑥ 何锐、吕进、翟大炳:《画梦与释梦——何其芳创作的心路历程》,贵州人民出版社,1995年。
⑦ 王雪伟:《何其芳的延安之路——一个理想主义者的心灵轨迹》,河南人民出版社,2008年。
⑧ 王雪伟:《何其芳的文学之路》,湖北人民出版社,2010年。
⑨ 赵思运:《何其芳人格解码》,河北大学出版社,2010年。
⑩ 姚韫:《主流话语下的何其芳文学思想研究》,辽宁大学出版社,2012年。
⑪ 谢应光、谭德晶:《梦中道路——何其芳的艺术世界》,巴蜀书社,2010年。
⑫ 卫之祥编:《巴蜀芳踪——何其芳的故事》,长江出版社,2012年。

是从2000年《何其芳研究》复刊直到今天,为年刊。2000—2014年(第15—30期)由重庆三峡学院主办,研究文章包括何其芳诗歌散文研究、何其芳文学理论与批评的研究、何其芳的思想与文学及学术活动的整体研究、何其芳与中外文化研究、何其芳与中外文学研究、与何其芳相关的研究(如同时代人的研究、比较与影响研究)、与何其芳研究相关的信息与资料等方面,范围较广。《何其芳文墅》创刊于2009年10月,截至2021年3月共出了55期。《何其芳文墅》是何其芳研究会主办的以缅怀纪念、学习、宣传、研究何其芳为宗旨的综艺双月刊,内设《其芳研究成果》《其芳研究动态》《缅怀·纪念》《其芳故里遗存》《其芳故里新貌》《其芳故里文化》《其芳故里教育》《其芳故里古韵》《其芳故里新诗》《其芳故里散文》《其芳故里新苗》《其芳故里英烈》等栏目。尽管该刊物还刊载一些何其芳故里的情况,不像《何其芳研究资料》那样集录的全部都是何其芳研究的最新成果,但也为了解何其芳研究动态提供了丰富的资料。

研究何其芳思想艺术风格转变方面的学术论文有:吴灿明的《一个小资产阶级知识分子走向革命的足迹》[1]、骆寒超的《论何其芳早期作品的抒情个性》[2]、戴光中的《梦幻、梦魇、梦醒》、王玉树、翟大炳的《作家的"梦"是作家对实际生命的超越》、章子仲的《何其芳散论》[3]、叶公觉的《试论何其芳散文风格的转变》、陈尚哲的《何其芳的诗歌创作及其发展》[4];黎风的《从〈预言〉到〈夜歌〉的思想变化与艺术发展》[5]、曹万生的《孤独·爱情·死亡》[6]、卫丰一的《他赤城地嬗变着自己——略论何其芳诗歌风貌的变迁和诗人的隐去》、高阿蕊的《从扇上的云到地上的歌——何其芳创作的心路历程》[7]、姜艳的《自我表现—自我反思—自我否定—何其芳三、四十年代散文创作

---

[1] 吴灿明:《一个小资产阶级知识分子走向革命的足迹——何其芳〈预言〉〈夜歌〉读后》,《何其芳研究资料》1983年第2期。
[2] 骆寒超:《论何其芳早期作品的抒情个性》,易明善编《何其芳研究专集》,四川文艺出版社,1986年,第484页。
[3] 章子仲:《何其芳散论》,易明善编《何其芳研究专集》,四川文艺出版社,1986年,第372页。
[4] 陈尚哲:《何其芳的诗歌创作及其发展》,《中国现代文学研究丛刊》1983年第1期。
[5] 黎风:《从〈预言〉到〈夜歌〉的思想变化与艺术发展》,万县师范专科学校、四川省万县文化局编《何其芳学术讨论会论文集》,1987年,第176页。
[6] 曹万生:《孤独·爱情·死亡》,万县师范专科学校、四川省万县文化局编《何其芳学术讨论会论文集》,1987年,第270页。
[7] 高阿蕊:《从扇上的云到地上的歌——何其芳创作的心路历程》,《渝西学院学报(社会科学版)》,2002年第3期。

思想意蕴的嬗变》、吴敏的《文人的"新社会梦"——试论何其芳1942—1949年的思想变化》[1]、陈尚哲的《何其芳散文创作的蜕变——谈〈还乡杂记〉》及《何其芳的诗歌创作及其发展》[2]、赵牧的《何其芳的"延安道路"及其当代阐释》[3]、张立群的《论延安时期何其芳的诗人心态与创作道路》[4]、杨芝全的《诗国天香何其芳——从憧憬梦境到直面现实的嬗变》[5]、赵静的《何其芳文艺思想初探》、凡尼的《何其芳解放前的诗作》、程光炜的《何其芳、卞之琳和艾青四十年代的创作心态》[6]、孟繁华的《精神蜕变的自我苦斗——何其芳的心灵冲突与话语方式》[7]、杨义、郝庆军的《何其芳论》[8]等。这些研究成果大多就何其芳思想艺术转变的某个方面、某个阶段或者从宏观上进行了概括式论述。

关于"何其芳现象"研究的学术论文有：何休的《个人话语与时代语境从脱离到融合——论何其芳现象（上篇：1931—1942）》与《身份的转换及其在政治与艺术之间的艰难选择——论何其芳现象（下篇：1942—1977）》[9]、王彬彬的《良知的限度：在功利与唯美之间——作为一种文化现象的何其芳文学道路批判》[10]、郝明工的《何其芳同志与共和国文学运动》[11]、雷家仲的《命运—追求—时代—对"何其芳现象"的一种认识》[12]、张桂凤的《从唯美主

---

[1] 吴敏：《文人的"新社会梦"——试论何其芳1942—1949年的思想变化》，《广东社会科学》2002年第2期。
[2] 陈尚哲：《何其芳的诗歌创作及其发展》，《中国现代文学研究丛刊》1983年第1期。
[3] 赵牧：《分裂与弥合——何其芳的"延安道路"及其当代阐释》，《海南师范大学学报（社会科学版）》2011年第3期。
[4] 张立群：《论延安时期何其芳的诗人心态与创作道路》，载陶德宗主编《百年中华何其芳》，金城出版社，2012年，第153页。
[5] 杨芝全：《诗国天香何其芳——从憧憬梦境到直面现实的嬗变》，《大观周刊》2012年第21期。
[6] 程光炜：《何其芳、卞之琳和艾青四十年代的创作心态》，《文学评论》1993年第5期。
[7] 孟繁华：《精神蜕变的自我苦斗——何其芳的心灵冲突与话语方式》，《社会科学战线》1996年第3期。
[8] 杨义、郝庆军：《何其芳论》，《文学评论》2008年第1期。
[9] 何休：《身份的转换及其在政治与艺术之间的艰难选择——论何其芳现象（下篇：1942—1977）》，《巴蜀作家与20世纪中国文学研究论文集》，2006年，第461—477页。
[10] 王彬彬：《良知的限度：在功利与唯美之间——作为一种文化现象的何其芳文学道路批判》，《上海文论》1989年第4期。
[11] 郝明工：《何其芳同志与共和国文学运动——从一个人的文学境遇看一个社会的文学运动》，《巴蜀作家与20世纪中国文学研究论文集》，2006年。
[12] 雷家仲：《命运·追求·时代——对何其芳现象的一种认识》，《四川师范学院学报（哲学社会科学版）》1995年第5期。

义到现实主义——论何其芳散文创作的得与失》①,彭松乔的《民族国家神话——何其芳诗学道路的文化归属》②,叶橹的《诗人命运的启示——关于50年代初期世人对诗人何其芳和郭小川的错误批判》③,刘同般的《历史的选择,作家的迷误——对"何其芳现象"的时代性透析》④,郑升旭的《也谈文学"介入"政治——从"何其芳现象"谈起》⑤,李丕显的《历史的误会——胡风、何其芳比较研究》⑥,严小红的《绝非突兀的断裂——从身份认同看"何其芳现象"》⑦,应雄的《二元理论、双重遗产:何其芳现象》⑧,陈尚哲的《也论何其芳现象——与应雄同志商讨》⑨,罗守让的《何其芳文学道路评析——兼评所谓"何其芳现象"》⑩等。"何其芳现象"这一说法就目前掌握的资料看,本身有争议,何其芳的子女就不认同这一说法,这是学界对何其芳"思想进步,艺术退步"的一种笼统概括。学界对这一现象的研究成果相对丰富,但关于何其芳思想与艺术同步与否以及错位与否仅使用"何其芳现象"这一概念概括是不够的,还需要进一步向纵深挖掘。

截至2012年12月,研究何其芳的博士论文有3篇,涉及何其芳的精神人格演变、心灵轨迹、文学思想、文学道路研究方面,分别是:赵思运的《何其芳精神人格演变解码》(博士学位论文,华东师范大学,2005年),王雪伟的《何其芳的延安之路——一个理想主义者的心灵轨迹》(博士学位论文,山东师范大学,2005年),姚韫的《论何其芳文学思想的建设性和矛盾性》(博士学位论文,辽宁大学,2011年);研究何其芳的硕士学位论文有10余篇,内容涉及何其芳的诗歌、散文创作、文艺思想、《红楼梦》研究、"何其芳

---

① 张桂凤:《从唯美主义到现实主义——论何其芳散文创作的得与失》,《漳州师范学院学报(哲学社会科学版)》2003年第3期。
② 彭松乔:《民族国家神话:何其芳诗学道路的文化归属》,《武汉教育学院学报》2001年第2期。
③ 叶橹:《诗人命运的启示——关于50年代初期世人对诗人何其芳和郭小川的错误批判》,《淮南师范学院学报》2000年第3期。
④ 刘同般:《历史的选择 作家的迷误——对"何其芳现象"的时代性透析》,《商丘职业技术学院学报》2004年第4期。
⑤ 郑升旭:《也谈文学介入政治——兼及何其芳现象》,《西北大学学报(哲学社会科学版)》1996年第1期。
⑥ 李丕显:《历史的误会——胡风、何其芳比较研究》,《临沂师范学院学报》2002年第2期。
⑦ 严小红:《绝非突兀的断裂——从身份认同看"何其芳现象"》,陶德宗主编《百年中华何其芳》,金城出版社,2012年。
⑧ 应雄:《二元理论、双重遗产:何其芳现象》,《文学评论》1988年第6期。
⑨ 陈尚哲:《也论何其芳现象——与应雄同志商讨》,《文艺理论与批评》1989年第5期。
⑩ 罗守让:《何其芳文学道路评析——兼评所谓"何其芳现象"》,《文艺理论与批评》1991年第4期。

现象"等方面,其中一些硕士论文研究成果在研究何其芳问题上有新的收获,但在涉及何其芳转变问题上,有些成果还停留在人云亦云的阶段。

另外,廖大国的《一个无题的故事——何其芳》(台北文史哲出版社,2002年)是一部关于何其芳的传记,运用"现代传记"的写作手法,追求"写真性"与"文学性"。全书分为八章,以何其芳的人生轨迹为线索,以其在不同时期的创作为依据,对何其芳的生平、文学创作以及新诗理论做了梳理,力图"再现何其芳的人格风貌、文学业绩和创作风格的演变轨迹以及他的心路历程"[①]。书中提出何其芳"是中国现代由自发的愤懑走向自觉的反抗、斗争的知识分子的一个典型"的观点,是台湾地区何其芳研究不可多得的专著,但该书更加偏向于文学史的性质,对何其芳转变等问题并没有深入的探究。

(五)平稳期:2013年至今

2013年以来,何其芳研究进入平稳期。这种平稳期的表现是何其芳研究的关注度在平稳提高,研究的点也相对增多,具有较高影响力的论文不断在发表,较多重要的课题获得立项。对于何其芳的文学道路研究,学界有个老话题,就是"何其芳现象",内涵的核心是指作者"思想进步,艺术退步",关于这一问题,2013年以来,学界有一些研究成果对这一说法提供不同的观察角度。李杨在《"只有一个何其芳"——"何其芳现象"的一种解读方式》(2017)中认为:"现代文学史有关'两个何其芳'即'前期何其芳'与'后期何其芳'或'文学何其芳'与'政治何其芳'的描述其实并不为何其芳本人认可。"[②]通过考察"发生在整整一代中国现代作家乃至知识分子身上的'文学'与'政治'、'我'与'我们'之间的多重辩证"关系,说明何其芳早期作品与延安时期的创作存在一种内在的逻辑联系,也就是说"只有一个何其芳"。[③]方长安、仲雷的《选本数据与"何其芳现象"重审》(2017)通过对20世纪40年代以来不同时期文学选本收录何其芳诗歌情况的研究,指出:"在选本里,何其芳的前后期诗歌都受到了选家的青睐,这与学界所提出的

[①] 廖大国:《一个无题的故事》,文史哲出版社,2002年,第205页。
[②] 李杨:《"只有一个何其芳"——"何其芳现象"的一种解读方式》,《中国现代文学研究丛刊》2017年第1期。
[③] 李杨:《"只有一个何其芳"——"何其芳现象"的一种解读方式》,《中国现代文学研究丛刊》2017年第1期。

'思想进步,艺术退步'的'何其芳现象'似不吻合。"①文章认为何其芳后期也有经典的作品出现,并不是就说何其芳"思想进步,艺术退步"。学界对于"何其芳现象"的深入探讨,也彰显了"何其芳现象"之于中国现当代文学的重要性。

  2013年以来,关于何其芳的研究关注度逐步升高,有几个重要的表现。一是对于何其芳研究范围的扩大,如加大了对何其芳佚文的发掘与考释。通过对佚文的考释也可了解何其芳某一阶段的思想、创作观及其变化。对何其芳佚文的发掘和考释,从20世纪80年代开始,伴随着何其芳研究的逐步升温,相关佚文的搜集和研究工作也就拉开了序幕。以2000年《何其芳全集》出版为界,全集出版前的佚文考释为何其芳研究做出了重要贡献,而且发掘了大量何其芳佚文,全集本身就包含大量的何其芳佚文(未被收录在《何其芳选集》《何其芳文集》中的作品以及一些用其他笔名发表的之前不被认为是何其芳的作品)。全集发表后,何其芳的佚文发掘工作并未停止,朱金顺的《〈何其芳全集〉佚文考略》[2](2002)、刘涛的《〈何其芳全集〉补遗》[3](2010)、熊飞宇的《何其芳的重要佚文:对蒋区文艺工作的意见》[4](2012)与《何其芳的佚简〈致范用〉及其解读》[5](2016)、宫立的《何其芳佚文三篇》[6](2017)、李卉的《何其芳佚作〈怎样研究文学〉等两篇钩沉》[7](2019)、李朝平的《唯美诗人向文化斗士的转变——何其芳旅蓉佚文暨一份刊物梳考》[8](2020)、金传胜的《何其芳佚文六篇辑存》[9](2020)、熊飞宇的《何其芳〈新年有感〉的发表考释》[10](2021)、王彪和金宏宇的《新发现何其芳佚诗〈夜歌(第五)〉》[11]、李朝平和周长慧的《何其芳〈流亡琐忆〉初版钩沉》[12]等,一批何其芳佚作被发掘,有利于推进对何其芳的研究。二是研究何其

---

[1] 方长安、仲雷:《选本数据与"何其芳现象"重审》,《江汉论坛》2017年第12期。
[2] 朱金顺:《〈何其芳全集〉佚文考略》,《中国现代文学研究丛刊》2002年第3期。
[3] 刘涛:《〈何其芳全集〉补遗》,《湖南人文科技学院学报》2010年第5期。
[4] 熊飞宇:《何其芳的重要佚文:对蒋区文艺工作的意见》,《重庆三峡学院学报》2012年第5期。
[5] 熊飞宇:《何其芳的佚简〈致范用〉及其解读》,《重庆三峡学院学报》2016年第1期。
[6] 宫立:《何其芳佚文三篇》,《中国现代文学研究丛刊》2017年第8期。
[7] 李卉:《何其芳佚作〈怎样研究文学〉等两篇钩沉》,《新文学史料》2019年第1期。
[8] 李朝平:《唯美诗人向文化斗士的转变——何其芳旅蓉佚文暨一份刊物梳考》,《中国现代文学研究丛刊》2020年第6期。
[9] 金传胜:《何其芳佚文六篇辑存》,《现代中国文化与文学》2020年第2期。
[10] 熊飞宇:《何其芳〈新年有感〉的发表考释》,《后学衡》2021年第2期。
[11] 王彪、金宏宇:《新发现何其芳佚诗〈夜歌(第五)〉》,《新文学史料》2021年第2期。
[12] 李朝平、周长慧:《何其芳〈流亡琐忆〉初版钩沉》,《重庆三峡学院学报》2021年第4期。

芳的学术论文增多,涉及何其芳的创作、思想等。代表性的论文有:段从学的《现代性语境中的"何其芳道路"》①(2013)、赵思运的《何其芳晚年旧体诗探幽》②(2015)、向天渊的《摇摆于"政治正确"与"文学正义"之间——何其芳文学史观的系谱学阐释》③(2015)、吕东亮的《批评的抱负与温情的细读——何其芳〈红楼梦〉研究的批评史意义》④(2016)、王德威的《梦与蛇:何其芳、冯至与"重生的抒情"》⑤、袁洪权的《尴尬的"四十自述"与体制内文学的处置张力——何其芳〈回答〉的"再解读"》⑥、赵牧的《论何其芳形象的当代建构》⑦、谢慧英的《自由的"悖论":关于"两个何其芳"的透视与省思——兼论中国现代知识分子的归属感》⑧、刘璐的《何其芳的自传性写作与自我检讨》⑨、姜涛的《"新的抒情":何其芳〈夜歌〉中的"心境"与"工作"》⑩、杨华丽的《〈流亡琐忆〉与何其芳的延安道路》⑪等文章。这些文章有的是对老话题如"何其芳现象"提出了新的看法,有的是对何其芳的阶段性思想进行研究,也有很多的创获。除以上两点外,从课题的角度看,1991年陈尚哲有关于何其芳研究的国家项目,之后近30年未见有专门研究何其芳的国家项目立项,2019年国家哲社办批准立项研究何其芳文学道路。近几年,贵州、重庆等省市级哲学社会科学项目也相继立项。这些有关何其芳佚文考释、论文发表、课题立项都表明对何其芳的研究在进入平稳期后,有逐步增热的表征,也说明何其芳作为中国现代文学史上知名诗人、散文家以及重要的马克思主义文艺理论家,对他的研究越来越受重视。

---

①段从学:《现代性语境中的"何其芳道路"》,《中国现代文学研究丛刊》2013年第5期。
②赵思运:《何其芳晚年旧体诗探幽》,《文学评论》2015年第6期。
③向天渊:《摇摆于"政治正确"与"文学正义"之间——何其芳文学史观的系谱学阐释》,《广东社会科学》2015年第1期。
④吕东亮:《批评的抱负与温情的细读——何其芳〈红楼梦〉研究的批评史意义》,《文艺争鸣》2016年第7期。
⑤王德威:《梦与蛇:何其芳、冯至与"重生的抒情"》,《中国现代文学研究丛刊》2017年第12期。
⑥袁洪权:《尴尬的"四十自述"与体制内文学的处置张力——何其芳〈回答〉的"再解读"》,《现代中文学刊》2017年第5期。
⑦赵牧:《论何其芳形象的当代建构》,《中国现代文学研究丛刊》2017年第8期。
⑧谢慧英:《自由的"悖论":关于"两个何其芳"的透视与省思——兼论中国现代知识分子的归属感》,《东南学术》2018年第6期。
⑨刘璐:《何其芳的自传性写作与自我检讨》,《中国现代文学研究丛刊》2019年第3期。
⑩姜涛:《"新的抒情":何其芳〈夜歌〉中的"心境"与"工作"》,《文艺研究》2021年第9期。
⑪杨华丽:《〈流亡琐忆〉与何其芳的延安道路》,《中国现代文学研究丛刊》2021年第4期。

二、国外研究现状

(一)何其芳诗的国外译介

国外对何其芳的关注和研究是从其诗歌作品的选译开始的。最先选译何其芳诗作的是哈罗德·阿克顿和陈世骧,他们合译的《中国现代诗选》1936年在伦敦出版,书中选译了何其芳早期诗作10首。《中国现代诗选》是中国新诗最早的英译本,"从首数来说,仅次于林庚(19首)和卞之琳(14首),与徐志摩和戴望舒并列第三(都是10首)"[1],可见译者对何其芳诗作的重视,由此也拉开了国外关注和研究何其芳的序幕。

继《中国现代诗选》后,1947年在英国出版的《中国当代诗歌》,[2]由罗伯特·白英编译,收何其芳诗8首。1963年,康奈尔大学(Cornell University)出版社出版《二十世纪中国诗选》,由许介昱(Hsu,Kai-yu)编译,收何其芳诗10首。[3]

1976年,澳大利亚昆士兰大学出版社出版英译本何其芳诗文选集《梦中道路》(Paths in Dreams),澳大利亚学者庞尼·麦克道高尔(Bonnie S. McDaugall)编译,这是目前为止唯一一部英文版何其芳诗文集。编译者在卷首语中说:"几年以前我开始研究何其芳的作品时,就想从他一生各个不同的阶段找出它们之间的联系……在为本丛书选译这个集子时,我就集中挑选那些足以说明他这个转变过程的作品,而不是全面地去选他的代表作。"[4]因此她的编译带有很强的针对性,这部选集本身就有对何其芳转变研究的性质,这也是她试图通过选择何其芳不同时期的代表作来观察他思

---

[1] 北塔:《述论何其芳诗的英文翻译》,《中国新诗:新世纪十年的回顾与反思——两岸四地第三届当代诗学论坛论文集》,北京大学新诗研究所、首都师范大学中国诗歌研究中心联办,2010年。

[2] 1947年"在伦敦由Routledge出版了Payne,Robert编译的《中国当代诗歌》(Contem poraiary chinese poetry)。本书选译了何其芳的诗歌。"(章子仲:《何其芳年谱初稿》,《武汉师范学院学报(哲学社会科学版)》1982年第3期)

[3] 许介昱在1973年重访中国并写道:《中国文学风景:一个作家的人民共和国之行》一书,介绍了作家们的情况,也翻译了一些他们的作品。何其芳是排在诗歌部分的第一人。""1995年,纽约哥伦比亚大学出版社推出大型《哥大版中国现代文学作品选》,由约瑟夫S.M和霍华德·格尔德布拉特·罗夫(Joseph S.M.&Howadr Goldblatt,后者中文名葛浩文)联合编选,选入了何其芳的3首诗,即《预言》《岁暮怀(二)》《秋天》,均出自许芥笠的译笔。"(北塔:《述论何其芳诗的英文翻译》,《中国新诗:新世纪十年的回顾与反思——两岸四地第三届当代诗学论坛论文集》,北京大学新诗研究所、首都师范大学中国诗歌研究中心联办,2010年)

[4] 文洁若:《梦的道路——何其芳诗文选》,《新文学史料》1979年第2期。

想转变的原初目的。

1992年,叶维廉编译的《防空洞抒情:中国现代诗选(1930—1950)》中,收何其芳的诗7首,即《柏林》《秋天》《休洗红》《送葬》《云》《夜歌(一)》《夜歌(二)》。[1]叶维廉并没有关注何其芳1933年暑期返乡前的诗,这也说明他的选译并没有想刻意突出何其芳诗歌创作的变化。

1993年,奚密编译的《现代中文诗选》中选有何其芳的诗7首。[2]

以上是何其芳诗歌在国外的译介情况,不同时期不同的编选者都有不同的选译标准,也可参阅北塔的《述论何其芳诗的英文翻译》一文,文中有对编译者编译何其芳诗的侧重点、得与失的详细论述。另外蒋登科的《西方视角中的何其芳及其诗歌》[3]中也有相关介绍,在此不赘。

(二)何其芳思想、文学观、创作的研究

伴随着何其芳作品的海外译介,国外对其研究也慢慢展开,尤其值得注意的是日本学者对何其芳保持了持久的热情,并有研究专著出版。秋吉久纪夫的《何其芳的"童年王国"》是对何其芳童年时期的研究,并依此探析童年生活对何其芳造成的影响。

渡边新一的《何其芳断想》[4],虽名"断想"却在研究何其芳思想上提出了新的看法,如作者在通过1940年前后何其芳的诗来推测何其芳的心境时,引用了沃尔雷诺的一句话"在我的二个形象中存在着被选中者的恍惚与不安"。所谓"恍惚",表现出一种被选中者的危险的自我陶醉,"不安"表现出对于选中自己的人的无可奈何的内疚。渡边新一认为,何其芳在冲破了孤寂中的恍惚和不安之后的一个时期中难以摆脱现实对他的束缚,茫然不知所措,他意识到了他人的存在。就时期而言,在北京时期是他度过孤独青春的时期,而延安时期则是更加深入认识到他人存在的时期。虽然与他的愿望相反,但他选择了延安时期,并且也清楚地认识到自己虽然力求做个强者,但最终仍然是个弱者。[5]对于何其芳1942年延安文艺座谈会之

---

[1]北塔:《述论何其芳诗的英文翻译》,《中国新诗:新世纪十年的回顾与反思——两岸四地第三届当代诗学论坛论文集》,北京大学新诗研究所、首都师范大学中国诗歌研究中心联办,2010年。
[2]7首诗为《预言》《柏林》《风沙日》《秋天》《成都,让我把你摇醒》《我想谈说种种纯洁的事情》《云》。
[3]蒋登科:《西方视角中的何其芳及其诗歌》,《现代中文学刊》2012年第4期。
[4]渡边新一:《何其芳断想》,高鹏、卞凌子合译,《何其芳研究资料》1983年第4期,第38页。
[5]渡边新一:《何其芳断想》,高鹏、卞凌子合译,《何其芳研究资料》1983年第4期,第38页。

后不再写诗这一情况,渡边新一认为何其芳所作的解释都不过是不能再写诗的诗人所作的自我辩解而已。诗人何其芳不会说谎。他从不表现自己以外的事物,当他一旦意识到表现自己以外的事物时,便放弃了写诗。对于他来说,诗通常就是这样存在的。①此观点对研究何其芳为什么1942年延安文艺座谈会后几乎停止诗创作有一定的见解。

大沼正博的《何其芳的文艺观》②(刘平译)、鼻山普美子的《诗人何其芳诗论——从〈预言〉到〈夜歌〉》(黎央节译自日本《大东文化大学汉学会志》1979年第18号)都以何其芳的创作、创作观的变化为研究视角。类似视角研究的还有苏联的切尔卡斯基的《论〈夜歌和白天的歌〉》(吕进译)与澳大利亚学者庞尼·麦克道高尔(Boonie S.McMaugall)的《何其芳的文学成就——英译本何其芳诗文选集〈梦中道路〉后记》③(周发祥译)。

国外研究何其芳较深入的是日本学者宇田礼,他的专著《没有声音的地方就是沙漠——诗人何其芳的一生》提出了一些颇有建树的观点。全书分两大部分,第一部分是《没有声音的地方就是沙漠——诗人何其芳的一生》,研究何其芳人生轨迹及其发展脉络;第二部分是《何其芳论》,又分《诗人的夜》与《诗人的白昼》,是宇田礼研究何其芳的三篇论文。第二部分所研究的是近半个世纪的何其芳复杂的文学活动,从1931年的《预言》到1940年初延安时期的诗歌创作(包括诗化散文创作)。宇田礼说他写了三篇诗论性质的文章后,继续追踪何其芳到底是怎样一个人而写作了《没有声音的地方就是寂寞——诗人何其芳的一生》。④在这一部分研究中作者虚构了周美仪作为自己的翻译、刘学良与柽教授作为中国研究何其芳的专家与自己辩难,以此获得"用复数的眼睛看何其芳"的研究视角,研究方法较新颖。宇田礼在文中提醒研究者注意细节,如何其芳对于"声音"的敏感。还有何其芳、沙汀1939年从前线回来后,立刻加入延安关于民族形式问题的论战,之后沙汀坚决离开延安,而何其芳留了下来,这中间另有隐情。延安文艺座谈会后为什么派何其芳去宣讲《讲话》精神,毕竟当时的丁玲、艾青在延安文学界都有很高的知名度,"为什么选中何其芳,中国的研

---

① 渡边新一:《何其芳断想》,高鹏、卞凌子合译,《何其芳研究资料》1983年第4期,第40页。
② 大沼正博:《何其芳的文艺观》,刘平译,《何其芳研究资料》1983年第3期。
③ 庞尼·麦克道高尔:《何其芳的文学成就——英译本何其芳诗文选集〈梦中道路〉后记》,载周发祥译,易明善编《何其芳研究专集》,四川文艺出版社,1986年。
④ 宇田礼:《没有声音的地方就是寂寞——诗人何其芳的一生》,解莉莉译,社会科学文献出版社,2010年。

究者们没有言及"。①像这样新颖的观察点在书中还有一些,总之《没有声音的地方就是寂寞——诗人何其芳的一生》是国外学者研究何其芳的一部厚重之作。

汉学家马立安·高利克在其出版的专著《中西文学关系的里程碑(1898-1979)》中以《何其芳的〈梦中道路〉:与英法象征主义和希腊神话的文学间关系》作为专章对何其芳创作与西方文学的关系进行比较研究。马立安·高利克以澳大利亚学者庞尼·麦克道高尔(Bonnie S. McDaugall)编译的何其芳诗文选集《梦中道路》(Paths in Dreams)为蓝本,研究了何其芳作品与T.S.艾略特的《荒原》、瓦莱里的《海滨墓园》《年轻的命运女神》《水仙辞》、波德莱尔的《巴黎的忧郁》、奥维德的《变形记》、王尔德的《快乐的王子》等象征主义作品及古希腊神话之间的关系,进而透过何其芳早期诗中的意象变化来观照他思想的变化。认为何其芳早期文学创作以"年轻的神"的意象为开始,以"龙齿"为结束"②,"一开始便摒去了波德莱尔作品中'过往的浮云'之外的任何东西。他也不去注意那些与'介入文学'(书中校注:介入文学:littérature engagée,指介入社会、政治问题的文学)有关的主题,他们同时具有很高的艺术价值"③。在研究何其芳创作与西方文学关系上,马立安·高利克的研究是相对深入与透彻的,而且也关注到了何其芳的转变问题,尤为可贵。

2013年,生活·读书·新知三联书店出版《剑桥中国文学史》,1841—1937年的中国文学由王德威撰写,其中也提到了何其芳。王德威认为,何其芳在20世纪30年代的作品融合了古典主义、浪漫主义、象征主义、现代主义以及俄国未来主义的素材,"他以现代韵律和主题写出了一些非常出色的作品,同时又强烈地透露出传统中国诗歌中的情感和意象"④。王德威同时觉得,何其芳的《画梦录》"混杂了一个年轻创作者的凄迷幻想和对生命流变难以言传的好奇与惶惑,传统表达和现代感触相互杂糅、动人心

---

① 宇田礼:《没有声音的地方就是沙漠——诗人何其芳的一生》,解莉莉译,社会科学文献出版社,2010年,第43页。
② 马立安·高利克:《中西文学关系的里程碑(1898—1979)》,吴晓明、张文定等译,北京大学出版社,1990年,第225页。
③ 马立安·高利克:《中西文学关系的里程碑(1898—1979)》,吴晓明、张文定等译,北京大学出版社,1990年,第228页。
④ 孙宜康、宇文所安主编:《剑桥中国文学史》下卷(1375—1949),生活·读书·新知三联书店,2013年,第569页。

弦"①。至于何其芳、卞之琳、李广田"汉园三诗人"在战争中集体转向左翼，以及因亲眼看见战争的残酷促使他们接受更为激进的策略，这些内容也在这部文学史中有涉及。因是文学史，并没有过多的篇幅涉及何其芳，以上观点也是学界对何其芳普遍认可的评价。2017年，王德威在《中国现代文学研究丛刊》上发文《梦与蛇：何其芳、冯至与"重生的抒情"》对比了抗战前面临创作困境中的何其芳与冯至如何在创作上突围。王德威称之为"何其芳与冯至在诗学与政治意义上双重'重生'的抒情主义"②。通过探析何其芳、冯至对梦与蛇两种意象的钟情，认为"何其芳辛辛苦苦在重重画梦中寻觅真实，冯至则终其一生都如蛇蜕一般持续地改变自我"③。王德威的这篇文章对于研究何其芳的文学观提出了比较有见地的观点。

2018年，王树文出版《中国"现代派"诗人在英语世界的接受研究》④一书，书中涉及何其芳在英语世界的接受主要依据杜博妮编译的《梦中道路：何其芳散文、诗歌选》一书所写的序言，杜博妮、雷金庆合著的《二十世纪中国文学》，郑悟广的博士论文《〈汉园集〉研究：解读中国现代新诗的一种新方式（1930—1934）》，以及英译中国现代汉语诗歌选的相关篇目。杜博妮的编译序言注意到了何其芳文学道路的变化，郑悟广的论文注意到了何其芳《燕泥集》不同时段诗歌艺术风格的不同。王树文的专著对何其芳在海外的接受研究有所推进。

最后，有一个现象应当特别注意，2012年卓如出版《何其芳传》之后，截至2022年8月，笔者考察发现，这期间并没有研究何其芳的专著出版。尽管研究何其芳的学术论文每年都有发表，但2013年以来的10年都没有专著出版，说明对何其芳的研究并不系统，或者说关于何其芳一些浮面的现象似乎都有相关的研究了，很多学者不愿继续深入。这并不能说明对于何其芳的研究已经处于饱和状态了，相反这说明对何其芳的研究还有一些空间有待深入挖掘。

何其芳文学道路中的转变因为在何其芳研究问题上意义重大，从20世纪30年代起就引起关注，直到今天，这一问题学界虽然已经产生了很多

---

① 孙宜康、宇文所安主编：《剑桥中国文学史》下卷（1375—1949），生活·读书·新知三联书店，2013年，第569页。
② 王德威：《梦与蛇：何其芳、冯至与"重生的抒情"》，《中国现代文学研究丛刊》2017年第12期。
③ 王德威：《梦与蛇：何其芳、冯至与"重生的抒情"》，《中国现代文学研究丛刊》2017年第12期。
④ 王树文：《中国"现代派"诗人在英语世界的接受研究》，中国社会科学出版社，2018年。

重要的研究成果,但从国内外研究的整体上对何其芳的文学道路的研究来看,对何其芳如何从一个唯美主义作家转变到革命作家的研究,还不够深入系统。此外,在20世纪30年代知识分子转变大潮中何其芳转变的普遍性与典型性意义没有很好地被研究和发掘,所以在何其芳文学道路研究中还有很多问题亟待深入探讨:

一是何其芳和卞之琳一样,在文学创作的早期有一个"新月时期",这是何其芳创作的萌芽期。这一时期的浪漫和唯美的思想与创作,都为他后来彻底转变为唯美主义作家埋下了伏笔,是他整个转变链条中的重要一环,但何其芳初入文坛的"新月时期"往往被研究者忽略。

二是何其芳就读北京大学时期隶属"京派",他与"京派"的关系密切,思想与创作也与"京派"息息相关。何其芳的转变与"京派"的兴衰也有重大关系,因此,要理清何其芳的转变脉络,对他的"京派"身份不能忽略或一笔带过,他文学创作上的成名期——"京派时期",更应当成为研究的重点。

三是何其芳在全国抗战前是唯美主义作家,这一点已经成为学界共识,但在研究他转变问题时不能人云亦云,而是要通过其思想和创作甚至诗文的修改选录等方面的唯美追求来研究他是如何成为唯美主义作家的。此外,何其芳对创作的极端唯美追求也巩固了他唯美的诗人气质"抒情个性和审美敏感"[①],这种诗人气质也使其转变过程更为困难和复杂,这也应成为研究重点。

四是何其芳的转变,并非由唯美阶段直接过渡到革命阶段,而是一个微妙的嬗变过程,有很多细节亟待深入研究。一是在其"京派时期":爱情与何其芳思想创作的关系,何其芳1933年的返乡对其转变所带来的影响等;二是何其芳大学毕业后为什么反复强调要"为个人主义辩护";三是何其芳在山东莱阳师范教学时,从都市到农村给其造成的冲击;四是全国抗战爆发前的1936年暑期返乡、1938年他参与"周作人事件"的论争与其思想转变及走向延安有何种关联;五是1938年,何其芳、沙汀、卞之琳一同去延安,原定计划并非长留延安,但何其芳却最终留了下来,卞之琳和沙汀以种种借口不顾延安方面的一再挽留执意离开,这又有什么特殊的含义;六是何其芳从抗战前线归来带着挫败感与艾青关于《画梦录》的争论、参与1940年民族形式问题的讨论、与萧军和陈企霞的论战,这些论争又表明了

[①] 方敬、何频伽:《早年读诗写诗》,载《何其芳散记》,四川教育出版社,1990年,第36页。

何其芳思想上哪些转变与坚守；七是为什么在第二次"象牙塔"生活背景下创作的《夜歌》充满矛盾性，这背后还有哪些复杂因素；八是在延安"歌颂光明"与"暴露黑暗"问题上何其芳的微妙态度；九是何其芳在普及与提高问题上的应对策略；十是何其芳为什么在参加延安文艺座谈会之前充满委屈。以上十个方面的问题，涉及何其芳延安文艺座谈会之前的思想与创作，而在这些细节上学界没有深入而具体的研究。

五是延安文艺座谈会和整风运动是何其芳思想与创作的一个重要转折点，但延安文艺座谈会召开期间何其芳就"带头忏悔"，而且还"甘愿向无产阶级缴械"，其中有何原因？同时，延安文艺座谈会后，随着整风运动的持续推进，他又是如何贯彻落实《讲话》和整风运动精神的？作为"京派"文人与其他延安知识分子相比其转变的独特性在哪里？

六是1944年，去重庆宣讲《讲话》精神为什么派何其芳去？学界往往一句何其芳是"知识分子改造的好典型"就一掠而过，那怎么解释丁玲、艾青等也是改造的好典型而且名气也很大却不选他们呢？其中自然有更复杂的原因。在何其芳向革命作家转变过程中，为什么说他的思想、创作与《讲话》存在着"微妙分歧"[1]，何以有分歧且表现在哪些方面？

七是新中国成立后，何其芳因个人身份、思想以及政治语境等因素，创作受到影响，但即使在这种情况下，他主要从事的仍是文学研究与批评工作，这也是他称之为重要的马克思主义文艺理论家依据所在。但在这些文学批评中，思想上的马列主义追求与他自身内在的对文艺审美艺术坚持是如何共存的？这是何其芳文学道路上的重要一环，具有深入研究的必要性。他还创作了一批现代诗、古体诗，翻译了海涅、维尔特等人的诗，甚至计划创作一部反映知识分子道路的长篇小说（去世前完成近5万字的开头部分）。从何其芳创作的具体作品中能够看到他转变为革命作家后的矛盾与挣扎。能否在他1949年之后的创作与之前的创作对比中发掘出何其芳转变的当代价值？这都需要与其前期作品进行进一步的对比研究。

以上问题是研究何其芳转变的重要线索，具有重大的学术价值和意义，但以往学界对这些问题存在着研究不深入或忽略的现象，这些亟须解决的问题的进一步研究，也就是本书的意义所在。

要特别说明的是，1929年何其芳开始具有新月派诗风的诗歌创作，开

---

[1] 大沼正博：《何其芳的文艺观》，刘平译，《何其芳研究资料》1983年第3期。

启了他创作上的萌芽时期。延安文艺座谈会后,他按照《讲话》精神"改造自己,改造艺术",思想上已经是革命作家了。1946年,他在重庆期间发表充满政治色彩的诗作《重庆街头所见》《新中国的梦想》,已表明他由唯美主义作家到革命作家转变的完成。1947年,从重庆返回延安直到1949年新中国成立,何其芳一直从事政治工作,放弃了创作,甚至连文艺性评论也放弃了,这种政治身份和活动更强化了他革命作家的意识,到1949年政协会议召开后创作的《我们最伟大的节日》一诗,更是充满浪漫的政治色彩,标志着他已经成为革命作家。1929—1949年是何其芳的一个文学周期,在这一曲折的文学周期中,何其芳表现出对"时代大我"的政治追求与"私情小我"的文艺规律坚守之间的矛盾冲突与彷徨。更为重要的是,何其芳正是在这一文学周期里从一个唯美主义作家转变成为革命作家的。探索这种转变中矛盾与彷徨的隐微因缘,对于透视20世纪知识分子革命道路及当代价值具有重要的参考意义。

第一章　新月时期

何其芳1929年至1931年间的诗歌创作明显模仿新月派,从诗的外在艺术形式到内在精神实质都与新月派诗歌高度相似,可称作他创作的"新月时期"。在艺术形式上,何其芳遵循闻一多提出的"三美"原则,同时也借鉴了新月派独有的"用对称的章节组织、按时间的进展写事物的变化"的行文章法,以及"戏剧性独白"的艺术手法。这一时期的作品,因处于何其芳创作的萌发期,他本人发表时又用的是笔名,所以不被人熟知,再加上他本人也不很认可,这批诗作虽陆续被发现,但相比之后的《预言》等诗,显得沉寂了很多。这一时期的创作模仿虽没有引起学界的足够关注,但通过这一时期严格的格律训练孕育了他后期成熟的诗歌创作。

第一节　新月时期作品的存在

何其芳新月时期的作品主要发表在《中公三日刊》、《新月》月刊、《红砂碛》等报刊上。据方敬回忆:"他把诗投给几个大学生自办的同人小报《中公三日刊》上发表,署名'秋若'。似乎他成天不是在读诗就是在写诗,他的课程表上好象只有诗。"[1]何其芳发表在《中公三日刊》上的诗到目前并未找到,也未见有研究人员披露过,笔者试图寻找,到目前为止仍然没有找到。此外,何其芳写给吴天墀的信中附录有6首,除《即使》外都发表在了《红砂碛》上,只是做了微调。[2]

---

[1] 方敬、何频伽:《早年读诗写诗》,载《何其芳散记》,四川教育出版社,1990年,第32—33页。
[2] 何其芳:《何其芳早年诗六首》,《诗刊》1980年第6期。

一、两个刊物:《中公三日刊》与《红砂碛》

关于发表在《中公三日刊》上的作品。方敬说何其芳把写作的"新月"式的形式整齐的诗投给几个大学生自办的同人小报《中公三日刊》发表,署笔名"秋若"。因《中公三日刊》本身就是小报,发行量与影响力有限,留存下来非常困难,所以现在很难找到这份刊物,更别提何其芳发表在上面的诗了。发表在《新月》月刊的有小说《摸秋》、长诗《莺莺》,其余现存诗文主要发表在《红砂碛》半月刊上。《新月》月刊保存完整,学界多有研究,而且何其芳只在上面发表"一诗一说",在此不再深究。

《红砂碛》半月刊由何其芳与其四川同乡杨吉甫合办,为半月刊,1931年6月1日创刊,6月15日出第2期,7月1日出第3期,前后共出3期。何其芳发表的作品包括发刊词(《释名》),小说一篇(《老蔡》),诗歌十二首(《想起》《我要》《让我》《那一个黄昏》《昨夜》《我埋一个梦》《夜行歌》《我也曾》《我不曾》《当春》《青春怨》《你若是》),这也是何其芳新月时期作品的主要组成部分。

《红砂碛》与《语丝》《骆驼草》的风格相似,确切地说是刻意模仿《语丝》与《骆驼草》的风格。据拿到原刊的研究者罗泗描述:

> 《红砂碛》是一个小型文学铅印期刊,半月出刊一次。每期篇幅16开8页,每页分上下两栏直排,每栏25行,每行30字,全页共1500字,全期约12000字,每页文外加单线框,第一页正文前是刊头、出版时间、刊价表、通讯处和目录,看来形式极为简便。刊头《红砂碛》三字是何其芳早年的手笔,行中带草,浑厚含秀,书法自成风格。刊物的通讯处"北平宣外山西街二号"即是"夔府会馆"所在。[1]

从章子仲的描述可以看出,《红砂碛》的格式是"仿照鲁迅先生编过的《语丝》的格式"[2]。其实,《红砂碛》的格式与性质更倾向《骆驼草》,而《骆驼草》本身就是"京派"的重要刊物,《红砂碛》是一份相对单纯的纯文学刊物。而且这种格式被何其芳保留下来,直到全国抗战爆发后,何其芳与卞之琳等创办的《工作》半月刊,格式与《红砂碛》一样。何其芳将这种办刊风格从

---

[1] 罗泗:《何其芳与〈红砂碛〉半月刊》,《何其芳研究资料》1983年第2期。
[2] 方敬、何频伽:《何其芳散记》,四川教育出版社,1990年,第24页。

京派时期延续至全国抗战爆发后,从这些微妙的信息中也可以看出何其芳的偏好,对研究何其芳的思想演变有参考价值。

二、一座会馆:夔府会馆

《红砂碛》通讯处是"夔府会馆"。夔府会馆是清朝末年封爵的夔府人鲍超捐资兴建的,在此住宿无需支付房租,衣食自理。杨吉甫先于何其芳入住这里。何其芳办刊时就住在这里,原因是被清华开除,无处可去。"一九三〇年秋,何其芳入清华就读外文系。他考大学用的万县高中毕业的文凭是假的。清华去函万县中学调查,万县中学复函说万县没有高中。于是,读了一个多月便被清华开除。失学后住在北平的夔府会馆中。"[①]他在"夔府会馆"结识了杨吉甫,在二人合力下《红砂碛》才创刊。当时何其芳非常苦闷烦躁,而且在爱情上也遭受了挫折。何其芳在《树荫下的默想》一文中回忆过与杨吉甫在夔府会馆的生活与创刊《红砂碛》的经历。[②]这篇文章反映出何其芳当时的寂寞,创办《红砂碛》本身就有排遣寂寞的目的,也可以看出何其芳当时遇到了爱情挫折,承受着爱情带来的伤痛。杨吉甫曾经对《红砂碛》上的诗文内容有过一个概括:他们在内容上差不多都是个人忧郁的东西,虽然自己从来都愿意社会要改变。[③]纵观何其芳在《红砂碛》上发表的诗文,确实是"个人忧郁"的东西,尤其是12首诗。如果结合何其芳所说的当时的状态,就不难理解为什么他的诗文在内容上充满忧郁的色彩了。

《红砂碛》之所以只办了三期,除了何其芳所说的"我辈磨于一种生活上的纠纷"而"不能安静的提笔"及何其芳本人爱情的遭际,还另有原因:

> 1930年秋,何其芳考进了北京大学哲学系,移住到西斋宿舍,正忙于学业。而杨吉甫后来因为家庭接济益感困难,接着又发生了"九一八"事变,国事日非,他苦于当时学习外国古典作品于救亡无助,便在当年十月退学回到了家乡,应县立万县中学之聘前往任教。杨吉

---

① 章子仲:《何其芳青少年时代的有关材料》,《何其芳研究资料》1983年第2期。
② 何其芳:《树阴下的默想》,载《还乡杂记》,文化生活出版社,1949年,第95—96页。
③ 殷逸民等编:《杨吉甫年谱》,万县政协文史资料工作委员会、万县鱼泉中学校友会《万县文史资料丛书》,1986年。

甫走后,自然编务乏人。《红砂碛》也就停刊了。[①]

《红砂碛》尽管只有三期,却是我们研究何其芳早期思想、创作的重要史料,应当引起学界的重视。

第二节 在虚幻的文学世界追寻青春的理想

何其芳在其新月时期正处于青少年时期,有着青春期的苦闷与迷茫。何其芳的成长经历是压抑与苦恼的。加上其深爱读书与文学创作,性格日益内倾,越来越沉醉在虚幻的文学世界,生活的压抑与对爱情的渴望,使何其芳对现实产生强烈的不满,进而在文学中追求现实无法给予的浪漫与唯美。

从何其芳新月时期的作品中可以看出有两种典型的思想:一是对爱与美的追求;二是迷惘而又对人生理想充满执着的追求精神。

一、对爱与美的追求

何其芳新月时期的作品,爱情与青春是抒写的重点,不仅体现了他对爱的追求,也体现了对美的追求,毕竟爱情与青春都是一种美。

一是抒写爱情。《莺莺》《想起》《那一个黄昏》《昨夜》《青春怨》等5首都是爱情诗,都是对爱情的抒写。这些诗中的抒情主人公都对爱情充满渴望和憧憬,但都有着一个"爱而不得"的凄凉结局。莺莺深爱的伟岸少年,"那负心的人呀,却一去永不来!"(《莺莺》)"我"怀着对爱情的希冀,只能"楼上楼下,我在雨中走遍,//走过你的门前,不准你听见"(《想起》)。无助的"我"只能在黄昏"用手把你的名字写在雪上"(《那一个黄昏》),或者"我"只能落寞地站在你们的门外,而"你们睡了,你们的门儿紧闭,/我只有向着远处走去,走去……"(《昨夜》)这些诗抒发了何其芳对爱情的渴望,都是直接描写爱情的抒情诗,幻想和希冀的成分很重。

---

① 罗泅:《何其芳与〈红砂碛〉半月刊》,《何其芳研究资料》1983年第2期。

二是抒写"青春"。何其芳新月时期抒写"青春"的诗中"青春"往往是用现实中的"春天"作比,最终目的还是以"青春"喻爱情。诗中写到"青春"往往充满哀伤,就是常说的"伤春",以此喻得不到的爱情。以自然的"春"喻人生的"青春","伤春"也带有对爱情的渴望和失落。何其芳这一时期有6首诗明确写到"春"或"青春"。《莺莺》中的男女主人公相见是在"桃花缤纷"的春季,甜蜜的爱情也随着春季的消失而消逝;《当春》中的抒情主人公是"当春在花苞里初露了笑意,/我是去探问我青春的消息……当春在花朵里浮出了骄夸,/我又为我的青春去责问她"(《当春》);《我埋一个梦》中"我"伤心的"是第二年,象三月的桃花一样,/它谢了,我想忘记却是不能忘记的";《青春怨》中"我"感慨:"一颗颗,一颗颗,又一颗颗,/我的青春象泪一样流着;/但人家的泪是为爱情流着,/这流着的青春是为什么?/一朵朵,一朵朵,又一朵朵,/我的青春象花一样谢落;/但一切花都有开才有落,这谢落的青春却未开过";《我也曾》中"我"绝望的感到"失去了这一年的春光……失去了我一生里的春光?"《我不曾》中"我不曾察觉到春来春归,只看过了一度花开花飞……树上的桃花已片片飞坠,夹在书内的也红色尽褪,你曾经饮过春醪几多杯?"何其芳通过对"青春"的书写,抒发的是自己对爱情的渴望,对青春易逝的感伤情怀,其实抒写"青春"也是抒写爱情,也是抒发对美的追求。[1]闻一多在诗集《红烛》中,有一辑就是"青春篇",也是以"青春"为核心意象抒情感怀。《红烛》中的"青春篇"共包括《青春》《春寒》《春之首章》《春之末章》等17首诗,何其芳对闻一多的诗很迷恋,或许对"青春"的大量抒写受到了闻一多的某些影响。

三是抒写梦。何其芳新月时期的作品中不仅有对爱、"青春"的抒写,也有对梦的大量抒写。何其芳写梦有两点很值得注意:一是这些梦代表了什么,二是为什么写梦。其实,梦代表了对爱与美的追求。

首先写梦是对爱的一种追求。何其芳将现实无法实现的爱情编织入梦,不止《想起》一首,在《我埋一个梦》中也有清晰的表露:

> 我埋一个梦在迢迢的江南里,
> 无人知道那梦里的影子是谁的。
> 是一个秋夜,象天空的星星一样,
> 那梦才向我低低说着话的。

---

[1]闻一多:《闻一多全集》第一卷,湖北人民出版社,1993年,第57—78页。

>是一个冬夜,在白的积雪上,
>它才开始含羞地写出它的美丽。
>是第二年,象三月的桃花一样,
>它谢了,我想忘记却是不能忘记的。①

"我"埋的这个梦,其实是一个爱情的梦,因为梦里是有"谁"的"影子"的,这个"影子"就是爱恋的对象的代称。这个爱情的梦是自己一直希冀的,"秋夜"向我低诉,"冬夜"向我写出它的"美丽"。第二年尽管它谢了,但"我想忘记却是不能忘记的"。全诗弥漫着"我"对爱情甜蜜的向往。这一切都付之于梦中,梦成为爱情的一种象征,所以《我埋一个梦》中的梦又体现了对爱情的追求。

其次,写梦是渴望自己美好的生活能在梦里实现,表达的是对美的追求。如《我要》中写道:

>我要唱一支婉转的歌,
>把我的过去送入坟墓;
>我要织一个美丽的梦,
>把我的未来睡在当中。
>
>我要歌象梦一样沉默,
>免得惊醒昔日的悲咽;
>我要梦象歌一样有声,
>声声跳着期待的欢欣。②

诗中"我"要织梦,是因为自己的"昔日"是"悲咽"的,"我"要把"我的过去"送入坟墓埋葬掉。而且不想"未来"自己的生活依然不美,所以要"织一个美丽的梦",让"未来""睡在当中",以免再遭受昔日的悲伤。同时"我"理想中的梦与歌相通,歌有梦的静默,梦有歌的欢声,这种梦承载着自己的希望和欢乐。显然,这首诗反映的现实是"悲咽"的,转而期冀梦中,渴望自己

---

① 《我埋一个梦》,原刊1931年6月北平《红砂碛》第2期,署名秋若。见罗泅编《何其芳佚诗三十首》,重庆出版社,1985年,第17页。
② 《我要》,原刊1931年6月北平《红砂碛》创刊号,署名秋若。见罗泅编《何其芳佚诗三十首》,重庆出版社,1985年,第13页。

在现实中的美好理想能在梦中实现。

何其芳写梦是为了抒发对爱与美的追求。但为何又单单选择这种虚幻的梦作为载体呢？原因是现实世界中,何其芳因为经历了成长的挫折坎坷,认为自己的人生是不幸的,对现实已经失望。他曾经有一个关于人与人生的比喻:

> 我时常想:人比如是一辆火车,人生比如铁道。假若在这长长的铁道上,排列着适宜的车站,比如第一是家庭的爱,第二是学校生活的快乐,第三是爱情,第四是事业,……那就是幸福的一生。如其是缺少了,或者排列错了,那这火车就没停留的地方,只有寂寞地向前驰去,驰到最后一站。最后一站是幸福与不幸福的都有的,只是幸福的人到得迟而不幸福的到得早而已。①

何其芳认为自己的人生"铁道"上"缺少了一些而又排列颠倒了一些"②车站,遂感到寂寞绝望,何其芳在《给艾青先生的一封信》中说:"我实在过了太长久的寂寞的生活。在家庭里我是一个无人注意的孩子;在学校里我没有朋友;在我'几乎绝望地期待着爱情'之后我得到的是不幸。"③以致消沉颓废,何其芳在给朋友的信中说:"你会觉得我真老了吧。有朋友说我的心情与我的年龄不适合,他说他在二十岁时是不象我这样的。这就是我的路上缺少了车站的缘故。但我还是要活着,直到生活的兴趣消失到一点以至于没有的时候。给你说了这多颓丧的话,是不应当的,但除了这些,我就只有沉默了,这可解释我为甚么不爱给朋友写信了。"④所以,何其芳将在现实中得不到的美好通过写梦的形式来实现,对爱情和"青春"的抒写也是这方面的原因。

何其芳关于人与人生是"火车""铁道"的比喻,在之后其"京派"前期的创作中也多次运用,戏剧《夏夜》、小说《浮世绘》四个片段中的人物人生同样可以用这个比喻进行诠释。这也说明,形成于新月时期这一悲观思想在何其芳之后的生活和创作中具有延续性。当然这个精彩的比喻其实是一个"陷阱",使其陷入其中久久不能从中超越。

---

① 何其芳:《致吴天墀信八封》,《何其芳研究资料》1983年第2期。
② 何其芳:《夏夜》,载《刻意集》,文化生活出版社,1938年,第56—57页。
③ 何其芳:《给艾青先生的一封信——谈"画梦录"和我的道路》,《文艺阵地》1940年第4卷第7期。
④ 何其芳:《致吴天墀信八封(附:吴无墀〈小记〉)》,《何其芳研究资料》1983年第2期。

二、迷惘而又对人生理想充满执着的追求

何其芳新月时期有一首诗《即使》颇能反映其青春期迷惘执着的思想。

> 即使是沙漠,是沙漠的话,
> 我也要到沙漠里去开掘,
> 掘一杯泉水来当白茶;
> 即使永远,永远都掘不着呀,
> 总可以那坑作为坟墓吧。
>
> 即使是沙漠,是沙漠的话,
> 我也要到沙漠里去寻花,
> 寻来伴我墓中的生涯;
> 即使一朵,一朵都寻不着呀,
> 总有风沙来把我埋葬吧。
>
> 即使是沙漠,是沙漠的话,
> 我也要到沙漠里去住家,
> 把我飘零的身子歇下;
> 即使那水土不适宜于我呀,
> 总适宜,适宜于我的死吧。①

何其芳这首《即使》附录在1931年4月25日给中学同学吴天墀的信中,此时他正因失学寄居在"夔府会馆"。这首诗反映了何其芳对人生理想充满执着的追求,同时也表明他对于人生道路充满迷茫,这是一种典型的青春期心态。

首先是对人生理想充满执着的追求与青春期的苦闷。《即使》充满浪漫与唯美色彩,这也是何其芳本人对人生理想追求的一种表现。这首诗充满浪漫主义情调,显然抒情主人公与现实是冲突的,其并不想与现实妥协。哪怕是置身"沙漠",也要为自己的理想"开掘""寻花",甚至不惜"死亡",深埋"墓"中,由此也染上了浓重的唯美主义色彩,也写出了何其芳本人对浪

---

①何其芳:《何其芳早年诗六首》,《诗刊》1980年第6期。

漫与唯美的追求。何其芳阅读了徐志摩一篇记曼殊菲尔德的作品,在徐志摩与曼殊菲尔德的对话中,曼殊菲尔德说"所有国家的政治都是肮脏的",这句话深深地影响了何其芳。加上当时何其芳崇拜的徐志摩本人也不从事政治活动,深爱文学的何其芳从中领悟,要远离"肮脏的政治"。何其芳本人又感动于丹麦作家安徒生的作品《小女人鱼》(又名《海的女儿》)中三种思想(美、思索、为了爱的牺牲)。[①]何其芳坦言这三种思想给其力量的同时,也限制了他,使他不喜欢嚣张的东西,不喜欢流行的社会书籍,也不参加运动,其实这是典型的刻意疏远现实和政治,"所有国家的政治都是肮脏的"的观点自然在何其芳这种思想中起到了重要作用。这里还要提一点,何其芳刚写小说时的选题是"革命+恋爱"小说,但被退稿。用何其芳的话说是自己的"第一个孩子"被"活埋在这坟墓里",他仅有的一次关注现实革命的行动也被这次退稿无情地摧残了。《小女人鱼》中的三种思想、曼殊菲尔德的言论、退稿等因素合力使何其芳更感到要远离现实和政治,这一点能从何其芳之后的作品中反映出来。所以《即使》一诗中那种为追求虚幻的梦想所表现出来的偏执,就是一种唯美主义的表现,这也"应和"了闻一多、徐志摩等"为艺术而艺术"的浪漫唯美情怀。

  其次是人生道路的迷惘。《即使》这首诗就是何其芳本人心境的真实写照,充分反映了何其芳青春期的苦闷,对人生道路的迷惘。这首诗分三节,既突出了抒情主人公一种执着的追求,又充满着迷茫与绝望,即以"沙漠"的虚无作为追寻希望的前设,得到的必然是"坟墓""埋葬""死"等绝望的结局,也凸显出抒情主人公矛盾、虚无的苦闷状态。其实这是一种典型的青春期少年对人生的道路充满迷惘的状态,作为作者的何其芳于1912年2月5日出生,1931年4月25日刚过完19岁生日没多久,明显是青春期少年,由此可见,这正是何其芳本人的心态。诗中"沙漠""骆驼"等意象在1930年5月19日给吴天墀的信中已有提及。何其芳在信中说:"我时时怀着深甫!我也时时想起了你! ……我是一点精神上或其他上的帮助都没有给你。不过,我很愿意你能够永远保持着你坚超的志与力在人世里做一个骆驼,或许在你所走的这沙漠里能够发现一朵花或一股清泉吧。本来我是不相信这人世里有那些东西的,不过我因你现在苦炼着还能给我一些勉励与祝福,我也不禁有勇气说了这样一句话。或许莫有那样奇迹的发生吧……为

[①] 何其芳:《一个平常的故事——答中国青年社的问题》,载《星火集》,群益出版社,1949年,第100页。

甚么深甫要死去呢？……然而他竟死了……而我这样连自己一个人的死活都不能肯定的人，翻不能不在事实上名义上活着,怪、真怪！这也是我没有信心与力量活在这人世的缘故。"①在因一位中学同学的早逝感到痛心的同时,何其芳还在信中表现出颓废的心态。何其芳言语中充满绝望,甚至直言要让自己死去,以证实这世界是否应当毁灭。这也是《即使》中出现"坟墓""死"等意象的原因。《即使》这首诗恰好反映了何其芳这一时期困顿的状态。吴天墀本人从来信中就感觉到何其芳的性格变得"奇突"起来,"狂放不羁,否定一切"甚至"否定自己"。但宣泄过后又"静寂无声",仿佛罩上"灰色的迷雾",如"沉默的茧子"。这种状态朱湘在评价闻一多《小溪》时称为"灰色的心情":向他讲解脱,则他不知道他的迫待解脱的对象,确实是什么,或者向他讲寻死,则他又没有那种勇气。②这也说明,这种状态并非何其芳一人,而是青年的一种常见心态。

何其芳对人生道路的迷茫,在其新月时期的其他作品中也有充分的反映,以抒写"灰色的心情"为表现形式。"灰色的心情"何其芳在诗中又是以对"死亡"意象的书写来实现的。如《让我》一诗③,这首诗和《即使》一样,也充满着人生的不如意,理想破灭的伤痛感依然强烈,而且也表现出何其芳的执着与迷茫。"孤岑地生""失掉了晶莹""让我恨""让我杀掉我自家""开向墓里的黄沙",这些都是一种追求失落后的偏执表现。但在这种偏执中我们可以看到"我"还是追求美好理想的,"微光一样"闪着的"歌声""自家"如"一朵花",即使"失掉了晶莹""墓里的黄沙"充盈,"我"也要"闪着歌声"、花要盛开。这和《即使》如此相似地表达了对于美好理想的追求及对前途渺茫的苦闷,也说明《即使》并非孤证。

这一时期何其芳其他诗中也出现这样的诗句："有一个草色青青的小坟"(《莺莺》)、"我要唱一支婉转的歌,把我的过去送入坟墓"(《我要》)。也因此说何其芳在其新月时期的人生道路确实是迷茫的。这种"灰色的心情"弥漫于作品中,到何其芳的京派时期还可以看到这种迷惘的情绪,《花环》(诗)、《墓》(散文)就是有力的佐证。

何其芳在1931年4月25日从北平给吴天墀的信中共附诗六首,分别

---

① 何其芳:《致吴天墀信八封(附:吴天墀〈小记〉)》,《何其芳研究资料》1983年第2期。
② 天用(朱湘):《桌话》,《文学》1924年第144期。
③ 《让我》,原刊1931年北平《红砂碛》创刊号,署名秋若。见罗泅编《何其芳佚诗三十首》,重庆出版社,1985年,第14页。

为《我要》《青春怨》《当春》《即使》《想起》《我不曾》,六首诗中除《即使》外都被何其芳发表在1931年6月出版的《红砂碛》上。或许心情有所平复的何其芳认为《即使》这首诗写得极端就放弃了收录。《即使》一诗与卞之琳的《远行》,从形式到思想内容上相似程度都非常惊人。卞之琳在《远行》中写道:"如果乘一线骆驼的波纹/涌上了沉睡的大漠,/听一串又轻又小的铃声/穿进了黄昏的寂寞,""我们便随地搭起了篷帐,/让辛苦酿成了酣眠,/又酸又甜,浓浓的一大缸,/把我们浑身都浸遍;""不用管能不能梦见绿洲,/反正是我们已烂醉;一阵飓风抱沙石来偷偷/把我们埋了也干脆。"[1]对比可见,卞之琳的这首《远行》也是典型的新月派诗,从建节、建行、押韵、措词都有新月诗风。而且诗中"骆驼""大漠""帐篷""绿洲""沙石"等意象,"寂寞""辛苦""烂醉""埋了"等状态,都与何其芳的《即使》相似。更为重要的是,《远行》也体现了一种人生的迷茫与对理想追寻的决绝姿态。《即使》与《远行》不谋而合地相像,说明新月派诗的影响力之大,尤其是对于青春期的青年诗人吸引力很大,不止何其芳一人。当然也可以看出,青春期的迷惘与找不到人生出路的苦闷是一种普遍状态,只是在何其芳身上表现得浓重,在卞之琳身上表现得轻微些罢了。但正是这种极端化的书写,才更能反映何其芳新月时期对人生找不到出路的苦闷。

1931年秋,何其芳进入北京大学读书,他的思想与创作都发生了变化。在诗艺上,他更加倾向于唯美主义,也从对新月派诗歌的一味喜爱与模仿渐渐过渡到对现代派诗风的痴迷。这与新月派式微、现代派崛起——两种文学思潮的更迭有关。除何其芳外,很多现代派诗人早期创作上也有着明显呈现新月诗风特点的新月时期,如卞之琳、李广田、戴望舒、徐迟等,甚至包括臧克家。卞之琳多次提及,没有戴上新月派诗人帽子的臧克家,确实是从《新月》上起步进入文坛的,可见新月派影响之大,它显然孕育了现代派。何其芳提出过这样的观点:写自由诗的人经过严格的格律训练,就不会将诗写成冗长无味的散文,这与新月派的诗学观是一致的。正是经过新月时期严格的格律训练,何其芳之后的诗作更加唯美精致,这也成就了他在中国新诗史上的非凡地位。

---

[1] 卞之琳:《远行》,载《卞之琳文集》上卷,安徽教育出版社,2002年,第36页。

第二章　京派时期

1931年秋,何其芳在四川同乡曹葆华的帮助下,进入北京大学哲学系读书,也开启了人生与创作的另一时期——京派时期。这一时期主要从1931年秋至1937年7月全国抗战爆发。相比新月时期创作的萌发期,京派时期是何其芳的成名期。何其芳《汉园集》(1936年)中的《燕泥集》(诗集)、《预言》(1945年,诗集)、《刻意集》(1938年初版,1940年再版,诗文合集)、《画梦录》(1936年,散文集)、《还乡杂记》(1949年,散文集)中的作品都创作于这一时期,唯美的思想与创作追求使何其芳成为一个地道的唯美主义作家。

何其芳在进入北京大学之前就受到梁宗岱、废名、沈从文的影响,进入北京大学之后结识了卞之琳、李广田,进入了京派文人的圈子,进而成为年轻的京派一员,与京派其他成员关系日渐紧密。京派的由来及成员组成、何其芳步入京派以及与京派友人的关系、参与京派文学的活动、所受京派的影响等问题,都与他的文学创作密切关联。这一时期,他的文学境遇与创作心态地不断发生着变化,分为三个大的阶段:北大时期追求"为艺术而艺术"、南开中学任教开始注目现实面临"双重苦闷"、山东莱阳接触残酷的现实进而发出"我最关心的是人间的事情"的呼声。如果单从这一时期何其芳思想的变化来看他的文学境遇与创作心态,会流入"何其芳现象"这种新的简单化。所以,从整体上深入分析何其芳人生境遇、思想创作的细微变化过程,才能透视他京派时期的文学境遇与创作心态以及现代作家知识分子转型的复杂性和特殊性。

第一节 文学境遇与创作心态

何其芳是唯美主义作家,这是学界达成的共识。[①]李健吾对何其芳评价说:"何其芳先生要的是颜色,凸凹,深致,隽美。"[②]李健吾是评价李广田的《画廊集》时将李广田和何其芳对比后得出的结论,也点出了何其芳追求唯美主义的特征。何其芳是怎样成为唯美主义作家的是笔者关注的重点,何其芳创作上的京派时期就是他唯美主义作家的生成期。

何其芳是中国现代文学史上著名的京派文人。从文学思想、创作实践以及与京派文人的关系看,1931年秋进入北大至1937年全国抗战爆发京派解散期间,可以说是他创作上的"京派时期"。这一时期,他的文学境遇与创作心态在不断发生着变化,分为三个大的阶段:北大时期追求"为艺术而艺术"、南开中学任教开始注目现实面临"双重苦闷"、山东莱阳接触残酷的现实进而发出"我最关心的是人间的事情"的呼声。如果单从这一时期何其芳思想的变化来看他的文学境遇与创作心态,会流入"何其芳现象"这种新的简单化。从整体上深入分析何其芳人生境遇、思想创作的细微变化过程,才能透视他京派时期的文学境遇与创作心态以及现代作家知识分子转型的复杂性和特殊性。

何其芳于1944年10月11日在《夜歌》初版的"后记"中说:

> 创作者不一定发表他的理论,但是他应有一个理论在支持着他的写作,这个创作理论的正确或错误直接影响到他的实践与成就。抗战以前,我写那些"云"的时候,我的见解是文艺什么也不为,只为了抒写自己,抒写自己的幻想,感觉,情感。后来由于现实的教训,我才知道人不应该也不可能那样盲目的,自私地活着,我就否定了那种

[①] 何其芳在其"京派时期"是唯美主义作家已成学界共识,解志熙在其《美的偏至——中国现代唯美—颓废主义文学思潮研究》一书中就持这种观点(见解志熙:《美的偏至——中国现代唯美—颓废主义文学思潮研究》,上海文艺出版社,1997年。);高恒文在《京派文人:学院派的风采》第四章"毕业前后"中认为何其芳从思想到创作都具有十分明显的唯美主义特征(见高恒文:《京派文人:学院派的风采》,上海教育出版社,2000年,第85页)。另外贺仲明在《喑哑的夜莺——何其芳评传》中也认为这一时期何其芳是一个唯美主义作家(见贺仲明:《喑哑的夜莺——何其芳评传》,南京师范大学出版社,2004年);何休认为这一时期何其芳是"唯美主义文艺家"(见何休:《个人话语与时代语境的脱离与融合——何其芳前期思想与创作》,《文学评论》2003年第2期)。

[②] 刘亚渭(李健吾):《咀华集·咀华二集》,复旦大学出版社,2005年,第82页。

所谓为艺术而艺术(实际是为个人而艺术)的见解。[①]

"我写那些'云'的时候",何其芳说是抗战以前,其实是1931年秋至1937年全国抗战爆发,刚好是何其芳创作上的整个京派时期。之所以这么说,是因为"云"的说法是有特殊含义的,何其芳在这篇"后记"中明确说,诗集《预言》本来已经编好,但因种种原因未能出版。将来这个诗集如果有机会出版,他想给它取一个名字叫"云",原因有二:一是这部诗集里面的诗差不多都是飘在空中的东西;二是因为《云》是这部诗集的最后一首诗。这首《云》创作于1937年,这也是全国抗战爆发前何其芳创作的最后一首诗。那么第一首呢?查1945年文化生活出版社初版的诗集《预言》,第一首是创作于1931年秋的《预言》。这本不奇怪,何其芳编选诗集《预言》,诗集中诗篇其实是从《燕泥集》和《刻意集》中选录的,而《预言》一诗也是《燕泥集》的第一首。由此可知,何其芳说写作这些"云"的时候,就是他的京派时期。

一、北大求学:"为艺术而艺术"

(一)"为艺术而艺术":"为个人而艺术"

开篇所引何其芳的这段话已经非常清晰地表明他的文学观是"为艺术而艺术(实际上是为个人而艺术)"的唯美主义。何其芳刻意强调实际是"为个人而艺术""抒写自己""抒写自己的幻想,感觉,情感",这就更加证明了他自身对唯美主义的极端追求。何其芳自己曾对自己的"为艺术而艺术"的观点做过注解,而且反复强调。在《论梦中道路》中就有多处,如"对于人生我动心的不过是它的表现",[②]这是一种典型的唯美主义思想。

"为艺术而艺术(实际是为个人而艺术)"的创作理论在何其芳的创作中涉及的范围很明显针对的是他京派时期的诗创作,也就是说他京派时期诗创作背后的理论支撑都是这种"为艺术而艺术(实际是为个人而艺术)"的创作理论。何其芳京派时期其他体裁的作品创作呢?理论支撑依然是这种创作理论吗?答案当然是否定的。只能说何其芳京派时期第一阶段(1931年秋至1935年夏,北大读书期间)其他体裁的创作是这一理论支撑,

---

① 何其芳:《夜歌》,诗文学社,1945年,第176页。
② 何其芳:《论梦中道路》,《大公报·文艺》1936年第182期。

《画梦录》中的散文、小说《王子猷》、戏剧《夏夜》等。甚至第二阶段（1935年6月至1937年7月，大学毕业至全国抗战爆发）在天津创作的小说《浮世绘》的四个片段也是在这一理论指导下创作的。等他到了山东莱阳，真正地接触到底层民众的苦难后，他的思想转变为"最关心的是人间的事情"①。其实从这里也可以看出，何其芳的文学观在整个京派时期并非完全一致，这或许跟他下这个结论是事后多年有关，他并没有进行具体的区分。1944年，何其芳第一次代表延安赴重庆宣讲《讲话》，特殊的背景和特殊的身份，使他在对自己以前的文学观或作品评价时会采取"选择"性表述，并不一定完全准确地描述全国抗战前的文学观及其细微变化，这是要格外注意的。从何其芳京派时期的整个创作看，真正"根株"深植在"人间"和"大地"上的是这一阶段的《还乡杂记》中的散文创作。但也并不是说《还乡杂记》中的散文创作理论完全不是"为艺术而艺术（实际是为个人而艺术）"，只是说这种虚幻色彩浓烈的唯美主义在《还乡杂记》里弱化了，写实的成分明显增加。这种微妙的变化一定要注意，毕竟他与何其芳思想和文学观的转变有关。

由于"现实的教训"，他才转变了思想，否定了这种唯美主义文学观。这一方面交代了后来何其芳文学观的变化与他思想的转变有关；另一方面也说明他的文学观与他的思想是紧密相关的。何其芳"京派时期"第一阶段的思想和第二阶段的思想是不同的，简单地说也就是他大学毕业前后的思想不一样。大学毕业前何其芳是刻意与现实政治保持距离，沉迷于"梦中道路"；大学毕业后在现实的残酷逼迫下，他开始渐渐走出"梦中道路"，关心现实和政治，以致要"叽叽喳喳"发议论来干预现实。

（二）"我除了打喷嚏的时候从来不仰望蓝天"

何其芳京派时期第一阶段（北大求学期间）的思想是疏远现实和政治的，这是其新月时期"不喜欢嚣张的事物"，要远离"肮脏的政治""想做一个渺小的人"的思想的进一步强化。何其芳在《呜咽的扬子江》一文中写道：

在北方这几年，我把自己关闭在孤独里，于是对于世界上的事都感到淡漠，像屠格涅夫小说里的一位人物，"我除了打喷嚏的时候从

---

① 何其芳：《我和散文（代序）》，载《还乡杂记》，文化生活出版社，1949年，第11页。

来不仰望蓝天",不过我的"蓝天"应该改为现实生活。①

"在北方这几年"指的是何地何时？这里主要是指1930年至1935年何其芳在清华及北大读书期间，特别是指1931年秋至1935年夏在北大读书期间，也可以说与何其芳创作上的京派时期第一阶段吻合。原因很简单，尽管何其芳1935年夏毕业后到天津南开中学工作，后又去山东莱阳乡村师范从教，天津和山东莱阳同属北方，但在这两地才真正接触当时的黑暗现实，也已经开始关心现实，所以何其芳口中的"北方这几年"应为在北京读书的几年。另外，何其芳在《论梦中道路》中说"衰落的北方的旧都成为我的第二乡土"②，这里的"北方"和"在北方这几年"所指应相同，指的是北京。何其芳1930年秋进入清华大学，不久就被学校除名，失学后搬入虁府会馆，可谓饥寒交迫，与杨吉甫等相互扶持以度时日。困顿的生活使何其芳即使想封闭自己也恐难实现，只有1931年秋他进入北大，家里有定期汇款，生活上稳定了才能封闭自己。

何其芳用屠格涅夫小说中的人物自比，形象地说出了自己与现实的关系，明确说他是故意逃避和疏离现实的。何其芳又在《给艾青先生的一封信——谈〈画梦录〉和我的道路》中对这一时期的生存状态有详细的说明，说他当时是压抑着热情，却不用这种热情去积极地从事工作和去爱人类，他只感到寂寞苦闷，也因此很快脱离人群。他继续顽固地保持孤独，没有朋友，期待的爱情又以不幸结束，以致何其芳间或有一种极端的个人主义思想。这段文字写于他随军并从前线回到延安时，尽管他的思想相比京派时期有所转变，但这段回忆性文字还是给我们交代了他在京派时期第一阶段的真实生存境遇。"我除了打喷嚏的时候从来不仰望蓝天"，这只是形象地表达了何其芳这种极端的个人主义思想。在这种极端个人主义思想作用下，何其芳主动脱离了人群，其实也就是封闭自己，与现实疏离并充满敌意。

何其芳从来不仰望"现实生活"，自然包含着与政治的故意疏远。何其芳就读北大的1931年秋至1935年夏，内忧外患，如果不是刻意回避政治，他也不会完全沉醉于"梦中道路"。何其芳多次说，1933年暑期返乡回到北平创作《柏林》一诗是其创作的转折点。他之所以1933年暑假回到故

---

① 何其芳：《呜咽的扬子江》，载《还乡杂记》，文化生活出版社，1949年，第5页。
② 何其芳：《梦中道路》，载《刻意集》，文化生活出版社，1938年，第73页。

乡,原因是北平郊区被日本人占领,何应钦准备背水一战,各学校通知学生离校。就是这样严酷的战争背景,仿佛也与他无关。他还在写着《画梦录》中的《黄昏》——那种浓重的唯美主义的作品。直到1938年,思想已经改变的何其芳在成都撰写的《论工作》一文中为自己此时对国家政治的漠视"感到羞耻"。他写道:

> 那时是什么时候呢?九一八事变发生了。接着是热河失陷,榆关失陷。然而我正做着"一些美丽的辽远的梦"……直到大学二年级,直到塘沽协定之前的那一度华北局势紧张……各学校通知学生离校,因而我也离开北平的头一天晚上,我还在一个小公寓里写着《画梦录》里的那一篇《黄昏》:马蹄声,孤独又忧郁地,洒落在沉默的街上如白色的小花朵……现在提起这些来我是非常感到羞耻的。①

何其芳京派时期第一阶段确实是刻意远离政治的。他1956年曾经在《写诗的经过》中谈到《预言》集中的诗时也涉及当时对政治的态度。他说,那些诗是脱离时代、脱离中国革命斗争的产物,如果有点儿内容,也是一个政治上落后的青年幼稚的苦闷与欢欣,自己常用李煜的诗句"流连光景惜朱颜"来概括这些诗。他这样批判自己,那时正是自己大一的时候,九一八事变爆发,国内外局势动荡不安,内有蒋介石政府不抵抗入侵日军反而屠杀人民,外有日本帝国主义进一步侵略,国内抗日救亡的爱国热潮日益高涨,自己却在那里"流连光景惜朱颜",现在为之汗颜。何其芳说这种革命形势太强大了,连他这样思想落后的青年都被感染,大学毕业以后,就逐渐抛弃了这种错误思想,最终走向进步,他说的进步是去延安参加革命。他说这句话的时候是1956年,这时的他已经是一个地道的革命作家了。他所说的话我们自然要认真分析,但有一点是真实的:何其芳在北大读书期间,是刻意与政治保持距离的,甚至可以说是主动隔离的。由此我们得知,何其芳"京派时期"的第一阶段思想是疏远现实,疏远政治,保持高度的"个人主义"思想,这也为后来他为何能转变为革命作家,成为一个思想上信奉"集体主义"的作家做了铺垫。

---

① 何其芳:《论工作》,载《星火集》,群益出版社,1945年,第9页。

二、南开中学任教：双重苦闷与觉醒

何其芳大学毕业后思想的变化也分两个阶段：1935年秋进入天津南开中学到被辞退的1936年6月，文学思想与大学毕业前相比是微变；1936年秋进入山东莱阳师范学校任教至全国抗战爆发则发生较大变化。

（一）双重苦闷："时代的苦闷"与"个人的苦闷"

1935年夏，何其芳从北京大学哲学系毕业，走出西斋，"别了孤独的忧郁的大学生生活"①。因大学时代某种程度上的刻意逃避现实，何其芳毕业后颇为工作问题发愁，后靳以推荐他去自己的母校天津南开中学教书，何其芳这时才接触到中国现实社会有别于大学校园的另一面。1938年8月7日，何其芳写作《忆毕奂午》一文回忆在南开中学的知己毕奂午，文中写道：

> 许多血淋淋的事实摆在我们的眼前。如他所常说的，我们背负着两重十字架：时代的苦闷和个人的苦闷。②

何其芳这段话中的"时代的苦闷"和"个人的苦闷"对于他自己而言有重要的意义，正是因为这双重的苦闷，他的思想与创作发生了更大的变化。

"时代的苦闷"。1935年，日本侵略者加紧侵华，驻华日军策动华北各省脱离南京国民政府实行"自治"的一系列事件，史称"华北事变"。日本侵略者通过"华北事变"很快控制了华北大部，中华民族面临空前的民族危机。1935年12月9日，东北大学、中国大学、北平师范大学等高等院校和部分中学一千多学生涌向北平街头举行抗日游行活动，国民政府对其进行了残酷镇压，这就是著名的一二·九运动。一二·九运动很快波及天津，南开中学学生也举行罢课，参与到运动中去。何其芳在若干年后向友人熊道光讲述了当时的情景。那时正值一二·九运动发生之际，南开中学也罢了课，但校长又责令每个教员在第一次上课时，首先对学生"严加训斥"。何其芳没有奉行校长的命令，他没有讲一句训斥学生的话而照常上课，因此被扣上"鼓动学潮"的罪名而遭到解聘，③这是熊道光的回忆。何其芳本人两次著文都谈到了这次学生运动及自己的遭遇。他说，在五二八运动中他

---

① 何其芳：《忆毕奂午》，载《何其芳全集》第六卷，河北人民出版社，2000年，第448页。
② 何其芳：《忆毕奂午》，载《何其芳全集》第六卷，河北人民出版社，2000年，第450页。
③ 熊道光：《与其芳同志的一夕谈》，《何其芳研究资料》1983年第4期。

们在学生和军警中间成了可怜的没有立场的"暧昧的第三种人"①;又说,果然没有第三种人存在,学生罢课后他们还要到教室里对着空墙壁说教,学校要求他们用可怜来感动学生,军警还是包围了何其芳们的宿舍两天两夜,连封信都难以送出,最终他们与学生同罪。②何其芳所说的"五二八"是天津学生响应一二·九的后续行动。这很容易让他想起当年上万县初级中学时,他被关押起来的场景。那一次让何其芳对"成人"再也不相信了,而这一次几乎相似的经历不仅是尴尬,更是对阴暗的社会感到绝望。这种大规模的学生爱国运动,对何其芳的冲击是巨大的。他这个一向躲避在自己内心角落里坚守着"个人主义"的唯美主义作家,这时也被时代的潮流、民族国家的意识所唤醒,这也为何其芳反抗现实做了铺垫。内忧外患,时局动荡不安,自己无法安身立命,这也就是何其芳所说的"时代的苦闷"。

"个人的苦闷"。何其芳在进入南开中学任职后,在为能用自己的双手换取面包感到骄傲的同时,也感到进入的是"一个狞笑的陷阱"③。等待其的不是幸福而是苦难,"在那教员的宿舍里,生活比在大学寄宿舍里还要阴暗"④。何其芳进入南开中学是1935年的8月,炎热酷暑,又被安置在一间西晒的房间,隔壁是电话、电铃、工人的住室,窗户上又爬满黑色的苍蝇。用他自己的话说:"我首先便和那些折磨着威胁着我的敌人,阳光,嘈杂声,与苍蝇,开始了争斗。"⑤学校周围的环境更是恶劣,学校附近有一个充满污秽与恶臭的洼地,洼地的旁边是一条臭水河。不久,何其芳在南开中学结识了毕奂午。萧乾在1978年写作的回忆录《鱼饵·论坛·阵地——记〈大公报·文艺〉1935—1939》一文中附有一张照片。照片上是何其芳与萧乾、李尧林、曹禺、毕奂午、章靳以等人的合影,拍摄时间、地点是1935年秋天津亦乐园。从这张照片看应该是何其芳进入南开中学一段时间后拍摄的,照片中六人都穿着较厚的风衣。何其芳、李尧林、曹禺三人在前排,手中都拿有礼帽,从此看天气已经进入深秋,与8月何其芳刚进校时的酷热形成对比。另也可说明何其芳与毕奂午也已经很熟悉,因为其他几人何其芳先前

---

① 何其芳:《一个平常的故事——答中国青年社的问题:"你怎样来到延安的?"》,载《星火集》,群益出版社,1945年,第105—106页。
② 何其芳:《呜咽的扬子江》,载《还乡杂记》,文化生活出版社,1949年,第5—6页。
③ 何其芳:《我和散文(代序)》,载《还乡杂记》,文化生活出版社,1949年,第4页。
④ 何其芳:《一个平常的故事——答中国青年社的问题:"你怎样来到延安的?"》,载《星火集》,群益出版社,1945年,第105—106页。
⑤ 何其芳:《我和散文(代序)》,载《还乡杂记》,文化生活出版社,1949年,第6页。

都认识,且很熟悉,章靳以就是靳以。曹禺也是京派年轻一员,李尧林是巴金三哥,也是南开中学的老师。照片上的毕奂午就是何其芳在南开中学结识的。他与何其芳有着不同经历和性格,但对何其芳影响很大。何其芳说:"他是我在那种环境里的唯一的朋友,唯一互相影响又互相鼓励的人。"①何其芳认为当时的南开中学是"制造中学生的工厂",当年在南开中学读书的周汝昌读到这句话时感到很疑惑,甚至"此疑蓄于胸中多年"。周汝昌说:"但使我同时感到诧异与不快的是他写出了一句话,那是不点名而明指南开的贬词:他离开了北方的一所'制造中学生的工厂'！诧异,惊讶,十分不愉快。我不解何以这所名校会使他发生那种想法——难道还有'不制造中学生'的好地方吗?"②

何其芳常和毕奂午一起去学校周边洼地的墙子河边散步,二人呼吸着污浊的空气,听毕奂午说,这片洼地以前停有很多穷人的棺材,野狗常常扒开棺椁去吃里面的尸首。而到了夏天,则是另外一幕场景。穷苦人把茶壶就放在棺材上,在那里聊天喝茶,在黄昏的时候,这条路上又有很多从工厂里下班的小女孩结伴回家,而毕奂午则想象着关于这些小女孩的一些悲惨的故事。其时整个生活处境相对何、毕二人而言是阴暗与压抑的。

何其芳也和毕奂午谈论着"资本主义的罪恶",毕奂午充满个性的话语和鲜明的性格也给他留下深刻的印象。何其芳和毕奂午一样在南开中学有着很深的苦闷。南开中学对于有钱势的人来说是一个理想的学校,物质充裕,生活舒适,而且不至于被传染上"危险思想"。因此有钱人把他们的子女从广东、南京、天津租界送进南开中学,这所中学几乎成为一个贵族学校。每当早晨和下午,校门外的马路上总是停着很多汽车。毕奂午的言论代表了何其芳等知识分子对权贵阶层的厌恶及对不平等的反感。

在南开中学的教员宿舍里,何其芳等知识分子更感到一种抑郁无聊的氛围。学校近乎剥削的待遇加上很多人都过着单身生活,学校中学部主任甚至管到教员的私生活。像打牌之类流行的游戏在南开几乎绝迹,但取而代之的是教员将时间浪费在打台球、看电影或溜冰上。这时何其芳感到生活的可怕,甚至认为这种生活会将人压抑得要发狂。何其芳有一个同事是个独身主义者,在一次吃饭的时候对何其芳叹息说:"我们太圣洁了,将来

---

① 何其芳:《一个平常的故事——答中国青年社的问题:"你怎样来到延安的?"》,载《星火集》,群益出版社,1945年,第129页。
② 周汝昌:《何其芳》,周伦玲整理《师友襟期》,北京出版社,2019年,第213页。

进不了天国的。"①这位同事本来是可以到其他地方工作的,但是他不愿意离开天津的都市生活,原因是学校里有热水淋浴与抽水马桶,这种牢骚与无奈加深了何其芳对现实的苦闷。

何其芳对自己的教师身份同样感到悲哀,原因是在他的班上有一个买办的儿子,白天听他讲白话文,晚上回到家却跟着家里请来的私塾老师读经书。这深深地刺痛了何其芳,"我对我的工作和生活渐渐地感到了羞耻。我仿佛看见了我将被毁坏"②。何其芳和毕奂午对这种事情甚至恋爱都抱着嘲笑的态度。生活、工作、爱情等在残酷的现实面前都遭受挫折,使何其芳感到极度的"苦闷"。

苦闷、自身价值得不到实现及内忧外患的黑暗社会现实,使何其芳在南开中学教学的一年,感到异常压抑。何其芳大学时期的苦闷是孤独(恋爱失意、友人匮乏、拘囿在自己的小天地、沉迷于书中的世界),这时的苦闷更多的来自现实的残酷,还有他刻意回避丑恶的现实而又不得不面对现实。在这种矛盾中,何其芳甚至想到了巴罗哈的小说《马里乔》,认为自己就是那个抱着死了的婴儿的母亲:到处走着,到处去求医,到处看见了不幸。其实在这种苦闷下,何其芳的思想相比他的京派时期已经在悄然发生着变化了。

(二)"从梦幻中醒来"

在学生运动没有兴起自己也没有被学校解聘前,何其芳还是试图逃避这种黑暗,如自己京派时期第一阶段那样逃避到纯文学的美好与幻想中去。通过他在1936年2月22日夜半完成的《扇上的烟云(代序)》一文,可以看出何其芳此时尽管接触现实的残酷,思想上还是保留着京派时期的唯美追求:"对于人生我动心的不过是它的表现。"何其芳说:"使我轻易的大胆写出那句话来的是骄傲。那时我在前面描写过的那个制造中学生的工厂里,很久不曾写文章了。一个夜半我突然重又提起笔来,感到非常悒郁,简直想给全世界的人一个白眼。"③但在此文的后半部分,他的态度已经发生微妙的变化。他说看到车厢中乘客那充满厌倦与皱纹的不幸的脸,多

---

①何其芳:《一个平常的故事——答中国青年社的问题:"你怎样来到延安的?"》,载《星火集》,群益出版社,1945年,第129页。
②何其芳:《一个平常的故事——答中国青年社的问题:"你怎样来到延安的?"》,载《星火集》,群益出版社,1945年,第129页。
③何其芳:《我和散文(代序)》,载《还乡杂记》,文化生活出版社,1949年,第10页。

望一会儿他就将会哭起来或者发狂。他直言这就是另外一个完全相反的人生态度,对于人间的欢乐与幸福自己能够忽视,但对于苦难他只能低下骄傲的头流下愤怒与同情的眼泪。这是一种理想与现实的矛盾冲突,也说明生活经历的变化确实对何其芳造成了很大的冲击。

何其芳与毕奂午谈论着社会的黑暗、个人遭遇的不公及资本主义的罪恶,他要写长篇小说发泄淤积的情感。何其芳要写的长篇小说是《浮世绘》,却只写了四个片段,他自己的解释是因为工作繁忙没有闲暇,其实另有隐情,因为他的思想在发生着转变,尽管不是突变。马希良在《老诗人毕奂午今夕记》中曾引用1983年9月号《飞天》杂志上《从梦幻中醒来》中涉及何其芳的一段内容。文中说耽于梦幻的何其芳发生了变化,依据是毕奂午将自己的诗作《火烧的云》拿给何其芳看,诗中有这样的诗句:

> 是谁被抛弃于腐朽,熟睡
> 如沉卧于发卖毒液的酒家,
> 在那里享受着梦境无涯?
> 欢乐的甜蜜,吻的温柔谁不期待。
> 但那带着枷锁的苦痛的手指
> 将推你醒来……[1]

这首诗竟打动了何其芳的心。尽管这首诗不是写给何其芳的,但诗中要表达的思想,他很欣赏。读过这首诗后,何其芳对毕奂午说:"是的,我们不应该做梦,应该如诗中所说,让带着枷锁的苦痛的手,把我们推醒。"[2]如果联想在《论梦中道路》中何其芳曾经拿温庭筠《懊恼曲》中的诗句给毕奂午看,毕奂午却持不屑的态度,而何其芳此刻却对《火烧的云》一诗认同,也反映他思想的某些变化。这或许也是《浮世绘》没有完成的原因之一。另外,《浮世绘》最后一篇《浮世绘之四·欧阳露》的写作时间何其芳标明是1936年5月28日,刚好是南开学生运动兴起时,之后不久他即被解聘,可见没有了稳定的创作环境,也是停止《浮世绘》创作的原因之一。

总之,何其芳大学毕业进入天津南开中学教学,生活境遇的变化使他对社会的不满情绪增强。但天津和北京一样毕竟是都市,身处中学教学的

---

[1] 马希良:《老诗人毕奂午今昔记》,《新文学史料》1986年第2期。
[2] 马希良:《老诗人毕奂午今昔记》,《新文学史料》1986年第2期。

他还是能享受到都市便捷优越的生活。这一时期，或者说是被解聘前其思想在很大程度上还是个人主义占主导。为表达这种个人主义精神，何其芳开始写作长篇小说《浮世绘》。但后来更大的变故与思想转变让其停止了创作，《浮世绘》也只留下四个片段。被南开中学解聘后，他被迫进入山东莱阳乡村师范教书，其思想在"时代的苦闷"与"个人的苦闷"进一步增强的情况下也开始发生重大转变。

三、山东莱阳："我最关心的是人间的事情"

（一）"从此我要叽叽喳喳发议论"

何其芳1936年秋至1937年全国抗战爆发思想发生了重大变化。1936年秋进入山东莱阳师范学校任教，将近一年时间，他于1937年6月6日深夜写作了《我和散文（代序）》一文，作为《还乡日记》（初版本）的序文。在这篇文章中他这样叙述自己的转变："最近一年我从流散着污秽腐臭的都市走到乡下，旷野和清洁的空气和鞭子一样打在我身上的事实使我长得强壮起来，我再也不忧郁的偏起颈子望着天空或者墙壁做梦。现在我最关心的是人间的事情。"[①] "我最关心的是人间的事情"和之前刻意回避现实迷恋"梦中道路"的思想已然发生了重大转变。促使其转变的是何其芳接触了更多残酷的现实。何其芳几乎是带着被流放的心境独自一人远赴偏远的山东莱阳小县城的，等他到了这个陌生的环境竟发现了其"精神上的新大陆"。在何其芳看来大学生活、天津教学使自己的"梦中道路"越来越狭窄，自己沉迷的梦幻空间越来越小，而在这里版图却阔大起来，原因是他不仅仅在关心自己，而是更多地关心现实。

何其芳在山东莱阳期间看到当地农民非常贫穷。师范学校的学生经常吃着小米、四等黑面、番薯，却对知识充满渴望，并关心着国家大事，而等待这些青年的只有12块钱的薪水与生活无望的小学教员工作。何其芳和这些青年在一起并不感到孤独，相反，和他们一样充满信心和希望，何其芳的"情感粗了起来，也就是强壮了"[②]。"一方面是庄严的工作，一方面是荒淫

[①] 何其芳：《我和散文（代序）》，载《还乡杂记》，文化生活出版社，1949年，第11页。
[②] 何其芳：《一个平常的故事——答中国青年社的问题："你怎样来到延安的？"》，载《星火集》，群益出版社，1945年，第106页。

与无耻。"①这句话鲁迅曾在1935年3月28日夜为田军(萧军)的小说《八月的乡村》所作的序文《田军作〈八月的乡村〉序》中引用,也因此流传甚广。鲁迅说:"爱伦堡论法国的上流社会文学家之后,他说,此外还有一些不同的人们:'教授们无声无息地在他们的书房里工作着,实验X光线疗法的医生死在他们的职务上,奋身去救自己的伙伴的渔夫悄然沉没在大洋里面。……一方面是庄严的工作,另一方面却是荒淫与无耻。"②鲁迅话中的引文出自爱伦堡所作《最后的拜占庭人》(据黎烈文译文,载《译文》月刊1935年3月第二卷第一期,改题为"论莫洛亚及其他")一文,何其芳或许看到的是鲁迅所引爱伦堡的话,或者是黎烈文的译文,但无论看到的是哪一个版本,都说明何其芳的关注点已经从京派时期第一阶段的刻意远离现实与政治,开始出现极力关注现实的动向,这在何其芳以前的诗文中是没有出现过的。如此关心现实的言论,也说明何其芳的思想真的发生了变化。后何其芳写了一首诗《云》描述了这种状态:

  从此我要叽叽喳喳发议论:
  我情愿有一个茅草的屋顶,
  不爱云,不爱月,
  也不爱星星。③

  《云》这首诗仿佛是何其芳思想转变的一个宣言。在1938年回忆毕奂午时他也提到在山东莱阳生活了一段时间,他的苦闷渐渐变成肯定的奋斗了。在以前,何其芳只感到人间充满了不幸,正如陀思妥耶夫斯基的小说中所描写的那样阴惨。到了山东莱阳,何其芳在思想上已经不再刻意回避现实与政治,而是要主动地"用手去把这些不幸毁掉"。

(二)"诗不是能够生长在空中的树"

  何其芳的思想变化直接影响了他创作观的变化。他怀着这种"个人主义"思想,选择逃避现实的方式,却全身心投入自己心仪的文学及创作中。何其芳曾经宣誓要"终身从事文学"④,并且在现实世界与文学书籍、"幻想

---

① 何其芳:《我和散文(代序)》,载《还乡杂记》,文化生活出版社,1949年,第12页。
② 鲁迅:《鲁迅全集》,人民文学出版社,2005年,第297页。
③ 何其芳:《预言》,文化生活出版社,1945年,第89—90页。
④ 何其芳:《写诗的经过》,载《关于写诗和读诗》,作家出版社,1956年,第90页。

里的世界"中,他放弃了现实,选择了后者。何其芳对文学书籍的迷恋达到沉醉的程度,而且终其一生,他曾用"一生难解是书癖"概括这种嗜好。他在《论梦中道路》中说:

> 书籍,我亲密的朋友,它第一次走进我的玩具间时是以故事的形式。渐渐的在那些情节与人物之外我能欣赏文字本身的优美处了。我能读许多另外的书了。我惊讶,玩味,而且沉迷于文字的彩色,图案,典故的组织,含义的幽深与丰富。在一座小楼上,在稷稷的松涛声里,在静静的长画或者在灯光前,我自己翻读着破旧的大木箱里的书籍,像寻找着适合口味的食物。①

在阅读文学书籍的同时何其芳走上文学创作的道路。他回忆道:

> 我不向那些十五六岁的同辈孩子展开我的友谊和快乐和悲哀,却重又读着许多许多书,读得我的脸变成苍白。这时我才算接触到新文学。我常常独自走到颓圮的城堞上去听着流向黄昏的忧郁的江涛,或者深夜坐在小屋子里听着帘间的残滴,然后在一本迷藏的小手册上以早期流行的形式写下我那些幼稚的情感、零碎的思想。②

何其芳说的幻想里的世界指的其实就是文学书籍和他的文学创作。他在这一时期认为文学与政治的关系也是疏远的,他在延安文艺座谈会之后写作的《论文学教育》一文中说,他过去对于文学倒有另外一种不正确的看法,总感觉到文学在革命中的作用不大,这是一个真实的感觉,也是事实。这个"过去"其实面很广,包括延安文艺座谈会以前(1942年5月以前),京派时期当然更是这种思想。这与其说暗合了京派的文学观,不如说是京派文学观的一种明确表现。高恒文在《京派文人:学院派的风采》中谈到京派眼中的文学与政治的关系时说,京派是一个由自由知识分子组合而成的文学流派,尽管对社会、政治有特殊的敏感,但不"干政",也不"议政"。自知无力干政,能做的只有对中国现代文化建设尽自己应尽的"责任",在内忧外患的境遇中,仍然建设文化、进行真正意义上的纯文学创作虽不合

---

① 何其芳:《梦中道路》,载《刻意集》,文化生活出版社,1939年,第72页。
② 何其芳:《梦中道路》,载《刻意集》,文化生活出版社,1939年,第72页。

时宜,却勉励为之。①由高恒文的分析可以看出,京派总体上在处理文学与社会政治关系时,刻意保持文学的独立性,疏离社会与政治,不让文学沦为政治的工具。何其芳认为文学在革命中的作用不大,其实是一种不愿意让文学沦为"干政""议政"的工具,而保持一种"真正意义上的纯文学创作"的态度。何其芳在这种封闭自我的状态中走着"从文学到文学"的道路,用其自己的话说:"这样的人出发以后就走到文学书籍里去了,走到幻想的世界里去了。"②最终走到"文学书籍"与"幻想的世界"里的何其芳,再加上京派的影响,在其京派时期所持的是"为艺术而艺术"的唯美主义文学观就不奇怪了。

随着何其芳进入社会,尤其是到了山东莱阳后思想发生了重大的变化,他的文学观正在发生着微妙的变化,并非如他本人所说全国抗战前自己的创作理论是"文艺什么也不为"。思想变化后的何其芳开始关注现实,并想用文学作为武器去干预现实。对于停止了一年创作的诗,他说对于诗创作的热情消失之后,才清醒地得到一个结论,诗不是能够生长在空中的树,如果将其硬从肥沃的土壤中拔起一定会枯死。这个结论在《燕泥集后话》和《论梦中道路》中都没有提及,说明何其芳的文学观随着思想的变化也在悄然发生着变化。文学观的变化也体现在他的创作中,他在山东莱阳创作的诗尽管依然唯美,但内容和形式都有了一些变化,内容上增加了些现实的成分,形式上也在有意地摆脱刻意雕琢。尤其是《还乡杂记》中的散文与《画梦录》中的散文风格明显不同了,前者在沉迷"画梦",后者在努力"写实"。他京派时期的文学境遇与创作心态也将直接影响他后期的创作实践。

第二节 "刻意""画梦"与"精致""唯美"的创作

何其芳京派时期的创作共分为两个大的时段,以1935年6月从北京大学毕业为界,1931年秋至1935年6月为第一阶段,也是何其芳的大学时期。这一时期,何其芳在创作上的特点是"刻意""画梦",追求"精致""唯

---

① 高恒文:《京派文人:学院派的风采》,上海教育出版社,2000年,第3页。
② 何其芳:《文学之路》,《何其芳全集》第六卷,河北人民出版社,2000年,第507页。

美"。他自己对自己诗创作所走的道路有个概括,说是一条"梦中道路",其实也包括《王子猷》《夏夜》《画梦录》等小说、戏剧、散文创作;1935年6月大学毕业后至1937年京派解体为第二阶段。这一时期因为何其芳走出大学进入社会,思想相比第一阶段发生很大变化,艺术观和创作实践随之发生变化,也逐渐走出"梦中道路"。第一阶段的创作以1933年暑期返乡归来为界。返乡之前主要是以诗创作为主,主要是爱情诗。返乡归来后主要是撰写散文,诗写作虽然继续但风格已有所变化。第二阶段也分两部分,第一部分是何其芳1936年在天津南开中学教书期间撰写的小说《浮世绘》的四个片段;第二部分是1936年秋进入山东莱阳师范学校任教期间创作的诗和散文。何其芳在其京派时期的文学创作中,延续了他新月时期多元创作的模式,在以写诗、散文为主的情况下,还进行小说、戏剧等文体的尝试。以下分三点讨论何其芳京派时期的创作情况。

一、精致冶艳的诗创作

(一)"一种寂寞的快乐"

1933年何其芳返乡之前是其京派时期第一阶段诗创作的第一部分,也是他创作的高潮期。何其芳在《写诗的经过》中说他在大学期间经常有写诗冲动的时间段是1932年夏天到秋天那几个月,常常有时从早到晚一天都在写诗。这种疯狂的写作状态,使他如古人一样,在梦中得句,并由此演绎成《爱情》一诗。何其芳自己还讲述了一个细节来说明这段时间对诗创作的用心和痴迷。1940年他编诗集《预言》时,已身处延安的他身边并没有以前创作的底稿,发表的作品也不在身边,全靠背诵默写编成全集,不能全文背诵的都没有选入。何其芳坦言,如果没有把精力和心思高度集中到写作上,怎么能把好几百行诗全默写出来呢? 的确,将1945年文化生活出版社初版的诗集《预言》中的各诗与原刊本(或有的底稿)对比,除几首改动较大外,其他各诗基本保持了原刊本模样。可见何其芳所说非虚,也说明他对创作的执着和专注。这种对创作的痴迷用心程度在中国新诗史上怕也没有几人,京派时期创作的过于投入和迷恋,也是后来何其芳思想和创作转变困难的一个原因。

笔者仔细查阅何其芳1932年夏至秋发表的诗作,发现他的很多知名的诗都在这一时期创作。《季候病》(6月23日作)、《有忆》(5月1日作)两诗以真名发表在同年10月1日的知名文学杂志上海《现代》杂志,从此何其芳扬名诗坛。另外一些知名的诗也是创作于这一时期:《秋天》(9月19日晨作)、《花环》(9月19日夜作)、《爱情》(9月23日作)、《月下》(10月11日作)、《休洗红》(10月26日作)、《夏夜》(11月11日作)。这也印证了他所说的在此期间对诗写作入迷的事实。1933年暑期返乡之前的诗主要收在《燕泥集》的第一辑中及《刻意集》(1938年)第四卷中,何其芳在《燕泥集后话》中对这一时期的诗评价是"感到一种寂寞的快乐"[1]。在《给艾青先生的一封信——谈〈画梦录〉和我的道路》中说,这是其创作的第一个时期,是幻想时期。[2]"幼稚的伤感""寂寞的欢欣""辽远的幻想"是何其芳本人对这一时期诗创作的概括。

1933年暑期返校后创作的《柏林》一诗是何其芳京派时期第一阶段诗创作的分界点,他的思想发生了变化,进入"苦闷时期"[3]。何其芳喜欢读的作品风格从"象征主义诗歌""柔和的法兰西诗风"变成了T.S.艾略特的"荒凉和绝望"、陀思妥耶夫斯基的阴暗。这其实也是对1933年返乡归来直到1935年大学毕业期间诗的一种生动注解。《古城》《夜景》《失眠夜》《风沙日》这些诗中确实充满了悲凉情调。这一时期的诗最早收录在《燕泥集》中的第二辑中,另外一部分主要收录在《刻意集》(1938年)第四卷中。何其芳对这一时期诗评价是像"阴影那么沉重",寻找"失掉了的金钥匙"去"开启梦幻的门",结果找到的是"一片荒凉"。[4]将这种"荒凉"的情感发挥到极致的就是《风沙日》一诗,诗中带有T.S.艾略特笔下浓重的"荒原"气息,这也预示着何其芳"梦中道路"行将结束。

何其芳京派时期第一阶段创作的16首诗作为《燕泥集》收入卞之琳编的《汉园集》(1936年),另外的19首收入《刻意集》(1938年)。1940年,何其芳对京派时期的诗重新编选,从《汉园集》《刻意集》共34首诗中选出28首编入。这就是《预言》集中的卷一、卷二部分,仍以《柏林》为界,创作于《柏林》之前的诗为卷一,《柏林》及之后的创作为卷二。何其芳在京派时期第一阶段创作的诗除编入集子外,一些诗在一些刊物上留存了下来,经过

---

[1] 何其芳:《燕泥集后话》,载《刻意集》,文化生活出版社,1938年,第64页。
[2] 何其芳:《给艾青先生的一封信——谈〈画梦录〉和我的道路》,《文艺阵地》1940年第4卷第7期。
[3] 何其芳:《给艾青先生的一封信——谈〈画梦录〉和我的道路》,《文艺阵地》1940年第4卷第7期。
[4] 何其芳:《燕泥集后话》,载《刻意集》,文化生活出版社,1938年,第65—66页。

学界多年的研究,有一大批佚作被发现,这些诗或以真名或以笔名发表于《诗与批评》等刊物中。自何其芳1977年逝世后,众多学者努力发掘,发现了他在京派时期创作的大量佚诗,这些佚诗部分收录在罗泗编的《何其芳佚诗三十首》、蓝棣之编的《何其芳全集》第六卷中,也为研究何其芳京派时期诗作提供了宝贵资料。

(二)"从梦境中逐渐醒了过来"

何其芳在天津南开中学教书的一年间,停止了诗创作,这就是何其芳常说的"我沉默着过了整齐一年"[①]。方敬也说1935年秋天何其芳离开大学。方敬所指的离开大学的时间1935年秋天,应指的是何其芳进入南开中学教书的日子。从梦境中逐渐醒了过来,严峻的现实不断教育和鞭策着他,经过一年多的沉默才又开始写诗。[②]对于沉默的原因何其芳曾经给出过解释,在《论梦中道路》中说是因为在创作上"愈觉枯窘"。还有一个原因是工作的忙碌,"自然,时间被剥削到没有写作的余裕也是事实"[③]。何其芳等于说大学毕业至天津教书停止了诗创作。方敬也说"1935年秋天,其芳离开了大学,走向社会……严峻的社会现实直接地教育着他,策励着他。经过一年多的沉默他又才写诗"[④]。至于何其芳重又开始写诗,那是1936年暑期后去山东莱阳乡村师范任教期间。《送葬辞》(收入《预言》集时改题为"送葬")是现在能找到的他在山东创作的最早的一首诗,时间为1936年11月8日。

1936年何其芳在山东莱阳写诗的时候,思想已经发生变化,由"刻意""画梦"开始向"关心人间的事"转换,诗的创作内容也确实增加了现实的成分,不再像京派时期第一阶段的作品在内容上主要是幻想的成分,艺术方法却还是雕琢的、精致的、唯美的。这也体现了何其芳自身的矛盾性和复杂性。1936年11月8日至11月14日7天的时间,何其芳写出了三首诗:《送葬辞》(11月8日)、《于犹烈先生》(11月10日)、《人类史图》(11月14

[①] 何其芳:《梦中道路》,载《刻意集》,文化生活出版社,1939年,第76页。
[②] 方敬、何频伽:《关于〈预言〉》,载《何其芳散记》,四川教育出版社,1990年,第49页。
[③] 何其芳:《我和散文(代序)》,载《还乡杂记》,文化生活出版社,1949年,第5页。
[④] 方敬、何频伽:《关于〈预言〉》,载《何其芳散记》,四川教育出版社,1990年,第49页。

日)。①这三首诗以"七日诗抄"为总题发表于上海《文丛》1937年3月第1卷第1期。除这三首诗外,何其芳还写作了《声音》②《醉吧》③《云》(1937年)等诗。这些诗除《人类史图》外都被他收入《预言》(1945年)。

二、"精致""唯美"的散文

(一)"独树一帜的艺苑奇葩"

自从1933年暑期返乡归来,何其芳的思想变得越发阴郁,诗创作遇到了困难,用何其芳自己的话说,是突然发现了自己的失败,像一条小河迷失了方向,无法找寻到大海。④尽管仍然没有放弃诗写作,但何其芳这时将注意力开始转移到散文创作上。他的散文创作与友人朱企霞对他的鼓励也有很大关系。何其芳某一天拿着自己创作的《独语》一文给朱企霞看,朱企霞很是震惊,连夸写得好,认为他的散文比诗写得更好,称何其芳的散文是"独树一帜的艺苑奇葩"⑤。何其芳深受鼓励,后全力专注于散文创作,这些散文创作大都发表于靳以、巴金主编的《文学季刊》及实际由卞之琳主编的《水星》月刊,除此之外,沈从文主编的《大公报·文艺》也是其重要的发表阵地。

京派时期第一阶段创作的16篇散文收于1936年出版的《画梦录》中。他自己认为在大学时代(京派时期第一阶段)创作的诗和散文在思想上含有"悲观思想",尤其是散文作品中。⑥而对"世纪末"的思想有两种不同的看法:一种是以英国杰克逊(H.Jackson)为代表,认为"世纪末"思想是一种积极的人生肯定。每个世纪将告终时,人们为弥补以往90年间的单调与不足,都会产生一种极端的自我意识、精神上的怪僻以及渴求做最后努力

---

①载《文丛》1937年3月第1卷第1期,署名何其芳。其中《送葬辞》,1936年11月8日,收《预言》(改题名为《送葬》)、《预言》增删本(题名为《送葬》);《于犹烈先生》,1936年11月10日作,收《刻意集》《预言》《预言》增删本;《人类史图》,1936年11月14日作,未收集。
②11月12日作,载天津《大公报·文艺》1937年1月31日第293期,署名何其芳。
③12月11日作,载《新诗》1937年1月第4期,署名何其芳;另收闻一多编《现代诗抄》(见1948年上海开明书店出《闻一多全集》;另见1993年湖北人民出版社,据闻一多手稿录入,见《闻一多全集》第一卷,湖北人民出版社,1993年,第511页)。
④何其芳:《我和散文(代序)》,载《还乡杂记》,文化生活出版社,1949年,第1页。
⑤朱企霞:《忆早年的何其芳》,载《衷心感谢他》,上海文艺出版社,1987年,第76—77页。
⑥何其芳:《写诗的经过》,载《关于读诗和写诗》,作家出版社,1956年,第93—94页。

的思想情绪,这种所谓"世纪末"思想情绪乃是一种改造意识,一种更生现象,因而它是对人生的一种积极肯定;①另一种相反的观点是以德国的诺尔顿(M.Nordan)为代表的多数评论者,他们认为"世纪末"思想情绪是一种厌世的情绪,苦闷、绝望的情绪,是一种消极的人生否定。②而徐京安认为这两种观点是可以相互补充的,19世纪末,颓废派、唯美派在其美学宣言中所表现出来的反社会、反传统的精神是包含了对资本主义现实的批判成分和在艺术上要求进行探索和拓展的积极因素的,所以在他们消极的人生否定中也就包含了对人生的积极肯定,只不过这种形态的否定和肯定带有颓废主义和唯美主义的特色罢了。③对于《画梦录》,何其芳说是在世纪末文学影响较深的情况下写成的,结合以上所论"世纪末"思想,难怪艾青抨击《画梦录》时,何其芳说《画梦录》中充满着"一种被压抑住的无处可以奔注的热情"④。何其芳在人生的道路选择上最后选择了去延安参加革命,创作上也从《画梦录》到《还乡杂记》《星火集》,这或许就是在消极的人生否定中也就包含了对人生的积极肯定吧。

(二)"对自己约定的允诺"

何其芳这一时期的散文创作包括两部分。一部分是1936年6月创作的三篇散文,包括散文集《画梦录》的序文《扇上的烟云》及介绍自己创作道路的两篇散文,一篇是《燕泥集后话》。⑤另一篇是《论梦中道路》。⑥对于天津一年的散文创作,何其芳说:"实在惭愧得很,只把过去那些短文章编成了一个薄薄的集子,就是《画梦录》。"⑦其实还有以上3篇散文。《扇上的烟云(代序)》在思想艺术上延续了《风沙日》的特点,除形式的雕琢、辞藻的华丽外,大量的用典与《风沙日》如出一辙,这也可以看出何其芳所受T.S.艾略特《荒原》及中国晚唐诗等影响之深。《风沙日》是他1935年大学快毕业

---

① 赵澧、徐京安主编:《唯美主义》,中国人民大学出版社,1988年,序第4页。
② 赵澧、徐京安主编:《唯美主义》,中国人民大学出版社,1988年,序第5页。
③ 赵澧、徐京安主编:《唯美主义》,中国人民大学出版社,1988年,序第5页。
④ 何其芳:《一个平常的故事——答中国青年社的问题:"你怎样来到延安的?"》,载《星火集》,群益出版社,1945年,第100页。
⑤ 1936年6月8日为《新诗》创刊号作,载《新诗》1936年10月10日第1期,署名何其芳,后收入《刻意集》(1938)。
⑥ 1936年6月19日为《大公报·诗刊》第一季作,载《大公报·文艺》1936年7月19日第182期,署名"何其芳",收《刻意集》(改名为"梦中道路")。
⑦ 何其芳:《我和散文(代序)》,载《还乡杂记》,文化生活出版社,1949年,第6页。

时创作的，《扇上的烟云（代序）》是其大学毕业后几个月后创作的，所以二者保持思想艺术的延续性也在情理之中。《燕泥集后话》与《论梦中道路》两篇回顾自己诗创作的散文，如果跟稍后同样具有回忆录性质的《给艾青先生的一封信——谈〈画梦录〉和我的道路》《一个平常的故事——答中国青年社问题："你怎样来到延安的？"》相比，在形式上依然显得过于雕琢、辞藻依然华丽，而后者则平实流畅。所以，后两篇散文还带有何其芳京派时期第一阶段某些"画梦录"式散文的艺术特色，但已趋向写实。

另一部分是收录于《还乡杂记》（1949年）中的散文。最初的版本是《还乡日记》，1939年由上海良友图书印刷公司出版，但因全国战争爆发，漏印了《私塾师》《老人》《树荫下的默想》，《我们的城堡》也只有一半；第二个版本是方敬主编的《还乡记》，1943年由工作社出版。这个版本因国民党的文网制度，也是残缺不全；《还乡杂记》是1949年上海文化生活出版社出版，巴金主编，这是最完整的一个版本。1936年暑期返乡后，何其芳应靳以之邀以游记的形式记述这次返乡的经历，写出8篇散文，后加上《我和散文（代序）》全部收入《还乡杂记》（1949年）。其中，《老人》（1937年3月31日夜莱阳作）、《树荫下的默想》（1937年6月11日下午莱阳作）分别发表在朱光潜主编的《文学杂志》的第1卷第2期与第1卷第4期，朱光潜还给予《还乡杂记》很高的评价。"一九三七年在朱光潜编的《文学杂志》上，何其芳发表了他写的《还乡杂记》中的《老人》（一卷二期），《树荫下的默想》（一卷四期）等篇散文。编者在《编辑后记》中作了如下的评论：'读何其芳先生的《还乡杂记》，常使我们联想到佛朗司的《友人之书》。它们同样地留恋于过去的记忆，同样地富于清思敏感，文笔也同样地轻淡新颖，所不同者佛朗司浑身是幽默，何其芳先生浑身是严肃。最有趣的是何其芳先生并不像读过《友人之书》的原文，而它的微妙在译文中是无法抓得着的。'"[①]1937年因全国抗战爆发，《文学杂志》出完第4期后停刊，恰在此时何其芳也停止了《还乡杂记》的书写，原因或与《文学杂志》停刊有关。有意思的是《树荫下的默想》是《还乡杂记》的最后一篇，又恰好发表在《文学杂志》的最后一期。之后何其芳就放弃了这种抒发自我感情的散文创作。从这里可以看出一些微妙的关系，正如《画梦录》中散文的创作，当《文学季刊》《水星》停刊后，何其芳也就结束了"画梦录"式的散文创作，尽管还有另外的原因，但刊物

[①]《朱光潜评〈还乡杂记〉》，《何其芳研究资料》1983年第4期。

作为一种阵地,阵地消失了,创作仿佛失去了支撑,作家就丧失了创作的欲望。何其芳评价《还乡杂记》中散文的创作时说:"抄写我那些平平无奇的记忆是索然寡味的,不久我就丧失了开头的热心。我所以仍然要完成它,不是为着快乐,是为着履行对自己约定的允诺。"①这里"对自己约定的允诺"除了对靳以的允诺外,恐怕还是因为有京派刊物如《文学杂志》这种阵地的存在。

这些散文在内容上已经有大规模暴露黑暗现实、抨击讽刺中国社会不公的内容,对底层民众的苦难生活表示同情,可以看出何其芳的散文创作已经将注意力转向关注现实,与《画梦录》中雕饰幻想,沉迷于"精致冶艳"的风格已经不同了,这和何其芳的思想转变当然有直接的关系。但从他到山东莱阳至全国抗战爆发这段时间,何其芳思想的嬗变过程也是一个痛苦的过程。

三、戏剧创作:"对话体的散文"

除诗和散文创作外,这一时期何其芳还有小说和戏剧创作。《夏夜》是何其芳1933年在北平写的一出戏剧,也是何其芳一生文学创作中唯一的一次戏剧创作。《夏夜》这部戏剧研究界向来是作为诗歌《预言》的放大版,而忽略了其本身的魅力与价值。何其芳一生的创作涉及文学文体的各个方面,诗歌、散文、小说、报告文学、戏剧等方面,《夏夜》正是作为何其芳整个创作链中的一环而不可或缺。它不是何其芳诗歌《预言》的放大版,也不是诗歌《夏夜》的注释,而是一部富有何其芳独语特色的独幕剧。

(一)独幕剧《夏夜》

《夏夜》是何其芳1933年在北平写的一出戏剧,是一幕独幕剧。他坦言,有一个时期戏剧迷住了自己,梅特林克、霍普特曼都是他喜爱的作家。相比小说冗长的叙述和描写,戏剧是更紧张表现心灵的形式。尹在勤说何其芳"觉得诗歌、散文较容易写,小说也准备试学长篇,戏剧则不敢着手。但或者有些人更适宜于写戏吧,因此著名的戏剧作家往往一生写很多剧本,莎士比亚、易卜生以及萧伯纳、霍普特曼等,都是这样"②。何其芳一开

---

① 何其芳:《我和散文(代序)》,载《还乡日记》,上海良友复兴图书印刷公司,1939年,第18页。
② 尹在勤:《何其芳评传》,四川人民出版社,1980年,第159、160页。

头就忽略了动作而倾心飘忽心灵的语言,其实这也是他喜欢用"独语"形式进行言说,对精致凝练的追求。梅特林克、霍普特曼等人的戏剧本身都有很强的象征色彩,具有极高的唯美主义艺术特征,何其芳的喜爱与模仿,也使其作品体现出唯美主义特色。对戏剧的着迷使何其芳有了创作戏剧的冲动。用新月时期那个关于人和人生"火车"与"车站"的比喻,来"写一个幻想的故事,以四个黄昏为背景,以爱情为中心,叙述一个在他的一生的车道上'缺少了一些而又排列颠倒了一些''适宜的车站'的人物的少年,青年,中年,与老年。"①这就是1933年创作的戏剧《夏夜》,可以看出这是何其芳新月时期思想在京派时期的延续。《夏夜》也是何其芳一生文学创作中唯一的一次涉足戏剧创作,在他看来戏剧同小说一样,艺术要求很高,而且非常难写。笔者查阅相关资料发现,有多项资料可以佐证何其芳的这种说法。何其芳是一个对文学作品要求非常苛刻的人,从他对诗歌艺术极端完美的要求就可以看出,他烧毁了很多他认为不好的诗作,所以他没有信心掌握的文体他是不轻易涉足的。他认为戏剧冲突和对话技巧是戏剧成功的关键,但又难以攻克,所以迟迟不敢下笔。据何海若回忆,何其芳曾经一度很喜欢易卜生的剧作和传记,特别喜欢易卜生的《娜拉》,因为易卜生通过淳朴的对话、大的矛盾套小的矛盾将戏推向高潮,无论在思想还是艺术方面都达到很高的境界,在表现手法上一反当时单调的独白、冗长的心理分析、大团圆的结局,每一句话、每件事都是在为迎接"高潮"的到来。1971年,何海若去北京看望何其芳,在二者谈话中,何其芳说他过去也一度想写剧本,但始终不愿意把它们写出来,原因在于"对人物的矛盾冲突认识不够深刻,另一方面是如何筛选精辟对话来刻划人物,发展情节,技巧还不够熟悉,也就只有暂时不写"②。澳大利亚学者说:"何其芳只写了一个剧本:独幕话剧《夏夜》。他自己认为这个剧本取法于梅特林克和霍普特曼。爱情的纠葛近于霍普特曼的《寂寞的人们》(一八九六年),而对话或'内心独白'中的诗一般的迷离,据何其芳说,则直接模拟梅特林克。"③所以,他终其一生也只有这一篇自己还不敢肯定的戏剧作品。何其芳说:"终于因为没有自信,只挑写了第二部分,就是夏夜。我一点不想使它冒充戏剧,我愿意在那题目下注一行小字:一篇对话体的散文。但我又怕我那些不分行的抒写

---

① 何其芳:《刻意集》,文化生活出版社,1938年,序第6—7页。
② 何海若:《何其芳琐忆》,《何其芳研究》第6期,原载《何其芳研究资料》1982年第1期。
③ 庞尼·麦克道高尔:《何其芳的文学成就——英译本何其芳诗文选集〈梦中道路〉后记》,周发祥译,易明善编《何其芳研究专集》,四川文艺出版社,1986年,第414页。

又是冒充散文。因为我终归是写诗的。"①《王子猷》和《夏夜》都收录在《刻意集》(1938年)中,二者的总体思想内容和艺术特征与何其芳这一时期的诗、散文有相通的一面。

(二)何其芳的戏剧观:爱好但难以掌握的艺术形式

在何其芳看来戏剧同小说一样艺术要求很高,而且非常难写。何其芳曾致信杨慧中表露了对文学的几种文体的看法:

> 我对小说和戏剧两种形式都爱好。我赞成你的意见,要写重要作品,或者要写容量大的作品,是以这两种形式为宜。但我爱好文学和学习写作这样长久,却现在似乎勉强可以写长篇小说,短篇小说和戏剧都不会写。短篇小说和戏剧,我当大学生时候写过。但现在仍觉得这两种形式都难掌握,也许还是长篇小说写起来自由一些。②

从这封信透露出来的内容可知,何其芳认为戏剧艺术非常复杂,非有超高的文学造诣才能从事这一文体创作,他对戏剧创作信心不足,觉得是一种极大的带有畏惧色彩的挑战。何其芳在《〈青春之歌〉不可否定》一文中写下了这么一段话:"文学,特别是小说和戏剧,它的特点是按照生活本来的形态去反映生活。生活的原野是无边无际的。生活所蕴含的意义也异常复杂异常丰富。因此,我们对于直接地形象地描写生活的文学作品的教育意义,就不可以了解得很狭窄。它的复杂和丰富也就几乎和生活本身一样。"③何其芳的这段话也表明,他对戏剧艺术是有敬畏之心的。

1975年9月5日,何其芳在写给一位上海青年谈写作的信中说:"从事文艺工作,恐怕要坚持,要有韧性战斗精神,不要轻易就灰心。你写的东西,如有较短小的,可以寄我看看,或者总不像你自己那样不满意地不成功。小说、戏剧的确是文学形式中较难的两种,尤其是戏剧。你对它们的看法,在艺术上说是对的,但做到并不容易。当然,除了这些艺术上的要求,还要注意政治要求,要能教育今天的人民群众,但又有创造,独创性,时代的独创性和作者个人的独创性。讲道理是容易的,真要实践却不容易。我觉得诗歌、散文较容易写,小说也准备试学长篇,戏剧则不敢着手。但或

---

①何其芳:《刻意集》,文化生活出版社,1938年,序第7页。
②何其芳:《何其芳全集》第八卷,河北人民出版社,2000年,第119页。
③何其芳:《〈青春之歌〉不可不定》,《中国青年》1959年第5期。

者有些人更适宜于写戏吧,因此著名的戏剧作家往往一生写很多剧本,莎士比亚、易卜生以及萧伯纳、霍普特曼等,都是这样。"①何其芳一边劝告这位青年在写作上要有"韧性"精神,一边自己相比1971年的迟迟"不敢下手"的矛盾,到现在"不敢着手"的放弃,这可能跟当时的政治环境有关,当时的何其芳正在遭受"四人帮"的迫害,但最主要的还是何其芳认为戏剧的艺术技巧难以把握。

从何其芳的言语中可以看出,他对戏剧创作缺乏信心。1933年左右在北大读哲学的何其芳,经常与自己的好友交流文学思想与创作,其中包括"汉园三诗人"中的卞之琳、李广田,也包括何其芳所说的只和三个人关系好,这三人中除卞之琳、李广田外还有朱企霞。几人的文学交流必将相互影响,这从"汉园三诗人"的创作实绩就可看出。据朱企霞回忆,何其芳进行大规模的创作就是在他的鼓励下进一步发展的。但有一个细节值得注意,卞之琳善于写诗,李广田最擅长的是散文,都没有戏剧创作。尽管卞之琳是研究莎士比亚的专家,而据卞之琳回忆,他们平常讨论得多的也是诗歌、散文与小说,关于他们之间的戏剧讨论并未见到详细明晰的资料,当然也不排除。或许关于戏剧创作难度高的想法也并非何其芳一人,是几人所共有的观点,不过从几人戏剧创作实绩的缺失看,好像有互相影响的可能。

何其芳在中国现代文坛以创作诗歌、散文知名,此外他还创作了数量不多的戏剧与小说。在戏剧创作上,真正意义上称得上是戏剧作品的仅有《夏夜》一部。何其芳的戏剧作品相比诗歌、散文如此偏少的原因,不是对戏剧排斥,反而是他格外喜欢戏剧这一文体。他认为戏剧语言要高度凝练,对艺术技巧要求极高,是艺术的艺术,因而未敢过多涉及。何其芳尽管在戏剧创作上涉猎较少,但对戏剧性技巧并未放弃探索。除了将"独语"这一文体运用到《夏夜》中,在诗歌创作中承袭了新月派诗戏剧性独白的技巧,也凸显了何其芳对于戏剧及其技巧的痴迷。

---

① 尹在勤:《何其芳评传》,四川人民出版社,1980年,第159—160页。

第三章 奔赴延安

何其芳奔赴延安,除了"周作人事件"的影响外,文学创作的转型,自然也成为重要原因。这里有三个原因应该引起重视:一是写报告文学的企图;二是作者与读者之间的外在矛盾;三是作者自身的内在矛盾。

第一节 "打算专心写报告"

何其芳说他奔赴延安参加革命,"这决心还带着一种写作上的企图。我当时打算专心写报告"[①]。何其芳在这里讲得很直白,去延安的目的之一就是专心写报告文学。他的这种观念在《一个平常的故事——答中国青年社的问题:"你是怎样来延安的?"》中表露过一次,何其芳说要奔赴前线,与战士们吃住一起,并写出他们的故事,这本身就是说要写报告文学。[②]

一、"专心写报告文学的企图"

何其芳专心写报告文学的企图,在1937年回到万县后就已经有所萌芽。何其芳在万县师范教书时,万县师范学生丽砂同好友郭福玉曾到何其芳的宿舍去拜访,想借阅何其芳创作的《画梦录》等作品,但遭到拒绝。何其芳不愿意将他以前创作的作品拿给丽砂和郭福玉,而是鼓励她们多读多写对抗日救亡有利的东西。丽砂发现当时何其芳非常重视报告文学,还给她们说正在这个方向练笔,更劝丽砂和郭福玉要好好学习夏衍的《包身工》。[③]丽砂的话也在何其芳《报告文学纵横谈》一文中得到印证,何其芳在

---

① 何其芳:《星火集·后记》,载《星火集》,群益出版社,1945年,第200页。
② 何其芳:《一个平常的故事——答中国青年社的问题:"你怎样来到延安的?"》,载《星火集》,群益出版社,1945年,第109页。
③ 丽砂:《其芳老师在万县师范》,《何其芳研究资料》1982年第1期。

文中说,报告文学在中国确是有过轰轰烈烈的时候,它是随着抗日救亡浪潮而兴起的,到全国抗战爆发达到顶点。在那时,书摊上遍布报告文学的小册子,杂志上也总设有报告文学专栏。何其芳又说那时候的作者,除了坚信"文艺与抗战"无关的梁实秋外[①],恐怕很少没有写过报告文学这类文章。这也说明何其芳对报告文学很感兴趣,同时向往创作报告文学。这也是丽砂等去找何其芳,何其芳不借《画梦录》等自己的唯美主义作品而让丽砂等看夏衍报告文学《包身工》的来由。

当时流行的报告文学是周立波翻译的基希的《秘密的中国》及其创作的《晋察冀边区印象记》、宋之的《1938年春在太原》、夏衍的《包身工》等。[②]据沙汀讲,基希《秘密的中国》早就由周立波完成翻译,并广泛传播。夏衍的《包身工》发表后,报告文学在上海进步文学界流行起来。宋之的《1938年春在太原》发表更引起文学界的重视。周立波所著《晋察冀边区印象记》更为轰动,原因是它及时反映了延安解放区民主政权的优越性,对国统区的改革也有促进作用,更有鼓舞士气、振奋人心的作用。当时国际上一些进步作家撰写的反映西班牙革命战争的通信报道,也使报告文学这种新兴的轻骑兵式的艺术样式更为广泛地传播。何其芳多年后还说真希望自己也能写一部像周立波《晋察冀边区印象记》那样的报告文学作品。这股报告文学潮流的影响之大,几年后何其芳回忆,他对于报告文学的形式,尤其是被基希、爱伦堡写作报告文学的方式深深吸引。何其芳说自己的报告文学写作很显然地受外国作者的作品形式影响很大,以致达到支配的地位,而且心目中总以为像基希、爱伦堡等人写的那样的东西才是报告文学。[③]

二、思想转变与报告文学创作诉求

20世纪30年代报告文学兴盛与其注重反映现实有关,"报告文学作家无法拒绝生活、逃避生活,而只能介入生活,在现实的前沿地带作一种在场

[①] 何其芳:《报告文学纵横谈》,载《关于现实主义》,海燕书店,1950年,第233页。
[②] 沙汀:《漫议担任代主任后二三事》,原载1988年4月16日《文艺报》,见《延安文艺回忆录》,中国社会科学出版社,1992年,第79—80页。
[③] 何其芳:《星火集·后记》,载《星火集》,群益出版社,1945年,第201页。

的深度报告"①。当时的中国,内忧外患,外有日本帝国主义的侵略,内有军阀混战,局势动荡不安,文人无法逃避这种恶劣的生存环境。于是,抨击黑暗,改变不合理的现状,使大批文人不安于自我抒情性写作,想通过手中的笔反映现实、干预现实,报告文学反映现实和"轻骑兵"的特性恰适合这一潮流。另外,这股报告文学的潮流与马克思主义信奉者为在思想意识的竞争中胜出也有关,具体表现就是20世纪30年代左翼报告文学的兴盛,"对于30年代左翼报告文学来说,最切实的近期目标就是宣传马克思主义思想,启蒙广大无产阶级对现存不公平制度的觉悟。围绕着这个目标,报告文学可以放弃事实上也放弃了个人表达的欲望和空间,即不必根据个人的认识来描绘社会景象,而是要根据社会的表象和本质的联系以印证马克思主义已揭示的原因和指明的出路,最终开出药方对世界进行疗救"②。这是左翼报告文学的追求,也是20世纪30年代左翼报告文学为什么要写和为什么要这样写世界的原因。前文所提流行的报告文学,也大都属于左翼报告文学,原因也在这里。

何其芳要写报告文学,主要原因就是他的思想在全国抗战爆发前后发生了重大变化。全国抗战爆发后,他不再"仅仅希望制作一些娱悦自己的玩具"③,也"不想扮演一个个人主义的辩护者"④,他"再也不忧郁的偏起颈子望着天空或者墙壁做梦。现在我最关心的是人间的事情"⑤。他"要使自己的歌唱变成鞭子还击到这不合理的社会的背上"⑥。他一再袒露自己要介入社会干预现实的思想,表明他在文学创作上要转变,报告文学的形式在表达他这种思想上是不二选择,这就是何其芳要写报告文学的原因。

写报告文学是一种时代的潮流,也并非何其芳一人被影响。1938年8月,何其芳、卞之琳、沙汀等一行奔赴延安,而三人都有抱着去前线收集资

---

① 丁晓原:《文化生态视镜中的百年中国报告文学流变》,《文艺争鸣》2003年第5期。
② 王文军:《中国左翼报告文学的建构取向和逻辑》,《中国现代文学研究丛刊》2011年第11期。
③ 何其芳:《梦中道路》,载《刻意集》,文化生活出版社,1939年,第74—75页。
④ 何其芳:《我和散文(代序)》,载《还乡杂记》,文化生活出版社,1949年,第12页。
⑤ 何其芳:《我和散文(代序)》,载《还乡杂记》,文化生活出版社,1949年,第11页。
⑥ 何其芳:《刻意集》,文化生活出版社,1939年,序第8页。

料写报告文学的目的。①除何其芳后来创作出大量报告文学作品外,卞之琳写出的《第七七五团在太行山》、沙汀创作的《记贺龙》《闯关》等作品都是报告文学形式,也更有力地证明了他们三人赴解放区为写报告文学的原初计划。

第二节 "我倒是有一点厌弃我自己的精致"

分析何其芳文学创作的转变,我们可从与他同时代的沈宗澂发表的《何其芳的转变》②一文切入,这篇文章所称何其芳转变的原因非常具有代表性,其观点直到现在依然有很大的参考价值。

一、何其芳的不认同

沈宗澂认为何其芳由一个极端抒写个人的诗人转变到最能彻底走向群众的一个,这种转变是"这个时代"知识分子转变的代表。沈宗澂进一步认为作者内在的矛盾及作者与读者之间的矛盾是何其芳转变的主要原因。③在沈看来,作者内在的矛盾指的是何其芳的文章向内发展,写作对象仅限于内心事物,个人经验和想象力都受到限制。向内的程度愈深,可写的对象愈少,文章一旦写向内心,终有写完的一日,"窄狭之感"的尖锐化,

---

① 何其芳、沙汀、卞之琳去延安都抱有奔赴前线收集资料写报告文学的原初目的。沙汀说:"可以说是出乎意外。我同何其芳、卞之琳两位到延安,原是希望从延安转赴华北八路军敌后抗日根据地的,住上三五个月,写一本象立波的《晋察冀边区印象记》那样的一本散文报道,借以进一步唤醒国统区广大群众,增强抗战力量。"(沙汀:《漫忆担任代主任后二三事》,原载1988年4月16日《文艺报》,见《延安文艺回忆录》,中国社会科学出版社,1992年,第78页)卞之琳在《〈雕虫纪历〉自序》中说:"全面抗战起来,全国人心振奋。炮火翻动了整个天地,抖动了人群的组合,也在离散中打破了我私人的一时好梦。……大势所趋,由于爱国心、正义感的推动,我也想到延安去访问一次,特别是到敌后浴血奋战的部队去生活一番(这和当年敌军日益深入我国而我出于好奇心反过去转到人家的本土看看住住,自然完全不同了)。由于何其芳的积极活动、沙汀的积极联系,我随他们于1938年8月底到了延安。"(卞之琳:《〈雕虫纪历〉自序》,《卞之琳文集》中卷,安徽教育出版社,2002年,第451页)
② 《何其芳的转变》写于1948年8月12日,发表于1948年9月4日的《观察》第5卷第2期。
③ 沈宗澂:《何其芳的转变》,《观察》1948年第5卷第2期。

逼迫何其芳不得不转变方向①;作者与读者之间的矛盾,也可以称为外在矛盾。沈认为文学作品之所以被了解及能了解,原因在于不得违背作者本人的情绪和读者的情绪。作者与读者情绪一致是沟通二者的桥梁,作者刻意追求精深会失去普遍性,而且为抒写个人而忽略群众和时代精神,也会失去读者,所以沈认为何其芳作品缺少普遍性,在战争和社会的巨大发展中,时代已经与全国抗战前不同,个人的、不健康的情绪已经被大众希望谋求解放翻身的健康情绪所代替,"巨大的转变中何其芳失去了所有的读者",为了"写作上的企图",何其芳必须放弃过去,抓住现在还要向着未来②。以上内在矛盾和外在矛盾二者的合力促使他在创作上发生变化。以上是沈宗澂的主要观点。

对于沈宗澂指出的何其芳转变的原因,何其芳本人是不买账的。他在1948年12月16日致宗禹的信中说,《观察》上发表的《何其芳的转变》这篇文章他看到了,作者沈宗澂他不认识。但认为沈所说自己转变的原因其中根本分析是错误的,沈认为自己走向革命主要因为文学上的动机,根本就不是这么一回事。何其芳认为自己走向革命的原因主要是"由于我们所处的地位是被压迫的,没有前途的"③;其次则是思想方面的原因,就其自己来说,是从文艺中认识了旧社会的不合理,从不愿意与它妥协发展到要改变它,以上两点才是他真正改变的原因。④最后又说不学马列连这一点都看不清楚,可见过去的大学和书本之类,是浪费人的时间。1948年12月,何其芳已经有革命作家身份了,从最后一句也可体味到革命话语的气息。当然,他此时的发言我们要慎重分析,但有一点是肯定的,何其芳不认同沈宗澂从文学动机上分析其转变的原因。

客观来讲,"这种极端的向着作者内心发展"⑤的写作方法,在一定程度上确实会限制作者想象的空间及题材的选取,但是还不至于导致写作的枯竭。与何其芳《星火集》前三辑写作同步的诗集《夜歌》中,就有很多书写他内心感受的诗作,而且这些诗作的艺术水平相对《夜歌》中其他诗较高,比书写抗战等现实性内容多的诗艺术水平显然要高。说书写内心的事物,向

---

①沈宗澂:《何其芳的转变》,《观察》1948年第5卷第2期。
②《何其芳的转变》写于1948年8月12日,发表于1948年9月4日的《观察》第5卷第2期。
③何其芳:《致宗禹》,载《何其芳全集》第八卷,河北人民出版社,2000年,第113页。
④何其芳:《致宗禹》,载《何其芳全集》第八卷,河北人民出版社,2000年,第113页。
⑤沈宗澂:《何其芳的转变》,《观察》1948年第5卷第2期。

着作者内心发展到了极端就会使写作枯竭,这种说法片面而且武断,确实无法解释《夜歌》中何其芳书写自己内心感触比书写抗战宏大题材的诗艺术性高的问题。

二、沈宗澂的观点与何其芳本人转变的体现

沈宗澂认为何其芳转变的内在原因在何其芳本人是否有表现。1936年6月19日,何其芳在为《大公报·诗刊》第1期作的《论梦中道路》中说:"我倒是有时我厌弃我自己的精致。"[1]近一年后的1937年6月6日,何其芳为《还乡杂记》写的序文《我和散文(代序)》中说在一年以前他已诚实地说:"'有时我厌弃我自己的精致。''因为这种精致,'如上面提到的那篇评论文章里所说,'当我们从坏处想,只是颓废主义的一种变相。'那句议论很对,而且我觉得竟可以去掉那个条件子句。"[2]不到一年时间,何其芳就从"有一点"厌弃自己的"精致"到厌弃自己的"精致",而这种"精致"在何其芳看来就是"雕饰幻想的东西"[3],他对"自己的情感粗起来了"是欣赏的,并说:"正不必把感情束得细细的像古代美女的腰肢。"[4]而前者说的是《画梦录》,后者说的是《还乡杂记》。前者是"极端的向着作者内心发展",后者是"最关心的是人间的事情"。[5]何其芳"情感粗起来"的过程是一个去"精致化"的过程,也就是他逐步弱化"向着内心发展"的过程。

从全国抗战爆发到去延安之间,何其芳除发表《成都,让我把你摇醒》外,停止了诗和散文等抒情作品写作,只是发表《论工作》《论本位文化》等一系列文章,而这些文章杂文色彩很浓,反映社会、干预社会的性质更强烈。这就更加去精致化,更加从抒写内心而转向抒写外部世界,再加上何其芳去延安的目的之一就是去写报告文学,而报告文学则更充满社会性。从以上所论来看,沈宗澂说何其芳因极度抒写内心而迫切需要转向还是有一定道理的。那么沈宗澂说的外在矛盾呢?

---

[1] 何其芳:《梦中道路》,载《刻意集》,文化生活出版社,1939年,第79页。
[2] 何其芳:《我和散文(代序)》,载《还乡杂记》,文化生活出版社,1949年,第8页。
[3] 何其芳:《我和散文(代序)》,载《还乡杂记》,文化生活出版社,1949年,第13页。
[4] 何其芳:《我和散文(代序)》,载《还乡杂记》,文化生活出版社,1949年,第13页。
[5] 何其芳:《我和散文(代序)》,载《还乡杂记》,文化生活出版社,1949年,第11页。

第三节 "巨大的转变中何其芳失去了所有的读者"

沈宗澂说何其芳转变的外在矛盾是作者与读者之间的矛盾,又说"巨大的转变中何其芳失去了所有的读者"。还说正如何其芳本人解释的:

> 他的思想的变化大约是和这两个矛盾同时出现的,不过起初是徐缓的,几乎是无形的,而在一次突然的剧变中解决了所有的矛盾。①

对于沈宗澂分析的作者和读者之间的矛盾,要从以下几点看。

一、很注重自己的读者群,并积极与读者互动

他在延安时期有一段史料颇能佐证这个观点。陈荒煤在《忆何其芳》中谈到在延安鲁艺时,住在鲁艺桥儿沟一排窑洞里的何其芳、严文井、曹葆华、舒群等人,由于大多数是单身汉,他们经常在一起聊天,因都是作家,就谈到了作品与读者的关系问题。陈荒煤讲,有一次何其芳与曹葆华争论,看将来谁的诗拥有更多的读者,何其芳在坦率的笑声中充满自信地说:"将来我的诗集摆到书店里,你看!就是要比你的读者多!"②陈荒煤说何其芳笑得天真,讲得也很认真,曹葆华也不生气,因为大家都知道何其芳心口如一,都是真的,没有虚伪的成分。大家也不觉得他是不尊重和嘲笑别人,因为他说出了真心话。陈荒煤一直强调何其芳的话是出自真心。③那么,从何其芳的真心话也可看出他对读者多么重视,不也能说明他确实重视作者与读者的关系吗?

另一个细节是何其芳在1945年出版的《夜歌》后记中说,《夜歌》因发泄了旧知识分子的空想和脆弱、伤感的情感,而且又带有否定这种情感的

---

① 沈宗澂:《何其芳的转变》,《观察》1948年第5卷第2期。
② 陈荒煤:《忆何其芳》,原载1978年10月22日《光明日报》,见《何其芳研究专集》,四川文艺出版社,1986年,第53页。
③ 陈荒煤:《忆何其芳》,原载1978年10月22日《光明日报》,见《何其芳研究专集》,四川文艺出版社,1986年,第53页。

进步倾向,所以赢得了一些知识青年的喜爱。一个热心的读者从遥远的地方给何其芳写信,说其作品引领一批青年走上了"生活的正路"。何其芳说如果是没有觉醒的读者读这部集子,这些诗还是有一点儿鼓励作用的。但是希望读这部《夜歌》的读者,能用一种严格的批判的态度来读。对偏爱何其芳的读者,希望能超越这本书,超越两年前的自己(1942年5月前)走向前去。①在一篇后记中运用如此多的篇幅谈关于读者的话题,谈自己的创作与读者的关系,可见何其芳重视作品与读者的关系。

再联想何其芳与艾青关于《画梦录》进行争论时,郑克写信支持他,他"仿佛看见了一个和我一样的弟弟,使我想去拥抱他"②。同样是郑克,当何其芳因"周作人事件"发表激烈的批评言论并被孤立时,又写信给予他热情的支持。何其芳说:"在那城市里并没有什么人给我以祝福和鼓励,倒是你,从远远地方给我写来了那样一封信。你使我更勇敢一些,更坚决一些。我带着一个不相识的朋友的关怀去走向长长的而又艰苦的征途。"③在读者中寻求理解与支持,并在这种互动中给自己以影响,当时代环境改变,何其芳面临创作转变时,考虑读者群体的需求,当然是他必须面对的问题。全国抗战爆发后,从他的创作体系看,确实可以看出他在诗、散文、杂文创作过程中的调整和转变,其中,从读者需求角度考虑是一个重要因素。

二、沈宗澂的有些观点有偏激的一面

如果从文学创作转变的角度来看,沈宗澂的分析是有一定道理的,但遭到何其芳的反对,恐怕是他的有些观点刺激到了何其芳。如沈分析其转变主要放在散文、杂文的创作上,根本没有考虑何其芳诗歌创作的转变,而何其芳多次表示自己"终归是写诗的"④。"巨大的转变中何其芳失去了所有的读者",这句话估计也刺激到了何其芳。其实沈宗澂这个论断过于绝对,即使是散文集《画梦录》自身,自1936年7月初版后,直到新中国成立前也是一版再版。更有讽刺意味的是,就在沈宗澂写《何其芳的转变》一年前的1947年3月,《画梦录》仍由文化生活出版社出版了第9版。与《画梦录》具

---

① 何其芳:《夜歌·后记一》,文化生活出版社,1950年,第324页。
② 何其芳:《为人类工作》,《现代文艺》1940年第2卷第1期。
③ 何其芳:《为人类工作》,《现代文艺》1940年第2卷第1期。
④ 何其芳:《刻意集》,文化生活出版社,1939年,序第7页。

有同样唯美风格的诗文合集《刻意集》,1938年10月由文化生活出版社初版,1939年11月仍由文化生活出版社再版,到1946年11月文化生活出版社还出了第4版。诗集《预言》(诗歌主要来自《汉园集》中的《燕泥集》《刻意集》)1945年2月由文化生活出版社初版,1946年11月再版,1949年1月三版。即使是延续了部分《画梦录》艺术风格的《还乡杂记》,1939年8月也由上海良友复兴图书印刷公司初版,题名"还乡日记"。因战时的严酷环境漏印了三篇,《我的城堡》也只印了一个开头。后经过方敬搜集整理于1944年由工作社出第二版,题名"还乡记",1949年1月文化生活出版社出第三版,题名"还乡杂记"。《画梦录》《预言》《还乡杂记》都是何其芳全国抗战前的作品集,一版再版,尤其是《画梦录》。沈宗瀁认为"已经完全失去了读者",显然与事实不符,读者反而更喜欢这一时期的作品,因此曾经和人争论自己的作品读者多还是别人的作品读者多的何其芳肯定反感。再加上沈宗瀁用"《还乡日记》否定了《画梦录》,《星火集》否定了《还乡日记》,一九四二年整风学习以后,《星火集》第四辑里的文艺理论又否定了前三辑的杂文报告和散文"[1]这样的断语,也必然引起何其芳的不满。

  何其芳在1939年末至1940年初与艾青论争时明确表示,自己的转变是一脉相承的,不存在断裂,即使像《画梦录》这样极端唯美、充满个人主义色彩的作品,也对人生抱有热情的态度。[2]文中何其芳梳理了自己思想的演变过程,认为自己的转变是连续的,他在文中说:"在现在,虽说我惊异它所包含的思想竟那样少,从《独语》和《梦后》(它也是一篇独语)和其他的片段,我仍然找到了一些我当时的思想。一些就是现在仍然引起了我的同情的思想。一些我的矛盾,我的苦闷,我的热情象火花一样从它们里面间或又飞溅了出来的思想。"[3]在沈宗瀁的文章中没有提及《给艾青先生的一封信——谈〈画梦录〉和我的道路》(1940年),不知是不是沈有意忽略。何其芳在另一篇解释自己如何到延安的文章《一个平常的故事》中说《画梦录》"和延安中间是有着很大的距离的,但并不是没有一条相通的道路"[4],所以对于用一种作品类型否定另一种作品类型的武断说法,何其芳显然很难接受。

---

[1]沈宗瀁:《何其芳的转变》,《观察》1948年第5卷第2期。
[2]何其芳:《给艾青先生的一封信——谈〈画梦录〉和我的道路》,《文艺阵地》1940年第4卷第7期。
[3]何其芳:《给艾青先生的一封信——谈〈画梦录〉和我的道路》,《文艺阵地》1940年第4卷第7期。
[4]何其芳:《一个平常的故事——答中国青年社的问题:'我是怎样来到延安的?'》,载《星火集》,群益出版社,1945年,第97页。

综上，何其芳在时代的大潮中觉醒，由京派时期的远离现实政治，只注重唯美到毕业后逐渐关注现实，并试图努力介入政治，其创作必然面临转型。而转型中的一个原因也是他需要考虑的，那就是与读者的关系。何其芳本来就重视自己的读者群，而且当报告文学以"轻骑兵"的形式流行文坛时，他就想去延安写报告文学。当然，"厌弃了自己的精致"这层内在因素也是重要原因之一。所以说，沈宗澂在《何其芳转变》中认为何其芳所说的转变原因（主要是现实中受压迫，次要是思想方面原因）并不是转变的主要原因，而文学的因素才是最重要的。沈宗澂的观点对何其芳转变的客观实际而言，是不准确的，何其芳所说自己转变的原因才是最关键的因素。

第四节 "一种被压抑住的无处可以奔注的热情"

何其芳认为自己走向革命的主要原因是"所处的地位是被压迫的，没有前途的"，其次才是思想上的原因。沈宗澂则认为主要是文学上的原因。上文已经分析过，何其芳思想上的转变、文学上的动机皆为何其芳转变的原因，但是何其芳所说的因自己地位被压迫而没有前途是转变的主要原因，这一点我们是不能忽视的。当然，在"周作人事件"论争中何其芳被孤立也可以说是"地位被压迫"的一种表现，他自己坦言是因此事被孤立后，才奔赴延安的，这要认真分析看待。何其芳说：

> 我想我大概不是一个强于思索和反抗的人，总是由于重复又重复的经历，感受，我才得到一个思想；由于过分沉重的压抑，我才开始反叛。[①]

何其芳说"重复又重复的经历，感受""过分沉重的压抑"才使其得到"一个思想"，"开始反抗"，说明他"反抗"并非一蹴而就，而是一个量变到质变的过程，参与"周作人事件"论争只是一个"质变"的表现，这个"过分沉重的压抑"过程也非常关键。在前面章节也提到何其芳被现实压迫进而产生

---

①何其芳：《一个平常的故事——答中国青年社的问题："你怎样来到延安的？"》，载《星火集》，群益出版社，1945年，第104页。

与现实的紧张关系,沉重的现实压迫是何其芳反抗现实走向革命的重要一环。同时,他内心是潜藏着"激进力量"与"人生热情"的,就等一个触发点。

一、"激进力量"与"人生热情"

何其芳1937年6月6日深夜在山东莱阳写作的《我和散文(代序)》中有这样一句发狠的话:"我的生活里充满了愤怒。"①这和一向追求"纯粹的美丽、纯粹的柔和"的他似乎不大吻合,却说出了他的真实想法。这种潜伏在他性格中的"激进力量"早在1931年的《即使》一诗中就有表露。诗中抒情主人公为追求理想而表现出的决绝的姿态正表达了这个看似软弱的文人所有的"执拗"和"火气"。《树荫下的默想》中怀念杨吉甫这个当年一同在夔府会馆居住的终生友人时说:"我真像是一个命定的'浪子',不知要到什么时候才'厌倦了幻想,厌倦了自己',回到家中去作一个安分的人。我真像是跋涉在沙漠里就为着'寻找口渴'。"②对比可见,何其芳确实有一种执拗的性格。在他众多作品里我们也能发现这股潜伏在内心的"激进力量"很强。"何其芳的母系是一个奇异的家族。那就是先世同住杨何溪的老杨家的后裔。其芳的外祖父家兄弟九人都有严重的间歇神经分裂症(俗说疯病),约计母亲一辈中有三分之二的人遗传此病,这一家族中出川、进京、留洋的人不少,但大都聪明而不用功,或后来病发,不甚知名于世。那种高度的敏感和抑郁可能集中表现在何其芳身上,化为诗文中丰富的想象与深沉的思索。"③晚年何其芳创作长篇小说《无题》,其中龙于野的父亲龙云从就是一个疯子形象,可能也与此有关。

1933年创作的收入《画梦录》的第三篇散文《雨前》中有这样一段话:"我仰起头。天空低垂如灰色的雾幕,落下一些寒冷的霰屑到我脸上。一只远来的鹰隼仿佛带着怒愤,对着沉重的天色的怒愤,平张的双翅不动的从天空斜插下,几乎触到河沟对岸的土阜,而又鼓扑着双翅,作出猛烈的声响腾上了。那样巨大的翅使我惊异,看见了它两肋间斑白的羽毛。接着听见了它有力的鸣声,如一个巨大的心的呼号,或是在黑暗里寻找伴侣的叫

---

① 何其芳:《我和散文(代序)》,载《还乡杂记》,文化生活出版社,1949年,第1页。
② 何其芳:《树阴下的默想》,载《还乡杂记》,文化生活出版社,1949年,第98页。
③ 章子仲:《何其芳青少年时代的有关材料》,四川万县师范专科学校何其芳研究小组编《何其芳研究资料》1983年第2期。

唤。然而雨还是没有来。"①这段话寓意很深,由于其强烈的自我抒情性,这只怒愤的"远来的鹰隼"就是何其芳的化身。方敬在1979年8月31日以"雏鹰"为题作诗两首,第一首以儿时迷恋玩耍的"红砂碛"为意象,抒写何其芳由童年到走出夔门、走向上海求学的情景;第二首写到何其芳最终走向革命,诗中有"遥望着亲密的故乡,怀念我最早的知音,但见那从狭小的天地,飞过三峡的无畏的雏鹰"②。方敬将何其芳比作飞出夔门的雏鹰,与何其芳笔下的鹰隼形象极为相似,故可以想见何其芳的鹰隼有自比之意。文中抒发的沉闷、压抑、愤怒、孤独、追寻伴侣的急切、嚎叫哀鸣的痛苦之情就是何其芳本人的,但"雨还是没有来",就导致这种愤怒在胸中淤积,无处发泄。这段话曾经被《胡风冤案始末》一书引用,赋予了其政治意义。李辉在《胡风冤案始末》第三章"胡风、何其芳重开笔战"第一节开头就说"一段富有象征意味的美妙文字",然后李辉就引了何其芳《雨前》中的这段文字,并注释说:"写这段文字的作者,正是在1949年重新挑起论争的何其芳。他写这段文字时,是1933年。那时,胡风和周扬在上海开始接触,继而产生矛盾,而何其芳正在北方京津文坛上,吟唱着委婉动人的青春之歌。"③如果结合后期何其芳走向延安参加革命的史实,《雨前》这段话确实具有预言价值。

何其芳胸中的愤怒一直是延续的,只是潜藏在作品话语中,在《黄昏》(1934年3月2日作)中"黄昏的猎人,你寻找着什么?""狂奔的猛兽寻找着壮士的刀,美丽的飞鸟寻找着牢笼,青春不羁之心寻找着毒色的眼睛。我呢?"④这些语言充满着"激进力量",也表明着何其芳内心孤独与压抑的程度之大。在《独语》中他形容自己为"倔强的独语者","黑色的门紧闭着:一个永远期待的灵魂死在门内,一个永远找寻的灵魂死在门外。每一个灵魂是一个世界,没有窗户。而可爱的灵魂都是倔强的独语者"⑤。在《岩》中说他"无力正视人生之阴影"⑥,又说"人世的羁绊未必能限制我"⑦,但自己"从

---

① 何其芳:《雨前》,载《画梦录》,文化生活出版社,1936年,第17页。
② 方敬、何频伽:《何其芳散记》,四川教育出版社,1990年,第96—99页。
③ 李辉:《胡风集团冤案始末》,人民日报出版社,1989年,第48页。
④ 何其芳:《黄昏》,载《画梦录》,文化生活出版社,1936年,第18—19页。
⑤ 何其芳:《独语》,载《画梦录》,文化生活出版社,1936年,第21页。
⑥ 何其芳:《岩》,载《画梦录》,文化生活出版社,1936年,第33页。
⑦ 何其芳:《岩》,载《画梦录》,文化生活出版社,1936年,第33页。

无逸轨的行为"[①]。何其芳性格中的"激进力量"与"无力正视人生之阴影"的矛盾,累积到一定程度终将突破"人世的羁绊"。这种"激进力量"的爆发需要一个触发点,当这个触发点真正到来的时候,他内心的"激进力量"将全面爆发。

何其芳身上除潜藏着很强的"激进力量"外,还有被压抑的对人生的热情。

何其芳在与艾青关于《画梦录》的论争中说,尽管《画梦录》中的散文包含的自己的思想是那样的少,但在《独语》《梦后》和其他片段中却找到了一些当时的思想。这些思想充满矛盾与苦闷,但他却是依然给予同情的,而且"我的热情象火花一样从它们里面间或又飞溅了出来的思想"[②]。这些思想是"由于一种被压抑住的无处可以奔注的热情"[③]。他以《独语》《梦后》《楼》《我和散文(代序)》中的章句为例来说明他对人生是充满爱的。[④]这些引文何其芳想表达的是对于现实生活并非一味逃避而是热爱,这种思想在《还乡杂记》中得到了延续与壮大。

何其芳在《独语》中说:"唉。我尝自忖度:那使人类温暖的,我不是过分的缺失了它就是充溢了它。两者都足以致病的。"在《刻意集》(1938年)序中说:"我常常感到在这寒冷的阴暗的人间给我一点温暖以免于僵死,给我一点光辉以照亮路途的永远是自己的热情的燃烧。"[⑤]对于《楼》中的引文他说:"如果人类想在地上有一座乐园,必定得用自己的手来建造。如果人类曾经失去了一座乐园,必定是用自己的手捣毁的。"[⑥]写这句话时还是

[①] 何其芳:《岩》,载《画梦录》,文化生活出版社,1936年,第33页。
[②] 何其芳:《给艾青先生的一封信——谈〈画梦录〉和我的思想》,《文艺阵地》1940年第4卷第7期。
[③] 何其芳:《给艾青先生的一封信——谈〈画梦录〉和我的思想》,《文艺阵地》1940年第4卷第7期。
[④] 何其芳的引文如下:"这是颓废吗!我能很美丽的想着死,反不能美丽的想着生吗?唉。我尝自忖度:那使人类温暖的,我不是过分的缺乏了它就是充溢了它。两者都足以致病的。(以上《独语》)我尝窥觑揣测许多热爱世界的人:他们心里也有时感到极端的寒冷吗?历史伸向无穷像根线,其间我们占有的是几乎无的一点:这看法是悲观的,但也许从之出发然后觉世上有可为的事吧。因为,以我的解释,他们都是理想主义者。 是的,当我们只想念自己时,世界遂狭小了。(以上《梦后》)我仿佛知道一个道理,唯有在这地上才建筑得起一座乐园,唯有用我们自己的手,但我总甘愿生活在最荒凉的地方,冰天雪地,牧羊十九年,表示我的一点忠贞之心。《楼》)我到哪儿去?旅途的尽头等着我的是什么?我在车厢内各种不同的乘客的脸上得着一个回答了:那些刻满了厌倦和不幸的皱纹的脸,谁要静静地多望一会儿将哭了起来或则发狂的?(《代序》)。"(何其芳:《给艾青先生的一封信——谈〈画梦录〉和我的思想》,《文艺阵地》1940年2月1日第4卷第7期)
[⑤] 何其芳:《刻意集》,文化生活出版社,1939年,序第6页。
[⑥] 何其芳:《乡下》,载《还乡杂记》,文化生活出版社,1949年,第55页。

1936年的11月25日,他的思想还是矛盾的,因为他在此文中说:"然而我在我自己的思想里迟疑:如果有一座建筑在死尸上的乐园我是不是愿意进去？带血的手所建筑起来的是不是乐园？而不带血的手又能否建筑成任何一个东西？"①到了1937年6月6日写《我和散文(代序)》时,他明确表达了对人间的热爱。文中明确说:"对于人生我实在是充满了热情,充满了渴望,因为孤独的墙壁使我隔绝人世,我才'哭泣着它的寒冷。'对于人生,现在我更要大声的说,我实在是有所爱恋,有所憎恶。"②在《扇上的烟云(代序)》中何其芳说:"我最关心的是人间的事情。"③在《街》(1936年10月15日)中他"叹息着世界上为什么充满了不幸和痛苦。于是我的心胸里仿佛充满了对于人类的热爱"④。又说:"我必需以爱,以热情,以正直和宽大来酬报这人间的寒冷吗？对人,爱更是一种学习,一种极艰难的极易失败的学习。"⑤可见在"画梦时代"的京派时期,他对现实人生已经充满着爱与渴望了,只是被压抑着。在《一个平常的故事》中他说他应该喊出京派时期自己真实的感受"这个世界不对！"⑥,但终于没有喊出,这也是一种愤怒的压抑。

何其芳性格中潜在的"激进力量",加上在生活苦闷中依然对生活的爱及对"美"的追求,在他从大学毕业走进现实社会时,现实的丑恶与残酷令他感到震惊。1935年至1937年全国抗战爆发,何其芳从一个唯美的世界进入一个充满现实"恶"的世界,这更进一步激活了他性格中的"激进力量"与对现实的热爱。他想要鞭挞这个丑恶的世界,并通过自己的努力去改变这个世界,去介入现实。陈敬容回忆起一个细节也能说明他的转变。陈敬容回忆,何其芳在山东莱阳任教期间,曾带着学生去北平实习,友人都发现他变了,谈吐中也有了浓厚的生活气息。那时正值一二·九前后,热爱自己祖国的何其芳,已经从他那些不可捉摸的"梦"中惊醒,面对着活生生的现实⑦。

---

① 何其芳:《乡下》,载《还乡杂记》,文化生活出版社,1949年,第55页。
② 何其芳:《我和散文(代序)》,载《还乡杂记》,文化生活出版社,1949年,第9页。
③ 何其芳:《我和散文(代序)》,载《还乡杂记》,文化生活出版社,1949年,第10—11页。
④ 何其芳:《街》,载《还乡杂记》,文化生活出版社,1949年,第19页。
⑤ 何其芳:《街》,载《还乡杂记》,文化生活出版社,1949年,第26—27页。
⑥ 何其芳:《一个平常的故事——答青年社的问题:"你怎样来到延安的？"》,载《星火集》,文化生活出版社,1945年,第103页。
⑦ 陈敬容:《他曾经这样歌唱——记诗人何其芳同志》,载《衷心感谢他》,上海文艺出版社,1987年,第55页。

何其芳在《乡下》中感慨"地球上没有一点声音",接着就在《老人》(1937年3月31日作)中说:"在成年与老年之间还有着一段很长的距离,我将用什么来填满呢?应该不是梦而是严肃的工作。"①两个月后在《刻意集》序(1937年5月27日作)中说:"现实的鞭子终于会打来的……当无情的鞭子打到背上的时候应当从梦里惊醒起来……要使自己的歌唱变成鞭子还击到这不合理的社会的背上。"②10天后在《我和散文(代序)》中进一步说:"我一定要坚决的勇敢的活下去。活着终归是可赞美的,因为可以工作。"③这一系列密集的表态,就是要干预现实的信号,也说明这种从"梦中道路"的彻底警醒已达质变的临界状态,只需一个外力的催化。1937年7月7日全国抗战爆发,激活了潜藏在何其芳性格中的"激进力量",在民族的巨大灾难面前,他不再沉迷梦境、徘徊忧伤,而是回到四川老家开始真正的"工作"。何其芳说:"抗战来了,对于我它来得正是时候,因为我不复是一个脸色苍白的梦想者,也不复是一个怯懦的人,我已经像一个成人一样有了责任感,我相信我在任何地方都可以做一些事情。"④他首先回到万县教中学,后又奔赴成都。

决心以自己的行动来追求光明,为民族的抗战与解放而工作的何其芳,发现社会太黑暗,需要反对和批评的丑恶现象遍地皆是。这都与他自己唯美的世界观产生强烈反差。他离开万县去成都希望在成都找寻到志同道合的人并做更多的事情,这中间有一个细节使他做出了以上决定。何其芳任教的万县中学有一个比较热情的学生写了一篇文章,慨叹县里的人对抗战漠不关心。学校里的一位主任劝这位学生不要发表此文,并说:"你责备别人,应该先从自己做起。"此学生真的就请假回家去做宣传工作,不久之后居然带着一笔募捐来的钱回到学校,这时候那个主任对何其芳说到这个学生时,就只轻轻的一句,"我看他有点神经病"。何其芳感到了孤独,"后来一件小事情使我感到我需要离开那个环境,我到底不是一个艰苦卓绝的战斗者。我自己还需要伙伴,需要鼓舞和抚慰"⑤。"一件小事"就是上

---

① 何其芳:《老人》,载《还乡杂记》,文化生活出版社,1949年,第90页。
② 何其芳:《刻意集》,文化生活出版社,1938年,序第8页。
③ 何其芳:《我和散文(代序)》,载《还乡杂记》,文化生活出版社,1949年,第14页。
④ 何其芳:《一个平常的故事——答中国青年社的问题:"你怎样来到延安的?"》,载《星火集》,群益出版社,1945年,第107页。
⑤ 何其芳:《一个平常的故事——答中国青年社的问题:"你怎样来到延安的?"》,载《星火集》,群益出版社,1945年,第108页。

述事件,这表现了何其芳作为诗人的敏感。参与"周作人事件"论争后,何其芳走向延安,感到孤立也是重要原因,这种对环境的敏感可以从他因这件小事离开万县赴成都得到旁证。

到成都后,何其芳与先后到达成都的文化界人士一起创办《工作》月刊,写文章抨击浓厚的读经氛围、歧视妇女和虐待儿童的封建思想、知识分子向上爬的行为。其实这些并没有新意,新文化运动以来鲁迅、周作人等早已对这些问题进行过讨论和抨击。但这一切不合理对一个从"梦中道路"刚醒来的"画梦者"来说既新鲜又让人痛恨,于是就积极撰文抨击,热情度非常高。何其芳在成都的学生芜鸣曾回忆何其芳走出"画梦"而专心"工作"的一个片段。1938年秋天的一个晚上,芜鸣去何其芳的单身宿舍找他借书。他正埋首写作,芜鸣怕耽误何其芳的时间,就直接说要借他的《画梦录》。这时,何其芳惊奇地问是谁告诉他的,芜鸣说是车辐老师说的。何其芳对芜鸣直言说,他想借这本书自己是不借的,现在是什么时候啊,怎么还去"画梦"呢,应该醒来"挥戈退日"了。当即就送他两本《工作》,要他认真看看。后来芜鸣和另一个朋友合编了一种文艺刊物,刊物的名称就是用的"挥戈"。①何其芳在这种状态中,决心与"唯美主义"的京派身份划清界限,在没有确认周作人是否真正"下水"的情况下,就进行严厉的抨击,结果导致他在成都的"小圈子"里被孤立,这并不让人觉得奇怪,相反这是他反抗现实的一种表达。

二、革命友人的影响

何其芳进入北京读书到全国抗战爆发前,他的朋友并不多,对其造成影响的是与其同乡的杨吉甫,杨吉甫后来走向革命成为共产党的一员,抗战后二人一起创办的《川东文艺》就有很强的革命倾向。李广田、卞之琳思想都偏左,卞之琳后来还和何其芳一道去延安。毕业后在天津工作时,何其芳多次说受到毕奂午的影响,而毕奂午后来也是走向了革命。何其芳回忆说:"诚实的说来,倒是他那种北方大陆似的粗野的性格对我有着好的影

---

① 芜鸣:《他是一位教育家——忆何其芳老师片段》,原载《何其芳研究资料》第7期,见《巴蜀芳踪——何其芳的故事》,长江出版社,2012年,第232页。

响。"①他离开天津去山东莱阳任教的引荐人是吴伯箫。吴是山东莱阳乡村师范学校的校长,而吴本人思想本就左倾。吴伯箫在北师大读书期间就参加了一个叫"群新学会"的群众团体,深入到水夫、粪夫等贫苦市民中间,开展宣传、组织工作。他秘密传阅《共产主义ABC》《夜未央》等油印书刊,后参加革命。吴又支持在地下党组织帮助下成立的学生进步组织"学生救国会",何其芳曾为该会起草《告胶东同学书》。何其芳的思想在莱阳也开始倾向革命,"实际上何其芳在莱阳就已经积极参加抗战活动了,一九三六年秋,莱阳乡师学生成立的'学生救国会',何其芳大力支持,《告胶东同学书》就是他亲自起草的"②。吴伯箫在山东莱阳师范继续做有益于革命的工作,"在简易莱阳村师范学校当过大约十个月的校长。这个时期,吴伯箫和党组织没有组织上的联系,但默默地做一些有益于革命的工作。'一二·九'运动波及到山东,他为保护学生的安全,不得不奉命提前放假,但他给每个学生发油印信,鼓励他们在家乡做组织宣传工作"③,而且"为了实现在北京读书时就已经开始了的政治追求,为了更有利于全身心报效祖国,吴伯箫只身登上黄土高原,1938年4月投入到延安的怀抱"④。熊道光回忆何其芳对其说,因天津中学在一二·九运动前后进行了罢课运动,他被扣上"鼓动学潮"的罪名而遭到解聘。

> 之后,他到山东莱阳乡村师范任教,也曾有过类似的遭遇。这种现实,使他感到在这个社会里,不但工作无保障,连一个人应有的尊严也是不被尊重的。抗战发生后,他回到家乡四川,先后曾在万县省立师范、成都联中任教,更同情于劳动人民的苦难生活。这从他写的《还乡杂记》可以看出来。⑤

何其芳的思想转变与吴伯箫不能说有直接的关系,但受其影响应该是

---

① 何其芳:《忆毕奂午》,原载1938年8月11日《新新新闻》每旬增刊第4期,载《何其芳全集》第六卷,河北人民出版社,2000年,第450页。马希良说在"解放战争时期,奂午和中国共产党的关系是非常密切的。他在清华大学时,在地下党组织领导下,积极开展反对国民党迫害的学生运动,直到现在,那时学生中的党员宋虎、于志祥等同志,还时时谈起当年奂午同志在他们班学生中所起的积极作用。"(见马希良:《老诗人毕奂午今昔记》,《新文学史料》1986年第2期)
② 莱阳市委宣传部编:《梨乡莱阳》,山东省出版总社烟台分社,1987年,第71页。
③ 秦弓:《吴伯箫生平创作道路》,载《延安作家》,陕西人民教育出版社,1992年,第150页。
④ 秦弓:《吴伯箫生平创作道路》,载《延安作家》,陕西人民教育出版社,1992年,第152页。
⑤ 熊道光:《与其芳同志的一夕谈》,《何其芳研究资料》1983年第4期。

确定的,后吴先一步到达延安,或许对他就是一种启发。以上所举事例,一方面说明何其芳在对现实的反抗过程中受到了外部力量影响;另一方面也说明知识分子道路转变是时代的大趋势。

在成都期间何其芳结识了沙汀,沙汀是"老左联",与周扬非常熟悉,周扬给朱光潜写信邀请其去延安看看,信就是通过沙汀传递的。①沙汀本来和这些京派文人并不熟悉,与何其芳认识是通过原沉钟社的陈翔鹤。沙汀也是通过陈翔鹤陆续认识了来成都的其他京派作家。沙汀说初见何其芳觉得他书生气很重,自己是从他与卞之琳合编的《工作》上看到《论工作》和长诗《成都,让我把你摇醒》才注意到他的。沙汀认为何其芳通过上述两篇作品,已经表明经过一二·九运动和西安事变和平解决的洗礼,他对中国共产党领导的民族解放战争是认同的,所以1938年将近暑假当听说自己要去延安时,就跑来要求一起去延安,是很自然的了。②

李广田曾经邀请何其芳去云南大学任教,但他放弃了。陈见昕回忆道:"我记起在一次闲谈中,何老师曾偶然谈到在昆明云南大学的李广田约他去云大中文系做教授。我想,虽然做教授同样可以革命,他选择的却不是滇池之滨的书斋,而是陕北高原的窑洞。"③这也说明他不安于书斋而对革命的向往。何其芳自己在《小说〈二月〉和电影〈早春二月〉的评价问题》中说:"当然自然也还有大量的对革命还没有认识、还没有走上革命的道路的知识青年。在这最后一种人中,情况也是并不一样的。有许多人是由于还没有接受革命的思想,觉悟不够,然而他们却是比较单纯的,以后在一定的条件之下还是容易倾向革命,参加革命。"④这近乎夫子自道了。

1938年8月14日,何其芳与卞之琳、沙汀夫妇一行四人,从成都乘车去延安,从此何其芳开启了他的革命人生,也打开了一扇唯美主义作家转向革命作家的大门。黄药眠在评点何其芳奔向"革命道路"的原因时说:

> 他有他自己的道路,汉园诗人的道路:那就是为了美,他才走进

---

① 卞之琳:《政治美学:追忆朱光潜生平的一小段插曲》,《卞之琳文集》中卷,安徽教育出版社,2002年,第144、147页。
② 沙汀:《题记》,载《何其芳选集》第一卷,四川人民出版社,1979年,第1—2页。
③ 陈见昕:《何其芳在成都成属联中》,载《巴蜀芳踪——何其芳的故事》,长江出版社,2012年,第225页。
④ 何其芳:《小说〈二月〉和电影〈早春二月〉的评价问题》,载《何其芳全集》第七卷,河北人民出版社,2000年,第141—142页。

了革命的队伍。也就是说,他为了要使广大的人民的生活更合理,更公道,更调和,所以他才走进了革命的队伍。①

黄药眠的说法颇具道理。何其芳也说"其次则是思想上的原因(如我,在这方面是从文艺中认识了旧社会的不合理,从不愿意与它妥协发展到要改变它)"②。何其芳多年之后总结说在大学毕业后做过三年中学教员,其间抗日爱国运动的热情高涨,自己也多接触了一些社会,思想也发生了变化。思想变化后自己最喜欢读鲁迅、高尔基、罗曼·罗兰的作品,而这些作家的著作又反过来使他的思想更加进步。文学像一面镜子,给予了何其芳一个虚幻的美好世界,也照出了旧社会的不合理,在这种强烈对比中,他选择的是让自己的"激进力量"爆发去反抗丑陋的现实并改造现实。何其芳曾感叹道:"文学,曾经是它引导我逃避现实和脱离政治的,仍然是它又引导我正视现实和关心政治了。抗日战争爆发的第二年,我参加了革命。"③再加上参与"周作人事件"论争的刺激及文学创作亟须转变等因素,最终使何其芳从成都走向延安。

---

①黄药眠:《读〈夜歌〉》,《中国诗坛》1946年光复版第3期。
②何其芳:《何其芳全集》第八卷,河北人民出版社,2000年,第113页。
③何其芳:《写诗的经过》,载《关于写诗和读诗》,作家出版社,1956年,第102页。

第四章 "新我"与"旧我"的矛盾

何其芳来到延安并留在了延安,在延安文艺座谈会召开前,具体时间是1938年11月至1942年5月,当时的延安面临日军的侵犯、国民党的封锁挑衅,军事斗争和生活都处于艰苦阶段,军备与生产建设成为焦点。奔赴延安的文艺人士在思想与创作上出现了"新我"与"旧我"的矛盾斗争,这不仅在何其芳身上存在,在延安部分文艺人士身上都表现出了这种状态,只是何其芳表现得更为典型、更具代表性。

第一节 报告文学写作与两次论争

何其芳原初的目的之一就是上前线收集资料写报告文学,这也是很多作家在抗战期间想借助文学入伍的一种追求。但前线归来后的何其芳发现自己内心还或多或少排斥报告文学,想创作优秀作品是无法实现的。对报告文学写作的怀疑与失败感加剧了他内心的思想斗争,再加上从前线返回后参与民族形式的论争,他又有了与主流文学思想迥异的观点。艾青在《画梦录》评论的文章中对何其芳进行了批评,恰逢当时何其芳正处于苦闷时期,所以二者之间的争论成为何其芳表达压抑的一种新路径,何其芳介入论争的一大目的,就是给自己走向延安做出合法性论证。

一、奔赴前线与写作报告文学

1938年8月31日,何其芳、卞之琳与沙汀、黄玉颀夫妇一行四人,由四川成都沿川陕公路向延安出发。经过重重阻碍,终于到达进步青年向往的革命圣地延安。当时的延安,百业待兴,亟需各方面的人才,因此对知识分子给予了很高的礼遇。何其芳、卞之琳与沙汀到来后,党政军高层都对他们青睐有加。沙汀和周扬交情深厚,毛泽东接见他们三人就由周扬引荐。延安抗战文化工作团组成后,分六组赴前线收集资料,反映前线生活,就任命刚到延安的卞之琳为第三组组长。卞之琳"还曾被引见过不大在公众场面出现的总书记洛甫(张闻天)。初到在城里文化协会住的时候,就受过胡乔木等同志的看望"[1]。另外在卞之琳赴前线前,还借边区教育厅厅长周扬的马学骑马,后周扬又悉心挽留卞在鲁艺教书。即使是临走前,王明还邀请卞之琳来家为其送行。

初到延安,三人一道受到毛泽东的接见。随后三人向毛泽东表达了去前线的愿望,得到毛泽东的首肯。

最先赴前线的是卞之琳,他与吴伯箫一起奔赴晋东南前线。何其芳在1939年9月听贺龙在鲁艺演讲后,就被其"经过了千百次艰难困苦然而从未失掉自信和勇气的乐观"所感动。何其芳说:"贺老总这一个色彩丰富的讲演吸引了我们。我们就想跟他一起到晋西北去。"[2]随后决定与沙汀一起奔赴贺龙领导的在前线作战的一二〇师。何其芳去前线之前,是带着美好的想象去的,他原本希望到前线碰到这样的场面:"我们的军队收复了一个城,于是我们就首先进去,看见了敌人的残暴的痕迹,看见了被解放的人民的欢欣。总之,是这一类比较不平凡的事物。"[3]但战争的残酷现实打破了何其芳的幻想。

进入一二〇师后,他们被当作客人一样对待,何其芳起初为写报告文学搜集资料、采访,晚上整理资料热情很高。但他很快发现,把这样收集来的材料写成了文章他自己也不满意,对于写报告文学,有些动摇了。[4]而且在前线他并没有看见真正的战斗场面,只是听到枪炮声,更不用说亲身参加战斗。他写报告文学和为抗战服务的热情渐渐消失,于是又想写诗了。他曾经想写但没有写出来这样的诗句:"前方也还是有着寂寞的日子。炮火声中也还是有着寂寞的日子。"[5]这也说明他真正进入到残酷战争环境后的不适应。

1939年1月在一二〇师与吕正操部进行联欢晚会后,何其芳骑了一匹

---

[1] 卞之琳:《"客请"——文艺整风前延安生活琐忆》,《卞之琳文集》中卷,安徽教育出版社,2002年,第113页。
[2] 何其芳:《记贺龙将军》,载《星火集续编》,新文艺出版社,1949年,第156页。
[3] 何其芳:《报告文学纵横谈》,载《关于现实主义》,海燕书店,1950年,第236页。
[4] 何其芳:《星火集·后记》,群益出版社,1945年,第200页。
[5] 何其芳:《报告文学纵横谈》,载《关于现实主义》,海燕书店,1950年,第237页。

生马,不慎从马上摔了下来,摔伤了胳膊,这也让他体会到了现实的残酷。其间为了真正参加军队工作,他要求从师部搬到政治部,和鲁艺文学系的几个学生一起给部队编教材、油印报。但何其芳认为这只是形式上的变换而已,并没有接触真正的战斗生活,原因是没有参与下级部队的生活与战斗,没有和那些民运工作人员一起到战斗的区域,也没有经常和老百姓打交道,只是待在政治部里和几个没有上前线的知识分子在一起。他想:"还是回去吧,在这里简直没有什么用处。"①这种自责的情绪缠绕了何其芳很久。

1939年4月,何其芳、沙汀与部分鲁艺学生离开一二〇师返回延安,理由是1939年3月多数鲁艺的同学提出回延安的要求,何其芳、沙汀同情他们。另外,何其芳等认为写作品要经过时间的沉淀,不能就在前方写。同时他们认为做文艺工作有两种方式,一种是一直在前方,准备将来写长篇;一种是到前方来了又回到后方去写,何其芳们选择了后者。尽管有这样的理由,何其芳还是认为从前线执意返回延安是"一个可羞的退却",更是"畏难而退",原因在与艾青关于《画梦录》的争论一节也提及了一些。如在经历了十年内战又经历着抗日战争而且一直站在最前线的工农干部们看来,要求回延安就等于怕艰苦,何其芳认为实质上就是这样;另外当何其芳、沙汀等去与贺龙师长告别时,敏感的何其芳发现一向幽默诙谐、待人和善的贺龙并不高兴,"去向贺师长告别的时候,不知道是由于他忙吗还是我自己的过敏,觉得这位热情的将军这次对我们不大热烈"②。出发的那天晚上,敌人的扫荡正在进行,二十里以外就是连绵不断的枪炮声,被敌人烧毁的村庄燃烧着,就在这样触目惊心的景象里,"我们像打了败仗的兵士一样,踏上归途。到了晋察冀我们就得了消息,我们走后一二〇师进行一次规模较大的河间战斗,贺龙将军也中了敌人的毒气"③。这更加重了何其芳的失败感与愧疚感,这种愧疚感一直压在他心头。直到1943年冬他才有机会再见到贺龙并向其表达了歉意。何其芳回忆道:"1943年冬天吧,我在一个听报告的场合偶然碰到了他。我急于表达我内心的歉疚,我就说我们从前在前方实在工作得太不好了。他却宽大地像完全忘记了过去似地回答:

---

① 何其芳:《报告文学纵横谈》,载《关于现实主义》,海燕书店,1950年,第237页。
② 何其芳:《记贺龙将军》,载《星火集续编》,新文艺出版社,1949年,第161页。
③ 何其芳:《记贺龙将军》,载《星火集续编》,新文艺出版社,1949年,第161页。

第四章 "新我"与"旧我"的矛盾

'你们工作得很好嘛!'"①这时已经是他从前线回延安的第四年了,也可见他对这件事仍然耿耿于怀,这也是延安文艺座谈会与延安整风之后影响其转变的一个重要因素。

何其芳之所以说这次写报告文学是失败的,原因是在《星火集》第二辑中6篇报告文学只有一篇是在前线写的,其余关于华北人民与军队的报道都是在回到延安翻阅材料后硬写出来的。内容上并未深入生活,写法上受基希、爱伦堡的影响很大,模仿痕迹严重。②何其芳说,他不能与知识分子和工农兵真正结合在一起,但因为思想上没有准备好,畏难而退,开始保存"旧我"。③他这话说得还是有些含糊,这种保存"旧我"的原因是什么并没有说清楚。何其芳1977年去世后,曾经在鲁艺一起工作的陈荒煤1978年10月22日在《光明日报》发表的《忆何其芳》中道出了原委。何其芳认为报告文学没有艺术价值,只不过是政治需要,所以自己思想上是不重视的,这才是写不好报告文学的根源所在。④这其实很自然,作为京派文人的他,是追求文学的唯美及疏离政治的,强行将文学与政治结合,开始时自然会出现隔膜。这种状况在何其芳读北大哲学系时就出现过,何当时认为诗歌和故事及美妙的文章使他的肠胃变得娇贵,再也不想吞咽哲学书籍这种枯燥粗粝的食物了。⑤

何其芳在1946年11月27日深夜写作的《报告文学纵横谈》中隐约谈到了对报告文学的观点,他说:

> 写报告文学也是需要深入生活的。这又证明要深入一种新的生活,工农兵的生活,战斗的集体的生活,是并不容易的。首先得有认识与决心拔掉我们保卫自己的像长在刺猬身上那样的硬刺。这些硬刺,有时候它的名字叫艺术,有时候它的名字叫幻想,但是,它还有一些难听的名字,就是自私,怯懦。⑥

---

① 何其芳:《记贺龙将军》,载《星火集续编》,新文艺出版社,1949年,第162—163页。
② 何其芳:《星火集·后记》,群益出版社,1945年,第203页。
③ 何其芳:《星火集·后记》,群益出版社,1945年,第203页。
④ 陈荒煤:《忆何其芳》,原载《光明日报》1978年10月22日,载《衷心感谢他》,上海文艺出版社,1987年,第19页。
⑤ 何其芳:《我和散文》,《大公报》1937年7月11日。
⑥ 何其芳:《报告文学纵横谈》,载《关于现实主义》,海燕书店,1950年,第237页。

"刺猬"的譬喻也不是第一次,何其芳在描述其上中学的状态时就说:"这使我像一个小刺猬,被什么东西碰触了一下便蜷缩起来。我用来保护我自己的刺毛是孤独和书籍。"①这里只是将"艺术"这种"硬刺"与其他几种因素并列,谈到了注重文学"艺术性"的说法。当然,何其芳不可能将私下谈话那种极具私密性的观点在延安整风和文艺座谈会后在文章中公开声明。如果不是陈荒煤在何其芳逝世后将这一些细节披露出来,我们也不可能这么清晰地了解何其芳初到延安创作报告文学时并非"失败",而是和他的文学观有冲突,是其不想为之的结果。也正如何其芳与陈荒煤谈话时所说,自己的观点与毛泽东的"政治第一,艺术第二"的观点不一致,在延安文艺座谈会后,他开始改变这种观点,大力创作报告文学,《星火集续编》中创作的大量报告文学就是证明。

何其芳写作的报告文学并非他本人都不满意,《我歌唱延安》写于他到达延安两个多月后的1938年11月,他感到延安真如自己想象中的那么自由与美好,从而由衷地以报告文学的形式赞美歌唱延安。此文发表于周扬主编的《文艺战线》1939年2月16日第一卷创刊号,与何其芳同期发表的报告文学还有卞之琳的《石门阵》、沙汀的《贺龙将军印象记》与严文井的《圣经》。何其芳以生动的笔触描写出了当时全国各地的有志青年奔赴延安的热闹场景和自己对延安的美好印象。②沙汀也说《我歌唱延安》曾经传诵一时。沙汀说,《我歌唱延安》受到革命根据地,特别是国统区知识界的重视,因为作者在当日的大是大非问题上旗帜鲜明,响亮地喊出了一代进步青年的心声。我们不妨说这是其芳政治思想上和创作道路上的一个飞跃。③就连何其芳本人在30多年后还谦虚地说:"大约过了两个多月,我根据我在延安参观和访问所得,写了一篇《我歌唱延安》。这篇报告文学当时是发生过一点影响的。"④《我歌唱延安》的文学性很强,艺术水平也很高,而且带有强烈的自我抒情性,成为当时宣传延安的名文,这也说明了他擅长抒写自我感情。何其芳在1949年重新编选《星火集》时,将《我歌唱延安》收入。

---

① 何其芳:《一个平常的故事——答中国青年社的问题:"你怎样来到延安的?"》,载《星火集》,群益出版社,1945年,第122—123页。
② 何其芳:《我歌唱延安》,《何其芳选集》第一卷,四川人民出版社,1979年,第240页。
③ 沙汀:《题记》,《何其芳选集》第一卷,四川人民出版社,1979年,第3页。
④ 何其芳:《毛泽东思想的阳光照耀着我们》,征求意见本,1977年,第7页。

何其芳在延安写报告文学的经历拉开了"新我"与"旧我"矛盾与冲突的序幕。"新我"是渴望与工农兵大众融合在一起,在创作上努力表现国统区的黑暗、日本侵略者的残酷、延安的光明、八路军与老百姓鱼水情深及战士的英勇,总之是用文艺为民族解放战争服务。所谓"旧我"就是指旧的知识分子的"伤感、脆弱、空想的情感"[①]。在《星火集》后记中,何其芳进一步为"旧我"作注解,将其概括为"自己熟悉的题材":"以小资产阶级的观点去代替或者附会无产阶级的观点""从个人出发的思想情感之反复谈论""在思想方法上,抽象地看问题"。[②]总之,"旧我"是以"个人"为中心。

何其芳延安之行的第一阶段就写报告文学来说有"新我"与"旧我"的冲突,且"旧我"占了上风。何其芳在《夜歌》后记中袒露了这种境况,他说全国抗战以后,的确有过用文艺去服务民族解放战争的决心与尝试,但由于有些问题在思想上尚未得到解决,一碰到困难就动摇了。何其芳说:"那是我在前方跑了一阵,打算专门写报告的计划失败之后。那时我在创作上又碰到了苦闷。报告写得自己不满意,而又回到一个学校里教书,似乎没有什么可报告的了。"[③]以致后来变相地"为个人而艺术"的倾向又抬头了,这里的"学校"指的是鲁艺。就在何其芳为延安之行写报告文学的目标未能实现感到挫折时,他不自觉地加入了两场论争:关于民族形式的论争和与艾青关于《画梦录》的论争,而这两场论争也暴露了何其芳保留"旧我"的痕迹。

二、"新艺术主义"和"脱政治主义"的帽子

何其芳与沙汀1939年7月回到延安后,正赶上延安开展大规模的关于民族形式问题的论争,二人也参与其中。关于民族形式的论争是一个复杂的问题,1939年2月柯仲平发表《论中国气派》拉开了根据地文化界关于民族形式论争的序幕。1939年8月,在延安举行的多次"民族形式座谈会",将讨论推向高潮。直到"1941年2、3月间,晋察冀边区仍有民族形式问题

---

① 何其芳:《夜歌和白天的歌·后记》,人民文学出版社,1952年,第235页。
② 何其芳:《星火集·后记》,群益出版社,1945年,第203—204页。
③ 何其芳:《夜歌和白天的歌·后记》,人民文学出版社,1952年,第235页。

的争论,前后达两年之久"①。大后方文化界几乎在同时也开始讨论关于民族形式问题,地点涉及重庆、桂林、香港等地区,讨论持续到1942年6月。②延安关于民族形式问题的论争还涉及"普及与提高"的问题,延安文艺座谈会上还专门就这一问题进行过讨论,在《讲话》中也有明确提及,所以关于民族形式问题的论争无论在解放区还是大后方都是一件大事。

延安进行的关于民族形式问题的论争政治气息很浓。1939年7月8日,周恩来、博古同志邀请文艺界人士召开讨论民族形式问题的座谈会。大家发言后,周恩来和博古对大家的发言进行了分析并做了发言,当时就谈到抗战使我们的民族成为歌咏的民族,抗战以来我国文艺各部门发展迅速,梁实秋曾在《中央日报》上征求与抗战无关的作品,结果遭到全体文艺界强烈谴责而噤声,周、博二人特别强调提倡民族形式必须防反动复古派贩卖私货等,③这已经有很强的政治意味了。

1939年8月3日,中央局邀集文化界开座谈会,再次讨论民族形式问题,何其芳、沙汀、卞之琳都参加了会议。据冼星海日记记载:"争论非常激烈,尤以周扬、沙汀、何其芳及柯仲平、赵毅敏等,晚十点半始散会。回到新的窑洞已经一时半了。"④在这次座谈会上争论的激烈程度如何,何其芳等发言的内容到底是什么,已经很难考证,总之是发生了严重分歧,而且何其芳、沙汀的观点遭到批判。吴福辉在《沙汀传》中披露了很多细节。陈伯达在鲁艺文学系演讲后不久,系内就专门召开了关于民族形式问题的讨论会。张庚、萧三一再强调几千年的文化遗产的精华和民间创作的重要性,何其芳与沙汀则强烈反对并进行反驳,认为只强调大众艺术,会降低艺术水准,结果被扣上"将艺术脱离抗战,脱离政治""新的艺术至上主义"的帽子。何其芳坚持认为:"民族形式要以采取进步的欧洲文学形式为主"。沙汀也发起了脾气,使这一争论直闹到稍后召开的中央文化工作委员会扩大会和"文协"召开的座谈会上。⑤

日本学者宇田礼也注意到何其芳等人参与的这次关于民族形式问题

---

① 钱理群:《民族形式问题论争》,陈子善编《中国现代文学编年史——以文学广告为中心(1937—1949)》,北京大学出版社,2013年,第188页。
② 钱理群:《民族形式问题论争》,陈子善编《中国现代文学编年史——以文学广告为中心(1937—1949)》,北京大学出版社,2013年,第188页。
③ 艾克恩编:《延安文艺运动纪盛(1937.1—1948.3)》,文化艺术出版社,1987年,第145页。
④ 艾克恩编:《延安文艺运动纪盛(1937.1—1948.3)》,文化艺术出版社,1987年,第145页。
⑤ 吴福辉:《沙汀传》,十月文艺出版社,1990年,第332页。

的论争。宇田礼说：

> 不知为何，沙汀和何其芳从华北前线回来，就立即被卷入文学上的争论。由于他们和代表延安文坛的萧三一派对立，结果，两个人都被扣上"新艺术主义"和"脱政治主义"的帽子。[1]

宇田礼认为萧三等人强烈主张重视传统的文学形式、重视民间大众艺术，而何其芳和沙汀则坚持认为，片面强调民间大众艺术，将会降低艺术水准，文学形式应当向欧洲的进步作品学习，双方形成了严重对立。[2]吴福辉和宇田礼尽管在萧三等给何其芳、沙汀扣的帽子的文字表述不同，但内容是一致的，就是强调艺术性疏远政治性。

吴福辉和宇田礼也都提到了萧三与何其芳、沙汀在关于民族形式问题上的严重分歧，很有意思的是，尽管三人的现场发言已不可考，但是三人关于这一问题都各有文章发表，而且发表在同一刊物的同一期，这给我们具体了解三人的观点提供了翔实的资料。何其芳的文章是《论文学上的民族形式》、沙汀的是《民族形式问题》、萧三的是《论诗歌的民族形式》，三篇文章同时发表在《文艺战线》1939年11月16日第1卷第5期。萧三的《论诗歌的民族形式》早在《文艺突击》1939年6月25日第1卷第2期发表过，这次重新与何其芳、沙汀的文章一起发表，有针锋相对的意思。何其芳在《论文学上的民族形式》中说，更中国化的文学形式不是重新建立新文学，而是它的基础应放在五四以来的新文学上面，不应该抛弃新文学传统。其次是欧洲的文学比中国的旧文学和民间文学进步，因此新文学的继续生长仍然主要地应该吸收这种比较健康、比较新鲜、比较丰富的养分，其次才是民间文学。[3]何其芳在文中还强调以下几点：一是新文学中的自由诗，这不但是中国的，而且是全世界的诗目前所达到的最高级的形式。它在形式上的进步仍然是很迅速的。[4]二是"新文学+民间形式=大众化""并不完全"，新文学不够大众化主要是在内容上而非形式上。三是大众化也不能反对作者

---

[1]宇田礼：《没有声音的地方就是寂寞——诗人何其芳的一生》，解莉莉译，社会科学文献出版社，2010年，第41页。
[2]宇田礼：《没有声音的地方就是寂寞——诗人何其芳的一生》，解莉莉译，社会科学文献出版社，2010年，第41页。
[3]何其芳：《论文学上的民族形式》，《文艺战线》1939年第1卷第5期。
[4]何其芳：《论文学上的民族形式》，《文艺战线》1939年第1卷第5期。

"继续写更高级的东西",如果为了目前利益,以利用旧形式为主而去影响文化水准较低的大众去参加抗战而采取"那种部分的临时的办法",会或多或少地降低艺术水准;沙汀在《民族形式问题》中明确讲,不同意把旧形式利用在文艺上的价值抬得过高,[①]而且决定一篇作品价值和意义的主要因素是内容,是作者的观点和精神,而不是形式,并断言我们不能奢望利用旧形式可以立刻收到丰富新文艺的效果,[②]这就和何其芳的观点相似了;而萧三在《论诗歌的民族形式》中则首先否定了五四以来的新诗,认为他们"矫揉造作""构造潦草",还没有"成形","有少数的新诗人完全学西洋诗的作法",结果"中了'洋八股'的毒",写出来的东西不受欢迎。萧三还认为新诗最重要的是民族形式,无论内容怎么新,形式是最重要的,而且新形式要从历史的和民间的形式中脱胎出来,而其结果和收获还得是民族的形式。新诗要"向民族几千年的诗词学习,向民间学习,注意民族的形式",而非一味地向欧美文化文艺学习。萧三突出的是中国的民族民间文艺形式,这和何其芳甚至沙汀的观点确实是冲突的。

　　以上是三人关于民族形式问题的主要观点,我们要注意何其芳的观点。他一再强调文学的民族形式一定要在五四新文学的基础上发展,应该主要借鉴"欧洲的文学"的形式,而且对五四以来的自由诗形式非常肯定。何其芳此说意图很明显,自己京派时期、大学毕业后至奔赴延安前的诗都是自由诗,而且主要学习的是欧洲的文学形式。萧三一味地否定五四以来的新诗,等于将何其芳来延安前创作的自由诗都否定了。何其芳与萧三激烈的争执捍卫的不是哪种形式更高级,而是自己曾经的文学观与创作是否应该被完全否定。沙汀也看不惯萧三将五四以来的新诗彻底否定并一味排斥外来影响的态度,进而爆发争吵自然在所难免。何其芳一再坚持自己的观点,也表明这时他持有的文学观依然是艺术至上主义,也表露了他依然保留"旧我"的痕迹。

三、何其芳与艾青:围绕《画梦录》的论争

　　何其芳与艾青曾经围绕《画梦录》展开过一场论争,因影响较大,学界

---

① 沙汀:《民族形式问题》,《文艺战线》1939年第1卷第5期。
② 沙汀:《民族形式问题》,《文艺战线》1939年第1卷第5期。

多有关注。艾青的《梦·幻想与现实——读〈画梦录〉》是从现实主义的角度评价具有唯美主义幻想内容的《画梦录》,所得结论何其芳并不认同。何其芳公开发表《给艾青先生的一封信——谈〈画梦录〉和我的道路》,既是对艾青的答辩,也表露了他当时复杂的心态。何其芳当时在延安无论从思想上还是创作上都逐步向革命主义转变,他迫切需要证明自己从唯美主义走向革命主义的道路是正确的、连续的。艾青对他奔赴延安前的《画梦录》的否定自然引发与何其芳的论争。二人论争后并未陌路,而是在思想与人际关系上分分合合,这也说明此次论争的影响深远。

  1939年6月1日,艾青在《文艺阵地》第3卷第4期发表《梦·幻想与现实——读〈画梦录〉》一文对何其芳的散文集《画梦录》进行点评。在评论中对何其芳进行了批评,加上《画梦录》曾获得过《大公报》文艺奖金而知名文坛,艾青的这篇文章引发了不小的关注。何其芳并不认同艾文的观点,因此与其论争。这次论争牵涉知识分子尤其是中国现代作家的文学道路问题,所以评论界非常重视。近年来也有专门针对此事的研究,周允中2005年在《文史月刊》上发表评论性文章《艾青与何其芳的一场争论》,该文以两个版面的篇幅主要梳理了这场论争的经过,结尾简要地概括:"一方面艾青通过批判何其芳的《画梦录》,表达了自己对那些游离于现实生活的梦幻般的作品的不满和抨击,另一方面也促进了当时很多与何其芳相近作家的转变和前进。"[1]周允中同时认为何其芳敢于正视繁杂凄惨的现实,能为自己的幻想枯窘羞愧是忠实了艺术与生活。王永2007年的文章《何其芳与艾青之争辨析》关注到了这次事件背后艾青与何其芳不同的文学道路及何其芳当时所处的特殊环境,认为何其芳针对性回复:"纠葛着复杂的心态,是杂糅着反驳、回答、自白、忏悔的'复调性'文本。"[2]该文观点较合理,但在细微处还需更进一步研究,如何其芳为什么对艾青说其像贾宝玉那么敏感,还有新中国成立后何其芳与艾青的交集如何,这些都需要更进一步发掘。除上述两篇具有明确针对此次论争的文章,其他研究艾青、何其芳相关论文论著中也偶有提及,但并不够深入系统。这次论争事件是艾青、何其芳不同的人生道路、文学创作观及其复杂的文人心态的一次碰撞。通过研究何其芳与艾青围绕《画梦录》的论争,发掘论争背后的隐微原因,可以从一个侧面进一步揭示在20世纪三四十年代社会重大转折时期中国现代

---

[1] 周允中:《艾青与何其芳的一场争论》,《文史月刊》2005年第2期,第48—49页。
[2] 王永:《何其芳与艾青之争辨析》,《现当代诗歌:中韩学者对话会论文集》,2007年第5期。

作家的思想与文学创作的转变问题。

(一)艾青的批评:现实主义与唯美主义的冲突

《梦·幻想与现实——读〈画梦录〉》本身是一篇书评,艾青不仅点评了《画梦录》中的作品,同时对何其芳也有批评。文中说何其芳"想象是可悲的",并"悲哀地发现了何其芳的同情心,对一面是过度的浪费,对另一面却又是可怕的悭吝""再呢,不可知的运命的哀叫"①。基于以上三点,艾青认为这一切都发源于何其芳个人幸福的不可企求,却依然贪恋。归根到底,所有他的出世与虚无的观念不过是短时间的自暴自弃的表现而已。而为了幸福的不可企求就否定幸福,也不过是弱者的表现。因此,何其芳在对艺术的态度上是自私得有点过分,对现实生活的态度上又胆怯得有点可怜。他没有勇气把目光在血腥的人世间滞留过片刻,他需要掩饰自己对于这时代的过咎,而且不能解释那现实带给他的惶恐,于是他沉浸于梦,幻想且赓续着廉价的感伤。②艾青同时认为:"何其芳有旧家庭的闺秀的无病呻吟的习惯,有顾影自怜的癖性,辞藻并不怎样新鲜,感觉与趣味都保留了大观园小主人的血统。他之所以在今天还能引起热闹,很可以证明那些旧精灵的企图复活,旧美学的新起的挣扎,新文学本质的一种反动!"③此说,语气确实较重,有超越正常的文学批评与交流范畴之嫌,但也深深地触到了何其芳的敏感之处。

艾青此文虽然发表于1939年6月,其实是写于1937年夏,和李健吾的书评《画梦录》④发表时间相近,但李文却盛赞《画梦录》的艺术成就。1936年,《大公报》创设一年一度的"文艺奖金",在林徽因等京派评委的大力支持下,何其芳的《画梦录》获得《大公报》文艺奖金。在《大公报》文艺奖金评选的过程中,作为评委之一的巴金就不赞成把奖颁给何其芳的《画梦录》,说其思想消极,"认为要评积极的、向未来追求的意义的作品"⑤。《画梦录》获得如此高的关注可能引起了左翼作家艾青的反感,左翼向来对京派疏离政治、追求单纯的文学唯美有意见。连与何其芳有私交的巴金都认为不应该评给《画梦录》。再加上本来小说要评给萧军的《八月的乡村》,也因

---

①艾青:《梦·幻想与现实——读〈画梦录〉》,《文艺阵地》1939年第3卷第4期。
②艾青:《梦·幻想与现实——读〈画梦录〉》,《文艺阵地》1939年第3卷第4期。
③艾青:《梦·幻想与现实——读〈画梦录〉》,《文艺阵地》1939年第3卷第4期。
④李健吾(刘渭西):《读〈画梦录〉》,《文季月刊》1936年第1卷第4期。
⑤章子仲:《何其芳青少年时代的有关材料》,《何其芳研究资料》1983年第2期,第18页。

左翼与京派的对立而不了了之。

艾青在何其芳的《画梦录》获奖后写这篇文章进行批评,确实是不同文学观的一种表达。但当年因全国抗战爆发等种种原因并没有及时发表,在1939年6月发表时,特意加了两个按语。一个写于1937年6月23日,题名"好消息",说看了何其芳发表在《文丛》上的《刻意集》序,很高兴何其芳的转变:"由阴郁到明朗,由难解的愁苦到光辉的希冀,由孩子气的虚无主义到成人的责任感,他将注目现实而信任未来是无疑的。"[1]在另一则写于1939年3月7日的按语中解释了为什么当时没有发表这篇文章,说知道何其芳已经到了西北,鉴于一个作家所经过的曲折的路是不应该隐瞒的,那样作家的进步才是有了来源。因此《梦·幻想与现实——读〈画梦录〉》这文章,作为何其芳文学发展上的纪程碑看,想不会是毫无意义吧?"[2]基于此,艾青发表了该文,为了怕误会,所以加了以上两段按语。但有研究者认为艾青发表这篇文章另有深意,用樊骏的话说是"立此存照",无论你怎么转变,但这是你曾经走过的道路,无法抹去。王信在《樊骏未了的心愿》一文中提到樊骏曾向其说过对何其芳写批判性文章涉及评价问题的一个细节:"夏衍或者是艾青,看到何其芳的批判文章后,颇不以为然,说'我们参加革命的时候,何其芳还在写《画梦录》呢。'"[3]这也似乎印证了艾青为什么在何其芳已经身在延安还要发表该文的隐情。还有一个细节,二者的诗风早有不同。李又然在1932年说艾青的名作《大堰河,我的保姆》投给《现代》杂志,但被退稿。[4]可就在同一年,何其芳在《现代》上发表《季候病》《有忆》,一举成名。这也可以间接看出,二人作品思想与艺术特征的不同。

(二)何其芳的答辩:复杂文人心态的彰显

何其芳对于艾青此文反应激烈,对艾青所加的两段按语也不认可。当何其芳1939年7月从前线回到延安后,因当时条件所限,刊物流动不顺畅,他并没有立刻看到艾青的这篇文章,而是在同年11月底在别人的提示下才看到了艾青的这篇文章。[5]1939年12月10日,在鲁艺写作的《给艾青先生的一封信——谈〈画梦录〉和我的道路》,公开发表在1940年2月1日的

---

[1]艾青:《梦·幻想与现实——读〈画梦录〉》,《文艺阵地》1939年第3卷第4期。
[2]艾青:《梦·幻想与现实——读〈画梦录〉》,《文艺阵地》1939年第3卷第4期。
[3]王信:《樊骏未了的心愿》,《新文学史料》2011年第2期,第14—16页。
[4]李又然:《艾青》,载《延安诗人》,陕西人民教育出版社,1992年,第80页。
[5]何其芳:《给艾青先生的一封信——谈〈画梦录〉和我的道路》,《文艺阵地》1940年第4卷第7期。

《文艺阵地》第4卷第7期上。在这封信中何其芳对于艾青对自己的指责逐条驳斥，认为艾青的《梦·幻想与现实——读〈画梦录〉》"是一篇坏书评"，并说自己的"'血统'和'大观园小主人'实在毫无关系"①。尤其是对艾青指责自己是贾宝玉非常不认同，何其芳说："写书评大概是一件难的工作。而要从一本书去判断一个作者恐怕尤为不容易。因为我们写出来的某一本书往往只能代表我们某一个时期的而且是某一个部分的生活和思想。刘西渭先生批评我的《画梦录》是那样认真，他说他读了三遍还不敢下笔……李影心先生使我很吃惊地说我很喜爱自然，而且推断我受了卢梭的影响，但事实上我从来不喜爱自然，只把它当作一种背景，一种装饰。而你更奇特了，竟说我是一个贾宝玉。"②刘西渭（李健吾）、李影心都是当时著名的评论家，以此作为参照系，何其芳认为艾青并没有认真细致地看自己的文章，或者说没有看懂，就妄下结论。

对于艾青称其保持了"大观园小主人的血统"，何其芳更不能接受。何其芳回应艾青的方法是梳理自己的思想变化与创作的关系，关键点是放在证明自己上，即使是《画梦录》这样带着浓厚的唯美主义的作品，也含有"革命的热情"，自己走向延安革命的路不是偶然而是一个不间断的探索过程，并不是艾青所谓的《画梦录》时期应全盘否定。

何其芳在信中开始就将争论的焦点放在艾青不该完全否定《画梦录》时期作者的创作和思想上。何其芳说："由于你善意地加上那个相当长的附记，你的判断更成了一个离奇的问题。读了你那篇文章谁都会这样想的：'既然何其芳和他的《画梦录》都如你所说的几乎一文不值，为什么他会突然变成另外一种人，写出另外一种文章呢？难道他是一个疯子吗？'"随后何其芳说《画梦录》已经体现出了"越来越明显的，越来越宽阔的，越来越平坦正直的道路就开始出现""我仍然找到了一些我当时的思想……我的热情象火花一样从它们里面间或又飞溅了出来的思想""由于一种被压抑住的无处可以奔注的热情……说明着我对于人生，对于人的不幸抱着多么热情的态度""当我和人群接触时我却很快地，很自然地投入到他们中间去，仿佛投入我所渴望的温暖的怀抱""抗战发生了……它使我投奔到华北……它使我不断地进步，而且再也不感到在这人间我是孤单而寂寞。这就是我的道路"。最后，何其芳说："我思索着：为什么他能够感到我是热情

---

① 何其芳：《给艾青先生的一封信——谈〈画梦录〉和我的道路》，《文艺阵地》1940年第4卷第7期。
② 何其芳：《给艾青先生的一封信——谈〈画梦录〉和我的道路》，《文艺阵地》1940年第4卷第7期。

的,而书评家们却谁都没有找到这个字眼吧？"①在辩论的同时分明含有莫大的委屈。可见,何其芳是要论证《画梦录》在自己成长道路上的合法性,也想通过这封信向质疑自己的人证明自己走过的路是曲折的,但是方向是正确的。何其芳在《解释自己》一诗中说："难道我个人的历史/不是也证明了旧社会的不合理,/证明了革命的必然吗？"②这与之后的《一个平常的故事——答中国青年社问题："你怎样来到延安的？"》一文的写作目的一样。

何其芳之所以看到艾青的批评文章抑制不住自己的情绪,和艾青发表这篇文章的时间也有关系。何其芳去延安,本身是抱着上前线搜集资料写报告文学的目的,但是这次上前线对自己来说是打了"败仗"。原因是对收集的材料及写作的报告文学作品并不满意,尽管他主动申请去接近士兵群众,但并没有和群众真正打成一片。与何其芳一起的沙汀在1938年12月29日的日记中写道：

> 疲乏,饥饿,可又不想吃饭,很快便在堆存黑枣的冷炕上睡去了。屋子大而空洞,置身其中,感觉自己恰如囚犯一样。我曾向其芳笑道："我们是一二〇师喂的两匹牲口！"因为我们既没有具体工作,也不了解敌我情况,每天就杂乱无章地吃、喝、睡眠和行军……③

这些是症结所在,奔赴前线,一方面收集资料,一方面参加战斗,阅历人生,对何其芳和沙汀都是这样,但进入前线后发现"百无一用是书生",后来何其芳主动请缨,去办了油印报。根据沙汀之后的日记判断,这几项任务好像全都没有完成,给沙汀留下的是战争的恐怖、人性的复杂和对亲人的牵挂,这也为后来沙汀离开延安埋下了伏笔。而对何其芳则是一个沉重的打击,直到30多年后何还依然保留着遗憾。"在前方的干部们看来……要求回延安这就等于怕艰苦。"④这加剧了他的挫败感。1975年,他在一首纪念毛泽东的《在延安文艺座谈会上的讲话》三十三周年的七律中,还提到这件三十六年前的往事："烈火高烧惊旷宇,奈何我独告西旋！"并且加了一条注语⑤,可见那时的心境。

---

① 何其芳：《给艾青先生的一封信——谈〈画梦录〉和我的道路》，《文艺阵地》1940年第4卷第7期。
② 何其芳：《解释自己》，载《何其芳文集》，人民文学出版社，1982年，第134页。
③ 沙汀：《沙汀日记》，山西教育出版社，1997年，第17页。
④ 何其芳：《记贺龙将军》，载《星火集续编》，新文艺出版社，1949年，第160页。
⑤ 何其芳：《忆昔》，载《何其芳诗稿(1952—1977)》，上海文艺出版社，1979年，第133页。

当他正沉浸在这种退缩感的失败与懊悔的痛苦中时,艾青将他写于几年前的文章拿出来批评,无论艾青出于何种原因,何其芳都要申辩。他申辩的方法就是回顾自己走过的路,包括生活、思想与创作的变化。何其芳在1940年8月5日写给郑克的信中说:

> 你说一切表白似乎都是多余。是的,也许关于个人的表白并不是很重要的,但是你看,你还是对我谈说了你自己,而我也写了那篇谈《画梦录》和我的道路的文章。这证明为着朋友,为着一些关心我们的人,连并不很重要的个人的表白也是必需的。至于关于一个民族,一个时代,一个社会的表白,那更不是多余的事情了。①

何其芳不止一次这样回顾自己走过的路。1940年5月8日,即写作《一个平常的故事——答中国青年社的问题:"你怎样来到延安的?"》。何其芳对这篇文章非常重视,直到1973年9月在给友人于武的信中还特意提到这篇文章,"《星火集》,这还是我在抗日战争时期的旧作,实在太陈旧了。但其中有一篇《一个平常的故事》,大概就是你在延安曾经见到过的那篇文章,谈到咱们在莱阳乡师一般生活的文章。是发表在《中国青年》上面,不是《解放日报》"②。之后又陆续写作,《星火集·后记一》《星火集·后记二》《星火集续编·后记一》,诗歌《解释自己》《〈北中国在燃烧〉断片(二)》(收入诗集《夜歌》),即使到了新中国成立之后,何其芳仍然以回顾自己的方式论证自己走向延安之路思想的连续性与合理性,这种合法性论证体现在古体组诗《忆昔》、散文《毛泽东思想的阳光照耀着我们》中,何其芳一遍一遍地梳理自己的人生道路,其用意很明显。

(三)论争背后:文学观的不同与论争后的分分合合

艾青与何其芳同样出身于条件比较好的家庭,不同的是艾青因为从小就遭到父母嫌弃,被交给保姆抚养,较早地接触到了社会残酷的现实。这也导致他无论是思想还是创作都倾向现实主义;何其芳出身于条件优越的家庭,尽管也遭受了童年的挫折,但家庭给了他温暖和庇护,使他不用过早地接触现实的苦难。家庭的支持使他能够躲在大学的象牙塔里抒写他青

---

① 何其芳:《为人类工作》,《现代文艺》1940年第2卷第1期。
② 何其芳:《致于武》,载《何其芳全集》第八卷,河北人民出版社,2000年,第140页。

春的梦想,所以直到大学毕业前,何其芳追求的都是唯美主义。正如何其芳自己所言,他之前走的是一条"梦中道路"。艾青与何其芳在奔赴延安之前,他们的创作思想与文学道路确实不同,这也是为什么充满唯美主义色彩并获得《大公报》文艺奖金殊荣的《画梦录》赢得文坛一片叫好声时,艾青从现实主义角度进行评论发出了不同的声音。《梦·幻想与现实——读〈画梦录〉》这篇文章用现实主义的理论去评价唯美主义风格的《画梦录》,得出的结论自然是批评,本身也无对错之分。艾青在何其芳已经奔赴延安并走向抗战前线而且他对何其芳的转变也认同的情况下,依然将写于两年多之前的文章发表,如果说没有用意,自然也说不过去。艾青无论是1937年写作此文还是1939年发表此文,可以说这都是他本人奔赴延安前所做的准备。他强调何其芳在奔赴延安前文学道路的不正确以及多次说何其芳奔赴延安转变的正确性,其实也可以看作对自己即将奔赴延安的一种合理言说,毕竟奔赴延安后的何其芳无论从思想上还是创作上已经和自己很接近了。对于何其芳而言,之前并不怎么参与文坛论争,他曾经一度埋头于自己的"梦中道路",但是走向延安、走向革命彰显了他要转变的决心。转变就意味着与之前道路的某种决裂,但唯美主义已经深入他思想与创作深处,完全彻底转变几乎是无法实现的。身处延安,且艾文发表时何正处于从前线回来的沮丧中。在这个时候,艾青重提何其芳本身就想回避的那段文学道路,何其芳自然要发出声音为自己辩护,这在情理之中。这次论争的复杂性就在于艾青对《画梦录》及何其芳的评论及该文章的发表存在时间差,评论后面加的按语其实是否定了1937年对《画梦录》及其对何其芳的评价,至于艾青的更深层次用意,就不得而知了。何其芳具有诗人的敏感性,这在他编诗集、文集时对诗文的增删修改等细节中就能看出。艾青在何其芳最需要肯定自己从唯美走向革命是正确道路时,却发表了对何其芳转变之前的否定性评价,何其芳自然无法回避,更无法释怀。但从何其芳之后的文学道路看,何其芳的转变确实复杂,他的思想在革命性占主体地位的情况下,唯美主义思想会时隐时现。当然,这次论争,在一定程度上也加快了何其芳从唯美走向革命的进度。另一方面,对艾青本人而言恐怕也触动很大,全面否定何其芳之前的创作与道路,肯定何其芳走向延安道路的正确性,自己的表态也加快了他人生道路的新的选择,他后来也走向延安似乎是一种印证。

有的评论家说,何其芳与艾青经过这次论争,从此形同陌路。①这种说法是武断的,也是片面的,因为何其芳本人的思想是不断变化的,在变化的过程中与艾青也有融洽的时候,并非终其一生都是对立的。1945年出版的《星火集》就没有选《给艾青先生的一封信——谈〈画梦录〉和我的道路》这篇文章。在后记中,何其芳对1938年到1942年延安文艺座谈会召开前的这段创作期评论时,就提到了这篇文章:"这个时期,所写的文章也不止这几篇。有的是有意删去了的,比如《给艾青先生的一封信》。那也显露出来了我当时那种顽固地留恋旧我的坏习气。对于过去,没有严格的批判而只是辩护。这缺点,就是在留存下来的《一个平常的故事》里也有的。但还是把它留存着,是因为尽管还未能以一种更客观的精神来叙述,也可以部分地窥见我到××(按,延安)去以前的思想变迁。"②两文性质相同,但只保留《一个平常的故事》,删掉《给艾青先生的一封信——谈〈画梦录〉和我的道路》,用意很明显,就是表明自己经过延安文艺座谈会和整风运动,思想已经发生变化,而且不想和艾青再产生直接冲突,这是二人和解的一个信号。

之后何其芳在1956年政治环境比较宽松的情况下写出了《写诗的经过》一文,文中就有几个细节颇耐人寻味。一是1949年在艾青的鼓励下写作了《我们的最伟大的节日》一诗。何其芳说:"一九四九年,在参加中国人民政治协商会议的第一届全体会议之前,艾青同志鼓励我在会议中写一首诗。这样我就有意识地企图写一点什么。"③二是艾青成为何其芳认为的新文学以来较好的几部优秀作品的作者之一。这几部作品是郭沫若的《女神》、闻一多的《死水》、艾青的《大堰河——我的保姆》《北方》《像太阳》,并认为这些诗集中的不少作品和其他有成就的诗人的某些作品都是成功的且使人喜爱。④何其芳只明确提出三位诗人的作品,且艾青的有三部,可见何其芳对艾青的看重。三是何其芳曾经和荒芜讨论过关于翻译的问题,何其芳认为好的作品要有好的翻译才行,"多少杰作译走了样,给糟蹋了啊。所以我一直劝艾青译魏尔哈仑,卞之琳译莎士比亚"⑤。李又然在《艾青》一

---

① 王永:《何其芳与艾青之争辨析》,《现当代诗歌:中韩学者对话会论文集》,2007年第5期。
② 何其芳:《星火集·后记》,群益出版社,1949年,第174页。
③ 何其芳:《写诗的经过》,载《关于写诗和读诗》,作家出版社,1956年,第113页。
④ 何其芳:《写诗的经过》,载《关于写诗和读诗》,作家出版社,1956年,第124页。
⑤ 荒芜:《我所知道的何其芳同志——跟何其芳同志谈诗》,载《衷心感谢他》,上海文艺出版社,1987年,第43页。

文中的回忆也佐证了这种说法：

> "凡尔哈仑的诗，"何其芳说，"艾青译最合适。""艾青有才能"，一位女同志说，何其芳在给她的信里，多次提到。这位女同志，很有才气，能写东西；可惜患鼻咽癌死了，还很年轻。①

何其芳在1951年3月6日写给沙汀的信中也提到了艾青，希望沙汀有新稿件寄给他（何其芳），收信人就是人民文学社的艾青。何其芳原话是："你后来写的《还乡记》我还没有读。我已写信要巴金寄我一本。这里出有《人民文学》，不知见到没有？你有新稿，极盼你寄来，交'北京东总布胡同二十二号人民文学社艾青'收即可。"②从这些细节可以看到何其芳与艾青是有过融洽关系的。

何其芳于1976年12月7日至1977年1月23日晨5时半写作的《毛泽东思想的阳光照耀着我们》中提到艾青时说：

> 艾青那时在延安主要是写诗，并不写杂文。他受到党的重视和优待，又独自主编一个《诗刊》。当延安的党政军民和一部分文艺工作者起来反对和抗议那种所谓"暴露黑暗"的潮流时，他却跳出来，在丁玲主编的《解放日报》文艺副刊上发表了《了解作家、尊重作家》。这篇杂文公然用一些十分刻薄恶劣、十分难于容忍的语言来支持和声援那种反动的潮流。③

更为有深意的是，何其芳接着在文中说艾青还以法国资产阶级唯美主义者戈蒂耶在《马斑小姐》序文中那段主张为艺术而艺术的话来作为自己立论的根据。艾青当时曾说"生不愿封万户侯，但愿一识韩荆州"④，这句话也被何其芳在文中提及，确有批评的意味。这可以看作30多年后何其芳对当年艾青批评自己《画梦录》的再回应。当然无论是艾青延安时期的言论还是何其芳后来的评价都是有具体语境的，带有时代的色彩，不能用对错简单置评。

---

① 李又然：《艾青》，载《延安诗人》，陕西人民教育出版社，1992年，第77页。
② 何其芳：《致沙汀》，载《何其芳全集》第八卷，河北人民出版社，2000年，第8页。
③ 何其芳：《毛泽东思想的阳光照耀着我们》，征求意见本，1977年，第25—26页。
④ 何其芳：《毛泽东思想的阳光照耀着我们》，征求意见本，1977年，第26页。

总之,《画梦录》确实充满着"为艺术而艺术"的唯美主义色彩,何其芳对唯美主义代表人物戈蒂耶是熟悉的,几十年之后依然记忆清晰。艾青当年对《画梦录》严厉批判,但艾青在《了解作家、尊重作家》中又以戈蒂耶的"为艺术而艺术"的创作原则来立论,这似乎确有矛盾之处。何其芳对艾青关于《画梦录》的批评尽管后来表示接受,但其内心是否真正认同却很难说,《毛泽东思想的阳光照耀着我们》算是隔着几十年的时空最后一次回应当年的论争。这场论争是两者不同的人生经历与不同的文学思想所引发的。论争时各自要表达的思想也因个体以及复杂的经历差异而不同。围绕这场论争二人之间的关系随着时空的变换分分合合,也恰恰说明中国现代作家在延安道路前后走着一条复杂曲折的道路。

第二节 "写熟悉的题材"与"关门提高"

何其芳从抗战前线回到延安,根据搜集到的资料勉强写了几篇报告文学,实在难以为继,自感赴延安写报告文学的计划"失败"了。原因是何其芳本人认为报告文学不是真正的文学,只是为政治服务的工具。他是以写作唯美主义的诗与散文出身,并不擅长这种文学形式。再加上他并不熟悉工农兵大众,无法在情感和生活上与他们真正融合。这样,何其芳在创作上遇到了困难。经过仔细分析自己的状况,他找到了突破这种创作瓶颈的办法是"写熟悉的题材"。

一、"写熟悉的题材"

从1940年到1942年延安文艺座谈会闭幕,何其芳的创作观是强调"写熟悉的题材"。他在1945年写作的《星火集》后记中明确提到了这一点,他说:"写熟悉的题材,这本来是一个写作上的规律。但等到我把它加以片面的夸张,加以引申为达到'知识分子作者最好就写知识分子'的主张。"[①]他一方面否定了反映工农兵和他们创造出来的新的现实;另一方面又为自己

---

① 何其芳:《星火集·后记》,群益出版社,1949年,第171页。

在《论工作》中提出的文学不能脱离为中华民族自由而战宣言。①何其芳的这段话,有两点需要注意:

一是"写熟悉的题材",何其芳的依据从何而来？他在多年后写作的《毛泽东思想的阳光照耀着我们》中回忆,因自己并未深入敌后军民的斗争生活,而单纯地采用搜集资料的方法写出的报告文学不生动,不能打动人,自己也不满意,在创作上陷入苦恼之中。就在这时他看到一篇苏联反概念化的文艺论文,一下子就接受了其中的观点,从一个极端走向另一个极端,提出"写熟悉的题材,说心里的话"②这样的创作主张。何其芳提到的那篇苏联作家反概念化的文章,应该是高尔基的《给初学写作青年的一封信》,文章提倡创作者应写自己最熟悉的生活。他在其新月时期、京派时期的创作中最明显的特征就是写自己熟悉的生活和自己的内心情感。与其说是他一下子接受苏联这篇反概念化的文章中的观点,不如说是这篇文章唤起了他最熟悉的写作方式。所以,这篇文章为他提出"写熟悉的题材"起到了触发作用。

二是"写熟悉的题材"具体内容是什么？他所说的"知识分子作者最好就写知识分子",显然太笼统,哪位作家不是知识分子？他曾经对"写熟悉的题材"有过进一步的解释:

> 我认为每个人写出他所看到,他所感到的中国,尽管是一个角落,也就可以证明革命必然会到来,而对于新社会是有利的。而积极地有意地去反映今天的人民大众的斗争这个任务遂被搁置了起来。③

何其芳说这段话是在1942年延安文艺座谈会之后,有很强的反省意味。但从中我们也可以看到,他所谓的熟悉的题材,明显是在强调抒写自己。他特意强调"一个角落",更加个人化,再加上"知识分子作者最好就写知识分子",其实就等于回到他的新月时期和京派时期的抒写自我一路。何其芳最熟悉的是"流连光景惜朱颜",在这里也有暗示。从《星火集》第三辑和《夜歌》中更可以看出何其芳写熟悉的题材尽管不再刻意"惜朱颜",但

---

① 何其芳:《星火集·后记》,群益出版社,1949年,第172页。
② 何其芳:《毛泽东思想的阳光照耀着我们》,征求意见本,1977年,第31页。
③ 何其芳:《杂记三则》,载《关于现实主义》,海燕书店,1950年,第46页。

多是"流连光景"之作。何其芳的"写熟悉的题材"更多的是从自己的创作角度考虑，但他从前线回到延安后，被任命为鲁艺文学系主任，这种特殊的身份，使他有机会将"写熟悉题材"的创作理念推广到鲁艺文学系。

何其芳作为文学系主任，掌握着官方的话语权，很快"写熟悉的题材"这一创作指导思想在鲁艺文学系传开，很多文学创作者接受了这一观点。这里可以举两个例子来佐证何其芳这一理论在文学系的传播接受情况。

一是陆地的回忆。当时鲁艺的一名学生陆地对"写熟悉的题材"有极深的感触。据陆地说，当时一位从苏联归来的国际诗人任文学系主任（很显然是指萧三），提倡用苏联流行的"集体创作"的方法进行写作。用这种方法，由陆地执笔写成小说《重逢》，写的是东北抗日联军中两个队伍联合对付日寇进攻，最后取得胜利的故事，后被选中在延安的纪念大会上进行朗诵表演。陆地说这部作品遭到了惨痛的失败，几乎没有引起观众的反响，原因是写的不是自己所熟悉的题材，自己没有深刻体会，也不感兴趣。[①]后来在何其芳任系主任后，陆地用"写熟悉的题材"的创作方法，写出两万余字的小说《从春到秋》。他把这一作品送到系主任何其芳那里，得到异乎寻常的赞许。何其芳认为在当时众多反映延安生活的作品中，这是一个突破，还给周扬推荐过，建议发表在《文艺战线》上，稿子还由沙汀带到了重庆。遗憾的是还没等到刊登《文艺战线》就被查禁了。但陆地认为正是这部作品使自己有机会留在鲁艺文学研究室当青年作家，得到党的继续培养。同时，"写熟悉的题材"成为陆地一生信奉的创作理论。他很感慨地说：我才切实地懂得"写你最熟悉的"的真谛，领会到生活素材是创作工厂必不可少的原材料。[②]从陆地的例子可以看出何其芳提倡"写熟悉的生活"是受到鲁艺学生欢迎的，当然，受到这种影响的不只陆地一人。

二是冯牧曾对"写熟悉的题材"进行了详细分析。1942年8月22日，鲁艺学生冯牧在《解放日报》连载论文《关于写熟悉题材一解》。这篇文章写于延安文艺座谈会之后，对"写熟悉的题材"这一创作方法具有很强的批评意味。从文中可以看出，冯牧对于何其芳提倡"写熟悉的题材"的内涵非常清楚。文中说，初学写作的人应当写什么，作家告诉说要写你所熟悉的

[①] 陆地：《谈谈写小说的体会——在文学创作讲习班的谈话》，蒙书翰编《陆地研究专集》，漓江出版社，1985年，第53页。
[②] 陆地：《我是这样摸索过来的》，蒙书翰编《陆地研究专集》，漓江出版社，1985年，第47页。

生活,但不加细致分析,就可能把自己的创作方向引到一条狭窄甚至错误的道路上去。"熟悉的题材"是指他所经历过的,深思过的,但不能把"熟悉"一词理解为"最熟悉"的意思,这之间有很大的区别。

> 他们"最熟悉"什么呢?战争吗?不,他们没有到过前方,农民吗?不,他们只知道农民落后。工厂吗?不,他们只了解边区工人的皮毛。可是他们不能不写东西,于是找到了:最熟悉的是他们自己以及身旁相近的人们。结果"写熟悉的题材"被解释为"写你自己的生活、思想和感情"。于是表现在创作上,全然是自己独有的柔和的语调,低声地悠闲地谈说自己,自己的多感心情,自己的琐碎生活,自己的快乐和忧愁。①

冯牧从1939年底到1943年在鲁艺文学院生活和学习,为期4年多。他在鲁艺的大部分时间是何其芳任系主任,而且冯牧忧郁的诗人气质与何其芳很相近。冯牧过分的忧郁曾引起系主任何其芳的注意,他多次做冯牧的思想工作。一次,还给冯牧朗诵《我为少男少女们歌唱》,其中诗句"轻轻地从我琴弦上,/失掉了成年的忧伤",深深地打动了冯牧。②冯牧对何其芳提出的"写熟悉的题材"在延安文艺座谈会之前是认同的,而且非常熟悉。所以,他才能在延安文艺座谈会之后批评"写熟悉的题材"时么清楚"写熟悉的题材"的内涵。冯牧所说"写熟悉的题材"被解释为"写你自己的生活、思想和感情",在创作上全然是自己"独有的柔和的语调""多感的心情""琐碎的生活""快乐和忧愁",这可以说是何其芳"写熟悉的题材"创作理念非常翔实的注脚。

其实,不光鲁艺文学系的学生接受何其芳的这种创作理念,周扬、周立波等领导与作家也都认可。而且此时的鲁艺,不仅是文学系,音乐、美术、戏剧等系也都在进行自己熟悉的题材创作。因为这时的鲁艺正在进行"关门提高",这也是何其芳"写熟悉的题材"创作理念能够实行的背景。

---

① 冯牧:《关于写熟悉题材一解》,艾克恩编《延安文艺运动纪盛(1937.1—1948.3)》,文化艺术出版社,1987年,第376—377页。
② 冯牧:《延河边上的黄昏》,载《延安文艺回忆录》,中国社会科学出版社,1992年,第130页。

二、"关门提高"

所谓的"关门提高",指的是鲁艺为了改变建院初期由于要承担各种演出任务而使正常的教学秩序受到打扰的情况,同时也为加强专业知识学习,提高教学质量,培养合格的文艺人才,而实行的趋向正规化和专门化的办学方针。[1]大体时间是1940年7月开始至1942年5月延安文艺座谈会的召开。"关门提高"是柯仲平为了批评鲁艺正规化和专门化的办学方针提出的。高杰2003年12月28日采访于敏的记录中,于敏说:"提出这个概念的人就是柯仲平,他说:你们鲁艺搞的是什么提高?那是'关门提高'!'关门提高'这个概念的发明专利权是属于柯仲平的。"[2]关于这一点,何其芳在1944年7月写作的《关于艺术群众化问题》一文中说:

> 艺术工作者主观思想上对于群众化问题之尚未明确解决,经历了另一个阶段就更明显地暴露出来了,这就是一九四〇年到一九四一年的片面强调提高的时期。这种偏向是相当普遍的。最典型的是鲁迅艺术文学院。我们当时的错误是机械地把提高与普及分开,而又把这种提高作我们第一位的,甚至唯一的任务。在文学系,我们缺乏批判地强调学习西洋的古典作家,片面地强调技巧不适当地强调"写熟悉的题材,说心里的话"。[3]

何其芳所说存在相当普遍的"片面强调提高"的现象,主要指的鲁艺实行正规化和专门化教学的方针。"提高"其实就是正规化和专门化,对于作家来说则是以西方的经典著作为榜样,在创作方法上就是何其芳提出的"写熟悉的题材,说心里的话"。

关于普及与提高的问题,在延安文艺座谈会召开之前争论一直存在,以致后来达到尖锐化的程度,这也是为什么"普及与提高"的问题会成为延安文艺座谈会要重点解决的问题之一。至于鲁艺提倡文艺专业化的"提高",牵涉鲁艺办学方针的调整。鲁艺从成立到抗战胜利,办学方针大体上

---

[1] 以上参照王培元《延安鲁艺风云录》第二章"开门'关门'"中的观点。关于鲁艺"关门提高"的问题,王培元在此书的第二章有详细的论述,见王培元:《延安鲁艺风云录》,广西师范大学出版社,2004年,第58—76页。
[2] 高杰:《延安文艺座谈会纪实》,陕西人民出版社,2013年,第118页。
[3] 何其芳:《关于艺术群众化问题》,载《关于现实主义》,海燕书店,1950年,第109页。

进行过3次调整。第一次是1938年末至1939年初,沙科夫认为没有贯彻"普及第一"的方针,抗战急需大批部队文艺人才,而鲁艺还不能适应,所以强化"普及第一"的办学方针,时间持续到1940年6月左右;第二次是1940年7月至1942年5月延安文艺座谈会召开,在周扬的领导下,鲁艺实行正规化和专业化的办学方针,就是有名的"关门提高";第三次是1942年5月延安文艺座谈会之后,"关门提高"受到严厉的批判。鲁艺重新调整办学方针,在教学与创作中全面实行"普及第一",可以说鲁艺的"关门提高"成就了何其芳"写熟悉的题材"的创作理念,也使何其芳有机会去创作充满"新我"与"旧我"矛盾的《夜歌》。

第五章　延安文艺座谈会之后的思想转变

延安文艺座谈会作为整风运动在文艺界的特殊形式,是延安整风的重要组成部分。之所以采取座谈会的形式,是因为文艺家的特殊身份,这样的方式显得亲切随意。但座谈会的性质是严肃的,目的很明确,就是统一思想。延安文艺座谈会不光是文学事件而且是政治事件,何其芳参加了座谈会,思想上震动很大。

第一节　"改造自己,改造艺术"

延安文艺座谈会以后,文艺界的整风有了明确的方向。同时,在整个延安整风运动日益紧迫的背景下,何其芳和延安文艺界的其他作家一样开始对自己的思想与艺术观进行改造,他本人尤其彻底。1942年5月至1943年10月整风运动基本结束这一段时间,何其芳停止了诗、散文等创作,发表了具有清算自己思想性质的文艺批评,如《文学之路》《杂记三则》《论文学教育》《两种不同的道路》《改造自己,改造艺术》等文章,这也说明何其芳在文艺界整风运动中(尤其是延安文艺座谈会之后)思想与创作在发生着重大变化。

1942年延安文艺座谈会结束后特别是6月,集中开展了对王实味的批判,这种批判在文艺界是带有贯彻落实《讲话》精神性质的,金灿然、范文澜、李伯钊、周文、丁玲、艾青、周扬、罗迈等都发表了批判文章,而何其芳则与延安文艺座谈会召开之前一样,并未公开著文批判王实味的思想。相较于其他延安文人,延安文艺座谈会之后何其芳的反应似乎慢了些,直到1942年8月25日何其芳才写出《杂记数则》[①],1942年还写出《论文学教

[①] 1942年8月25日作,载9月14日延安《解放日报》后改题为"杂记三则"收入1950年海燕书店出版的《关于现实主义》一书。

育》①(9月27日作)、《两种不同的道路——略谈鲁迅和周作人的思想发展上的分歧点》②(10月17日作)两文。这三篇文章,何其芳都有意地对延安文艺座谈会之前自己的思想和文学观进行批判和反省,也是何其芳对《讲话》的正面回应。

一、反对"写熟悉的题材"

何其芳在延安文艺座谈会之前的延安时期创作中是提倡"写熟悉的题材"的,在延安文艺座谈会之后,彻底放弃了这一创作理念,并结合自身情况对其进行猛烈批判。《杂记三则》中的第一节"创作上的反主观主义"就集中批判"写熟悉的题材"的创作方法。何其芳说,创作上的反主观主义要反对两点。一是反公式主义。作家必须知道自己所写者,主题必须从生活中得来,不能把作品创作理解为"化形象",描写老百姓却满口学生腔。二是反创作上的狭隘经验论。由于全国抗战初期,自己上前线搜集资料写报告文学不顺利,就走向另一极端,认为只要个人写出自己所看到和感受到的中国,尽管是很小一部分,也能证明中国革命的必然到来,反而不去反映今天人民大众的斗争,这就是所谓"写熟悉的题材"。现在看来,这种创作方法,只能写出一些比较细小、狭隘,只为少数人关心的事物,而且带有严重的小资产阶级情调,总之没有做到为工农兵服务。这种写法是有害无益的,这些是想当然的公式主义,"骗小孩子的玩意儿",它们"恐怕连'土包子'都俘虏不过去"。

何其芳以上说法明显针对自己,他的《夜歌》就是写了新事物又从"小资产阶级知识分子的眼光去看"。他在《夜歌》中说:"正因为这些诗发泄了旧的知识分子的伤感、脆弱与空想的情感,而又带有一种否定这些情感并要求再进一步的倾向(虽说这种否定是无力的,这种要求是空洞的),它们在知识青年中得到了一些同感者,爱好者。"③《夜歌》式的写法已经和《讲话》精神相违背了,对此何其芳说解决这个问题需要一段很短的时间,但是《讲话》已经确立了准则,"留给我们来做的不再是摸索道路而是如何开步走"。开步走就是要从思想上和行动上改造自己,并开始有办法有步骤地

---

① 1942年9月27日作,收入1950年海燕书店出版的《关于现实主义》一书。
② 1942年10月17日作,收入1950年海燕书店出版的《关于现实主义》一书。
③ 何其芳:《夜歌和白天的歌·后记》,人民文学出版社,1952年,第239页。

来做。以上何其芳的反主观主义的主要观点,实质是摆脱以前充满个人主义色彩的"写熟悉的题材"创作方法,清除"小资产阶级思想",转变为按照《讲话》精神进行思想改造,最终走向与工农兵结合的道路。

二、对待文学的态度

一是对待文学态度的变化。何其芳在《论文学教育》中"对待文学的态度"一节,揭示了他本人文学态度的变化。对于文学在革命中到底如何估计,何其芳分析认为过去在延安存在着这样几种观点:第一,把文学艺术抬得太高;第二,把文学艺术和今天革命的政治即无产阶级领导的阶级斗争同等看待;第三,文学的作用更大更高,仿佛它可以来指导今天的革命。他认为这三种观点在延安文艺座谈会及批判了王实味的思想意识后都不对了,文艺工作者在阶级社会里总是为某一阶级服务的,只有小资产阶级存在幻想,认为文学艺术是自由的。最后,何其芳说出了自己之前对文学的态度,认为文学在革命中的作用不大。而听了毛泽东《讲话》中的"结论"部分后,何其芳说他终于想通了这个道理,认为今天的文学对于革命所起的作用不大,是由于它还没有和革命实际更密切地结合起来,即还没有真正做到为工农兵服务,并非文学本来如此,只能如此。如果将两者更好地结合,一定会非常成功。何其芳最后说,不是教条地而是真正明确地理解了这样一个命题:文学艺术只能是革命当中的战斗之一翼,然而却又是很重要的不可缺少的一翼。①

何其芳之前真实的感觉是"文学在革命中的作用不大",能有这样的观点是因为他之前对文学持有的观点是艺术至上的观点,即"为艺术而艺术",是在《迟暮的花》中高喊的"文学不附于任何宗教"的唯美主义文学观。而在延安文艺座谈会之后他则认为文学应当与革命结合,为工农兵服务并成为革命当中不可或缺的战斗之一翼,这是典型的革命文艺观。何其芳高呼:

> 文学……在阶级社会里,它是阶级斗争(民族斗争包括在内)的武器之一。我们学文学,就应该是为了掌握这种武器,去服务革命,

---

① 何其芳:《论文学教育》,载《关于现实主义》,海燕书店,1950年,第68页。

而不带着其他目的。①

这就更具有革命功利性了。何其芳在《论文学教育》中还谈到,革命知识分子对文学之所以还保存一些不大科学的看法,原因是这些人是从另一个阶级和社会走过来的。文学曾经安慰、鼓舞和提高过我们,也曾引导我们走向革命。对于文学,我们把它作为最早的老师和最好的朋友,以前优秀的作品中的那些理想和信念都曾起过作用,因而我们现在还不能够严格地批判"我们那些过去的教师,朋友和他们的教言"②。其实这里交代的是何其芳自己走向革命是与文学有关的,而且文学的作用很大。

他在1942年5月12日夜晚到13日早晨写作的《文学之路》中说得更清楚。何其芳说他曾经在文学里得到一个比现实世界更广阔美好的世界。科学理论使我们把这个梦幻的理想世界看得更清楚,"现在我们就为着争取这个世界的实现而做着实际工作"③。可以看出文学确实引导了何其芳走向革命。他认为文学曾经给走在充满荆棘与陷阱道路上的自己以安慰,自己也把文学当作梦想花园,逃遁到里面。今天在革命的队伍里,尽管生活还可能粗糙,但不能再把文学当作温暖的怀抱,也不要在里面躺一躺了。何其芳在这里其实是在跟以前唯美的文学观,确切地说是跟"新我"与"旧我"矛盾着的文学观告别,转向符合《讲话》精神的文学观。

二是艺术趣味的改变。对待文学态度的转变,也预示着何其芳艺术趣味的改变。《论文学教育》中"我们的艺术趣味"一节,虽说是"我们"的艺术趣味,其实主要是何其芳自己的艺术趣味及这种趣味所发生的变化。友人与何其芳谈艺术趣味,认为"我们"能欣赏契诃夫而群众不能,所以"我们"的艺术趣味高,并说与契诃夫比较起来,他连莎士比亚、莫里哀的戏都不喜欢,以为前者适合包括何其芳在内的"我们",而后者适合普通干部与群众。这种观点遭到何其芳的反对,何其芳说了一段现在看来很能揭示其内心对

---

① 何其芳:《论文学教育》,载《关于现实主义》,海燕书店,1950年,第71页。
② 何其芳:《论文学教育》,载《关于现实主义》,海燕书店,1950年,第72页。
③ 何其芳:《文学之路》,载《何其芳全集》第六卷,河北人民出版社,2000年,第506—507页。

于艺术矛盾的话,他说他的内心有"两个欣赏者"①。"两个欣赏者"前者欣赏的是契诃夫、梅特林克式的唯美,后者欣赏的是"时代和人民苦难"现实与功利。这"两个欣赏者"如果联系周作人引用的霭理斯关于"叛徒和隐士"的话,二者何其相似。所以前文说何其芳自己内心也隐藏着"叛徒和隐士",原因也在这里。在文中何其芳一再说不能在创作中"把一些日常生活的片段或者一些琐细的心灵的颤动放在我们的面前",今天完全没有欣赏"无边丝雨细如愁"那种古人低吟关于雨的诗句的情感了。即使对契诃夫,何其芳也更喜欢苏联所推崇的《套子里的人》而非英美选本中的《打赌》之类的作品。对于老百姓不懂创作中表现的技巧,如电影的蒙太奇手法,何其芳则说"不要把老百姓想得太笨"。以上可以看出何其芳的"艺术趣味"在发生着偏移,有意倾向普通群众的趣味。

三、对"民族形式"问题观点的改变

1939年,何其芳从前线回到延安,随即参与到关于"民族形式"问题的论争中,他的观点和当时延安以萧三为代表的主流观点发生严重分歧,爆发了激烈的论战,与沙汀一起被扣上"新艺术至上主义"的帽子。与何其芳观点基本一致的沙汀也在此后不顾周扬的劝说执意离开,也可见当时意见分歧之大。但延安文艺座谈会之后,何其芳改变对"民族形式"的看法,观点和萧三他们几乎一致了。

《杂记数则》中"旧文学和民间文学"一节是关于对文学遗产的继承态度。"旧文学和民间文学"主要指中国"旧文学"以及还活在民间的"传说,故事,歌谣"。何其芳说他自己虽说有一个时期相当喜欢读中国旧文学作品,也似乎并没有从它那里承继什么。他是一个害欧化病很深的人。②其实此

---

①何其芳说:"就像我这样的人,读过许多十九世纪末和现代的作品,即是说受过了那种特殊的训练的人,也还是有两个欣赏者活在我的身上。当我闲暇而且心境和平,那个能够欣赏契诃夫甚至于梅特林克的我就能召唤得出来。当我忙的时候,当我心里担负着这个时代和人民的苦难的时候,我的欣赏世界就完全归另外一个我所统治。这个欣赏者的要求说起来很简单:戏总要有戏,小说总要有故事,诗总要有抒情分子。这就和老百姓的趣味基本上没有什么不同了。"(何其芳:《杂记三则》,《关于现实主义》,海燕书店,1950年,第68页)
②何其芳:《杂记三则》,载《关于现实主义》,海燕书店,1950年,第52页。

说并不准确,前文已经分析过何其芳创作上受古典文学的影响,①当然何其芳此说或者是为了突出对《讲话》精神的认同,开始重视中国文学遗产。何其芳在1939年11月16日发表的《论文学上的民族形式》中认为,欧洲的文学比中国的旧文学和民间文学进步,因此新文学的继续生长仍然主要地应该吸收这种比较健康,比较新鲜,比较丰富的养分。②同时认为,中国的旧文学和民间文学的形式利用要有限度,一定程度上旧文学和民间文学是落后的。他在《杂记三则》中则说,有的人又主张外国的东西可以搬过来,而且说现实主义的口号已经可以解决一切。他不曾想到为什么谈了这么多年的现实主义,而在它的大旗之下仍然不断地偷运着非现实主义的货品。他更不知道我们的新文艺应该更中国化,也就是更大众化,正是现实主义的一个极其重要的问题。③这里何其芳好像在批评别人,对比他之前对民族形式问题的观点实则是批评自己,所以才在开头说自己"害欧化病"很深。在《论文学上的民族形式》中何其芳还提到新文学不够大众化不仅是形式问题,更主要的还是由于内容,而且这种责任不应该单独由新文学来负,更主要的还是由于一般大众的文化水准的低下。④何其芳将新文学不能够大众化的主要原因放在内容上,他在《杂记三则》中则认为某种情况下形式问题是一个重要的问题。他说:"我总以为民族形式主要的是一个内容问题,而对于下面那一半节即我所认为次要的形式问题却总是忽略了。我那时不知道在某种情形之下,在某一个时候,形式问题也可以成为一个重要的问题。要澈底地反小资产阶级的思想,反其主观主义与宗派主义,就必须连它们的巢穴之一党八股也捣毁。反过来说,我们要正面地建设什么也一样。"⑤这种对民族形式的观点就和前面不同了。

何其芳为印证研究旧文学是有助于创作方法的,举自己读《醒世恒言》

---

① 可补充的材料是何其芳在《写诗的经过》中所说:"我是特别感谢我国古代的那些诗人的。如果我过去的那样两本分行写的东西里面,并不完全是一些枯燥无味的文字,某些部分还有一点诗的味道,一点流动在字里行间的抒情的气氛,那就在很大的程度上是这些古代的作者给我的教育的结果。尽管我过去写的绝大多数都是自由诗,很像受外来的影响更深更多,然而在某些抒写和歌咏的特点上,仍然是可以看得出我们的民族诗歌的血统的。""当然,必须说明,从中国的某些过于讲究词藻的古典诗词我也曾接受了一些不好的影响。不仅在内容上,而且在艺术上。"(见何其芳:《关于写诗和读诗》,作家出版社,1956年,第119页)
② 何其芳:《论文学上的民族形式》,《文艺战线》1939年第1卷第5期。
③ 何其芳:《杂记三则》,载《关于现实主义》,海燕书店,1950年,第52页。
④ 何其芳:《论文学上的民族形式》,《文艺战线》1939年第1卷第5期。
⑤ 何其芳:《杂记三则》,载《关于现实主义》,海燕书店,1950年,第53页。

《警世通言》与现代小说不同的感觉作例，认为尽管前者艺术上粗糙却比某些写得不好的现代小说容易读下去，原因是：

> 比较那种开头一大片环境描写，然后人物慢吞吞地走进来，然后又是一大片对话或者心理描写或者倒叙，别别扭扭的，啰啰嗦嗦的，结果形式上颇为复杂多花样，而内容上却往往空虚的作品，我倒是读这些古老的中国的故事还痛快一些，合口味一些。这其中就颇有可以研究和取法的地方吧。①

"开头一大片环境描写""人物慢吞吞地走进来""一大片对话或者心理描写或者倒叙"，形式上"复杂多花样"内容上"往往空虚"，这些特点正是何其芳创作的长篇小说《浮世绘》四个片段的艺术特征，甚至《王子猷》也是这种风格。而现在何其芳认为相比中国古典小说这样的作品已经是"不痛快"，味道也少了一些了。此节的最后，何其芳更是呼吁将还活在民间的传说、故事、歌谣要算入"我们的财产单"内，对民间文学多做研究，在此基础上创造出新鲜活泼、为老百姓喜闻乐见的中国作风作品。《杂记数则》虽名杂记，其实方向很统一，就是在文艺座谈会之后自己该确立什么样的文艺观。创作上抛弃"主观主义"，与"写熟悉的题材"告别，文艺趣味上倾向"老百姓的趣味"，文学遗产的继承上提倡旧文学与民间文学形式的积极利用，从这些文学观已经可以看出何其芳在向《讲话》精神靠拢。

第二节　思想的进一步变化

《两种不同的道路——略谈鲁迅和周作人的思想发展上的分歧点》（1942年10月17日作）是为纪念鲁迅逝世六周年而创作的，文中详细分析了鲁迅和周作人两兄弟早期同是民族主义者、民主主义者，为什么最终走了不同的道路。很明显，这篇文章是1938年何其芳为抨击周作人附逆而写作的《周作人事件》的深化，更确切地说，是何其芳进一步理清思路向以鲁迅为代表的集体思想靠拢，同时与以周作人为代表的个人主义思想彻底的决裂。

---

① 何其芳：《杂记三则》，载《关于现实主义》，海燕书店，1950年，第53—54页。

一、对周氏兄弟的评价

对何其芳而言,京派时期的他,乃至全国抗战爆发后从成都到延安,再到延安文艺座谈会召开前,其思想深处还是存在着某些类似周作人思想的部分,只是到延安后换了一种说法,叫"小资产阶级思想"。何其芳梳理了鲁迅和周作人所走的人生道路轨迹:

> 贯穿在他们早期思想中的两种不同的因素,一个是为集体的战斗精神和一个是从个人出发的趣味主义吗?一个是以(为)集体为主,故是勇猛的战士,故是清醒的现实主义者,故能从失望中看出希望,故在艺术上是革命的功利主义者,故被有些人认为偏激,故即使谈小事物(如《看镜有感》)也有大见解,而其结果由寻路到得路,从民族主义民主主义走到了共产主义。一个是以从个人出发为主,故是掩藏在高雅之极的外衣里的闲谈家,故小处聪明而大处胡涂,故从积极而怀疑而悲观,故在艺术上实质是一个为艺术派,故自以为是中庸主义者或有绅士气,故喜欢谈小事物,其中又多半只见趣味,而其结果从寻路到迷路,从民族主义民主主义走到了日本法西斯的手掌里,成为民族的罪人。[1]

从以上梳理可以看出,何其芳很明显就是想走鲁迅的路而远离周作人的道路。何其芳以纪念鲁迅逝世为契机,强化鲁迅以集体为主、为集体战斗的正确性,抨击周作人以个人为主走向趣味主义道路的错误性,以此亮明自己的观点。同是在整风运动中反思自己的思想,不同的延安文人着重点是不同的。艾青、丁玲猛烈抨击王实味,也有批判自己反思自己的意味。原因是艾青、丁玲在延安文艺座谈会之前或多或少与王实味有相似点,都曾主张过"暴露黑暗"。周扬是"歌颂光明"派,参与王实味的批判自然在情理之中,但周扬明白,自己主张的"歌颂光明"也有问题,所以通过批判王实味更坚定立场,改正与《讲话》精神不符的地方。何其芳之所以揪着周作人不放,那是因为在他思想的深处始终有所谓的与周作人相似的"以个人出发为主"的趣味主义,抨击周作人的思想,就是抨击自己内心那个时不时冒

---

[1] 何其芳:《两种不同的道路——略谈鲁迅和周作人的思想发展上的分歧点》,载《关于现实主义》,海燕书店,1950年,第93—94页。

出来的"旧我"。何其芳毕竟曾经是京派文人,这本身在延安就是一种独特的身份。京派文人曾经坚持的自由主义与趣味主义是与左翼格格不入的,所以何其芳要反思过去,只能批判自己内心深处还残留的京派思想。而周作人的附逆刚好给何其芳反思找到了突破口。周作人是老京派,是有京派传统的,何其芳抨击周作人赞成鲁迅,就是在表明立场,表明自己的思想转变。1938年抨击周作人附逆,在一定程度上促使其走向延安,这次在延安文艺座谈会之后,又是整风运动热烈开展的背景下,对鲁迅和周作人一褒一贬,表明何其芳思想上已经完全做出了选择。何其芳说:"中国人的觉醒不能停滞于个人的觉醒或者个性解放。而且实质上中国人的个人的觉醒与民族的觉醒,阶级的觉醒,中国人的个性解放与民族解放,阶级解放,乃是不可分开的。"[1]何其芳认为鲁迅选择的是个人与民族、阶级的觉醒和解放相结合,所以从资产阶级的个性主义走了出来成为共产主义者。相反,周作人是一个地道的个人主义者,结果对旧社会妥协、屈服最终沦为日本法西斯的工具。文末何其芳再次抨击了周作人的"隐士"思想,[2]并说"表现个人的情思"的"隐士"情怀是"该批判的陈腐事物"。在"叛徒"与"隐士"不可得兼的当下,何其芳的意思很明显,选择前者。这不仅在理智上,即使在感情上何也要斩断与周作人过去的"那种艺术见解"的关联。

通过对何其芳1942年延安文艺座谈会之后的几篇文章进行分析,我们发现何其芳的思想与文学观在延安文艺座谈会前后发生了改变。这也表明随着整风运动的开展,特别是延安文艺座谈会的召开及整风运动的进一步推进,他结束了之前思想上"新我"与"旧我"的矛盾,努力抛弃了"旧我"走向"新我"。

---

[1] 何其芳:《两种不同的道路——略谈鲁迅和周作人的思想发展上的分歧点》,载《关于现实主义》,海燕书店,1950年,第94页。
[2] 何其芳说周作人:"他曾经引用人家说霭理斯的话,说霭理斯里面有一个叛徒与隐士,他希望他的趣味之文里也还有叛徒活着。但在现代的中国,叛徒与隐士就不可得兼,而且说得更透澈一点,就不可能有什么隐士。所谓田园诗的境界,所谓表现个人的情思,这些在过去似乎都是颇为有诗意的,在现在,则实在是应该唾弃的陈腐事物了。个人与集体不但是一个量的问题,而且是一个质的问题。所谓抒情,所谓诗,现在也就有了一个新的内容了,那即是为人民的战斗精神,而不再是歌咏自然风景或者个人哀乐。周作人过去的那种艺术见解,那种生活趣味……不是颇为适合于某些小资产阶级的知识份子吗?是不是还会有人一方面从理智上能够批判他,一方面在感情上还感到有些被牵引呢?"(何其芳:《两种不同的道路——略谈鲁迅和周作人的思想发展上的分歧点》,载《关于现实主义》,海燕书店,1950年,第94—95页)

二、延安文艺座谈会后的自我反省

通过整理查阅何其芳延安文艺座谈会后所写的文章我们发现,到1942年底何其芳也只有以上四篇文章(《文学之路》1942年6月发表在《解放日报》)公开发表,其余诗、散文创作全部停止。当然这跟整风运动持续推进并发展到审干阶段有关,整顿学风(1942年4月3日—8月10日)、整顿党风(1942年8月11日—12月17日)、整顿文风(1942年12月18日—1943年3月19日)等整顿三风运动1943年3月20日之后进入总结阶段(1943年3月20日—10月9日)。在整顿文风即将结束的1943年3月10日,为进一步贯彻落实《讲话》精神,中共中央文委与中组部召集党的文艺工作者召开座谈会,目的是使即将参加实际工作的党员作家充分了解党的文艺政策,实现毛泽东《在延安文艺座谈会上的讲话》所指示的新方向。①在座谈会上,凯丰和陈云分别作了《关于文艺工作者下乡的问题》和《关于党的文艺工作者的两个倾向问题》的讲话。在讲话中,凯丰和陈云说明了下乡的重大意义及存在的要改变的几个根本问题,提出要为工农兵服务,必须"深入群众、改造自己"。这次座谈会相当于文艺工作者下乡的动员会,也是鼓励从"小鲁艺"到"大鲁艺"去,会后文艺工作者纷纷下乡。据"3月15日报载:延安作家纷纷下乡,响应中央文委和中央组织部召集的党的文艺工作者会议的号召,实行党的文艺政策。诗人艾青、肖三,剧作家塞克赴南泥湾了解部队情况并进行劳军。作家陈荒煤赴延安县工作,小说家刘白羽及女作家陈学昭也准备到农村和部队去,高原、柳青等同志出发到陇东等地,丁玲及其他文艺工作者,已做好到下层去的准备。"②1943年4月2日,鲁艺文学系召开欢送大会,欢送鲁艺30余人到农村部队,严文井和何其芳分别作了讲话。何其芳讲了三点:一是调动工作的原则是按照工作的需要,而不是按照个人的兴趣;二是下乡首先要向当地的干部、群众学习;三是下乡应把重心放在从工作中学习,从实际中学习上。③何其芳在欢送会上的讲话带有浓厚的官方色彩,他是鲁艺文学系的系主任,但对于他本人来讲,他的发言与其说代表官方不如说是其内心的真实想法,即渴望以集体主义代替个人主义,与工农兵真正结合。

---

①艾克恩编:《延安文艺运动纪盛(1937.1—1948.3)》,文化艺术出版社,1987年,第427页。
②艾克恩编:《延安文艺运动纪盛(1937.1—1948.3)》,文化艺术出版社,1987年,第429页。
③艾克恩编:《延安文艺运动纪盛(1937.1—1948.3)》,文化艺术出版社,1987年,第430页。

何其芳在1943年3月29日撰写《改造自己，改造艺术》一文，发表于1943年4月3日《解放日报》，算是他对持续一年多的整风运动与此次下乡运动的回应。当然，这一时期属于整顿三风总结阶段，再加上这次的下乡潮，写反思文章的并非何其芳一人。舒群发表的《必须改造自己》（《解放日报》，1943年3月31日），周立波发表的《后悔与前瞻》（《解放日报》，1943年4月3日）等等，都有反省意识。何其芳在《改造自己，改造艺术》中说："整风以后，才猛然惊醒，才知道自己原来像那种外国神话里的半人半马的怪物，虽说参加了无产阶级的队伍，还有一半或一多半是小资产阶级。"①他的这种"像那种外国神话里的半人半马的怪物"说法可谓是继延安文艺座谈会召开期间"带头忏悔"的言论后，又一惊人言论。王培元认为何其芳说"小资产阶级知识分子竟然成了'半人半马的怪物'，于是，与工人、农民一样参加无产阶级革命队伍的知识分子，不但比别人矮了半头，而且连脊梁也越来越挺不起来了"②，这种忏悔意识不但在何其芳那里而且在其他作家如周立波文章《后悔与前瞻》中也得到验证。周立波以"后悔与前瞻"作为题名，本身就有反省与忏悔的意识。

何其芳认为改造自己的观念之前就有但很模糊，而且"自己旧我未死，心多杂念"，以自己能写文章而骄傲、自信、自负，整风运动后才知道一个共产主义者，只是读过一些书本，缺乏生产斗争知识与阶级斗争知识，是很可羞耻的事情，才知道自己急需改造。③同时，何其芳认为作为文艺工作者还有改造艺术的责任，认为过去的文艺作品的毛病，一般地可以概括为两点：内容上的小资产阶级的思想情感与形式上的欧化。总的来说，就是没有做到真正为工农兵，使文艺从小资产阶级的变为工农兵的，从欧化的变为民族形式的，这也是一种改造，而且同样是需要长期努力的改造。④这样，何其芳从思想上与文艺观上都与《讲话》精神相符合了。

何其芳1943年除了写作《改造自己，改造艺术》一文外，1943年7月19日在延安《解放日报》发表《全中国的人民都反对进攻边区》，此外再未见公开发表文章。这也成为后来何其芳去重庆宣讲《讲话》而胡风不服的原因之一。胡风说："由何其芳到国统区来宣布这一条，也好像不大合适。他从

---

① 何其芳：《改造自己，改造艺术》，载《关于现实主义》，海燕书店，1950年，第97页。
② 王培元：《延安鲁艺风云录》，广西师范大学出版社，2004年，第281页。
③ 何其芳：《改造自己，改造艺术》，载《关于现实主义》，海燕书店，1950年，第97页。
④ 何其芳：《改造自己，改造艺术》，载《关于现实主义》，海燕书店，1950年，第98页。

《画梦录》的北平到了革命根据地延安,而且马上成了党员。应该是得到了熟悉他心目中的工农兵的最好的机会了。但据我所知,除了写过一两首依然是少男少女式的抒情诗以外,好像什么也没有写,更不用说工农兵了。"①这跟当时延安整风运动的持续开展有关。

1943年3月20日之后,整风运动从审干发展到抢救,"据不完全统计,抗战后到延安的新知识分子,有80%被抢救成'特务'""鲁迅艺术学院共有300多人,267人被打成'特务',90%以上的人受到审查"②。整风运动中的审干抢救运动,对延安文人是"一段惨痛的历史""一曲黯淡的命运悲歌"③。1944年元旦,毛泽东向来为其拜年的中央军委所属的通讯部门负责人王诤带领的一批挨整被搞错的人说:

> 这次延安审干,本来是让你们洗个澡,结果灰锰氧放多了,把你们娇嫩的皮肤烫伤了,这不好。今天我向你们敬个礼,你们回去要好好工作,你们还有什么意见?如果没意见,也向我敬个礼!"④

这是毛泽东作为延安领袖第一次对审干抢救运动表态。之后的1944年2月毛泽东在边区大礼堂出席西北局系统干部大会上公开致歉。同年5月22日,延安大学和自然科学院、鲁迅艺术学院、行政学院合并后举行开学典礼,毛泽东再次说整风是好的,审干也审出了成绩,只是在抢救运动中做得过分了,打击面宽了些,伤害了一部分同志,并摘帽行鞠躬礼致歉。1942年5月、10月和1945年2月又在中央党校干部大会上三次脱帽致歉。1945年3月25日,在枣园小礼堂召开军委系统干部大会上致歉。1945年4月23日至6月11日,中国共产党第七次全国代表大会召开,毛泽东再次代表党中央致歉,自此整风审干抢救结束。

何其芳作为鲁艺文学系主任,在1944年4月被选为代表去重庆宣讲《讲话》之前,肯定也被审查过,但是否成为抢救对象,目前并无资料可查。何其芳在此期间及之后也没有明确谈过自己在这段整风审干中的经历感受,只是在重庆期间写的《吴玉章同志革命故事》中"整风运动"一节中,提

---

①胡风:《胡风全集》第六卷,湖北人民出版社,1999年,第706—707页。
②朱鸿召:《延河边的文人们》,东方出版中心,2010年,第187页。
③朱鸿召:《延河边的文人们》,东方出版中心,2010年,第187页。
④李逸民:《参加延安"抢救运动"的片断回忆》,《革命史资料》(京)1981年第3辑,转引自朱鸿召:《延河边的文人们》,东方出版中心,2010年,第190页。

到吴玉章在整风运动一开始很热心,他自以为学了一些马列主义,书本上的东西了解得还不错。但细读毛泽东的著作和报告,才感到自己未把马列学好,感到有些批评像批评自己一样。毛泽东批评教条主义那些令吴玉章"毛骨悚然"。

> 他说,起初也有点不痛快,后来细细一想,不痛快正是自己有这个毛病,刺到了痛处。既然发现了自己的毛病,何必护短呢?就用毛主席指出的惩前毖后,治病救人的方法来医治自己,岂不很好吗?这样一想,就没有什么不痛快,反而高兴起来了。于是他就认真来检讨自己。①

何其芳写吴玉章在整风中从"毛骨悚然"到"高兴起来""认真来检讨"自己,又何尝不能说是何其芳自己在整风中的心态呢?除此之外,何其芳仅有的几篇文章都是热烈拥护整风,坚决支持《讲话》精神的。经过整风运动,"延安知识分子概念发生着改变。小资产阶级思想被清除后,个人主义、温情主义、自我意识、自由精神都在'小我'的灭亡中葬送了,汇入'大我'集体中的是会识字的人民群众之一分子"②,何其芳就是其中典型的一员。

1944年4月至1947年3月,何其芳两次被派往重庆,可以说这是他的重庆时期。这期间,他的思想进一步发生变化。

何其芳曾经在徐志摩的一篇文章中看到曼殊菲尔那句"任何国家的政治都是肮脏的"③,加强了他不关心政治的倾向。这种倾向贯穿他的新月时期和京派时期,甚至在延安文艺座谈会召开前他的思想中也有一些这样的影子。但在重庆时期改变了这种看法,他在《谈读书》中说:"那时候我是那样简单,想不到政治也有着两种政治:一种的确是肮脏的,血腥的,为着少数人的统治;而另一种却是圣洁的,庄严的,为着大多数人的解放。"④何其芳认同了后者,也就是不再排斥政治,这是思想上明显的变化。1944年7月,他又强调:"为群众,依靠群众,向群众学习,这就是马列主义的立场与方法。这是陕甘宁边区各方面的工作不断地进步的原因,也是那边的艺术

---

①何其芳:《星火集续编》,新文艺出版社,1952年,第242页。
②朱鸿召:《延安缔造》,陕西人民出版社,2013年,第517页。
③何其芳:《谈读书》,载《星火集续编》,新文艺出版社,1949年,第75页。
④何其芳:《谈读书》,载《星火集续编》,新文艺出版社,1949年,第76页。

工作不断地进步的原因。"①又说这种思想是贯穿着许多马列主义著作的一个基本思想,过去是不注意、不理解、不能掌握,显然他现在已经理解和掌握了这个思想。

何其芳在重庆时期对政治和艺术的关系的认识上,是坚持"政治标准第一,艺术标准第二"的原则的,②他认为理想的作品是政治性与艺术性都较高或很高的作品。同时,他一再强调在内容上要更广阔和深入地反映人民的要求,尽可能合乎人民和科学的观点;在形式上要更中国化,尽量扩大艺术群众化的圈子。要达到这个目标,就要改变思想,以人民大众的立场、观点和方法为出发点,努力使自己的艺术作品与艺术思想完全符合人民大众的要求和利益。③这很明显是对《讲话》中"文艺要为工农兵服务"的具体阐释。

何其芳还强调文艺为政治服务的重要性,他说:"文艺作品必须善于写矛盾和斗争……我觉得这是一个我们今天在创作上很值得注意的问题,而且这是我们应该努力去做到的。"④这强化了文艺的政治性功能,当他看完曹禺改编的《家》时,何其芳并不满意,原因是:"无论怎样艺术性高的作品,当它的内容与当前的现实不相适应的时候,它是无法震撼人心的。"⑤显然,他此时的思想已经不是"为艺术而艺术",而是为政治而艺术了。在谈及重庆时期写作的有关文艺的文章时,他更是坦言:"在那样的时候那样的环境,这些意见和评论就集中在企图推动当时当地的文艺工作更有力量更有效果地去反对和暴露国民党的统治。"⑥这更表明,何其芳不但从思想上,而且从实践上把文艺真正作为服务政治的工具了。

---

① 何其芳:《关于艺术群众化问题》,载《关于现实主义》,海燕书店,1950年,第121页。
② 何其芳:《关于现实主义》,海燕书店,1950年,第163页。
③ 何其芳:《关于现实主义》,海燕书店,1950年,第151页。
④ 何其芳:《关于现实主义》,海燕书店,1950年,序第22页。
⑤ 何其芳:《关于〈家〉》,载《关于现实主义》,海燕书店,1950年,第308页。
⑥ 何其芳:《关于现实主义·序》,海燕书店,1950年,第1页。

第六章　延安文艺座谈会之后的创作

何其芳在延安文艺座谈会召开之后几乎停止了诗创作,在1944至1947年两次重庆之行期间仅创作了两首。这一时期他按照《讲话》和整风运动的精神继续"改造自己,改造艺术",不仅在思想上而且在实际创作中践行《讲话》精神。可以说,他这一时期诗、杂文、报告文学创作的原则是"政治标准第一,艺术标准第二",实质就是为当前的革命政治服务的。何其芳在延安文艺座谈会之后之所以停止诗创作,跟他在延安文艺座谈会召开之前创作的《叹息三章》和《诗三首》受到批评有关,当然更主要的是《讲话》的影响,他在诗创作上可以说成了无声的"美人鱼"。在重庆期间,他的思想进一步变化,他创作了两首具有革命浪漫气息的诗歌,表明他已经成为一名真正意义上的革命诗人。

第一节　关于《叹息三章》和《诗三首》的论争

何其芳在1942年2月27日的《解放日报·文艺》第88期发表了作于1941年3月26日的《叹息三章》,包括《给T·L同志》《给L·I同志》《给G·L同志》三首诗。同年4月3日,他又在《解放日报》第4版发表了《诗三首》,包括《我想谈说种种纯洁的事情》(1942年3月15日作)、《什么东西能够永存》(1942年3月19日作)、《多少次呵我离开了我日常的生活》(1942年3月19日作),这六首诗作都是创作于延安文艺座谈会召开前,主要写他对于爱情、孤独及革命事业的感受,总体上情绪低落,带有悲观迷茫的色彩,充分显示了"新我"与"旧我"的矛盾与冲突。诗歌发表后,在整风运动和延安文艺座谈会召开的大背景下,引起了关注并引发了争议。

一、论争的发生

首先发难的是吴时韵,他在1942年6月19日《解放日报》上发表《〈叹息三章〉与〈诗三首〉读后》(写于1942年4月8日)一文,对这六首诗的内容及何其芳本人进行抨击。对于《叹息三章》,吴时韵认为:"我可以肯定地说吧?在我们这个时代,诗人的责任,绝不能是'叹息'又'叹息'呵"[1],这样的诗对他本人和读者都是有害的,"我劝何其芳同志立刻停止这种歌声。这是无益的歌声。我们的兄弟们,不须要诗人'起来叹息'。他们也不唱'悲哀的歌'"[2]。最后,吴时韵还指出了何其芳之所以有这样的创作,是因为他思想上有矛盾,不能真正与工农大众结合。很显然,吴评否定了何其芳这种抒情诗的创作方向。吴时韵的批评带有强烈的主观性和政治色彩,而且偏离了文学批评的轨道。总体上,他的批评主观性强、政治色彩浓厚,而且有人身攻击之嫌,因而吴时韵他论者对其也进行了批评。

吴文发表6天后的6月25日,金灿然的《间隔——何诗与吴评》一文,发表于1942年7月2日《解放日报》上。题名"间隔",有两层含义,一是评论者吴时韵与何其芳之间有间隔,另一方面是何其芳与现实之间有间隔。金认为吴时韵批评的缺点在于,他没有把自己结语中的意见恰当地用来分析他的批评对象。尤其对于"何其芳同志和现实之间的不能谐调及隔离的"原因及其具体表现,说明得很不充分。[3]在金看来,吴评是主观性的、枝节的、断章取义的,并且对何其芳本人进行挑剔和攻击,表现出意气之争,失掉了"批评者应有的态度"。他还认为吴时韵把何其芳向往光明的地方也一笔抹杀,评论者与作者之间有间隔,原因是批评者本人的文学修养不足。金灿然认为要了解何其芳不能只看这六首诗,而要结合他其他剖白内心的作品,认为吴评没有分析透彻他与现实的间隔。何其芳与现实间隔的原因是世界观与人生观的二重性:"那些旧的伤感的、寂寞的残渣,沉淀在作者的心怀深处,给予侵入来的新的生活以顽强的拒抗力,并在无意间混在新的生活内,使它蒙上了一层悒郁的暗影。作者曾发挥了他的意志的强力,来克服这种悒郁,不让它在自己的诗篇内破坏积极的主题,而当它从潜

---

[1] 吴时韵:《〈叹息三章〉与〈诗三首〉读后》,载《何其芳研究专集》,四川文艺出版社,1986年,第539页。
[2] 吴时韵:《〈叹息三章〉与〈诗三首〉读后》,载《何其芳研究专集》,四川文艺出版社,1986年,第542页。
[3] 金灿然:《间隔——何诗与吴评》,载《何其芳研究专集》,四川文艺出版社,1986年,第549页。

意识中浮现出来的时候,则往往扮装得很文雅、很洒脱,旧骸骨的迷恋与新生命的歌颂调和得颇均匀,把诗篇涂了一层润泽的颜色。"①。在金看来:

> 作者的心中是充满着矛盾的,他爱现实,但又讨厌现实的狭小;他爱工农,但又和工农保持着某些距离。前进的力与他意识中落后的残渣进行着巨烈的斗争,在前者不能制服后者时,便表现了他对于生活的游离,温情的、超现实的象流水一样逝去了的生活与梦想,不时袭击着他的心,使他的诗蒙上了一层暗淡的颜色。②

金的观点是将吴的观点往纵深推进了一步,发现了何其芳思想的矛盾性。金还认为何其芳的生活与认识限制了他的诗歌题材的选择,也限制了读者层,所以希望作者能突破他的限制性,"乘着伟大的整风浪潮,真正完成他的'再一次的痛苦的投生'"③。总体上看,金灿然的评论相比吴时韵的评论理性得多,更倾向文学性,所以当贾芝以"抱不平"的态度写文章支持何其芳时,矛头就没有指向金灿然,甚至都没有提及。然而金评的最后落脚点依然是政治性的,他希望何其芳在整风运动中彻底改变思想,就是奉劝何其芳放弃"沉重的悲伤和忧虑"式的自我抒情,而积极努力去"赞颂新世界的诞生"。其实质也是要何其芳放弃这种以自我为中心的抒情诗写作。

关于《叹息三章》和《诗三首》论争之另一篇有分量的文章是鲁艺贾芝的《略谈何其芳同志的六首诗——由吴时韵同志的批评谈起》④。贾芝写这篇文章有为何其芳打抱不平的意思,多年以后,贾芝在回忆这次论争时说:

> 延安文艺座谈会我没有参加,但会后我听过毛主席关于文艺工作方向的一次讲话。毛主席是到"鲁艺"去讲的,他讲了他在延安文艺座谈会上讲话的主要精神。就在那时,我写了一篇评论何其芳同志诗歌的文章。实际上是为他打抱不平。因为当时报上发表了一篇批评何其芳六首诗的文章。我为何其芳同志辩护,但也觉得何其芳的一些作品仍有可商榷之处。那篇批评完全要否定他的作品,我认

---

① 金灿然:《间隔——何诗与吴评》,载《何其芳研究专集》,四川文艺出版社,1986年,第544页。
② 金灿然:《间隔——何诗与吴评》,载《何其芳研究专集》,四川文艺出版社,1986年,第549页。
③ 金灿然:《间隔——何诗与吴评》,载《何其芳研究专集》,四川文艺出版社,1986年,第550页。
④ 这篇文章在1942年7月11日抄改完成,发表于同年7月18日《解放日报》。

为不妥。我记得很清楚,正是听毛主席讲话的当天,在会场上,我看到我的那篇文章在《解放日报》上发表了。何其芳是一个很好的同志,有人说他是从"右"边来的;但我们要知道:人认识革命是要有一个过程的。他早年的散文也是很有成就的。①

文章主要针对的是吴时韵的评论,给予吴时韵批评的同时,也并非完全赞同何其芳这种诗歌的创作方式,对这六首诗也有批评的成分。贾芝认为,吴时韵的批评是"断章取义的片面的批评",这种批评对"作者和读者都是有损失的"。在贾芝看来何其芳从《画梦录》以后所有的诗及其创作道路,基调都是"一贯的要求突破自己和不断进步的精神,是对于新的人生——革命的人生底发现和肯定,是他朝着工农大众的队伍里走"②,即使是从他所有诗里截取出来的《叹息三章》和《诗三首》也能看出这种基调。而吴时韵认为何诗所表现的完全是"悲愁"的、"诉苦"的,不知把读者"引导向那儿去",《叹息三章》与《诗三首》中所有的诗句都是"悲凄的歌曲",这种观点在贾芝看来是将何其芳诗歌的精神基调弄颠倒了,原因是吴时韵对何其芳的诗单纯地不满甚至没有弄清诗的主题,所以得出了相反的结论。贾芝认为何其芳这几首诗的真正缺点是:

> 字里行间的小资产阶级知识分子的幻想,情感和激动底流露。这些东西所托出来的作者的进步的精神,和作者的呼喊,在和敌人残酷地进行着斗争的读者大众看来,是不能令人满足的;因为这里有着非现实性的东西,读者大众感到这不能启示他们,这里只看见作者而看不见他们自己。③

这种"小资产阶级知识分子的幻想,情感和激动底流露",这些"旧东西底根深蒂固的纠缠着他",原因还在:一是何其芳还有着珍爱它们的心情;二是他还没有彻底地认识它们;因之虽然批判了,而批判得不彻底,无形中

---

① 贾芝:《我在"鲁艺"的文学活动》,载《延安文艺回忆录》,中国社会科学出版社,1992年,第135页。
② 贾芝:《略谈何其芳同志的六首诗——由吴时韵同志的批评谈起》,载《何其芳研究专集》,四川文艺出版社,1986年,第552页。
③ 贾芝:《略谈何其芳同志的六首诗——由吴时韵同志的批评谈起》,载《何其芳研究专集》,四川文艺出版社,1986年,第556页。

给它们还是留了位置。[1]贾芝还认为何其芳诗的读者是小资产阶级知识分子,特别是那些已走进革命但还被小资产阶级情绪所纠缠的知识分子会更加感到亲切和喜爱,原因是诗的内容是这个读者群所熟悉的,易于体会它的好处;另一方面是可以启示他们的意识,如果作者不扩大生活圈和取材范围,虽然是解剖自己,但仍无法与工农兵大众打成一片,所以像何其芳这样的诗人,读者是可以要求他写他自身以外的大众所熟悉的题材的,这比起要求他更彻底地批判小资产阶级知识分子来得更为迫切。[2]文章最后呼吁作者在为"大众"创作上不仅要研究"怎么写",更要注重"写什么",要研究不熟悉的题材。尽管贾芝总体上为何其芳这六首诗表达了不平,但他仍然奉劝他放弃"小资产阶级知识分子的幻想,情感和激动"这些"旧东西",实质也是想让他放弃自我抒情诗的写作。

二、论争的影响

这次论争当时在延安影响很大,吴时韵带有政治色彩的批评,连鲁艺的学生都不满,有的甚至因此想离开鲁艺。当时鲁艺的学生岳瑟在《鲁艺漫忆》中认为吴时韵的批评体现了"文人相轻,自古而然",岳瑟说:

> 我又想起何其芳了。这时,报上忽然发表了一篇批评他那六首诗的文章,几乎持完全否定的态度,还有人说他是从"右"边来的。不久,贾芝同学写了一篇反批评的文章,为何其芳辩护,是在《解放日报》发表的。我感到困惑。记得何其芳在《草叶》上公开发表的一首诗:《眉户戏》,那深沉、苍凉、悲壮的呼喊,使人想起唐代的边塞诗,想起从荒漠的黄土地上涌出的高亢的陕西民歌,想起历年和干旱作斗争的贫苦农民……它怎么是从"右"边来的呢?我"浑浑噩噩"地嗅出了那篇批评文章的自大狂和"行会"气味,觉得这大千世界的人生奥秘,确实比窑洞里的天地复杂得多。我那一点点空间太狭窄了。

---

[1]贾芝:《略谈何其芳同志的六首诗——由吴时韵同志的批评谈起》,载《何其芳研究专集》,四川文艺出版社,1986年,第557页。

[2]贾芝:《略谈何其芳同志的六首诗——由吴时韵同志的批评谈起》,载《何其芳研究专集》,四川文艺出版社,1986年,第560页。

……我第一次想离开鲁艺,想走出这个可爱的"小观园"。①

可能囿于当时的政治环境,何其芳并未正面回应,他是鲁艺文学系的系主任,而且是当时"小资产阶级知识分子的典型"。他又喜欢在诗文里表明自己的心迹,而且曾经作为追求唯美主义创作的京派一员,从疏离政治社会到迫切想靠近社会融入现实斗争。这种思想上的矛盾和冲突比其他知识分子更为强烈,其知名性加上其内心挣扎的矛盾强烈性,自然是此时延安文人复杂心态的一种代表。其实这六首诗都是写于延安文艺座谈会召开之前,《叹息三章》甚至写于更早的1941年。

这次论争给何其芳本人造成了很大的冲击,这次论争的背景又在延安文艺座谈会前后,政治气息自然浓厚。之后直到1949年,何其芳再没有写过这种剖白自己内心情感的抒情诗歌,几乎停止了诗歌的创作。尽管写过三首诗歌,但都是宏观的歌颂,并没有真正表露他内心的真实。这次论争的冲击是通过争议将他内心的矛盾和挣扎明朗化,而这种书写内心的矛盾和挣扎,是他一再强调的"写熟悉的题材",即"知识分子作者最好就写知识分子"。在这次论争中,三篇评论对作品内容都给予了否定。尤其是吴时韵带有严重的偏激倾向,等于说何其芳这种创作内容被彻底否定了,而且由文及人,这是何其芳最恐惧的。与艾青的争议刚刚尘埃落定,自己小资产阶级知识分子的出身使何其芳身处延安本身就带有自卑感。这种自卑感在一再遭到别人的鄙视和攻击中更加增强,像贾芝说的别人都说他是从"右"边来的。周扬也在《笑谈历史功过》中说何其芳是搞一点唯美主义的,言语中也充满了讽刺。艾青直接说何其芳像贾宝玉,所以他一直想摆脱这种非进步"出身"而受歧视的困境,其采取的方法就是在诗文中将这种矛盾冲突表现出来,而这种表现却又引起了论争。何其芳是一个极为敏感的人,再联想整风和延安文艺座谈会精神,他这种矛盾的心态也只能偃旗息鼓,他的抗拒仍然是消极的,以决绝的姿态及各种理由而放弃诗歌的写作。

这次论争对研究何其芳的转变是有重要作用的,尽管有些地方比较隐晦,却也显示出微妙的一面。前面分析过当萧军猛烈抨击何其芳的《革命——向旧世界进军》这首非常"革命"的诗后,何其芳悄然转变了写作方向,由革命的宏大题材转向开始书写以"我"为主题的内心矛盾与挣扎。从纵向看,对于争议,何其芳有敏感一面,更有"怯懦"的一面。而对于这次争

---

①岳瑟:《鲁艺漫忆》,载《延安作家》,陕西人民教育出版社,1992年,第243—244页。

议,何其芳并未像当年同艾青论争一样,在最短的时间内写出回应文章,而是直到1950年出版诗集《夜歌》时才委婉地表达了自己的想法。首先是将《叹息三章》等没有收入1945年《夜歌》初版本中的诗歌收入,并说:"《给T·L·同志》等三篇小诗,发表时曾冠以《叹息三章》的题名。从狂热的《叫喊》到软弱的《叹息》,两者竟是这样邻近,这样容易相通。也曾打算删去这三首,后来想,加上它们也许更可以看出当时的思想情感的全貌,就又留下了。"①这显然是托词,不然为什么在1945年诗集《夜歌》初版时不收入。

《夜歌》1945年由诗文学社初版,1950年文化生活出版社在此基础上出增订版,题名仍为"夜歌",1952年何其芳又将1950年版《夜歌》进行删减,由人民文学出版社初版,改题名为"夜歌和白天的歌"。很有意思的是,1952年政治气氛稍微一紧张,在本年出版的《夜歌和白天的歌》中,他又将《叹息三章》删掉了,这些体现出何其芳内心的矛盾与挣扎,确切地说是思想微妙的变化。

第二节 无声的"美人鱼"

延安文艺座谈会之后,延安作家纷纷按照《讲话》精神转变创作风格,努力向工农兵靠拢,艾青、丁玲、周立波等作家纷纷转向。写完《后悔与前瞻》的周立波,开始努力走为工农兵服务路线,《暴风骤雨》这部反映土改的小说就是其代表作。何其芳对丁玲的《太阳照在桑干河上》、周立波的《暴风骤雨》是非常羡慕的。他也想自己创作一部这样的土改小说,曾向劳洪提过要写关于土改的长篇小说的想法。何其芳说:"周立波的《暴风骤雨》是从土改工作队进入村子时写起,丁玲的《太阳照在桑干河上》是从富裕中农和地主两家对将要开始的土改运动的不同反映写起。我想换一个写法,又觉得很难。"②谈到周立波,何其芳说他既创作又翻译,在文学工作上成绩很显著,何其芳说他自己这些年却什么像样的东西也没有写出来。劳洪从交谈中还发现,何其芳特别看重创作,而且似乎把创作作为衡量一个文学

---

① 何其芳:《夜歌和白天的歌》,人民文学出版社,1952年,第328页。
② 劳洪:《认真·严谨·朴质·热忱——回忆何其芳同志》,载《巴蜀芳踪——何其芳的故事》,长江出版社,2012年,第178—179页。

工作者的成绩的标准,①当然这种创作主要指的是诗、散文、小说创作。这也是何其芳延安文艺座谈会之前不重视报告文学的原因。他在创作上的沮丧原因是,虽然自己坚定地捍卫《讲话》,但在创作上与艾青、丁玲、周立波相比却失声了。

一、"我就没有再写诗了"

1944年10月11日,何其芳在重庆写作的《夜歌》初版后记中说:"在1942年春天以后,我就没有再写诗了。"②1942年春天以后就是整风运动持续推进和召开了延安文艺座谈会。当然,何其芳不写的原因和上面所讲其写于延安文艺座谈会之前的《叹息三章》和《诗三首》已经遭到批判,再加上正在召开的延安文艺座谈会及之后学习《讲话》精神,使他一时无暇去创作抑或不知如何去创作。何其芳自己给出的原因是:"有许多比写诗更重要的事情要去做,而其中最主要的是从一些具体问题与具体工作去学习理论,检讨与改造自己。"③学习理论指的是学习《在延安文艺座谈会上的讲话》精神及整风文件。在何其芳看来这些工作要比单纯的写诗更有意义,他说:"我过去的生活、知识、能力、经验,都实在太狭隘了。而在一切事情之中,有一个最紧急的事情则是思想上武装自己。就是写诗吧,要使你的歌唱不是一种浪费或多余,而与劳动人民的事业血肉相连,成为其中的一个部分,也非从学习理论与参加实践着手不可。"④当然这是延安文艺座谈会的主要精神,为谁写、写什么的问题,深入群众为工农兵服务的思想要贯穿到创作中去。何其芳向来主张写熟悉的题材、熟悉的生活,这样一下子剥夺了他熟悉的创作路子,使他感到迷茫,这种迷茫就是创作时的无所适从。

他在1956年写作的《关于写诗和读诗》一文中说,参加革命后,只有1940年那一年和1942年春天写作欲望比较强烈,其余时间不是写得少就

---

① 劳洪:《认真·严谨·朴质·热忱——回忆何其芳同志》,载《巴蜀芳踪——何其芳的故事》,长江出版社,2012年,第178—179页。
② 何其芳:《夜歌和白天的歌》,人民文学出版社,1952年,第238页。
③ 何其芳:《夜歌和白天的歌》,人民文学出版社,1952年,第238页。
④ 何其芳:《夜歌和白天的歌》,人民文学出版社,1952年,第238—239页。

是完全没有写。这个不能经常写出诗的原因是创作遇到瓶颈,[1]思路枯竭。对于创作面临枯竭的原因,何其芳说:"延安文艺座谈会以后我才恍然大悟:这是由于我的生活很狭窄,这是由于我很少接触劳动人民的生活。这当然是无可怀疑的根本原因"[2];另一个原因是"写诗一直是我的业余活动,而且后来连业余的时间也轮不到它了。应该承认这个客观原因"[3];再有一个原因是"不用说,还是得承认要写的东西并不多,并不强烈"[4]。生活狭隘、没有时间、创作欲望不高这些理由的背后是何其芳在延安文艺座谈会之后对于作家创作的种种限制的不适应,进而出现矛盾、彷徨,直至几乎放弃诗歌写作。

何其芳从创作的角度,将作家分为两类:一类是创作精力旺盛,就像喷泉一样不断地喷射出来,仿佛他们来到世界上就是为了歌唱,这些是有重要成就的作家,文学历史主要由他们创造;另一类是对文学艺术也热爱,态度也很严肃,但只能贡献一点不多的东西。原因复杂,但总之是有这样的事实,何其芳说他这样想的时候,好像为自己的不努力辩护,但他承认自己在创作上的努力不够。[5]何其芳在这里含糊其词,原因确实是多重的。几乎停止诗创作,也不是他所说的不够努力,而是自己设定的航向无法前行。

二、"负了一笔精神上的重债"

何其芳对诗歌创作是追求完美的,对诗歌的创作追求极端的完美,对于自己小诗创作期、新月时期创作的诗不满意就付诸焚诗的极端行动,可以看出何其芳在诗歌创作上的精英意识与唯美追求,这在前文已有论述。正因如此,何其芳其实心里很清楚,如果一味地走与工农兵相结合的道路,也就是走普及的道路,使文学创作向政治妥协,那么势必降低诗歌的艺术水准。这又和他追求诗歌艺术的完美相冲突,所以在这种痛苦和矛盾中,感慨自己"就像蚕子吃了许多桑叶却吐不出丝来一样,实在是负了一笔精

---

[1] 何其芳:《写诗的经过》,载《关于写诗和读诗》,作家出版社,1956年,第104页。
[2] 何其芳:《写诗的经过》,载《关于写诗和读诗》,作家出版社,1956年,第104页。
[3] 何其芳:《写诗的经过》,载《关于写诗和读诗》,作家出版社,1956年,第104页。
[4] 何其芳:《写诗的经过》,载《关于写诗和读诗》,作家出版社,1956年,第104页。
[5] 何其芳:《写诗的经过》,载《关于写诗和读诗》,作家出版社,1956年,第105页。

神上的重债"①。

新中国成立后,很多热心的读者恳请何其芳多写诗,他更是感到苦恼,"然而却不能用作品来回答。这种对于同时代的人所负的债,是比对于前人所负的债更加沉重的"②。他只能解释说,自己爱好文学并开始写作是从写诗开始的,写诗的时间也最长。尽管成绩差,但仍爱好这一文学形式,并不打算永远放弃。但为何这么多年不写呢?原因是相当长的时间他觉得主要任务是通过学习理论和参与实际斗争来彻底改造自己的思想,所以就顾不上写诗了,还有就是新诗的形式问题也苦恼过自己。③他又说自己很想歌颂新中国的方方面面,并用较新鲜的形式来写。可惜的是目前的工作不允许四处活动,也不能广泛接触工农兵群众,又不想使自己的歌唱显得空泛,就只有暂时不写诗。④

日本学者鼻山晋美子在《诗人何其芳诗论——从〈预言〉到〈夜歌〉》中说何其芳1942年之后几乎不写诗了,他自己对此做过解释,另外也在于他在对诗的形式进行摸索。但《夜歌》之后,停止写诗是事实,是关系到"自我改造"的问题。即使学习了毛泽东《在延安文艺座谈会上的讲话》,也只解决了理论上的问题,而创作上的各种问题还是保存了下来。⑤郝明工在《文学的区域性、地域性、地方性——以何其芳诗歌为证》一文中说,何其芳毕竟是诗人,对文学念念不忘,当文学已经成了为政治服务的斗争武器后,他不得不做出选择。一方面是"不应该再把文学当作温柔的胸怀,有时到那里面去躺一躺";另一方面应该是对这样的文学进行"严格的批判",他只能无奈地放弃诗创作。⑥

总之,多重复杂因素的叠加,使何其芳在诗创作上从原本有美妙歌喉的"美人鱼",到失去了声音,变成无声的"美人鱼"。

何其芳在1942年整风及延安文艺座谈会之后,并非完全停止了诗创

---

① 何其芳:《写诗的经过》,载《关于写诗和读诗》,作家出版社,1956年,第106页。
② 何其芳:《写诗的经过》,载《关于写诗和读诗》,作家出版社,1956年,第107页。
③ 何其芳:载《〈夜歌和白天的歌〉重印题记》,人民文学出版社,1952年,第1—2页。
④ 何其芳:载《〈夜歌和白天的歌〉重印题记》,人民文学出版社,1952年,第2—3页。
⑤ 鼻山晋美子:《诗人何其芳试论——从〈预言〉到〈夜歌〉》,黎央译,《何其芳研究资料》1985年第7期,第39页。
⑥ 郝明工:《文学的区域性、地域性、地方性——以何其芳诗歌为证》,《区域文化与文学研究集刊》2012年第00期。

作,"整风运动以后,我可以说是停止了写诗。仅仅发表过三篇"①。这三篇分别为《重庆街头所见》《新中国的梦想》《我们最伟大的节日》。何其芳"停止了写诗"真正的内涵是停止了带有"为艺术而艺术"(也包含着强烈的自我抒情色彩)倾向的诗创作。在1950年文化生活出版社出版的诗集《夜歌》中并没有收入这三首诗。直到1952年出版《夜歌和白天的歌》的时候,才将这三首编入,而1952年版是1950年版的增删版,删掉的都是曾经产生过争议或者过于书写个人情感的诗。总体上看,1950年的诗集《夜歌》是何其芳比较满意的,1952年版是出于社会政治环境改变被迫增删的,所以1950年版的《夜歌》整体的艺术性要比1952年版的高。这三首诗没有被编入1950年版《夜歌》,是因为何其芳认为这几首诗在艺术形式上有缺陷。这并非臆测,他在1952年版《夜歌和白天的歌》重印题记中就说,整风运动后写的三篇诗,虽然在内容上没有了过去的那种不健康的情感,但在形式上仍没有什么显著的改进。这是自己也并不满意的。②而使其满意的却屡遭批评,《叹息三章》和《诗三首》的争议和新中国成立后关于《回答》等诗的争议如出一辙,何其芳刚有的创作冲动,回归自我抒情的熟悉创作方式旋即被否定,这也是他不敢再创作的原因。

延安文艺座谈会之后,何其芳没有像其他诗人一样,在诗歌创作上热烈地迎合《讲话》精神,深入群众写工农兵、为工农兵而写,停止诗创作是一种消极的对抗。即使他偶尔创作几首内容上与《讲话》精神相符的诗,仍对其不满意。这些都表明,何其芳在对《讲话》精神贯彻上,思想和行动上并不同步。直到新中国成立若干年后,何其芳也只能反复申说着这样的理由:"整风运动以后我对于自己过去的诗作了批判,认识到无论在内容上还是在形式上都不能照那样写下去了"③,"我向来的习惯是这样,没有真正的感动,没有比较充分的酝酿,我是不写诗的,因为那样写出来的诗一定是坏诗"④。

何其芳在延安文艺座谈会召开之前,有写作一部长诗的计划,那就是《北中国在燃烧》,但随着整风运动的兴起及延安文艺座谈会的召开,他停

---

① 何其芳:《夜歌和白天的歌》,人民文学出版社,1952年,第1页。
② 何其芳:《夜歌和白天的歌》,人民文学出版社,1952年,第2页。
③ 何其芳:《关于写诗和读诗——1953年11月1日在北京图书馆主办的演讲会上的讲演》,载《关于写诗和读诗》,作家出版社,1956年,第49页。
④ 何其芳:《关于写诗和读诗——1953年11月1日在北京图书馆主办的演讲会上的讲演》,载《关于写诗和读诗》,作家出版社,1956年,第50页。

止了这部长诗的创作,所以现在收录到《夜歌》(1950年)中只有两个片断。他解释说之所以停止创作《北中国在燃烧》,原因一是缺乏充足的写作时间,二是不满意诗在内容上旧知识分子气太浓厚,三是对诗的形式也产生了疑惑和动摇。他担心这种欧化的形式无法普及到比较广大的读者中间去。但用一种什么样的形式来代替它,到现在还是一个未能很好地解决的问题。①从何其芳这段话的字里行间,是能够感觉到有惋惜的成分的。

经过整风运动的何其芳又这样认为,没有能够把这篇长诗写完,现在看来并没有什么可惋惜的,在整风运动以前写这样的长诗,不能有很正确的立场和观点来处理题材,也不可能采取比较容易为多数读者所能接受的表现形式,就是有充分的时间把它写完,也不过是另一篇庞大一些、复杂一些的《夜歌》而已。②其实原因很明了,《讲话》中已经明确讲到,马克思主义是要破坏"那些封建的、资产阶级的、小资产阶级的、自由主义的、个人主义的、虚无主义的、为艺术而艺术的、贵族式的、颓废的、悲观的以及其他种种非人民大众非无产阶级的创作情绪"③。毛泽东说,对于无产阶级文艺家,这些情绪更应该彻底地破坏,在破坏的同时,就可以建设起新东西来。④何其芳曾经说过在大学时期怕被称为"精神贵族",又说自己是"拘谨的颓废者",其实就是一个唯美主义作家。他又明确说创作那些"云"时是"为艺术而艺术或者说是为个人而艺术"。从大学毕业到延安文艺座谈会召开前,这种唯美颓废的创作情绪都留存在他身上。从前线回到延安,他自己很清楚"为个人而艺术"的思想又抬头了。毛泽东在《讲话》中说的马克思主义要破坏的创作情绪,何其芳几乎全部具有,他再想回到以前的创作状态恐怕已经不可能了。

第三节　重庆时期的诗创作

何其芳在重庆时期从现在能查询到的资料看,共发表诗两首,一首是

---

① 何其芳:《夜歌和白天的歌》,人民文学出版社,1952年,第239页。
② 何其芳:《夜歌和白天的歌》,文化生活出版社,1950年,第329页。
③ 毛泽东:《毛泽东选集》第三卷,人民出版社,1991年,第874页。
④ 毛泽东:《毛泽东选集》第三卷,人民出版社,1991年,第874页。

《重庆街头所见》,1945年9月14日下午写于重庆;另一首是《新中国的梦想》,1946年写于重庆。这两首诗都是他第二次赴重庆时写作的,后收入《夜歌和白天的歌》(1952年)。

一、革命的思想情感

从思想内容上来说,《重庆街头所见》写的是何其芳在重庆街头看到的不公平的现象。诗中的两个场景都是在公共汽车上,第一个场景是一个下雨天,很多人在公交车里挤,穿蓝布短褂的"下等人"挤拢了一位绅士,绅士怕被"下等人"弄脏衣服,用雨伞搁在两人中间,结果从伞上滴下的雨水都滴在"下等人"的脚上。何其芳看到这个场景感到诧异,与延安形同两重天。在延安,何其芳与农工亲如兄弟。第二个场景是公共汽车上一个拿着笛子的民间音乐家不小心碰到了一位先生的眼睛,结果这位先生夺过笛子拼命敲打民间音乐家的头,最后还把笛子丢到窗外,有些乘客居然还笑起来。这首诗对重庆街头的不公现象进行了讽刺和抨击,并将重庆和延安对比,突出了国民党统治下底层民众的苦难,颂扬了延安的自由与平等。《新中国的梦想》写的是抗战胜利的消息传到延安,延安沸腾的场景。同时,"我"站在阴雨连绵的重庆街头,对国民政府的反动腐败进行抨击,对新中国的美好未来充满憧憬。诗中对毛泽东的丰功伟绩进行了热情洋溢的歌颂,希望在毛泽东的带领下,新中国能够建立,人民能够走向"更美满的黄金世界"。最后诗人激动地感叹新中国的梦想"再不是我的幻觉","这一次/真是天快亮了"。[1]这首诗抒发了作者的革命浪漫主义情怀。

《重庆街头所见》《新中国的梦想》两首与何其芳延安文艺座谈会之前的诗作相比,不再是抒发个人矛盾的内心情感,而是关注底层民众,关注国家民族的未来这种"大我"情怀。诗的感情基调也一扫伤感、脆弱而变为乐观、积极。这显然与《讲话》的精神相符合,尤其是《新中国的梦想》是典型的革命浪漫主义之作。尽管在1938—1942年何其芳的诗中也有对中国革命的抒写,也有对中国美好未来的畅想,但都夹杂着他本人的人生体验,弥漫着感伤情调。《新中国的梦想》则不再有个人的忧伤和矛盾,而是一种充满乐观的国家集体情感。

---

[1] 何其芳:《新中国的梦想》,载《夜歌和白天的歌》,人民文学出版社,1952年。

二、"不满意的艺术形式"

从诗的艺术上说,《重庆街头所见》《新中国的梦想》又恢复到延安文艺座谈会之前的"长歌"形式。《重庆街头所见》共41行,《新中国的梦想》共115行。尽管《重庆街头所见》并非太长,但比起之前的《河》《我为少男少女歌唱》《生活是多么广阔》等短诗已经显得很长了,而后者就是何其芳意识到"长歌"过于拖沓累赘才转变的创作风格。两首诗的叙事成分很重,通过叙事来对延安、毛泽东、国家的美好未来进行赞颂,所以诗中词句无雕琢堆砌痕迹,诗风朴实,可以看出他有意运用现实主义创作手法,力避精致的唯美与深邃的象征。纵观何其芳新中国成立前的创作史,京派时期"精致冶艳"的诗风到此已荡然无存。唯一留下的是何其芳一再强调的诗的节奏感。何其芳认为诗与散文的根本区别就在节奏,所以在《重庆街头所见》《新中国的梦想》中,是充满节奏感的。如《重庆街头所见》中:

> 一个穿蓝布短褂的"下等人"
> 居然挤拢了一位绅士的身边。
> 这位绅士怕挨脏了他的西服
> 又要花一笔钱送进洗染店,
> 赶快用雨伞来隔在他们中间。[①]

从引文看,这首诗在节奏的处理上,一是押韵,如"边""店""间";二是每行不超过五顿,避免冗长;三是按情感的变化推进。诗中还有以下诗句:

> 但是,你还要上办公室,
> 你还是赶快去站队,
> 长蛇一样的队伍
> 已从街头排到街尾。[②]

这几句诗也体现出明快的节奏感。在《新中国的梦想》最后几句诗也体现了这种注重节奏的特点。

[①]何其芳:《重庆街头所见》,载《夜歌和白天的歌》,人民文学出版社,1952年,第205页。
[②]何其芳:《重庆街头所见》,载《夜歌和白天的歌》,人民文学出版社,1952年,第208页。

> 这一次
> 再不是我的幻觉。
> 这一次
> 真是天快亮了。
> 起来呵!
> 起来呵!①

这几句诗情感上很急促,形式上短小,富有节奏感。但从总体上看,这两首诗的艺术性并不高,无法和何其芳延安文艺座谈会之前的短诗相比。弊病仍然是过于拖沓。其实何其芳并不擅长叙事诗,尤其是宏大叙事,《一个泥水匠的故事》《北中国在燃烧》两个断片,何其芳自己都不满意。《北中国在燃烧》甚至只创作了两个断片就停止了。再往前推,何其芳新月时期的长诗《莺莺》也不成功,他甚至提都不愿意提。

何其芳对《重庆街头所见》《新中国的梦想》,包括创作于1949年的《我们最伟大的节日》,都是不满意的,1950年《夜歌》增订时,这三首诗都没有被选入。直到1952年何其芳重新编选《夜歌》才将这三首诗收入,但新诗的形式问题一直苦恼着他,整风运动后写的三首诗(按,就是以上三首),虽然在内容上没有了过去那种不健康的情感,但在形式上仍没有什么显著的改进。这是他自己也并不满意的。②何其芳尽管不满意,但还是创作了这几首诗,说明他试图通过诗创作去落实《讲话》精神,毕竟他是一个热爱创作的诗人。他曾感到诗歌欧化的毛病严重,而又似乎一下子不能改掉,但可以肯定的是,这也是妨碍他的诗到更多的读者中去的原因之一。所以,当《讲话》要求为工农兵服务时对普及提出了要求,何其芳就试图通过朴实的语言去表达诗意,以此体现为工农兵服务的主题。

何其芳真心想通过自己的创作来反映时代,为国家尤其是工农兵群众做出贡献。他一再说,在这烈火一样的时代,在人类到了一个转折点的时代,虽不能抹杀有些深思的诗人,文化的民主应容许各种作风和风格的存在和发展。但若作理论的批评,似乎不应将抒写平凡的小哀乐一般地提到写大斗争和大群众之上。"一粒砂中见世界,究竟不如一个世界中见世

---

① 何其芳:《新中国的梦想》,载《夜歌和白天的歌》,人民文学出版社,1952年,第219页。
② 何其芳:《夜歌和白天的歌》,人民文学出版社,1952年,重印题记,第2页。

界。"①所以,何其芳要在诗中反映大世界,"小我"就隐退了,又要注重诗能到群众中去,所以欧化的雕琢隐晦色彩也清除了,导致诗如散文。

总之,从《重庆街头所见》《新中国的梦想》的思想内容与艺术特征上看,何其芳已经由唯美主义诗人转变为革命诗人了,又加上为落实《讲话》精神,诗中富含积极乐观的革命浪漫想象,所以此刻的何其芳已经是一个革命浪漫主义诗人了。

第四节 杂文、报告文学创作

从现在能查到的资料看,何其芳《讲话》之后进行的杂文、报告文学创作,是在他两次重庆之行期间进行的。尤其是第二次来重庆一年半的时间,发表文章80余篇,仅1946年就发表60余篇。杂文主要抨击国民党的黑暗,报告文学主要是以回忆录、笔记体的方式正面宣传延安。

一、杂文创作

何其芳在重庆时期的杂文创作,分为两个大的阶段,前期文风隐晦,后期文风犀利。

第一阶段是他第一次在重庆时期写的,包括《"自由太多"屋丛话》②《傻女婿的故事》《过年有感》等。这些杂文在内容上是抨击国民党对言论自由的控制及讽刺国民党有违事实的宣传等。因当时国民党文网严密,这些杂文,何其芳写得比较隐晦,文章的攻击性和犀利的特点并不强,但表明了他的态度,也揭开了用杂文抨击国民党黑暗统治的序幕。第二阶段主要是他第二次去重庆做统战工作时创作的,包括《异想天开录》③《南行纪事》《重庆随笔》④《理性与历史》《金钱世界》等。这些文章集中抨击国民党的腐败及

---

①方敬:《何其芳谈诗歌》,载《方敬选集》,四川文艺出版社,1991年,第952页。
②《"自由太多"屋丛话》具体包括:《序》《文学无用论》《尽信书,不如无书》《历史与现实》《学习社会》等内容。
③《异想天开录》包括《解题》《"父兄"论》《从"分赃"说起》等。
④《重庆随笔》包括《重庆的市容》《"真民主"的选举》《衣冠问题》《下江人及其他》等。

独裁统治,进而凸显延安解放区的光明和民主。因这一时期国民党停止事先检查制度,尽管何其芳认为有些文章写得并不明朗,但相比第一次来重庆期间所写的态度已经非常鲜明,而且文风颇为犀利,体现出杂文的攻击性特点。

二、报告文学的创作

何其芳在重庆时期开始进行大规模的报告文学创作,这也是他思想转变的标志之一。在延安文艺座谈会之前,他认为报告文学只是为政治服务的工具,自己从心里并不认同。延安文艺座谈会以后,随着整风运动的推进,何其芳改变了对报告文学的看法,认为报告文学符合毛泽东提出的"政治标准第一,艺术标准第二"的原则,所以在重庆时期开始大规模报告文学创作,想通过实际行动来证明对毛泽东思想的认同。

他这一时期创作的报告文学,分为笔记体的《回忆延安》系列和为吴玉章作的传记《吴玉章同志革命故事》。《回忆延安》系列中的《差别》《寻牛寻马》《延安的小孩子》等文章反映了延安解放区人与人之间的平等、友善及幸福的生活场景,以此对比国统区的黑暗不公及民不聊生的恶劣生活处境;《回忆延安》系列中的《记王震将军》《记贺龙将军》《朱总司令的话》记述中国共产党领导阶层的英明伟大,以此凸显人民军队的领导是人民的公仆,全心全意为人民服务的精神,对于党的英明领导有很好的正面宣传作用。《吴玉章同志革命故事》是对吴玉章1947年撤离重庆前英勇事迹的报告,抒写了一个革命志士如何走向中国共产党并与国民党顽强派斗争的光辉事迹。通过刻画吴玉章光荣的革命事迹,宣传了中国共产党的光辉形象。

三、大量创作杂文和报告文学的原因

追问其中原因,除何其芳自身政治身份及要贯彻《讲话》"文艺为工兵服务"精神及思想转变外,还有一个重要原因,那就是国统区一些作家的叫板,据侯唯动回忆:

  延安整风、审干、甄别以后,林老林伯渠飞往重庆会谈,何其芳当了秘书。在重庆他展开了活动,以文会友。文艺界座谈会一个接着一个,朋友们问,过去左联在上海,今天我们在重庆、桂林,都是和群众隔着横膈膜。你们在延安在根据地和人民打成一片了,为啥仍旧没有大作品问世……何其芳拍回电报,周扬同志一一到鲁艺各个窑,鼓励大家努力创作好作品。恰在此时,邵子南、孙犁、方冰从晋察冀回来了,《解放日报》连续刊出了邵子南的《李勇大摆地雷阵》《牛老娘娘牵毛驴》;孙犁的《荷花淀》;方冰的长诗《柴堡的风波》。何其芳飞回延安,又挨个看望了每位作家,鼓励大家向伟大作品进军。鲁艺和延安的文艺家、作家进入了一个创作的高潮。[①]

用侯唯动的话说"这简直将了一军","拿出作品来",这仿佛当年新月梁实秋和左翼进行论争时,要求左翼拿出作品来一样。梁实秋在《忆新月》中说:"普罗文学运动,象其他的许多运动一样,只是空嚷嚷一阵,既未开花,亦未结果,因为根本没有生根。所以我提出'拿货色来!'的要求之后,连鲁迅也无可奈何的承认这是无法抵拒的要求,没有货色,嚷嚷什么运动?而货色又绝不是嚷嚷就出得来的。"[②]何其芳等顿时感到难堪,立刻发电报督促延安作家大力创作,拿出实绩,也因此在延安掀起了一次创作高潮。何其芳本人更不甘示弱,尽管放弃了诗创作,但是在报告文学方面,他做出了很大努力。何其芳以笔记体写作的《回忆延安》系列《记贺龙将军》《记王震将军》等等,还有《吴玉章同志革命故事》,都有为应对这种"将一军"尴尬局面而作出回应的意味。

四、对延安文艺座谈会精神微妙的疏离

何其芳在延安文艺座谈会之后基本上停止了诗歌创作,而把主要精力都放置在杂文、报告文学、文艺批评的写作中。何其芳后来把这些文章选编结集,主要集中在1945年出版的《星火集》第四辑;1944年至1947年在重庆的创作结集为《星火集续编》,由上海群益出版社1949年出版。其关于文艺批评的文章结集为《关于现实主义》,1950年海燕书店刊行,其中包

[①] 侯唯动:《我所认识的高长虹同志》,载《延安作家》,陕西人民教育出版社,1992年,第335页。
[②] 梁实秋:《忆新月》,原载《文星》1963年第11卷第3期,见方仁念选编:《新月派评论资料选》,华东师范大学出版社,1993年,第14页。

括《星火集续编》中关于文艺批评方面的文章。这些也是何其芳在延安文艺座谈会之后创作上巨大转变后的成果集合,而对于这些作品何其芳又是怎么看的呢?1956年何其芳自编出版了一本《散文选集》。在1956年9月9日为这本《散文选集》撰写的序言中何其芳道出了自己的苦衷。他发现当他的思想或者生活发生变化,思想进步的时候,创作的杂文抑或散文在艺术上并没有提高,有时甚至是退步的,所以抗战中的散文他只选了4篇,整风运动后写的杂文只选了5篇。原因并非《星火集》和《星火集》续编正在印行,而是实在选不出来。何其芳还在这篇序言中说:"我想,一个认真的有责任感的人,他发现他的工作做得不好,因而难过,这倒是正常的。如果他无动于中,满不在乎,那才真是他的头脑和心灵都有了毛病。因此,应该作的不是隐瞒这种事实和感情,而是给它们以恰当的解释,并从其中得到可以得出的教训。"①在这里可以看出何其芳是一个很坦诚的人,并不刻意隐瞒自己内心的真实想法,这也可以说是一个诗人的纯真所在。何其芳提到的思想进步艺术退步的说法后被很多论者称为"何其芳现象"。

在这里我们重点关注的是何其芳对延安文艺座谈会精神的微妙疏离。编选文集,作者一般都是选择自己认为比较满意的作品,而何其芳对延安文艺座谈会之后的作品在选取时感到困难。他对这些作品的艺术性在总体上是否定的。从延安文艺座谈会之后直到1956年这中间十几年的时间,何其芳只能选出可怜的5篇,另一方面说明何其芳对作品的艺术性要求很高;一方面又体现出自己的无奈和矛盾。再考察这部《散文选集》选的作品,我们发现大多含有"难过"的成分。何其芳说:"现在有些人好像主张在我们的语言文字里废除'难过'这一类的词汇。据说用了这一类的词汇就是感情不健康。但没有办法,当我读完了过去写的那些小册子,虽然也选出了这样一本,我的心境却实在不能用别的字眼来说明,只有叫作很难过。"②《散文选集》中大部分是凸显个人内心压抑、痛苦、矛盾之作,总之是书写个人的东西。这些曾经在延安文艺座谈会之后是被冠以"小资产阶级情感"而被彻底否定的。《散文选集》分4卷,共24篇散文,其中卷一(1933—

---

① 何其芳:《散文选集》,人民文学出版社,1957年,序第2页。
② 何其芳:《散文选集》,人民文学出版社,1957年,序第2页。

1936)9篇[①]；卷二(1936—1937)6篇[②]；卷三(1939—1941)4篇[③]；卷四(1945—1946)5篇[④]。何其芳编《散文选集》的时候是1956年，当时的背景是提倡"百花齐放、百家争鸣"，政治气氛相对宽松，所以他敢于袒露自己的心胸。

  从以上收录情况看，何其芳在全国抗战之前的作品选得最多，占选集篇幅的一半还多，尤其是他京派时期的作品分量最重，占选集的1/3左右。何其芳还是对能强烈抒发自我感情的"画梦录"时期及之后能书写内心真实感情的作品感兴趣。对于艺术上的唯美追求并没有在何其芳的创作思想中完全褪去，所以他尽管将全部的精力放到写作杂文上，但对这些作品并非真正满意。在出于政治环境与自己身份的双重压力下不得不创作时，何其芳就选择了妥协，将这种矛盾隐藏，创作以政论为主的杂文以完成任务。在这样的操作过程中，艺术上追求唯美和现实上要求大众化必然产生冲突，他只能苦闷挣扎于这两个极端。但当别人看出了这种现象背后的真实时，何其芳又出来否定，以维护自己转变的正确性。有读者给何其芳去信，说感觉还是《画梦录》《预言》《夜歌》这样的作品好过后期的《星火集》及其续编。何其芳马上出来解释说："我在《散文选集》的序文中写这样意思的话的时候，是指我抗日战争初期在成都写的那些杂感、在延安和前方写的那些报告文学和日本投降前后到解放战争期间在重庆写的那些杂文说的。在抗日战争以前，我根本没有写过杂感和报告。在重庆写的杂文，那是在经过了延安整风运动不久之后，我企图根据我所理解的一些新的思想来写杂文。不用说我的理解只能是比较粗浅的。"[⑤]因怕误解，又解释之所以这样还有别的原因，一是否定了过去的风格和艺术见解，新的风格和艺术见解还没有形成；二是没有充足的写作时间。因为时间紧，白天工作晚上才能写作，文章写得过多和过快，酝酿加工的功夫也不够；三是艺术思想方面的缺点是，只注意为当时的政治需要服务，强调内容正确和写得容易理解，却忽略了艺术性的重要；四是因写的政论文章过多，又做了很多行政工作，就习惯于逻辑思维，形象的感觉逐渐衰退。[⑥]

  以上解释也在《散文选集》序中出现过，而且更为明显地体现了何其芳

[①] 9篇分别为：《雨前》《黄昏》《独语》《梦后》《哀歌》《楼》《迟暮的花》《"燕泥集"后话》《梦中道路》。
[②] 6篇分别为：《街》《私塾师》《老人》《树阴下的默想》《"刻意集"序》《"还乡杂记"代序》。
[③] 4篇分别为：《老百姓和军队》《一个平常的故事》《论快乐》《饥饿》。
[④] 5篇分别为：《下江人及其他》《理性与历史》《记王震将军》《朱总司令的话》《韩同志和监狱》。
[⑤] 何其芳：《关于写作的通信》，载《文学艺术的春天》，作家出版社，1964年，第162页。
[⑥] 何其芳：《关于写作的通信》，载《文学艺术的春天》，作家出版社，1964年，第164页。

对于创作的看法。何其芳说:"那些成熟得比较早的作者,那些很有才能的作者,大概是不会有我这样的经验的。而一个平凡的人,当他的生活或他的思想发生了大的变化的时候,他所写的东西的内容和形式往往不是他很熟悉的,就自然会反而显得幼稚和粗糙。这就是说,他还需要成长和学习的时间。在那些时候,由于否定了过去的风格而新的风格又还没有形成,由于否定了过去的艺术见解而新的艺术见解又还比较简单,只是强调为当前的需要服务,只是强调内容正确和写得朴素,容易理解,而且由于没有从容写作的时间,常常写得太快,太容易,这也是一些原因。现在看来,只讲求艺术的完美和不讲求艺术的完美,都是不行的。"[①]他强调的"只讲求艺术的完美和不讲求艺术的完美,都是不行的。"这种矛盾冲突在何其芳延安文艺座谈会之后的创作中是存在的。他在《〈文学艺术的春天〉序》中说,思想对于作家来说是非常重要的,但一个作家的政治思想、艺术思想、艺术上成熟的程度这三者并不一定在任何时候都是平衡的。艺术修养并不一定是自然地就"随着政治思想的提高而提高",因为它们说到底是两回事。但总的说来,一个作者的政治思想发生了较大的变化,他的艺术思想、艺术形式、艺术风格也总是要或快或慢地发生较大的变化的。因此,用他早期的那种艺术形式风格来写反映新生活新思想的散文,那是不可能的。因为新的内容总是要决定我们的形式和风格的革新,总是要寻求新的形式,形成新的风格。[②]同时他认为,反映新生活新思想的散文、杂文应该努力达到思想和艺术以及内容和形式的高度统一,并坚信这种高度统一是可以达到的。不过,他自己也承认1944—1947年在重庆写的那些杂文暂时还没有达到这样的统一。[③]何其芳所说的"政治思想、艺术思想、艺术上成熟的程度这三者并不一定任何时候都是平衡的"[④],说明他也认识到这三者在创作中整合是困难的,只能做出某种选择和牺牲。何其芳说他重庆时期的杂文"暂时还没有达到"三者的融合,其实原因在于过于突出"政治思想"。

延安文艺座谈会之后,何其芳基本放弃了短小精练的诗歌创作,而且在写作杂文、散文、文艺评论时文章也是越来越长。他在诗歌创作上一再强调"精练"的重要性,在何其芳早期的散文中这种精练的追求也比比皆

---

① 何其芳:《散文选集》,人民文学出版社,1957年,序第2—3页。
② 何其芳:《〈文学艺术的春天〉序》,载《何其芳研究专集》,四川文艺出版社,1986年,第338页。
③ 何其芳:《〈文学艺术的春天〉序》,载《何其芳研究专集》,四川文艺出版社,1986年,第338—339页。
④ 何其芳:《〈文学艺术的春天〉序》,载《何其芳研究专集》,四川文艺出版社,1986年,第338页。

是。诗、散文、短篇小说三者在何其芳的京派时期是相通的,这也是京派艺术特征之一。但延安文艺座谈会之后他在散文创作上走的是去精致化的道路,创作不再追求精致,而本应"追求精致的诗歌"他又几乎放弃了创作,在这种矛盾中体现出何其芳的放弃与无奈。

全国抗战爆发后,何其芳积极通过文学活动参加抗日及唤醒民众的工作,自己的思想与创作也进一步变化,参与"周作人事件"论争使自己孤立,也成为他走向延安的重要原因之一。再加上面临创作上的转变,现实的压迫也迫使他起来反抗,所以何其芳最终走向延安。1938年8月31日到达延安至1942年5月2日延安文艺座谈会的召开,这将近4年的时间,是何其芳思想与创作发生转变的时期。何其芳固有的文学追求,导致这一转变的过程异常复杂和困难,这中间夹杂着"新我"与"旧我"的巨大冲突与矛盾。何其芳曾说一个知识分子的感情是复杂的,要完全抛弃过去的阴影成为一个新的乐观的人非常困难。经过一年与自己的斗争,他感到比以前快乐和强健多了。[①]转变确实对何其芳来说是不易的,并不像其所说的经过一年的斗争,就变得快乐与强健,相反是更加的苦闷与彷徨,表现为思想倾向"新我",但在现实中"旧我"又苦苦地纠缠让他无法摆脱。

首先,从思想上说,周扬通过《夜歌》评价何其芳,说《夜歌》反映了他作为一个小资产阶级知识分子并带有唯美倾向的诗人走到革命队伍,并努力转变自己的历程。一方面对光明未来充满渴望;另一方面又留恋往昔,透露出知识分子与过去告别的复杂心态。此时,美国民主诗人惠特曼和马克思列宁主义思想影响了何其芳,使他渴望新的民主,欢呼历史上一个崭新时代的到来。[②]其实,周扬从《夜歌》中感受到了何其芳的"新我"与"旧我"的矛盾与斗争的激烈。黄药眠试图解释为什么何其芳在"新我"与"旧我"的矛盾冲突如此强烈,他说何其芳一面对光明表现着爱慕,对自己感到惭愧,而另一面对于过去则又以悲痛的心情去怀念。这自然不是诗人在黑暗的过去中最受磨难的阶层的缘故,而是诗人本身出身于一个比较优裕的家庭的缘故。他虽然对于那些受难者表示同情,但对于这个从小就抚育着他的旧社会,始终还有点温情的眷恋。[③]此说颇有道理。也有论者主要关注《夜歌》积极的一面,劳辛在《评〈夜歌〉》中就认为《夜歌》尽管有抒写个人

[①] 何其芳:《为人类工作》,《现代文艺》1940年第2卷第1期。
[②] 周扬:《〈何其芳文集〉序》,《人民日报》1982年3月3日。
[③] 黄药眠:《读〈夜歌〉》,《中国诗坛》1946年光复版第3期。

情感的倾向,但何其芳毕竟是一个新的集体中的一分子,虽然未能深入人民群众,在思想情感上也还未与劳动人民打成一片,但却给我们带来了一个过去诗歌中未曾出现过的境界。虽说何其芳当时的追求还显得有些空泛、茫然,但这总是一个基础,一个能够接受作者所说的"伟大的思想改造的基础"。① 总之,何其芳在这一时期的思想转变是痛苦的、复杂的。

其次,从创作上来说,何其芳尽管想用语言的形式来接近工农兵,接近集体,但他那颗曾经极度追求唯美主义的心并没有完全沉睡。黄药眠说革命的内容是需要革命的形式来传达的,也许是由于作者过去的爱美的作风限制着他形式的改革。很可惜的是,在《夜歌》里面,尽管他在措词造句上已变得更口语化,但还没有任何迹象表明他在企图从整个作风上去改造他自己的形式。②

除此之外,还有一个特例可以佐证黄药眠的说法。

1937年6月何其芳将《还乡杂记》编选完成后邮寄给靳以交上海良友复兴图书印刷公司出版,因全国抗战爆发,1939年8月1日初版才印刷出来,书名为"还乡日记"。直到1941年1月,郑克才从浙江给何其芳邮寄了一本,何其芳看到后说,良友还是把它印出来了,只是把书名印错了一个字,后面少了三篇半。后来得知是在战争中失去了一部分原稿。何其芳说:"然而当时,虽说到前方跑了一些日子,知识分子注意小事情,尤其是与自己有关的小事情的坏脾气还是浓厚地存在着的,我发见了这些错落后颇不满意。"③他很快就给靳以写信,要他转告书店,停止再印。也是何其芳的这种执意要求,这本书良友后来就真没再印。曾经的唯美主义作家何其芳,到了这时依然在追求着作品的完美,这就说明了他思想与创作转变过程的复杂性。

1942年,延安文艺座谈会的召开及整风运动的持续推进,使何其芳的思想发生了质的变化,座谈会之前思想上"新我"与"旧我"的矛盾似乎解决,彻底走向了"新我"。何其芳积极按照《讲话》精神"改造自己,改造艺术",停止了创作自我抒情性强的诗和散文。在1944年4月去重庆之前,何其芳成为知识分子改造的好典型,这其实也表明何其芳思想上已经是革命作家了。从何其芳两次重庆之行的思想与创作上看,他已经成了真正的革

---

① 劳辛:《评〈夜歌〉》,《文联》1946年第1卷第1期。
② 黄药眠:《读〈夜歌〉》,《中国诗坛》1946年光复版第3期。
③ 何其芳:《何其芳全集》第一卷,河北人民出版社,2000年,第316页。

命作家。

1947年3月,因国共关系恶化,何其芳也撤离重庆回到延安,结束了长达一年半的第二次重庆之行。臧克家回忆在重庆时期的何其芳,他说:"在重庆的时候,我对其芳是很钦佩的,虽然个人接触并不多,说不上'亲密'。他从一个京派作家,一变而成为革命文艺战士;他用'画梦'的笔写出洋洋洒洒的战斗文章,的确令我肃然起敬。"[①]臧克家所说的何其芳写出的"战斗文章"自然包括在重庆期间创作的杂文,也包括报告文学和文艺批评、诗。尤其是文艺批评成为何其芳此时及以后文学活动所侧重的方面,他在重庆期间写作的文艺批评后来结集为《关于现实主义》。有论者就指出,从1942年延安文艺座谈会后到1952年,何其芳的文艺批评还是侧重于政治批评,与其说是他在努力科学地把握马克思主义的文艺学原理,解决文学艺术领域的现实或历史问题,不如说他是凭着政治上的热情和愿望在主动地把文艺批评比较简单地视为宣传党的方针政策和从事思想斗争的武器;这一时期所写的批评文章,一般都较多地受制于外在客观因素(主要是政治因素)的影响,较少发挥出在理论眼光和批判作风上的内在主观因素,共性多于个性。[②]这也恰恰说明何其芳在整风运动之后发生的变化事实,即倾向"政治性"。如果说整风运动特别是《讲话》使何其芳思想与创作都发生了变化,那么两次重庆之行就是用实际行动来表现这些变化。身份上他任党的文化官员,创作上转向工农兵,文艺批评上努力宣传毛泽东文艺思想,这些都鲜明地表明何其芳从唯美主义作家向革命文艺家转变的完成,难怪臧克家说他"一变而成为革命文艺战士"了。

1947年3月,何其芳撤回解放区。同年10月底,他到河北平山县西柏坡中央工作委员会工作。10月30日,任朱德总司令秘书。11月,随朱总司令在冀中平原调查。1948年1月,他在河北平山参加老区土改工作,新中国成立后有《西回舍》一诗纪念这段岁月。1948年11月,调马列学院任国文教员。1948年的除夕,他参加中央机关在西柏坡举行的盛大会餐,毛泽东在人群中认出了在外貌上变化很大的何其芳,风趣地说:何其芳,你

[①] 臧克家:《抬头看手迹 低头思故人——追忆何其芳同志》,载《衷心感谢他》,上海文艺出版社,1987年,第32页。
[②] 廖全京:《论何其芳文艺批评的风度》,载万县师范专科学校、四川省万县文化局编《何其芳学术讨论会论文集》,1987年,第61—62页。

的名字是一个问号。①毛泽东的说法对何其芳来说有着深刻的寓意，这是继上一次说他"松树性少，柳树性多"后的又一次意味深长的评价。1949年3月，何其芳参加中华全国文学艺术工作者代表大会的筹备工作。自此至他逝世前，曾任第一、二、三届全国政协委员，第三届全国人民代表大会代表，中国文联全国委员会委员，中国作家协会理事、书记处书记等职。1949年9月21日，中国人民政治协商会议召开，何其芳参加了大会。为记录大会动人心魄的时刻，在艾青的鼓励下，何其芳写诗《我们最伟大的节日》，这是自1947年返回解放区到新中国成立写作的唯一一首诗。这期间何其芳只同张如松选编完成了《陕北民歌选》，并撰写了序言。1949年创作的《我们最伟大的节日》这首对祖国"大我"充满赞美的颂歌，更坐实了何其芳革命作家的身份。他在1946年创作的《新中国的梦想将要实现》（收入《夜歌和白天的歌》时，改名"新中国的梦想"）中有如下诗句：

> 好长的路！
> 好曲折的路！
> 多少人倒下了
> 而又多少人继续走下来的路！
> 终于走成了一条异常广阔的路！②

这似乎恰当地概括了何其芳从一个唯美主义作家转变为革命作家的复杂过程。对何其芳的转变而言确实是"好长的路！好曲折的路！"，"多少人倒下了"，但他"继续"下来了，只是并非如他自己所言："走成了一条异常广阔的路"，对于他的文学生涯来说，反而是走上了一条狭窄的路。

---

①何其芳：《毛泽东思想的阳光照耀着我们》，征求意见本，1977年，第119页。
②何其芳：《新中国的梦想将要实现》，1946年2月初作，载《联合特刊》1946年第1卷第3期。

第七章　新中国成立后何其芳现代诗创作道路

"涌现工农新艺苑,变更文学旧模型",这是何其芳1975年6月6日晨1时40分所写《忆昔》组诗第十四首中的一句。何其芳以这十四首组诗纪念《在延安文艺座谈会上的讲话》发表三十三周年,同时也回顾了自己文学人生所走过的坎坷道路。"涌现工农新艺苑,变更文学旧模型"不仅是延安文艺座谈会后何其芳文学创作的追求,更是他对文学的希望和憧憬,这表明了他在延安文艺座谈会后文学创作观的改变——试图在作品中呈现出积极响应毛泽东文艺思想、努力践行讲话精神的面貌。对于一个曾经的唯美主义诗人来说,这一过程是十分艰难的,但自延安文艺座谈会后到新中国成立后,再到何其芳去世前夕,无论是在现代诗创作还是古体诗创作、诗歌翻译,甚至是小说创作上都能看到他所做出的艰辛努力。尤其是现代诗创作方面,何其芳曾经多次强调,"自己终归是个诗人",他的现代诗创作无论前期还是后期都倾注了最多的心血。"变更文学旧模型"是一种宣誓也是一种践行,延安文艺座谈会后,特别是新中国成立后,何其芳提出"现代格律诗"的理念,并在现代诗创作及翻译诗歌的过程中进行试验。纵观何其芳的诗歌创作历程,"现代格律诗"的提出并非突发奇想,他从新月时期、京派时期、延安时期的创作一路走来,通过切身的创作活动不断探索中国新诗未来之路,在此过程中坚守诗歌的艺术审美,也有过对非艺术性的妥协,并在二者的矛盾中逐渐蜕变。在诗歌创作中,何其芳早年的"唯美主义"追求或隐或显,但其内部的血脉却是紧密相连的,从某种意义上说,这种追求在他的文学道路上始终起着支配作用。

第一节　新中国成立后现代诗书写

一、现代诗创作的概况

（一）结集出版情况

何其芳在新中国成立后创作的现代诗大多收录在1979年4月由上海文艺出版社出版的《何其芳诗稿（1952—1977）》一书中。应原上海人民出版社之约，他打算将自己新中国成立以来创作的诗歌整理出版，可出版工作还未完成，他在1977年7月24日就离开了人世。最后，在其夫人牟决鸣的搜集整理下，这本诗稿终于在1979年4月与广大读者见面。《何其芳诗稿（1952—1977）》主要收录了何其芳新中国成立以后创作的为数不多的现代诗和古体诗，之所以将这个集子命名为"何其芳诗稿"而非"何其芳诗集"，是因为其中的一部分诗歌是何其芳生前在报纸杂志上发表过的，而有一部分是由牟决鸣从何其芳的诗稿本上抄录而来的、从未面世过。

对于《何其芳诗稿（1952—1977）》中那些从未发表过的诗歌，牟决鸣在《〈何其芳诗稿（1952—1977）〉后记》中写道："可能有些诗他自己认为还需要修改，甚至并不准备拿出来发表。"[①]牟决鸣认为，何其芳在这一时期还存有部分未发表诗歌的原因，不仅是因为他的骤然离世，其中也可能包含着他自己不想发表的意思。从牟决鸣对这个问题的两种猜测，可以推断出两个结论：一是何其芳对自己未发表的这部分诗歌并不十分满意，认为这部分诗歌还有修改、提升的空间；二是由于某些特殊的原因，何其芳不愿意让这部分诗歌面世。结合何其芳的性格、人生经历、诗歌创作经历等方面的因素来看，笔者通过牟决鸣的两种猜测而得出的两个结论有一定合理之处。

首先，何其芳对于诗歌创作怀着严肃的态度，他对诗歌的质量有着非常高的要求，这一点从他更早之前的诗歌创作中所表现出的对辞藻、节奏、韵律等诗歌艺术的追求就可以看出。尽管他在整风运动中对自己前期的诗歌创作进行了大量的批判、反思，甚至否定，但他内心对于诗歌艺术的追求却从未停止过，这一点从他1953年提出现代格律诗主张、在《写诗的经

[①] 何其芳：《何其芳诗稿（1952—1977）》，上海文艺出版社，1979年，第154页。

过》一文中对诗歌创作的描述及在《诗歌欣赏》一书中对现代诗诗艺部分的评价便可见一斑。从《写诗的经过》一文可以看出,何其芳既重视诗歌的思想性,也强调诗歌的艺术性,在他眼里,真正的诗歌应该是这二者的和谐统一。在《诗歌欣赏》一书中他也表达了类似的看法,这本书从鉴赏诗歌的一些方法谈起,认为新鲜、有特色的构思对于诗歌创作十分重要。继而通过对其他诗人创作诗歌的分析与评价,表达了他对新诗形式的看法:

> 它们都是用的新诗的形式,而且是近几年来比较流行的一种新诗的形式。每一节的行数是固定的,也押韵,这很象格律诗;但每一行的节拍的多少没有规律,却又和自由诗一样。我曾叫这种形式为半自由诗体……比起每行的节拍更有规律的民歌体来,这种诗不容易被记住。这是一个缺点。①

由此可见,何其芳对于诗歌艺术的追求是一以贯之的。好的诗歌应该达到思想性与艺术性的统一,何其芳不仅以此作为评价诗歌优劣的标准,也以此作为自己诗歌创作的标准。新中国成立后,何其芳创作的每一首现代诗用时几乎都很长,除了因为他工作繁忙,缺少创作时间外,也与他对诗歌创作的严肃态度和较高的要求不无关系。

其次,《何其芳诗稿(1952—1977)》中部分诗歌未能在何其芳生前发表或许是何其芳自身的原因。新中国成立初期,为统一全国的文化思想,毛泽东对知识分子提出了"自我教育,自我改造"的要求,周扬代表中央对知识分子提出了具体的改造要求:

> 我们中间的许多人出身于没落的封建地主或其他剥削阶级的家庭,就教养和世界观来说,基本上都是资产阶级知识分子。……我们投身于工人阶级的解放事业,但存在于我们脑子里的资产阶级个人主义的思想、情绪和习惯却没有根本改变。②

毛泽东对文艺界进行全面的整风的目的,是帮助文艺界克服脱离政治、脱离群众,迁就资产阶级、小资产阶级的错误倾向,端正文艺创作思想

---

① 何其芳:《诗歌欣赏》,作家出版社,1962年,第13页。
② 周扬:《社会主义现实主义论文集》第二集,上海文艺出版社,1959年,第108页。

和服务方向。这次整风运动在当时的文艺界掀起了不小波澜,不少作家、文艺工作者都小心翼翼,如履薄冰。面对文学界的批评运动,何其芳希望通过改造自己、提升自己的思想水平,从而在创作中既能适应新政权的要求,又能实现自己在文学上的理想,他在新中国成立后不久给沙汀的一封信中这样写道:

> 你说读日丹诺夫报告等很得益处,我十分为你高兴。以你的修养和写作经验,如能按照毛主席新方向去参加革命的新生活,经过一些时候之后,一定可以写出一些更好的作品来的。①

这封信写于1951年,从何其芳给沙汀的建议中可以看出,他对于这一时期的文学批评运动,一方面展现出来的是积极改造的一面,对自己曾经的一些内容较为消极的作品进行了删改。在《夜歌》重版后记中,他明确表示:"但愿读我这个集子者,带着一种严格的批判的态度来读;而偏爱我的作品者,超越过这本书,超越过两年以前的我,走向前去!"②可见,对于毛泽东所指引的新方向,何其芳是一个完全的践行者,这一点在他的书信和文章中都有所展现。另一方面,何其芳出身于地主家庭,在新中国成立初期的政治语境中,地主作为剥削阶级,是人民的敌人,是需要改造的对象。参加革命后的何其芳一直与自己的地主家庭保持着距离,到了延安之后他便没有再回过家,甚至曾在自己的诗歌中批判过自己的祖父和父亲。尽管如此,在当时的政治语境下,地主这一剥削阶级家庭的出身是何其芳无论如何也摆脱不掉的政治污点,这对长期批判自己,甚至不惜以否定自己的过去为代价来改造自己的何其芳来说,无疑会让他敏感脆弱的心灵更加焦虑不安,再加上新中国成立前从延安前线仓皇而归的经历,双重的心理折磨和精神压力使得他不愿再轻易地表露自己内心真实的想法,甚至不再写诗。

1952年,在众多热心读者的鼓励下,多年未写诗的何其芳重拾自己对于写诗的热情,开始创作《回答》一诗,直到1954年才完成。然而这首诗发表之后不到半年,各种曲解、批判层出不穷,又严重地打击了何其芳重回文坛的信心,也使得他从那以后很长时间不再提笔写诗。因此,当时特殊的

---

① 何其芳:《何其芳全集》第一卷,河北人民出版社,2000年,第9页。
② 雨露、杜黎明等编:《何其芳精选集》,远方出版社,2004年,第145页。

政治环境使得何其芳内心所产生的矛盾与分裂及其再遭批判的阴影也可能是他新中国成立后创作的部分现代诗没有发表的原因。

《何其芳诗稿(1952—1977)》一书中的部分现代诗未曾发表的原因除了上述两个方面之外,笔者还发现了一些其他的因素。其一是何其芳在"文革"期间被打为"黑帮""反革命修正主义分子",从而被剥夺了写诗及发表诗歌的权利;其二是"文革"期间被下放干校且不断遭到批判,他的身心受到了巨大的损害,这对他诗歌创作产生了消极的影响。正如研究者所说:"他诗歌的翅膀已经在长期的荒废中被折断,心灵的真诚和思想的锋芒都已经被时间的废墟蒙上了阴影。"[1]何其芳的创作热情减弱了,创作能力也大不如前,这一时期的诗歌大多偏叙事,艺术性逊色于此前的创作,《人民日报》曾拒绝发表其《我控诉》一诗,虽然这首诗1978年(何其芳逝世后)发表在了《天津文艺》上,但是何其芳"文革"后所创作的诗歌的艺术水平的退步是显而易见的。

(二)诗歌的数量、创作时间

上海文艺出版社1979年4月出版的《何其芳诗稿(1952—1977)》一书收录了何其芳在新中国成立后创作的现代诗和古体诗。其中,现代诗收有26首,古体诗收有44首。现代诗部分包括:《回答》(1952年1月写成前五节,1954年劳动节前夕续完)、《讨论宪法草案以后》(1954年8月31日)、《我好象听见了波涛的呼啸》(1954年9月3日)、《有一只燕子遭到了风雨》(1956年9月1日改定)、《海哪里有那样大的力量》(1956年9月21日改定)、《听歌》(1957年3月2日)、《赠杨吉甫》(1957年4月8日)、《赠范海亮》(1958年11月14日)、《夜过万县》(1958年12月9日初稿,1961年8月17日改定)、《重游南开》(1963年8月29日)、《西回社》(1964年2月15日)、《张家庄的一晚》(1964年2月20日)、《我们的革命用什么来歌颂》(1965年10月5日)、《欢呼我国第一颗人造卫星上天》(1970年4月25日)、《写给寿县的诗》(1971年7月10日)、《堂堂的中国回到联合国》(1971年12月27日)、《北京的早晨》(1972年10月3日作,1975年2月6日修改)、《北京的夜晚》(1972年10月11日)、《我梦见》(1974年1月2日到3日)、《有某个伊凡》(1975年12月下旬初稿,1976年9月17日改定)、《深深的哀悼》(1976年9月17日初稿,11月25日修改)、《我控诉》(1976年11月20日初稿,1977年6

---

[1]贺仲明:《喑哑的夜莺——何其芳评传》,南京师范大学出版社,2004年,第259页。

月11日第四次修改)、《怀念我们敬爱的周总理》(1976年12月17)、《悼郭小川同志》(1977年1月27日初稿,2月4日修改)、《我想起您,我们的司令员》(1977年6月2日)、《读吉甫遗诗》(1977年5月31日)。

从新中国成立到何其芳逝世,这长达28年的时间里,他仅创作了26首现代诗,平均每年的创作量不到1首,这样的现象发生在诗情洋溢、热爱诗歌创作的何其芳身上多少是有些令人惊讶的。当然,何其芳在新中国成立后诗歌创作数量明显减少,存在着客观和主观两方面的原因。

客观上来说,从新中国成立到"文革"这一时期,何其芳忙于工作,几乎没有时间写诗,繁忙的工作和沉重的工作压力使得他没有时间和精力来"写诗或酝酿诗",据何其芳夫人牟决鸣的回忆:

> 他把他一天的工作总是排得满满的,但他自己除了工作之外,还得写点什么,因此他就只好挤睡眠的时间。他每晚经常是从九点或十点钟起一直工作到深夜四、五点钟(应该算是第二天的时间了)才开始睡觉……我算了算,他一夜最多只能睡二—三个小时。[①]

从牟决鸣的回忆中,我们可以了解到的是,《何其芳诗稿(1952—1977)》中创作于这一时期的诗歌几乎都是何其芳利用零星的时间写出来的,如临睡前、午睡后、深夜工作之余,连创作的时间都如此紧张,更不用说修改润色和拿去发表了。何其芳自己也曾表示过这样的无奈:"写诗一直是我的业余活动,而且后来连业余的时间也轮不到它了。"[②]可以看出,工作的繁忙是何其芳这一时期创作数量少的一个重要因素。1966年到1970年间,何其芳创作的诗歌仅有一首——《欢呼我国第一颗人造卫星上天》。1969年冬天,他与许多学者及作家被下放到了河南息县干校劳动。干校的生活辛苦劳累,而且在此时何其芳疾病缠身,他不仅患有严重的脑血管硬化症,经常头晕目眩;还患着严重的心脏病,经常心绞痛。在这种情境下,何其芳根本没有时间和精力投入创作活动中。1970年12月,何其芳通过多次的努力,终于得到了回北京养病的机会。这时,他的病已非常严重,而他的妻子和儿女也无法在身边照顾他,因此,他既要独自去看病,又要自己料理家务。1972年,他又陷入了《红楼梦》批判风波。这一年,李希凡对

[①] 何其芳:《何其芳诗稿(1952—1977)》,上海文艺出版社,1979年,第151—152页。
[②] 何其芳:《写诗的经过》,载《关于写诗和读诗》,作家出版社,1956年,第104页。

他的《红楼梦》研究进行了批判,并认为他是"修正主义的文艺黑线人物"①,随后上纲上线,指责他"为赫鲁晓夫的反革命改变制造舆论,是为反对伟大的马克思主义者斯大林而放出的一颗黑色信号弹"②。被李希凡点名批评的何其芳迅速写文对李希凡的指责进行了反驳,但是,这次申辩不仅没有洗刷掉自己的罪名,这篇文章反而被作为"文艺界右倾翻案的代表作",他也因此再次受到批判。在这样的境况下,何其芳在1972年至1975年间仅写了《北京的夜晚》《我梦见》《北京的早晨》三首诗。

其次,何其芳这一时期诗歌创作数量的减少也与当时的文化环境有一定关系。新中国成立初期,何其芳在马列学院担任教学工作,他的主要工作是学习和研究各种理论。由于整风运动的开展,这一时期,何其芳不得不写大量的文学评论以证明自己的思想改造。除了自我批评以外,还包括对其他作家的批评。

> 新中国成立后的周扬担任了文艺界的主要负责人,也自然对何其芳进行了重用。他委派何其芳参与了第一次文代会的筹备工作,并鼓励何其芳参加文学界的许多批评活动。③

这一时期的何其芳给人的印象比起诗人、散文家的身份,更像是一个批评家,他的形象似乎也随着文化环境的"政治化"而发生了异化。何其芳的文学批评基本上立足于毛泽东的《讲话》,大多数是与政治挂钩的,在他参与的批评活动中,最重要的是对胡风的批评。在《现实主义的路,还是反现实主义的路?》中,何其芳就胡风《论现实主义的路》一文中的"现实主义"问题发表了自己的意见:

> 不难看出,胡风的这些看法也正是和毛泽东同志所说的思想改造及其道路相反的……而改造的道路只能是参加实际斗争和学习马克思列宁主义。胡风所讲的"思想改造"却是原封不动。④

---

① 韩进廉:《红学史稿》,河北教育出版社,1989年,第413页。
② 李希凡、蓝翎:《红楼梦评论集》,人民出版社,1973年,第326页。
③ 贺仲明:《暗哑的夜莺——何其芳评传》,南京师范大学出版社,2004年,第186页。
④ 何其芳:《现实主义的路,还是反现实主义的路?》,载《何其芳全集》第四卷,河北人民出版社,2000年,第24页。

从何其芳对胡风的批评不难看出,当时的文艺批判已经上升到了政治的高度,尤其是被周扬委以重任的何其芳,在进行文学批评活动的文章中,难免带有政治色彩。同以前相比,他要写的评论文章和要参加的社会活动更多了,但他的生活中能够引发诗情的事物却更少了,这也是何其芳在新中国成立之后创作现代诗较少的客观原因之一。

从主观方面来说,何其芳是热爱诗歌的,这一点毋庸置疑。他曾多次表示自己不喜欢写批判他人的政论性文章,并为自己曾因其他事情的拖累而没有专心进行文学创作而感到深深的遗憾。他曾在写给好友杨吉甫的信中说"创作是我的第一志愿,研究是我的第二志愿……"[①],并在信中表示自己想继续写诗。他也曾在与他人的通信中这样描述自己的文学理想:"毛主席《在延安文艺座谈会上的讲话》发表以来三十五年中间,我主要是做文学批评和文学研究的工作,很少写诗写散文。要是可能,我将来还要写诗、写散文、写长篇小说。"[②]何其芳对创作的渴望在延安时期就有过表露,据和他一起在延安工作过的陈荒煤回忆,何其芳从前线回到延安后有一天晚上来到他的窑洞与其交谈,在谈话中,何其芳竟认真严肃地作了检查,原因是他认为报告文学没有什么艺术价值,不过是政治的需要,而这种思想却与毛泽东提出的"政治标准第一,艺术标准第二"的指示相违背。所以,对于自己从前线回来后对报告文学的不重视,何其芳认为自己应该作严格检查和批评。这种自我检查与批评对何其芳自己来说是真诚的也是真实的。陈荒煤回忆道:

> 我笑了。他不高兴了,他说他是认真检查这个问题的……他说他也不满足于写诗,认为诗究竟不能概括伟大的历史时代,他还想写长篇小说哩。于是,我们共同作了检查,高高兴兴谈了许久。[③]

从陈荒煤与何其芳的对话看,何其芳始终保持着作为文学家对创作本质的渴望,而且是偏文学性的创作,这也并非何一个人的想法,即使是在延安这个特殊的时期,他所在的文学圈子里普遍存在着这种默契,即报告文学的现实功利性与文学家追求文学的审美性之间存在隔膜。这也预示着

[①] 何其芳:《何其芳全集》第八卷,河北人民出版社,2000年,第56页。
[②] 巴金:《衷心感谢他——怀念何其芳同志》,载《衷心感谢他》,上海文艺出版社,1987年,第2页。
[③] 陈荒煤:《忆何其芳》,载《陈荒煤文集》第二卷,中国电影出版社,2013年,第74页。

何其芳后期在文学语境的紧张或舒缓中会压抑或释放创作的冲动。在何其芳的内心深处,他对文学创作的热情与渴望一直存在,他的文学梦只是因为工作等方面的缘故暂时搁浅了,但是并没有随着岁月的流逝而消散殆尽。

在新中国成立后长达28年的时间里,何其芳创作的诗歌数量为何如此之少呢?归根结底这又与他对诗歌的钟爱及其对诗歌质量的高要求是分不开的。正是由于他爱诗,他才总把写诗看作是一件严肃的事。何其芳1953年在中国文学艺术工作者第二次代表大会上作了题为"更多的作品,更高的思想艺术水平"的发言,其中说道:

> 我们的创作基本上是沿着正确的方向在生长,在发展,因而在政治倾向上、题材上和艺术作风上一般都具有很进步的性质,这是情况的一个方面。但是,优秀的作品还太少,一般的作品在思想的深刻上和艺术的完美上和它们的进步性质还很不相称,因而不能满足人民的要求。这是情况的又一个方面。①

何其芳在发言中所指的对象虽然是当时的一些工农兵作者,但实际上也代表了他自己的心境。他自己这一时期创作数量少的原因也是缺乏诗歌创作的冲动,未能创作出更多令他自己满意的作品,因他对诗歌的钟爱而对其表现出一种忠诚的态度,作为一个真正的诗人,他不满意,也不愿意随波逐流,去写那种迎合时代潮流却忽视诗歌思想性和艺术性的作品。

二、现代诗创作的原因及背景

(一)现代诗创作的原因

1949年何其芳为庆祝新中国成立,创作了那首脍炙人口的《我们最伟大的节日》,之后在长达5年的时间里,他的诗歌创作陷入了沉寂,此时的他心中充满了矛盾与痛苦。一方面,他积极参加各种文学批判运动,但参加的很大一部分原因是出于被动:

---

①何其芳:《何其芳全集》第四卷,河北人民出版社,2000年,第254页。

新中国成立后何其芳参与对胡风的批评,是由周恩来亲自点定的……周恩来在复信中同意了周扬的意见,同时建议"参加的人还可加上胡绳、何其芳",何其芳才无可选择地成为其中的重要成员。①

另一方面,他在各种文学批判运动中所批判和否定的那些文学观念,正是他曾经秉持的创作观念,即使到了眼下,他在内心深处也并没有完全抛弃那样的观念,然而由于文化环境已然"政治化",他不得不在众人面前想尽办法地批判它、否定它,这无形中使得何其芳的内心产生了一种被撕裂的痛苦。正如研究者所说:

> 在那个政治与艺术极难合一的年代里,他必然要面临一种痛苦的内在矛盾和人格分裂。他所尊崇的时代政治观念与他现实中的切实感受常常是恰好互相对立的,但它们却又被矛盾地统一在他的人格世界中。这正是他的二元性,正是他将局限性与进步性合为一体的矛盾性。②

时代语境如此,内在的矛盾和人格的分裂使得何其芳在绞尽脑汁地写批判文章时,更加怀念自己曾经进行文学创作的日子。他在1952年为《西苑集》写的序言中表示自己想暂停论文的写作,抽出一些时间继续进行文学创作。他感叹说:"我现在是多么渴望能够写出一些热情的作品,有思想的作品,可以让我不是带着惭愧的心情来献给读者的作品呵!"③可见,在这一时期,何其芳的内心是十分渴望进行文学创作的。而且,何其芳从1942年诗歌创作最早陷入瓶颈期时便一直收到读者的来信,许多读者言辞恳切地希望他能够继续写诗。他在《写诗的经过》一文中曾披露过读者的来信:

> 请求你多为我们写诗,写关于科学进军的,或者是关于友谊的……我们爱诗,爱一切美好的诗的语言。我们爱它的刚强,爱它的温柔,爱它的激烈,爱它的诚挚,爱它的恳切……请为我们写一点什么吧!

---

①贺仲明:《喑哑的夜莺——何其芳评传》,南京师范大学出版社,2004年,第187页。
②应雄:《二元理论、双重遗产:何其芳现象》,《文学评论》1988年第6期。
③何其芳:《西苑集·序》,易明善、陆文璧、潘显一编《何其芳研究专集》,四川文艺出版社,1986年,第286页。

我们等着。①

面对读者如此情真意切的恳求,何其芳一方面感受到了作为一个诗人的骄傲,另一方面,读者的期待也重新点燃了他深藏于内心的创作热情。

正是在这种内外因的双重激励下,何其芳在1952年开始创作《回答》,他迫切地想要在这首诗中表达自己长久以来的疑惑,希望能够得到他人的帮助。直到1954年,这首诗才全部写完。然而,这首诗发表不到半年,何其芳便招致了来自各方的批判,其中影响较大的有《要以不朽的诗篇来讴歌我们的时代》《这不是我们期待的回答》《不健康的感情》。

批评的主要落脚点在诗歌的感情上,认为诗歌"只是在个人的狭窄的感情圈子里拍打着翅膀",并将它提到"是一个重要的教训"的高度上。②

尽管现在看来这些批评有些过度苛责或曲解,但在当时的语境下,《回答》所遭遇的否定却是必然的,这些批判也导致了何其芳诗歌创作的再次中断。直到1956年,毛泽东提出"百花齐放,百家争鸣"的口号,何其芳的文学创作才有了继续的契机。此时,人民文学出版社约请何其芳编一本自己的散文选集,他也正好借此机会对自己的文学创作进行了全面的检查和反省。何其芳深感自己创作水平的不断退步,这进一步刺激了他对文学创作的继续追求,自此,他的诗歌创作一直持续到了1965年。

何其芳在新中国成立后诗歌创作成果丰盛的又一个时期是推翻"四人帮"这一年的前后。何其芳在"文革"期间受尽了"四人帮"和造反派的折磨,他对"四人帮"误国害人的行径极为不齿与怨恨,但是苦于"四人帮"在"文革"期间的淫威敢怒而不敢言。"四人帮"一被推翻,他那郁积于心的强烈情感便不由自主地迸发出来。在这一时期,他创作的诗歌主题大致可以分为两类:一类是对"四人帮"的愤怒与控诉,斥责"四人帮"令人发指的罪行,有《深深的哀悼》《我控诉》等诗。另一类是对周总理、贺龙司令等老一辈革命家和郭小川等无产阶级作家的哀悼,表达对他们的崇敬和怀念之情,其中也穿插了痛恶"四人帮"行径的内容,有《怀念我们敬爱的周总理》《悼郭小川同志》《我想起您,我们的司令员》等诗。

---

①何其芳:《写诗的经过》,载《关于写诗和读诗》,作家出版社,1956年,第106页。
②贺仲明:《喑哑的夜莺——何其芳评传》,南京师范大学出版社,2004年,第194页。

(二)现代诗创作的背景

自1942年毛泽东发表《在延安文艺座谈会上的讲话》以来,文艺为工农兵服务的指导思想就正式被确立下来,在这次讲话中,毛泽东明确提出文学作品描写和表现的对象是广大的工农群众,无产阶级作家们要用自己的笔去表现广大的工农群众对新中国建设所作出的重要贡献,歌颂他们的光辉形象。既然文艺是为工农兵服务的,那么广大的无产阶级作家就应当创作工农兵们所喜闻乐见的文学作品。由于广大的工农兵同志文化水平普遍较低,这就要求作家们要采用质朴、口语化的语言及简单、直白的表现方式来创作文学作品。可见,在这一时期,文学作品的表现主题(即写什么)和表现方式(即怎么写)都受到了严格的控制,而且在意识形态的控制下,无产阶级作家们的创作思想一旦脱离了规定的路线,那么他们便会招致来自各方的政治批判。在这样的时代语境下,何其芳从1942年起极少写诗。1949年新中国成立,他在友人的鼓励下创作了一首歌颂新中国成立的《我们最伟大的节日》。

新中国成立初期,毛泽东为了统一全国的文艺思想,在文艺界展开了声势浩大的整风运动,这场运动的开展主要是为了改造来自国统区及受到国统区作家影响的作家的思想,让他们从身体到灵魂都"洗个澡"。在这种政治形势下,这一时期几乎每一个来自国统区或者与国统区有关系的作家都在进行自我批评和自我改造,他们或者纷纷删改自己的旧作,或者创作迎合时代潮流的文学作品,以此避免批评。[①]何其芳在这种政治环境中与其他大多数作家一样如履薄冰。因此,他一边删改甚至是否定自己曾经的文学创作,一边积极地参加各种文学批判运动,写大量的批判文章,以此来反思和改造自己的思想,期望能在顺应时代主流思想的同时实现自己在创作上的理想。然而何其芳毕竟是一位优秀的诗人,他对诗歌的敏感性和创造性远远超过了普通群众或当时的一些工农兵作者,他深知文艺具有内在的规律,政治对文艺的过度干预会破坏文学作品的艺术性,但是在当时的政治环境下,他不仅不敢提出自己内心的真实想法,而且还要去写违背内心想法的批判文章去否定自己曾经一直坚持的创作思想,这让他的内心非常矛盾和痛苦。

尽管何其芳积极地参加各种文学批判运动,但他内心对此感到非常的

---

①贺仲明:《喑哑的夜莺——何其芳评传》,南京师范大学出版社,2004年,第184页。

枯燥与压抑,这就刺激了他深埋内心的创作欲望。1954年,他的《回答》一诗问世,然而一经发表便招致了来自各方的责备和批判,这使他的诗歌创作再次陷入了低谷。

直到1956年,毛泽东提出了"双百"方针,文艺界迎来了较宽松的创作环境。新中国成立以来,政治对文艺的长期影响使得文学创作失去了应有的活力,陷入了粗制滥造、机械重复的困境。中央领导人正是看到了文学创作深陷于此的危机,因而采取措施减弱了政治对文艺的影响,使得文学界迎来了短暂的春天。在这样的政治环境中,何其芳作了《听歌》一诗,用欢快的语调歌颂了年轻的共和国的朝气:

> 就象早晨的金色的阳光
> 因为快乐而颤抖在水波上,
> 春天突然回到了园子里,
> 花朵都带着露珠开放。
>
> 它时而唱得那样低咽,
> 象夜晚的喷泉细声飞射,
> 圆圆的月亮从天边升起,
> 微风在轻轻摇动树叶;[1]
> ……

诗中大量采用比喻和通感的艺术手法,体现出一种轻柔、绮丽的风格。然而,"双百"方针给文艺界带来的春天是短暂的,从1957年开始,全国又开始了轰轰烈烈的反右派斗争。尽管在这场斗争中,何其芳没有受到实质性的伤害,但他却目睹了自己的老师和朋友遭受厄运的过程,这难免会令何其芳产生一种兔死狐悲之感。[2]因而在这一时期,他创作了一些怀念故人、怀念故地的诗歌。

何其芳的现代诗创作最为集中的时期是1976—1977年,在这两年里,他一共创作了7首现代诗。在"四人帮"粉碎之后的几个月中,何其芳沉积心中已久的郁闷情绪得以释放,他的现代诗创作再次进入高潮。他在这一

---

[1] 何其芳:《何其芳诗稿(1952—1977)》,上海文艺出版社,1979年,第21页。
[2] 贺仲明:《喑哑的夜莺——何其芳评传》,南京师范大学出版社,2004年,第205页。

时期创作的现代诗既揭露了"四人帮"的罪行,表达了其对"四人帮"的憎恨,也表达了对毛泽东、周恩来等国家领导人及郭小川等无产阶级诗人的崇敬与怀念,诗歌语言质朴无华,情感真挚热烈。

新诗得不到发表使何其芳感到异常愤懑。1976年9月12日毛泽东逝世后的第四天,何其芳到人民大会堂瞻仰遗容,并于第二天下午写下《深深的哀悼》初稿。全诗从延安时期写起,回忆自己初见毛泽东的情景以及毛泽东的光辉形象,以时间为轴从毛泽东主持召开延安文艺座谈会及其在会上的重要讲话到重庆时期毛泽东的胸怀与胆识,再到推翻蒋家王朝建立中华人民共和国,热情讴歌毛泽东的领袖风范、恢宏的气魄以及无比的智慧,也批判了林彪,最后深深缅怀毛泽东。这是一首赞歌,保持了从延安时期何其芳坚持的歌颂光明的创作原则。诗的初稿共计五节,到1976年的11月25日,两个多月的反复修改并最终增加了第六节,写粉碎"四人帮"的喜悦。就在初稿完成到第六节的定稿这两个多月的时间里,何其芳本身想通过对毛泽东的缅怀表达自己极度压抑的情感,原本以为就像之前,自己写的诗作并不愁发表,甚至之前都是报纸杂志主动约稿,但情形完全变了,何其芳为发表这首诗甚至动用了能够动用的所有关系。在后面整理的何其芳书信中可以清晰地看到其中细节。正如陈荒煤所说:"这对其芳这样一个比较天真热情而又憨厚的同志来讲,这种创伤是会很深的。仅仅就他写了那么真挚的悼念毛主席的新诗,竟然找不到发表的地方这一件事,也可想象到他会有怎样的悲愤和痛苦了。他那些最后发表的诗歌之所以如此充满激情,既表达了他对'四人帮'的强烈的憎恶和仇恨,又那样热情洋溢地歌颂粉碎'四人帮'的伟大的胜利,更表达了他还满腔热忱要踏上新的长征的雄心。这些诗就是他在十年沉重压抑下猛烈迸发出来的心灵的火花!"[①]陈荒煤认为,何其芳之所以在后期诗作中如此愤懑,是因为林彪和"四人帮"的破坏,剥夺了他十年左右的创作时间,对于将创作视作生命的作家来说,自然无比压抑和苦闷。何其芳说:"毛主席逝世后,我曾写过一篇题为《深深的哀悼》的新诗;由于当时许多报刊在'四人帮'控制之下,竟没有地方能发表,一九七六年'四人帮'被粉碎后,这首诗才在十一月二十八日《人民日报》上刊登,题目改为《献给伟大的领袖毛主席》(原诗相当于

[①] 陈荒煤:《忆何其芳》,《陈荒煤文集》第二卷,中国电影出版社,2013年,第76页。

前五节)。"①"文革"后可以写诗但无法及时发表,又形成了新的抒发感情的路障,更激起何其芳的苦闷与彷徨。从这就不难理解了,为什么何其芳在生命的最后一刻,躺在手术台上被抢救过来,睁开眼睛说的第一句话就是说把《毛泽东之歌》的清样拿来,他要校对。但很快又昏厥过去,他这是在跟生命赛跑,这种心态可以说是他整个文学道路的一种典型表现。

第二节 新中国成立后现代诗的思想内容

新中国成立后,何其芳陷入了深深的矛盾与痛苦中,一方面他深知文学艺术有着自己的发展规律,过度的政治干预对文学创作不利;另一方面,受文艺界主流风向和他自身所处位置的影响,他不得不批判和否定一些曾经深以为是的文学思想。其时的政治、文化环境,使得何其芳不敢轻易表达自己内心的真实想法。然而他还是没有抵挡得住诗歌创作对他的诱惑,沉寂了5年之后再次开始写诗,终于在1954年写完了《回答》一诗,他在诗中表达了自己长久以来的疑惑,并希望有人能够为他答疑解惑。然而这首诗歌一经发表便受到了各种各样的批判,他的诗歌创作也因此再次陷入瓶颈。后来,他开始创作一些带有回忆性和革命性的诗歌,试图将自己的真实情感和"文艺为政治服务"的理念结合在一起。因而从何其芳新中国成立后创作的现代诗中可以看出两种典型的思想:一种是自我抒情思想的再现,另一种是革命主义思想的引入。

一、自我抒情思想的再现

何其芳1954年10月在《人民文学》上发表了《诗三首》,即《回答》《讨论宪法草案以后》《我好象听见了波涛的呼啸》。在这三首诗中,影响最大、艺术性最强的是《回答》,这首诗似乎又回到了何其芳表达自我情感的抒情时

---

① 何其芳:《何其芳诗稿(1952—1977)》,上海文艺出版社,1979年,第101页。何其芳心中郁结的情绪并没有因为这首诗的发表而终结,不久又接着这首诗写了《我控诉》这首长诗。何其芳说:"这首《我控诉》,从构思上说,是《深深的哀悼》的续篇或姊妹篇,是从前一首原来最后一行'花环'开始的。"[何其芳:《何其芳诗稿(1952—1977)》,上海文艺出版社,1979年,第101页]

代,谢冕对何其芳的《回答》一诗进行了这样的评价:

> 一个并不单纯的诗人的并不单纯的内心世界,无名的"惊恐",隐约地"悲恸",在那个到处欢歌的文学空间,实现了一种异常复杂的诗情,那种说不清的忧伤,极大地震撼了读者的心灵。①

如谢冕所言,何其芳在这首诗中袒露了自己的真实情绪,表达了自己这几年对于文学创作的困惑。这首诗具有何其芳的早期诗作《预言》式的含蓄,然而,这种含蓄、哀愁的抒情倾向与当时要求歌颂光明、紧跟时代、塑造英雄的文艺创作方向格格不入,因而招致了很多言辞激烈的批判。

在《回答》发表之后的半年时间里,《人民文学》上便刊登了两篇对《回答》的批判文章,《文艺报》上也有一篇。载于前者的,分别是盛荃生的《要以不朽的诗篇来讴歌我们的时代——读何其芳诗"回答"》,叶高的《这不是我们的回答》;载于后者的是署名曹阳的《不健康的情感》。这三篇批判文章都从《回答》的内容入手,通过推敲诗中的字词来质问诗人,并从总体上对这首诗歌进行了否定:

> "多么渺茫!"诗人自己一语道破了他的诗《回答》的缺点。
> 耐人寻味,应该说是诗歌的含蓄的美;但是既经寻味而仍然把握不住,那就不免流于晦涩了。《回答》里面,就有一些使人难于索解的地方。②
> 读了《回答》使人莫名其妙,读者简直被诗人抛入五里雾中了。③

从上述盛荃生和曹阳对《回答》的指责和批评中可以看出,他们认为这首诗歌最大的问题之一就是在表达上显得晦涩难懂,读者看得云里雾里,捉摸不透。但事实上,这正是何其芳《回答》一诗的高明之处,诗人在诗中采用了多层意象重叠的艺术手法来表达他内心的疑惑、惊恐和矛盾,显得含蓄而富有特色。

---

① 谢冕:《艰难的"回答"》,《诗探索》1996年第4期。
② 盛荃生:《要以不朽的诗篇来讴歌我们的时代——读何其芳诗"回答"》,《人民文学》1955年第4期。
③ 曹阳:《不健康的感情》,《文艺报》1955年第6期。

第七章　新中国成立后何其芳现代诗创作道路

一

从什么地方吹来的奇异的风,
吹得我的船帆不停地颤动:
我的心就是这样被鼓动着,
它感到甜蜜,又有一些惊恐。
轻一点吹呵,让我在我的河流里
勇敢的航行,借着你的帮助,
不要猛烈得把我的桅杆吹断,
吹得我在波涛中迷失了道路。

二

有一个字火一样灼热,
我让它在我的唇边变为沉默。
有一种感情海水一样深,
但它又那样狭窄,那样苛刻。
如果我的杯子里不是满满地
盛着纯粹的酒,我怎么能够
用它的名字来献给你呵,
我怎么能够把一滴说为一斗?[①]

在这两节诗中,诗人运用了风、船帆、河流、桅杆、波涛、火、海水、酒等意象来表达蕴含在他内心深处的真实情感。在第一节诗中,诗人将自己比喻为一条小船,"奇异的风"吹得"我的船帆不停地颤动",但诗人的心却因为这风产生了一种既"甜蜜"又"惊恐"的复杂感受。这种感受是矛盾的,一方面,这风给了诗人一种神奇的力量,诗人希望借着它重拾信心,勇敢远航;另一方面,诗人又担心这风吹得太过猛烈,会把自己的桅杆吹断,以至于他不能掌握航向,从而迷失在汹涌的波涛之中。诗歌的第二节在情感上充满了矛盾,诗人以隐喻的方式使意象含混,将自己的情感隐藏在这些意象之中,表达了诗人矛盾、痛苦的心境。"有一个字火一样灼热,/我让它在我的唇边变为沉默。/有一种感情像海水一样深,/但它又那样狭窄,那样苛刻。"[②]既然那个"字"像"火"一样灼热,那就说明对于诗人来说,那个"字"应

[①] 何其芳:《何其芳诗稿(1952—1977)》,上海文艺出版社,1979年,第3—4页。
[②] 何其芳:《何其芳诗稿(1952—1977)》,上海文艺出版社,1979年,第3—4页。

该是如鲠在喉、不吐不快的,然而诗人却宁愿承受被火灼伤的痛苦,也要让那个"字""在我的唇边变为沉默"。"有一种感情"同"海水一样深",但这种感情却很"狭窄",很"苛刻"。诗人将自己对某种事物所倾注的感情程度比作海水一样深,这表明了诗人对这种事物的热爱程度。但是因为这种感情"狭窄""苛刻",不能获得大多数人的认同,因而诗人只能将这种感情深埋在自己的心底。总之,诗人用一种含蓄的方式,将自己的情感意象化,并通过意象之间的特殊联系来表达自己内心的复杂情绪。

然而,作者所采用的这种《预言》式的含蓄,多层意象重叠的表达方式却不为盛荃生和曹阳所理解:

> 这股"奇异的风"是什么风?那个"像火一样灼热"的字,是什么字呢?又为什么"我让它在我的唇边变为沉默"呢?那种深得像海水一样的情感,是对祖国、对党、对人民的热爱?是诗的情绪?还是别的什么呢?……这些都使我猜测很久也不敢确定,这些,都造成了《回答》在被人理解上的困难。①

面对盛荃生和曹阳等人的这些诘问,何其芳从未在公开场合进行过回答或辩解,但我们仍能从他的一些文章中发现他的回应:

> 如果我们要求诗歌写得像自然科学和社会科学的论文一样,不是把它当作文学艺术作品来欣赏,不是根据它的总的倾向和主要的感动人之处来评判它……要求它写得像科学的著作一样精确和周密,我看结果是非达到干脆取消诗歌的存在不可的。②

可以看出,何其芳认为以盛荃生和曹阳为代表的批判者在对《回答》进行分析时采用的是一种机械呆板的论文分析方法,而不是赏析文学作品的方法,因而他们对《回答》的批判是片面的。而且何其芳《回答》一诗中的那些意象看似费解,然而只要联系当时的时代背景,联系何其芳的生活经历和《回答》一诗的创作历程,诗人借助这些意象所表达的内心情感便清晰明了了。曾有读者给何其芳写信抱怨说:

---

① 盛荃生:《要以不朽的诗篇来讴歌我们的时代——读何其芳诗"回答"》,《人民文学》1955年第4期。
② 何其芳:《写诗的经过》,载《关于写诗和读诗》,作家出版社,1956年,第80页。

> 我们的诗是多么少呀！可是,我们需要诗,就好像饥饿的人贪求食物一样。我们不能老读外国的诗呀！我们自己的生活是这么美好,为什么会没有我们自己的诗呢？请回答我,为什么没有？为什么会没有呢？[1]

面对读者的这种激烈的诘问,何其芳结了冰的心也开始被这些热情的语言所融化,因此他作了这首《回答》来答复读者们的诘问和疑惑,回馈读者们对他的喜爱和期盼。在诗歌《回答》中,他将自己比作孤单地漂泊在波浪中的小船——漂泊的"小船"这一意象生动形象地表现出了何其芳内心的孤独和小心翼翼,把读者比喻为"奇异的风",认为是读者的期待燃起了他心中积攒已久的创作之火。读者的认可和鼓励一方面让他感到自豪,心里充满了甜蜜,决定勇敢地继续写诗。但另一方面,诗人又担心读者的期待和催促太过强烈,从而使得他自己放弃一直以来坚守着的创作原则,在没有创作冲动的情况下去写一些不是诗的"诗"。

在诗歌的第二节中,像"火一样灼热"的是诗人内心渴望进行文学创作的热情,但是由于种种原因,他只能将自己的这种热情强行压制住,深藏在自己的内心深处。像"海水一样深"的是诗人在自己诗歌中所表达的真情,这情感虽然真挚深厚,却由于是个人情感的抒发而被视为太过"狭隘"。另外,诗人也因对诗歌创作持严肃态度而对诗歌所表达的情感要求"苛刻"。那"纯粹的酒"是指引发诗人创作欲望的情感,这种情感在诗人心中愈演愈烈,最终促成了《回答》一诗的完成。《回答》的创作不光是应了读者的期盼,也是何其芳发自内心的创作诉求,他内心那浓烈的对于创作的情感终于在漫长的空白期后结出了果实。

《回答》一诗为批评者们所诟病的地方,除了晦涩难懂以外,还在于其流露出来的感伤矛盾思想。盛荃生在《要以不朽的诗篇来讴歌我们的时代》一文中指出:"这首诗缺乏充沛的感情。"[2]叶高在《这不是我们的回答》中指出:"作者从自己的回答里流露出一种怎样无可奈何的忧郁情绪呵！"[3]曹阳则更加言辞激烈地表示:

---

[1] 何其芳:《写诗的经过》,载《关于写诗和读诗》,作家出版社,1956年,第106—107页。
[2] 盛荃生:《要以不朽的诗篇来讴歌我们的时代——读何其芳诗"回答"》,《人民文学》1955年第4期。
[3] 叶高:《这不是我们期待的回答》,《人民文学》1955年第4期。

这难道是人民的诗人应当有的健康的情感么？真令人难以相信啊！除了也许诗人有这样个人的失意外，叫我们怎么去理解这种心情呢？

诗人应该感激人民的关怀，努力用歌颂祖国、人民和人民美丽理想的诗篇来回答这种关怀。我们希望的正是这种回答，而不是别的什么抒发个人不健康感情的回答。①

可见，他们认为这首诗表达了一种"不健康的情感"，据袁洪权的分析：

《回答》文本的背后，我们看出：何其芳诗歌的自我意识太明显，他通过个人话语的建构，凸显出强烈的自我意识，以至于把现实生活的宏大叙事（国家话语）遮蔽了。②

这种"不健康的情感"指的是何其芳个人内心疑惑、忧郁的主观情绪和私人化的情感体验。在袁洪权看来，何其芳在《回答》一诗中表现出来的以自我情感体验为基础的"个人意识"，与他早前对"个人意识"的批判是矛盾的，当时的一些批评者正是察觉到了这种矛盾而大作文章。在当时的政治语境下，文学艺术被要求从群体话语方式入手来书写和歌颂集体主义，表现人民大众的集体情感体验，何其芳的《回答》显然违背了这样的时代潮流。但是，何其芳毕竟是一位杰出的诗人，他对诗歌艺术有着自己独特的看法和坚持，他认为："诗歌，更要求它自己是从生活的泥沙里淘洗出来的灿烂的金子，是从生活的丛林里突然发现的奇异的花，是从百花之精华里酝酿出来的蜜。"③正是由于他对诗歌艺术有着这种独到的理解和认识，他才能在当时的政治背景下坚持自己的诗歌创作理念，才敢冒"天下之大不韪"，创作出诗艺精巧、情感真挚的《回答》。

九

我的翅膀是这样沉重，
象是尘土，又象有什么悲恸，

---

①曹阳：《不健康的感情》，《文艺报》1955年第6期。
②袁洪权：《"文本断裂"·个人修复·不检讨行为：重读何其芳的〈回答〉》，《现代中文学刊》2012年第4期。
③何其芳：《写诗的经过》，载《关于写诗和读诗》，作家出版社，1956年，第98页。

压得我只能在地上行走，
我也要努力飞腾上天空。
你闪着柔和的光辉的眼睛
望着我，说无尽的话，
又象殷切地从我期待着什么——
请接受吧，这就是我的回答。①

诗歌第九节的开头确实笼罩着一种压抑沉重的氛围，但是诗中的比喻和抒情都是承接第八节的反问而来的。在诗歌的第八节，诗人通过一种反问的方式表达了自己要继续进行诗歌创作的决心："'那么你为什么这样沉默？/难道为了我们年轻的共和国，/你不应该象鸟一样飞翔、歌唱，/一直到完全唱出你胸膛里的血？'"②而第九节诗的开头是诗人对第八节诗中关于自己"为什么这样沉默"的回答，"沉重""悲恸""压"等词表达了诗人在"沉默"时所感受到的压抑和痛苦。这种低沉、忧郁的情绪显然与20世纪50年代那种热情激昂的时代主潮是相冲突的，何其芳自然也就不可避免地遭受当时读者的诘难。

二、革命主义思想的呈现

尽管《回答》一诗带有较强的"个人意识"色彩，但何其芳在公众面前归根结底还是作为一个改造成功的典型而出现的。他在文学作品的创造上努力贴近革命、贴近工农兵，写下了《我们最伟大的节日》等洋溢着政治热情的诗，尽管1954年发表的《回答》得到了很多负面的评价，但其中也有肯定的部分："作者在诗里所流露出来的那种对祖国的忠诚和热爱，也是应该予以正确的估计。"③除了作品中所展现的对政治主潮及对毛泽东《讲话》的贯彻以外，他在对待研究工作上也是严格运用马克思主义的立场、观点和方法来分析和解决的问题。易明善的《何其芳谈文学研究与论文写作》就体现了这一点：

---

①何其芳：《何其芳诗稿（1952—1977）》，上海文艺出版社，1979年，第6—7页。
②何其芳：《何其芳诗稿（1952—1977）》，上海文艺出版社，1979年，第6页。
③盛荃生：《要以不朽的诗篇来讴歌我们的时代——读何其芳诗"回答"》，《人民文学》1955年第4期。

> 何其芳老师在谈到做研究工作的态度和方法的时候,总是教导我们要认真向马克思主义经典作家们学习……他还引用毛泽东同志在《改造我们的学习》中的一段话来具体阐明什么是正确的研究态度和科学的研究方法……这种科学的研究态度和方法,具体体现在每一项研究工作中。①

从延安整风时期的自我改造,到新中国成立后长期担任行政职务,何其芳对党领导下的文艺工作一直都保持着拥护的态度。他在1954年发表的三首诗歌除了《回答》之外,还有《讨论宪法草案以后》及《我好象听见了波涛的呼啸》,这两首诗与《回答》一诗一经发表便遭到批判的境遇不同,由于它们以振奋人心的诗句歌颂了社会主义建设,歌颂了从事社会主义建设的劳动者,所以得到了广大读者的认同和喜爱。《讨论宪法草案以后》一诗通过对抗日战争和国共内战的回忆,通过对新旧社会的对比表达了诗人对社会主义道路和共产主义思想的拥护。

> 谁不曾在梦里出现过
> 已经过去的暗淡的生活?
> 谁不曾醒来舒一口长气,
> 把它和现实的生活相比,
> 昨天的酸辛只是叫我们
> 把今天的幸福抱得更紧?②

《我好象听见了波涛的呼啸》是献给武汉市与洪水搏斗的战士们的一首英雄赞歌。诗人用夸张的手法将呼啸的波涛比作怒吼的野兽,极力渲染波涛之猛、雨势之大,并将此与战士们救洪抢险的热情相对照,侧面烘托了战士们不怕牺牲、敢于与洪水斗争的光辉形象。

> 我好象听见了波涛的呼啸,
> 听见它披着乱发的头
> 一次又一次在堤上碰碎,

---

① 易明善:《何其芳谈文学研究与论文写作——忆何其芳老师在中国人民大学文学研究班》,载《衷心感谢他》,上海文艺出版社,1987年,第164—165页。
② 何其芳:《何其芳诗稿(1952—1977)》,上海文艺出版社,1979年,第11页。

发出不甘心的野兽的怒吼。

我好象听见了狂风暴雨
在头上呼号,但你们的奔跑,
你们抢险时的热情的歌唱,
比雷的鸣声更响亮,更高。①

《夜过万县》和《重游南开》两首诗是诗人重游故地有感而作,诗人在这两首诗中通过对两地新中国成立前后的状况对比,歌颂了新中国的社会主义建设成就。诗人夜晚路过故乡万县,那灯火辉煌的城镇像极了山城重庆,浓重的黑夜挡住了他的视线,叫诗人找不到熟悉的地方,"只看见长江上游/如今也可以夜航,/象我们的建设的步伐/日夜不停地奔忙"②。何其芳曾在南开中学任过教,1962年他重游故地,南开的变化令他非常惊异,原本尸横遍野的洼地如今变成了鸟语花香的公园,污浊的墙子河如今变得清洁。

《写给寿县的诗》通过对寿县在党的领导下发生的种种变化的描绘,歌颂了社会主义建设所取得的伟大成绩,歌颂了建设社会主义的劳动者。诗人一开始便直抒胸臆,点明自己歌颂寿县的理由:"我歌颂寿县,是因为我热烈/赞美社会主义的优越。/我从还并不富裕的生活/看见了未来的灿烂的岁月。"③接着通过对寿县人民从早晨开始的火红热闹的劳动生活的描述,赞美了社会主义的优越性。

寿县的早晨露珠般新鲜,
寿县的早晨并不清闲。
朝霞一样红火热闹,
开始了新的紧张的一天。

田野间移动着劳动的人影,
运肥料的车辆来往不停。

---

① 何其芳:《何其芳诗稿(1952—1977)》,上海文艺出版社,1979年,第14页。
② 何其芳:《何其芳诗稿(1952—1977)》,上海文艺出版社,1979年,第28页。
③ 何其芳:《何其芳诗稿(1952—1977)》,上海文艺出版社,1979年,第47页。

>学大寨、赶大寨的热潮在兴起,
>争取亩产"过长江"的收成……①

诗人还在诗歌中塑造了一个大公无私、英勇坚决的英雄形象。这种吃苦耐劳、甘于奉献的基层干部是社会主义建设的中流砥柱,他们勤勤恳恳、不争不抢,是社会主义建设时期的新英雄、新模范。

>在生产队中间,在我们面前,
>就有这样的共产党员:
>抗日,打蒋介石、办农会,斗地主,
>他样样都是奋勇争先。
>……
>他当过多少年、多少次干部,
>生活仍然这样艰苦,
>他住的草房低得要碰头,
>他穿的布衣服补了又补。②

何其芳曾在《写给寿县的诗》中表示自己想写类似于《北京的早晨》《北京的夜晚》这样的诗,然而"十三年了,我的诗还只有题目/这是长得多么慢的植物,/十三年了,在我心里的种子/还没有壮大到破土而出!"③诗人也曾在这首诗中解释过这"植物"长得如此慢的缘故:"白天我从宿舍到机关,/办公、开会,上班,下班,/在书桌上磨破我的袖子,/晚上我熬夜到两点,三点。"④从诗人在诗中的描述可以看出,他迟迟没有写这两首诗,一是因为工作太忙,没有时间写;二是因为没有机会去感受北京的生活。1972年,他终于有了这样的机会。《北京的早晨》和《北京的夜晚》表达了诗人对祖国的美好祝愿。《北京的早晨》首先通过北京早晨的景与人的描写,歌颂了北京欣欣向荣的景象。然后诗人的目光由北京转向了伊犁河谷、牡丹江、兴安岭等祖国边疆,通过对祖国边疆巨大变化的描绘,歌颂了新中国的日新月异。诗人对我国的社会主义建设充满信心,他在诗中宣告:"就在本世纪,

---

① 何其芳:《何其芳诗稿(1952—1977)》,上海文艺出版社,1979年,第48—49页。
② 何其芳:《何其芳诗稿(1952—1977)》,上海文艺出版社,1979年,第49、50页。
③ 何其芳:《何其芳诗稿(1952—1977)》,上海文艺出版社,1979年,第51页。
④ 何其芳:《何其芳诗稿(1952—1977)》,上海文艺出版社,1979年,第51—52页。

不过二十多年，/社会主义的现代化强国出现。"①《北京的夜晚》通过对新中国成立前后的北京夜晚景象的回忆与比较，歌颂了北京的巨大变化。新中国成立前的北京，夜晚寂静恐怖，而眼下的北京夜晚喧闹明亮，工厂机器轰鸣，工人通宵达旦，诗人从这热闹而欢快的景象中看到了美好的未来。

总览《何其芳诗稿(1952—1977)》中的现代诗，书写英雄人物对社会主义建设之贡献的诗和描写同一地方解放前后迥异风貌的诗占了相当大一部分，这部分诗歌偏重叙事，从思想上来看，基本上都在歌颂社会主义的伟大事业，具有浓厚的政治化气息，其中有诗人主观的倾向，同时也是时代使然。

三、两种思想冲突中的唯美倾向

在《回答》遭到来自各方的批判之后，何其芳的诗歌创作基本放弃了个人情感的直接抒发，由个人话语方式转向了集体话语方式。但是他并没有完全放弃自己早期的诗歌创作观念，仍然坚信诗歌是个人内心真实情感的抒发。然而由于时代话语的限制，他在诗歌创作中只能将自己内心的真实情感与"文艺为政治服务"的指导思想相结合。细品《何其芳诗稿(1952—1977)》中的现代诗，我们会发现其中还残留着一些属于何其芳前期诗歌创作的个人化、抒情化的特质。虽然诗人在这些诗歌中有意识地流露出了与时代潮流一致的情感，但是我们还是能从具体诗句中发现其蕴含的复杂性与矛盾性。这种复杂性与矛盾性或者体现在诗歌的内容与艺术特色上，或者体现为内容的直接冲突。

以《听歌》一诗为例，从内容上看，诗人在歌颂年轻的共和国及其不朽的青春；但从诗歌艺术上来看，这首诗同《回答》一样，采用了多层意象重叠的表现手法，显得委婉含蓄，精致细腻：

> 就象早晨的金色的阳光
> 因为快乐而颤抖在水波上，
> 春天突然回到了园子里，
> 花朵都带着露珠开放。

---

① 何其芳：《何其芳诗稿(1952—1977)》，上海文艺出版社，1979年，第60页。

>它时而唱得那样低咽，
>象夜晚的喷泉细声飞射，
>圆圆的月亮从天边升起，
>微风在轻轻摇动树叶；
>
>它时而唱得那样高昂，
>象与天相接的巨大的波浪，
>把我们从陆地上面带走，
>带到辽远的蓝色的海洋；
>
>然后又唱得那样温柔，
>象少女的眼睛含着忧愁，
>和裂土而出的植物一样，
>初次的爱情跃动在心头。[①]

诗人运用金色的阳光、水波、花朵、露珠、夜晚的喷泉、圆圆的月亮、微风、树叶、与天相接的波浪、蓝色的海洋、少女的眼睛、裂土而出的植物等一系列明亮而美好的意象建构了一幅幅精美绝伦的图画。诗人构思精巧，想象奇特，将歌声的轻快、低沉、高昂、舒缓四种特点分别融入一幅图画，并将歌声的上述这四种特点与每一幅图所营造的意境完美融合，给人以美的享受。可见这首诗歌延续了何其芳前期诗歌中所体现的那种唯美主义倾向。

创作于1956年的《我们的革命用什么来歌颂》一诗是诗人参加中华人民共和国运动会闭幕式看团体操"革命赞歌"后有感而作。[②]从表面上看，诗人借助《东方红》等大型歌舞史诗讴歌了新中国翻天覆地的变化和波澜壮阔的景象，表达了诗人加入群体话语的决心。诗人在诗歌的结尾说道：

>我把我的歌加入这集体，
>象一滴水落进大海里，
>再不抱怨它的微弱，

[①]何其芳：《何其芳诗稿(1952—1977)》，上海文艺出版社，1979年，第21—22页。
[②]何其芳：《何其芳诗稿(1952—1977)》，上海文艺出版社，1979年，第41页。

也不疑惑我失掉了彩笔。①

这段诗歌看似表达了诗人在感受到祖国的巨大变化后,将自己看作渺小卑微的一滴水,决心加入歌唱集体主义的时代潮流,再也不感叹自己的力量太过微弱,感慨无力坚持心中的创作理想,从而心甘情愿地丢掉书写内心真实情感的"彩笔"。但事实上,诗人内心依旧期待自己诗情爆发的那一刻:

> 我的歌呵,如果你的沉默
> 不过是炸药的黑色的壳,
> 什么时候一声巨响,
> 迸射出腾空而起的烈火?
>
> 如果你埋藏在我心里太久,
> 象密封在地下的陈年的酒,
> 什么时候你强烈的香气
> 象冲向决口的水一样奔流?②

从这两段诗中可以看出,诗人的内心并不像他在诗歌结尾写的那样,因为受到祖国日新月异的变化的震动,从而决定加入不需要"彩笔"的集体。诗人反问自己,在创作上的沉默要保持到什么时候?什么时候自己心中的创作欲望才能像炸药爆炸时喷射出的烈火那样强烈,才能像冲向决口的水一样奔涌?在这里,我们可以看到诗人的焦急与无奈。诗人将自己的诗歌比作"炸药"和"陈年的酒",足以见得诗人内心依然坚持着自己的诗歌创作原则,"炸药"爆炸之后的威力与"陈年的酒"的香气都能引起人们情感上的剧烈震动,说明诗人对自己的诗歌创作依然认同并寄予厚望。

何其芳创作于"文革"后期及"文革"结束之后带有怀人性质的诗歌,亦体现了他思想的矛盾性与复杂性。一方面,何其芳诗歌中所提到的这些人几乎都是在延安时期与他有过密切接触的党的领导人,这就使得何其芳的这些诗歌在政治上具有了"合法性",但是另一方面,他又在这些诗歌中咬

---

① 何其芳:《何其芳诗稿(1952—1977)》,上海文艺出版社,1979年,第43页。
② 何其芳:《何其芳诗稿(1952—1977)》,上海文艺出版社,1979年,第41—42页。

牙切齿地控诉了"四人帮"的罪行,表达了他内心对于"四人帮"的憎恨与厌恶。《深深的哀悼》①是何其芳献给伟大领袖毛泽东的一首诗,这首诗情绪饱满,一方面通过回忆的方式歌颂了毛泽东的英明和伟大,称赞他"以无比智慧和威力/高瞻远瞩,领导全国人民,/从胜利走向新的胜利"②。另一方面,又在诗中直抒胸臆,表达了"四人帮"被粉碎之后他的兴奋之情。③《我控诉》作为《深深的哀悼》的续篇,按理来说诗人应该把诗歌的重点放在怀念毛泽东上,然而何其芳却以倾诉的口吻向毛泽东罗列了"四人帮"的丑恶罪行及其对自己的种种迫害。名为对亡人的悼念,实则是抒发"文革"期间自己受"四人帮"残害以及被压抑已久的愤怒之情。这样的愤怒还体现在《怀念我们敬爱的周总理》和《悼郭小川同志》等诗上,在这两首诗中,诗人着重强调的还是"四人帮"对于他们二人的种种迫害,表达的仍然是对"四人帮"的憎恶之情。

总之,何其芳在新中国成立之后创作的现代诗所表达的思想内容是比较复杂的,这与他在这一时期思想的矛盾性与复杂性密切相关。他在这一时期的诗歌既有个人抒情思想的流露,又有革命思想的内容,还有集两种思想于一体的矛盾思想的呈现。

---

① 何其芳:《何其芳诗稿(1952—1977)》,上海文艺出版社,1979年,第78页。
② 何其芳:《何其芳诗稿(1952—1977)》,上海文艺出版社,1979年,第83页。
③ 何其芳:《何其芳诗稿(1952—1977)》,上海文艺出版社,1979年,第85页。

第八章　新中国成立后何其芳的古体诗创作道路

20世纪二三十年代，何其芳以唯美主义与象征主义诗歌蜚声文坛，新中国成立之后却转向了文艺理论与文学研究领域。经历了"新月时期""京派时期""延安时期"，直至1977年逝世，何其芳在新中国成立后的新诗创作成果并不丰厚，然而在1963年才开始创作的古体诗，其数量之多让人惊叹，可以称得上他第三个创作高峰期。结合何其芳新诗和旧体诗的创作内容及思想，可分析其第三个创作高峰期形成的原因与何其芳在诗歌形式问题上的转变、对于唯美主义创作思想的坚守以及在当时的政治文化环境的影响下产生的郁郁不得志的苦闷都有很大的关联。何其芳直到晚年依然保持着对文学创作的激情和抱负，在其创作的古体诗中有清晰的表露。何其芳的古体诗中，既蕴含着诗人唯美主义思想，又包含其革命主义思想，这二者的冲突在诗歌的创作中流露出不同的审美倾向，一面对政治及理想抱负的热情讴歌，另一面又将自己精神世界里的苦闷心绪丝丝浸染。但可以发现的是，处于创作深处的何其芳总是自觉或不自觉地倾向于唯美主义思想，这既是何其芳醉心于唯美主义的表现，也间接体现了他的艺术坚守。

第一节　古体诗创作："来者可追当益壮"

1964年3月，何其芳写下《效杜甫戏为六绝句》组诗，其中的第四首和第六首表现了何其芳的文学志向。他在第四首诗中写道："只今新体知谁是，犹待笔追造化功。"[①]此句蕴含了何其芳对于新诗的追求，这种追求夹杂着自己复杂的文学理想。就古体诗创作而言，相较于在"新月时期""京派时期"与"延安时期"，何其芳的创作思想和诗歌形式的主张都有了很大变

---

① 何其芳：《效杜甫戏为六绝句》，载《何其芳诗稿（1952—1977）》，上海文艺出版社，1979年，第123页。

化。在诗歌形式问题上,从提倡自由诗到主张建立现代格律诗的转变,他是新中国成立后第一个系统地提出建立现代格律诗主张的诗人,这为后来的诗歌理论建设做出了不可磨灭的贡献。在诗歌创作上,他创作古典诗歌时注重格律与炼字,从另一侧面呼应了他现代格律诗的理论与创作。在思想上,何其芳承接了上一个时期(延安时期),多数作品展现了纠结与愁闷的思想,"新我"与"旧我"的矛盾仍在延续并投射到了他的古体诗创作中,使得其古体诗或多或少表现出对个人生命经历的感悟。另外,在美学追求上,何其芳或自觉或不自觉地坚持着他的唯美主义思想,表现了一个唯美主义诗人的艺术坚守。

一、古体诗创作:"何当妙手鼓清曲"

新中国成立后的何其芳并不是一位多产的诗人,"在《回答》之后,何其芳长达两年之久没有一首新的诗作问世。后来虽然偶尔有所创作,但数量已经是非常之小……"[①]1949年至1953年间,何其芳曾任中央马列学院国文教员,后升任语文教研室主任。同时,他也是第一、二、三届全国政协委员,第三届全国人大代表,全国文联委员,全国作协理事和书记处书记;中国科学院哲学社会科学部党委委员、学部委员。[②]如此多的头衔与繁忙的事务使得何其芳无暇顾及诗歌创作。另外,在新中国成立后,由于何其芳主要从事的是文学评论与研究工作,也使得其在文学创作方面的成果较少。而且,在一首诗都未发表的1949年至1952年间,何其芳在工作之余,他将心思全部用到构思长篇小说上了。卓如所著的《何其芳传》中提到,"这时何其芳除完成国文教学任务外,就抓紧时间搞创作,他准备写反映土地改革的长篇小说"[③]。这些原因都或多或少地影响到何其芳的诗歌创作进度。当然,何其芳无法全身心投入诗歌创作还有不能言说的苦衷:"最根本的还是何其芳的创作心境,是严酷的政治环境和脆弱的个性窒息了何其芳的诗情。一方面,在现实的政治压力下,他不能也不敢创作出反映自己真实内心世界的作品,另一方面,作为一个真正的诗人,他又不满意、也不

---

① 贺仲明:《喑哑的夜莺——何其芳评传》,南京师范大学出版社,2004年,第195页。
② 易明善:《何其芳传略》,载《何其芳研究专集》,四川文艺出版社,1986年,第11页。
③ 卓如:《何其芳传》,中国三峡出版社,2012年,第302页。

愿意写作那种应景式的作品。"①外界的环境压迫以及内心世界的不安宁使得何其芳的诗歌生命濒临危机，一度陷入挣扎与矛盾之中。

1977年4月，何其芳逝世后，夫人牟决鸣将他生前在报刊上发表过的和写在诗稿本上未发表的诗抄录出来，交付上海文艺出版社出版，是为《何其芳诗稿（1952—1977）》。这本薄薄的诗集收录了何其芳在新中国成立后几乎所有的诗作（《我们最伟大的节日》完成于1949年10月，直到1952年开始写《回答》，其间何其芳并未写过诗）②。其中，1952年1月至1977年5月31日，共创作现代诗26首，相对于在新中国成立之前，特别是诗歌创作早期的何其芳来说，24年的时间写就26首现代诗，这并不算是丰厚的创作成果。但是，从1963年开始，何其芳开始大量写作古体诗，从1963年4月到1977年4月的14年时间里，他一共创作了旧体诗14题共计55首，甚至超出同期创作现代诗的数量，呈现出爆发式的增长。有时，仅仅一个晚上的时间，就能够写作三四首旧体诗（如《有人索书因戏集李商隐诗为七绝句》，这一题共七首诗，分两晚写就）。

这55首古体诗中，最早一首是写于1963年4月15日的，是何其芳在北京师范大学附属女子中学庆祝从事教学工作三十年以上教职工大会上所写的，名为《古国》，发表在1964年《诗刊》第3期；随后在1964年3月10日至16日写作《效杜甫戏为六绝句》，其中多为诗歌理论之议论，发表在《诗刊》第5期上；同年11月5日至6日短短两天时间，何其芳作《有人索书因戏集李商隐诗为七绝句》共7首旧体诗。从诗的题目可以看出，此诗创作成因是有人想向何其芳征求其作品，因而写了这7首诗回应之。这7首旧体诗较为特殊，都是由李商隐诗歌中的原句拼凑而成，属于何其芳的"二次创作"，此诗于作者生前并未发表，逝世后收录在《何其芳诗稿（1952—1977）》中。自此，直到1975年3月，何其芳几乎没有写过一首古体诗，这段时间是何其芳古体诗创作的空白期，而现代诗虽一直没有停止创作，但写诗写得最多的1971年，也不过写了3首现代诗。可以说，1963年至1975年，是何其芳古体诗创作的第一个阶段。

古体诗创作的第二个阶段是1975年至1977年诗人逝世，在这两年中，诗人总共创作出古体诗11题共39首，其创作成果不可谓不丰厚。其中，1975年3月13日写作的《自嘲》是这一时期诗人写的第一首诗，1977年4月

---

①贺仲明：《喑哑的夜莺——何其芳评传》，南京师范大学出版社，2004年，第195页。
②卓如：《何其芳传》，中国三峡出版社，2012年，第300页。

18日所作的《偶成》是何其芳所写的最后一首旧体诗,同样也是何其芳生前写下的最后的诗句。①(这里略有疑惑,牟决鸣所作《何其芳诗稿(后记)》中说《偶成》一诗的最后两联是何其芳所写的最后的诗句,作于1977年4月18日,但《何其芳诗稿》中显示《读吉甫遗诗》写于1977年5月31日,按理说这首诗应当为诗人所作最后一首,或许是因为在某种角度上《偶成》的诗歌造诣较《读吉甫遗诗》而言略高。)值得注意的是,不论是这一时期所写的旧体诗,还是自"文革"开始到诗人逝世所写的现代诗,在诗人生前都没有发表过,这些诗应当都是夫人牟决鸣在《何其芳诗稿(1952—1977)》后记中提到的属于"写在他的诗稿本上"的诗。但同时这些诗作中的一些也属于"很感谢其芳的一些战友和同志们的关心,使得过去未发表过的大部分诗,在这次编集之前能够分别在几种文艺刊物上作为遗作发表"②的诗,包括1975年5月25日所作《讨叛徒、卖国贼、反革命修正主义分子林彪(二首)》(后发表于《人民文学》1978年第7期)、1975年5月31日至6月6日所作《忆昔(十四首)》(后发表于《诗刊》1977年第9期)、1976年1月初所作《欢呼毛主席〈词二首〉的发表(四首)》(后刊载于《解放军文艺》1977年第2、3期合刊)。以上是何其芳古体诗创作概况。

二、古体诗创作的背后:信仰与坚守

和解、坚守、冲突与苦闷,是何其芳古体诗创作原因及背景的四个关键词,填满了他第三阶段创作高潮的背景成色。"和解"即在此阶段何其芳对于自己的诗歌形式的转变与诗的创作思想达成了和解,也是何其芳一改在延安整风运动之前的创作,甚至是京派文人时期的自由诗的创作"他所努力进行的,是希望在两者之间寻找到一种和谐"③。他认为,现代格律诗诗法的建立较之自由诗更有必要,逐渐走向了格律诗的创作,在这一阶段,由于对诗歌形式探索的大量积淀和准备导致了何其芳向旧体诗的转型创作。"苦闷"则是何其芳对自我反思之后的结果,诗人无法从创作思想上进行彻

---

① 牟决鸣:《何其芳诗稿(后记)》,载《何其芳诗稿(1952—1977)》,上海文艺出版社,1979年,第149页。
② 牟决鸣:《何其芳诗稿(后记)》,载《何其芳诗稿(1952—1977)》,上海文艺出版社,1979年,第154页。
③ 贺仲明:《喑哑的夜莺——何其芳评传》,南京师范大学出版社,2004年,第195页。

底的改造,导致他在很长一段时间内写不出令自己满意的作品,并且苦于无法从事自己喜欢的工作,无法得心应手地进行诗歌创作,进而本能地在诗歌创作中偏向了唯美主义与象征主义,从而选择了古体诗创作。而"冲突"则意味着在当时的文化语境中,何其芳无法采用现代诗的形式真实地表达自己的思想感情,但在古体诗的创作过程中也不免有一些困惑:"我写的时候,总感到别扭,不自然,几乎每句都要碰到这种句法和口语的矛盾,而且碰到这种矛盾的时候,就容易求助于一些文言的字眼和句法。这样写出来的诗当然自己很不满意。继续用自由体写,又不愿意。"①"坚守"则是因为,虽然何其芳对自己自觉地进行知识分子改造,不断地进行自我批判与自我反思,摒弃所谓的"小资产阶级情结",但他始终没有放弃对唯美主义的追求,为了能够使自己的创作欲望得到释放,使自己苦闷的心情得到抒发,于是他转向了古体诗的创作。

何其芳在《关于写诗和读诗》中,曾回应过读者对他许久未写诗的疑惑,并表达了他对自己将来的诗歌创作道路走向的期望,这可以看作何其芳对自己今后创作方向的总结。他说:"整风运动以后我对于自己过去的诗作了批判,认识到无论在内容上还是在形式上都不能照那样写下去了。我认为首先应该改造自己的思想感情,然后是改造自己的诗的形式。"②但是这一条道路是曲折的,需要时间去研究和实践。在延安整风运动后,何其芳对于自己过去的诗歌创作有了巨大的怀疑,他自己将这种质疑分成了两方面,分别是对于诗歌的思想内容与艺术形式上的诘问与反思。在何其芳看来,要想对自己的诗歌进行彻底的改造,思想整顿是首要的,他曾在谈论自己的诗歌经验中指出:"一个从旧社会生长起来的人,如果不经过思想改造,即使参加了革命,他对新的生活的接触和认识仍然是会受到很大的限制的,他的作品仍然是会流露出许多不健康的思想情感的。"③其次是改造自己诗歌的语言形式,这二者之间孰轻孰重一眼便知。但是在接下来的话语中,他却说:"后来好几年都忙于做别的事情,连业余的时间都轮不到用在诗歌上。由于没有时间去研究和实践,诗的形式问题也长期得不到解决。"④何其芳对于自己认可的首要进行的思想改造方案以"好几年都忙于

---

① 何其芳:《关于诗歌形式问题的争论》,《文学评论》1959年第1期。
② 何其芳:《关于写诗和读诗》,作家出版社,1956年,第49页。
③ 何其芳:《何其芳散文》,人民文学出版社,2022年,第234页。
④ 何其芳:《关于写诗和读诗》,载《关于写诗和读诗》,作家出版社,1956年,第49页。

做别的事情"为借口一带而过,却提到"诗的形式问题也长期得不到解决"。由此可见,在何其芳的心目中,诗歌形式改造问题也是占有举重若轻的地位的。那么,是什么促使何其芳在近几年着重考虑的问题由诗歌的"思想改造"转向了"形式改造"呢?这种转变又如何影响到何其芳的旧体诗创作道路呢?

  这种转变的根本原因,是诗歌的"思想改造"对于何其芳来讲是极度困难以至于根本不可能完成的。他内心深处的诗性与真性情是无法被磨灭的,这是诗人的本性,他自己说过:"当我闲暇而且心境平和,那个能够欣赏契可夫甚至于梅特林克的我就能够召唤得出来。当我忙的时候,当我心里负担着这个时代和人民困难的时候,我的欣赏世界就完全归另外一个我所统治。"①他在不断地自我否定与自我批判中,想要找到一条"思想改造"的途径,但都失败了。最好的例证就是延安整风运动之后到1953年4月写作《回答》之间,他创作的诗极少。1952—1953年,何其芳寄给杨吉甫的书信中,何其芳不止一次地表达自己热爱创作却苦于没有精力,也对自己的诗歌创作表达过不满,如1952年1月3日与5月9日写给杨吉甫的信中说:

> 写东西弄得神经衰弱,是很短期间的事情。我想学写长篇小说。只开了个头就中断了。去年一年等于完全没有继续写。这是因为除了教书改卷子而外,业余的时间写了一些零篇文章,就再也没有时间精力弄创作了。零篇文章其实也写得不多,一个月还平均不到一篇。写得满意的也没有什么,所以未寄你看。我还是最喜欢弄创作。想写出比较满意的创作后再寄你看。②

> 我这些年来主要并不是做写文章的工作,所以写得很少。我的妻子回万县时曾托她带两本旧作送你,想收到了吧?在这之外,还有三本东西,因手头没有多余的,想以后再寄你。总之这十多年来,写作成绩太差了。③

  这些信中,何其芳对自己的失望呼之欲出,自己没有满意的新作寄给

---

① 赵思运:《"被启蒙":何其芳的检讨性人格》,《何其芳人格解码》,河北大学出版社,2010年,第98页。
② 何其芳:《何其芳全集》第八卷,河北人民出版社,2000年,第53页。
③ 何其芳:《何其芳全集》第八卷,河北人民出版社,2000年,第54—55页。

好友，只得托妻子送两本旧作，最后总结道"写作成绩太差了"，一方面这是因为工作繁忙，无暇仔细推敲诗歌写作；另一方面，结合上文所写何其芳始终在对之前的诗歌作品进行反思，试图写出令自己满意的思想与形式上"改造好"的作品。他一度总结自己的创作成果和创作经历，想要将自己的诗歌思想真正改造到关于国家和人民上来，"这个时代，这个国家，所发生过的各种事情，人民，和他们的受难，觉醒，斗争，所完成着的各种英雄主义的业绩，保留在我的诗里面为什么这样少呵。"①但结果并不如人意，即便是《我们最伟大的节日》②这篇长诗，诗人自己也不认为这是一首他所满意的诗，他骨子里始终无法彻底摆脱一个抒情诗人的影子，即便是反复将改造思想植入自己脑海里，却依然不能与内心结合。所以，在这十几年中，诗人并未真正写出过一首自己认为像样的诗作，而他又是一位热爱创作、热爱表达的诗人，如此长的时间内无法从事自己喜欢的文学写作，也无法写出令自己满意的作品，这种苦闷长年累月地累积，诗人内心的倾诉欲望会变得非常强烈，当有必要进行创作时，就会本能地偏离自己"思想改造"的创作宗旨，而又回归到充满感性色彩的个人化表达中来，倾吐自己的不快与郁结。但在当时的文化语境中，个人的情感生活被意识形态强行置换为集体生活，为集体而劳动高于一切，任何个人情感的流露都被置于为集体的对立面，其后果是个体的话语表达权利被限制，并且在文艺作品中表达自己的看法是会被批判的。就拿作者在1954年发表的《回答》来讲，此诗的前五节写于1952年1月，后三节写于1954年劳动节前夕。关于此诗的两部分诗节，赵思运在《何其芳晚年旧体诗探幽》中认为，1952年何其芳正值40岁的不惑之年，一种"奇异的风"带给何其芳的"惊恐"带有鲜明的自我否定意味。因这首诗里"我的感情只能是另一种类"③，所以不敢发表。直到1954年增加了最后三节宏大抒情来表达爱国之情，《回答》才得以发表。但诗歌后面的刻意大幅度升华并没能让何其芳释然。加上诗歌很快受到批评，何其芳进入缄默期，整个"文革"期间没有发表过任何一首诗，无论新诗还是旧体诗。应当说，这段关于《回答》的解读是十分贴近当时诗人纠结的心情的，对于后来新增诗节的论述也合情合理。《回答》的写作与发表表明，诗人对自己"思想改造"是不彻底的，他似乎无法从文人的本性中挣脱

---

① 何其芳：《谈写诗》，载《何其芳全集》第二卷，河北人民出版社，2000年，第375页。
② 何其芳：《我们最伟大的节日》，《北京支部生活》1999年第9期。
③ 赵思运：《何其芳晚年旧体诗探幽》，《文学评论》2015年第6期。

开来,变成一个"彻底的为人民服务、为人民写诗的无产阶级文艺战士",诗人在这之后的文学创作与文学研究更是表明了这一点。不过值得指出的是,对于《回答》的批判是在1955年进行的,接着,诗人发表的论文《关于〈生活是多么广阔〉》中,曾对批判进行过回击。[1]之后,诗人仍然会有诗作发表,并非进入缄默期。不过整个"文革"期间没有发表过诗歌确是属实。经过这一次的批判,何其芳明白,新诗的语言相对透明,对于自己易于表露个人情感的诗歌写作特点来讲,这一体例实在是太过冒险,他在内心深处始终无法将个人炙热的情感与诗歌的表达分开:"诗,是人在激动的时候,是人受了客观事物的刺激,其情感达到紧张与高亢的时候的产物。至少最初的诗是如此。假若后来的或者现代的有些诗这个特点减弱了,甚至消失了,那反而是一个致命的弱点。"[2]于是诗人不得不转型写作情感相对含蓄的旧体诗。但是除此之外,诗人当时的诗歌理论研究成果也要求诗人学习古体诗的创作,这也就是诗人在"诗歌形式的改造"上与自己达成的和解,他找到了一种能够适当表达自己情感的方式。

这一时期的何其芳在诗歌理论建设方面,提出了建立现代格律诗的要求,而他的古体诗创作,正是为了从中国古典诗歌的格律中找到创建中国现代格律诗的方法与途径。在1953年9月所写的论文《更多的作品,更高的思想艺术水平——在中国文学工作者第二次代表大会上的发言》中,何其芳与其他与会者都有一个相同的观点:"我们的创作……优秀的作品还太少,一般的作品在思想的深刻上和艺术的完美上和它们的进步性质还很不相称,因而不能满足人民的要求。"[3]不同的是,沿着对于新中国成立后作家创作水平的不满继续延伸,何其芳将重点落在了诗歌创作方面——"常常有这样的诗,一写是几十行,以至几百行,然而里面却很难找到几句能够深深地打进人的心里去,因而使人长久长久不会忘记的真正的诗。我们今天的诗实在写得太不精炼"。[4]这是何其芳对当时诗歌创作状况的分析。何其芳认为,要想解决当时诗歌创作中语言拖沓、表现平庸的问题,最必要的是建立现代格律诗,原因有三:其一是由何其芳对于诗歌的定义而产生

---

[1] 卓如:《何其芳传》,中国三峡出版社,2012年,第346页。
[2] 何其芳:《谈写诗》,载《何其芳全集》第二卷,河北人民出版社,2000年,第373页。
[3] 何其芳:《更多的作品,更高的思想艺术水平——在中国文学工作者第二次代表大会上的发言》,载《关于写诗和读诗》,作家出版社,1956年,第11页。
[4] 何其芳:《更多的作品,更高的思想艺术水平》,载《关于写诗和读诗》,作家出版社,1956年,第20—21页。

的,他将诗看作"一种最集中地反映社会生活的文学样式,它饱和着丰富的想象和感情,常常以直接抒情的方式来表现,而且在精神与和谐的程度上,特别是在节奏的鲜明上,它的语言有别于散文的语言"①。何其芳对诗歌语言"节奏"的重视,使他将格律诗与自由诗一起统摄于"节奏"之下。他认为:"格律诗和自由诗的主要区别就在于前者的节奏的规律是严格的,整齐的,后者的节奏的规律是并不严格整齐而比较自由的。但自由诗也仍然应该有比较鲜明的节奏。"②通过对中国早期诗歌的研究,他发现了诗的节奏与内容表现之间的关系——"诗的内容既然总是饱和着强烈的或者深厚的感情,这就要求它的形式便利于表现出一种反复回旋、一唱三叹的抒情气氛。有一定的格律是有助于造成这种气氛的"③。这就使得诗歌之格律成了诗之必要。其二,自由诗有它诞生的意义,它是因古代格律诗无法满足近代人们的表达诉求而出现的,这有利于诗歌的发展,因为它丰富了诗歌的表现形式;同样来讲,过度重视自由诗而忽视了格律诗,这样单一的创作环境十分不利于诗歌的长远发展,因为"虽然现代生活的某些内容更适宜于用自由诗来表现,但仍然有许多内容可以写成格律诗,或者说更适宜于写成格律诗"④。其三,自由诗本身的缺点——容易流于松散——使得初学者无法从逻辑上更好地把握诗歌的表达方式与艺术魅力,导致写出的诗歌流于表面,无法深入人心。所以,何其芳认为,对于初学者写诗入门来讲,"先练习写格律诗比先练习写自由诗好。先受过一个时期写格律诗的训练,再写自由诗,总不至于把一些冗长无味的散文的语言分行排列起来就自以为诗吧"⑤。由此,"先练习写格律诗,我们现在又有些什么很成功的格律诗可以供他们学习呢?这就不能不使我深切地感到,我们实在需要一些有才能的作者来努力建立现代格律诗,来写出许多为今天以至将来的人们传诵和学习的新的格律诗了"⑥。正是出于以上三点原因的考虑,何其芳认为有必要建立现代格律诗的标准,以此来促进新中国诗歌的繁荣。而何其芳所提倡的现代格律诗的标准,正是从中国古典诗歌的研究中得到的灵感,以此来建立一个与现代口语相适应的诗歌语言节奏,他说:"我们仍很

---

① 何其芳:《关于写诗和读诗》,载《关于写诗和读诗》,作家出版社,1956年,第27页。
② 何其芳:《关于写诗和读诗》,载《关于写诗和读诗》,作家出版社,1956年,第33页。
③ 何其芳:《关于现代格律诗》,载《关于写诗和读诗》,作家出版社,1956年,第53页。
④ 何其芳:《关于现代格律诗》,载《关于写诗和读诗》,作家出版社,1956年,第54页。
⑤ 何其芳:《关于写诗和读诗》,载《关于写诗和读诗》,作家出版社,1956年,第56页。
⑥ 何其芳:《关于写诗和读诗》,载《关于写诗和读诗》,作家出版社,1956年,第56页。

有必要建立中国现代的格律诗;但这种格律诗不能采用古代的五七言体,而必须适合现代的口语的特点。"①他还认为现代格律诗的押韵并不是每行的字数相同,而是在于词的顿数。何其芳提出的关于现代格律诗的看法,与他延安时期对于诗歌形式的看法大相径庭。在延安时关于"民族形式"的争论中,何其芳曾认为新文学中的自由诗不但是中国的,而且是全世界的诗目前所达到的最高级的形式。它在形式上的进步仍然是很迅速的。②延安整风运动后,何其芳开始着手对自己的诗歌形式进行改造。与此同时,在新中国成立后,有感于中国诗歌发展的缓慢,以及因职务之便,何其芳对古典文学进行了深入细致的研究,最终通过对中国古典诗歌形式美的再发现,摒弃了早期认为"自由诗是最高级的诗歌形式"的看法,转而认为"自由诗也需要格律,需要节奏",进而走向创立现代格律诗的道路。然而回顾他漫长的诗歌创作道路,事实证明,他在"新月时期"(参见第一章)里所接受到的文艺思想以及"半模仿"式的格律体诗歌创作实践都为后来的格律诗形式的提倡、古体诗的创作奠定了基础,这使得何其芳在"诗歌形式的改造"问题上与"旧我"达成了和解。他认为古典诗歌中严谨和唯美的诗歌雕琢技巧在现代诗中体现得少之又少:"从'五四'早期的诗歌起,而且可以说直到现在这种现象仍然存在,我国古典诗歌的精炼和完美的传统,炼字炼句的传统,在新诗里面实在太少见到了;写得松散寡味、十分慷慨地浪费行和节的诗实在太多了。"③由此,在格律诗这一主张上,重拾了新月时期的审美形态并燃起了创作的火花,他在理论专著《诗歌欣赏》中写道:"格律不过相当于跳舞的步法上的规矩而已。不熟悉那些步法的人是会感到困难的,但熟练的舞蹈者却并不为它们所束缚,他能够跳得那样优美,那样酣畅。"④在他的新格律诗观中,"格律"并不仅仅是一个形式框架,是形式与艺术统一起来的必不可少的阶梯。但是,由于上文所提到的现代格律诗的创作道路无法满足诗人的情感表达诉求,因此,诗人选择了古典格律诗这一创作方向,事实证明何其芳所追求的新的诗歌形式与自己的诗性与人格相得益彰,诗人由此开启了古体诗的写作道路。何其芳的夫人牟决鸣在《何其芳诗稿(后记)》中回忆道:"其芳于一九六三年开始发表他写的旧体

---

① 何其芳:《关于写诗和读诗》,载《关于写诗和读诗》,作家出版社,1956年,第49页。
② 何其芳:《论文学上的民族形式》,《文艺战线》1939年第1卷第5期。
③ 何其芳:《诗歌欣赏》,作家出版社,1964年,第84页。
④ 何其芳:《诗歌欣赏》,作家出版社,1964年,第81页。

诗——七言绝句,一九七五年开始'学作旧体七言律诗'。他写律诗,对格律很讲究,经常在对仗韵律等问题上,向一些同志和朋友请教。"①这段可以用来作为佐证的回忆,表明了何其芳对于旧体诗创作或者说是寻找他心中形式与艺术结合体的苦心孤诣,他对于诗歌语言、节奏的理解和把握有自己的态度和认知:"节奏是什么?我想可以这样回答:凡是一种有规律的运动都可以造成节奏。波浪、舞蹈、音乐,都是常常被用来说明节奏的例子。"②如在《忆昔》诗歌系列第三首的首句"海上桃花红似锦,燕都积雪白于银"③便是描绘了诗人眼中的"海上"与"燕都"两种截然不同的景象,诗人把握诗歌的节奏使其描写的景物双双对应,以达到声情并茂的效果。

何其芳对唯美主义的坚守和当时的政治环境迫使他转向了古体诗创作。他对唯美主义的坚守主要表现在对李商隐等晚唐诗人的肯定中,这些都在何其芳为他爱好诗歌并希望提高诗歌鉴赏力的读者所写的《诗歌鉴赏》这部论文集中能够得以体现,例如他认为李商隐的诗大多辞藻华丽,但《无题》诗和其他的一些诗里面,华丽的辞藻则是为构成生动和优美的形象所作的,因此不会显得过分雕琢和堆砌。④但他对于李商隐诗歌的评价确实中规中矩,他认为李商隐过分用典故算是比较隐晦的缺点,可以称之为一种形式主义的倾向,但就其诗歌的整体创作而言,并不能说他只是唯美主义或者形式主义的诗人。

诗人从大学起就开始阅读李商隐、温庭筠等晚唐诗人的作品,这些诗歌对何其芳的文学品位和创作思想都有着不小的影响,但后来诗人对这一时期的作品进行了自我批判,认为当时他的作品"既然是脱离时代、脱离当时中国的革命斗争的产物,它们的内容不可能不是贫乏的。如果说那里面也还有一点点内容的话,也不过是一个政治上落后的青年的一些幼稚的欢欣,幼稚的苦闷,即是说也不过是多少还可以从它们感到一点微弱的生命的脉搏的跳动而已"⑤。但我们从这段自我批判中可以看出,何其芳始终无法真正斩断与新月派或是京派之间的联系,他对于那个时期的创作依然迷恋。在李商隐、李贺、李煜等诗人被批判为形式主义与颓废主义后,何其芳

---

① 牟决鸣:《何其芳诗稿(后记)》,载《何其芳诗稿(1952—1977)》,上海文艺出版社,1979年,第153页。
② 何其芳:《关于写诗和读诗》,载《何其芳全集》第四卷,河北人民出版社,2010年,第272页。
③ 何其芳:《忆昔(三)》,载《何其芳诗稿(1952—1977)》,上海文艺出版社,1979年,第129页。
④ 何其芳:《诗歌欣赏》,人民文学出版社,1978年,第67—68页。
⑤ 何其芳:《写诗的经过》,载《关于写诗和读诗》,作家出版社,1956年,第94—95页。

仍然敢于在理论著作中肯定他们在诗歌创作方面所作的贡献,如他在《诗歌欣赏》中,有这样的评论:"从它可看出李贺的诗的一个鲜明的特色:想象是那样丰富,那样奇特;用来表现这种想象的语言也很有特点,很不平常;这样就形成了一种特殊的风格。"[①]我们不难看出,何其芳个人是很欣赏并推崇这样的"特殊风格"的,他运用了"想象""丰富""奇特"来形容,可见这样的风格带给他怎样的触动。他个人是极其注重想象和新奇的:"所谓新,并不是离奇,并不是由幻想得来的,而是原来就存在于现实世界中,于人类生活中。那些故事原来就在那里进行着,纠缠着……等有那样的作者以思想的光去照亮了它,以艺术的笔去描绘了它,它就活生生地像一个新世界展开在我们的面前。"[②]鉴于当时的环境及政治背景,何其芳在书中公开讨论和评介三李是有其原因的。他在《诗歌欣赏》中说:"听说毛泽东同志喜欢三李的诗,就是李白、李贺和李商隐的诗。从他的诗词也可以看出他吸收了这三位诗人的某些特点和优点。这是值得我们深思的。"[③]何其芳非常关注毛泽东对诗词创作以及文艺思想动向的看法,加上当时对古典文学讨论的大背景,自然要对古诗人做出针砭。赵思运在其何其芳研究专著《何其芳人格解码》中专辟章节探讨了毛泽东对何其芳文艺思想的影响:"我们发现,何其芳的文论里一直夹杂着双重的声音:一方面是对毛泽东文艺思想的宣传,向读者'启蒙';另一方面,他又时时刻刻不忘记自我检讨与自我否定,即以毛泽东文艺思想为标准,接受毛泽东讲话精神的'启蒙',他从'被启蒙'出发,以'启蒙'民众为目的。"[④]所以当何其芳试图在旧体诗创作道路上探索时,毛泽东对三李的认同恰恰符合何其芳的心理预期,这也是他想要公开评点的主要动力。更深层次的原因是何其芳对三李诗歌所蕴含的艺术价值颇为欣赏,既然文化与政治语境上是符合且允许公开的,况且自己其他创作表达这一时期又无法实现,于是他希望借助三李表达自己的思想与文学观能成为一条很好的有效路径。因此我们看到他的诗论《诗歌欣赏》《关于读诗和写诗》以及古体诗中都有对三李浓墨重彩的展现。其中既有苦衷也有表达喜好的机缘,以此来寄托自己对唯美主义的信仰与坚守。

---

① 何其芳:《诗歌欣赏》,作家出版社,1964年,第62页。
② 何其芳:《谈写诗》,载《何其芳全集》第二卷,河北人民出版社,2000年,第370页。
③ 何其芳:《诗歌欣赏》,作家出版社,1964年,第70页。
④ 赵思运:《从文人到文艺战士(下)》,《何其芳人格解码》,河北大学出版社,2010年,第95页。

第二节 公共话语与唯美主义书写

何其芳创作古体诗时,已是知天命之年。但就何其芳的思想状况而言,他仍然处于一个充满矛盾的时期。一方面,作为一名坚定的无产阶级文艺战士,在拥护党的方针政策、文艺理论方面,何其芳始终严格要求自己,自觉维护文艺界的政治秩序,在文学创作方面体现党和国家的意识形态,这就使得他在古体诗创作中体现着革命现实主义的思想;另一方面,何其芳作为一位具有极大创作热情的诗人,却一直背负着所扮演的其他社会角色的大量工作,因此他无法进行自己喜爱的文学写作事业,也难以写出令自己满意的作品,由此催生出一种苦闷的心情,使得他在古体诗创作中注入了唯美主义的色彩。同时,何其芳一直在进行着自我批判与自我反思,但这种知识分子的自我改造在何其芳那里始终是不彻底的、不完全的,是充满矛盾的,何其芳内心对唯美主义与象征主义的向往是诗人纯真的天性所致,这是无法改变的;但他又以无产阶级文艺战士的身份标榜自己,鞭策自己进行自我改造,这两种分裂的精神力量更使得作者苦恼不堪,最终几乎是本能地倾向了唯美主义。

一、宏大抒情的公共话语书写

纵观何其芳的古体诗创作,按照特征与主题进行分类,大致可以分成两类:一是具有宏大抒情的公共话语书写,二是具有唯美主义风格的个人话语书写。其中,特征较为统一、明显的是第一类,这一类古体诗代表了何其芳对党和国家、社会主义意识形态的自觉拥护,其政治性强,具有相当高的政治觉悟与革命意识,情绪高昂,拥有与其同时代所创作的现代诗一样"激昂"的基调,这类诗作有《古国》、《效杜甫戏为六绝句》(前五首)、《讨叛徒、卖国贼、反革命修正主义分子林彪》(二首)、《忆昔——纪念〈在延安文艺座谈会上的讲话〉发表三十周年》(十四首)、《偶成》(三首)、《欢呼毛主席〈词二首〉的发表》(四首)、《诸葛亮祠》、《杜甫草堂》、《杂诗十首·学书》、《而今》、《赫赫》、《愧无》、《屈子》、《太白岩》(二首)、《偶成》计39首。就其思想内容而言,这些诗所描绘的诗人都是一个具有极高思想觉悟的共产主义文艺战士形象,抑或是具有革命主义的知识分子形象。如要细致划分这些诗作中表达的不同情感主题,那么可分为以下几种。

(一)议论诗

议论诗的内容通常与何其芳的工作息息相关。上文提到新中国成立后的何其芳主要从事的是文学研究与编纂工作,包括古典文学研究和外国文学的译制工作,包括组织编写《十年来的新中国文学》以及组织编选外国古典名著丛书。[①]于是,当这种工作内容进入何其芳的古体诗写作中时,诗人就不免联系自己的阅读感受或是文史知识加以评论。《效杜甫戏为六绝句》(前五首)、《诸葛亮祠》、《杜甫草堂》、《赫赫》、《屈子》《太白岩》(二首)都属于此列。这些诗一般采用的写法都是借议论古人(或是外国作家)来表达对社会主义文艺发展的乐观态度。如《效杜甫戏为六绝句》中的前四首中存在的主题转折现象:

一

溯源纵使到风骚,苦学前人总不高。
蟠地名山丘壑异,参天老木自萧萧。

二

刻意雕虫事可哀,几人章句动风雷?
悠悠千载一长叹:少见鲸鱼碧海才!

三

堂堂李杜铸瑰辞,正是群雄竞起时。
一代异才曾并出,那能交臂失琼姿。

四

革命军兴诗国中,残音剩馥扫除空。
只今新体知谁是,犹待笔追造化功。[②]

前两首诗写于1964年3月10日,两天后,何其芳作后两首诗。可以看出,这两天所作的诗歌在主题上存在着较大的差异,但在逻辑上是递进关系。3月10日所作的诗的主题基本为批判古代格律诗贵古贱今的传统,这

[①] 卓如:《何其芳传》,中国三峡出版社,2012年,第368—372页。
[②] 何其芳:《何其芳诗稿(1952—1977)》,上海文艺出版社,1979年,第122—123页。

种传统要求古代诗人们以前朝诗人们的诗句为模仿对象,大量用典,而忽略了对于生活的细致观察与描绘,导致了古典格律诗的僵化,以至于后来的诗人们很少有超越前人的作品。而两天后,何其芳所写的诗歌话锋一转,变为对新中国的诗歌发展的乐观期望,认为当采用了新的诗体后,摒弃了原先泥古的作风,扫除了封建礼教美学观点,那么出现受群众欢迎、成为经典的诗作就指日可待了。何其芳在第三首诗下的脚注也说明了他的这一观点:"贵古贱今,由来已久,安知今之新诗人中无大器晚成者乎?故为前章下一转语。"[①]关于新诗的态度,何其芳曾在《谈写诗》中表明过自己对诗歌形式的探索与矛盾:"中国的新诗我觉得还有一个形式问题尚未解决。从前,我是主张自由诗的。因为那可以最自由地表达我自己所要表达的东西。但是现在,我动摇了。因为我感到今日中国的广大群众还不习惯于这种形式,不大容易接受这种形式。"[②]由此可见何其芳一直对新诗及其形式的探究问题牵挂着、思索着、矛盾着,不仅如此,他还将这种复杂的思考愁绪体现在他古体诗的创作中,一句"只今新体知谁是",发出了自己内心深处的疑问,也将自己的态度体现在了下句中。"犹待笔追造化功"表明了何其芳不懈的追求,这是他对于新诗的态度也是对自己创作的态度,从他坚忍的语气我们也不难推断出他的第三个创作高峰期形成的原因。

(二)政治诗

这类诗在内容上具有一定的政治意味。如《讨叛徒、卖国贼、反革命修正主义分子林彪》(二首)、《忆昔——纪念〈在延安文艺座谈会上的讲话〉发表三十周年》(十四首)、《欢呼毛主席〈词二首〉的发表》(四首),这些诗也是最能体现何其芳共产主义文艺战士形象的诗歌,如《讨叛徒、卖国贼、反革命修正主义分子林彪·其二》:

> 遗臭万年已盖棺,温都尔汗夜云寒。
> 仓皇叛国丧家去,凶逆上天入地难。
> 却扫内奸腐似叶,要安中国固如磐。
> 长征途上风光盛,虹烂霞明正好看。[③]

[①]何其芳:《何其芳诗稿(1952—1977)》,上海文艺出版社,1979年,第123页。
[②]何其芳:《谈写诗》,载《何其芳全集》第二卷,河北人民出版社,2000年,第376页。
[③]何其芳:《何其芳诗稿(1952—1977)》,上海文艺出版社,1979年,第127页。

前两句描绘的是林彪叛逃时的场景,突出对林彪形象的贬低、批判,具有极为生动的想象力,颔联与尾联的情感表达较为直接,意为通过此次政治事件要警醒国人,将反党分子全部歼灭,维护党和人民的统治,前途一片大好,这是一首典型的政治诗,对敌人的妖魔化、夸张化和个人情感的埋没,对社会主义国家光明前途的歌颂之类的"伟光正"写法是其主要标志,展现给我们的是一位具有崇高信仰和政治情怀的文艺斗士形象。其中明显夹杂着何其芳对"四人帮"痛恨的个人情感,创作的被剥夺与思想情感难以抒发的压抑,转移到迫害者身上,诗中情绪的夸张表达,如果联想一个曾经创作出很多优秀诗篇的唯美主义诗人只能在痛苦的劳作之后,将养猪的经历写成养猪歌,以此抚慰自己渴望创作的内心,就不难理解为什么他对"四人帮"的描述如此带有敌对色彩。这首诗写于1975年,根据何其芳自己的注释针对林彪之事本想作一首长篇新诗但未成,只好以近日所学的旧体七言律诗概以抒愤。因而此诗政治意味浓厚,抒情效果直白,充分展现何其芳的革命和政治思想。

同样具有政治思想意味的诗作《忆昔——纪念〈在延安文艺座谈会上的讲话〉发表三十周年·其一》却有不一样的风格和感触:

忆昔危楼夜读书,唐诗一卷瓦灯孤。
松涛怒涌欲掀屋,杜宇悲啼如贯珠。
始觉天然何壮丽,长留心曲不凋枯。
儿时未解歌吟事,种粒冬埋春复苏。[①]

他在这首诗中的注释为:"我家乡称杜宇(即杜鹃)为阳雀,传说有儿童李贵郎,受继母虐待而死,死后化为此鸟,杜宇啼声答'李贵郎',乃自呼其名。"[②]这首诗作包含的内容和传达的信息并不是仅仅纪念《在延安文艺座谈会上的讲话》那样,诗人究竟是由纪念之意追忆到往事中还是借纪念抒发回忆伤感之情呢?结合诗句中的具体内容来看,"杜宇"指的是诗人家乡的杜鹃,而诗人以"怒涌""悲啼""凋枯"等动词串起全诗,毫无纪念、歌颂之意,展现出来的是一种悲切的怀念和苦愁,而在这布满政治意味的背景之中,诗人心中泛起的无限真情盼望着能经历"冬埋"后"复苏"。

[①] 何其芳:《何其芳诗稿(1952—1977)》,上海文艺出版社,1979年,第128页。
[②] 何其芳:《何其芳诗稿(1952—1977)》,上海文艺出版社,1979年,第128页。

(三)追忆与奋斗诗

追忆与奋斗诗带有一定的个人感情抒发色彩。此类诗歌多表达对诗人过去革命经历的怀念,或是对当时重大历史事件的回顾与歌颂,偶尔一两首诗中继续着诗人的"思想内容改造",表达了对自己唯美主义与象征主义诗人时期的自我批判与自我反思;奋斗诗的思想内容一般是表达诗人老当益壮,要为祖国发挥余热的"老骥伏枥,志在千里"的奋斗精神。如《忆昔·其九》与《偶成·其一》:

忆昔·其九
闻道寇将犯石门,当年猛士典刑存。
大枪班又回农会,斗胆人能卫故园。
长炕共眠谈抗战,众心齐力胜诸昆。
凛然大义何明灿,令我无言欲断魂!①

在《忆昔》这十四首诗中,诗人回顾了自己的人生经历,从受古典诗歌熏陶埋下诗情的种子,到新月时期与京派时期的辗转历程以及对那个时候自己人生追求的批判,后以到延安为分界,人生变得一片光明,并对当时经历的各种事件的历史意义给予极高的肯定,有感于自己为新中国成立所奋斗的经历,为工农群众建设新中国的付出与牺牲表现出或豪迈、或感动、或惭愧的情感。

偶成·其一
怜君苦读三更夜,假我光阴二十年。
胼手不知老已至,鞠躬尽瘁死如眠。
要偷天帝火传授,何惧兀鹰肝啄穿。
欲播群花遗后代,也须百炼胜钢坚。②

与《偶成》这三首诗类似的奋斗诗中,大多是写于作者晚年时期,即写作此诗时何其芳的健康每况愈下,在从事相关工作的时候已经感到力不从心,所以这些诗中都会不约而同地出现对自己现在身体状况的担忧,与此

---

① 何其芳:《何其芳诗稿(1952—1977)》,上海文艺出版社,1979年,第132页。
② 何其芳:《何其芳诗稿(1952—1977)》,上海文艺出版社,1979年,第135页。

对应的是何其芳的一颗不老的心,虽然自己"胼手不知老已至",但仍可以"假我光阴二十年"以"欲播群花遗后代",在何其芳逝世前不久、心脏病复发后写成的最后的诗句中,他也发出了如此坚忍的心声:"敢惜蹒跚千里足,还教田野踏三春。"(《偶成》)

二、唯美主义书写

相较于感情基调与思想内容较为统一的第一类诗歌,何其芳所作的具有唯美主义思想的个人话语书写特征的诗歌中,所展现的思想内容就显得复杂得多,也含蓄得多。《效杜甫戏为六绝句·其六》《有人索书因戏集李商隐诗为七绝句》《自嘲》《惯于》《杂诗十首·峨眉》《平生》《西湖》《月光》《锦瑟》(二首)计16首属此类诗歌。这些诗歌大多抒发的是较为惆怅、缠绕的苦闷心情,表现在诗中就体现了诗人的唯美主义倾向。其中,最能体现何其芳唯美主义思想的诗歌之一是《杂诗十首·平生》:

> 平生不解酒甘醇,但觉葡萄亦醉人。
> 埋我繁葩柔蔓下,缠身愁恨尽湮沦。[1]

这是一首七言绝句,充满了何其芳对自己生命历程的感伤。由他于此诗下所作脚注可窥得一二:

> 予性不能饮,食葡萄亦有醉意。古之酒人有携酒乘车,使人荷铲随之者,曰:"死便埋我。"因思如埋我葡萄树下,或当大醉至生前愁恨今消除也。[2]

这首诗写于1976年10月3日下午,正是"文革"结束前的黑暗时刻,何其芳在"文革"中受尽折磨,这些都可以看作是这首诗的写作背景。诗人满腹愁恨,想要借酒消愁,但"性不能饮",光是吃葡萄就略有醉意,联想到古人的潇洒与激昂,而自身却不好饮酒,诗人大概觉得这是一大憾事。但"愁恨缠身"的自己,该如何消解呢?诗人借"古之酒人"的典故寄托了自己

---

[1] 何其芳:《何其芳诗稿(1952—1977)》,上海文艺出版社,1979年,第144页。
[2] 何其芳:《何其芳诗稿(1952—1977)》,上海文艺出版社,1979年,第144页。

的诗情,希望将自己埋在繁茂的葡萄藤下,或许可以大醉一场,将生前的愁恨尽数忘掉。在这首诗中,何其芳似乎又回到了那个对人生充满迷惘与苦闷的新月时期,甚至想到了唯有一死才能得以解脱,而且,"葬身之所"选择了"繁葩柔蔓下",尽显唯美主义诗人的人性与诗格。

与自己前期的唯美主义和象征主义风格形成互文关系的是何其芳古体诗中几首回忆自己年少时光的诗歌。这些诗歌写自己早期的创作成果,大多是为了表现新中国成立后的何其芳,或因自我批判与反思,或因公务缠身,或因文化创作环境的恶劣而无法从事文学写作事业,导致自己有了一种"江郎才尽"之感,从而引发自己对人生苦短、年华易逝的生命感悟,如《自嘲》与《峨眉》:

自嘲

慷慨悲歌对酒初,少年豪气渐消除。
旧朋老去半为鬼,安步归来可当车。
大泽名山空入梦,薄衣菲食为收书。
如何绿耳志千里,翻作白头一蠹鱼。①

峨眉

峨眉皓齿楚宫腰,花易飘零叶易凋。
更有华年如逝水,春光未老已潜消。②

《自嘲》是诗人自"文革"开始后写的第一首古体诗,与其同时代创作的新诗相比,其感情色调反差巨大。这首诗作于1975年3月13日,当时正处于"文革"时期,何其芳虽然恢复了全部工作,但其工作单位的一般业务仍然处于停滞状态,此时诗人的身体抱恙,每天参加工作学习都会耗费很大的精力。③在这种状况下,诗人作这首《自嘲》,以表达自己悲哀沉闷的心情,首联即点明整首诗的格调阴沉、悲凉,而想起昔日旧友的命运多舛更是伤心到不能自已,但自己已是风烛残年,空有一身抱负,壮志未酬,现在节衣缩食,不过是一个小小的书虫罢了,整首诗反映的何其芳痛苦尴尬的心境跃然纸上,与当年那个崇尚唯美主义以至略显颓废的诗人何其相似。我

---

① 何其芳:《何其芳诗稿》,上海文艺出版社,1979年,第126页。
② 何其芳:《何其芳诗稿》,上海文艺出版社,1979年,第141页。
③ 卓如:《何其芳传》,中国三峡出版社,2012年,第409—411页。

们从"慷慨悲歌""少年豪气""旧朋老去""安步归来"中看到何其芳由日常入诗的心绪。赵思运在《何其芳晚年旧体诗探幽》中指出此诗是最能体现何其芳幽郁于心的情绪的诗之一。[①]然而在这样的心绪和状态之下,他依旧"薄衣菲食为收书",足以看出对书的喜爱,"何其芳自来好书,好读书,好藏书。不仅他家中藏书数万卷,而且他心中更有一个广阔的书的世界"。广藏书籍、回顾旧友、空山入梦共同构成了何其芳入诗的情景,但在"自嘲"其生活的同时,他依旧"志千里"但又如蠹鱼一般乐自心底、不同俗流,呈现出一种别样的生命体验。《峨眉》一诗更是表达了作者的类似生命感悟,首句"峨眉皓齿楚宫腰,花易飘零叶易凋"表明了作者对于美好已逝的无奈与辛酸。值得注意的是第一句,诗人在这首诗下的脚注提到:一九六七年九月五日梦中得句云"峨眉皓齿楚宫腰",醒后足成一绝。[②]诗人做了什么梦我们不可知,但联系整首诗的思想内容,此一句应是作者写其年少时光,并且在他的心目中,那个诗意盎然的青年的形象是"峨眉皓齿楚宫腰",不可谓不美好。或许我们可以推断,诗人在梦中看见了自己年少时的意气风发,醒来时却疾病缠身,垂垂老矣,国家命运更是一片黑暗,各种滋味纠缠在心里,使得何其芳愈加苦闷,从而不得不借助唯美主义思想给予自己一丝慰藉,表达自己愁苦的心情。

然而,特别值得我们注意的一点是,作者在上一首《峨眉》,以及《效杜甫戏为六绝句·其六》中,对自己年轻时在诗歌创作上取得的成就是相当满意的,其中"少年哀乐过于人,借得声声天籁新"一句表达了何其芳对自己少年时代的感叹,而在《忆昔·其三》的尾联却说"苦求精致近颓废,绮丽从来不足珍"。结合整首诗来看,此诗应当是何其芳对自己在进入延安前,尚处于京派文人时期的思想状态与创作成果的总结。最后一句表达出何其芳对那个时候的创作成果的态度是"不足珍",与前面对意气风发的少年时代的怀念截然相反。在这种强烈的对比中,究竟哪个是正确的呢?笔者认为,这二者都是真实存在于何其芳内心的,他既有对过去的肯定,也有对过去的否定。上文提到,在延安整风运动后,何其芳就对自己诗歌创作的"思想内容"和"诗歌形式"进行改造,应当说,存在于无产阶级文艺战士形象中的何其芳,对自己早期创作经验的否定与批判是再正常不过的;而作为一位愁恨交加、病魔缠身而郁郁不得志的诗人来讲,对自己早期的才华横溢、

---

① 赵思运:《何其芳晚年旧体诗探幽》,《文学评论》2015年第6期。
② 何其芳:《何其芳诗稿(1952—1977)》,上海文艺出版社,1979年,第141页。

意气风发形象的怀念也是可以理解的。正是由于被革命主义与唯美主义这两种思想倾向相互拉扯，何其芳在自我否定与自我肯定之中纠结不堪，不断徘徊，这种人格分裂似的思想状况，对何其芳创作的影响就是让他更加向唯美主义靠拢，因为这种郁结于心的痛苦只有唯美主义才能够更加贴合地表现出来，不仅是这种纠结的心情，甚至何其芳回忆起重大历史事件或是自己亲身经历的某些震撼的场景时，都会倾向于唯美主义的表达方式。

在何其芳的《忆昔》系列诗中，又流露出一些矛盾和无奈来。何其芳在1975年6月5日晨4时写成《忆昔》第十一首古体诗，在这首七言律诗中，他写下这样的诗句："一生难改是书癖，百事无成徒赋诗。来者可追当益壮，问君汲汲欲何为？"[1]"书癖"难改和"徒赋诗"两句流露出作者爱读书、收藏书、爱写诗的诗人天性。后两句是表露他本人的志向所在，"来者"可以说是归来，从新中国成立后直到写下这首诗歌的"文革"后期，他在诗歌创作上一直处于极度压抑状态，新中国成立前那个白天与夜晚都在"歌唱"的何其芳可以说远离了他的所爱，随着后来环境的宽松，他觉得属于自己的时代来临了，最后发出"问君汲汲欲何为"的慨叹，回答自然是重画自己的诗歌蓝图，与时间赛跑。他把创作的笔触重新伸向他熟悉的现代白话诗创作，又学习仿作古体诗。相对于同时期他所作的感情基调相当统一的新诗，古体诗更能体现诗人复杂矛盾以及压抑的心境。何其芳选择在这个历史时期用古体诗来表达自己的心境，这与他对唯美主义的坚守、建立现代格律诗的主张、"新我"与"旧我"的冲突以及当时的政治环境与创作氛围不无关系。于是我们可以体会到，在属于第一类宏大抒情的公共话语书写的诗歌中，也存在着些许何其芳对自我情感的描摹，外加他的古体诗创作受晚唐诗风、象征主义与李杜诗风的影响，既有精致、沉郁、细腻的特点，又有豪迈奔放之处。各种因素纠缠在一起，在何其芳的古体诗中就显示出了不同于其新诗创作时的复杂细腻的基调。在《忆昔》第十二首中他写道："从戎投笔应经久，持盾还乡绝可怜。烈火高烧惊旷宇，奈何我独告西旋！"[2]在原诗第六句中注释如下："昔斯巴达妇女之送其子出征，不啼哭，亦不多言，唯指其盾云：愿汝持盾归来，否则乘盾归来。"[3]所谓"持盾归来"，指凯

---

[1] 何其芳：《忆昔（十一）》，载《何其芳诗稿（1952—1977）》，上海文艺出版社，1979年，第133页。
[2] 何其芳：《忆昔（十二）》，载《何其芳诗稿（1952—1977）》，上海文艺出版社，1979年，第133页。
[3] 何其芳：《忆昔（十二）》，载《何其芳诗稿（1952—1977）》，上海文艺出版社，1979年，第133页。

旋。"余1939年夏,由冀中回延安,则抗日战争尚未胜利,非持盾归来之时也。"[1]通过诗人所作脚注可以得知,这首诗的主要内容是表达何其芳对于他1939年夏由冀中回到延安所产生的惭愧、失望的心理。抗战时期,何其芳曾以鲁迅艺术学院指导教师的身份于1938年冬随贺龙一同到晋西北,这对于何其芳来说是梦寐以求的,他始终都想到前线去体验生活。然而在前线的体验生活并没有按照预定计划进行,在各种因素下,何其芳提早结束前线体验生活返回延安。何其芳回顾那段经历,回忆起面对敌人扫荡时见到的各个村庄的惨状,自己却跑回了安全的大后方,他对自己当时的行为与政治觉悟产生深深的惭愧与失望之情。这里引用的"持盾还乡"本应为凯旋之意,但何其芳却将诗中持盾之象用"绝可怜"来描述,显得尤为凄凉,再加之在抗日战争还未胜利之时便回到延安,在他本人心中并非持盾归来之时,本应"持盾"的理想壮举被现实的无奈所代替,似是而非中表明了何其芳当时无可奈何的心境。他在第七、八句中注道:"一九三八年冬,余随贺龙将军至晋西北,不久,又随部队进军冀中平原。翌年夏,离前线回延安。与冀中告别时,敌人正进行残酷'扫荡',焚烧村庄,黑夜中,红色火光烛天,景象惊心动魄。是时竟别冀中军民而西归,至今思之,犹为惭愧不已。"[2]在末句中为前诗所诉做了批注,还原、描绘当时之景,在火光烛天的黑夜中历经敌人的残酷扫荡,这惊心动魄之景象也熔炼为一直徘徊于心头的愧疚,将慷慨与悲凉表现得淋漓尽致。何其芳在这首诗中,借对当时行为的反省与剖析,反衬自己作为一名无产阶级文艺战士理应为祖国奋斗,与敌人抗争到底,以此来表现自己坚定的革命信仰。这种表达方式体现出何其芳在这类宏大抒情诗歌下的个人情感的流露。

第三节　古体诗的艺术特色

何其芳创作的古体诗,一类是深受晚唐诗风的影响,且采用了大量象征主义的艺术手法,使之带有伤感无奈、细腻柔软、典故繁多、略带颓废的艺术特色的诗歌;另一类是受李白、杜甫等盛唐、中唐诗人的影响,具有豪

---

[1]何其芳:《忆昔(十二)》,载《何其芳诗稿(1952—1977)》,上海文艺出版社,1979年,第133页。
[2]何其芳:《忆昔(十二)》,载《何其芳诗稿(1952—1977)》,上海文艺出版社,1979年,第133页。

放飘逸、想象丰富的艺术特色的诗歌。这两种类型的诗歌创作都展现了他内心对唯美主义和精致体诗风的倾向,这一部分的诗歌也是他在第三个创作高峰期表现出的与前期"新月""京派"风格最为呼应的作品,体现了在特定历史时期一个知识分子丰富的创作和精神图景。

一、晚唐诗风与古体诗创作

我们在研究何其芳的京派时期作品时就详细探讨过他的现代诗,尤其是1931—1935年大学期间他的创作,深受晚唐诗的影响,参加工作后,他的诗风逐步脱离了晚唐诗风,奔赴延安后这一风格便消失殆尽,象征主义之于何其芳也是如此。但到了诗人晚年,在社会语境及个人多重因素综合下,何其芳重新唤醒内心一直钟情的晚唐诗风与象征诗艺。而且他将之用于古典诗歌创作中,在一定意义上接续了中断多年的唯美主义创作。

新中国成立后,由于工作的需要,何其芳开始对中国古典诗歌的艺术风格做了系统的研究,这更使得他对李商隐等人的晚唐诗歌如数家珍。由于郁结于心的沉闷心境加上研究古典诗歌的合理诉求得到满足等更加催生了他创作古体诗的冲动,与这种心境相适应的诗歌风格之首选当为李商隐等人的晚唐诗风。其中最突出也是最极端的诗歌是诗人于1964年11月5日与6日所作的《有人索书因戏集李商隐诗为七绝句》,这七首诗都是由李商隐的诗句拼凑而来,属于何其芳的二次创作。这种二次创作是凝聚着何其芳的心血的,七首绝句是他从李商隐的诗作中精心辑选而成的,整个组诗弥漫着一种伤感无奈的氛围,如《其五》:

> 万里风波一叶舟,雨中寥落月中愁。
> 深知身在情长在,埋骨成灰恨未休。[①]

首句"万里风波一叶舟"出自李商隐的《无题》:"万里风波一叶舟,忆归初罢更夷犹。"原诗所写的是李商隐宦途风波、政治失意及思归不得的忧愤。次句"雨中寥落月中愁"出自《端居》:"阶下青苔与红树,雨中寥落月中愁。"表达的是李商隐悲愁、孤寂和思亲的情感。"深知身在情长在"出自《暮秋独游曲江》:"深知身在情长在,怅望江头江水声。"此诗是一首悼亡诗,是

[①] 何其芳:《何其芳诗稿(1952—1977)》,上海文艺出版社,1979年,第125页。

诗人感叹人生无常,表达深情与凄婉的佳作。"埋骨成灰恨未休"出自《和韩录事送宫人入道》:"当时若爱韩公子,埋骨成灰恨未休。"是李商隐用典之作,表达了相爱之人因道教清规不能厮守终生的悲凉。何其芳作这首诗的心境是可以从他对李商隐的诗句有针对性地挑选而得以窥见的,每一句诗的出处都来自李商隐表达忧愤、孤寂之作,而抛弃了这些诗句的原典意义,将诗句按其字面意思组合起来看整首诗所要表达的感情,我们会发现何其芳在其中所蕴含的无奈、寂寥、愁恨以至于颓废似要喷薄而出,但却化为绕指柔肠,显得无限凄婉,这正是晚唐诗风在何其芳诗歌中的体现。不过,有研究者提出:"既然李商隐构成了何其芳的精神镜像,这就不仅涉及到文献层面的解读,而且还要深入到发生学的层面来剖析李商隐何以成为何其芳的精神镜像并且外化到他的文字之中。"[①]在笔者看来,这个研究点的提出是十分关键的,何其芳《诗歌欣赏》里关于李商隐的评论有这样一段话:

> 李商隐在唐朝也是一个很不得志的文学家,可以说是潦倒终生。他活了四十六岁,比李贺的生活经历多一些,因而他的诗的内容比李贺的诗方面多一些。他也写过一些社会意义比较明显和表现个人牢骚不平的诗。[②]

根据此段描述,我们能感受到何其芳对于李商隐的关注并非只限于诗歌的表达上,他认可李商隐的诗内容丰富是源于他生活的经历,且也注意到李商隐生平不得志这一点,笔者针对这一点做出猜想或许是何其芳认为李商隐的经历和诗的表达更能与他产生共鸣一些。

二、象征主义诗艺呈现

象征主义诗艺具体来说,是诗人通过意象的组合和意境去暗示诗人心灵世界的某种感受。"雨"与"月"、"万里风波"与"一叶舟"的意象的使用,表明了何其芳感时伤怀、落寞寂寥的情绪;而且,全诗每一句都运用了典故,这种完全摘录前人诗句的再创造,使得每一句诗都拥有了由原典派生出的意境,通过诗人有选择的组合,全诗四句在相同的意境回环往复的叠加下

---

① 赵思运:《何其芳晚年旧体诗探幽》,《文学评论》2015年第6期。
② 何其芳:《诗歌欣赏》,作家出版社,1964年,第69页。

更显得诗意绵绵且回味无穷。

在何其芳的论文集《诗歌鉴赏》中,除了对李商隐等晚唐诗人的诗歌分析与解剖,对李白、杜甫等盛唐、中唐诗人,何其芳也是赞赏有加。不止如此,对李白杜甫等人的崇拜是何其芳自小就开始的,他曾在《忆昔·其一》与《写诗的经过》都有提到,李白杜甫可以称得上是何其芳艺术道路上的启蒙者:"还有一部'唐宋诗醇',选的是李白、杜甫、白居易、韩愈、苏轼、陆游六家的诗……而且记得最能打动我的是李白和杜甫的某些作品。这是我第一次真正接触到诗歌。"[①]何其芳还阐释说虽然当时的思想较为幼稚,但是正是从那时起才出现了发自内心的喜爱,并感到了所谓的艺术的魅力。

正因如此,何其芳在古体诗创作的艺术风格上就不能不受李白、杜甫等人的影响,这种影响最直观地体现在他宏大抒情类的诗歌中,如《讨叛徒、卖国贼、反革命修正主义分子林彪·其一》:

> 恶盈何待国人诛,殊域碎尸犹有辜。
> 枭獍贪吞父母血,蝮蛇欲啮榛林枯。
> 妄称天马终狂犬,善隐兽形逾老狐。
> 蔽日乌云成底事,晴空如洗共欢呼。[②]

前三联突出对林彪的批判与贬低,尾联表达出黑暗过去、光明来临时人民欢呼雀跃的心情。诗人发挥了他的想象力,将林彪及其他反党分子比作枭獍、蝮蛇、狂犬等带有邪恶色彩的动物,极具夸张色彩。而首联中所用的词语的感情浓烈程度堪为惊人,"殊域碎尸犹有辜"这句诗表达了作者极大的愤慨之情。通览全诗,丰富的想象与激烈的用词使得整首诗的豪迈之情溢于言表,体现了何其芳深受诗仙太白豪壮诗风之影响,在古体诗中也形成了豪迈奇雄的艺术特色。他在评论李白、杜甫的诗时曾说过:"一个伟大的作家所表现的生活及其成就总是多方面的。去掉了繁茂的枝叶就无法看到参天的大树的全貌。"[③]他的这种文艺观也体现在了这首诗歌中,瑰奇的想象与深沉的思想相结合,体现出诗人独有的精神气质。

何其芳在新中国成立后发表的新诗,相较于他早期新月时期与京派时

[①] 何其芳:《写诗的经过》,《关于写诗和读诗》,作家出版社,1956年,第85页。
[②] 何其芳:《何其芳诗稿(1952—1977)》,上海文艺出版社,1979年,第127页。
[③] 何其芳:《诗歌欣赏》,作家出版社,1962年,第41页。

期来讲并不算多,但在1963年后,他以极高的热情写作了大量的古体诗,这一时期可以称得上何其芳的第三个创作喷发期。但或因当时的政治风向与文化创作环境,这些古体诗在作者生前并未发表。探究何其芳创作古体诗的原因,一是何其芳对于唯美主义风格的坚守,二是政治背景不允许他以现代诗的直白形式表现带有唯美主义色彩的自我抒情,三是何其芳建立现代格律诗的主张使得他从古体诗的创作与研究中寻求方法,四是新中国成立后的何其芳由于始终无法从事创作事业以及自我思想改造无法取得实质性进展而产生苦闷饱受折磨,这使得他不得不借古体诗来表达自己的心情。通过何其芳古体诗歌的思想内容,我们可以看出,在这些古体诗中,既有唯美主义的再现,也有革命主义的引入,但归根结底二者是水火不相容的,这种思想上的冲突使得何其芳几乎是本能地倾向了对唯美主义的创作,体现了何其芳的艺术坚持与操守。再者,与思想内容相辅相成的是,何其芳的旧体诗的艺术特色既受到了晚唐诗风与象征主义的影响,使其诗表现为伤感无奈,细腻柔软,略带颓废的艺术特点;另一方面,何其芳受李白、杜甫等人的影响,其部分诗歌(主要是具有宏大抒情的诗歌)显示出瑰丽奇绝、豪气冲天的艺术特点。何其芳这一时期的创作,呈现出了一个诗人多方位的创作气质和思想面孔,对于这一时期的诗歌创作进行宏观的分析和梳理,有助于整体把握何其芳的创作演变过程。

第九章　新中国成立后何其芳的散文选编

　　从何其芳的诗歌创作道路来看,他是从唯美主义诗人走向革命主义诗人的,作为稍晚开始,后几乎和诗歌创作同步的散文创作,他所走的道路依然是曲折的。孙郁认为:"《画梦录》写的是自己的年轻的梦。那是一个苦苦寻路的人,在无所事事时的情感的闪光。它毫不造作,没有世俗气。"①他说何其芳是"一个忧郁、求索的青年身影,那么清晰地向你走来。是的,30年代的学生是孤寂的。只有读了《画梦录》这样的文字,才会懂得,为什么许多青年,最终选择了革命道路。丁玲、夏衍等人,都有过类似的经历"②。何其芳散文创作道路的脉络主线也与诗歌创作相仿,是从唯美主义的散文创作走向革命主义的散文创作。《画梦录》作为《大公报》文艺奖金的获奖作品,学界研究较多,研究成果较丰富。《还乡杂记》在散文文体上也较成熟,研究的成果也较多。《星火集》《星火集续编》,还包括新中国成立后何其芳本人自选自编的《散文选集》,这三部散文集研究较前两部集子,研究关注相对较少,但也有重要的研究成果。如果从何其芳散文创作的总体道路上来看,从他散文创作的视点,也就是作品书写时的视角上系统观察,发现他的散文创作道路有其自身的演变特点。

　　《画梦录》作为他文学创作鼎盛期(北大求学期间)作品的结集,尽管其中的作品也随着时间的推移在思想内容上有嬗变,但总体上看,《画梦录》创作的视点主要是作者对自我内心的关注。就是写他自己的内心情感、内心感悟,这个时期他仿佛与世隔绝。顺着时间脉络,1935年他大学毕业后,全国抗战爆发前,辗转天津、山东莱阳教书,虽接触了真正的社会,感受到了现实真实的残酷的"鞭子",但从这一时期结集的散文篇章《燕泥集后话》《梦中道路》来看,他关注的仍然是自己的内心,不过视点已经有所变化。变化体现在《燕泥集后话》《梦中道路》中所写内容是何其芳回顾自己之前诗歌创作历程、文学思想,两篇文章尽管和《画梦录》中的散文同样具

---

① 孙郁:《画梦录》,载《灯下闲谈》,福建教育出版社,1999年,第95页。
② 孙郁:《画梦录》,载《灯下闲谈》,福建教育出版社,1999年,第95页。

有唯美精致的特点,但已经能够跳出来,旁观和回顾自己的诗歌创作道路,而且更明确了自己的创作思想:为艺术而艺术。从第一个散文集子《画梦录》到第二个部分散文结集《刻意集》中的散文,一个是用散文创作实践,另一个用近乎感悟和宣言的形式,表明自己的散文创作"纯"的追求。1940年身处延安的何其芳,在《刻意集》出三版时,把原本的《刻意集》中的《燕泥集后话》《梦中道路》删除,这是对特殊环境的一种变通,去除宣言式的明显的文学思想表达,以加入《浮世绘》四个断片,回归用作品实践表达自己的文学观。《还乡杂记》写的是何其芳大学毕业后工作到全国抗战爆发前回乡探亲的所观、所感、所思、所回忆。从整个集子的作品看,何其芳书写故事的视角已经不是完全关注自身、回顾自身,而是从自己的视角看世界,看他曾经生活过的、现在的故乡世界。这和《画梦录》《刻意集》中的作品视点就不一样了。可以说,《还乡杂记》中的散文是何其芳与真实的外在世界开始并试图深入地理解。这与他1935年夏大学毕业工作后接触了残酷的现实有关。但《还乡杂记》中的何其芳并没有以成人的身份与他曾经和现在的故乡发生实质性关系。《还乡杂记》也逐渐由《画梦录》《刻意集》的唯美主义文风向现实主义特征过渡。《星火集》《星火集续编》是写的全国抗战爆发后,何其芳从四川到延安以及在延安文艺座谈会前后(直到1944年4月何其芳被派往重庆宣讲《讲话》精神)的人生经历、感悟、思想与创作嬗变的过程。这两部散文集中的作品是按照时间顺序写成的。可以清晰地看到,这两部散文集的视点是何其芳与外在世界的关系,就是自我与世界的关系。很明显,何其芳在《星火集》《星火集续编》中已经开始介入生活、介入社会、介入政治。由《画梦录》《刻意集》甚至《还乡杂记》中的"芦草"自题,并"不愿意成为笛子或一只喇叭",到《星火集》《星火集续编》中实际上已经成了"笛子或一只喇叭",尤其是《星火集续编》中更多的是杂文。视点确实不再关注内心自我,不再从自我看世界,而是自我介入世界,努力地构建自己与世界的关系。1956年人民文学出版社邀请何其芳自己编一本散文选集,何其芳从1933—1936期间所写的诗中选了9篇,篇章来自《画梦录》《刻意集》(1938年),1936—1937年选了6篇,分别来自《还乡杂记》《刻意集》序,1939—1941年选了4篇,篇章来自《星火集》,1945—1946年选了5篇,篇章来自《星火集续编》。这是何其芳经过反复考量的,并一再言说无法再选出其他作品了。这个集子里没有新作,都是以前的旧作,何其芳的选择说明是他内心真正喜欢的,甚至可以说是比较喜欢的,而且他对其中的篇章还进行了修改,应该说这部他自选自编的《散文选集》视点又回归到了他的内心自我。之后,由于文化语境的不断变换,何其芳生前再没有散文集问世。

1957年,何其芳自编散文集《散文选集》(人民文学出版社出版),并写了序言,正是这篇序言,提出了学界直到今天依然关注的一个问题"何其芳现象"。无论是出于真正的内心想法还是自谦自责,何其芳都点出了"何其芳现象"内容所指。"何其芳现象"其实很复杂,并不能仅仅作为一种现象进行概括。

第一节 "何其芳现象"提出及其背后的隐微表达

何其芳在序言中说:"一个人的生命过去了很多,工作的成绩却很少,这已经是够不快活的事情了;但更使我抑郁的还是我发现了这样一个事实:当我的生活或我的思想发生了大的变化,而且是一种向前迈进的变化的时候,我写的所谓散文或杂文却好像在艺术上并没有什么进步,而且有时甚至还有些退步的样子。"[①]这段话后来也成为"何其芳现象"的一种诠释与依据。这段话今天来看有几个细节要注意,一是这本散文集编选与出版时的背景,即当时正在提倡"双百"方针。整个文学语境相对宽松,所以,何其芳无论是选作品入集子,还是作序言,更多的时候可以表露内心一部分真实的想法。二是他提到"思想上进步""艺术上退步"应指的是散文、杂文创作,并没有提到他非常擅长的诗歌,原因也很简单,1942年延安文艺座谈会之后他几乎停止了诗歌创作,即使是新中国成立初期写的《回答》也遭受非议,所以他写这部散文选集序言的1956年9月,干脆就不提诗歌以及其他文体创作的事。三是这段话体现了他选编散文的困难,又将大部分主要书写自己的作品选入,而且一再感慨自己艺术上的退步。他选编的真正困难不是来自《画梦录》《还乡杂记》这两部散文集,而是后面《星火集》《星火集续编》中的散文。他说:"抗日战争中写的那些文章,我只选了四篇;整风运动后写的那些杂文,我只选了五篇。这倒主要不是因为'星火集'和'星火集续编'还在印行,不应多选,而是就文章而论,我觉得实在再也选不

[①] 何其芳:《散文选集·序》,人民文学出版社,1957年,第2页。

出来了。"①何其芳又进一步强调说:"我想,一个认真的有责任感的人,他发现他的工作做得不好,因而难过,这倒是正常的。如果他无动于衷,满不在乎,那才真是他的头脑和心灵都有了毛病。因此,应该作的不是隐瞒这种事实和感情,而是给它们以恰当的解释,并从其中得到可以得出的教训。"②这就清晰了,何其芳不满意的大都是全国抗战爆发后写的一些作品,认可的基本上是全国抗战爆发之前的写作。之前写的散文主要是关注自我内心、从自我出发看待这个世界,总体上是关注自我的,所以说这部《散文选集》又回归到关注自我。

何其芳《散文选集》的关注自我和之前并不是一致的,而是随着他思想的变化有了新的含义。1986年5月,《何其芳研究》收录了叶公觉的一篇评论文章《为"精致"一辩——读〈画梦录〉之二》,对于何其芳是不是厌弃了"精致"有一个评论。叶公觉认为:"何其芳所以有时厌弃他的精致,实际上是厌弃早期苍白的思想,而不是对艺术形式本身而言。同时,这种厌弃是有限度的,是'有时'和'有一点',决非经常和全部。这和何其芳在历史环境影响下的思想发展有关。当他的思想和情感逐步变得'粗'起来时,他厌弃自己的精致,但这种'粗',也并非是永远不变、永远正确的,有时未免'粗'得过头。过了一些时候,在新的历史环境和历史条件下,也会有新的认识。"叶公觉特别强调:"1956年何其芳自编《散文选集》时,把《画梦录》及《还乡杂记》中的散文几乎全部编入,而抗日战争中写的那些杂文,只选了四篇,延安整风运动后写的那些杂文,只选了五篇,他以为'就文章而论,我觉得实在再也选不出来了'","由此,不也可以从实例看到他并不完全厌弃他的精致吗?"。叶公觉认为,通过何其芳自己在《散文选集》序言中的"只讲求艺术的完美和不讲求艺术的完美,都是不行的"这句话,可以感受到,何其芳理想的应该是"先进思想和优秀艺术的完美结合"。③其实从何其芳整体的文学道路看,他始终没有放弃对唯美主义艺术的追求,只是在大学读书期间思想和艺术追求是一致的,进入社会尤其是在抗战大背景下以及他奔赴延安后的经历,使得思想上追求进步与艺术上追求精致唯美产生了冲突,他的困难确实是如何平衡思想的进步与他内心对之前艺术理想的平衡。

①何其芳:《散文选集》,人民文学出版社,1957年,序第2页。
②何其芳:《散文选集》,人民文学出版社,1957年,序第2页。
③叶公觉:《为"精致"一辩——读〈画梦录〉之二》,《何其芳研究》1986年5月第9—10期合集。

《散文选集》选取的散文都是何其芳新中国成立前创作的作品,不同时期的作品带有何其芳不同的人生阅历以及时代背景与文化背景。编选作品集同样也蕴含着作者自己思想的变化、文学观的变化以及背后的政治文化背景。《散文选集》编选的时代背景尽管是新中国成立后十七年文学时期相对宽松的语境,但还是可以看出何其芳内心与文学观的微妙变化及时代背景的影响。《散文选集》中的作品,他明确说:"那时候写的短文,内容太坏的自然没有选;就是入选的几篇,也仍然是带有当时的思想落后的色彩的,只是今天看来过于刺目的谬误的地方,我略为作了一些删节。"[1]所选文章中内容确实有删节修改,而且不止一处。如《梦中道路》一文,何其芳在文中曾说过这样一段话,话中很清晰地提出自己受过T.S.艾略特的影响:

> 当我从一次出游回到这北方大城,天空在我眼里变了颜色,它再不引起我想象一些辽远的温柔的东西。我垂下了翅膀。我发出一些"绝望的姿势,绝望的叫喊"。我读着T.S.爱里略忒(Eliot)。这古城也便是一片"荒地"。我听着啄木鸟的声音,听着更柝,而当我徘徊在那重门锁闭的废宫外时我更仿佛听见了低咽的哭泣,我不知发自那些被禁锢的幽灵还是发自我的心里。

《梦中道路》在《散文选集》收录时进行了删改,文中的"T.S.爱里略忒(Eliot)"删除,换成"我读着一些现代英美诗人的诗"。黎活仁认为,艾略特的诗充满颓废色彩,何其芳自然不愿明确提及。[2]这也可见时代背景对他的影响。《梦中道路》的修改也并非孤例。在《星火集》初版本(1945)和再版本(1946)中,"延安"一词是用××代替的,在1949年版本以及《散文选集》中"延安"一词不再用××代替。同时,原版《一个平常的故事》中"我的偏爱的读物也从象征主义的诗歌,柔和的法兰西风的小说换成了T.S.爱略忒的绝望的枯涩的语言,杜斯退益夫斯基的受难的灵魂们的呻吟"[3]这句话在《散文选集》中变成了:"我的偏爱的读物也从象征主义的诗歌、柔和的法兰西风的小说换成了陀思妥耶夫斯基的受难的灵魂们的呻吟。"[4]这里也对T.S.

---

[1] 何其芳:《〈散文选集〉·序》,《散文选集》,人民文学出版社,1957年,第3页。
[2] 黎活仁:《乐园的追寻(何其芳早期作品的一个主题)》,《何其芳研究》1986年第9—10期合集,第14页。
[3] 何其芳:《一个平常的故事》,载《星火集》,群益出版社,1949年,第128页。
[4] 何其芳:《一个平常的故事》,载《散文选集》,人民文学出版社,1957年,第97页。

艾略忒进行了有意的删除，进一步印证了叶公觉的话，也再次表明，何其芳尽管坚守着个人的艺术追求，但在强大的时代背景影响下，也会做出一些妥协。

《散文选集》1957年3月出版两年多后的1959年8月29日，一个名叫周速的文学青年给何其芳写了一封信。信中说他觉得何其芳早期的作品比后期的作品更有味一些，早期的散文作品在艺术技巧上比后期的成熟。周速在看完《散文选集》的序文后，针对何其芳说他在散文和杂文创作上"思想上进步、艺术上退步"的说法，提出了自己的疑问："为什么会产生这种现象？为什么当一个人的生活和思想逐步深入和进步的时候，写作的艺术会有'退步'现象呢？难道原有的艺术技巧不起作用了？""为什么一个青年作者开始踏入创作道路的时候，会写出一些较好的作品，而以后愈写愈困难，写出来的也不见有进步，甚至一篇不如一篇呢？"[①]周速说得很直接，困惑也是直接提出，这时距离何其芳写《散文选集》序已经过去了两年多的时间，何其芳的思想以及当时的文学语境已经发生了变化，所以何其芳的答复很令人寻味，他对周速的疑问几乎是逐条回答的。对于周速说他前期作品比后期作品艺术上更成熟的原因，他说原因是"否定了过去的风格而新的风格又还没有形成，否定了过去的艺术见解而新的艺术见解又还比较简单，以及没有从容写作的时间，常常写得太快，太容易，等等"[②]。紧接着对周速说其前期作品比后期成熟，何其芳几乎是反驳的口气。他说《散文选集》第一部分不过是表现了一个政治上落后的知识青年的某些苦恼和矛盾而已，"它们的艺术倾向主要不是引导人正视现实而是逃避现实。和这种艺术倾向相适应的是它们写得不自然，不朴素，过于雕琢"。"所以对那些散文不应该过多地肯定，不应该无批评地欣赏。"[③]对于《散文选集》第二部分，何其芳说："我想你会看出，这个部分的思想内容和艺术倾向是和卷一有显著的差异的。这是我面向现实和倾向进步的开始。风格上也在向着自然和朴素方面变化。因为是一种新的开始和变化，倒应该说它们是并不成熟的，比较粗糙的。"[④]何其芳甚至有责备的口吻："你所说的后期到底从哪里算起呢？我所不满意的在抗日战争初期写的那些杂感，在选集中一篇

[①] 何其芳、周速：《关于写作的通信》，载《文学艺术的春天》，作家出版社，1964年，第160页。
[②] 何其芳、周速：《关于写作的通信》，载《文学艺术的春天》，作家出版社，1964年，第162页。
[③] 何其芳、周速：《关于写作的通信》，载《文学艺术的春天》，作家出版社，1964年，第163页。
[④] 何其芳、周速：《关于写作的通信》，载《文学艺术的春天》，作家出版社，1964年，第163页。

也没有选。它们思想不深刻,文章也不讲究。抗日战争初期写的那些报告文学我只选了一篇。至于卷三的其他几篇,在艺术技巧上倒未见得不如早期的散文成熟。和卷一比较,它们是一种很不相同的风格。还是这种风格正常一些,大方一些。和卷二比较,它们正是从那里发展来而又比较成熟一些的。到了卷四里面的那些文章,风格上又有些变化,变得更朴素,因而或许就更平淡了。"①从这里可以看出,何其芳对自己1956年写在《散文选集》序中"思想进步、艺术退步"的说法并没有完全再坚持,他认为这中间是有曲折的,卷三的作品是他最满意的说法就是证明。1963年12月24日深夜,何其芳写作完成《文学艺术的春天》序言,1964年3月8日清晨,对这篇序言又进行了修改,在改定的序言中,何其芳说他很抱歉四年后才来对周速的问题"是否可以用您早期那样优美的艺术形式来写反映新生活新思想的散文呢?"再做一次回答。他说:"思想对于创作者来说当然是非常重要的,但一个作者的政治思想、艺术思想、艺术上成熟的程度这三者并不一定任何时候都是平衡的。艺术修养并不一定是自然地就'随着政治思想的提高而提高',因为它们到底是两件事情。"②何其芳认为思想发展、艺术形式和表现能力不是直线上升也不是两条平行线,是复杂的曲折的。"总的说来,一个作者的政治思想发生了较大的变化,他的艺术思想、艺术形式、艺术风格也总是要或快或慢地发生较大的变化的。因此,用我早期的那种艺术形式艺术风格来写反映新生活新思想的散文,那是不可能的。因为新的内容总是要决定着我们的形式和风格的革新,总是要寻求新的形式,形成新的风格。恐怕要求只能这样地提:反映新生活新思想的散文、杂文应该达到高度的思想和艺术的统一,高度的内容和形式的统一。这是可以达到的。不过我一九四四到一九四七年在重庆写的那些杂文暂时还没有达到而已。"③何其芳讲出这段话的时候是1964年,距离1956年已经过去了8年的时间。这8年何其芳显然在思想、创作上发生了变化,所以他部分修正了他1956年提出的"思想上进步、艺术上退步"的观点。"何其芳现象"的背后自然有何其芳自己的苦衷。他在学生时代,尤其是北京大学求学期间,没有任何杂事缠身,当然有充足和自由的时间在他的"梦中道路"中漫步。他可以精心地打磨他创作出来的作品,从内容上的抒情到形式上的唯美。

---

① 何其芳、周速:《关于写作的通信》,载《文学艺术的春天》,作家出版社,1964年,第163页。
② 何其芳:《文学艺术的春天》,作家出版社,1964年,序第35—36页。
③ 何其芳:《文学艺术的春天》,作家出版社,1964年,序第36页。

这一期间的作品文学性非常高,与他年轻的幻想以及无人打扰的自由空间有关。大学毕业后到奔赴延安再到新中国成立后,他的人生境遇在不断发生着变化,尤其到了延安。从他在延安时起,他的身份就多了政治色彩。1944年4月与中共代表团一起奔赴重庆宣讲《讲话》,并担任代表团文教组宣传部副部长。1945年1月从重庆返回延安又担任鲁迅艺术文学院文学系主任。1946年担任中共四川省委宣传部副部长。结束重庆任务后的1947年10月,在河北平山县西柏坡村中央委员会机关工作,并任朱德的秘书。新中国成立后,1955年任中国科学院哲学社会科学学部文学所任副所长,同年6月当选为中国科学院学部委员。1959年任中国科学院文学研究所所长,中国人民大学文学研究班主任。1964年12月—1975年1月,何其芳当选为中华人民共和国第三届全国人民代表大会代表。可以看出,从他在延安时期开始,他的一生与政治紧密相连。如何平衡文学创作与政治身份的冲突,这是他在很长的时间里思想矛盾和斗争的重要因素。何其芳自己的感慨只是他自己没有明说,其实现实的政治身份不可能再让他回到单纯的大学时代,那时可以根据自己的意愿行事,但之后人生多了政治身份,只能平衡创作和政治活动的关系。但何其芳骨子里对文学艺术的审美是有极高的追求的,他终其一生也没有完全放弃对文学艺术独特性的推崇,对文学唯美追求若隐若现在他从延安时期直到生命终结。所以,想用"何其芳现象"来概括何其芳的文学道路是不恰当的,这个现象的内涵是他本人提出的,但随着时间的推移无论是在思想上还是在创作上,他在修正这个观点,非常微妙,所以这些是"何其芳现象"复杂性所在。

第二节 走向延安的道路

何其芳编选的《散文选集》内容共分四卷,具体为:卷一(1933—1936)包括《雨前》《黄昏》《独语》《梦后》《哀歌》《楼》《迟暮的花》《"燕泥集"后话》《梦中道路》,前七篇选自《画梦录》,后两篇选自《刻意集》;卷二(1936—1937)包括《街》《私塾师》《老人》《树荫下的默想》《"刻意集"序》《"还乡杂记"代序》,除《"刻意集"序》外,其余五篇都选自《还乡杂记》;卷三(1939—1941)包括《老百姓和军队》《一个平常的故事》《论快乐》《饥饿》,文章选自

《星火集》;卷四(1945—1946)包括:《下江人及其他》《理性与历史》《记王震将军》《朱总司令的话》《韩同志和监狱》。从何其芳四卷作品的选录和时间顺序看,卷一1933—1936年,卷二1936—1937年,卷三1939—1941年,卷四1945—1946年,所选作品并不是不间断的,而是空缺了1938年、1942—1944年,1938年在之前的论述中可知,正是他真正踏入社会并试图表达对世界的看法,但最终受到挫折,在成都成为被孤立者,最终走向延安。1942—1944年间延安文艺座谈会召开及何其芳第一次奔赴重庆宣讲。这一时期,何其芳"新我"明显战胜"旧我",但内在的矛盾并没有完全消除,而且第一次在重庆宣讲《讲话》并不顺利,遇到很多挫折。或许何其芳不选这期间的作品有这个原因存在。从另一点看,何其芳所选四卷作品,从时间的顺序看,选择的作品恰恰能证明他是如何走向延安的,如何走向革命道路的,而且是积极的正确的道路。通过作品编录来证明自己文学道路(人生道路)的正确前进过程,《散文选集》不是第一次,何其芳在编选他人生最重要的诗集《预言》时就用过这种方式,《预言》中的几卷诗的编选就是从个人压抑到认识社会并希望用自己的双手去改变不合理的社会。

卷一从《雨前》(1933年春)始至《梦中道路》(1936年6月19日)结束,《梦中道路》就是回顾自己之前的文学道路,而且何其芳迫切想从这条迷离的"梦中道路"中醒来。他在文章中不停地喊着"有时我厌弃自己的精致","我倒是有一点厌弃我自己的精致",并忧郁地说:"为什么这样枯窘?为什么我回过头去看见我独自摸索的经历的是这样一条迷离的道路?"其实这本身就预示着何其芳下一阶段的改变,从思想到实践。在《散文选集》《梦中道路》前一篇的《"燕泥集"后话》(1936年6月8日)中已经预示了《梦中道路》这篇文章要表达"改变"的想法。他说:"我并不是在这里作不详的暗示。对于未来我并不绝望。但我实在有一点悲伤我自己的贫乏,而且当我倾听时,让我诚实的说出来吧,他人的声音也是多么微茫,多么委靡。"[1]这里暗示着不满和抗争,在《梦中道路》中再次明确自己的厌弃,希望想改变的想法。这种不满其实是从《雨前》就能看出,暴雨来临之前的"雨前"是非常压抑的,也蕴含着某种被压抑的内心力量。章子仲认为:"《雨前》暗示了敏锐的青年在严酷的异地里的希望和寂寞。"[2]《黄昏》《独语》《梦后》《哀歌》《楼》《迟暮的花》无不表达了这种寂寞和希望。何其芳也越来越对他之前

---

[1] 何其芳:《燕泥集后话》,载《刻意集》,文化生活出版社,1939年,第67页。
[2] 章子仲:《〈画梦录〉及其毁誉》,《何其芳研究》1985年第8期。

诗中描述的美丽少女、梦幻美好的世界在现实世界中的不存在而感到失望、苦恼，他在挣扎、矛盾中探索着前行的路。《画梦录》反映了黑暗旧社会中，敏感的青年的苦闷与追求，从现在看来，它的意义似只在可供研究这一类型文学青年的心路历程。但当时和尔后，都久久存留着魅力。"[1]"锲而不舍的对理想的追求，终会引导通向真理之路。"[2]何其芳自己在《一个平常的故事——答中国青年社的问题："你怎样来到延安的"》中说《画梦录》"那本小书，那本可怜的小书，不过是一个寂寞的孩子为他自己制造的一些玩具。它和延安中间是有着很大的距离的，但并不是没有一条相通的道路"[3]。"我想我大概并不是一个强于思索和反抗的人，总是由于重复又重复的经历、感受，我才得到一个思想；由于过分沉重的压抑，我才开始反叛。"[4]《散文选集》中所选作品都带有沉重压抑的性质，而且通过对这种压抑反思、苦恼及预示着的抗争看，何其芳就是想通过这些作品的选录，证明自己当时和延安的道路是有"一条相通的道路"的。

卷二主要是从《还乡杂记》中选取的作品，只有《"刻意集"序》一篇选自《刻意集》。包括《街》《私塾师》《老人》《树阴下的默想》《"刻意集"序》《"还乡杂记"代序》。从这些作品的内容看，何其芳在回顾自己走向延安的道路。《私塾师》是书写自己的私塾生活，这种生活持续到他十五岁；《街》写的是他在县城中学的生活；《老人》写的是他的童年生活所见所闻及其经历；《树阴下的默想》写的是自己的大学生活及思想；《"刻意集"序》《"还乡杂记"代序》写的是他1935年大学毕业到1937年7月7日全国抗战爆发期间的思想与经历。何其芳曾经说过："以我现在的眼光看来，这本散文集子在艺术上，在思想上都是差得很的。这只是一个抗战以前的落后的知识青年的告白。他从睡梦中醒了过来，但还未找到明确的道路，还带着浓厚的悲观气息和许多错误的思想。仅有的积极意义大概就只有这样一点点：从这个作者极其狭隘的经历也可以看到这个世界不合理得很，需要改造。"[5]所以，通过作品梳理自己的探索过程，选以上作品对何其芳来说是恰当的。

---

[1] 章子仲：《〈画梦录〉及其毁誉》，《何其芳研究》1985年第8期。
[2] 章子仲：《〈画梦录〉及其毁誉》，《何其芳研究》1985年第8期。
[3] 何其芳：《一个平常的故事——答中国青年社的问题："你怎样来到延安的"》，载《散文选集》，人民文学出版社，1957年，第91页。
[4] 何其芳：《一个平常的故事——答中国青年社的问题："你怎样来到延安的"》，载《散文选集》，人民文学出版社，1957年，第92页。
[5] 何其芳：《还乡杂记·附记二》，载《还乡杂记》，文化生活出版社，1949年，第104—105页。

《私塾师》《老人》《树阴下的默想》三篇作品在上海良友复兴图书印刷公司出的《还乡日记》(1939年)中被删掉了。方敬在《还乡杂记》第二版《还乡记》(1942年)后记中说:"而且里面还印掉了三篇:《私塾师》《老人》《树阴下的默想》。《我们的城堡》也只印了一个头。这意想不到的大错,对作者与读者都是一个损失。不说写作时茹辛尝苦的作者本人,连我们心里也觉得不安,不但不满意。我们一直想重印,好让大家得窥全豹。"[1]何其芳在《还乡杂记》附记二中也表达了相同的意思。这几篇作品何其芳很看重,不想再让它们埋没,所以全部选入也符合追求完整的情理。但还有深层次的原因。如果按照何其芳的生平来排《老人》《私塾师》《街》《树阴下的默想》《"刻意集"序》《"还乡杂记"代序》这几篇作品,那么就很清晰了。幼年、童年、青少年、成年的生平是一个从压抑逐步走向反抗的过程,这种反抗表现最明显的就是想通过实际工作来认识和改变世界。《老人》(1937年3月31日)最后说:"在成年和老年之间还有着一段很长的距离。我将用什么来填满呢?应该不是梦而是严肃的工作。"[2]《"刻意集"序》(1937年5月27日)最后说:"我自己呢,虽然我并不狂妄到自以为能够吹起一种发出巨大声响的喇叭,也要使自己的歌唱变成鞭子,还击到这不合理的社会的背上。"[3]何其芳再次表明要用实际行动来介入世界。《"还乡杂记"代序》中何其芳不仅宣布要放弃个人主义,而且"我一定要坚决地勇敢地活下去。活着终归是可赞美的,因为可以工作"[4]。所以,何其芳还是在梳理自己走向延安的过程。

《树阴下的默想》:"对于明天我又将离开的乡土,这有着我的家,我的朋友和我的童年的乡土,我真是冷淡得如一个路人吗,我责问着自己。我不自禁地想起一片可哀的景象:干旱的土地;焦枯得像被火烧过的稻禾;默默地弯着腰,流着汗,在田野里劳作的农夫农妇。"[5]"这在地理书上被称为肥沃的山之国,很久很久以来便已为饥饿、贫穷、暴力和死亡所统治了。无声地统治,无声地倾向灭亡。"[6]何其芳在《树阴下的默想》中通过对自己同乡好友的回忆以及对好友不与世俗为伍(他的友人在给何其芳的一封信中

---

[1] 何其芳:《还乡杂记·附记一》,载《还乡杂记》,文化生活出版社,1949年,第102页。
[2] 何其芳:《老人》,载《散文选集》,人民文学出版社,1957年,第57页。
[3] 何其芳:《"刻意集"序》,载《散文选集》,人民文学出版社,1957年,第197页。
[4] 何其芳:《"还乡杂记"代序》,载《散文选集》,人民文学出版社,1957年,第206页。
[5] 何其芳:《树阴下的默想》,载《散文选集》,人民文学出版社,1957年,第62页。
[6] 何其芳:《树阴下的默想》,载《散文选集》,人民文学出版社,1957年,第63页。

说自己"宁愿挑葱卖蒜,不和那些人往来")精神的认同,进而想到自己故乡的贫困,尤其是农民。何其芳之所以选择这篇散文,不仅仅是因为他写的是他大学的思想与生活,还是他人生道路重要一环。另一方面,这篇散文确实体现了何其芳关注现实,关心劳苦大众,在思想上倾向进步。他在1944年7月5日写的《还乡杂记》附记二中也有明确说明:"我感到关于我的家乡的农民,我实在知道得太少,也写得太少了。现在比那时,他们又更苦了。在一些接近前方和许多敌后的地区都已经实行了改善办法。那大大地鼓舞了老百姓的抗日情绪,生产情绪,也从经济上的民主保证了政治上的民主。我看见过那些地方的农民。他们中有很多人领导生产,领导办学校,而且在敌后地区,他们还同时是英勇的民兵,一边生产,一边打仗。为了叫中国早翻身,我希望有更多的人来为农民呼吁。"[①]可见,何其芳对农民非常关注,这篇《树阴下的默想》被选入也在情理之中。

卷三包括《老百姓和军队》《一个平常的故事》《论快乐》《饥饿》,这些作品反映了何其芳到延安参加革命以前、奔赴前线、前线归来期间的思想与人生经历。何其芳在《星火集》后记中说:"对于过去,没有严格的批判而只是辩护。这缺点,就是在留存下来的《一个平常的故事》里也有的。但还是把它留存者(着),是因为尽管还未能以一种更客观的精神来叙述,也可以部分地窥见我到延安去以前的思想变迁。"[②]这四篇文章《老百姓和军队》写的是何其芳奔赴抗战前线后感受到的共产党军队的伟大和受人民的爱戴以及自己作为战士的荣誉感和自豪感。《一个平常的故事》讲述自己如何从一个个人主义者走向延安革命并成为革命战士的过程。《论快乐》写的是在延安生活的快乐。《饥饿》写的是自己奔赴延安前在成都看到的饥饿带给底层民众的灾难,从而体现出延安的生活是光明和幸福的。所以,这几篇文章代表着何其芳之前一直希望通过工作改变黑暗的现实。

卷四包括《下江人及其他》《理性与历史》《记王震将军》《朱总司令的话》《韩同志和监狱》,这四篇文章都写于何其芳第二次奔赴重庆开展文化统战工作期间。这时的何其芳在某种意义上已经从唯美主义的个人主义转变到革命主义的集体主义的思想。撰写这些文章,就是在文化工作的实际操作中落实自己转变思想后的工作,这几篇通过将国统区的黑暗和延安解放区的光明作为对比,说明国民党终将失败。

---

① 何其芳:《还乡杂记·附记二》,载《还乡杂记》,文化生活出版社,1949年,第109页。
② 何其芳:《星火集》,群益出版社,1949年,第174页。

何其芳在《散文选集》序中怀疑自己的散文和杂文是"思想上进步、艺术上退步",所以他说他在《星火集》《星火集续编》两部集子中选作品非常困难。他无奈地说:"我想,一个认真的有责任感的人,他发现他的工作做得不好,因而难过,这倒是正常的。"①当然,何其芳这样说跟时代背景是有关系的,也并非完全意义上的内心真实想法。从他选编的四卷散文作品看,他确实从一个迷惘的青年知识分子最终完成蜕变。所以,这些作品从本质上来看,是何其芳所喜爱和看重的,在很大意义上来说,这次作品结集是何其芳再一次回到了自己的内心真实。

---

①何其芳:《散文选集·序》,载《画梦人生 何其芳美文》,花城出版社,1992年,第201页。

第十章　何其芳晚年的译诗之路

1971年1月,何其芳、俞平伯与从河南干校回来的著名学者们一同返回北京,[①]并和金岳霖等人组成了老头班,60岁的何其芳此时才在老头班中学起了德文。1971年11月,何其芳在给方敬的信中提到自己向精通德文的冯至借了一些海涅和歌德的诗集,表示自己之后还想要再学习一些德文文法,[②]并向方敬寄去了已译好的海涅短诗七首中的两首。不同于钱春绮、冯至等人,何其芳在译诗之前并没有展示出对德国诗人的关注,更谈不上了解德文,但他晚年对海涅、维尔特等人的诗歌选译,不仅可以作为一种时代现象来看,也对了解其晚年的创作倾向以及思想的转变具有一定的启示意义。国内外学者对何其芳的研究,较多以何其芳的思想、诗歌创作与"何其芳现象"为中心。相比较而言,对何其芳翻译诗歌的系统研究较少,因此本文主要从三个方面分别对何其芳1949年后的翻译诗歌进行研究,厘清何其芳翻译诗歌的基本概况与研究状况、译诗的背景与原因,探究其译诗的思想内容和艺术特色,在这些研究基础上剖析唯美主义与革命主义两种思想在何其芳晚年创作的具体倾向,揭示其矛盾而复杂的创作心理。

第一节　译诗概况

1983年,何其芳的夫人牟决鸣将何其芳的译诗遗稿全部交给了卞之琳,卞之琳将这些译诗选编成集并命名为"何其芳译诗稿"。[③]何其芳的译诗相较于新中国成立后创作的现代诗与古体诗在数量上并不少,现在能较完整地呈现他译诗全貌的译诗集就是这部《何其芳译诗稿》。卞之琳既是何其芳的大学同学,又是何其芳的京派友人,对何其芳本人的思想与观念

[①] 卓如:《何其芳传》,中国三峡出版社,2012年,第404页。
[②] 何其芳:《何其芳全集》第八卷,河北人民出版社,2000年,第31页。
[③] 何其芳:《何其芳译诗稿》,外国文学出版社,1984年,第139页。

有清晰的了解,更为重要的是卞之琳本身也是享负盛名的诗人兼翻译家,因此由他来编选何其芳译诗集是再合适不过的了。同时,卞之琳还为已逝的何其芳在这本译诗稿中作了代序,披露了何其芳是如何开始对译诗热心起来的以及他是如何在种种受限制的条件下展开艰苦的翻译工作的,并对何其芳整个文学道路所受的各类思想文化影响及其在译诗中所展示出的何其芳风格作了简短的说明,为我们解读这部译诗集和探寻何其芳译诗思想与艺术的追求留下了宝贵的资料。本章的研究内容主要围绕《何其芳译诗稿》来展开,同时对出现在何其芳书信中的所译诗歌也一并作为研究对象,探讨何其芳在晚年自由创作受阻后,是如何通过译诗作为替代性写作从而延续了自己的文学创作生命。

一、译诗的出版结集、诗歌的数量、创作的时间等概况

何其芳所翻译的诗歌由卞之琳编选进《何其芳译诗稿》,后又由蓝棣之将其收录在《何其芳全集》第六卷,同时进行错字、时间上的修改与补充。其余翻译的诗歌散见在何其芳与方敬的交往书信记录中,也有少部分的译诗未被发现。本文就目前所收录的何其芳译诗作品的出版情况、数量及创作、修改时间进行了大致的概括整理。

(一)何其芳译诗集的出版

最早系统收录何其芳译诗遗稿的是《何其芳译诗稿》,于1984年由外国文学出版社结集出版,收录了何其芳对海涅《歌集》《新诗集》和海涅晚期诗集及遗稿与维尔特诗歌的选译之作,并收录了卞之琳所写的《何其芳晚年译诗(代序)》和何其芳夫人牟决鸣所写的《关于〈何其芳译诗稿〉的一点说明》。2000年5月,河北人民出版社出版的《何其芳全集》第一版中,对《何其芳译诗稿》中诗歌的注释等问题进行了补充,将海涅《歌集》选译中的《两个近卫兵》《你像一朵花》与海涅《新诗集》选译中的《三月后的米歇尔》注明了具体创作时间,并在保持内容不改动的条件下规范了译诗集中的语言,将译诗稿中的《你象一朵花》改为《你像一朵花》,《暴风雨作舞蹈的游戏》改为《暴风雨做舞蹈的游戏》,其余内容均无较大的改动。1990年4月,四川教育出版社出版了第一版《何其芳散记》,在附录中收录了何其芳与方敬的来往书信中最早翻译的诗作,其中的《你象一朵花》《在歌的翅膀上面》

虽也有编入《何其芳译诗稿》,但对比两个版本,可以发现在诗的语言、内容上有一些用词的差异。如书信集中的《在歌的翅膀上面》第三节为"紫罗兰在忍笑,密谈,/并向星星仰视;/蔷薇偷偷在耳朵/讲着香气的故事"[①]。而《何其芳译诗稿》中的则是"紫罗兰在窃笑,密谈,/并向星星仰视/;蔷薇偷偷在耳边/讲着芬香的故事"[②]。"忍笑"与"窃笑"因为两词的感情色彩不同而带给读者不同的艺术审美效果,"窃笑"一词的感情色彩更加鲜明,包含着隐秘而细微的动态之感。诗中所谈是一个幽静深邃的夜晚,静夜与闪烁的繁星,夜的氛围使得在公开场合忍耐的情绪可以在这种语境中释放,"窃笑"尽管有贬义倾向,但也更能展示内心的真实,与诗歌的整体氛围更加契合。这有可能是卞之琳等人在《何其芳译诗稿》编辑过程中进行了修改,但也有可能是一向追求完美、精益求精的何其芳本人在把此诗寄给方敬时,自己对这首诗进行了改动。后一种可能具有更高的可信度。因为从何其芳诗歌创作的经历来看,这样的不断修改非常符合他对诗歌完美品质的审美追求。

(二)何其芳译诗的数量

经笔者搜集查阅资料后整理,目前学界收录到的何其芳译诗作品共有49首,分别是选译的海涅《歌集》及《新诗集》中各13首诗、海涅晚期诗集及《遗稿》中13首诗,以及选译维尔特诗歌10首。

何其芳所译的上述诗歌,有部分与冯至和钱春绮选译的海涅诗歌有所重叠,其中《歌集》与晚期及《遗稿》的选译重叠了各6首,《新诗集》的选译重叠了9首,钱春绮所译的海涅《诗歌集》有19首与何其芳译过的诗歌重合。何其芳曾说:"译海涅我硬是一行一行查字典,再不懂才对照已有译文看。"[③]荒芜也有回忆:"他(何其芳)果然带了两首译诗来,还用他那蝇头小字附抄了英译和别人的中译。"[④]在何其芳本人对其译诗的说明以及荒芜等人对其译诗过程的回忆中,可以发现在某种程度上,冯至与钱春绮所译的海涅诗给何其芳带来了一定的参考与启发,何其芳的确可能受到过其他译者的影响。钱春绮是专业的翻译家,冯至也有留德求学的经历,没有德语

---

① 方敬、何频伽:《何其芳散记》,四川教育出版社,1990年,第123—124页。
② 何其芳:《何其芳译诗稿》,外国文学出版社,1984年,第7页。
③ 何其芳:《何其芳选集》第三卷,四川人民出版社,1979年,第64页。
④ 荒芜:《我所知道的何其芳同志——跟何其芳同志谈诗》,载《衷心感谢他》,上海文艺出版社,1987年,第41页。

基础的何其芳所译的诗歌与这两位学者有何种不同,这种重合的翻译作为比较研究的参考材料,具有重要的学术价值。其他上述诗歌中没有重合的部分,也即何其芳在没有中译版供参考的情况下新译的海涅诗共有8首,另外何其芳选译的10首维尔特的诗歌也是经过其自身对德语和德国文学不断地学习而在后期凭借自己的认识和感悟而独立翻译的。同时也可知何其芳在译诗的过程中,存在一个逐渐成长的经历,随着他对德文的深入了解,其诗歌翻译的水平也在逐步提高。一个明显的表现就是他在选译海涅的《歌集》时还需要中译本的参照,而在选译海涅的《遗稿》时,对中译本参考的需求越来越少,对译诗的选择也更有自己的看法,直至后来甚至已经可以独立翻译维尔特的诗作,由此可见何其芳对译诗的热情和执着而坚忍的学习态度。

(三)何其芳译诗的时间

何其芳译诗中明确标明翻译时间的共19首,其中可见其最早翻译的诗歌是1971年9月12日所译的《罗累莱》,最晚所翻译的一首则是1977年5月15日改译的《再会》。另外在何其芳与方敬的通信中可知在1971年9月至11月期间何其芳还翻译了《在歌的翅膀上面》,[①]由此可知何其芳1971年所译的诗共四首,分别是《两个近卫兵》《在歌的翅膀上面》《罗累莱》《你象一朵花》。虽无文献可具体对应何其芳在1972年所译的诗歌,但从1972年到1973年给方敬的信中可得知何其芳仍在辛勤地译诗。1972年8月的信件中说:"最近凉快了,我又开始继续译海涅的诗,已一共译了十二首了。现在译的是他的自由诗。"[②]诸如此类讨论译诗的对话还有很多。1974年,何其芳所译的诗歌,经查阅可整理出《红拖鞋》《巴比伦的悲哀》。1975年,何其芳的译诗作品数量较多,主要有《何处》《援助者》《悲谷》《有道德的狗》《三月后的米歇尔》《饥饿之歌》《莱茵的葡萄种植者》《有一个贫穷的成衣匠》《哈斯威尔的一百人》。1976年,何其芳的译作有《再会》《大炮铸造者》《德国人和爱尔兰人》《在绿色的树林里》四首。

1977年,并没有关于何其芳翻译诗歌的明确记载,只有他改译的《再会》一诗,但在他1977年6月给巴金的信中提到:"最近又在读维尔特的诗,

---

[①]方敬、何频伽:《何其芳散记》,四川教育出版社,1990年,第123页。
[②]方敬、何频伽:《何其芳散记》,四川教育出版社,1990年,第133页。

已读完三分之二。全部读完后准备译四五十首，编一本薄薄的选集。"[①]根据方敬的记载，何其芳对翻译抱有极大的热情。同时在何其芳与巴金的信件中也提及让巴金给自己带维尔特的诗集的事情，故而认为1977年后何其芳仍然认真译诗是具有合理性的。但由于其病情的不断恶化以及长期以来的精神压抑，由此推断何其芳的翻译热情应是不如"文革"时期的。综上所述，何其芳译诗创作时间大致集中在1971至1977年间。

二、译诗的研究

国内对何其芳译诗的研究主要分为两个时间段，一是21世纪之前由何其芳朋友、亲人与学生对其译诗进行的初步研究；二是2000年以后至今，独立学者对其进一步的研究。但总体来说，对何其芳译诗的研究多是表层阐述与分析，少有系统整体的研究，所以仍有研究的必要。

(一)译诗研究的起步期

何其芳逝世之后，其亲友为了纪念他而收集了许多相关的学术材料和生活材料，其中对何其芳译诗研究具有重要意义的主要包括：其一，何其芳的友人卞之琳所写的《何其芳晚年译诗(代序)》[②]，内容涉及何其芳晚年译诗之前的经历、何其芳译诗的过程、何其芳译诗的原因以及何其芳译诗时新格律诗主张的初步分析。其二，方敬与何其芳妹妹何颇伽编写的《何其芳散记》中由方敬所写的《对书的爱》[③]，该文提及了何其芳译诗选书的过程，为研究提供了一定的细节材料。除此之外，《何其芳散记》中也收录了何其芳与方敬的通信。信中附录的有何其芳的译诗，对研究何其芳翻译诗歌的思想与过程也有一定的参考价值。其三，何其芳学生周忠厚的《啼血画梦 傲骨诗魂——何其芳创作研究》[④]，书中归纳了何其芳译诗的原因，并对何其芳译诗的思想内容和艺术特色进行了较为全面的分析。其四，荒芜的《我所知道的何其芳同志——跟何其芳同志谈诗》，细致地回忆了何其芳从干校回来后谈论译诗的往事，虽然材料较为简短，但也为何其芳的译诗

[①]何其芳：《何其芳全集》第八卷，河北人民出版社，2000年，第5页。
[②]何其芳：《何其芳译诗稿》，外国文学出版社，1984年，第1页。
[③]方敬、何频伽：《何其芳散记》，四川教育出版社，1990年，第203页。
[④]周忠厚：《啼血画梦 傲骨诗魂——何其芳创作研究》，文化艺术出版社，1992年，第107—119页。

研究提供了不可或缺的线索。①

(二)译诗研究的发展期

2000年以后对何其芳译诗的研究主要包括:卓如在《何其芳传》②中有对何其芳译诗史实的一些简略补充以及出版结集状况的归纳。但关于何其芳译诗的说明只是作为对其生平介绍略带提及而无系统的阐述。熊辉在这一时期对何其芳译诗的研究做出了丰硕的学术成果。他的《论翻译诗歌对何其芳创作的影响》《仿写与抒情:何其芳与诗歌翻译》《历史束缚中的自我歌唱:何其芳的诗歌翻译研究》《诗歌翻译:何其芳"文革"期间的替代性创作方式》,对何其芳的语言特征以及以译代作现象进行了较为细致的研究。除此之外,野谷的《一唱三叹咏何其芳——在国统区的文化鏖战与"文革"后期的苦闷彷徨》③也提及了何其芳译诗的原因,作为历史现场的还原,野谷的记录具有相当重要的史料价值。

三、译诗背景与原因

卞之琳谈何其芳:"到'批林批孔'的一九七四年,他显然跟多数人一样才清醒起来了。许多人只有在家里以栽花养草来消愁解闷,其芳则在写旧体诗以外,在又准备写一部长篇小说以外,开始热心译诗。"④文中所提及的"清醒起来",是指"文革"开始的几年,何其芳遭遇了多次批斗,创作的欲望也被压抑,尽管依旧幻想恢复自己的创作权利,⑤但随着自己的人生境遇的不断变化,他似乎懂得,自己的创作梦想怕遥遥无期了。显然何其芳并非真正清醒,而是清醒与迷茫并存。但无论如何,何其芳采用了变通的方式,从1971年末开始,便以译诗实现自己在"文革"中不能实现的创作理想。

(一)历史语境与个人生存境遇

何其芳在翻译诗歌的过程中,受到当时的历史语境以及个人思想与生

---

① 中国社会科学院文学研究所编:《衷心感谢他》,上海文艺出版社,1987年,第41—43页。
② 卓如:《何其芳传》,中国三峡出版社,2012年,第405—407页。
③ 野谷:《一唱三叹咏何其芳——在国统区的文化鏖战与"文革"后期的苦闷彷徨》,载《百年中华何其芳》,金城出版社,2012年,第59页。
④ 何其芳:《何其芳译诗稿》,外国文学出版社,1984年,第2页。
⑤ 贺仲明:《暗哑的夜莺——何其芳评传》,南京师范大学出版社,2004年,第245页。

活经历的双重影响。就历史语境而言,何其芳翻译诗歌的时间是1971年从"五七干校"回来之后。而在干校的何其芳经受着长期的体力劳动与精神压迫,"干校的生活环境也特别的枯燥。劳动之外,几乎没有任何的文化生活"①。对于从小接受文学并热爱书籍的何其芳而言,这种惩罚无疑对他的折磨很大,其次在河南干校期间何其芳的生活起居也可谓艰难异常,造成了他精神与物质的双重压抑。因心绞痛发作从干校回家养病的何其芳,政治上仍然被作为批判的对象,批《红楼梦》运动也屡次涉及他。就政治大背景而言,从"文革"开始到1976年10月"四人帮"被粉碎,何其芳作为诗人的文学梦想都被政治所带来的沉重现实给压制,而压抑的精神则以翻译诗歌的方式进行疏解。从何其芳译诗的时间看,最晚的一首《再会》的翻译时间是1976年4月30日,而最早的一首开始于1971年,与"文革"带给何其芳政治上与文化上的束缚是分不开的。

就何其芳个人生活背景而言,经历过多的政治折磨后,他在生活上陷入沮丧的人生低谷。从干校回来后的何其芳虽一开始仍孤单一人留在北京,之后妻子牟决鸣因养病回京,由此便多一人照顾,不至于像干校时期那般过着难以自理的生活。1973年左右何其芳的儿女也陆续回京,使之前独自一人过着凄冷的"革命的春节"②的何其芳有了一些温暖与安慰,可以腾出一些精力在买书和译诗创作上,并可让他"译出诗来,晚上又去向大家朗读……孩子们都笑了,他自己也笑了"③。尽管如此,何其芳译诗之时生活依然艰苦,无论冬夏,对于年过花甲的他来说都是一种折磨。何其芳译诗从开始至其逝世,都是在虚弱的身体状况以及生活杂事繁多的情况下进行的。

(二)为何译诗

何其芳译诗的原因来自政治环境的压抑、个人思想的转变以及对艺术美的追求等诸多方面。首先不可忽略的因素是何其芳个人对德国诗人海涅和维尔特诗歌的喜爱,卞之琳曾在《何其芳晚年译诗》这篇代序中提到何其芳晚年对海涅诗入迷。④何其芳对海涅诗的着迷很可能是一种"同情之了解"。何在晚年创作的古体诗以及所写散文甚至书信中都一再强调自己

---

① 贺仲明:《喑哑的夜莺——何其芳评传》,南京师范大学出版社,2004年,第239—240页。
② 贺仲明:《喑哑的夜莺——何其芳评传》,南京师范大学出版社,2004年,第242页。
③ 何其芳:《何其芳译诗稿》,外国文学出版社,1984年,第143页。
④ 何其芳:《何其芳译诗稿》,外国文学出版社,1984年,第5页。

虽然年龄大了,但是自己的血管里的血液却是年轻的,如果上天再给他二十年时间,他对写作满怀雄心壮志,不光要写诗,还要写长篇小说,直到他生命终结都在与时间赛跑,夜以继日地写诗译诗,甚至写了近5万字的长篇小说的开头。他的这种不服老和对文学极端追求的精神与海涅非常吻合,海涅在1837年的巴黎为他的《诗歌集》撰写的二版序言中一再强调自己渴望重返青春,"不要让我变成一个噜苏的老人,怀着嫉妒之情向那种青春的精神狂吠,也不要让我变成一个疲弱的哭泣者——老是哀悼着美满的往昔的时代……"[①]海涅希望自己能够"老当益壮",即使日渐衰老也要保持自己语言的大胆和活泼。海涅这段话说中了晚年何其芳的隐衷,不夸张地说,这就是何其芳晚年对创作的心态,二人相近的思想与创作观,势必引发共鸣。何其芳1972年1月24日夜给方敬写了一封信,信中说:"从六十岁起才开始努力做一点事,是不是也可以做出什么像样的成绩呢? 事情很难说。但我总想努力为之。"[②]二者情况如此相似。他在给方敬的信中说到维尔特,"我打开选本中有关他的作品部分一看,果然不错,思想内容比海涅更革命,艺术上也有自己的特色"[③]。所以他选择维尔特的诗也就在情理之中了,其实卞之琳也清晰地看出了这一点。何其芳在翻译诗歌的过程中一再拿给卞之琳看,让卞之琳给他提意见。在这个过程中,何经常给卞之琳说,以前大家没有太注意维尔特的诗,但维尔特的诗很好。卞之琳认为何其芳此说可能跟恩格斯对维尔特的赞美有关。恩格斯认为维尔特常用海涅的形式,但总会以一种完全崭新的、独特的内容来充实这个形式,甚至超过了海涅,因为他更健康更真诚。他是第一个也是最主要的德国无产阶级诗人,在德国语言上仅次于歌德,是由于他在自己的作品里表现了健康的感情和肉体的快乐。[④]其次,何其芳对于诗歌特殊的修养有极高的个人追求,他曾在《写诗的经过》中解释过自己诗歌创作及文学阅读的经验,其中就阅读外国文学的重要性进行了多次强调。他认为国外名家的诗作译本是必须读的,而且应该尽量学习一些外语,最好是读外文的原著。而就他本人所受的文学影响来看,他17岁受到泰戈尔小诗的影响开始尝试作诗,之后更是在大学四年期间阅读了大量的外国文学作品,对国外浪漫主义、

[①]海涅:《诗歌集·二版序》,载《诗歌集》,钱春绮译,上海译文出版社,1982年,第Ⅶ—Ⅷ页。
[②]何其芳:《何其芳全集》第八卷,河北人民出版社,2000年,第35页。
[③]方敬、何频伽:《何其芳散记》,四川教育出版社,1990年,第151页。
[④]何其芳:《何其芳译诗稿·序》,外国文学出版社,1984年,第4页。

象征主义类的文学作品有着浓厚的兴趣,因此国外文学的巨大影响可以说是何其芳诗歌创作的重要源头之一。何其芳自译海涅和维尔特的诗歌,不仅是出于一种同理心的认同感和作为一种爱好活动,同时也是因为他曾在译诗的阅读中收益颇丰,自己尝试译诗的活动不但贯彻了他对诗歌特殊修养的观念,而且也能在翻译过程中体会到海涅、维尔特诗歌形式与内容上的独特审美艺术,进而不断地为自己的诗歌创作水平的提升积累经验。

关于译诗的目的,何其芳是希望通过翻译海涅及其他诗人的作品来加强对德文的学习,从而能够阅读马克思、恩格斯的原著,他认为只有这样才能更准确地理解马克思主义,因此他不顾年老病重,顽强地学习德文。[1]在野谷的《一唱三叹咏何其芳——在国统区的文化鏖战与"文革"后期的苦闷彷徨》中记录了何其芳关于这一问题的具体解释,何其芳谈到自己开始学习德文的理由,是因为相比起其他外国语言,德语的著作更适合进行翻译工作。因为马克思对歌德、维尔特等人有很高的赞誉,恩格斯也曾公开表达过对海涅的欣赏,翻译这些诗人的作品一方面贴合时代的要求,不会为自己带来类似"批红"的围剿,另一方面也能够表达自己对理想和艺术的热情和渴望。野谷的文章中记载,何其芳认为"他(马克思)主编《莱茵报》,发表过一些诗,把他所发表的诗译出来,做些研究,就可以了解马克思选诗的标准和他的编辑思想"[2]。在阅读马恩原著之前,何其芳就力求通过对马恩所赞赏的诗人如海涅与维尔特的翻译研究,以求更好地学习德文和精确理解马克思与恩格斯的思想理论。卞之琳在作序时也提及"他(何其芳)自学德文,听说是为了要读马克思、恩格斯的原著"[3]。何其芳妻子也说"他从来认为读外国名著,不管是政治理论还是文学创作,最好还是直接读原著"。最终想读德文原著的何其芳,看准了海涅诗歌"语言是熟练和明快的"[4],适合学习德文,便以翻译海涅、维尔特诗歌的方式学习德文,从而达到读马克思、恩格斯德文原著的目的。其三则因为海涅诗歌艺术特色与何其芳艺术思想的契合从而满足"以译代作"的需要。卞之琳说,何其芳1936年在莱阳写诗,诗风有所变化,时常表现出的明快与不时的讽刺语调符合海

---

[1] 牟决鸣:《何其芳选集(三)·后记》,载《何其芳选集》第三卷,四川人民出版社,1979年,第321页。
[2] 野谷:《一唱三叹咏何其芳——在国统区的文化鏖战与"文革"后期的苦闷彷徨》,载《百年中华何其芳》,金城出版社,2012年,第59页。
[3] 何其芳:《何其芳译诗稿》,外国文学出版社,1984年,第4页。
[4] 何其芳:《何其芳译诗稿》,外国文学出版社,1984年,第4页。

涅早期和后期诗的一些特色。①1936年到1937年,何其芳由浪漫唯美主义作家转变为革命作家,其思想与海涅革命思想相对应,而在1936年前的唯美主义时期乃至新月时期,何其芳的艺术思想仍与海涅诗歌的艺术特征相近,海涅诗中长期出现的爱情与何其芳唯美主义时期所写也是不谋而合的。正由于革命思想与艺术思想的契合,何其芳在"文革"时期译诗,也有种"以译代作"的"替代性乐趣"。②其四在于何其芳试图在译诗上实践自己的格律诗主张。据荒芜的回忆,何其芳"几年以前,他就说过他不满意海涅的中译"③,而不满意之处可能在于格律标准的不满足。海涅诗是格律诗体,诗讲体制,韵律严正。何其芳译诗的过程可看出基本遵循了他在早期新格律的主张上提出的"我们应该采取的只是顿数整齐和押韵这样两个特点,而不是它们的句法",④遵循以"顿"建行的新格律体特征。

综上所述,何其芳译诗的原因有个人主观的审美倾向、学习德文并进行革命学习的需要、政治环境限制下"以译代作"的乐趣、艺术思想的契合以及他新格律诗主张的坚守等多方面原因。

第二节 译诗的思想内容

从1929年吴淞求学至1949年新中国成立,何其芳在思想上逐渐由唯美主义向革命主义转变。周扬说:"其芳同志到解放区以后,特别是经过一九四二年延安整风运动,思想上发生了一个突变,一个飞跃……努力在革命实践中改造与提高着自己。"⑤新中国成立后何其芳已经可以称得上是一位革命主义诗人了,但"新我"与"旧我"之间的矛盾从1942年延安文艺座谈会后看似化解,但实际并未彻底解决。这种矛盾挣扎的状态一直困扰着何其芳,他在多篇自述中强调自己与工农兵接触得不多,否认自己过去那些"资产阶级形式主义"文学作品,因此渴望与革命主义贴近,表现自己政

---

①何其芳:《何其芳译诗稿》,外国文学出版社,1984年,第5页。
②何其芳:《何其芳译诗稿》,外国文学出版社,1984年,第4页。
③中国社会科学院文学研究所编:《衷心感谢他》,上海文艺出版社,1987年,第41页。
④何其芳:《关于写诗和读诗》,作家出版社,1956年,第60页。
⑤周扬:《何其芳文集·序》,载《何其芳文集》第一卷,人民文学出版社,1982年,第2页。

治上的进步。何其芳译诗是想学习德文来读马克思、恩格斯原著以改造自己,而他在译诗上的选择也是有针对性的,即使是同一个作家也并不翻译其全部作品。同时,他的翻译作品不仅包括革命现实主义题材,还有不少的翻译对象为何其芳在新月时期、京派时期关注较多的爱情题材。以《何其芳译诗稿》中所收录的诗歌情况来看,译诗的内容大致包括:对不合理的社会现实的批判及讽刺,强烈的爱国主义情怀和高昂的战斗精神,以及梦幻美的神秘主义描写、对爱情与艺术的赞美及少部分带有伤感情调的诗作。

一、唯美主义思想的再现

何其芳的49首译诗中,直接提及"爱情"两字的有《让你的脸挨着我的脸》《在歌的翅膀上面》《你象一朵花儿》《我的歌声高扬》《我们从前是小孩》等共8首,这些诗中对爱情的表达表现出热烈而坦诚的特点,如《让你的脸挨着我的脸》中写道:"让你的脸挨着我的脸,/然后眼泪流在一道;/让我的心紧压着你的心,/然后火焰一道跳跃。……当我的手臂紧抱住你——/我为爱情的渴望而死。"[①]这样大胆的爱情表达显然与当时的诗歌主潮不同。对爱情的反复歌咏是何其芳在新月时期和京派时期的个性抒情。而在1970年后,何其芳不仅能通过译诗中浪漫抒情的内容表达来投射自己的审美理想,也能通过译诗来疏解他与现实的紧张关系。如果是单纯的自主性创作,囿于当时的政治大环境,爱情题材几乎是不能触碰的,更别说大胆地歌唱,但选译被恩格斯等马列先驱肯定的作家的作品是被时代认可的,况且译诗与写诗本身隔着一层,正是这种"隔"才可以争取到一丝表达内心真实的相对自由的缝隙。也就是说,何其芳在现实创作中被遮蔽的爱情书写在译诗中得到了部分实现,也将全国抗战前期的抒情血脉延续了下来。

(一)追求"爱"与"梦"的艺术美

何其芳在海涅的《歌集》中选译了13首,其中4首都来自《抒情插曲》,分别是《让你的脸挨着我的脸》《在歌的翅膀上面》《一棵松树孤独地》以及《一颗星星陨落》。海涅是马克思的好友,受到马克思高度赞扬的是其中期

---

①何其芳:《何其芳全集》第六卷,河北人民出版社,2000年,第189页。

的革命诗歌,但同时他也被称为德国浪漫主义派最后的幻想之王①,他的早期诗歌倾向于奇幻浪漫的爱情书写,纯净自然而抒情隽永,表现出"爱"与"梦"的艺术追求。海涅的诗歌创作兼有浪漫抒情与战斗精神两种风貌,这种诗歌特色无疑与何其芳的诗歌创作存在着某种内在隐秘的联系。何其芳选译的海涅《歌集》显然有意疏远现实(而非不书写现实)以及与政治保持一定距离,从《让你的脸挨着我的脸》《孤独的眼泪为什么》《生命的航行》《一阵可爱的钟声》《林中幽处》《何处》《再会》《爱情》这8首译诗的内容来看,不但有"他们唱着相思,/爱情和爱情的表明"②这类积极的对爱情的直接歌颂,也有"一颗星星陨落/从它闪烁的高空!/这是爱情的星辰,/我看见它坠落无踪"③这类真挚动人的伤感抒情。在这些诗中所表现的艺术追求,显然是情感信息的传达而非政治观念的表达。钱春绮在《诗歌集》中为他译的《一棵松树孤独地》作注说:"本诗用寒松和棕榈的强烈对比,象征诗人和他的爱人阿玛莉永远分别,永无结合希望的痛苦。"④何其芳选译这首诗,尽管翻译的具体形式和诗歌中的遣词造句与钱春绮所译的版本存在着差异,但诗歌要表达的爱情分别之痛则是一致的。除此之外,何其芳在译维尔特诗歌时,无论是《再会》中通过爱情来表达对生活的热情和对战斗的激情,还是《爱情》中"我愿整个夜晚,和你们恋爱、做梦"这样纯粹、自由的情思表达,都仿佛重现了20世纪20年代末至30年代中期那个大量创作"精致冶艳"诗歌的青年诗人何其芳。

何其芳在新月时期、京派时期沉醉于"爱情"与"梦"中,极端追求艺术的美,在"延安时期"思想发生转变后,曾否定了自己先前的艺术审美追求,在《夜歌》后序中何其芳曾表达了对过去思想的反省和追悔,"后来由于现实的教训,我才知道人不应该也不可能那样盲目地,自私地活着,我就否定了那种为个人而艺术的错误见解"⑤。为个人而艺术的思想他自己所说是"抒写自己的幻想、感觉、情感"⑥。在新月时期的何其芳,通过书写爱情、青春以及梦来表达自己的浪漫唯美主义思想,京派时期则追求梦的真实与

---

① 弗朗茨·梅林:《中世纪末期以来的德国史》,张才尧译,生活·读书·新知三联书店,1980年,第134页。
② 何其芳:《何其芳全集》第六卷,河北人民出版社,2000年,第210页。
③ 何其芳:《何其芳全集》第六卷,河北人民出版社,2000年,第194页。
④ 海涅:《诗歌集》,钱春绮译,上海译文出版社,1982年,第132页。
⑤ 何其芳:《何其芳全集》第一卷,河北人民出版社,2000年,第517页。
⑥ 何其芳:《何其芳全集》第一卷,河北人民出版社,2000年,第517页。

美,在译诗中自我抒情得到充分表达,象征手法也大量应用,爱情与梦的描写显著增加。

何其芳1971年11月21日上午给方敬写了一封信,信中说了自己译诗的一些想法和计划,并在信尾附录了两首翻译的海涅的短诗,一首是《你像一朵花》、一首是《在歌的翅膀上面》。《你像一朵花》很明显是一首爱情诗:

> 你像一朵花,
> 美丽,纯洁,温柔,
> 我望着你,悲伤
> 偷偷来到心头。
>
> 我感到,我应该把手
> 放在你头上,求上帝
> 使你永远保持
> 纯洁,温柔,美丽。①

这是一首典型的爱情诗,何其芳在译诗开始就选择这首单纯的爱情诗,足见他对爱情这一他在新月时期、京派时期非常热衷的题材的重新捡拾。这首诗不免让人想起他的《花环》《罗衫》《祝福》,都是对纯洁的爱情的向往,对纯洁、温柔、美丽的女孩子的咏叹。另一首《在歌的翅膀上面》,仿佛《夏夜》《赠人》两诗的再现。《在歌的翅膀上面》体现了他对爱情的向往,对梦想的追求以及甜蜜和温存:

> 在歌的翅膀上面,
> 亲爱的,我带你前往,
> 前往恒河的平原,
> 那儿有绝美的地方。
>
> 那儿有开红花的花园,
> 浴着月亮的清辉;
> 莲花在期待着会见

---

① 何其芳:《何其芳全集》第六卷,河北人民出版社,2000年,第207—208页。

她们的亲密的姊妹。

紫罗兰在忍笑,密谈,
并向星星仰视;
蔷薇偷偷在耳朵
讲着香气的故事。

驯良的伶俐的羚羊
跳过来注意倾听;
神圣的河流的波浪
远远传来怒号声。

我们在那儿降落,
落到棕榈林中,
吸饮着爱情和静默,
梦着幸福的梦。

何其芳在翻译完这首诗后,对其有个注脚,说:"忠实译出原诗的韵脚,并每行顿数一样,内容也尽可能忠实。这两首冯至、钱春绮都曾译过。"①这个注脚应该引起重视。一方面说明何其芳对海涅这两首诗非常重视,这两首诗都是爱情诗,可见何其芳对爱情诗浓厚的兴趣;"忠实译出"这是一种很委婉的说法,既然海涅及其诗歌在当时的语境中是可接受的,那么"忠实译出"自然也就不存在问题,也不存在给翻译者带来麻烦;再者,"原诗的韵脚""每行顿数""内容也尽可能忠实"体现一种翻译精神:"认真"。这恰恰是何其芳本人精神的一种写照,当然在"论文不能写了""不能搞理论"、写小说"不兴写知识分子"种种束缚下,只能"以译代作",将翻译当作创作的替代品,他对创作的敬畏也就体现出来了。诗中如"我们在那儿降落,落到棕榈林中,吸饮着爱情和静默,梦着幸福的梦"②相较于冯至的翻译"我们要在那里躺下,在那棕榈树的下边,吸饮爱情和寂静,沉入幸福的梦幻"③以及

---

① 方敬、何频加:《何其芳散记》,四川教育出版社,1990年,第124页。
② 何其芳:《何其芳全集》第六卷,河北人民出版社,2000年,第191页。
③ 海涅:《海涅诗选》,冯至译,人民文学出版社,1956年,第3页。

钱春绮所译的"我们要在那儿下降,/降到棕榈树林中,/安享着爱情和宁静,/做起幸福的美梦"①,何其芳尾句着落点与其他译者差异在不是突出"幸福",而是更为重复地使用"梦",显然是在画梦。且何其芳的译诗稿中频繁出现爱情、梦,自我抒情的内容占所译诗歌非常大的一部分。如"呵,我的爱情自身,已消散如空洞的气息!你古老的孤独的眼泪,现在也融化,消失!"②是沉浸于个人思绪,对爱情的虚幻表达与激烈的控诉,"安静的月色朦胧,我愿整个夜晚,和你们恋爱,做梦"③。维尔特的这首诗也在表现对梦与爱的向往与追求,何其芳对这些诗歌作品进行选译,正体现了他本人无法被抑制的对爱与美的追求。

(二)译诗中的"精神还乡"

1933年夏,何其芳离家四年后回乡,发现真实的故乡并不像记忆中那么美好,故如沈从文对湘西的感情一样,从失望转化为对故乡之美的幻想。何其芳"精神还乡"并非指回到故乡的某个具体地点,而是作家又重新踏上了他偏爱的"梦中道路"。

何其芳在文学创作的早年间,曾有意识地规避现实的干预,一心一意地建立起自己唯美主义的理想王国,但由于再也无法忽视的时代召唤,何其芳逐渐厌弃曾经沉浸于幻想中的自己,随后在延安时期,"新我"一度战胜了"旧我",但"新我"与"旧我"两者的冲突和对抗并没有消失,这种矛盾状态伴随着他的整个文学人生,直到晚年。何其芳晚年的译诗稿在"文革"背景下诞生,其"精神上的还乡"并不是突然出现的,而是其从未断绝的对艺术理想执着的追求,体现了浪漫唯美情怀在何其芳身上若隐若现的一脉相承。如他在《让你的脸挨着我的脸》一诗中写道:

> 让你的脸挨着我的脸,
> 然后眼泪流在一道;
> 让我的心紧压着你的心,
> 然后火焰一道跳跃。
> 当我们的眼泪的波涛

---

① 海涅:《诗歌集》,钱春绮译,上海译文出版社,1982年,第116页。
② 何其芳:《何其芳全集》第六卷,河北人民出版社,2000年,第206页。
③ 何其芳:《何其芳全集》第六卷,河北人民出版社,2000年,第309页。

> 流到熊熊燃烧的火焰里，
> 当我的手臂紧抱住你——
> 我为爱情的渴望而死。①

诗中直接抒发的对"爱情的渴望"于何其芳而言，便是通过爱情的追求来达到对美的追求。在京派时期追求梦的真实与美的何其芳，在《花环》一诗中写道"你有珍珠似的少女的泪，常流着没有名字的悲伤。你有美丽得使你忧愁的日子，你有更美丽的夭亡。"②如果将《花环》与《让你的脸挨着我的脸》所译相比较，那"美丽的夭亡"是对美的极致追求。"为爱情的渴望而死"这种关于逝去、忧伤的爱情的描写，恰和何其芳在京派时期《预言》中《罗衫》《祝福》等爱情诗一样，表达的是诗人对"爱"与"美"的追求。何其芳译诗中还有这样的诗句，"在火热的悬崖上孤独地，而又默默地悲伤"（《一棵松树孤独地》）、"呵，我的爱情自身，已消散如空洞的气息！"（《孤独的眼泪为什么？》）等或轻柔幽怨或沉厚激烈的爱情，与他在京派时期通过对爱深沉的期冀与"不幸的爱情"的描写，以达到梦中的爱情的真实与美一样。

事实上，在国内的现代文人中，并不仅仅有何其芳、冯至和钱春绮三人对海涅的爱情诗投入了兴趣和关注，值得注意的是鲁迅也曾翻译过两首海涅的抒情诗，据张玉书的《鲁迅与海涅》一文分析，鲁迅之所以敢于在当时发出这种真挚动人的"爱情先声"，"显然并不仅仅在于诗句的优美，还在于这些诗篇的内容"③，更是希望通过这些诗歌作品启蒙大众对于爱情本真的向往，而过了60年后，何其芳在敏感时期再次发掘这些爱情诗歌中的人性内涵，是否也是对"五四文学传统"的一种回归与追味呢？如《我们从前是小孩》一诗，是海涅为自己的妹妹夏洛蒂写下的带着美好的童年记忆的纯真之作，此诗的结尾写道：

> 儿时的游戏已消逝，
> 一切都消逝凋零——
> 金钱，世界和时代，
> 信仰，爱情和忠诚。④

---

① 何其芳：《何其芳译诗稿》，外国文学出版社，1984年，第6页。
② 何其芳：《何其芳全集》第一卷，河北人民出版社，2000年，第20—21页。
③ 张玉书：《鲁迅与海涅》，《北京大学学报（哲学社会科学）》1988年第4期。
④ 何其芳：《何其芳全集》第六卷，河北人民出版社，2000年，第204页。

面对逐渐脱轨的现实,海涅发出对信仰、爱情和忠诚的呼求,充满了对过去的怅惘之情,而何其芳也在这种恳切的情感中隐含了个体对时代精神的某种呼求。

二、浪漫的革命主义抒写

1942年延安文艺座谈会之后的何其芳,舍弃了"为个人而艺术"的诗歌创作经验,认为自己之前的生活十分狭窄,缺少写作的材料,[①]只创作了三首带有革命思想的诗歌,逐渐从小我走向大我,此时的何其芳已经在实质上转变为浪漫的革命主义诗人了。何其芳一直认真实践着《讲话》精神和整风运动的要求,虽然在"文革"期间被打为"牛鬼蛇神",遭受诸多不公正的待遇,但他直至晚年也仍然没有失去战斗的热情,其革命主义思想在译诗中主要集中体现于《何其芳诗稿(1952—1977)》中第二辑、第三辑,并在第一辑、第四辑中也有涉及。

《西里西亚的纺织工人》等译诗的选材和抒情都与何其芳以往浓郁的个人主义抒情色彩特点不同,可以看出与《讲话》中提出的创作要与工农兵相结合的思路吻合。诗中写道:

> 阴郁的眼睛里没有眼泪,
> 坐在织布机旁切齿愤恚:
> 德意志,我们在织你的殓布,
> 我们织进去三重咒诅——
> 我们织,我们织!
>
> 一重咒诅给上帝,我们
> 在寒冷和饥馑中曾求他怜悯;
> 我们白白地希望和期待,
> 他对我们嘲笑,欺给——
> 我们织,我们织!

[①] 何其芳:《写诗的经过》,载《何其芳全集》第四卷,河北人民出版社,2000年,第332页。

> 一重咒诅给国王,他属于
> 富人,对我们的痛苦不体恤,
> 他勒索去我们最后一铜币,
> 把我们像狗一样枪毙——
> 我们织,我们织!
> ……
> 梭子在飞,织布机嘎嘎响,
> 我们昼夜都在织,在忙——
> 老德意志,我们在织你的殓布,
> 我们织进去三重咒诅,
> 我们织,我们织!①

诗中描述的是西里西亚纺织工人不堪剥削者的压迫而进行反抗,即德国早期工人运动中的一次大事件,海涅以此诗为这次运动声援。②何其芳译笔热烈,为工农兵发声,且译笔的"艺术趣味"也有意倾向"普通群众"。冯至译此诗第二小节为:"一重诅咒给那个上帝,/饥寒交迫时我们向他求祈;/我们希望和期待都是徒然,/他对我们只是愚弄和欺骗——/我们织,我们织!"③何其芳则译成:"在寒冷和饥馑中曾求他怜悯;/我们白白地希望和期待,/他对我们嘲笑,欺绐——/我们织,我们织!""怜悯"相较于"求祈","白白地希望和期待"相较于"希望和期待都是徒然","嘲笑,欺绐"相较于"愚弄和欺骗"显然更直白化、口语化,也更符合西里西亚纺织工人起义时愤怒的情形。这种通俗的翻译形式,与何其芳所接受的诗歌"大众化"及与工农兵相结合的思想密不可分。

何其芳译诗体现了政治第一、文学第二的原则,这是《讲话》的重要精神之一。他在遵循这个原则的大背景下,尽管翻译会受到限制,但仍然充满乐观浪漫的革命主义理想精神。《赞美歌》就是一个典型代表。

> 我是剑,我是火焰。
> 我在黑暗中照亮你们,而且当战斗开始,我在第一线作战。

---

①何其芳:《何其芳译诗稿》,外国文学出版社,1984年,第53页。
②海涅:《海涅诗选》,冯至译,人民文学出版社,1956年,第118页。
③海涅:《海涅诗选》,冯至译,人民文学出版社,1956年,第117页。

在我周围躺着我的朋友们的尸体,但是我们已经胜利。我们已经胜利,但是在我周围躺着我的朋友们的尸体。在欢笑的凯歌声中响着挽歌的合唱,但是我们没有时间欢乐和悲悼。军号又在吹奏,新的战斗又开始——

　　我是剑,我是火焰。①

　　《赞美歌》原是散文诗,冯至在译此诗时采用了分行的形式②,何其芳为了情感表达以及停顿的需要,采用了自己认为较合理的翻译形式。如冯至译"在欢呼胜利的凯歌里/响着追悼会严肃的歌声"③,何其芳则译作"在欢笑的凯歌声中,响着挽歌的合唱",这样的翻译更符合口语化,也符合散文诗的特点。"挽歌"替代"追悼会",将"追悼会"的悲哀性程度降低。以简洁明快的口吻翻译诗歌,所表达的则是热烈的革命情感。何其芳曾醉心于比现实世界更广阔美好的文学世界,而随着思想的不断变化,在他的译诗中可看出他要通过文学做实际工作,"为了争取这个世界的实现"而不懈努力。

三、强烈的矛盾思想

　　与海涅兼有的抒情诗人和革命诗人这两个身份相一致,何其芳选译的诗歌作品也兼有两种风格。一是奇幻瑰丽的浪漫书写和真挚动人的爱情表达,一是批判现实和嬉笑讽刺的时政诗歌。维尔特是德国的无产阶级诗人,是时代的歌手,同时他的诗歌也饱含着热烈的情感,何其芳的诗歌翻译水平从1971年到1977年不断走向成熟,由于翻译时段的不同,其选译诗歌的内容也有明显的不同。

(一)诗歌中奇异的花——爱情的崇高与梦幻瑰丽之美

　　何其芳在1956年所写的《写诗的经过》中曾尝试大致厘清文学艺术与诗歌的关系,他认为文学艺术和诗歌都应该贴近与表现生活,而相比之下诗歌更"要求它自己是从生活的泥沙里淘洗出来的灿烂金子,是从生活的

---

①何其芳:《何其芳译诗稿》,外国文学出版社,1984年,第55页。
②海涅:《海涅诗选》,冯至译,人民文学出版社,1956年,第120页。
③海涅:《海涅诗选》,冯至译,人民文学出版社,1956年,第119—120页。

丛林里突然发现的奇异的花,是从百花之精华里酝酿出来的蜜"①,与何其芳喜用的抒情风格一致,他对诗歌的形容也充满了感性色彩。但从中我们也可知何其芳所期待的诗歌不仅要来源于生活的题材,同时也不能失去艺术的美感。

  何其芳翻译这类抒情诗歌的时间大致为1971至1973年。从所选译海涅《歌集》中的篇目来看,何其芳希望在译诗中隐性地抒发自己的"唯美主义"思想,这对新中国成立后几乎失声于创作的何其芳来说是难得的。如海涅的《诗歌集》中的《罗累莱》,在何其芳的译诗版本中的第三节为:"一个绝代的美女/奇异地坐在山崖;/她的金首饰耀目,/她梳着金色的头发。"②而在冯译的版本中,这一小节是:"那最美丽的少女/坐在上边,神采焕发,/金黄的首饰闪烁,/她梳理金黄的头发。"③可见何其芳在用词上,突出"奇异""耀目""金色"这样的词语,有意识地追求奇幻美的特色。而《罗累莱》作为海涅抒情诗歌的代表作之一,本身也以其奇崛浪漫的特色和含蓄的深层内涵而为评论家们所称道,选译这样的作品与京派时期何其芳追求梦与美的审美理想相契合,并且这样的诗在前期译诗中占大多数。《让你的脸挨着我的脸》《一颗星星陨落》《我们从前是小孩》《孤独的眼泪为什么》等诗是书写"爱情的不幸";《你像一朵花》《坐在鱼舍旁边》《在歌的翅膀上面》《山中牧歌》则代表对爱情(或青春)的向往。有些译诗的唯美主义思想倾向表达不是很明显,如《我曾经有一个美丽的祖国》中,看似表达的是革命主义情怀,实则隐含着个体生命的自我表达,与纯粹的革命主义诗歌不一样:

    我曾经有一个美丽的祖国,
    橡树高耸
    凌空,紫罗兰温柔地低垂着花朵,
    那是一个梦。

    她用德国方式吻我,用德语
    (人们无从
    想象它是多甜蜜)对我说:"我爱你!"

---
① 何其芳:《写诗的经过》,载《何其芳全集》第四卷,河北人民出版社,2000年,第327页。
② 何其芳:《何其芳全集》第六卷,河北人民出版社,2000年,第197页。
③ 海涅:《海涅诗选》,冯至译,人民文学出版社,1956年,第11页。

那是一个梦。①

诗中多次出现"爱"与"梦",诗题采用西方现代诗常用的错行方式。同时,"橡树""紫罗兰"等意象的引入,拟人化的诗歌艺术手法的运用,都可以看到早期何其芳现代诗创作的影子。

(二)再次吹响战斗精神的号角

1974年至1975年,何其芳逐渐在译诗中强调表现革命战斗的精神内容。何其芳在译完诸多具有唯美主义色彩的诗后,选译的《新诗集》与海涅晚期诗集、《遗稿》中多了很多具有革命主义思想的诗,从注重抒情逐渐到关注与政治有关的叙事讽刺诗。海涅语言明快思想内容又深刻的革命诗契合了思想转变后何其芳诗歌创作的特色。他根据自己的喜好选译海涅的诗,除了通过译诗增进德文水平来达到阅读马列原著的目的外,还有一个重要的目的,就是以译代写,满足自己文学创作的欲求和冲动。当时的语境决定了自我感情色彩强烈的抒情性作品被遮蔽或者被边缘化,所以何其芳选译很多革命主义思想浓烈的诗是一种折中的办法,以这种隐蔽的方式表达情感也是一种无奈之举。以《有道德的狗》一诗为例:

> 一只鬈毛狗,它有充分的权利
> 取勃鲁图士这个漂亮的名字,
> 关于它的道德和它的智能,
> 都在整个地区非常驰名。
> ……
> 勃鲁图士最初注视这一场风波
> 带着一种哲学家的心平气和,
> 但是后来一看到这群恶狗
> 都在狼吞虎咽各样的鲜肉,
> 这时它也接受了一份美味,
> 自己吃了一只阉羊的大腿。②

诗中仍然是大量运用唯美主义的象征手法,何其芳译诗时并不刻意规

---

① 何其芳:《何其芳译诗稿》,外国文学出版社,1984年,第38页。
② 何其芳:《何其芳译诗稿》,外国文学出版社,1984年,第107—109页。

避。海涅在原诗的"教训"中说:"呵,这只有道德的狗到底/绝不是十全十美——它也吃东西!"①海涅想表达的是反动派阶级的本性是不会更改的,就算其伪装成"有道德"的模样。何其芳此时偏向"革命主义"的原因是,关注点从个人情感的表达走向了阶级的、政治的表达,去翻译与革命有关的诗,像之前从"梦中道路"脱离逐步走向"革命的路"一样。类似的诗还有《倾向》《新亚历山大》《等着吧》《西里西亚的纺织工人》《赞美歌》《调整》《三月后的米歇尔》《1649—1793—???》《奴隶船》等。

(三)困惑与抉择

何其芳既醉心于梦幻美的追寻,又不断想要"从梦幻中醒来",这种矛盾的思想感情从何其芳的诗歌创作中延续到了其诗歌翻译中。但从整体来看,何其芳译诗思想最终还是偏向了"唯美主义"。何其芳译诗后期翻译的是维尔特的诗,此时期革命主义思想与唯美主义思想相互交织。从《再会》和《爱情22》两诗可看出,何其芳译诗是一种"精神还乡"的唯美主义诗歌创作。例如《再会》中:

> 再一次接吻,再一次紧紧握手!
> 然后我快活地从一地到一地远游!
> 再一次让你黑色发鬈的微波
> 在风中飘动,再一次温柔地对我
> 唱你美丽歌曲中最美丽的一曲!
> ……
> 好吧,再会! 早晨金色的光耀
> 向周围山峰和山谷微笑;
> 你眼睛发光——我胸中热血沸腾,
> 我把爱情化为战斗的激情——
> 祝福有爱情又有荣誉的人们!②

何其芳于1976年初译此诗,"四人帮"被粉碎后的1977年他将此诗改译。何其芳从来不愿意写"体验未深的东西"③,在他的诗歌创作中"每首诗

---

① 何其芳:《何其芳译诗稿》,外国文学出版社,1984年,第109页。
② 何其芳:《何其芳译诗稿》,外国文学出版社,1984年,第113—114页。
③ 何其芳:《何其芳全集》第一卷,河北人民出版社,2000年,第7页。

看去都是他生活中的一次事件,每首诗都是他的一次深入的感情体验"[①]。这也就不难发现,何其芳从新月时期到晚年,诗中依然喜爱用"爱情""梦"以及"青春"等词语。《预言》集《祝福》一诗中"它就负着沉重的疲劳和满意,飞回我的心田。我的心张开明眸,给你每日的第一次祝福"。在早期,何其芳更偏重"为艺术而艺术",想象中的"梦与美"比现实更为重要。诗人的敏感所体验到的痛苦、不幸与爱情的联系,让何其芳感到"爱情是要用痛苦来培养,而且是用痛苦来衡量的。也许这是爱情的最高训条"[②],而对于晚年的何其芳来说,精神的还乡让他依旧祝福,祝福有爱情的人们,可经过思想斗争后的何其芳已不是简单的唯美或是简单的革命,虽仍是对个人情感的抒发,可个人的情感已经延伸至时代。故何其芳后期所翻译的带有唯美主义色彩的诗,已是一种不可与时代相分割的唯美主义。无论是内容还是形式,何其芳一如早期执着于"爱情"与"梦",但逐渐在追求的过程中与时代紧密结合,最终在译诗的思想倾向上还是偏向了艺术美。

第三节 译诗的艺术特色

何其芳在《诗歌欣赏》中说:"诗是不能翻译的,因为无论怎样好的翻译都无法照样保存原来的语言的美妙、音节的和谐以及整个艺术的效果。"[③] 1975年,何其芳在《德国诗选》中也曾申明:"诗歌并非不可翻译,在理解原文的基础上,我们可以用精美的语言,和谐的韵律,把诗人本来所要表达的感情、思想传达给读者。但是,最好是诗人译诗,或者具有诗人素质的人译诗。否则,就不能很好地完成翻译这项工作的使命。"[④] 从何其芳的说明中可以看出他理想的译诗标准不仅注重诗歌意义的完整表达,也十分重视诗歌的语言、格律等方面的问题,试图将原诗形式与内容完美重现。

[①]何其芳:《何其芳全集》第一卷,河北人民出版社,2000年,第7页。
[②]何其芳:《何其芳全集》第一卷,河北人民出版社,2000年,第5页。
[③]何其芳:《诗歌欣赏》,人民文学出版社,1978年,第23页。
[④]周忠厚:《啼血画梦 傲骨诗魂:何其芳创作研究》,文化艺术出版社,1992年,第114页。

一、原诗风貌的保留

何其芳曾提到,他在大学时期分别读过莎士比亚作品的英文原本与译本,就其感受而言,两者之间有着巨大的差异:"简直就像葡萄酒和白开水一样。"何其芳说这段话是为了鼓励那些初学写诗的人多读外文精品,最好再学习一些外语以便能够切实地感受原著文字中所蕴含的力量,但他的这段话同时也提醒了我们,何其芳对于诗歌翻译中原诗风貌的保留有着很高的自我评定标准。如果将翻译作品的"信、达、雅"作为最高标准,他更为看重的应该是原诗深层意味与形式风格的忠实程度,也即"信、达、雅"中的"信"。

(一)还原原诗的情感态度

何其芳为保持原诗的风貌,首先特别留意区分海涅讽刺诗与抒情诗的情感态度。正如卞之琳在《何其芳晚年译诗》中所言,何其芳在莱阳时所作的诗歌与其前期的浪漫风格不同,整体风格更显亲切和明快,且"不时带讽刺语调……这倒正合海涅早期和后期诗的一些特色"[①]。何其芳与海涅存在着精神与艺术上的共通点,因此在翻译海涅诗歌作品时,对其诗中情感态度的把握更为精准,无论是嬉笑怒骂还是沉郁内涵,何其芳都在字词的锤炼上下足了功夫。

海涅的《北海集》明快、朴实、幽默,具有讽刺意味,一些作品还具有幻想唯美的色彩[②];而《抒情插曲》中则多以唯美的幻想、个人的抒情为主。下面以《等着吧》一诗为例:

> 因为我闪电这样灼烁,
> 你们想,我不会发出雷声!
> 你们大错特错了,因为我
> 同样赋有响雷的本领。
>
> 一旦适当的日子到临,
> 将要对你们恐怖地证明;
> 你们将听到我的声音,

[①] 何其芳:《何其芳译诗稿》,外国文学出版社,1984年,第5页。
[②] 周忠厚:《啼血画梦 傲骨诗魂:何其芳创作研究》,文化艺术出版社,1992年,第117页。

> 雷霆的语言,霹雳的号令。
> 在那暴风雨发狂的时候,
> 不少橡树将被吹拔,
> 不少宫殿将要发抖,
> 不少教堂的尖塔将倒塌。①

这首诗属于浪漫革命主义诗歌,何其芳通过对字句的斟酌,把握了原诗内涵。首先在翻译此诗时,何其芳不再醉心于精致的唯美,而是尊重原诗的风格,用热烈的情感以及直白的语言来翻译此诗。相较于冯至翻译的"你们将要听到我的声音,是长空霹雳,风雨雷霆"②,何其芳所译"你们将听到我的声音,雷霆的语言,霹雳的号令"更对称、直白、震撼,符合革命主义诗歌的特征。此诗后三个"不少"构成的排比句,相较于冯至所译"甚至把一些槲树吹倒,一些教堂的高塔要倒塌,一些宫殿也将要动摇!"更富有气势,且建筑美以及顿数的规范,使得最后一段在何其芳笔下,被译得更富有明快的节奏、朴实的诗风以及热烈的情感。

(二)保留原诗的意蕴美

何其芳为保持原诗意蕴,在翻译时精心打磨词句。如《在歌的翅膀上面》一诗"紫罗兰在窃笑,密谈,并向星星仰视;蔷薇偷偷在耳边,讲着芳香的故事"③相比冯至所译"紫罗兰轻笑调情,抬头向星星仰望;玫瑰花把芬芳的童话,偷偷地在耳边谈讲"④,以及钱春绮所译"紫罗兰窃窃暗笑,/仰头向星空凝视;/蔷薇花相互耳语,/密谈着花香的故事"⑤,何其芳所译应该说是抓住了此诗的真正内涵。"耳朵"改为"耳边","香气"改为"芳香"都体现了何其芳为追求原诗所表达的唯美氛围所做的努力,以具体的"耳朵"与"香气"改为虚实结合的"耳边"与"芳香",呈现了原诗的意蕴美。冯至和钱春绮所译的最后一句分别为"吸饮,爱情和寂静,沉入幸福的梦幻"⑥"安享着

---

① 何其芳:《何其芳译诗稿》,外国文学出版社,1984年,第52页。
② 海涅:《海涅诗选》,冯至译,人民文学出版社,1956年,第113页。
③ 何其芳:《何其芳译诗稿》,外国文学出版社,1984年,第7页。
④ 海涅:《海涅诗选》,冯至译,人民文学出版社,1956年,第2页。
⑤ 钱春绮:《诗歌集》,上海译文出版社,1982年,第115—116页。
⑥ 海涅:《海涅诗选》,冯至译,人民文学出版社,1956年,第3页。

爱情和宁静,做起幸福的美梦"①,何其芳译为:"吸饮着爱情和静默,梦着幸福的梦。"②"静默"一词的使用相较于"寂静"和"宁静"更多了一些拟人色彩,与全诗形成一种更为唯美和谐的统一,意蕴上也更为贴合。并且后句"梦着幸福的梦"注重停顿与押韵,两个"梦"字,将审美意蕴推向纵深,比"做起幸福的美梦""沉入幸福的梦幻"更富有诗意。

二、实践新格律诗的主张

何其芳的译诗作为一种"代替性"写作,必然会在译诗过程中融入他本人的诗歌审美艺术追求,在卞之琳的代序《何其芳晚年译诗》③中,可以证实何其芳试图在其译作中实践其在20世纪50年代提出的"现代格律诗"的主张。关于"现代格律诗"的具体观点,何其芳在《关于写诗和读诗》中有着详细的说明。考虑到当时的整个诗歌生存状况,就为何要建立现代格律诗的问题,何其芳阐释说:必须在民歌体及其他形式之外"建立一种更和现代口语的规律相适应,因而表现能力更强得多的现代格律诗"④。现代格律诗是与现代口语相适应的,何其芳译诗便是将新格律的主张与现代口语融合,而新格律诗最重要的方面在于格律的要求,是"按照现代的口语写得每行的顿数有规律,每顿所占时间大致相等,而且有规律地押韵"⑤。

海涅的诗歌本身在形式上就十分注重韵脚的安排,他的许多诗歌都被谱成曲,也说明这些诗歌具有很强的音乐性和节奏感。何其芳从他的新月时期就已经注意到了诗歌形象与形式的美,他所提出的诗歌的"顿"实际与闻一多的"诗歌三美"主张之"音乐美、绘画美、建筑美"有密切的联系,何其芳提出的"顿"实际与闻一多提出的"音尺"的概念相当接近。何其芳在20世纪50年代对现代格律诗的发展抱着积极的态度,但就如卞之琳所说,何其芳"解放后主张建立新格律诗,而自己实践结果,所取得的成就,都较前大为逊色"⑥。不甘心的何其芳选择在20世纪70年代的译诗中再次实践自

---

① 海涅:《诗歌集》,钱春绮译,上海译文出版社,1982年,第116页。
② 何其芳:《何其芳译诗稿》,外国文学出版社,1984年,第8页。
③ 何其芳:《何其芳译诗稿》,外国文学出版社,1984年,第6页。
④ 何其芳:《关于写诗和读诗》,作家出版社,1956年,第63页。
⑤ 何其芳:《关于写诗和读诗》,作家出版社,1956年,第70页。
⑥ 何其芳:《何其芳译诗稿》,外国文学出版社,1984年,第5页。

已新格律诗的主张,而具体的表现就在于其所译诗中顿数的规律与押韵的规律两个方面。

(一)顿数的规律

顿数的规律有两个。第一是每行的收尾基本上是两个字的词,以适应现代口语中两个字的词最多这一特点[①](主要是符合基本调子的统一和谐);第二是每行的顿数基本一样,通常是每行三顿、四顿以及五顿这几种形式[②](可变化顿数,但需要有规律)。何其芳的译诗《罗累莱》就有这样的特点:

> 不知/预兆着/什么,
> 我是/这样/悲伤;
> 一个/往昔的/故事,
> 老是/不能/遗忘
> ……
> 她用/金梳子/梳,
> 同时/唱着/一支歌;
> 一支/绝妙的/歌曲,
> 散发着/强烈的/蛊惑。
> ……
> 我相信,/最后/波浪,
> 吞食了/舟子和/小船;
> 那是/罗累莱的/歌唱
> 造成/这个/事件。

除了"她用/金梳子/梳,同时/唱着/一支歌"一句,每一诗行的收尾基本都为两个字,虽然诗句这样建行,但仍然符合说话的调子,故而这首诗的翻译符合第一点所说的两字收尾,基本调子统一和谐的特点。全诗基本每行三顿,除了偶尔有四顿出现,但整体顿数保持统一,故而符合第二点所说。我们再对比冯至所译的《罗累莱》一诗的第二段:

---

① 何其芳:《关于写诗和读诗》,作家出版社,1956年,第65页。
② 何其芳:《关于写诗和读诗》,作家出版社,1956年,第68页。

天色晚,/空气/清冷,
莱茵河/静静地/流;
落日的/光辉
照耀着/山头①

何其芳译:

天凉了,/薄暮/来到,
莱茵河/静静地/流动;
群山的/峰顶/闪耀
在夕阳的/光辉/之中

通过对比可看出,何其芳在译诗顿数上的坚守而带来译诗艺术特色的改变。海涅并未完全在意顿数的整齐与收尾的字数,不过以新格律标准评价也不合适,其译诗好坏只能智者见智,但我们的确可以看出何其芳确实在尝试将他的新格律诗理论引入翻译中。以闻一多为代表的新月派,当时提出"新格律诗"的主张,对于停顿与建行处理的方法是"按字数(即单音节数)整齐或对称建行"②。何其芳在其新月时期曾经借鉴过新月派的这种做法,进入京派时期后逐步摆脱了这种具有束缚性的规则,转而从事现代诗的写作,放弃了刻意的"顿"与押韵。但经过延安时期自由诗的创作,再加上多年对于诗歌形式的困扰,何其芳在新中国成立后明确了建立新格律诗的必要性。同时他提出了自己关于现代格律诗的相关概念并进行了详细界定。原本以为何其芳会将现代格律诗的实践主要运用在自己的创作中,但出人意料的是,他却在翻译诗时充分运用自己提出的现代格律诗创作的方法进行翻译,这一点更坐实了他以译代作的真实意图。

(二)押韵的规律

何其芳认为现代格律诗押韵,不用一韵到底,可两行一换韵,四行一换韵。其原因有三:一是我国语言同韵母字较多;二是过去格律诗有押韵传统;三是在顿数整齐的情况下,有规律的韵脚有助于增强诗的节奏性。依然由《罗累莱》一诗来分析何其芳押韵的坚守,《罗累莱》以四句为一组,每

---

①海涅:《海涅诗选》,冯至译,人民文学出版社,1956年,第11页。
②何其芳:《何其芳译诗稿》,外国文学出版社,1984年,第8页。

一组押韵各不相同,与近体诗一般,二四句押韵且尾字粘对,"伤"与"忘"、"动"与"中"、"崖"与"发"、"歌"与"惑"、"住"与"处"、"船"与"件",押韵整齐而又有规律,增强了整诗的节奏感。对比冯至所译此诗,冯氏以自由诗的方式来翻译海涅的诗,以求不失原意而达到自然和谐的效果,显然就诗歌的音乐性而言,何其芳所译的版本更适合于朗诵,表现诗歌的音韵之美。何其芳在《关于写诗和读诗》中强调"如果只是顿数整齐而不押韵,它(现代格律诗)和自由诗的区别就不很明显,不如干脆写自由诗"[1]。何其芳在翻译诗歌时不仅要求"顿数的整齐",更要求押韵,这显然也是他对现代格律的一种实践。除此之外,如卞之琳在《何其芳晚年译诗》中所列举的《给奥尔格·赫尔韦格》一诗,何其芳基本做到了与原诗形式相对应的翻译程度,无论是韵脚的安排,还是原诗的节奏感,都忠实于海涅原本的创作。虽然卞之琳也指出何其芳在译诗中有时为了凑韵,而存在一些语言和诗歌分行上的不自然,但是就何其芳认真而严谨的翻译态度,就可见他对建立现代格律的执着追求。

何其芳向来较喜欢诗歌朗诵活动。从幼年时期开始,何其芳就接触到了大量的中国传统文学,例如唐诗及许多优美的韵文,对于这些极其讲究形式整饬的文学作品,何其芳通常的做法是将那些他所喜爱的篇目读到能背诵下来。[2]这种阅读方式一直持续到何其芳的晚年。他的妻子牟决鸣就曾说过,何其芳晚年每译完一首诗就会去朗诵给孩子们听,即使还带有浓厚的四川口音,但他依然是"大声地朗读着刚译完的诗句"[3],甚至还读得津津有味,这说明了何其芳想要通过诗歌本身的内容及其语言节奏的美感来塑造其心中理想的诗歌,以达到真切动人的目的。

三、晚唐诗风与象征主义诗艺的再现

早年的何其芳曾在《论梦中道路》中说过精致冶艳的晚唐诗风以及浪漫唯美的象征主义都蛊惑过他,[4]纵观何其芳整个文学生涯,二者的蛊惑一直或隐或显地伴随着他。何其芳在晚年的古体诗创作中,重拾晚唐精致冶艳

---

[1] 何其芳:《关于写诗和读诗》,作家出版社,1956年,第70页。
[2] 何其芳:《写诗的经过》,载《何其芳全集》第四卷,河北人民出版社,2000年,第344页。
[3] 何其芳:《何其芳译诗稿》,外国文学出版社,1984年,第142页。
[4] 何其芳:《梦中道路》,载《刻意集》,文化生活出版社,1938年,第75页。

的诗风。在译诗中两者都有体现。他翻译的一首诗《爱情22》颇有代表性。

> 凉爽的夜风吹拂，
> 扬起街巷的灰尘，
> 我是一个孤独
> 而且可怜的人。
> 我看见月亮破开
> 云的遮蔽而出，
> 不知道：我应该
> 哭还是不哭。
> ……
> 哈，我狂野的亲吻
> 炽热地燃烧着柔美
> 如紫色天鹅绒的嘴唇，
> 啜饮着甜蜜的露水，
> 女王就从宝座上
> 向地上跌落了下来——
> 勇敢的大地的儿郎
> 胜利了，以他的爱。
>
> 我醒来——酒店刚好
> 熄灭了一屋的灯火。
> 一个个客人带着笑
>
> 回家去，一边唱歌。
> 夜在街巷中露宿，
> 寒风啸吟着行时，
> 我是一个孤独而且可怜的人。

《爱情22》是一首抒情诗，书写主人公梦中对爱情的追求以及现实的冷清。诗中写夜晚孤僻的我独自饮酒醉倒，在梦中见到和谐美丽的场景以及美丽的女王，诗人以"大地儿郎"的身份追求，最后胜利却在酒店醒来，依然回归现实的冷清。这首抒情诗继承了晚唐诗歌精致冶艳的特点：一是古典意象的运用使得译诗更具有晚唐精致冶艳诗词的特点。如文中"宽大的薄的面纱,绰縩在裸露的肩际"中"绰縩"一词来源于"罗衣绰縩金翠华,言笑雅舞相经过"。二是精致唯美的辞藻选择。全诗共10节,每节8行,每行以三顿为主,变化在二到五顿间。其句式和谐统一且表意明确,也可看到古典词汇的运用。"翩跹""绰縩""遮蔽""啸吟"等词情感浓烈且唯美,可看出晚唐诗风在翻译时的体现。

象征诗艺在何其芳译诗时也有体现,如《一棵松树孤独地》：

一棵松树孤独地
站立在北方的荒山上,
它沉睡着;覆盖着
冰雪的白色衣裳。

它梦见一棵棕榈,
在那遥远的东方,
在火热的悬崖上孤独地
而又默默地悲伤。[1]

本诗采用松树与棕榈天各一方的对比来象征自己与爱人阿玛莉只能梦见、遥望而无法在一起的痛苦,与何其芳早期书写的"不幸的爱情"主题相似。冯至在翻译时将此句译为:"它梦见一棵棕榈树,远远地在东方的国土,孤单单在火热的岩石上,它默默悲伤。"冯至的翻译并未严格讲求顿数与押韵,而象征主义诗艺多重视音乐性与韵律感,故而何其芳对诗顿数的划分以及押韵的保持使得诗歌更富音乐性与韵律感,有助于诗歌情感、韵味的充分表达。

延安文艺座谈会后,"改造自己,改造艺术"的何其芳在晚年并未真正改变,虽然一面承受着疾病的痛苦折磨,一面承受着精神的巨大压抑,但他依然能够在译诗的过程中获得精神上的愉悦,同时能够借由译诗来抒发自己的所思所想与表达自己的艺术主张。何其芳选译无产阶级诗人海涅、维尔特的诗歌,不但是因为他与两位诗人有着共同的创作心态,也是希望通过翻译学习德文,从而阅读马克思、恩格斯的原著,更加贴近时代的需要。

---

[1] 何其芳:《何其芳译诗稿》,外国文学出版社,1984年,第9页。

何其芳不断地向革命主义思想靠拢,但他自我抒情的审美理想从未在他的创作中彻底消失,他晚年的诗歌翻译也是他这种矛盾思想的一种体现,许多译诗在革命主义的外观下,实则还是其唯美主义思想的再现与对早年新格律诗等艺术特色的坚守。何其芳少年时代在信中向其挚友方敬表达了自己文学创作的真诚愿望:"我并非有意追求什么'惊人的不朽之作',只是希望不辜负这个时代。"[1]而晚年何其芳却被时代冠以"牛鬼蛇神"的称号,除了衰老带来的时间紧迫感,还有来自社会外界的不断摧残,使何其芳的自主创作成为一种不切实际的奢望:"'以译代作'既是一种绝境求生的翻译行为,又是拯救自我的写作行动。因为'写作的不可能'而走向'翻译的可能。'"[2]正如卞之琳所言,何其芳译诗是认真而又无多大愧色的,而其译诗所体现的思想以及艺术特色可使人们更加理解何其芳思想的复杂性,也能以何其芳为代表,更加深刻地了解现代知识分子转型的时代典型性品格。

---

[1] 方敬、何频伽:《何其芳散记》,四川教育出版社,1990年,第122页。
[2] 杨东伟:《论中国当代诗歌中的"以译代作"现象(1966—1976)》,《中南大学学报(社会科学版)》2018年第4期。

第十一章 《预言》隐微修订与何其芳文学道路转型

何其芳一生最重要的诗集是《预言》,这部诗集的编选以及多个版本中部分诗歌的修改都代表着他不同时期思想与文学观的变化。对《预言》诗集版本的研究也有论者涉及,但并没有真正从细节变化如诗集中诗歌编选时的排序、诗题的转换、诗歌的增删、集中诗歌从原刊本再到诗集收录不同版本的变化(包括字、词、句子、标点的变化)这些角度进行深入细致的研究。因何其芳特别重视诗集《预言》,对于这部诗集从编选成集到后面历次版本的变化几乎伴随他的文学人生,如果能从《预言》成集的隐微过程、《预言》1945年文化生活出版社初版本(1946年、1949年再版沿用1945年初版本)与1957年新文艺出版社重版本的异同比较、《预言》初版本中的诗篇原刊本、《汉园集》版、《刻意集》版到初版本、重版本异文嬗变问题这些视角详细考察,可以从一个侧面反映何其芳思想与文学创作观的变化,能更好地透视现代作家从唯美走向革命的过程,也可以更好地探究为人所熟知的"何其芳现象"存在与否及其内涵本质,将何其芳的研究推向纵深。

第一节 《预言》:何其芳京派时期诗创作的结晶

何其芳的《预言》由文化生活出版社1945年2月作为"文季丛书之十九"初版、1946年11月再版、1949年1月三版,文化生活出版社出版的《预言》三个版本,除版权页中定价与发行地略有不同外,[1]其他封面、目录、内容均相同,所以文化生活出版社出版的这三个版本,可以统称为初版本。

---

[1] 文化生活出版社出版的《预言》,封面由巴金设计,封底为文化生活出版社"沉思者"图案。《预言》为"文季丛书之十九",编辑者为文季社,发行人为吴文林,发行所为文化生活出版社,在1945年、1946年、1949年三个版本的版权页中,发行地为三个,分别为上海钜鹿路一弄八号、重庆民国路一四五号、汉口交通路二十四号,定价分别为:一元四角、二元四角、金元五角。

第十一章　《预言》隐微修订与何其芳文学道路转型

在下文对比论证过程中所用初版本中引文均为1945年2月文化生活出版社初版本。新中国成立后,经过何其芳自己重新修改,1957年9月由上海新文艺出版社重版,之后直到何其芳去世前,《预言》在国内再没有重新出版,所以称这个版本为重版本。论文在研究何其芳《预言》的版本问题时涉及文化生活出版社的初版本、新文艺出版的重版本、《预言》中诗歌的原刊本及《预言》诗集重要来源本《汉园集》(1936年商务印书馆版)中的《燕泥集》《刻意集》(1938年文化生活出版社版)等版本,至于何其芳去世后由他人编辑出版的《预言》不在本章讨论之列。

一、《预言》编选的时间

《预言》可谓何其芳一生诗歌创作近半数的结集,他当然重视。这部诗集初版虽然在1945年,大约在1940年12月18日以前就已经编选完毕,这一点在《刻意集·三版序》中已有所说明。何其芳说:"感谢出版人和这种丛刊的编者,他们允许我有一个改编的机会!虽说仍是一些过去的幼稚的东西,我愿意使这本书显得单纯一些,调和一些。我要把那些诗和那两篇关于诗的文章从这本书抽了出来,它们(除了一些我要根本删掉的不好的诗)将出现于我的第一个诗集《预言》里面。"[①]而这篇序言最后标注写作的时间和地点为"一九四〇年十二月十八日于鲁艺"[②],何其芳在《夜歌》初版后记中写道"把那些古老的东西编成一个集子已经是四年以前的事了……后来工作社打算印,而且不久以前已经在桂林付排了,打好了纸型"[③]。《夜歌》初版后记写于1944年10月11日的重庆,按照常规时间表达方式,"已经是四年以前的事了",当指的是1940年,这和何其芳在《刻意集》三版序中所指可以互为印证。还有一个重要的史料,何其芳在1940年8月5日写给郑克的信中说:"我写的太少,而过去又不十分爱惜自己写的东西。我可以说写得时间最久一些的是诗,然而我就没有单独印过一本诗。"[④]这是何其芳写给郑克的一封信。郑克将其发表时,有感于何其芳已经在延安从事革命工作,就将这封信命名为"为人类工作"。在这封信中,何其芳除了提到自己

---

① 何其芳:《刻意集》,文化生活出版社,1938年,三版序,第1—2页。
② 何其芳:《刻意集》,文化生活出版社,1938年,三版序,第2页。
③ 何其芳:《后记》,《夜歌》,诗文学社,1944年,第174—175页。
④ 何其芳:《为人类工作》,原载《现代文艺》1940年第2卷第1期。

还没有出过个人诗集外,关于诗再没有提供更多的信息,也没有像1940年12月18日在《刻意集》三版序中提到的将编个人诗集,所以在此存疑。1940年8月5日写这封给郑克的信之前,何其芳还没有着手编诗集《预言》,这样推测,诗集《预言》的编订大致应该在1940年8月5日至12月18日之间。

二、《预言》中的诗:"把好几百行诗全部记住"

《预言》的编选过程据何其芳自己说:"那时原稿都不在手边,全部是凭记忆把它们默写了出来。凡是不能全篇默写出来的诗都没有收入。这也可以说明我当时对于写诗是多么入迷。一个人如果不是高度地把他的精力和心思集中在他的写作上,他是不可能把好几百行诗全部记住的。"①这一方面交代了何其芳当时对诗歌创作的痴迷程度,另一方面也说明他对诗歌选择的严苛,同时也表明了他对自己诗歌具体篇章的偏好。尽管不能说被选入诗集的就是他认为最好的,但是能够全文背诵的诗作也可见其用心所在。当然何其芳所说的凭记忆默写成书的《预言》,指的是1945年2月由上海文化生活出版社出版的初版本,共分三卷,收诗34首。卷一(一九三一年到一九三三年,北平):《预言》《脚步》《季候病》《慨叹》《欢乐》《雨天》《罗衫》《秋天》《花环》《爱情》《祝福》《月下》《休洗红》《夏夜》《赠人》《再赠》《圆月夜》;卷二(一九三三年到一九三五年,北平):《柏林》《岁暮怀人(一)》《岁暮怀人(二)》《梦后》《病中》《夜景(一)》《夜景(二)》《失眠夜》《古城》《墙》《扇》《风沙日》;卷三(一九三六年到一九三七年,山东莱阳):《送葬》《于犹烈先生》《声音》《醉吧》《云》。这些诗歌都来自他的偏唯美主义的京派时期。1946年11月、1949年1月由文化生活出版社再版和三版,所选诗歌及编排没有变化。1957年9月上海新文艺出版社重版,何其芳将《墙》删去,补入《昔年》,仍为34首。《预言》是何其芳的第一个人诗集,但并不是第一部诗歌结集。1936年卞之琳编《汉园集》为何其芳、李广田、卞之琳三人诗合集,何其芳卷为《燕泥集》,这是何其芳诗歌的第一次结集,收诗16首。1938年文化生活出版社出版何其芳的诗文合集《刻意集》,其中卷四为诗歌结集,共收诗18首,而1945年版《预言》的卷一、卷二部分,除《再赠》

---

① 何其芳:《写诗的经过》,载《关于写诗和读诗》,作家出版社,1956年,第94页。

（1932作，载《西湖文苑》1933年6月第1卷2期）外，剩下全部来自《汉园集》中的《燕泥集》及《刻意集》中的卷四部分，只是将《燕泥集》中的《初夏》与《刻意集》卷四中的《昔年》《梦歌》《短歌两章》《砌虫》《枕与其钥匙》五首删去。《预言》中的卷三《送葬》《于犹烈先生》1936年11月8日作于山东莱阳，原刊《文丛》1937年3月15日第1卷第1期，诗总题为《七日诗抄》。其中《送葬》在《七日诗抄》中为《送葬辞》。《声音》是1936年11月12日作，原刊天津《大公报·文艺》1937年1月31日第293期。《醉吧》[①]作于1936年12月11日，原载《新诗》1937年1月第4期。以上就是《预言》结集及收诗概况。

三、缺失的序言

1945年，诗文学社出版何其芳的诗集《夜歌》，这是何其芳的第二部个人诗集，在《夜歌》初版后记中，何其芳谈到了《预言》。他说他的第一部诗集工作社准备出，连预告都发出来了。所选诗歌一部分是1931年至1937年创作的作品。这些作品曾经收录在《汉园集》《刻意集》中，还有一部分创作于全国抗战前未收集但创作时思想已经开始发生变化。又说他编辑《预言》动机为"自己保存陈迹"和为了喜好他作品的读者了解他的思想发展，除这两个理由外没有其他原因。后来工作社已经在桂林准备印刷，但因战事的变化，印刷搁置。之后何其芳其实很想让这部诗集能够问世，甚至给这部诗集取好了名字，叫"云"，当然这个诗集"云"的题名来源于好友卞之琳。何其芳曾说：

> 将来若万一有机会印出来，我想给它另外取个名字，叫做"云"。因为那些诗差不多都是飘在空中的东西，也因为"云"是那里面的最后一篇。[②]

工作社是何其芳的好友方敬在广西桂林创办的，尽管没有印出何其芳的《预言》集，但是最终印出了何其芳的散文集《还乡记》，这是后话。在只开花无结果的桂林工作社版的《预言》清样中，据方敬讲有何其芳请卞之琳为《预言》作的序，方敬在1945年贵阳编《大刚报》文艺副刊《阵地》时曾经

[①] 何其芳：《醉吧》，《新诗》1937年第4期。
[②] 何其芳：《夜歌·后记一》，载《何其芳研究专集》，四川文艺出版社，1986年，第241页。

将这篇序发表过,后来方敬在写关于何其芳的回忆录时将其找出,全文录在《关于〈预言〉》一文中。卞之琳在序言中说,何其芳第一部称为集的诗作是《汉园集》中并未出刊单行本的《燕泥集》,这部诗集《云》才是何其芳第一部个人诗集。《云》中的这些诗确实预言了何其芳一些未来的东西,更多的诗预言了何其芳诗歌艺术上的成就而非思想。卞之琳在序言中透露,何其芳当时是很怕别人以为他还按照《云》中诗的方式写诗,更愿意让人看到在延安时期创作的《夜歌》那样的作品。但卞之琳直言:

> 《云》也有其本身不可抹杀的价值。它之所以能成《云》者也就在于这里见出的认真的精神和严肃的态度,即便表面上有时候带点颓废式玩世色彩的一往深情,并然炫目或怵目而是醒目或摄目的丰富的想象,叫字句随意象一齐像浮雕似的突起来的本领……①

卞之琳、何其芳、李广田当年在北大一个叫汉花园的地方结识,并因合出《汉园集》而被称为"汉园三诗人"(也有称为"汉园三杰"),卞之琳最了解何其芳,笔者在讨论何其芳的京派时期时已经详细讨论过何其芳与卞之琳的关系,在此不赘。"认真的精神和严肃的态度""表面上有时候带点颓废式玩世色彩的一往深情""醒目或摄目的丰富的想象,叫字句随意象一齐像浮雕似的突起来的本领",这些精准的概括直接说出了何其芳的心声,也难怪当卞之琳提出他第一部诗集应该命名为《云》时,他欣然接受正如接受卞之琳所提的《汉园集》中《燕泥集》的命名一样。对于何其芳为什么想编这一部诗集,卞之琳说尽管在某一个阶段作者会不满意前一个阶段创作的作品,但毕竟是阶段性的,但还是要纪念,原因是"作者一定不会再写这样的东西了,倒更是弥觉可珍,因为它们还是艺术品,这种奇怪的东西"②。等到1945年2月文化生活出版社出版《预言》时,诗集的题名将其中第一首诗的题名"预言"作为诗集的总名,没有用诗题"云",卞之琳写的序也没有收入。之后《预言》再版(1946年)、三版(1949年)、新文艺版(1957年)题名都为"预言",卞之琳所作的序言也都没有收入,而且《预言》从初版到后来的重版本都没有序言,这可能跟何其芳到延安之后思想转变有关,他压抑和隐藏了自己对《预言》集中的诗的偏好,但这些诗带有鲜明的个人主义色彩,

---

① 方敬、何频伽:《关于〈预言〉》,载《何其芳散记》,四川教育出版社,1990年,第51页。
② 方敬、何频伽:《关于〈预言〉》,载《何其芳散记》,四川教育出版社,1990年,第51页。

这在当时的语境中几乎是犯忌。何其芳1938年8月底到达延安后,经过延安文艺座谈会、延安整风、重庆之行等,思想上已经完全否定了《预言》式带有唯美主义、颓废主义、形式主义色彩的诗风,但他对《预言》中的诗篇也是偏爱的,这就构成了一个矛盾,想出诗集但又不能明说,即不敢言说自己内心真正喜好或许是放弃写序言的原因。到1957年重版时,仍然没有写序,这跟当时的社会环境有关,当时正在进行反右运动,他不得不考虑被否定的"个人主义""小资产阶级情调"等思想能否表达自己的喜好。其实爱而不敢言说的矛盾心态早在1952年就曾露出端倪,1952年1月9日何其芳致信巴金说:

> 有一点小事情想麻烦你一下。
>
> 有时还有人向我要《预言》看。因此,我最近抽空把它改编了一下。主要是删去了那些有悲观色彩的东西。我一共删去了十四首,还留下了二十首。按原来的版式计算,一共还有五十四面(不包括目录)。这实在是一个很薄的小册子了。现在想和你商量一下,是否文化生活出版社还愿意重印它?如愿意重印,请通知我,即当寄上。如果你觉得无重印的必要,或者估计无销路,书店有顾虑,都望不客气地告诉我。重印这个小册子,实在也近于翻古董了。改编的动机实在起于有人向我要,而现在书摊上找不到。另外,我抗战以前写的东西全部不足存,这二十首诗或者勉强可以留作一点纪念,这也是一个促成我改编它的想法。①

何其芳这封信话中有话,尽管他思想发生转变,但仍对《预言》充满留恋与不舍,愿意采取折中的态度,而且一再声称不是自己想印,是有别人需求,以此遮蔽自己真实的想法。后来文化生活出版社并未当即答应,直到1957年才由新文艺出版社②重印。何自己说:"一九五七年九月由上海新文艺出版社重印。重印的《预言》,根据出版社的意见,只让作者删去了原版中的一首,又补入一首,仍为三十四首。"删去的是原版本中的《墙》,补入的是《昔年》,可见出版社对《预言》整体的认可,但何其芳的矛盾心态从

---

① 何其芳:《致巴金》,载《何其芳选集》第三卷,四川人民出版社,1979年,第3—4页。
② 新文艺出版社1952年8月成立于上海。由群益出版社、海燕书店、大孚图书公司合并组成。后又吸收新群出版社、文化生活出版社、平明出版社、光明书局、潮锋出版社、上海文艺联合出版社和上海出版公司。主要出版中国古典文学作品、现代文学作品和外国文学翻译作品。

1946年另一封致巴金的信中也可以看出一二。1946年11月22日,何其芳致信巴金。信中他无奈地说:"《刻意集》不知以后还有重印的机会否?若有,请你代为将我再版序中最后一段整个删去。记得那段引鲁迅先生'不悔少做'之语为慰解,现在想来颇不应该,因为鲁迅先生那些少作是可以不悔的,而我的少作却实在太差了,不应自己辩解。"①(这封信据《何其芳选集》第三卷中关于此信的注"这封信写于一九四六年十一月二十二日。信中所说的《还乡记》即《还乡杂记》。"这封信的末尾时间只标注为"11月22日",并未标明是哪一年。而由文化生活出版社出版的《还乡杂记》出版是1949年,可见这条注释应当无误,而2000年由蓝棣之编的《何其芳全集》第八卷第3页最后标注的写信时间是"一九五二年十一月二十二日"当为误。收有何其芳书信的文集有《何其芳选集》第三卷和《何其芳全集》第八卷。这封信对于研究何其芳的思想意义重大,如果研究者只看全集版不看选集版,因时间错误而产生误导,对何其芳研究将产生不良影响,这一点当引起研究人员的注意。)可见何其芳的顾虑和矛盾心态,对于《预言》的序言书写,恐怕不好下笔是其原因之一。

四、《预言》卷三诗编选的因缘

《预言》(初版本、重版本)共分三卷,卷一和卷二的诗歌排序保持了《汉园集·燕泥集》中卷一、卷二的排序风格,卷二开首诗为《柏林》,这是何其芳有意划分的,因为《柏林》一诗是何其芳诗歌创作风格转换的一个分界点(1931年至1935年)。而到了《预言》初版本时,增设卷三,由1936年至1937年创作于山东莱芜的五首诗组成,直到重版《预言》时卷三都保持和初版本完全一致。从完整的《预言》三卷诗来看,用何其芳自己的话来说卷一为第一阶段的"幻想期","只喜欢读一些美丽的柔和的东西"②。卷二为第二阶段的"苦闷期",诗歌内容充满沉闷、压抑与绝望,"虽说我仍然部分地在那类作品里找荫蔽,却更喜欢T.S.爱略式的那种荒凉和绝望,杜斯退益夫斯基的那种阴暗"③。"我是怎样从蓬勃,快乐,又带着一点忧郁的歌唱变成彷徨在'荒地'里的'绝望的姿势,绝望的叫喊,'又怎样企图遁入纯粹

---

①何其芳:《致巴金》,载《何其芳选集》第三卷,四川人民出版社,1979年,第4—5页。
②何其芳:《给艾青先生的一封信》,《文艺阵地》1940年第4卷第7期。
③何其芳:《给艾青先生的一封信》,《文艺阵地》1940年第4卷第7期。

的幻想国土里而终于在那里找到了一片空虚,一片沉默。"[1]卷三的诗艺风格从前两卷重浪漫空想与象征隐晦到现实的警醒,可以称为"觉醒期"。卷三的五首诗:《送葬》(1936年11月8日作)、《于犹烈先生》(1936年11月10日作)、《声音》(1936年11月12日作)、《醉吧》(1936年12月11日作)、《云》(1937年春作),这是何其芳从大学毕业走向社会,并沉寂了将近一年时间后的作品。相对前两卷"文艺什么也不为,只为了抒写自己,抒写自己的幻想、感觉、情感"[2]为艺术而艺术的作品,卷三的诗歌开始了对现实的关怀,并逐渐走出"梦中道路"的狭窄空间,敞开胸怀,将想象的触角深入沉沉的大地。何其芳说:"'我沉默着过了整整一年。'我几乎完全忘掉了诗。但在对于它的热情消失之后,我才清醒的得到一个结论……诗,如同文学中的别的部门,它的根株必须深深的植在人间,植在这充满了不幸的黑压压的大地上。把它从这丰饶的土地里拔出来一定要枯死的,因为它并不是如一些幻想家或逃避现实者所假定的,一棵可以托根,生长,并繁荣于空中的树。"[3]这样三卷诗歌是可以体现何其芳从自闭迷茫走向觉醒的"梦中道路"过程,由不食人间烟火的画梦者到"要使自己的歌唱变成鞭子还击到这不合理的社会的背上"[4]。何其芳在《夜歌·后记一》中说"新我终于战胜了旧我,重新做一个人了"[5],在《台湾学者论何其芳》这篇文章中引用台湾学者周伯乃的观点:"所谓'新我'正是他发现了他创作上的新途径,他漠视了昔日的风花雪月的诗,而把笔尖指向现实社会的改革。企图以诗人的微弱的呐喊,唤醒整个堕落的社会……他喊出了群众的苦闷,喊出了农村和城市的不平。"[6]三卷诗连起来正是何其芳从"旧我"走向"新我"的复杂心路历程,当然他要强调的是即使是"旧我"中也潜在含有"新我"的特质。何其芳在1936年说"我的感情粗起来了",在卷三《醉吧》(1936年12月11日作)一诗中,嘲笑了"轻飘飘地歌唱的人们"。诗中写道:"如其我是苍蝇,/我期待着铁丝的手掌/击到我头上的声音。"在《送葬》一诗中何其芳写道:"我再不歌唱爱情/像夏天的蝉歌唱太阳。/形容词和隐喻和人工纸花/智能在炉火中发一次光。……在长长的送葬的行列间/我埋葬我自己。"《声音》:"当长

---

[1] 何其芳:《刻意集》,文化生活出版社,1938年,序文第9页。
[2] 何其芳:《〈夜歌〉初版后记》,载《何其芳研究专集》,四川文艺出版社,1986年,第242页。
[3] 何其芳:《刻意集》,文化生活出版社,1938年,序文第9—10页。
[4] 何其芳:《刻意集》,文化生活出版社,1938年,序文第10页。
[5] 四川万县师范专科学校、何其芳研究小组编:《何其芳研究资料》,1983年第4期。
[6] 四川万县师范专科学校、何其芳研究小组编:《何其芳研究资料》,1983年第4期。

长的阵亡者的名单继续传来/后死者仍默默地在粮食恐慌中/找寻一片马铃薯,一个鸡蛋。"《云》:"从此我要叽叽咋咋发议论:/我情愿有一个茅草的屋顶,/不爱云,不爱月,/也不爱星星。"这些诗作和《预言》卷一、卷二有着深刻的变化,澳大利亚何其芳研究者庞尼·麦克道高尔(Bonnie McDaugall)认为:"那年冬天的莱阳诗作,事实上是何其芳向他童年起就珍视的、但终究不能维持到底的西方文化的告别。这是给拜伦、叶赛宁和德·耐尔送葬,是和波德莱尔和'酒精和书籍和滴蜜的嘴唇'断绝关系。"[1]其实卷一、卷二与卷三诗歌的风格也不是突变。1935年春天,何其芳颈背间生癣疥,又突患重感冒,卧病在窗,每天孤寂地面对四堵厚厚的墙壁,在凄凉悲苦中写作《风沙日》(在《刻意集》初版中为《风沙日(二)》),这首诗深受T.S.艾略特的影响,大量化用中外文学典故,全诗充满奇幻意象,并满浸着荒凉氛围。方敬认为:"其芳的诗由热烈的爱情到古城的荒景,现在写到《风沙日》这种地步,也就似乎到了迷离的梦中道路的尽头。"[2]《风沙日》就是卷二的最后一首诗。

何其芳1938年8月奔赴延安投身革命,完成了从"小我"到"大我"的转变。何其芳生前个人诗集只有两部:《预言》《夜歌》(后更名为"夜歌和白天的歌"),《预言》是1937年以前全部诗作的选编,而《夜歌》是何其芳1938年到延安文艺座谈会召开时全部诗作的选编,两部诗作的诗艺风格明显不同,就像何其芳的思想两个不同的时期一样,一部象征个人自我,一部象征革命大我。那么《预言》与《夜歌》之间是怎样衔接的?换句话说,《预言》是如何走向《夜歌》的?这是何其芳编选《预言》各卷所要考虑的。从三卷诗歌的编排看,何其芳确实下了苦功夫。卷一浪漫与唯美,卷二唯美与颓废,卷三则现实与悲悯,从三卷诗歌一路看下来,可以感受到何其芳思想的嬗变过程。何其芳这样编选《预言》,显然是有深意的。如果联想何其芳与艾青1940年的一次大的争论,就不难体会何其芳的良苦用心了。

何其芳为和艾青论争而写作的《给艾青先生的一封信——谈〈画梦录〉和我的道路》,一方面说明何其芳"当时那种顽固地保存旧我的坏习气"[3],极力为自己的过去辩护;另一方面他也意在表明自己的过去尽管个人主义

---

[1] 庞尼·麦克道高尔:《何其芳的文学成就——英译本何其芳诗文选集〈梦中道路〉后记》,载周发祥译,易明善编《何其芳研究专集》,四川文艺出版社,1986年,第418页。
[2] 方敬、何频伽:《关于〈预言〉》,载《何其芳散记》,四川教育出版社,1990年,第49页。
[3] 何其芳:《星火集·后记》,群益出版社,1945年,第204页。

思想突出,但和延安之间的路还是相通的。换句话说,何其芳就是想证明自己走向延安是一个"新我"不断战胜"旧我"的过程,是为论证自己走向"新我"的合法性,也强调自己是真心想摆脱"旧我",走向"新我"。1940年初,何其芳接受中国青年社采访,在同年5月8日写成文章《一个平常的道路》。文中他详细讲述了自己如何一步步走向延安的心路历程。这篇文章被何其芳收录在《星火集》第三辑中,并说可以窥见他去延安以前的部分思想变迁。[①]这篇文章和《给艾青先生的一封信——谈〈画梦录〉和我的道路》用意是一样的,就是表明自己走向"新我"的决心。在文章最后何其芳还强调自己在延安取得了前所未有的进步,告别了自己"过去的那种不健康,不快乐的思想,而且像一个小齿轮在一个巨大的机械里和其他无数的齿轮一样快活地规律地旋转着,旋转着。我已经消失在它们里面"[②]。在研究何其芳思想变化的过程中,以上两篇文章很多论者都看到了。但是几乎很少有任何人员从这一时期何其芳编选的诗集《预言》及对诗集中诗的修改来看何其芳思想的变化。编选诗集、修改的原则对研究作为作家的何其芳的思想变化尤为重要。

1941年春,方敬转移到桂林办工作社时,就打算出版这部《预言》,何其芳还请卞之琳作了序。"谁都知道,何其芳写诗,也写散文,诗文并美。他的散文集《画梦录》和诗集《预言》,好像孪生姊妹似的。"[③]方敬在《缅怀其人 珍视其诗文》中又说:"他的散文,无论从思想感情或者从艺术表现来看,在创作上的变化和发展,同他的诗很相似。散文集《画梦录》和《还乡杂记》接近于诗集的《预言》。"[④]如果何其芳要证明自己道路的正确性,《画梦录》还只是含有热情,还要加上之后的《还乡杂记》,那么《预言》的卷一、卷二相当于《画梦录》的风格,卷三相当于《还乡杂记》的风格。这样看来,何其芳《预言》诗集的三卷诗的安排与选择并非随意而成,而是意味深长。

[①]何其芳:《星火集·后记》,群益出版社,1945年,第204页。
[②]何其芳:《一个平常的故事:答中国青年社问题:"你怎样来到延安的?"》,载《星火集·后记》,群益出版社,1949年,第136页。
[③]方敬、何频伽:《散文的芽》,载《何其芳散记》,四川教育出版社,1990年,第52页。
[④]方敬、何频伽:《缅怀其人 珍视其诗文》,载《何其芳散记》,四川教育出版社,1990年,第107—108页。

第二节 《预言》文化生活出版社初版本与新文艺出版社重刊本异同之比较

一、诗序的调整：有意为之的时间排序

1945年初版本与1957年新文艺出版社重版本相比，有一个明显的变化。初版本的《墙》换成了《昔年》，卷一、卷二各自所含诗的顺序有个别调整，初版本中的《季候病》（1932年6月23日作）为卷一的第2首，在《预言》（1931年秋作）后。在新文艺版中《季候病》改为《秋天（一）》，顺序为卷一的第3首，放置在《脚步》的后面。新加入的《昔年》（1932年7月21日作）作为卷一第6首，放置在《欢乐》（1932年6月27日）与《雨天》（1932年8月18日作）之间。其余诗作顺序和初版本中的卷一顺序一致。尽管这样调整后，卷一诗歌的排序更呈现时间的顺序性，但《祝福》（1932年11月2日作为卷一第12首）却放在《月下》（1932年10月11日作为卷一第13首）前，要是完全按照时间顺序排列，《祝福》应放在《夏夜》（1932年11月1日）后、《赠人》（1932年11月22日作）前。如果说是按照诗作发表的时间排序，也不完全准确，因为《昔年》（1932年7月21日作）原刊于成都《社会日报·星期论坛》1933年4月9日第11期，而《雨天》（1932年8月18日作）原刊于成都《社会日报·星期论坛》1933年3月12日第8期，在新文艺版中《昔年》却放在了《雨天》之前，可见也不完全是按照诗歌发表的时间，况且有些诗歌在收入《预言》前并未发表。

卷二中从初版本到新文艺版，除将《墙》一诗删除外，顺序上也有一处调整。《古城》（1934年4月14日作）在初版本卷二中为第9首，在《失眠夜》（1932年4月28日作）之后，在新文艺版本卷二中调整到《夜景（一）》（1934年3月28日作）前，要是按照时间顺序排应该放在《夜景（一）》与《夜景（二）》（1934年4月16日作）之间，但可能出于保持《夜景（一）》与《夜景（二）》的排序紧密性，不打乱两诗的连贯性，就将《古城》调整到《夜景（一）》之前，不过也可以看出，何其芳在编排时还是有意尽量按照时间排序。

卷三在初版本和新文艺重版本中从选诗到排序都没有任何变化。但就卷一和卷二两个版本的变化中可以看出，何其芳主要是考虑诗歌时间的顺序排列，因为时间的不同，他的诗歌理念是发生变化的，为呈现诗风的嬗变过程刻意作此安排也在情理之中。

二、诗题的转变：细微之间的雕琢

　　初版本中《季候病》《秋天》在重版本中分别改题为"秋天（一）""秋天（二）"。在重版本中《秋天》改为《秋天（二）》，表面看是因为《季候病》改为《秋天（一）》，《秋天》就理应改为《秋天（二）》，如果是出于怕题名重复的原因，为什么不把"秋天"改为其他题名呢？在《预言》中，何其芳怕诗题重复而保留一个改换一个的例子也是存在的。如收入初版本卷二中的《病中》，在早前的1936年商务印书馆出版的《汉园集·燕泥集》中就题名为"风沙日"。初版本卷二中《风沙日》在1938年文化生活出版社出版的《刻意集》卷四中就为《风沙日（二）》，这本身就是一种区分。但到了1945年《预言》初版本时，将原《风沙日》改题为"病中"，"风沙日（二）"就改题为"风沙日"，只保留了一个《风沙日》。对于《季候病》与《秋天》在《预言》重版本中出现同样问题时，何其芳没有选择改题《秋天》为其他题名，而改《季候病》为《秋天（一）》、《秋天》为《秋天（二）》，这一不经意的细节其实反映了何其芳对"秋天"这一意象的钟爱。他在诗文中多次对"秋天"这一意象进行书写，何其芳的研究者也早有发现，但从版本的更迭中反观何其芳意象的选择，也是对何其芳钟情"秋天"意象的又一有力佐证。

　　何其芳将《季候病》在新文艺《预言》版本中改题为《秋天（一）》还另有原因，他对诗歌从原刊本到诗集本诗题的改动不止一处，在此要和另外一首诗歌《有忆》（收入《预言》初版本时改题为"脚步"）一起讨论。原因不仅是两个诗题名何其芳在收入初版本和重版本分别进行了修改，还因为《季候病》和《有忆》在《现代》杂志一同发表，是他的成名作。《季候病》（1932年6月23日作）与《有忆》（1932年5月1日作）一同原刊于上海《现代》1932年10月1日第1卷第6期，署名"何其芳"，这是目前所知道的何其芳最早使用真名发表的作品，可以说是何其芳最早认同及满意的作品。何其芳曾经说过："我开始保存我的习作，并且有勇气署上真名发表它们，那已经是在我上大学以后了。"[①]而之前的一些作品，不仅不敢署上真名，而且还以烧掉的极端方式进行否定。据方敬说："1932年，对其芳说来，是很有意义的一年。这一年他写了较多的臻于成熟的诗，并署真名在文学刊物上发表了它们。《季候病》（后改题为"秋天（一）"）、《有忆》（后改题为"脚步"）等诗在这

[①] 何其芳：《写诗的经过》，载《关于写诗和读诗》，作家出版社，1956年，第89页。

年十月号《现代》杂志上出现后,诗坛瞩目,读者喜爱,作者赢得了诗名。"①对于何其芳因在《现代》上发表诗作成名更是认可,卞之琳也有提及,本身卞何二人友谊的开始就是通过何其芳发表于《现代》上的诗歌。卞之琳说:"至于何其芳,他人已不在了,不会表示同意不同意他的一些早期诗选入了《现代派诗选》。事实上他最初也确是以在《现代》月刊上发表了一些诗而为人注意的。另一方面,大约也就在1932年吧,他和我开始相识。"②发表的诗作其实指的就是《季候病》和《有忆》,以诗会友,为何其芳赢得卞之琳的友谊打下了基础。之后,卞之琳又在另一篇回忆文章中说何其芳"接着在《现代》上用'何其芳'名字发表了几首诗,立即成名"③。这也说明了何其芳这几首诗的重要性,《现代》月刊是当时的大刊物,能在上面发表作品,对于非常年轻的何其芳来说已经是一种很高的荣誉。臧克家说:"为了对照,我想到了另外一个当时影响很大的杂志《现代》月刊。我第一次读到何其芳同志在上面发表的一首爱情诗,至今我还能背诵其中的一些佳句。"④又说:"其芳和我,先后在《现代》月刊上发表了诗作。其芳的那首,是写爱情的。开头有这么两句:'江南的秋天,落下了如掌的红叶',接下去就是写爱情了。事隔四十五年,清楚地记得其中的句子:'哪个少女的一角裙衣,我可怜的灵魂日夜萦系?'这首诗写得优美,很有感情。"⑤臧克家能背诵引用的诗句就是发表于《现代》月刊的《季候病》,尽管有些字词有出入,但大意与《季候病》中的字句吻合,也可见这首诗的诗艺水平之高、影响之大,也因此诗何其芳开始了与臧克家的友谊。这样两首如此富有盛名的诗篇,对于一向追求诗歌完美的何其芳来说,当然会不停地雕琢,直至达到令他满意的状态。

方敬认为《季候病》《有忆》改为《秋天(一)》《脚步》一方面是何其芳一贯对诗歌精雕细琢的结果,始终追求完善,另一原因是力图摆脱古典诗词的束缚,用现代词汇表达现代情思,也就是想从古典走向现代。方敬在《何其芳散记》中说:

---

① 方敬、何频伽:《何其芳早年读诗写诗》,载《何其芳散记》,四川教育出版社,1990年,第36页。
② 卞之琳:《何其芳与诗派》,《人民日报》1988年1月7日。
③ 卞之琳:《何其芳与工作》,载《卞之琳文集》中卷,安徽教育出版社,2002年,第287页。
④ 臧克家:《悲愤满怀苦吟诗》,《新文学史料》1980年第3期。
⑤ 臧克家:《抬头看手迹 低头思故人——追忆何其芳同志》,载《衷心感谢他》,上海文艺出版社,1987年,第31页。

第十一章 《预言》隐微修订与何其芳文学道路转型

　　1932年其芳的两首诗《季候病》和《有忆》是他的成名之作,同时出现在《现代》杂志上。他的诗是精雕细刻的。就是诗发表后也还在琢磨。他感觉《季候病》和《有忆》都还有没有完全化开的旧诗的词藻,删去了"倩媚的裙衣"中的"倩媚的"这个形容词,"亲切的玉指"中的"玉指"改为"手指",不然未免显得矫饰。题目《季候病》改为《秋天》(一),《有忆》改为《脚步》,《关山月》改为《月下》,等等。这就是说要用现代新词语来表达新的诗意。

　　其芳最爱吟味

　　　　　　可能十万珍珠字,
　　　　　　买尽千秋儿女心。

　　龚自珍的这两句话,其芳正好可以借来向他侍奉已久的缪斯表示他自己的心愿。诗要字字是珠玉。这也流露出他自己年轻的骄矜。不把自己的诗写美,美得永远动人,他是不甘休的。①

　　方敬提到的《关山月》②一诗指何其芳1932年10月11日作,收入1936年卞之琳编,商务印书馆出版的《汉园集》中的一首诗,后收入1945年文化生活出版社《预言》初版本时改题名为"月下",1957年新文艺版重版本沿用了这一题名。"关山月"这一题名为乐府旧题,属横吹曲辞,多抒离别哀伤之情。其在《乐府古题要解》中解释为:"'关山月',伤离别也。"李白曾有同一题目的《关山月》③一诗,"有忆"④这一题名也被晚唐五代诗人韩偓使用过。何其芳曾经说过:"我喜欢那种锤炼,那种彩色的配合,那种镜花水月。我喜欢读一些唐人的绝句……用我们这种简单的拙笨的口语去表现那些颜色,那些图案,真费了我不少苦涩的推敲。我从陈旧的诗文里选择着一些可以重新燃烧的字。使用着一些可以引起新的联想的典故。"⑤这些化用唐人的诗题就是何其芳所谓的表达方式。他在《写诗的经过》中说:"我记

---

① 方敬、何频伽:《关于〈预言〉》,载《何其芳散记》,四川教育出版社,1990年,第47—48页。
② 何其芳1932年10月11日作,原题名为"关山月",收卞之琳编:《汉园集》,商务印书馆,1936年,第16—17页。
③ 李白《关山月》全文为:"明月出天山,苍茫云海间。长风几万里,吹度玉门关。汉下白登道,胡窥青海湾。由来征战地,不见有人还。戍客望边色,思归多苦颜。高楼当此夜,叹息未应闲。"
④ 韩偓《有忆》全文为:"昼漏迢迢夜漏迟,倾城消息杳无期。愁肠泥酒人千里,泪眼倚楼天四垂。自计狂多独语,谁怜梦好转相思。何时斗帐浓香里,分付东风与玉儿。"
⑤ 何其芳:《梦中道路》,载《刻意集》,文化生活出版社,1939年,第78页。

得我有一个时候特别醉心的是一些富于情调的唐人的绝句,是李商隐的'无题',冯延巳的'蝶恋花'那样一类的诗词。"①这些恰好为何其芳所受唐诗影响(尤其是晚唐诗风)又提供了有力的佐证。但"有时我厌弃我自己的精致",虽然这么说,但何其芳还是力求精致,力图从陈旧中解脱,不断雕琢,所使用的工具由古典转向现代,方敬的分析令人信服。

　　是不是何其芳想以现代新词语表达新诗意就是《季候病》《有忆》改题名原因的全部,答案是否定的。1931年9月,陈梦家编辑的《新月诗选》出版后,风行国内,引起很大的反响,也为新月诗派划定了界限。在这部诗选中一个非常有意思的现象是,以"季候"为诗题的有邵洵美创作的《季候》、徐志摩的《季候》,都入选了这部诗集,而且在这部诗集中还选了朱湘的《有忆》。一方面同一时代有相同的诗文题目并不奇怪,像朱自清、俞平伯同题名的《桨声灯影里的秦淮河》,虽题名相同却各有风采。但也不排斥同题有顾虑的现象,发生在何其芳身上就有这样的例子。何其芳的一部散文集,本想命名为"还乡记",但巴金以已出沙汀的小说题名为"还乡记",怕造成读者误解,最终将何其芳的散文集改题名为"还乡杂记"。如果联想何其芳将《季候病》《有忆》改题名,不觉令人莞尔。还有一个原因当引起我们的注意。何其芳在编《预言》诗集时,他将在1931年秋作的《预言》作为第一首入选,之前的诗歌一概放弃。而何其芳放弃的诗歌,如发表在《新月》杂志的长诗《莺莺》及发表在《红砂碛》半月刊上的《即使》等十二首诗,还包括其他一些这时期的诗歌,都具有明显的新月诗风,形式上很明显是模仿新月派的诗风,讲究严格的"建筑美",具有整齐划一的"豆腐块"特征。这些诗何其芳没有选进《预言》诗集的原因下文还会详细分析,但从这一点可以看出他已经在刻意回避新月诗派的影响,并有意与新月诗派保持距离,对于风行的《新月诗选》中有和自己诗题相近或相同的诗题,尽管何其芳没有明确说,我们也能感觉到其中的微妙,这些跟何其芳将《季候病》与《有忆》改名有着某种程度的潜在关系。还有一个细节也当引起注意,上文提及的何其芳与艾青发生激烈争执,艾青文章《梦·幻想与现实——读〈画梦录〉》一文中,艾青在批判何其芳时就拿《季候病》作为论据,说:"我们该记得起何其芳有过'刻骨的相思','恋中的季候',谁家少女的裙裾之一角的飘动会撩乱他可怜的心。(注一)总之,他有太深而又太嫩的爱。不消说,他是属于我

---

① 何其芳:《写诗的经过》,载《关于写诗和读诗》,作家出版社,1956年,第93页。

们旧传说里的所谓'情种'一样的人物。"①充满鄙夷与讽刺,并清晰地添加注一,说明引文的出处"见一九三二年秋间的《现代》杂志何其芳的《季候病》"②。何其芳对这次争论一直有心结,在争论中何其芳写的《致艾青先生的一封信》没有收入何其芳生前的自选集,何其芳明确地说:"有的是有意删去了的,比如《给艾青先生的一封信》。那也显露出来了我当时那种顽固地保存旧我的坏习气。"③无论何其芳是否出于真实的内心,表面上算是接受了艾青的批评,但何其芳的内心是挣扎的,对于自己的过去,何其芳曾用《一个平常的故事》进行辩护而非批判。他说:"这缺点,就是在留存下来的《一个平常的故事》里也有的。但还是把它留存着,是因为尽管还未能以一种更客观的精神来叙述。也可以部分地窥见我到延安去以前的思想变迁。"④说到底,还是心中有不平,《一个平常的故事》不删,也为艾青批驳过的作品找到了存在的借口,《季候病》《有忆》,尽管何其芳十分珍爱,作出修改也算是妥协与权宜之计吧。

除《季候病》《有忆》《月下》等诗的诗题发生更改,《预言》中还有一些诗题在原刊本到《预言》的过程中进行过更改,《欢乐》《雨天》《罗衫》《送葬》也与各诗的原刊本不同。《欢乐》原刊于《清华周刊》,题名为"问",诗中大量的"?"号,是起初将诗题命名为"问"的原因,但在《预言》初版本、重版中改为了"欢乐",是因为全诗追问的核心是"欢乐是什么",其中心题旨在"欢乐","问"太笼统,改为"欢乐"更突出了诗人要表达的对欢乐的希冀与追求。《雨天》原刊本为《雨天的相思》,《爱情》原刊本为《爱情篇》,以上两篇更改题名原因在于何其芳认为诗题过于直白,无耐人琢磨的诗韵。

《罗衫》在《汉园集》中为《罗衫怨》,在《预言》两个版本中都为《罗衫》。《送葬》在《文丛》版标题为"送葬辞",为总题为"七日诗抄"⑤的第一首,另外两首是《于犹烈先生》《人类史图》。这两个诗题的改变可以用方敬解释的理由,尽量打破古文的枷锁。这些修改让人联想到戴望舒对于《雨巷》的态度。戴望舒对《雨巷》并不是喜爱有加,相反还有些排斥,这和他的诗歌理

---

① 艾青:《梦·幻想与现实——读〈画梦录〉》,《文艺阵地》1939年第3卷第4期。
② 艾青:《梦·幻想与现实——读〈画梦录〉》,《文艺阵地》1939年第3卷第4期。
③ 何其芳:《星火集·后记一》,载《星火集》,群益出版社,1945年,第204页。
④ 何其芳:《星火集·后记一》,载《星火集》,群益出版社,1945年,第204页。
⑤ 其中《送葬辞》写于1936年11月8日,《于犹烈先生》写于1936年11月10日,《人类史图》写于1936年11月14日,地点都是何其芳任教的山东莱阳,吴伯箫推荐去的。三首诗的时间跨越刚好七日,故名《七日诗抄》。

念转变有关,但是这里也有一个细节,就是卞之琳对《雨巷》的评价。卞之琳认为,《雨巷》不能说成功,说是对"丁香空结雨中愁"的稀释,可见卞之琳在新诗创作中对于古典的运用有戒备心理。卞之琳、何其芳、李广田作为"汉园三诗人"经常在一起研究诗艺,卞之琳的这一观点有代表性。戴望舒提出"韵和整齐的字句会妨碍诗情,或使诗情成为畸形的。倘把诗的情绪去适应呆滞的,表面的旧规律,就和把自己的足去穿别人的鞋子一样。愚劣的人们削足适履,比较聪明一点的人选择较合脚的鞋子,但是智者却为自己制最合自己的脚的鞋子"[①]。一心追求卓越诗艺的何其芳,也肯定想"为自己制最合自己的脚的鞋子",摆脱旧诗题的枷锁,估计这也是重要因素。

三、《昔年》换《墙》的背后:隐藏的苦衷

1957年新文艺出版社重版《预言》,此版与文化生活出版社初版《预言》最大的不同是将《墙》换成了《昔年》。在前文中已经说到,何其芳曾经在1952年给时任文化生活出版社编辑的巴金写信,表达了想重版《预言》的意思,并希望如果能出版,就按照自己重新编辑的《预言》版式出版。但当时因种种原因出版计划被推迟,直到1957年,文化生活出版社已经并入新文艺出版社,才重版了《预言》,这就是所谓的《预言》重版本。如果按照何其芳的意思,重版本应该改动幅度较大,即要删去十四首,留下二十首,但是新文艺出版社并不认同何其芳这种大面积修改,只同意作者删去文化生活出版社版本中的一首,再补入一首,仍为原来的三十四首。删去的是《墙》,补入的是《昔年》,这算是一种折中的选集法,尽管未能达到何其芳的要求,但是何其芳最终接受了新文艺出版社的要求,《预言》重版本由此诞生。那么,为什么何其芳要执意删除《墙》呢?又为什么将这篇选入《昔年》呢?

《墙》作于1934年8月15日,早先收入1938年上海文化生活出版社出版的《刻意集》初版本,收入《预言》初版本时个别诗句的字词略有改动。我们来看一下《墙》这首诗:

[①] 戴望舒:《诗论零札》,载《望舒草》,现代书局,1933年,第113页。

第十一章 《预言》隐微修订与何其芳文学道路转型

> 扎扎的,水车的歌唱
> 展开清晨的长途:
>
> 灰色的墙使长巷更长,
> 我将停足微叹了。
> 看藤萝垂在墙半腰
> 青青的,像谁遗下的带子
>
> 引我想墙内草场上
> 日午有圆圆的树影升腾……
>
> 朦胧间觉我是一只蜗牛
> 爬行在砌隙,迷失了路。
> 一叶绿阴和着露凉
> 使我睡去,做长长的朝梦。

《墙》这一文本象征意味非常浓厚,何其芳使用了"墙""长巷""藤萝""树影""蜗牛""路""朝梦"等意象,"墙"仿佛一道屏障,隔开"墙外""墙内"两个世界。身处"墙外"的"我"对"墙内"世界充满渴望和幻想,"墙内"的草场风物,"一枝红杏出墙来"的藤萝充满诱惑地垂在墙半腰,悠长的巷子充满幽静与荒寂,更引发"我"一探"墙内"神秘的冲动和欲望,但"我"仿佛蜗牛样笨拙迷惘,又驻足微叹到迷失方向,最后只能以未能越过那道神秘的墙而窥探到墙内风景的失败告终,无奈又沉睡在迷离的朝梦中。全诗体现了"我"渴望—追求—迷失—退避的过程,象征一种追求与抗争的失败。这首诗尽管对渴望有希冀,但总体是颓废的压抑的,同时也是充满悲观色彩的,这可能就是何其芳所谓的"删去了那些有悲观色彩的东西"[①],按照何其芳这个观点,《墙》在重版本中被删去在情理之中,并没什么可大惊小怪。澳大利亚何其芳研究者庞尼·麦克道高尔(Bonnie McDaugall)认为,"象《扇》《墙》和《风沙日》也有幻想和现实混合的主题,以及语义含混的结构……

[①] 何其芳:《致巴金》,载《何其芳选集》第三卷,四川人民出版社,1979年,第3页。

《墙》的感情西方化"[1],当时的中国社会背景是力避西方色彩,这或许也算一个因素。其实删去《墙》原因并非这么简单,如果联系《墙》的创作背景与何其芳之后思想的转变就能体会出此中的复杂性及何其芳的苦衷所在。

《墙》这首诗收入《预言》初版本时为卷二的倒数第三首。卷二诗歌的创作受到西方现代派诗风的影响,尤其是T.S.艾略特。T.S.艾略特的《阿尔弗瑞德·普鲁弗洛克的情歌》《荒原》等何其芳都非常喜爱。何其芳从英文原版及中文译本阅读T.S.艾略特诗作,模仿的痕迹在这一时期的诗作中有明显的体现,T.S.艾略特的荒原意象及荒凉意识比较浓厚。何其芳曾经怀揣着梦想在一个暑假中回到了四川万县老家,这次归程并没有唤起他儿时的美好回忆,反而是一种沉痛的打击,打碎了他充满诗意的"无弦琴"。何其芳在《燕泥集后话》中说:"去年大公报文艺副刊要我写出一点对于新诗的意见或者我自己的经验,我觉得是一个很难做的题目,若是非做不可,我的能力也仅能旁敲侧击一下而已,于是我准备写一篇'无弦琴',准备开头便说那位不为五斗米折腰的古人,说他的墙壁上挂有一张无弦琴,每当春秋佳日,兴会所至,辄取下来抚弄一番。我的意思是说我间或有一点抚弄之意。但这篇文章终于没有写成,这个事实足以证明渐渐的我那一点抚弄之意也终于消失了。"[2]《柏林》一诗是作为卷一和卷二的分界线,更是情感转换的潜在界点。《柏林》一诗的意象构成就来自这次何其芳返乡的"悲哀的经验"[3]。何其芳这次经历是他情感思想的转折点,尽管不是思想突变,但从其诗歌创作的风格看,确实是从此发生了变化。何其芳本人对这一转变的清晰认识,使其在编选《汉园集》中的《燕泥集》时,特意将自己的诗歌分为两卷,而第二卷的开头就是根据这次经历写的《柏林》一诗,在后来编《预言》初版时,《燕泥集》中的格式得以延续,《柏林》仍然是卷二的首篇,也是卷一和卷二的分割点。何其芳也说:"从此始感到成人的寂寞,/更喜欢梦中道路的迷离。《燕泥集》中有一篇以这样两行收尾的短诗。那仿佛是我的情感的界石,从它我带着零落的盛夏的记忆走入了一个荒凉的季节。"[4]何其芳的情感由此发生了变化,诗歌风格也发生了变化,开始倾向T.S.艾

---

[1] 庞尼·麦克道高尔:《何其芳的文学成就——英译本何其芳诗文选〈梦中道路〉后记》,载周发祥译,载易明善编《何其芳研究专集》,四川文艺出版社,1986年,第416页。
[2] 何其芳:《燕泥集后话》,载《刻意集》,文化生活出版社,1939年,第63页。
[3] 何其芳:《梦中道路》,载《刻意集》,文化生活出版社,1939年,第69页。
[4] 何其芳:《梦中道路》,载《刻意集》,文化生活出版社,1939年,第69页。

略特的现代主义诗风,陀思妥耶夫斯基荒芜悲凉的情感。①《墙》(1934年8月15日作)就是在何其芳情感诗风转换后的这一时期创作的,当然带有强烈的迷惘悲观的色彩。当然何其芳在重版本中删去《墙》,其带有悲观色彩还只是一种原因,更重要的是《墙》背后的深层象征寓意。

《墙》这首诗在上文中我们分析是"我"的一种对于"墙内"的好奇与追求,最终以迷失在"墙隙"而失败。其实,这首诗的象征性就在这里,它象征着何其芳在"梦中道路"中苦苦挣扎、迷茫找不到出路的状态,最终因迷茫而放弃追求,退避到"朝梦",就是回到自己的原初状态,等于说自己没有找到新的人生出路。《墙》一诗中"灰色的墙使长巷更长",显然富有深意,"长巷"象征自己的人生道路,灰色的墙是一种阻隔,"我"想突破这一障碍,看到"墙内"的风景,而"墙内"的风景从何其芳的一生来看,就是充满现实的革命。1938年8月底,与卞之琳、沙汀夫妇一道奔赴延安,并随贺龙一二〇师奔赴前线,但这次随军给何其芳的打击很大,他感到未能完成自己的任务,打了败仗。等他主动要求返回延安后,又看到了艾青攻击自己的文章,即艾青撰写文章对何其芳《画梦录》时代的诗文创作进行抨击,何其芳写文章对艾青的言论进行了驳斥。怀着对怀疑和失败的痛楚,在1940年他写下《一个平常的故事——答中国青年社的问题:"你怎样来到延安的?"》一文,讲述了自己如何从唯美的"象牙塔"走到悲戚的现实的十字街头,最终走向革命,走向延安,话语中充满争辩,对自己走向延安的怀疑论者进行驳斥。文中说:"我几乎要说就靠这三个思想我才能够走完了我的太长、太寂寞的道路,而在这道路的尽头就是延安。"②如上文所分析的《墙》一诗象征着一种人生道路的追求,"我"执着地想看"墙内"的风景,怕就是这道路的尽头,或许当时何其芳本人都没有意识到自己的最终转换。他又说:"现在,一座空洞的屋子,一个愁人的雨天,或者一条常常的灰色的路,我走得非常疲乏而又仍得走着的路。"③但是从这首诗的最后几句"爬行在砌隙,迷失了路。/一叶绿阴和着露凉/使我睡去,做长长的朝梦"来看,很明显"我"因为迷失,放弃了继续的追寻,退缩了,这不仅是悲观色彩,更是一种对人

---

① 何其芳:《一个平常的故事——答中国青年社的问题:"你怎样来到延安的?"》,载《星火集》,群益出版社,1945年,第104页。
② 何其芳:《一个平常的故事——答中国青年社的问题:"你怎样来到延安的?"》,载《星火集》,群益出版社,1945年,第100页。
③ 何其芳:《一个平常的故事——答中国青年社的问题:"你怎样来到延安的?"》,载《星火集》,群益出版社,1945年,第103页。

生理想追求的否定。艾青抨击的就是这种思想。何其芳在《一个平常的故事》中说,他从华北战场回来后,在延安住了十个月,那里的生活充满阳光和快乐,并用自己的工作来歌颂延安,不仅仅是文字,他之前写的《我歌唱延安》,成为宣传延安的名作。他还说:"在这里,当我带着热情和梦想谈谈着人类和未来,再也不会有人暗暗地嘲笑。在这里,我这个思想迟钝而且感情脆弱的人从环境,从人,从工作学习了许多许多,有了从来不曾有过的迅速的进步,完全告别了我过去的那种不健康不快乐的思想,而且像一个小齿轮在一个巨大的机械里和其他无数的齿轮一样快活地规律地旋转着,旋转着,我已经消失在它们里面。"[①]之后,经过延安文艺座谈会、延安的整风运动的洗礼,何其芳已经从带有"小资产阶级"颓废的个人主义者完全转换为为工农兵服务的革命战士,更成为党的思想和共和国的歌唱者。而对于身处共和国的何其芳而言,早就越过了那道无法逾越的《墙》找到了人生的光明道路,《墙》所暗示的是无法找寻到出路的苦闷与退却,何其芳即使与出版社妥协,也要坚持删除这首诗。

如果以上说法有牵强的猜测嫌疑,我们再看几个细节。《墙》(1934年8月15日作)中的"墙"这一意象也不是何其芳第一次使用,在《病中》(1934年3月13日)中就已经使用"四个墙壁使我孤独。/今天我的墙壁更厚了/一层层风,一层层沙"[②],但这首诗却收在重版中,何其芳没有坚持,原因可能是这首诗的象征意味只是一种苦闷的压抑,没有暗示自己对这种苦闷压抑反抗的放弃,较之《墙》,其悲观色彩较弱。何其芳散文集《画梦录》中有一篇叫《独语》(1934年3月2日作)的散文:"黑色的门紧闭着:一个永远期待的灵魂死在门内,一个永远找寻的灵魂死在门外。每一个灵魂是一个世界,没有窗户。而可爱的灵魂都是倔强的独语者。"[③]和《墙》这首诗比较起来,多么惊人的相似。"找寻的灵魂死在门外"具有象征意味的悲观抒写。《画梦录》新中国成立后直到何其芳去世前再没有重印,只是个别篇章在1956年何其芳编选的《散文选集》中出现,但也作了修改。《散文选集》是何其芳受人民文学出版社之邀而编选的,共同选入《画梦录》散文集中的《雨前》《黄昏》《独语》《梦后》《哀歌》《楼》六篇,相对散文集《画梦录》16篇的总

---

① 何其芳:《一个平常的故事——答中国青年社的问题:"你怎样来到延安的?"》,载《星火集》,群益出版社,1945年,第110页。
② 何其芳:《病中》,载《预言》,文化生活出版社,1945年,第54页。
③ 何其芳:《独语》,载《画梦录》,文化生活出版社,1936年,第21页。

数并不算多,但整个《散文选集》只有24篇,选文跨度为何其芳1956年之前散文创作的全部,这一时期选文占1/4之多,已经说明何其芳对《画梦录》的用情之深,但又要对选文进行修改,可见何其芳对《画梦录》的纠结。由此联想《墙》的被删,似乎二者有相似的因素。

从出版社与何其芳达成的协议看,只允许何其芳删去一首,再补充一首,推测应该是为了保持《预言》初版的诗歌总数不变,何其芳最终在妥协的情况下删去了原《预言》卷二中的《墙》,那么为什么要选《昔年》？这个原因并不复杂。《昔年》①（1932年7月21日作）的创作正好在何其芳诗歌创作的高发期,时间包括1932年夏至秋天,他在《写诗的经过》中说:"大学时代我经常有写诗的冲动的时间不过是一九三二年夏天到秋天那几个月,有时一天之中,清早也写,晚上也写。"②这种用心与痴迷的投入,使这一时期的诗作臻于成熟,诗作精美、柔和、芳醇。除成名作《季候病》《有忆》以外,这一时期的多首诗歌被选入初版《预言》:《季候病》（1932年6月23日作,后改题名为"秋天（一）"、《有忆》（1932年5月1日作,后改题名为"脚步"）、《概叹》（1932年6月25日作）、《欢乐》（1932年6月27日作,原题名"问"）、《雨天》（1932年8月18日作,原题名"雨天的相思"）、《罗衫》（1932年9月15日作,原题名为"幽怨"）、《秋天》（1932年9月19日作）、《爱情》（1932年9月23日作,原题名为"爱情篇"）、《月下》（1932年10月11日作,原题名为"关山月"）、《休洗红》（1932年10月26日作）、《祝福》（1932年11月2日作）、《夏夜》（1932年11月11日作）、《赠人》（1932年11月22日作）,除《昔年》外,1932年夏至秋之间创作的诗歌几乎都收进了初版的《预言》,或许何其芳是想收入《昔年》,但是因何其芳编《预言》时原稿都不在身边,只能按能够背诵的内容录入,《昔年》或许因没能完全背出而被放弃,等到重版时,何其芳已经拥有了当年不在手边的《昔年》稿本,就将其收入,这是一种原因推测。另外,上文已经讨论过,何其芳要证明自己从梦中道路走向光明道路的合法性,不断以回忆自己的生活道路的方式撰文证明,《昔年》这首诗是对自己大学、爱情生活的回顾,诗中"红海棠""秋天"等意象又是他的深爱,诗中有"红海棠在青苔的阶石的一角开着,象静静滴下的秋天的眼

---

①《昔年》1932年7月21日作,原载1933年4月9日成都《社会日报·星期论坛》第11期,收入1938年上海文化生活出版社出版的《刻意集》初版本,1945年《预言》初版本未收入,后来收入1957年新文艺出版社《预言》重版本。
②何其芳:《写诗的经过》,载《关于写诗和读诗》,作家出版社,1956年,第94页。

269

泪"[1]。何其芳在1976年8月23日写作的古体诗《杜甫草堂》中就使用了"海棠"意象,诗中有"三月海棠似待我,枝头红艳竞春娇"[2],并解释说:"今年暮春游成都杜甫草堂,其时鲜花凋谢,唯庭中垂丝海棠犹繁花盛开似迎游人。回北京后作此诗。"[3]这简直是以古体诗重新演绎了《昔年》的这一意象,如果追溯到《画梦录》时期,何其芳直接有散文《秋海棠》,可见何其芳诗文意象使用的连贯性。根据以上种种,《昔年》入选重版本《预言》的原因,我们就了然了。何其芳在《罗衫》一诗中说:"眉眉,当秋天暖暖的阳光照进你房里,/你不打开衣箱,检点你昔日的衣裳吗?"仿佛是说给自己听的,或许《昔日》就是何其芳检点的一件旧时的衣裳吧。

第三节 从发表本到初版本、重印本: 异文和版本的变异

何其芳对其诗集《预言》中诗歌的修改从未停步,原因与他文艺思想的不断变化有关。诗文选编与修改涉及创作主体整个创作系统:创作心理、创作背景、创作动机、创作技巧。对何其芳来说,每一次选择与修改,都经过缜密的思考与抉择。到延安之后的何其芳,尤其是延安文艺座谈会后,他的文艺思想从个人主义的"旧我"逐步走向集体主义的"新我",逐渐走向主流意识形态的创作之路。从诗集《预言》的内容在不同版本的详细修订视角看,考察何其芳文艺思想的变化在以往的研究中并没有引起足够的重视。何其芳诗集《预言》(初版、重版)中的诗歌对比发表本、原刊本会发现几乎所有的诗歌都经过改动,小的修改如标点、字、词、词句的分行位置,大的修改如增删改动诗中诗句、修改题名副题、删除注释性内容,更有甚者有些诗从原刊到重版本形同再造,几为新诗。再加上复杂的个人、社会、意识形态等因素,何其芳《预言》中诗歌细微的修订不仅是出于诗艺的考虑,也预示着他文学道路的转型。

何其芳对诗歌艺术完美的追求非常苛刻,他常以雕刻师的身份自比,

---

[1] 何其芳:《昔年》,载《预言》,新文艺出版社,1957年,第14页。
[2] 何其芳:《杜甫草堂》,载《何其芳诗稿(1952—1977)》,上海文艺出版社,1979年,第140页。
[3] 何其芳:《杜甫草堂》,载《何其芳诗稿(1952—1977)》,上海文艺出版社,1979年,第140页。

第十一章 《预言》隐微修订与何其芳文学道路转型

他说:"我的写作是很艰苦很迟缓的。犹如一个拙劣的雕琢师,不敢率易的挥动他的斧斤,往往夜以继日的思索着,工作着,而且当每一个石像脱手而站立在他面前,虽然尚不十分乖违他的原意,又往往悲哀的发现了一些拙劣的斧斤痕迹。"①对"一些拙劣的斧斤痕迹"不断地修改,达到"苦求精致近颓废"②的程度。何其芳有很深的古文功底和外国诗文鉴赏能力,他曾多次表达对古人诗艺的赞叹,认为古诗精练、流光溢彩。他也继承了古人"炼字"的诗艺传统。再加上他对外国浪漫、象征诗艺的借鉴,开阔了视野,打开了思路,为其追求精致唯美提供了可依托的参照。何其芳将诗文创作视为自己生命的"缪斯",对诗文创作的热爱达到入境化境的程度。《预言》初版本的全部诗歌,是其凭借记忆背诵而出的,不能完整背诵的就被放弃,正是这种灌注全部心血的热爱,才使他发出感慨"自己是一个流连光景的人",更"珍爱自己的足迹"。何其芳对诗歌的取舍向来严苛,"焚了的许多诗稿早已灰飞烟散,固不用说。就是这两年先后用笔名和真名在大小报刊上铅印出来的诗也剔除了不少,要根本删掉不好的诗,不如意的习作或失败了的试作都弃之不惜。他不愿留下他自己不满意的诗。他曾说过:'不但对于我们同时代的伴侣,就是翻开那些经过长长的时间的啮损还是盛名未替的古人的著作,我们也会悲哀地喊道:他们写了多少坏诗!'""他对我说,一般看来,一个诗人一生能多少有几首好诗可传,也就算没有白辛苦了"③。他曾经在给友人谈到杨吉甫的诗歌编选的信中,说过关于诗歌选编修订的一个原则:

> 吉甫诗中,有些人不知你们是不是很清楚,这些人的现在情况怎样?我想凡是解放后政治上不好的人,都不适宜把这些人的名字印上。两种办法:一种是删去给他们的诗,一种是不写他们的姓名……这些人的政治情况如何?现在是不是都还是好人?又如:"左易泉",好像听说解放后表现不大好,但不知具体情况到底是怎样的?如不是政治上坏,我想保存诗,但不用他的名字,就笼统地说是一位"旧友"好了。④

---

① 何其芳:《刻意集·序》,文化生活出版社,1939年,第4页。
② 何其芳:《忆昔》,载《何其芳诗稿(1952—1977)》,上海文艺出版社,1979年,第129页。
③ 方敬、何频伽:《早年读诗写诗》,载《何其芳散记》,四川教育出版社,1990年,第37页。
④ 何其芳:《何其芳全集》第八卷,河北人民出版社,2000年,第68—69页。

这封信写于1976年6月18日,那个特殊年代的背景,从政治的角度考虑诗歌编订无可非议,但这也透露了何其芳关注政治的当下性与导向性。其实早在1945年编选《星火集》时,他就提到没有将《给艾青的一封信》选入的原因,"那也显露出了我当时那种顽固地保存旧我的坏习气",其实做出这种表达的背景涉及延安整风运动。

一、注重诗歌的节奏

何其芳对诗歌的节奏非常重视,他认为这关系到诗歌特色。沙鸥说:"其芳同志还提出了诗的节奏问题……他以为韵脚的问题无关紧要,可随自己的喜爱而定。诗的节奏是不能忽略的,不管有韵脚或无韵脚,节奏不但不能少,而且要十分鲜明……其芳同志认为,节奏问题是诗与散文的重要界限之一。有了节奏,诗才有音乐美。"[①]何其芳对诗歌的节奏把握除诗的内在情绪外,还包括标点、跨行、词句的凝练等方面。

(一)标点的修订

《预言》初版本与重版本共涉及35首诗(重版将初版中的《墙》换为《昔年》),从诗歌的原刊本到初版本、重版本,除《祝福》《赠人》《失眠夜》《风沙日》等4首诗因改动较大,形同新诗,无法统计以外,其余31首诗,改动标点达99处之多。其中原因之一是《预言》初版中的诗是何其芳靠记忆背诵编成的,难免跟之前的版本[原刊版、《汉园集》版(1936)、《刻意集》版(1938)]细节上有出入,这些出入不光标点,还包括字词改动、换行位置、大面积重新创作等方面。对比初版本和重版《预言》中的诗作,发现以上几点变动较少,也说明重版本对初版本更大程度上是肯定的。但随着1955年10月现代汉语规范学术会议召开,紧接着当年的10月26日,《人民日报》以"社论"的形式号召作家、翻译家重视作品的语言规范,作家纷纷响应号召,不光在新作品的创作中注重新的汉语写作规范的运用,就是在重新编订出版旧作的过程中也以规范的现代汉语为准则去修改。所以,对比《预言》初版本和重版本34首诗,尽管有改动,但并不像初版本与之前的版本对比那样大面积的修改,除《赠人》有几行改动外,其他33首诗歌初版到重版只改动了9处。这也可以看出初版本尽管是何其芳全凭记忆写下来的,但已经非常接

[①]沙鸥:《忆何其芳同志谈诗》,《何其芳研究资料》1984年第5期,第15—16页。

近他的满意值,当然这跟何其芳一直对全国抗战前的诗作极其热爱,经常默默记诵有关。曾和何其芳一起去延安并随一二〇师转战晋西北、冀中的沙汀就讲过一个细节:"初到冀中那段时间,由于不断的战斗和夜行军,又没有固定工作,我们就都感到过苦恼。而为了排遣,一有空他就埋头抄写他抗战前所作诗歌。字迹又小又极工整。这个手抄本我曾经一一拜读,尽管它们的内容同当时的环境很不相称,但我多么欣赏其中那篇《风沙日》啊!"①这发生在1938年下半年至1939年上半年,何其芳的这个工作其实也为编选《预言》作了准备。何其芳凡事爱较真。从具体的例证看,从原版本到重版本,标点的修订总体上更能突出诗歌的节奏感,而且从审美与诵读的角度看,停顿更趋向合理,更有节奏感。如《慨叹》②中"悼惜她,如死在青条上的未开的花"(《清华周刊》版)、"悼惜它如死在青条上的未开的花"(初版本)、"悼惜它,如死在青条上的未开的花"(重版本)中间停顿,延长了审美思维,可以让人联想到闻一多的名诗《忘记她》,而私下何其芳也非常爱这首诗,能达到熟记背诵的程度。"!"在五四新文学初期被大量运用,几成滥调,曾遭到评论界的批评,所以发现何其芳《预言》③中到重版本时有很多"!"被更换,如《预言》一诗中就有10个"!"被更换。其他如《秋天(一)》《岁暮怀人(二)》《古城》等诗作,不再一一举例。其他如":""……""?"。"-"等等都有相关的调整与运用,不再举例。这些都说明一点,何其芳在诗歌节奏的处理上,是非常注重标点的。

(二)跨行的运用与回避

跨行并非中国传统诗艺,是新文学运动以来,新诗创作吸收借鉴国外诗艺的一种艺术手法。新月诗派称之为"句法":"以行为诗的单位,不以句为单位,这也是西洋化的一个特色。一句可以写成几行,韵脚在行末而不是在句末,如:

---

① 沙汀:《何其芳选集·题记》,载《何其芳选集》,四川人民出版社,1979年,第4页。
② 《慨叹》作于1932年6月25日,原载北平《清华周刊》1933年4月19日第39卷,第5—6期合订本,署名"何其芳";后编入《预言》初版本,文化生活出版社,1945年,第11—12页;编入《预言》,新文艺出版社,1957年,第10—11页。为卷一第四首。
③ 《预言》,1931年秋写于北平,收卞之琳编:《汉园集》,商务印书馆,1936年,第4页;编入《预言》初版本,文化生活出版社,1945年,第3页;编入《预言》,新文艺出版社,1957年,第3页。

你愿意记着我,就记着我,
要不然趁早忘了这世界上
有我,省得想起时空着恼,
只当是一个梦,一个幻想;
有那一天吗?——你在,就是我的信心;
可是天亮你就得走,你真的忍心
丢了我走?我又不能留你,这是命;①

  且不说何其芳本身就对外国诗歌有大量的阅读与研究,据他自己讲在大学期间"差不多把北京图书馆当时所有的外国文学作品的中译本都读完了"②。他曾经迷恋过新月派的创作与诗艺风格,所以他在前期的创作中也曾经有过这样明显的运用,如《莺莺》《你若是》《希冀》《古意》等诗。但后来这种跨行方法的借鉴在新诗界并不成功,饱受诟病,何其芳后来直接放弃了新月诗派的创作方法,带有明显新月诗派气息的作品,几乎都被遗弃。如在诗集版(初版本、重版本)《月下》③中的"如从琉璃似的梧桐叶/流到积霜的瓦上的秋声",而在《汉园集》中《月下》此行为"如从琉璃似的梧桐叶流到/积霜似的鸳瓦上的秋声",在诗集版(初版本、重版本)《柏林》④中"但青草上/何处是追逐蟋蟀的鸣声的短手膀?"此两句在《汉园集》中为"但青草上何处是/追逐蟋蟀的鸣声的短手膀?",在诗集(初版本、重版本)《岁暮怀人(一)》中"驴子的鸣声吐出/又和泪吞下喉颈",在《汉园集》中此两句为"驴子的鸣声/吐出又和泪吞下喉颈";在诗集(初版本)中"我说:/温善的小牲口",两句在诗集(重版本)中合并为一句,"我说:温善的小牲口",不再跨行。《病中》在《预言》初版中为"一乘骡车在半途停顿,/四野没有人家……",在《汉园集》中此句为"一乘古式骡车在半途/停顿,四野没有人家……"从以上实例可以看出,何其芳力在规避跨行这种诗的格式,到重版本《预言》中彻底摆脱了这种形式的束缚,诗歌面貌呈现出现代诗的自由书写形式。

---

①石灵:《新月诗派》,载《新月派评论资料选》,华东师范大学出版社,1993年,第39—40页。
②何其芳:《写诗的经过》,载《关于写诗和读诗》,作家出版社,1956年,第91页。
③1932年10月11日作,原题名为"关山月",收卞之琳编:《汉园集》,商务印书馆,1936年,第16—17页;编入《预言》初版本,文化生活出版社,1945年,第28页,改题名为"月下";编入《预言》,新文艺出版社,1957年,第29页,题名仍为"月下"。
④1933年秋天作,收卞之琳编:《汉园集》,商务印书馆,1936年,第24—25页;《预言》,文化生活出版社,1945年,第43—44页;《预言》,新文艺出版社,1957年,第43—44页。

(三)凝练的追求

何其芳出于对诗歌节奏紧凑的考虑,一向要求语句凝练。《慨叹》[1]从原刊本(《清华周刊》)到《预言》初版本中有些语句进行了压缩提炼,如"春与夏底笑语？花与叶底生的欢欣？"改为"春与夏的笑语？花与叶的欢欣？","二十年华满满待唱出的青春底歌声"改为"二十年华待唱出的青春的歌声","如今我悼惜我手里丧失了的年华"改为"如今我悼惜我丧失了的年华",删去了一些修饰词,使诗结构更为简洁,增强了审美观感与诵读愉悦。这样的例子在《预言》的版本流变中有相当多的例证。如《爱情》[2]中"从睡莲的湖水把夜吹来,原野更流溢着郁热的香气",在《刻意集》中为"当南风从睡莲的湖水把夜吹来。/原野上更流溢着 八角茴与夜来香的气味";《月下》中"如白鸽展开沐浴的双翅","展开"在《汉园集》版中为"展开着","梦纵如一只顺风的船","一只"后面在《汉园集》中有"满帆"一词。《圆月夜》中"你听见金色的星殒在林间吗？"在《刻意集》中为"你听见一颗金色的星殒下林间吗？"。《岁暮怀人(一)》中"但不停地挥着斧"在《汉园集》中为"但沉默地不休止地挥着斧",《岁暮怀人(二)》"破旧的冷布间"在《汉园集》中为"窗子上旧敝的冷布间"。《雨天》中"今年是多雨的夏季","雨"在《刻意集》中为"雨水","这如同我心里的气候的变化"在《刻意集》中此句为"这可解释我心里的气候的变化"。《柏林》中"弄舟者愁怨桨外的白浪",在《汉园集》中"愁怨"为"愁怨着"。

二、"雕琢"的修辞

何其芳在《写诗的经过》中说："'预言'中的那些诗,语言上都是相当雕琢的。"[3]何其芳非常推崇贾岛,并将贾岛"推敲"的典故作为典范,在《预言》的版本不断更迭中,可以看出他在修辞上不断追求语词的精准与形象、词

---

[1]《慨叹》作于1932年6月25日,原载1933年4月19日北平《清华周刊》第39卷,第5—6期合订本,署名"何其芳",收编入《预言》初版本,文化生活出版社,1945年,第11—12页;编入《预言》,新文艺出版社,1957年,第10—11页。

[2] 1932年9月23日作。收入《刻意集》,文化生活出版社,1939年,第100—102页,原题名为"爱情篇";编入《预言》初版本,改名"爱情",文化生活出版社,1945年,第23—25页;编入《预言》,新文艺出版社,1957年,第24—26页。

[3] 何其芳:《写诗的经过》,载《关于写诗和读诗》,作家出版社,1956年,第120页。

序的精当、语词修饰的特性,处处可见其不断雕琢的"刻意性"。关于何其芳注重语词的从古典到现代的技巧,在上文中已附带提及,在这里或可再补充些佐证。《预言》一诗中"我的脚步知道每一条熟悉的路径",在《汉园集》中"脚步"为"足",重版本中为"脚";《月下》中"流到积霜的瓦上的秋声"在《汉园集》中为"积霜似的鸳瓦上的秋声";《圆月夜》中"若我的胸怀如蓝色海波一样柔媚",在《刻意集》中"一样"为"之";《柏林》中"何处是我孩提时游伴的欢呼",在《汉园集》为"何处是孩提之伴的欢呼声"。这些修改非常细微,充满雕琢和精致的特质。

(一)追求语词的精准与形象

《预言》中"那歌声将火光一样沉郁又高扬,火光一样将我的一生诉说"在《汉园集》版中为"那歌声将火光样沉郁又高扬,火光样将落叶的一生诉说",将"落叶"改为"我"象征的意味增强,更具形象性。"古老的树现着野兽身上的斑文,半生半死的藤蟒一样交缠着","一样"在《汉园集》里为"蛇样","蛇样"改为"一样","蛇"与"藤蟒"一同出现由于其外形极端的相似性而重复,故改动;《欢乐》中"像白鸽的羽翅?鹦鹉的红嘴?","鹦鹉的红嘴"在《清华周刊》为"燕子的红嘴",取"白鸽"与"燕子"相对。"会不会使心灵微微地颤抖","心灵"在《清华周刊》版为"心儿",取微微地颤动的"心灵"比"心儿"更深刻,"心儿"本身就是颤动的。"对于欢乐,我的心是盲人的目",在《清华周刊》中为"对于欢乐,我底心是茫然,糊涂","盲人的目"相对"茫然,糊涂"更直观、形象,富于联想意义;《秋天》"飘出幽谷"在《汉园集》版中为"飘出冷的深谷","收起青鳊鱼似的乌桕叶的影子","乌桕叶的影子"《汉园集》中为"枫叶的影";《昔年》中"缸里玲珑吸水的假山石上",在《刻意集》中为"鱼缸里玲珑吸水的石山上";《雨天》中"爱情原如树叶一样","树叶"在《刻意集》里为"花木";《休洗红》中"在罗衣的退色里无声偷逝","退色"在《汉园集》中为"变色";《柏林》中"这巨大的童年的王国",《汉园集》中为"这童年的阔大的王国",重版本中为"这童年的阔大的王国";《墙》中"日午有圆圆的树影升腾……","圆圆的"在《刻意集》中为"亭亭的";《扇》中"望着这苹果型的地球",在《刻意集》中此句为"每夜仰望这苹果型的星球",重版本《预言》中为"每月凝望这苹果形的地球";《墙》中"爬行在砌隙,迷失了路","砌隙"在《刻意集》中为"砖隙";《圆月夜》中"它的颤跳如鱼嘴里吐出的珠沫",在《刻意集》中"吐"为"吐进";"一串银圈作眠歌之回旋",在《刻意集》中为"一串环连的银圈";"你的眼如含苞未放的并蒂二月莲",在《刻意集》中含苞未放为"未吐放";"蕴藏着神秘的夜之香麝",在《刻意集》中"蕴藏"为"苞含";《爱情篇》中"因为常春藤遍地牵延着","牵延"在《刻意集》中为"牵蔓";"而菟丝子从草根缠上树尖","缠上"在《刻意集》中为"缘上";"南方的爱情是沉沉的睡着的","睡着"在《刻意集》中为"梦着";"猎骑驰骋在荒郊","荒郊"在《刻意集》中为"远郊";"一粒大的白色的陨星",在《刻意集》为"一朵白色的陨星";"烧起落叶与断枝的火来","断枝"在《刻意集》中为"枯枝";"让我们坐在火光里,爆炸声里","火光里"在《刻意集》中为"红光里";"即有,怕也结成玲珑的冷了","结成"在《汉园集》中为"凝成";《夏夜》"是的,一株新的奇树生长在我心里了","生长"在《汉园集》中为"长";《柏林》"藏之记忆里最幽暗的角隅",《汉园集》中"幽暗"为"幽晦";《岁暮怀人(一)》中"最后是平静的安息吧","平静的安息"在《汉园集》中为"超脱的安寂";《岁暮怀人(二)》"从槐树的枝叶间漏下,漏下","枝叶"在《汉园集》中为"细叶"。"举起足"在《汉园集》中为"举起四蹄的沉重";《夜景(二)》中"假若你不是这城中的陌生客","假若你不是"在《汉园集》中为"你若不是";《梦后》中"你幸福的羞涩照亮了/我梦中的幽暗",《刻意集》中此两句为"你们的名字照亮了/梦中的幽暗"。"是因为一个寂寞的记忆吗","记忆"在《刻意集》中为"忆念";"在半轮黄色的灯光下",在《刻意集》中为"一半轮淡黄的灯光下";《预言》初版《风沙日》中"……And Ladaies call it Love-in-idlenese。""……and"在《刻意集》中为"Maidensns",《预言》重版本中和《刻意集》中此句英文相同,作者并加注:"莎士比亚戏剧'仲夏夜之梦'中的原句。故事参看原剧。"[①]如此众多的修改,足见何其芳倾注了大量心血,对艺术的执着追求精神可见一斑。

(二)语词顺序的细节

除了对单独语词的推敲打磨,何其芳在语词顺序的细节上也尤为注意。如《季候病》[②]中"不,我是梦着,忆着,怀想着秋天!"在现代版中为"不——我是忆着,梦着,怀想着秋天——",这考虑的是思维的移动,"梦着"的是现在,"忆着"的是过去,"怀想"的是未来;《于犹烈先生》中"阳光正

[①]何其芳:《风沙日》,载《预言》,上海新文艺出版社,1957年,第64页。
[②]《季候病》,1932年6月23日作,原载1932年10月1日上海《现代》第1卷第6期,署名"何其芳"。收卞之琳编:《汉园集》,商务印书馆,1936年,第8—9页;编入《预言》初版本,文化生活出版社,1945年,第7—8页;编入《预言》,改名为"秋天(一)",新文艺出版社,1957年,第8—9页。

照着那黄色,白色,红色的花朵",《文丛》版中此句为"阳光正照着那红色白色黄色的花朵。"这里可能关注的是于犹烈观看阳光下鲜花的视觉反应。《病中》[①]"我们是到热带去,/那里我们都将变成植物,/你是长春藤/而我是高大的菩提树",最后两行中的"你""我"在《汉园集》中顺序是倒置的,这首诗本身一下子就可以想到舒婷的《致橡树》。"你""我"位置的不同,隐喻主客关系及性别意识。在对比各个版本的异文后发现,何其芳要考虑的内容很多,如何其芳喜欢用介词"而且",《预言》初版《欢乐》中"而且静静地流泪,如同悲伤?","而且"在《清华周刊》版为"或者",《预言》重版中"而且"又改为"或者";《爱情》中"而且会作婴孩脸涡里的微笑","而且"在《刻意集》版中都为"且",加上其他诗歌中大量运用"而且",曾有人讥讽何其芳是"而且"诗人,但何其芳在具体修改过程中是有诗人的自觉与坚守意识的,改动与否全凭诗歌的整体建构。《季候病》中"谁的流盼的黑睛像牧女的铃声",在《预言》重版中"铃声"改为"笛声",这体现了何其芳对"笛声"的钟爱。何其芳在多个场合使用过"笛"这一意象。《欢乐》中的"欢乐是什么什么声音?象一声芦笛?",《秋天(二)》中"牛背上的笛声何处去了,/那满流着夏夜的香与热的笛孔? 秋天梦寐在牧羊女的眼里",在《燕泥集后话》中,何其芳说:"我是芦草,不知那时是一阵何等奇异的风吹着我,竟发出了声音。风过去了我便沉默。我不愿意我成为一管笛子或者一只喇叭。"[②]《圆月夜》中"你感到一片绿阴压上你的发际吗?",在《刻意集》中"感到"为"听到",这样的修改体现的是象征诗艺中的通感。《于犹烈先生》在《文丛》版中为"植物的生殖常是它们的死亡的预备",《预言》初版本中"植物的生殖是它的死亡的准备",在重版本中此句为"植物的生殖自然而且愉快"。在《文丛》《预言》初版本中"没有节育,也没有产科医院",在《预言》重版本中为"没有痛苦,也没有恋爱"。从《于犹烈先生》版本变异中的这两处异文嬗变看,何其芳在努力使诗的内容乐观化及诗艺化,摆脱生硬的科学常识的拘囿。《古城》中"去摸太液池边的白石碑",在《汉园集》中此诗行下面还有一行"月光在摸碑上的朱字",《预言》(初版、重版)中将其删去,是有意造成诗意的朦

---

①1934年3月13日作,原载1934年4月2日《诗与批评》第19号,题名为"即事",署名"劳之凤"。收卞之琳编《汉园集》,商务印书馆,1936年,第32—34页,题名为"风沙日";收《预言》,文化生活出版社,1945年7月初版,第53—55页;收《预言》,新文艺出版社,1957年,第51—52页。《预言》两个版本题名均为"病中"。

②何其芳:《燕泥集后话》,载《刻意集》,文化生活出版社,1939年,第66页。

第十一章 《预言》隐微修订与何其芳文学道路转型

胧隐晦，扩大想象空间。何其芳曾经对新诗的晦涩有一个解释。他说："除了由于一种根本的混乱或不能驾驭文字的仓皇，我们难于索解的原因不在作品而在我们自己不能追踪作者的想象。高贵的作者常常省略去那些从意象到意象之间的链锁，有如他越过了河流并不指点给我们一座桥，假若我们没有心灵的翅膀便无从追踪。"[①]这里何其芳将"月光在摸碑上的朱字"带有提示性的诗行删除，估计也是出于想"撤桥"的原因，增加诗歌的想象空间。

三、遮蔽与暗示：诀别波德莱尔

对比《预言》初版本、重版本及诗歌发表的原刊本，初版本中有些诗歌的副题发生了变化，如《醉吧》；部分诗歌原有的注释全部被删除，如《风沙日》，在1938年《刻意集》版中《风沙日》题名为"风沙日（二）"并有七条附注："题目：《风沙日（一）》见《燕泥集》。第一节第三行：纪德《记王尔德》文中王尔德语。[②]第二节第三四行：见莎士比亚《暴风雨》。[③]第四节第八九行，见《聊斋》《仙人岛》。[④]第四节第十四行：莎士比亚《仲夏夜梦》中原句。[⑤]第五节第五行：娜斯塔西亚为杜斯退益夫斯基小说《白痴》中女主人公。[⑥]第五节第七八行：见《古今注》《箜篌引》条[⑦]。"[⑧]诗歌写作时间有意或无意地略去，如《风沙日》，《刻意集》版未标明时间，《预言》文化生活出版篇末未注明时间，而《预言》重版中篇末标注时间为1935年春。《醉吧》在1937年1月《新诗》第4期发表时，诗后注明时间为"十二月十一日草成"[⑨]（按，年份为1936年）。在《预言》重版本诗后标明时间为"12月11日"。当然这两首未标明写作时间，或者跟编《预言》初版本时诗集不在身边有关（何其芳

---

① 何其芳：《梦中道路》，载《刻意集》，文化生活出版社，1939年，第79页。
② 第1节第3行为"Le soleil déteste la pensée"，是法语，在1945年文化生活出版社版本中此句被译成"太阳是讨厌思想的"。
③ 第2节第3、4行为："但我倒底是被逐入海的米兰公/还是他的孤女，美鸾达？"
④ 第4节第8、9行为："醉来落在仙人岛边/听人鼓掌笑'秀才落水呢'"。
⑤ 第4节第14行为："Maidens call it Love-in-idleness"。
⑥ 第5节第5行为："娜斯塔西亚，你幸福吗？"
⑦ 第5节第7、8行为："我正梦着我是一个白首狂夫/披发提壶，奔向白浪呢。"
⑧ 何其芳：《风沙日（二）》，载《刻意集》，文化生活出版社，1939年，第138页。
⑨ 何其芳：《醉吧》，《新诗》1937年第4期。

279

全靠背诵完成），或许是时间没有记清，就略去，等到重版本时有了相关的参考资料，又进行了弥补。当然，写作时间的标注，有利于更深入理解作者写作时的时空背景，揭示创作思想的嬗变，这也是《预言》重版时恢复标注时间的原因所在。

（一）诗歌题名副题的改变

如果说从原刊本、初版本、重版本对比几处写作时间有无变化没有太多的深意，那么诗歌题名副题、注释的改变与省略是否有深意呢？答案是肯定的。《预言》第三卷中《醉吧》一诗草成于1936年12月11日，原载《新诗》1937年1月第4期，后收入1948年上海开明书店出版的《闻一多全集》中《现代诗抄》部分。《现代诗抄》是闻一多编选的一部诗集，辑录的都是当时诗坛较有名望的诗人的作品，到1993年湖北人民出版社重新出版《闻一多全集》时，又根据闻一多的手稿重新将《醉吧》一诗录入《现代诗抄》。[1]《醉吧》收入《预言》初版本[2]和重版本[3]。闻一多在《现代诗抄》中共抄录何其芳诗两首，第一首为《河》（原载《草叶》1941年11月创刊号）。第二首就是《醉吧》（原载《新诗》1941年1月第4期），比较《新诗》版、闻一多手抄本、《预言》初版本、重版本中的此诗，除诗的主干内容有个别字、词、标点的不同外，还有一个不同就是诗歌的副题。在《预言》（初版、重版）中，《醉吧》的主标题与副题为"醉吧/给轻飘飘歌唱着的人们"，而《新诗》版、闻一多手抄本中《醉吧》的主标题与副题为"醉吧/讽刺诗一首/借波德莱尔散文小诗题目"，副题的这一变化，将这首诗创作所受影响的渊源及要表达的创作思想模糊化，全诗的基调是讽刺，从"给轻飘飘地歌唱着的人们"也能隐约联想到诗歌主题要表达的讽刺意味。但副题"讽刺诗一首/借波德莱尔散文小诗题目"，就更有助于理解全诗的写作背景及题旨。何其芳曾经狂热地喜爱象征主义，并将这一诗艺充分运用到了自己的诗文创作中，这一副题为揭示何其芳与象征诗派之间的关系又提供了明晰的佐证和线索，但他在将其编入《预言》时显然是有意遮蔽这些重要信息，原因何在？又有什么暗示呢？

何其芳《醉吧》一诗所借用的波德莱尔散文小诗的题目是"陶醉吧"，最

---

[1] 闻一多：《闻一多全集》第一卷，湖北人民出版社，1993年，第511页。
[2] 何其芳：《预言》，文化生活出版社，1945年，第85—87页。
[3] 何其芳：《预言》，新文艺出版社，1957年，第75—76页。

初波德莱尔的这首散文诗发表在1864年2月7日的《费加罗报》,诗歌的主题是逃避时间的折磨,诗中含有恐惧避世的讽喻意味。《陶醉吧》全诗如下:

> 应当永远陶醉。最要紧的就在于此:这是唯一的问题。为了不感到那种压断你的肩膀、使你向地面弯下的"时间"的可怕的重荷,你应当无休止地陶醉。
>
> 可是,借什么来陶醉?借酒、借诗或者借美德,随你高兴。只要陶醉吧。
>
> 如果有时,在宫殿的台阶上,在沟边的青草上面,在你室内的阴郁的孤独之中,你醒过来,醉意已经减退或者消失,你就去询问微风、波涛、星辰、禽鸟、时钟、一切逃遁者、一切呻吟者、一切流转者、一切歌唱者、一切谈话者,问问现在是什么时间;微风、波涛、星辰、禽鸟、时钟将会回答你:"现在是应当陶醉的时间!为了不做受'时间'折磨的奴隶,去陶醉吧;不停地陶醉吧!借酒,借诗或者借美德,随你高兴。"①

为详细比对,将何其芳《醉吧》一诗全文选入:

醉吧

讽刺诗一首
借波德莱尔散文小诗题目

醉吧。醉吧。
真正的醉者有福了,
因为天国是他们的。

如其酒精和书籍
和滴蜜的嘴唇
都掩不住人间的苦辛,
如其由沉醉而苏解
而终于全醒,

---

① 波德莱尔:《陶醉吧》,载《恶之花 巴黎的忧郁》,钱春绮译,人民文学出版社,1991年,第456页。

是否还斜戴着帽子,
还半闭着眼皮,
扮演的一生的微醺?

震慑于寒风的苍蝇
扑翅于纸窗间,
梦着死尸,
梦着盛夏的西瓜皮,
梦着无梦的空虚。

我在我嘲笑的尾声上
听见了自己的羞耻:
"你也不过嗡嗡嗡
像一只苍蝇。"

如其我是苍蝇,
我期待着铁丝的手掌
击到我头上的声音。①

经对比发现,何其芳不但借用波德莱尔的散文诗题"陶醉吧",而且思想内容也有借鉴。"波德莱尔是个孤独的诗人,他在《赤裸的心》中写道:'我从童年时起就已有孤独的感情。不论在家庭里,或者有时在朋友之中。我深深觉得,永远孤独,乃是我的命运。可是,我依然对人生、对快乐抱有强烈的愿望。'"②并在《孤独》中说:"只有对于那些用激情和妄想来充实孤独的游手好闲、逍遥放荡的人,孤独才是危险的。……我要求他对于爱好孤独和神秘的人不要加以指责。"③何其芳在这一点上表现出与波德莱尔惊人的相似,他在《刻意集》初版序言中记叙了基于自己的一次悲哀的心理经验。在一个寒冷飘雪的冬日去访友,但坐在压过长街皑皑白雪的洋车上,

---

① 见闻一多《现代诗抄》版,篇章末有"十二月十一日草成"隔一行有"《新诗》第4期1937年1月"。
② 波德莱尔:《孤独》,载《恶之花 巴黎的忧郁》,钱春绮译,人民文学出版社,1991年,第433页。
③ 波德莱尔:《孤独》,载《恶之花 巴黎的忧郁》,钱春绮译,人民文学出版社,1991年,第433—434页。

第十一章 《预言》隐微修订与何其芳文学道路转型

"突然感到一种酸辛,一种不可抵御的寂寞……不仅这一次使我痛苦。我常常感到在这寒冷的阴暗的人间给我一点温暖以免于僵死,给我一点光辉以照亮路途的永远是自己的热情的燃烧"①。何其芳在另外一篇文章中说自己或许是一个书斋里的悲观论者,这种悲观的来源就是孤独:"孤独,是的,是我那时唯一的伴侣……对于人生我实在是充满了热情,充满了渴望,因为孤独的墙壁使我隔绝人世,我才'哭泣着它的寒冷。'对于人生,现在我更要大声的说,我实在是有所爱恋,有所憎恶。"②对孤独的认同,表现在对待孤独的态度上,认为孤独中蕴含着对生活的渴望与热力,这也是何其芳关注波德莱尔的内在动力。何其芳最终从孤独自闭的"象牙塔"走向了现实人生,迎接现实的鞭子击打,③何其芳的这一创作思想的转变是一个渐进的嬗变过程,给人印象最深的是1935年大学毕业后在南开中学、山东莱阳师范的教学经验。在这一过程中,何其芳看到了内忧外困情况下现实的种种黑暗,人生的种种悲哀,"当无情的鞭子打到背上的时候应当从梦里警醒起来,看清它从哪里来的,并愤怒的勇敢的开始反抗"④。于是,何其芳从波德莱尔的诗、散文中汲取灵感,并试图借用波德莱尔诗文的灵感,化作自己的诗以使自己的歌唱变成"鞭子还击到这不合理的社会的背上"。何其芳指出的"到处浮着一片轻飘飘的歌唱"⑤也是《预言》中《醉吧》副题的来源。但波德莱尔最终走向唯美与颓废主义,何其芳却相反,这也是波德莱尔《陶醉吧》更多逃避孤独、逃避无情的时间带来的生命重压,而《醉吧》却更多的是从讽刺中觉醒,充满逃离感与贬斥感。

何其芳将《醉吧》的副题转换,有超越波德莱尔的意思,"再也不忧郁的偏起颈子望着天空或者墙壁做梦。现在我最关心的是人间的事情"⑥。何其芳有意抹去与波德莱尔明确的联系,体现要与波德莱尔诀别,当然诀别的是波德莱尔所象征的个人主义的唯美与颓废。在《预言》卷三中另外一首诗《云》中表现得更为明显,《云》中"'我爱那云,那飘忽的云……'/我自以为是波德莱尔散文诗中/那个忧郁地偏起颈子/望着天空的远方人"诗歌

---

① 何其芳:《刻意集·初版序》,《刻意集》,文化生活出版社,1939年,第5—6页。
② 何其芳:《我和散文(代序)》,《还乡日记》,上海良友出版公司,1939年,第11—12页。
③ 何其芳:《刻意集·初版序》,《刻意集》,文化生活出版社,1939年,第8页。
④ 何其芳:《刻意集·初版序》,《刻意集》,文化生活出版社,1939年,第8页。
⑤ 何其芳:《刻意集·初版序》,《刻意集》,文化生活出版社,1939年,第8页。
⑥ 何其芳:《我和散文》,《大公报·文艺》1937年7月11日。

内容来源于波德莱尔的散文诗《异邦人》①，波德莱尔对"云"这一象征意象非常着迷，在另一篇散文诗《浓汤和云》及《恶之花》集中《旅行》《共感的恐怖》也涉及这一意象，甚至在论文《一八五九年的沙龙·风景画》一文中，对画家不丹的水粉画习作中奇形怪状的云的魔力表示赞叹，也体现了波德莱尔对幻想等唯美主义诗意的追求。但何其芳在经历了现实的种种黑暗后，在《云》的最后说："从此我要叽叽喳喳发议论：/我情愿有一个茅草的屋顶，/不爱云，不爱月，/也不爱星星。"这就是向之前的思想告别。何其芳在《论快乐》中说："有名的颓废派波德莱尔，一边抽着鸦片，说着模糊的象征的语言，也一边宣言唯有工作才能够消除时间加于他的一种可怕的空洞之感的压迫。契诃夫的戏剧里的人物在自杀的枪声未响以前，也常常无力地说着工作。然而那是无可奈何的，无目的的，孤独的工作。因此也就是不快活的。我们的工作带着积极的意义，知道为了什么，而且有着众多的人参加着，那就完全是另外一种性质了。"②何其芳已经将波德莱尔认定为"颓废派"，且即使工作也是痛苦的、盲目的，而自己则身在延安，找到了工作的价值和意义，这也反映了何其芳孤独中孕育的对生活热爱的迸发。与唯美颓废的有意诀别，不止在这一处，在《预言》卷二的最后一首诗《风沙日》③，在1938年《刻意集》初版本中第一节中有"Le soleil déteste la pensée"，这是一句法语诗句，到了《预言》(初版和重印版)，《风沙日》中就翻译成为"太阳是讨厌思想的"。按照《刻意集》中的注释：这是一句"纪德《记王尔德》文中王尔德语"，王尔德所代称的本身就是唯美与颓废主义，而纪德思想一度偏左，之后去苏联访问，回到法国后写作《苏联归来》，对苏联政体进行揭露和批评，引起左翼人士的抨击。何其芳当然在抨击者之列，说："《从苏联回来》的作者纪德却就不理解这点道理。在他那本出名的坏书里面，他很惊讶在今日的苏联，在他所旅行着的苏联，杜斯退益夫斯基已经没有了多少读者。他甚至怀疑这并不是由于人民自己的选择，而是政府在加以某种禁止和限制。他不知道在今日的中国，在还正经历着分娩的痛苦的中国，杜斯退益夫斯基已经和我们隔得相当辽远了。"④这篇文章写作于已经去延

---

①钱春绮译为《异邦人》。
②何其芳：《论快乐》，载《星火集》，群益出版社，1949年，第144页。
③原题名为"风沙日二"，收《刻意集》，文化生活出版社，1939年，第133—138页；该题名为"风沙日"，收《预言》，文化生活出版社，1945年，第70—73页；题名为"风沙日"，收《预言》，新文艺出版社，1957年，第63—65页。
④何其芳：《论快乐》，载《星火集》，群益出版社，1949年，第141页。

安,并从前线归来的1940年,何其芳尽管只列举了纪德批判苏联的一个方面,但其反感情绪之强烈已很清楚,何其芳在1945年这样的时空背景中,估计是不想保留对纪德的好感的,更不想特意点名自己的作品中竟有引用他的话,所以将那句纪德的法语及注释统统删掉。

(二)注释的删减与复现

在1938年《刻意集》版《风沙日》文中的注释在1945年初版《预言》中被删去,1957年重版《预言》时注释才重新恢复了一部分,并经过修改,这些注释涉及莎士比亚戏剧《暴风雨》《仲夏夜之梦》中的人物及诗句,就是凡以注释形式提示涉及国外作家、人名、作品的都被删除或更换,包括卷三《声音》中的三处注释,《大公报·文艺》版较后两个版本多了三处注释:一是对"于是有了十层洋楼高的巨炮"注释为"欧战时德军在距巴黎八十里的阵地以一长射程大炮轰击巴黎。炮身长三十六米突,和十层洋楼一样高"。二是对"轧轧的铁翅间散下火种"注释为"一种燃烧炸弹爆炸后,能发生三千度高热"。三是对"当长长的阵亡者的名单继续传来"的注释为"见E格来塞一九〇二级中描写"。[1]这背后的原因何在?赵超构在《延安一月》中给出了答案。赵超构在《延安一月》中说,他在延安访问时发现延安缺乏"学院气"。而且,当时以群众为第一位,少数服从多数,即使有少数"精神贵族",怕也要低头。假如在延安谁要是提出什么英美派、大陆派的学院理论,就会饱受嘲笑。他们称呼这些理论曰"洋教条主义"。一个干部倘犯了洋教条主义,是免不了要受批评的,甚至一位作家说:"我们觉得,动不动就掬出外国名字来吓人,是可耻的。"[2]所以他们情愿"大智若愚"[3]。可想连普通的知识分子"都深自掩藏,决不提到外国某作家或某一派的文艺理论",并觉得"动不动就掬出外国名字来吓人,是可耻的",何其芳何其敏感,尽管曾经可以被称为"精神贵族",但此时出于政治语境和自身身份,当然要在这方面尤为留意。这些是波德莱尔、莎士比亚、E.格来塞等人的作品中涉及人物、故事等注释性内容被删除的原因之一。《声音》的注释保持了1945年版的老样,没有恢复原刊本的注释,《醉吧》的副题也和《预言》初版本中

---

[1]《声音》1936年11月12日作,原载1937年1月31日天津《大公报·文艺》第293期,署名"何其芳";收《预言》,文化生活出版社,1945年,第82—84页;收《预言》,新文艺出版社,1957年,第73—76页。

[2]赵超构:《延安一月》,中国国际广播出版社,2013年,第75—77页。

[3]赵超构:《延安一月》,中国国际广播出版社,2013年,第75—77页。

一样,没有恢复《新诗》版中的注释。1957年《预言》重版本将《风沙日》中的部分注释修改后恢复,这或许跟1956年至1957年,党中央实行"百花齐放、百家争鸣"的方针有关,政治环境的宽松,是《风沙日》注释重新出现的原因。但宽松并非意味着紧张矛盾的消失,或许这也使何其芳纠结波德莱尔等这样的颓废派以及其他国外作家的名字可不可以出现,最终何其芳放弃了。但无论怎样,何其芳对这些诗及其注释等的修改,确实是有摆脱"旧我"走向"新我"的用意。

第十二章　何其芳的文艺批评道路

何其芳在1942年延安文艺座谈会之后,在很长的时间里把文艺批评作为自己文学道路上的主业,他在1964年3月8日修改完成的《文学艺术的春天》的序言中说:"我真正说得上学写论文是延安文艺座谈会以后才开始的。"[1]他曾经两次被选中派往重庆宣讲《讲话》精神,何其芳无论是从思想上还是实践上都是知识分子转型的典型代表。他在从事文学批评的工作中,积极贯彻马克思文艺思想、毛泽东文艺思想,成为重要的马克思主义文艺理论家。甚至到了晚年,为了系统地研究马克思主义文艺理论,他首先自学德文,目的是能够直接阅读马克思主义原著。后又大量地查找、阅读、翻译与马克思、恩格斯有过交往和受过他们称赞的诗人如海涅、维尔特的作品。何其芳从事文学研究和批评很多时候是带着文艺批评家的责任和岗位职责而进行的。他也多次说过,他想从事创作,但还有更重要的事情要做,就是从事文艺批评领域的工作。对于这种思想上的落差,何其芳曾经说过一段话很耐人寻味:"文学研究并不是文学创作的'婢女'。它本身是一种独立的科学。然而一个文学研究工作者,如果他的劳动并不能对同时代的创作发生积极有益的影响,他的成就就太狭窄了。只有仅仅从事资料和问题的考证的人,他的工作才可以不直接联系到创作。"[2]从这里面可以看出,何其芳在无法实现自己创作的情况下,对自己的文学研究工作一方面是肯定,另一方面也有无奈的一面。[3]当然,这只是一时短暂的感伤而已,他对于马克思主义文艺思想专著是持续的、全面的,他在评价我国文学理论批评遗产研究时,说这种研究不够,而且在研究时"必须有马克思主义的文艺理论的知识和眼光,才可能把这方面的遗产加以条理化,才可能

---

[1] 何其芳:《文学艺术的春天》,作家出版社,1964年,序第38页。
[2] 何其芳:《文学艺术的春天》,作家出版社,1964年,第172页。
[3] 章子仲在《何其芳散文》一文中说:"他后来主要从事文学评论和古典文学、中国文学史的研究工作了,'故纸堆压死了诗的幼芽'。"(章子仲:《何其芳散文》,《何其芳研究专集》,四川文艺出版社,1986年,第391页)章子仲的说法或许能说明何其芳从事文学批评的部分心态。

辨别其中的问题的性质和重要程度"①。臧克家就说何其芳"从一个京派作家，一变而成为革命文艺战士；他用'画梦'的笔写出洋洋洒洒的战斗文章，的确令我肃然起敬"②。在文学批评的实践中，何其芳确实用马克思主义文艺理论进行文学批评，如马克思主义文艺理论中的现实主义理论，他不仅专研而且在文学批评中运用，如《评〈万世师表〉》《〈清明前后〉的现实意义》《评〈芳草天涯〉》《评〈天国春秋〉》《评〈岁寒图〉》《关于〈家〉》等。何其芳的文学批评道路上有几个重要的研究主题，一是"典型共名说"，是研究典型话题提出的理论，争论和影响很大，包括《论〈红楼梦〉》《论阿Q》；二是对新诗下的定义。这是他基于自己的诗歌创作经历以及后续马克思主义文艺批评接受与应用过程的理论探索；三是提出现代格律诗的理论，这是他文学创作初期的新月时期格律诗创作思考的延续，学界争论很大。但何其芳不仅提出现代格律诗的理论，也用实际诗歌创作来践行自己的现代格律诗的理论，这在中国现当代新诗史上具有重要的意义。

第一节　何其芳的《论〈红楼梦〉》

何其芳作为当代红学革新的典范人物，其《论〈红楼梦〉》成了红学研究史和文学理论批评史上的宝贵财富。《论〈红楼梦〉》是何其芳对于《红楼梦》认知的系统性、完整性的表达，这篇长文1957年8月至9月写成前八节，10月至11月20日写完全文。初稿发表于《文学研究集刊》1957年第五辑。1958年9月，何其芳将《论〈红楼梦〉》以及其他研究古典文学作品的论文5篇编辑成册出版，题名"论《红楼梦》"，作为中国社会科学院文学研究生专刊之一。1959年，何其芳再次对《论〈红楼梦〉》进行增删修改，作为"人民文学本"的"代序"。1962年和1964年"人民文学本"的《红楼梦》都使用的是这篇"代序"，影响很大。③何其芳在其著作中通过对《红楼梦》的主要内

---

① 何其芳：《文学艺术的春天》，作家出版社，1964年，第172页。
② 臧克家：《抬头看手迹　低头思故人——追忆何其芳同志》，载《衷心感谢他》，上海文艺出版社，1987年，第32页。
③ 何其芳：《论〈红楼梦〉》，《何其芳批本〈红楼梦〉三种》（第一册），董志新整理，线装书局，2011年，第1页。

容、思想性质和艺术成就的多维度分析,提出了宝黛爱情"双重悲剧说"、反封建的"大胆叛逆说"、民主思想"传统说"以及艺术形象"典型共名说"等理论观点,这些批评观点顺应了巩固新生无产阶级政权、确立马克思主义在我国的指导地位的时代发展需要,并引发了积极的学术争论。在20世纪50年代的"批俞评红"的文化语境中和20世纪70年代的"文革"评红热的是非功过时期,引发了方明、李希凡等学者的广泛论争。何其芳在与学者们对红学问题展开积极的学术争鸣过程中,也进一步明确了《论〈红楼梦〉》在抵制庸俗的阶级斗争和教条主义、坚持马克思实事求是的科学研究方法以及革新当代红学研究路径方面所具有的重要价值意义。

一、何其芳《论〈红楼梦〉》的主要观点

1942年延安整风运动后,何其芳出于重估文学史上的杰出作品和提高民族自信心的考虑,同时也是自己从事革命工作的责任要求,将工作重心转向了中国文学史研究。1953年,随着国内《红楼梦》研究批判的开始,他从《诗经》的研究转向了《红楼梦》研究。如果提到何其芳对《红楼梦》的研究缘起,"或许正是因为对俞平伯的批评,引起了何其芳对原本就非常珍爱的《红楼梦》的研究兴趣"[1]。何其芳写作《论〈红楼梦〉》确实与新中国成立后对俞平伯红学观点的批判有关。何其芳对于俞平伯的《红楼梦研究》也是有帮助的,俞平伯说:"我到文学所的第一件事,便是校点《红楼梦八十回本》。郑振铎与何其芳供给我许多宝贵的资料,所里并派王佩璋女士协助。一九五八年'八十回校本'出版时,其芳助我写前言。"[2]这也说明,何其芳对于《红楼梦》的接触是从对俞平伯的帮助开始的。1954年10月16日,时任文学所副所长的何其芳接到毛泽东《关于〈红楼梦研究〉问题的信》等文件。这些材料中毛泽东特别作了批示,不仅要求研究俞平伯,而且在原信上还加上一句:"像俞平伯这样的资产阶级知识分子,我们还是要团结的。"[3]何其芳接到这个文件后,尽管后续活动稍迟缓,但最终还是大规模地开展了对俞平伯《红楼梦研究》的批判和讨论。在这种批评和讨论中何其芳对俞平伯的《红楼梦研究》并没有全盘否定,相反有保护的倾向,包括对

---

[1] 严平:《潮起潮落:新中国文坛沉思录》,人民文学出版社,2015年,第208页。
[2] 俞平伯:《纪念何其芳先生》,载《衷心感谢他》,上海文艺出版社,1987年,第335页。
[3] 马靖云:《〈红楼梦研究〉批判中的何其芳与俞平伯》,《新文学史料》2012年第3期。

俞平伯本人。也就是在这种大规模的讨论中,除职责所在,也在研究兴趣上对何其芳造成了很大的影响。《论〈红楼梦〉》是继何其芳《没有批评就没有进步》论文后他系统研究《红楼梦》的代表性的理论文章。在《论〈红楼梦〉》一文中,何其芳高度肯定了《红楼梦》所具有的不朽艺术价值,并将这部作品视作我国古典小说艺术成就的高峰,认为它对后世产生了广泛而深刻的影响。基于对小说的认识与欣赏,何其芳在《红楼梦》的思想内容、思想性质以及艺术成就方面,提出了以下几个主要的观点。

(一)宝黛爱情"双重悲剧说"

何其芳以文学史的历时维度,通过对比《西厢记》《牡丹亭》等才子佳人小说中的爱情,揭示了宝黛爱情在思想内容上的丰富与深刻。首先,在何其芳看来,贾宝玉和林黛玉的爱情不仅超越了"父母之命,媒妁之言"的传统封建爱情,也超越了一见倾心式的生理吸引爱情,他们之间的爱情"是建立在互相了解和思想一致的基础上面"[1]。相比张生与崔莺莺机缘巧合的相遇和一见钟情式的爱情,他认为贾宝玉和林黛玉之间的爱情超越了生理层面的肉体性吸引,而走向了更深层次的灵魂共鸣。贾宝玉也曾对美丽健康的薛宝钗心生爱慕,但他最终仍选择了体弱有病的林黛玉,其最主要的原因,就在于二人相互了解,有着共同的反抗封建礼教和封建统治阶级的思想,所以,相比乍见之欢的肉体之爱,宝黛爱情表现了经由时间积淀的灵魂之爱,揭示了"婚姻只有建立在爱情的基础上才是合理的、幸福的"[2]的现代婚恋原则。其次,何其芳认为宝黛爱情打破了传统爱情小说概念化、公式化的叙事模式。"在男女主人公之外,又必傍出一小人其间拨乱,亦如剧中之小丑然"是传统才子佳人小说惯用的公式化模式。在《红楼梦》中,薛宝钗处于贾宝玉和林黛玉之间,"金玉良缘"成为"木石前盟"的最大阻碍,所以,以李希凡、蓝翎、吴组缃为代表的学者认为《红楼梦》的主线应是"宝黛钗爱情悲剧",他们按照传统公式化的小说叙述逻辑,将薛宝钗视作"拨乱"宝黛爱情的小人。然而,何其芳却一针见血地指出,曹雪芹并未将薛宝钗塑造成戏中的小人或小丑,她并不是酿成宝黛爱情悲剧的根本原因,进而打破了传统小说的公式化叙事模式,对宝黛爱情悲剧的形成根源有了更深层次的思考。最后,何其芳极富创见性地指出宝黛爱情悲剧是双重的悲

---

[1] 何其芳:《论〈红楼梦〉》,载《何其芳全集》第三卷,河北人民出版社,2000年,第301页。
[2] 何其芳:《论〈红楼梦〉》,载《何其芳全集》第三卷,河北人民出版社,2000年,第301页。

剧,即"不仅因为他们在恋爱上是叛逆者,而且因为那是一对叛逆者的恋爱"[①]。贾宝玉和林黛玉的爱情不仅挑战了符合封建婚姻的"金玉良缘",而且他们所持有的爱情思想基础还表现着对封建统治阶级和封建礼教的大胆反叛,因此,相比其他才子佳人小说,《红楼梦》中的宝黛爱情悲剧表现了更为丰富的思想内涵。

(二)反抗封建"大胆叛逆说"

何其芳认为曹雪芹自身就是一位封建地主阶级的叛逆者,他以恢宏的笔触在《红楼梦》中营构了宏大的封建社会生活历史画卷,在画卷中他通过塑造个性鲜明的反叛者形象,描写少男少女的美好爱情以及对美丽善良女子的悲惨命运的同情,揭露了封建制度对美好爱情的戕害,讨伐了压迫妇女的罪恶制度。在对封建阶级统治的痛斥与鞭挞中,也彰显了深厚的人道主义精神。一方面,曹雪芹在勾勒宝黛爱情悲剧时,塑造了叛逆者贾宝玉的鲜明形象,贾宝玉不同于追逐功名的贵族子弟,他厌恶科举制度,也不满家族安排的"金玉良缘",坚守与林黛玉的心灵相契的爱情,此外,他还挣脱了传统意义上的男尊女卑的封建礼教束缚,表现出了"对于少女们的爱悦、同情、尊重和一往情深"[②]。但最终仍反抗无果,美好爱情在封建制度压制下也沦为悲剧。另一方面,何其芳通过揭露封建制度下各阶层美好女子们的惨痛遭遇,表现了对大胆反抗女子们的悲惨命运的深切同情。在他看来,曹雪芹在《红楼梦》中不仅描绘了晴雯、鸳鸯、香菱等身份低微卑贱的少女不屈服于传统封建恶势力,但反抗无果的悲惨命运,而且也描写了身份尊贵的林黛玉以及贾府四小姐的悲哀结局。如林黛玉虽寄人篱下、体弱多病,但她始终以清冷孤傲的姿态抵抗着封建制度的束缚,如何其芳所评价的,"尽管她并不能打碎封建主义对于她的心灵的桎梏,她却仍然在和它苦斗,仍然在精神上表现出来了一种傲岸不驯的气概"[③]。由此可知,无论是卑贱的女仆,还是尊贵的小姐,她们都聪慧可爱、善良美好,敢于反抗封建礼教,但这种反叛都以失败告终,美好的生命最终走向凋零,引起人无限同情与悲叹,进而彰显了人道主义光辉。

[①]何其芳:《论〈红楼梦〉》,载《何其芳全集》第三卷,河北人民出版社,2000年,第304页。
[②]何其芳:《论〈红楼梦〉》,载《何其芳全集》第三卷,河北人民出版社,2000年,第311页。
[③]何其芳:《论〈红楼梦〉》,载《何其芳全集》第三卷,河北人民出版社,2000年,第313页。

(三)思想性质"民主传统说"

在曹雪芹与《红楼梦》的思想性质及其形成的社会根源分析上,何其芳认为《红楼梦》中所表现的"对封建阶级礼教的鞭挞、对真挚纯粹爱情的礼赞、对人道主义精神的弘扬"等思想内容,实则是对争取个性解放、婚姻自主等传统进步民主思想的继承,彰显了人民大众的阶级立场。在他看来,"新兴的阶级的思想除了这种和过去的传统的继承关系或相类似而外,还必须有质的差异,还必须有它那个阶级特有的色彩"①,而以李希凡和邓拓为代表主张的"市民说"尚未表现出与传统民主思想的质的差异。他们搬运欧洲的某些历史的结论来解释中国思想史和文学史,简单地用"市民说"解释清初思想家和《红楼梦》实际上犯了教条主义的错误,因此,用"市民说"概括曹雪芹和《红楼梦》的思想实质带有明显的局限性。此外,他认为以刘大杰为代表的"农民说"所坚持的"只有农民和以农民为首的劳动人民才是人民"的观点,将封建社会的人民范围划分得过于窄狭。曹雪芹在著作中也未表现出对农民革命的肯定以及对农民悲惨遭遇的同情,因此,"农民说是既不能解释我国封建社会的文学的历史,也不能解释《红楼梦》的"②。在何其芳看来,对封建秩序、封建主义怀有不满是封建社会受压迫的广大人民所共有的,而无论是"市民说"还是"农民说"都未完全涵括封建社会的"人民"范畴,如晴雯、鸳鸯等丫头们既不是市民也不是农民,但他们均是封建统治阶级的叛逆者,所以,《红楼梦》继承了传统的民主思想,其中也必然包含有人民思想的观点。这里有一段公案,是李希凡和何其芳关于《红楼梦》的争论,周汝昌也涉其中。周汝昌回忆,他和何其芳并无来往,"'红学'诸论点上也不一致,他倾向俞平伯(与助手王佩璋女士)的考证。但是他的代序出版社并未让我取消。而其时已延伸到'红学'上一场激烈争论:'市民说'与'农民说'的各执一词,两不相下。前一说的代表是李希凡同志,后一说即是何先生的高论了"③。周汝昌因为由他校订的新版《红楼梦》用了何其芳的序言,导致李希凡很恼火,"李希凡那时少年气盛,也不知内情,对仍用何序大有意见,以为凡涉'红'事,皆我之主张,十分不满。来信向我说:'这个出版社还要看(它表现如何)……'"④周汝昌还是用了何

---

① 何其芳:《论〈红楼梦〉》,载《何其芳全集》第三卷,河北人民出版社,2000年,第389页。
② 何其芳:《论〈红楼梦〉》,载《何其芳全集》第三卷,河北人民出版社,2000年,第393页。
③ 周汝昌:《何其芳》,载《师友襟期》,北京出版社,2019年,第213页。
④ 周汝昌:《何其芳》,载《师友襟期》,北京出版社,2019年,第213页。

其芳的序,也没有得到何其芳的认同,对其产生了误解,以为文学出版社出的书中将文学所(何其芳任所长)的红学论点说成是"修正主义"与周有关。从这个公案看,周汝昌认为何其芳认同"农民说",其实是有争议的,何其芳对"农民说"是有认同但也有批判,总的思想倾向于"民主传统说"。从周汝昌晚年的回忆中也可看出,对于红学的论争是非常激烈的。

(四)艺术形象"典型共名说"

在有关艺术形象问题上,何其芳提出了"典型共名说"。那么,何谓"典型共名"?他以贾宝玉和林黛玉为具体实例做了生动阐释。一方面"典型"就是指"那样容易为人们所记住,并在生活中广泛地流行……不仅概括了一定阶级的人物的特征以至某些不同阶级的人物的某些共同的东西,而且总是个性和特点异常鲜明,异常突出,而且这两者总是异常紧密地结合在一起"[①]。贾宝玉和林黛玉就是典型的艺术形象,他们既有着封建的阶级性,但同时具备大胆反叛的个性。另一方面,"共名"就是指人们在生活中形容他人时对虚构人物典型特征的运用,如"人们叫那种为许多女孩子所喜欢,而且他也多情地喜欢许多女孩子的人为贾宝玉"[②],"叫那种身体瘦弱、多愁善感、容易流泪的女孩子为林黛玉"[③]。为了进一步阐释"典型共名"理论,何其芳在文中作了两点强调。第一,"典型共名说"中的典型性不等同于阶级性,他通过分析文学典型在文本中呈现的三种情况:(1)其主要特点即阶级性的表现;(2)从不同方面表现他所属的阶级性的各个方面;(3)其全部性格虽表现了自身阶级性和时代性,但其性格上的某些特点并不拘泥于某一个阶级的人物。第三种才是"典型共名说"的立论基础。第二,"典型共名说"中的典型概括性不局限于一个时代。何其芳指出,贾宝玉和林黛玉的性格特点虽然打上了鲜明的时代烙印,但少男少女的爱悦并不是某个特定时代固有的现象,二者的共名在当今世界仍存在着。因此,应积极顺应新的时代特点,合理地认识和运用"典型共名说"理论。

---

① 何其芳:《论〈红楼梦〉》,载《何其芳全集》,第三卷,河北人民出版社,2000年,第306页。
② 何其芳:《论〈红楼梦〉》,载《何其芳全集》,第三卷,河北人民出版社,2000年,第306—307页。
③ 何其芳:《论〈红楼梦〉》,载《何其芳全集》,第三卷,河北人民出版社,1998年,第311页。

二、何其芳《论〈红楼梦〉》的时代背景

通过以上探讨可知,宝黛爱情"双重悲剧说"、反封建的"大胆叛逆说"、民主思想"传统说"以及艺术形象"典型共名说"构成了何其芳《论〈红楼梦〉》的主要观点,那么,进一步思考,何其芳的这些理论观点又是如何形成的?有着怎样的发生背景?泰纳所认为的"种族""环境""时代"三要素与我们的文艺创作和理论主张息息相关。人不可能生活在真空中,对于文艺工作者,其思想倾向和艺术作品必然带有时代的烙印,在一定程度上顺应了时代的、国家的发展需求。何其芳的《论〈红楼梦〉》创作于新中国成立后的20世纪50年代,此时巩固新生无产阶级政权、确立马克思主义在我国的指导地位成为国家发展的主要任务。这便成为《论〈红楼梦〉》主要观点提出的主要时代背景。

(一)"批俞评红"运动的发生背景

新中国成立初期,国家各项事业百废待兴,党领导广大人民群众积极开展了土地改革、镇反肃反、边疆清匪、恢复经济等一系列的政治、军事以及经济活动,并取得了显著的成果。此时以毛泽东为首的领导人意识到确立马克思主义在我国的指导地位对于巩固新生无产阶级政权也至关重要,而目前在文化领域尚未明确与国家革命胜利相适应的文化指导思想。所以为了统一群众思想,确立马克思主义在我国的指导地位,党和国家要求知识分子加紧对马克思先进思想理论的学习,如毛泽东所提出的"对知识分子,要办各种训练班,办军政大学、革命大学,要使用他们,同时对他们进行教育和改造。要让他们学社会发展史、历史唯物论等几门课程"[①]。应该指出,此倡导对于鼓励知识分子学习马克思先进理论思想起到了积极的促进作用,但知识分子们在掌握和运用理论以服务于实践活动方面成果甚微,还有一段艰难的路要走。究其原因,主要在于知识分子头脑中还存有根深蒂固的传统思想,这些传统落后思想严重阻碍了知识分子对马克思理论的深度掌握,因此,欲使知识分子们彻底接受马克思主义理论,应首先清理批判他们传统落后的错误思想。我国文艺工作者便开始在整理我国传统遗产中清理其落后的错误传统思想观点,并有意识地运用马克思主义进

---

① 中共中央文献研究室编:《新中国成立以来重要文献选编》(第一册),中央文献出版社,1992年,第259页。

行顺应国家需要的现代化阐释。

毛泽东在浩如烟海的古典文学作品中表现出了对《红楼梦》的推崇和喜爱。在他看来,《红楼梦》是值得我们骄傲自豪的文学成就。他在《论十大关系》中谈道:"工农业不发达,科学技术水平低,除了地大物博,人口众多,历史悠久,以及在文学上有部《红楼梦》等等以外,很多地方不如人家,骄傲不起来。"①此外,在同许世友的谈话中也讲道:"中国古典小说写得最好的是《红楼梦》,不读《红楼梦》就不知道什么是封建社会。"②由此可见,毛泽东对《红楼梦》表现出了浓厚的兴趣与持续关注。1954年,李希凡和蓝翎发表了《关于〈红楼梦简论〉及其他》和《评〈红楼梦研究〉》两篇文章,他们在文中开始尝试用马克思历史唯物观来批评俞平伯在红学研究中表现出的繁琐的考证与狭隘的趣味。这两篇文章一经刊出,便引起了毛泽东的关注与重视。除了他自身对《红楼梦》的浓厚兴趣外,最重要的是李希凡和蓝翎对《红楼梦》的讨论契合了"清理落后错误思想,确立马克思指导地位",巩固无产阶级新生政权的发展需要。因此,毛泽东对此作出了积极反应,给中共中央政治局的同志写了《关于红楼梦研究问题的信》。在信中他一方面肯定了《关于〈红楼梦简论〉及其他》和《评〈红楼梦研究〉》这两篇文章是向《红楼梦》研究权威作家的错误观点的"第一次认真的开火",并称赞李希凡和蓝翎二人大胆质疑、敢于批判的精神。另一方面,他还要求学者们对"俞平伯这一类资产阶级知识分子采取团结态度",但应当坚决地"批判他们的毒害青年的错误思想"。在毛泽东的积极倡导下,全国范围内的批判《红楼梦》研究中资产阶级思想的运动全面展开。

(二)何其芳的文化身份与红学实践

1953年2月,中央人民文化教育委员会为了进一步发展国家的文化事业,开展深入的学术研究,成立了文学研究所,并任命郑振铎为所长,何其芳为副所长。由于郑振铎兼任文化部副部长、国家文物局局长和考古研究所所长等多个职务,所以文学研究所的日常工作主要由何其芳负责。当时文学研究所的主要工作是对文化遗产的资料整理,何其芳最初准备纪念屈原,接着研究宋玉,再研究《诗经》,按照历史顺序依次对经典的文学典籍进行评论研究。但1954年,随着毛泽东在《关于红楼梦研究问题的信》中的

---

① 毛泽东:《毛泽东著作选读》(下册),人民出版社,1986年,第742—743页。
② 张万禄:《毛泽东的道路》(1893—1949)(上册),陕西人民出版社,2017年,第127页。

倡导,何其芳改变了原有的研究计划,转向对《红楼梦》评论的学术实践活动中。正如文学研究所成员曹道衡的回忆:"后来有一次,周扬同志到文学所来,提出要何其芳先生把研究文学史的计划改变一下,不要从《诗经》、《楚辞》着手,而是从后面的《红楼梦》、《儒林外史》着手。这样,我也跟着何其芳先生研究起《红楼梦》来。当时我们是一个研究小组,有何其芳先生,还有胡念贻、邓绍基、刘世德三先生和我。"[①]这也给我们提供了何其芳研究《红楼梦》的一个因由。

随着"批俞评红"运动在全国范围内的开展,何其芳也积极参与到《红楼梦》评论与研究的各项实践活动中,如1954年10月,他参加了中国作家协会古典文学部召开的关于《红楼梦》研究的座谈会。同年11月,他又发表了《没有批评就不能前进》,在文中批评了二人离开阶级社会里的阶级存在这一事实,而孤立地去研究文学作品。1955年,他又开始组织胡念贻、曹道衡、邓绍基、刘世德等人成立了《红楼梦》研究小组。他积极引导小组成员以马克思实事求是的科学态度,进行评论与研究。在小组成立后的一两年时间里,就取得了丰硕的学术成果,如1956年,何其芳发表了《论〈红楼梦〉》。刘世德和邓绍基的《评'《红楼梦》是市民文学'说》、曹道衡的《关于黄宗羲、顾炎武、王夫之等人的思想及其与红楼梦的关系》、王佩璋的《曹雪芹的生卒年及其他》以及胡念贻的《关于〈红楼梦〉所继承的小说戏曲传统》纷纷在1957年得以发表。可见,《红楼梦》研究小组有力地推进了红学研究的历史进程,对后世红学研究产生了积极的影响。

通过以上的论述可知,何其芳的《论〈红楼梦〉》在清理传统错误思想、确立马克思主义的指导地位以巩固新生无产阶级政权的时代背景下产生。他在《论〈红楼梦〉》中坚持实事求是的态度,对李希凡和蓝翎在以马克思主义理论评论《红楼梦》过程中的教条主义、概念化问题进行了纠偏。当然,其新颖独特的思想观念也引起了学者们广泛的关注。

三、何其芳《论〈红楼梦〉》的论争及意义

何其芳于1956年11月20日完成了《论〈红楼梦〉》的写作(1956年8月至9月初写成前8节,10月至11月20日续写完),1957年刊发于《文学研究

---

① 曹道衡:《困学纪程》,辽宁教育出版社,2001年,第101—102页。

集刊》第五册,在文中主要提出了宝黛爱情"双重悲剧说"、反封建的"大胆叛逆说"、民主思想"传统说"以及艺术形象"典型共名说"等主要理论观点。1958年8月7日晨7时,他又完成了《论〈红楼梦〉序》一文,在文中主要交代了他撰写《论〈红楼梦〉》的因由,提倡研究工作中要有实事求是的态度,并指出了当时学者在进行古典文学研究时所犯的简单粗暴的主观主义错误,即封建社会学者的牵强附会,资产阶级学者的唯心主义,庸俗社会学倾向和教条主义。在此基础上,他表达了对"厚今薄古"口号的个人理解,在他看来,"厚今薄古"是针对当时学术界偏重研究古代的风气,即针对脱离革命实践、脱离社会主义的现实政治生活的现象提出的,目的在于鼓励学者注意当前的文学运动,注意广大人民的需要,以更好地为社会主义建设服务,而"决不应该理解为对于古代的杰出的作家可以随便否定,随便贬低"[①]。何其芳的《论〈红楼梦〉》和《论〈红楼梦〉序》发表后,众多学者对他的红学观点展开了争论和探讨,何其芳的"悲剧说""叛逆说""传统说"等红学观点受到学界普遍认可,但其"厚今薄古"的表述、"爱情主线说"以及"典型共名说"引发了广泛而持久的学术争鸣,在"批俞评红"大讨论和"文革"评红热的功过是非的时段争论尤为激烈。在激烈的论争中,进一步明确了《论〈红楼梦〉》在抵制庸俗的阶级斗争和教条主义、坚持实事求是的科学研究方法以及革新当代红学研究路径方面所具有的重要价值意义。

(一)关于"厚今薄古说"的论争

兰州大学中文系的方明于1958年10月19日在《光明日报》上发表了《对何其芳同志的〈论〈红楼梦〉序〉的意见》一文,文中认为《论〈红楼梦〉序》中"不乏正确的论断,但是也提出了一些错误的意见,并且给当前我们对文学教学和文学研究中的资产阶级观点和厚古薄今思想展开最后的总攻击,带来不好的影响"[②]。一方面,他对何其芳在《论〈红楼梦〉序》一文中所提到的,"解放后不久出现的那种简单粗暴的反历史主义的倾向不应该重复,现在已经开始有了些苗头,是值得注意的"进行激烈批判,在他看来,虽然目前在极个别人身上,厚古薄今思想还未得到有力的批判,但"在党的领导下,我们的运动发展一般是健康的,那些极个别极个别的人身上的反历史

[①] 何其芳:《论红楼梦序》,载《百年红学经典论著辑要·第一辑·何其芳卷》,安徽教育出版社,2020年,第241页。
[②] 方明:《对何其芳同志的〈论〈红楼梦〉序〉的意见》,载《百年红学经典论著辑要·第一辑·何其芳卷》,安徽教育出版社,2020年,第246页。

主义倾向'苗头',也一定会在运动的发展中得到克服"①,而何其芳所谈及的"现在已经开始有了些苗头"无疑会给那些"厚古薄今"的人以武器,十分不利于当时"厚今薄古"方针的贯彻与落实。另一方面,他认为何其芳在文中对杰出作家"代表了一个时代的文学以至整个过去的文学的最高成就"的表述不是十分准确和全面。他指出:"无论是屈原,或者司马迁,无论是李白,或者杜甫,都是在民间文学的哺育下成长起来的,正是广大人民群众和下层出身的作家的作品,给了我国文学的发展以决定性的影响。"②应该重视人民群众的文学创作,而不是只强调古典杰出作家的创作成就和经典的艺术作品。

通过方明对何其芳的质疑可以看出,何其芳在国家大力倡导"厚今薄古"口号的社会语境下,坚持讨伐《红楼梦》评论中出现的全盘否定古典作家作品的"左"的倾向是极具勇气的,必然会招致方明等学者的批判。那么,何其芳如何看待方明的批判？他在《关于〈论《红楼梦》序〉的一点说明》一文中,对方明的质疑进行了解释,并重申了自己的"厚今薄古"思想的科学辩证性。首先,何其芳对方明提出的他的"现在已经开始有了些苗头"表述,无疑会给那些"厚古薄今"的人以武器的质疑表示接受,并解释因为当时的确听到过多完全否定古典文学的意见,才写出此句,但完全未考虑到会给"厚古薄今"的人以武器,而且结合《论〈红楼梦〉序》的全文思想,何其芳是积极响应"厚今薄古"的口号的,并为如何"厚今薄古"提供了切实可行的方法论意见。其次,在抬高古典作家作品的质疑方面,何其芳指出,不能从"厚古薄今"的思想来片面肯定或否定古典作家作品,在文中他仅仅是列举了不同时代不同方面最杰出最有代表性的文人作家来进行阐释。此外,关于民间文学和各个时代的作家的关系问题,他在《论红楼梦》中也肯定了曹雪芹受到了人民的影响,不过在《论〈红楼梦〉序》中他所阐释的问题与民间文学和各个时代的作家的关系问题关联不大,所以未进行详细说明。

(二)关于"典型共名说"的论争

"典型共名说"是何其芳在《论〈红楼梦〉》中提出的极具影响力的理论观点。此理论一经提出,便引发了李希凡等学者们的激烈论争。李希凡在

---

① 方明:《对何其芳同志的〈论《红楼梦》序〉的意见》,载《百年红学经典论著辑要·第一辑·何其芳卷》,安徽教育出版社,2020年,第247页。
② 方明:《对何其芳同志的〈论《红楼梦》序〉的意见》,载《百年红学经典论著辑要·第一辑·何其芳卷》,安徽教育出版社,2020年,第248页。

1956年撰写了《典型新论质疑》,认为何其芳的"典型"有人性论的倾向。何其芳于1964年撰写《文学艺术的春天》予以回应,认为李希凡对他的"典型"有引申、夸大甚至改变之嫌。1965年,李希凡又作《阿Q、典型、共名以及其他》一文,他在文中强调何其芳的"典型新论"是"抽象公式的另一种演绎,这些演绎有些像黑格尔的'绝对理念',现实和观念被倒置起来",是"把典型论引向永恒不变的人性论的旧陷阱","把现实主义的典型论导向抽象的人性论的陷阱"①。之后,他在《红楼梦评论集》第三版后记中,又对何其芳的"典型共名"说展开了总结性的批判,其批判的内容主要有:(1)何其芳所批判的简单"公式"就是马克思主义的基本原则。(2)何其芳的"典型共名"说与社会历史现象的本质毫无关联。(3)艺术典型形象表现出了超阶级的永恒人性论,是资产阶级人性论的老调新声。

何其芳针对李希凡的种种批评观点,指出:"他的批评不够实事求是,对我的错误有些拔高和夸大。"②因此在《关于〈红楼梦〉再版前言的一封信》中一一进行了反驳。首先,他认为他对"贾宝玉和林黛玉的爱情,肯定得太多保留得太少了",仅仅表明对马克思理论的学习不够深入,而不能否定他主观上正确解释《红楼梦》的努力。其次,他认为不能因为引用了赞美宝黛爱情的话,就简单地认为他宣扬"恋爱主义"。最后,关于"典型共名说",何其芳批驳了李希凡强加给他的"永恒人性论",他在《论〈红楼梦〉》一书中特别强调了林黛玉的性格特点具有更为强烈的时代性和阶级性,而且将来不再需要用这个共名。此外何其芳还指出,李希凡虽未使用"共名"概念,但在其文章中也曾离开阶级观点和阶级分析方法进行问题分析。当然,此时的红学争论正处于"文革"评红热的功过是非的时期,我们可以看到李希凡的批评观点带有着鲜明的政治偏见。

"文革"之后,一些学者纷纷站出来为李希凡对何其芳的批评鸣不平。如1978年梁长森发表《典型共名、"三突出"原则及其它——为何其芳同志挨棍子鸣不平》一文,他在文中一方面指出何其芳受到的批评是不公正、不客观的,另一方面,也指责了李希凡对何其芳"典型共名说"批评的偏颇之处,反批评李希凡对待批评的态度问题,认为:"典型共名说是在对典型的分析和对典型的社会效果的研究的基础上抽象出来的,它既不是黑格尔的

---

① 徐川:《何其芳"红学"成果研究综述》,《红楼梦学刊》2013年第2期。
② 何其芳:《关于〈红楼梦〉再版前言的一封信》,载《百年红学经典论著辑要·第一辑·何其芳卷》,安徽教育出版社,2020年,第263页。

'绝对理念',更迥异于'四人帮'的'三突出'原则。"①此外,1989年,韩进廉也在《红学史稿》中提到,"到'文革'中,在唯心主义和形而上学泛滥成灾的环境里,李希凡在《红楼梦评论集》第三版的'附注'、'后记'和在为《红楼梦》写的《前言》中,竟不顾事实……指责别人'一贯''修正',夸饰自己'曲折''革命'……特别是在被诬为'文艺黑线头目'的何其芳被剥夺了言论自由的情况下,对他扣帽子、打棍子,使'李希凡'成了'帽子''棍子'的同义词。"②黄霖则从正面肯定了"典型共名说",认为"这一意见价值极大,有力地纠正了当时对典型的认识失之简单化、公式化的倾向"③。

(三)关于"爱情主线说"的论争

何其芳在《论〈红楼梦〉》提出:"贾宝玉和林黛玉的爱情悲剧是《红楼梦》里面的中心故事,是贯穿全书的主要线索。"④这一观点引发了不少学者的质疑与反对,如刘世德、邓绍基1963年在《文学评论》上发表了《〈红楼梦〉的主题》一文,文中提到:

> 有些同志把《红楼梦》看成是一部爱情小说,并且认为《红楼梦》的主题就是贾宝玉和林黛玉的爱情。这似乎是一种相当流行的看法。在我们看来,这种意见不但不符合《红楼梦》的实际,不符合《红楼梦》主题的实际,而且,恰恰相反,它正大大地缩小了《红楼梦》的意义,降低了《红楼梦》的价值。⑤

这篇文章明确表现出了对于何其芳所提倡的"爱情主线说"的不满,并且通过曹雪芹对"冷子兴演说宁国府"章回的细描,揭露了封建贵族、地主阶级必然走向没落和崩溃的主题思想。此外,张锦池也在他的《红楼十二论》中对主线说质疑:

> 因为贾宝玉的"爱博而心劳,而忧患亦日甚",乃是书中各类爱情或婚姻悲剧以及晴雯等人物的不幸遭际之作用于他的思想感情的一

---

① 梁长森:《典型共名、"三突出"原则及其它——为何其芳同志挨棍子鸣不平》,《安徽文艺》1978年第5期。
② 韩进廉:《红学史稿》,河北教育出版社,1989年,第412—413页。
③ 黄霖:《中国小说研究史》,浙江古籍出版社,2002年,第221页。
④ 何其芳:《论〈红楼梦〉》,载《何其芳全集》第三卷,河北人民出版社,2000年,第295页。
⑤ 刘世德、邓绍基:《〈红楼梦〉的主题》,《文学评论》1963年第6期。

种综合反映,又更何况宝黛爱情故事也是以贾宝玉的人生道路问题为中轴。所以,说宝黛爱情故事是《红楼梦》的一条重要线索则可,说它是此书的主线则不确切。[①]

由此可知,持反对意见的学者们认为何其芳的"爱情主线说"大大地缩小了《红楼梦》的反封建的政治思想内涵,其仅仅可作为这部伟大著作的一条线索。

关于此次质疑,何其芳本人并未做专门的回应,但大部分学者均指出了何其芳的"爱情主线说"为红学研究所带来的突破性价值意义。如在白盾、汪大白二人看来,"何先生得出一个结论:《红楼梦》在'描写爱情生活上展开了一个新的世界'。应该看出,论述《红楼梦》是'言情'小说者车载斗量,但从新的视角,把男女爱情放到人类文明史的发展高度来看待,何其芳先生为第一人"[②]。进而肯定了何其芳在"爱情主线"问题上对红学的研究与发展做出的重要贡献。

通过对何其芳《论〈红楼梦〉》中所涉及的主要学术论争的梳理,我们可知,何其芳始终坚持马克思主义的科学指导思想,不但对新旧红学的主要观点进行了总结,而且还批判了在《红楼梦》研究过程中所涌现的用庸俗"阶级斗争"和概念化、公式化的教条主义进行批评的现象,将《红楼梦》彻底从政治束缚中解放出来,为《红楼梦》的研究提供了一套成体系的研究方法,极大地推动了现代红学的研究。

第二节 何其芳的《论阿Q》

何其芳在鲁迅逝世20周年时为纪念鲁迅撰写了《论阿Q》(1956年9月24日)一文,一方面是对鲁迅的纪念,表达对鲁迅的敬重和认同,另一方面是通过《论阿Q》表达自己经历过延安时期的洗礼以及《讲话》影响后的思想变化。何其芳在《论〈红楼梦〉》一文中已经提出"典型共名说"的理论,《论阿Q》一文与《论〈红楼梦〉》形同姊妹篇,也提出了"典型共名说"的理

[①] 张锦池:《红楼十二论》,百花文艺出版社,1982年,第147—148页。
[②] 白盾、汪大白:《红楼争鸣二百年》,天津人民出版社,2007年,第174—175页。

论。这在中国现当代文学理论批评史上产生了很大影响。何其芳在《论阿Q》一文开头就提出："阿Q这个不朽的典型,一个虚构的人物,不仅活在书本上,而且流行在生活中,成为人们用来称呼某些人的共名,成为人们愿意仿效或者不愿意仿效的榜样,这是作品中的人物所能达到的最高的成功的标志。"[①]因为《阿Q正传》是鲁迅的代表性小说,具有强烈的文学艺术感染力以及政治影响力,所以,自从《阿Q正传》发表于1921年至1922年的北京《晨报副镌》以来,这部作品在文学与政治领域被广泛关注与评议。由于时代背景的不同,对《阿Q正传》的解读也带有历时性的时代特征,不同时期对《论阿Q》的评价各异,这自然与不同的时代背景、文学语境有关。同时,《阿Q正传》也成为不同时期不同领域(尤其是文学领域)表达自己思想的媒介。何其芳的《论阿Q》也是表达自己文学观、思想观的一次具体体现。

一、《论阿Q》:"典型共名说"

何其芳在《论阿Q》(1956年)中认为,阿Q是五四新文学里文学典型最成功的,是与中国和世界文学上的著名典型并列的。但对于阿Q的评价却出现了矛盾:"阿Q是一个农民,但阿Q精神却是一种消极的可耻的现象。"为什么会出现这个矛盾呢？这与文学和时代语境有关。1942年延安文艺座谈会召开后,《讲话》精神成为文学创作和批评的重要依据,新中国成立后得到加强。《讲话》中的重要精神就是文学为政治服务、文学为工农兵服务。农民是被作为正面形象和积极进步精神的代表的。阿Q精神在当时的语境中更多是被赋予负面意义的,但阿Q又是农民的一员,如何辩证地看待,确实是一个问题。为解决这个问题,有人曾否认阿Q是农民,或者从阿Q说过"我们先前——比你阔的多啦"而断定阿Q是从地主阶级破落下来的,不是一般的农民。何其芳认为这种说法不对,他认为单纯的从阶级成分来解释文学典型的方法是不妥当的。"我们先前——比你阔的多啦"不过是阿Q的精神胜利法的一种表现,而且阿Q性格的某些很重要方面,包括开头"真能做"和后来要求参加革命,都不能用破落地主阶级子弟的特性来解释。当时论者还提出:阿Q是中国人精神方面的各种毛病的综合,或者说阿Q是一种精神的性格化和典型化,是一个思想性的典型,是阿Q主

[①]何其芳:《何其芳全集》第五卷,河北人民出版社,2000年,第46页。

义或阿Q精神的寄植者,是各阶级的各色各样的阿Q主义的集合体。何其芳对于这种说法也是反对的。他认为,世界上的文学典型都具有高度的概括性和思想性,而且是一个具体的活生生的人。如果阿Q是各种毛病的综合或者精神的性格化和典型化,阿Q就不可能成为现实主义的文学的典型,不过是一个概念化的不真实的人物。而真实的情况是,阿Q的性格在《阿Q正传》中始终是统一的,他的思想和言行除了极其个别的地方,都是和他的阶级身份、社会地位和特有的性格相符合的。何其芳进一步认为,"阿Q是一个有血有肉的个人"。何其芳认为,更多的论者把阿Q解释为过去落后的农民的典型,认为阿Q身上的阿Q精神并不是农民本来有的东西,而是受了封建地主阶级的思想的影响,依据是:"统治阶级的思想在每个时代都是占统治地位的思想。"何其芳认为这种说法也不妥当,首先他肯定阿Q是过去落后农民的一种典型,充斥着封建思想,而且受着封建压迫,但阿Q精神的突出特点却未必是封建地主阶级特有的产物和统治的思想。阿Q精神并没有表现出封建思想特有的性质。如果说鲁迅通过阿Q只是鞭打辛亥革命前后的落后农民身上的封建思想,未免把阿Q这个典型的思想意义缩小得太狭窄了,所以这种解释是不圆满的。

  何其芳认为,阿Q性格上最突出的特点是精神胜利法,阿Q的性格是复杂的,多方面的。[①]在两章《优胜记略》中都集中描写他的这种特点,阿Q夸耀吹嘘自己就说"我们先前比你阔多啦",挨了别人的打却说"儿子打老子",打不赢对手就说"君子动口不动手",然而当这些方法都不管用的时候,他便自己抽自己的嘴巴子,这种种行为都是精神胜利法的突出表现。因此,何其芳得出:"凡是见到这样的人,他不能正视他的弱点,而且用可耻笑的说法来加以掩饰,我们就叫他'阿Q',于是他就羞惭了。凡是我们感到了自己的弱点,而又没有勇气去承认,去克服,有时还浮起了掩饰它的念头,我们就想到了阿Q,于是我们就羞惭了。"[②]无法正视自己的弱点,没有勇气正面解决,而用其他方法来掩饰,这就是精神胜利法的实质。何其芳认为文学上的典型,凡是在生活中广泛流行的,被人们效仿或者是人们从典型人物中能看到自己影子的,都是典型人物性格上最突出的特点而不是全部的性格特征。[③]他接着引用鲁迅在《答〈戏〉周刊编者信》中的话:"我的

[①] 何其芳:《何其芳全集》第五卷,河北人民出版社,2000年,第49页。
[②] 何其芳:《何其芳全集》第五卷,河北人民出版社,2000年,第49页。
[③] 何其芳:《何其芳全集》第五卷,河北人民出版社,2000年,第49页。

方法是在使读者摸不着在写自己以外的谁,一下子就推诿掉,变成旁观者,而疑心到像是写自己,又像是写一切人,由此开出反省的道路。"[1]当《阿Q正传》发表后,知识青年最先感受到共名,其次小官僚和小政客也在疑心此文章是在讽刺自己。不同身份的人都在疑心写的是自己,那么各个阶级就可能存在某些相似、相近、相同的东西,"阿Q精神在当时许多不同的阶级的人物身上都可以见到,这却是事实,这却的确有生活上的根据"[2]。"阿Q精神的确似乎并非一个阶级的特有现象。"[3]因此,何其芳得出,"生活中还有一种现象,某些性格上的特点,是可以在不同的阶级的人身上都见到的。文学作品如果描写了这样的人物,而且突出地描写了这种特点,尽管他也有他的阶级身份和阶级性,但他性格上的这种特点却就显得不仅仅是一个阶级的现象了。诸葛亮、堂·吉诃德和阿Q都是这样的典型。"[4]这种典型共名不分阶级、不分阶层,在各个阶级,任何人身上都可能存在。所以,何其芳的"典型共名说",简言之即不同阶级、不同阶层,在阅读《阿Q正传》后,只要在阿Q精神的特点上看到了某种与自己相似的东西,找到了自己的影子,就产生了共名现象。

二、《论阿Q》:细节背后

何其芳在《论阿Q》中提出了"典型共名说"理论,这里面有几个细节当引起注意。一是何其芳认为,阿Q是复杂的,这种复杂不能简单地用阶级分析的方法进行分析,不能强行将阿Q前置在某个阶级视野下去评论,不能简单化处理。因为阿Q是一个鲜活的个人,有阶级的共性也有作为个人的特性。阿Q精神不是一个阶级特有的现象,阿Q的性格实际上是一个典型性与阶级性的关系问题。典型性不等于阶级性,文学作品所描写的阶级社会的人物是具有阶级性的,典型人物的性格常常表现了某些阶级的本质特点。但在同一阶级里面却有阶层不同、政治倾向不同、思想不同、性格不同的人物,这也决定了文学从一个阶级中也可以写出多种多样的典型。二是何其芳的《论阿Q》一文,想表达的一种思想是对马列主义的认同,对

---

[1] 何其芳:《何其芳全集》第五卷,河北人民出版社,2000年,第53页。
[2] 何其芳:《何其芳全集》第五卷,河北人民出版社,2000年,第52页。
[3] 何其芳:《何其芳全集》第五卷,河北人民出版社,2000年,第53页。
[4] 何其芳:《何其芳全集》第五卷,河北人民出版社,2000年,第56页。

现实主义文学创作和批评理论的认同。何其芳之所以对《阿Q正传》如此重视,在《论阿Q》一文中有明确的交代。他说《阿Q正传》是五四以来最杰出的小说,它的成就不只是创造了阿Q这个不朽的典型,而且深刻地写出了旧中国农村的真实和资产阶级领导的旧民主主义革命的弱点。何其芳其实在说《阿Q正传》的文学成就前,说了一个细节。何其芳说文学作品中的人物不能不像在真实生活里一样,也是社会人物。尽管鲁迅主观上是想揭露他所认为的"国民性"的弱点,但在中国土地上却找不到一个抽象的"国民性"的代表。何其芳说鲁迅在身份上选择辛亥革命前后具有雇农身份的阿Q,就不能只写阿Q的癞疮疤、精神胜利法、优胜实际劣败,而要写到旧中国农村阶级关系、阿Q以外的赵太爷和钱假洋鬼子这些人物、写阿Q受剥削和压迫、阿Q从反对造反到神往革命、辛亥革命的不彻底、阿Q要求革命却被排斥,最后得到一个悲惨的"大团圆"的结局。何其芳认为之所以会有以上的情况,这正是现实主义的巨大胜利。何其芳还提到阿Q精神如何消失的问题,他认为没落时期的剥削阶级的阿Q精神是无法去掉的,落后的人民中间的阿Q精神却会随着他们觉悟的提高而消逝,只要他们认识到没有必要害怕承认自己的错误和缺点,而且接受了马克思列宁主义的自我批评的武器。何其芳在《论阿Q》中提到现实主义、马克思列宁主义涉及《讲话》精神的后续影响,也从一个侧面说明,何其芳在文学批评中也在将自己接受《讲话》的精神在实践中进行运用。如果从溯源的角度看,何其芳撰写《论阿Q》有着时代、文学、个人因素。

(一)时代语境

1956年,社会主义改造基本完成,人民的物质生活得到改善,精神生活也随之得到提升。党和人民的任务就是集中力量发展社会生产力,实现国家工业化,逐步满足人民日益增长的物质文化需要。1956年1月,周恩来在全国知识分子问题会议上,代表党中央做了《关于知识分子问题的报告》。他宣布,我国知识分子的绝大部分"已经是工人阶级的一部分"。同年2月,在毛泽东寓所召开的一次会议上,陆定一揭露和批评了苏联在领导科学、文化上的教条主义及对我们的不良影响。学术与政治不同,只能自由讨论,毛泽东同意陆定一的意见。随后4月25日,毛泽东在《论十大关系》的报告中指出,冲破苏联模式的束缚,抛弃照抄外国教条主义的办法,将马克思主义同中国实际第二次结合,走出一条中国自己的建设社会主的道路来。4月27日,陆定一提出要给予学术性质、艺术性质、技术性质的问题以自由,要把政治思想问题同它们区分开来。4月28日,陈伯达发言,在文化科学问题上提出"百花齐放""百家争鸣"。①1956年,《文艺报》第10期发表了《百花齐放,百家争鸣》的社论。11月,中国作协召开的文学期刊编辑工作会议提出期刊要正确贯彻"双百"方针。在1956—1957文化环境宽松的年代,又恰逢鲁迅逝世20周年。毛泽东高度赞扬鲁迅,在《新民主主义论》中说:"鲁迅是伟大的文学家、思想家和革命家。鲁迅的方向,就是中华民族新文化的方向。"于是,文学界也出现了"鲁迅热"的现象。"20世纪五六十年代关于典型的讨论,是在马克思主义文艺学范畴内的又一次内部对话。各种观点虽然各执一词、冲突激烈,但他们的思想和理论依据,都来源于马克思主义的经典作家……列宁的党性原则、毛泽东的文艺为政治服务……在革命的特殊阶段,要求文艺服务于社会革命的总体目标,有显而易见的合理性。但恩格斯在一般意义上对现实主义和典型的理解,就具有了普遍的知识的意义。他们是在不同范畴理解文艺理论的。恩格斯对文艺生产和艺术个性复杂性的考虑,也有别于列宁、毛泽东对文艺思想理论的要求。"②在20世纪50年代以来,也促使了文学界对文学上的各个话题进行充分的讨论。

国际上,1956年是共产主义运动的多事之秋。苏联和东欧发生了一系列重大事件。苏共二十大揭露了斯大林的错误,也为中国共产党提供了深刻的经验教训。5月26日,中宣部部长陆定一应文联主席郭沫若的邀请,向科学界、文艺界、医学界的有关人士作了《百花齐放,百家争鸣》的报告。"双百"方针的提出和国际共产主义形势的变化,深刻地影响了国内学术研究的气氛。③关于典型问题的讨论就在此背景下提了出来,文艺学术界并因此展开了关于典型的讨论。整个文学界的氛围相对来说是比较宽松的,学术界可以针对学术问题进行自由探讨。"双百"方针的提出确实提供了相对宽松的研究环境,何其芳的《论阿Q》体现出敢于表达心声的一面。

---

①夏杏珍:《"百花齐放,百家争鸣"方针形成过程的历史回顾》,《文艺报》1996年第3期。
②孟繁华:《文学典型理论的不同来源——20世纪50年代关于文学典型理论的讨论》,《渤海大学学报》2021年第1期,第4—5页。
③孟繁华:《文学典型理论的不同来源——20世纪50年代关于文学典型理论的讨论》,《渤海大学学报》2021年第1期,第2页。

(二)文学批评语境

"双百"方针的提出,整个文化界对于文学的要求都相对宽松了些,将文学与政治的捆绑也松了许多。学界着重研究鲁迅,许多学者开始对鲁迅的文章进行文学批评,研究者们的观点既有相似又有不同。而《阿Q正传》是鲁迅的代表性文本,因此,阿Q这个文学典型被众多学者分析探讨。学界对于典型的讨论众说纷纭。张光年认为,"典型即本质","作家笔下的艺术典型,当然要反映生活的本质……艺术典型的概括性越广,越是反映了生活中最本质的事物……"[1]巴人提出"代表说"。他认为,"典型是什么呢?就是代表性……文学艺术的现实主义原则就是以现实生活中这一种法则为依据的"[2]。他们二人的观点遭到了王愚的反对。王愚提出"典型即个性",他认为:"作为一个完整的个性,只是现象本质发展的个别方面和个别因素的体现……'典型也就是各个阶级的各个成员的性格之抽象与综合。'……作者看到了某些个性……凭借艺术想象把它们按照各自不同的内容构成完整的形象。"[3]王愚的典型即个性的观点,与李幼苏大致相同。李幼苏认为,"典型乃是概括性与个性的有机融合;同时,概括性、一般性是通过个性、特殊性来表现的。在艺术中一定阶级或集团的同一类特征,不可能脱离个性人物的特殊的命运而单独存在"[4]。关于典型问题,周扬在《关于当前文艺创作上的几个问题》一文中,也强调了典型不能从概念出发,而得从具体人物着手分析。

面对众多观点,何其芳作为重要文艺部门的负责人,无论是从文艺工作者的自觉角度,还是从代表党的文艺理论思想发声角度,都有责任写出理论文章,参与讨论。鲁迅是何其芳早就关注的作家,早在1942年延安文艺座谈会召开后,他就写了《两种不同的道路——略谈鲁迅和周作人的思想发展上的分歧点》。1946年10月,在鲁迅逝世10周年之际,他写了《论鲁迅的方向》。1951年鲁迅逝世15周年,何其芳撰写了《学习鲁迅先生的工作作风》。《论阿Q》是为纪念鲁迅逝世20周年所写,可见何其芳对鲁迅的关注与认同。

除以上时代背景和文学批评语境外,何其芳撰写《论阿Q》的个人因素

---

[1] 张光年:《艺术典型与社会本质》,《文艺报》1956年第8期。
[2] 巴人:《典型问题随感》,载《遵命集》,北京出版社,1980年,第22页。
[3] 王愚:《艺术形象的个性化》,载《人·生活·文学》,陕西人民出版社,1987年,第18页。
[4] 李幼苏:《艺术中的个别和一般》,《文艺报》1956年第10期。

有一点往往被忽略。《论阿Q》写于1956年9月24日,也就在15天前的1956年9月9日,何其芳为他的《散文选集》写了一篇序,在这篇序言中提出了学界非常关心的话题。何其芳说他生活和思想发生变化,并向前迈进的时候,自己写的所谓散文和杂文却好像在艺术上并没有进步,而且有时甚至有些退步的样子。学界将这种说话概括为"何其芳现象"。我们来看,何其芳说的思想上进步、艺术上退步指的是他的散文或杂文,并没有明确指诗歌。原因很简单,因为1942年延安文艺座谈会之后,何其芳几乎停止了诗歌创作。他要表达自己的思想就通过散文或者杂文的方式,显然他是不满意的。他的不满意从梳理他的文学观、创作来看,主要还是自我的东西不能充分地表达,他所认同的《画梦录》《还乡杂记》是带有明显的个人主义色彩的。在《论阿Q》一文中,何其芳说阿Q是一个"有血有肉"的个人,是一个"具体的活生生的人物"。他提出这种说法在当时的语境中是需要勇气的。但联想何其芳《散文选集》的序言,再加上对何其芳之前作品的思考,可以想见,《论阿Q》确实表达了何其芳思想中的一些细节。

三、《论阿Q》的评价问题

《论阿Q》一文在20世纪50年代影响很大,何其芳对典型的认知和阐释引发了学界的广泛关注,影响深远。20世纪60年代,典型问题引发论争。蔡仪在1962年发表了《文学艺术中的典型人物问题》一文,李希凡也写了一篇批评文章《典型新论质疑》。面对不同的声音,何其芳在《文学艺术的春天》的《序》中也发表了自己的观点,强调自己分析阿Q的出发点:"我从头到尾都是在努力用阶级观点和阶级分析的方法来解释阿Q这个人物和阿Q精神的。"[①]很显然,随着时间的推进和时代背景的变化,何其芳的说法侧重点也发生了变化。

(一)对《论阿Q》的不同声音

《论阿Q》发表后,学术界对它提出了不同的意见和看法,有批评反对的声音,也有一些赞同的声音。关于阿Q的阶级属性问题。李希凡读完《论阿Q》后,写了《典型新论质疑》一文,他认为,何其芳文章中的阿Q主义不是产生在具体的物质的阶级基础上,而是人类社会的普遍弱点之一。对

[①] 何其芳:《何其芳全集》第五卷,河北人民出版社,2000年,第10页。

此他得出的结论是,何其芳把现实主义典型论导向了抽象的人性论的陷阱。李希凡将何其芳的典型论"归纳"为两个公式:其一,典型性格的突出特点,不产生在社会历史现实的具体条件之下;其二,离开了典型人物的典型环境,离开了典型性格的活的形象,而把它抽象成"最突出的性格特点"——实际上是某些永恒的概念形式,这不是在分析现实主义文学的典型,而是在为"万能的概念"寻找新的解释,其结果只可能是把典型论引向永恒不变的人性论的旧陷阱。[①]何其芳并不认同李希凡的这个评价,他自己解释说:"为什么说我认为'不必追究具体的产生阿Q主义的物质基础',说我认为'阿Q主义不产生在具体的物质的阶级的基础上',不是特定的时代、社会和阶级的产物呢?难道阶级不是一种客观的社会存在?难道阶级和我所探讨的那些产生阿Q精神的阶级根源不是特定的时代和社会的产物?难道产生了我所说的那些阶级和阶级根源的社会居然没有物质基础?"[②]从这一系列反问中可看出,何其芳很不认同李希凡的此点评论。他们二人关于阿Q这一人物的看法主要有以下几点分歧。分歧之一,何其芳认为阿Q这个人物只能出现在辛亥革命前后,而他性格上最突出的特点却可以概括成更为长远更为广泛的阿Q精神。而李希凡认为阿Q精神只是概括了鸦片战争以后一个时代的"精神病态"。[③]分歧之二,李希凡认为阿Q精神不是封建统治阶级的强盛期的思想,而是它的没落期的意识形态的表现。何其芳认为阿Q精神既不只是鸦片战争以后的中国才有,也不只是半封建半殖民地的封建统治阶级才能产生。[④]分歧之三,李希凡认为阿Q是辛亥革命时期的一个人物,他的精神胜利法就只能概括辛亥革命前后一个较短时期,也就是鸦片战争以后一个时代的"精神病态"。何其芳则表示,阿Q的精神胜利法从共性来看概括了鸦片战争以后的中国封建统治阶级及其士大夫的精神胜利法,还概括了这个时代以前和以后的许多处于没落时期的剥削阶级的人物的精神胜利法以及这个时代以前和以后的一部分落后人民的精神胜利法。[⑤]

蔡仪认为不同阶级的人在某种相同的社会生活条件下可能性格中有

[①]何其芳:《何其芳全集》第五卷,河北人民出版社,2000年,第13—14页。
[②]何其芳:《何其芳全集》第五卷,河北人民出版社,2000年,第15页。
[③]何其芳:《何其芳全集》第五卷,河北人民出版社,2000年,第16页。
[④]何其芳:《何其芳全集》第五卷,河北人民出版社,2000年,第19—20页。
[⑤]何其芳:《何其芳全集》第五集,河北人民出版社,2000年,第21—22页。

大致相同的因素。"在旧社会,所谓'阿Q相'是普遍存在的,从'衮衮诸公'到'正人君子'(伪善者),知识分子,市民,乃至劳动人民,都或多或少地有几分阿的'精神品质'。"①何其芳也认为性格上的特点不仅仅是一个阶级的现象。他们都认为典型的共性并不等于阶级性。但谷熊不同意他们的观点,他认为自从人类进入阶级社会以来,就根本不存在什么超阶级的"大致相同的因素",随后引用毛主席的话:"在阶级社会中,每一个人都在一定的阶级地位中生活,各种思想无不打上阶级的烙印。"阶级社会里的每个人都在一定的阶级地位中生活,生活条件根本不同,思想也不会相同。"大致相同的因素"完全是主观臆造的。②谷熊认为典型的共性是阶级性,塑造典型既要概括一定阶级的性格特征,又要进一步使阶级的性格特征和一定的阶级斗争的本质规律联系起来。他反对典型的共性可以超阶级、超时代。他认为共性绝不可能是什么各阶级共同的东西,共性在阶级社会里就是阶级性。③而邵伯周则从三方面分析得出:首先,阿Q是落后、不觉悟的农民中的一种典型。其次,阿Q不只受到封建统治阶级的思想,他向往革命是被压迫、被剥削的阶级地位和生活不下去的境遇逼出来的。再次,"精神胜利法"这种思想意识实质上是小生产者的"懦弱性、涣散性、个人主义以及由狂热转为灰心"等性格、思想意识向更消极的方面转化而成的。阿Q的精神胜利法正是作为小生产者的个体农民中的落后部分本身会产生的一种思想意识。由此,他认为硬要把阿Q的精神胜利法说成来自封建统治阶级,是没有根据的。别的阶级也会产生这种思想意识。④

关于阿Q性格与精神胜利法的关系问题。邵伯周将评论家的看法分为两种:一种认为精神胜利法是阿Q性格的核心,或用来概括阿Q的全部性格。比如朱彤就认为阿Q性格的"核心""基本精神","就是由失败主义形成的'精神胜利法',其他一起阿Q性格的特征,不过是茎叶,都是从'精神胜利法'这个枝干上滋生出来的"。王若麟、陈育德认为:精神胜利法构成了阿Q"性格的基础和核心"。"除开了'精神胜利法',就无法了解阿Q。"李希凡也认为精神胜利法是阿Q性格的"主要核心"。另一种认为:精神胜

---

①邵伯周:《〈阿Q正传〉研究中的几个问题》,《中国现代文学研究丛刊》1980年第2期。
②谷熊:《论典型的共性和阶级性的关系——兼评蔡仪、何其芳同志关于典型问题的论点》,《文史哲》1965年第2期。
③谷熊:《论典型的共性和阶级性的关系——兼评蔡仪、何其芳同志关于典型问题的论点》,《文史哲》1965年第2期。
④邵伯周:《〈阿Q正传〉研究中的几个问题》,《中国现代文学研究丛刊》1980年第2期。

利法只是阿Q性格的一个组成部分。何其芳认为精神胜利法只是阿Q性格中的"最突出的特点",并不是他的全部性格。茅盾认为精神胜利法只是阿Q性格的"一端——农民的落后性"。①蔡仪针对典型理论提出了性格核心说,他认为典型人物的性格中有一个基本特点即一种性格核心,说这是典型人物的一种共性。②邵伯周从《阿Q正传》这一作品出发,他认为从《序》到第三章的开头四小段体现了"精神胜利法"以及阿Q的落后愚蠢。《续优胜记略》("有一年的春天"开始)和第四章《恋爱的悲剧》中,阿Q对待假洋鬼子是农民的盲目排外思想,对小尼姑的行为是"排斥异端"思想和"游手之徒"的坏习气的反映,受屈辱后的盲目报复性的表现,不是精神胜利法。阿Q向吴妈求爱的方式是愚蠢可笑的,造成的"悲剧",是劳动人民在政治上、经济上、精神上受到严重迫害的结果,更不是精神胜利法。阿Q没有职业,不能革命,沦为小偷,又逃回等等这一系列行为,与精神胜利法无关。③他们几位在阿Q与精神胜利法的关系上的观点是一致的。

(二)对《论阿Q》的认同

何其芳的《论阿Q》发表后,确实引起了很大的争议,就是他当时所在的中国科学院文学研究所举办的关于阿Q的典型性问题讨论会上,"有更多的人给了何其芳同志以同样的指责",其实就是不认同何其芳的"典型共名说"。1957年2月8日,钱谷融写了《论"文学是人学"》。这篇文章在中国当代文学史上意义重大,影响深远。在这篇文章中,钱谷融对何其芳《论阿Q》的观点给予很高的评价也交代了当时对于典型问题讨论的来源:"自从《共产党人》杂志关于典型问题的专论发表以后,把典型归结为一定社会历史现象本质的理论,就遭到了大家的唾弃。近两年来,报章杂志上所发表的文艺论文,差不多每一篇都要批判一下这种理论的错误。然而,事实上,这种理论并没有就此死亡,它还拥有相当强大的潜势力(因为这种理论其实并不是在苏共十九次代表大会以后才产生的,而是早就存在了的。不过是,在那次大会以后,它就更加取得了无上的威力罢了)。"④接着,钱谷融认为,阿Q典型性"已经争论了好几十年了,但是直到现在,大家的意见仍很分歧。何其芳同志一语中的地道出了这个问题的症结所在:'困难和矛

---

① 邵伯周:《〈阿Q正传〉研究中的几个问题》,《中国现代文学研究丛刊》1980年第2期。
② 蔡仪:《文学艺术中的典型人物问题》,《文学评论》1962年第6期。
③ 邵伯周:《〈阿Q正传〉研究中的几个问题》,《中国现代文学研究丛刊》1980年第2期。
④ 钱谷融:《论"文学是人学"》,载《钱谷融论文学》,华东师范大学出版社,2008年,第72—73页。

盾主要在这里:阿Q是一个农民,但阿Q精神却是一个消极的可耻的现象。'"[1]针对"冯雪峰同志是把阿Q和阿Q主义分开来看的。认为阿Q主义是属于封建统治阶级的东西,不过由《阿Q正传》的作者把它'移植'在阿Q的身上罢了"[2]的观点以及李希凡"把阿Q主义主要看做是封建统治阶级的东西的"[3]观点,钱谷融认为:"何其芳同志是看出了这种说法无论在理论上在实际上都是不大说得通的,因而又提出了另外的看法。他认为阿Q精神'并非一个阶级的特有的现象',而是'在许多不同阶级不同时代的人物身上都可以见到的','似人类的普通弱点之一种'(这最后一句是三十多年前茅盾同志的话,但为何其芳同志所同意的。)"[4]何其芳的观点提出后,李希凡马上进行反驳,认为"何其芳这种看法是一种超阶级的人性论的观点"[5]。针对李希凡的观点,钱谷融认为何其芳提出的观点是非常谨慎的,"他虽然认为典型性并不等于阶级性,但也并不否认'文学作品所描写的阶级社会的人物'是'有阶级性的'。而且,还指出了剥削阶级和劳动人民中间的主观主义和阿Q精神的差别所在。尽管如此,他还是免不了要受到'超阶级观点'的指责"[6]。钱谷融认为李希凡、罗大冈、钱学熙还是受把典型归结为一定社会历史现象的本质这一理论支配,所以当何其芳把阿Q典型性格中最突出的特点——精神胜利法说成是在不同阶级的人物身上都可以见到的人类的一种普通弱点时,自然会说何其芳的观点是一种超阶级观点。从以上钱谷融对于何其芳关于阿Q典型性的论述以及对与何其芳持有反对观点的论者的评述可见,钱谷融是认同何其芳观点的。其实,钱谷融的观点也应和了何其芳在《论阿Q》中一再将阿Q作为一个鲜活人物形象的定位,其实也就是强调了"文学是人学"的观点。何其芳的《论阿Q》之所以到今天仍被论者给予高度评价,其魅力也在此。《论阿Q》在某种意义上说,是何其芳回归文学本真的一次文学批评途径的抒发。

如果从文学史的视野看,按照时间的历时性,20世纪60年代,蔡仪发表的《文学艺术中的典型人物问题》与何其芳在《文学艺术的春天》一书中的《序》都提到典型的共性并不等于阶级性。1965年,谷熊发表了《论典型

---

[1] 钱谷融:《论"文学是人学"》,载《钱谷融论文学》,华东师范大学出版社,2008年,第73页。
[2] 钱谷融:《论"文学是人学"》,载《钱谷融论文学》,华东师范大学出版社,2008年,第74页。
[3] 钱谷融:《论"文学是人学"》,载《钱谷融论文学》,华东师范大学出版社,2008年,第75页。
[4] 钱谷融:《论"文学是人学"》,载《钱谷融论文学》,华东师范大学出版社,2008年,第75页。
[5] 钱谷融:《论"文学是人学"》,载《钱谷融论文学》,华东师范大学出版社,2008年,第75页。
[6] 钱谷融:《论"文学是人学"》,载《钱谷融论文学》,华东师范大学出版社,2008年,第75页。

的共性和阶级性的关系》,他不同意蔡仪与何其芳关于典型的共性不等于阶级性这一观点。谷熊的观点更接近20世纪50年代张光年和巴人的观点,回到了阶级论。可见,对于阿Q典型性的讨论正如钱谷融所说,是一个争论几十年仍不停息的话题,之后依然这样。20世纪70年代,关于何其芳《论阿Q》的讨论弱化。等到了20世纪80年代中国当代文学的新时期,对于何其芳的《论阿Q》的讨论关注度很高,而且几乎都是从认可的角度来评论。1980年,邵伯周发表了《〈阿Q正传〉研究中的几个问题》,他认为何其芳的结论:精神胜利法未见得是封建地主阶级的特有的产物和统治思想,"在不同阶级的人物身上都可见到",是完全符合事实的,这个论点经得起实践的检验,不是"人性论"。[1]1989年,潘颂德在《何其芳对鲁迅研究的贡献》一文中认为,何其芳"典型共名说"的意义"不但在于比较圆满地解释了阿Q典型性格的复杂性,冲破了五十年代前期庸俗社会学和机械唯物论给典型理论戴上的枷锁,促进了文艺理论建设,而且推动了文艺创作"[2]。1990年,杨津华在《何其芳的文学批评》中认为何其芳是具有独创性的文学批评家,他的《论阿Q》提出的"典型共名说","也是独创性的文学理论观点"[3]。2000年,何锐、翟大炳发表《何其芳文学理论的成就与局限》一文,对《论阿Q》中的观点表示高度认同,认为:"何其芳提出'典型共名'前,正是文艺界的庸俗社会学猖獗一时之际。庸俗社会学把艺术典型仅归结为一定阶级的共同性,无视作为艺术典型的生命个性,从而得出'一个阶级一个典型'的错误公式。这就为制造公式化、概念化作品做了舆论准备……何其芳在《论阿Q》一文中提出他的典型'共名'说……在反对庸俗社会学的斗争中曾起积极作用。"[4]同年,蓝棣之在《略论何其芳的文学与理论遗产》中对于何其芳提出的"共名"论这样评论:"何其芳就在那样一个以阶级斗争为纲的年代里,坚持了对于文学人物作更为广泛、长远、深刻的分析,避免了教条主义,为文学理论作出了创造性的贡献。"[5]之后学界对于《论阿Q》的评价基本上都是认同的观点。从对何其芳《论阿Q》评论史的梳理看,何其芳对于阿Q的评价具有文学批评的艺术魅力,这种魅力的根源是他对于马列主义文艺批评理论并没有生搬硬套,而是结合具体的作品和艺术特

---

[1] 邵伯周:《〈阿Q正传〉研究中的几个问题》,《中国现代文学研究丛刊》1980年第2期。
[2] 潘颂德:《何其芳对鲁迅研究的贡献》,《何其芳研究》1989年第12期。
[3] 杨津华:《何其芳的文学批评》,《何其芳研究》1990年第14期。
[4] 何锐、翟大炳:《何其芳文学理论的成就与局限》,《何其芳研究》(复刊号)2000年第15期。
[5] 何其芳:《何其芳全集·序》,载《何其芳全集》第一卷,河北人民出版社,2000年,第20页。

点而进行的马列文论的中国化,也是何其芳能够成为共和国重要马列主义批评家的有力支撑。

第三节 何其芳的新诗定义及其理论

何其芳自20世纪30年代进入文坛以来便潜心于文学创作,20世纪三四十年代出版的散文集《画梦录》诗集《预言》和奠定了他在中国现代文学史上的地位,并为他的文学道路开辟了创作和研究的方向。延安文艺座谈会后,何其芳几乎暂停了诗创作,在前期诗创作经验和文学革命活动的基础上开始思考诗歌理论,陆续发表了《谈写诗》《关于写诗和读诗》《关于现代格律诗》《关于新诗的百花齐放问题》等文章。文学评论家蓝棣之在《何其芳全集》的序言中总结了何其芳一生的文学与理论遗产,认为何其芳在理论上的建树包括三方面:一是对优秀古典文学"百读不厌"的分析,二是关于人物形象的"共名"论,三是为新诗下了定义。[①]何其芳对新诗的定义首先来自他在诗歌创作实践中的感悟,再是对中西方经典诗作的学习和研究。关于新诗的理论不仅丰富了他的文学理论,还为中国新诗理论做了一个系统而全面的梳理和总结。何其芳对新诗的创作热情是他创作其他文体所无法比拟的。他对诗歌的创作要求很高,他曾经说:"正因为我对于诗是那样重视,那样不愿糟蹋它的名字,我从来就极少勉强去写它。"[②]这或许也是何其芳终其一生诗歌作品很少的原因。他还这样感慨:"然而那些一读就能够打进人的心里去的而又经得住反复玩味的诗,却总是既有诗的激情,又有完美的形式。一个诗人的成长和成熟是多么不容易呵!"[③]可见,何其芳一方面对新诗重视,另一方面也显示出对新诗的要求极其苛刻。他有过这样的表白:"我向来的习惯是这样,没有真正的感动,没有比较充分的酝酿,我是不写诗的,因为那样写出来的诗一定是坏诗。"[④]所以,说何其芳对诗歌的创作"苦求精致近颓废"一点儿都不为过。

[①]何其芳:《何其芳全集·序二》,载《何其芳全集》第一卷,河北人民出版社,2000年,第16—21页。
[②]何其芳:《写诗的经过》,载《关于写诗和读诗》,作家出版社,1956年,第105页。
[③]何其芳:《诗歌欣赏》,作家出版社,1962年,第93页。
[④]何其芳:《关于写诗和读诗》,作家出版社,1956年,第50页。

一、何其芳关于新诗的定义

1953年11月1日,何其芳在北京图书馆主办的讲演会上对新诗进行了定义:"诗是一种最集中地反映社会生活的文学样式,它饱和着丰富的想象和感情,常常以直接抒情的方式来表现,而且在精炼与和谐的程度上,特别是在节奏的鲜明上,它的语言有别于散文的语言。"[①]相对1944年《谈写诗》中诗"是一种更激动人的生活,因此这种反映就采取了一种直接抒情或歌咏事物的方式。而诗的语言文字也就更富于音乐性"[②]的定义而言,此定义的表达更加充实和精准。在这段描述中,何其芳分别从题材、感情、语言和格律四个方面对新诗做了具体的范围界定,并由此得出判断一篇文学作品是否为新诗的标准。

(一)题材内容与情感抒发

首先在题材内容上,何其芳认为反映社会生活是新诗的首要目的。从《谈写诗》"诗也是现实生活在人类头脑中的反映和加工的结果,不过这种生活是一种更激动人的生活"[③]到1953年《关于写诗和读诗》"最集中地反映社会生活",现实生活都是何其芳认为的诗的源泉,至于反映什么样的社会生活,何认为:"集中是文学艺术共有的特点。然而以诗为最。"[④]人物和事件要有明显的特征,由此才能彰显诗作最大的感染力。"好的诗歌好象总要有这样的内容:它是从生活中来的,它是饱和着作者的感情的,它是有一定的典型性和独创性、而且能造成一种美的境界的。借用过去的话来说,这大概就是所谓诗意。"[⑤]从何其芳的诗歌创作实践来看,诗集《预言》中的诗的生活主要来自他个人内心及狭小的读书环境,《夜歌》一集中的诗歌是写他个人与社会(参加革命前后)思想上斗争的生活,新中国成立后创作的现代诗是他在新的发展语境中的生活。所以,何其芳通过诗歌反映生活,有一个从个人生活到社会生活的演变过程。

其次是感情抒发,何其芳在《马雅可夫斯基和我们——纪念马雅可夫斯基诞生六十周年》中认为中国目前的诗歌创作存在"粗制滥造和没有热

[①]何其芳:《关于写诗和读诗》,载《何其芳全集》第四卷,河北人民出版社,2000年,第267页。
[②]何其芳:《关于写诗和读诗》,载《何其芳全集》第四卷,河北人民出版社,2000年,第267页。
[③]何其芳:《关于现实主义》,载《何其芳全集》第二卷,河北人民出版社,2000年,第374页。
[④]何其芳:《关于写诗和读诗》,载《何其芳全集》第四卷,河北人民出版社,2000年,第269页。
[⑤]何其芳:《诗歌欣赏》,作家出版社,1962年,第111页。

情"的流行病,虽有产量但质量不佳,"完全违背了中国古代的那些大诗人的文字精炼、形式完美而且感情深厚的优良传统,而正是马雅可夫斯基所说的那种非常容易写的不能刺激鼓舞任何人的诗"①。诗是表现人最激动的生活的文学样式,即强烈感情的抒发,做到这点需要想象的伟大飞跃。何其芳说过:"好的诗歌好象总是美好的内容和美好的形式的统一,总是能够深深地打进读者的心里,总是经得起反复玩味,而且使人长久长久不能忘记。"②对诗歌的内容,何其芳向来都是精心选择的。何其芳所说的诗歌的内容来源是生活,"生活,只有生活,才是诗歌的源泉。只有生活的强烈的力量鼓动我们的心灵,诗歌的翅膀才会飞腾,诗歌的魔笛才会奏出迷人的曲调"③。这也体现出思想转变后的何其芳对现实主义创作方法的认可,毕竟现实主义是强调生活的真实性的。

(二)格律与语言

再是格律上,新诗具有鲜明的节奏。五四以来,自由诗在中国流行,中国的诗歌创作大多采用这种无规律的音节、韵律的诗体。何其芳认为:"自由诗不过是诗歌的一体,而且恐怕还不过是一种变体。"④自由诗丰富了诗歌的形式,但也只能是诗歌的一种形式,不能取代格律诗。因此何其芳主张建立中国现代格律诗,"按照现代的口语写得每行的顿数有规律,每顿所占时间大致相等,而且有规律地押韵"⑤。具体采用五七言律诗的顿数整齐和押韵的特点,但不采用不适合现代口语的规律的五七言律诗句法。

最后是新诗的语言是区别于散文的。1953年9月,何其芳在中国文学艺术工作者第二次代表大会上的发言中说道:"常常有这样的诗,一写是几十行,以至几百行,然而里面却很难找到几句能够深深地打进人的心里去,因而使人长久长久不会忘记的真正的诗。"⑥创作者大多使用自由诗体进行创作,无特定音节和韵律的规定难免导致诗歌语言不够精练,以致存在诗歌散文化的缺点。为有效解决新诗存在的种种问题,何其芳还对如何写诗进行了讨论。他认为:"好的诗歌好象总要有这样的表现形式:它是完美

---

①何其芳:《关于写诗和读诗》,载《何其芳全集》第四卷,河北人民出版社,2000年,第251页。
②何其芳:《诗歌欣赏》,作家出版社,1962年,第112页。
③何其芳:《诗歌欣赏》,作家出版社,1962年,第23页。
④何其芳:《关于写诗和读诗》,载《何其芳全集》第四卷,河北人民出版社,2000年,第263页。
⑤何其芳:《关于写诗和读诗》,载《何其芳全集》第四卷,河北人民出版社,2000年,第303页。
⑥何其芳:《关于写诗和读诗》,载《何其芳全集》第四卷,河北人民出版社,2000年,第262页。

的、和谐的、有特点的,它是和散文有区别的,它是和它所表现的内容很适合因而能加强内容的感染力的。"①题材的获取和感情的培养需要习诗者拥有与工农兵生活的实践经历、高度的思想修养、一般的文艺修养和诗的修养。在语言的锤炼和韵律的学习中不仅要先学习中国古典诗歌,还要广泛读诗以提高诗歌鉴赏力。

何其芳始终对文艺要求很高,他说:"文学艺术要求它自己在这一点上和生活一样,无穷无尽地提供着新鲜的东西,深刻的东西。"②在不同的时期,何其芳都在拥抱和深入探寻自己生活中富有诗意的内容,以此融入自己的诗歌创作。他向来主张:"一篇可以无愧于被称为诗的作品,我想总要具备这样两个基本条件:首先要有能够感动人的诗的内容;其次,要有相当优美的诗的表现形式。"③好的诗歌,"是可以举出一些主要的共同的东西来,那就是形象的优美和丰满,语言的精炼、和谐和富于音乐性,作为一个整体的天衣无缝的有机的构成"④。由何其芳对新诗的定义及其说明看出,他是站在中西方关于诗歌定义共性的基础上,再根据中国文学创作的现实需求而做的总结。何其芳在《关于写诗和读诗》这篇文章中呼吁青年创作者们不要等到问题解决了才开始创作,而是要在写诗的过程中解决问题,不断充实和提高自己。⑤这一创作论证对应了他关于新诗理论的建构,亦是一个在自身创作和研究中不断丰富和充实的过程。

二、新诗定义提出背后

五四以后中国诞生了很多优秀诗人,学者们也在创作的同时意识到发展中国新诗理论的重要性。1926年,闻一多在《诗的格律》一文中对新格律诗做了具体标准阐述,何其芳认为闻一多的新诗理论带有形式主义的倾向,忽略了对诗的内容的要求,以致部分作品不能与广大读者产生共鸣,即使是在形式上闻一多本人也难以做到"建筑的美"的要求。何其芳并没有否定五四以来中国诗歌的成就,他在《写诗的经过》中肯定了郭沫若《女

---

① 何其芳:《诗歌欣赏》,作家出版社,1962年,第111页。
② 何其芳:《写诗的经过》,载《关于写诗和读诗》,作家出版社,1956年,第98页。
③ 何其芳:《写诗的经过》,载《关于写诗和读诗》,作家出版社,1956年,第98页。
④ 何其芳:《写诗的经过》,载《关于写诗和读诗》,作家出版社,1956年,第99页。
⑤ 何其芳:《关于写诗和读诗》,载《何其芳全集》第四卷,河北人民出版社,2000年,第278页。

神》、闻一多《死水》和艾青《大堰河》等作品。但从理论角度看,尽管学界为新诗发展做了努力,但在新格律诗建设上还不够完善,理论成果没有得到普及,创作出的诗仍然存在艺术加工不够、流于松散的弱点。

(一)对新诗的思考

基于这样的事实,何其芳在创作中看到了20世纪20年代新格律诗理论的优点和不足。在解释自己为什么暂停诗创作时也表示:"后来好几年都忙于做别的事情,连业余的时间都轮不到用在诗歌上。由于没有时间去研究和实践,诗的形式问题也长期得不到解决。"①诗的形式问题得不到解决,从长远看将不利于中国新诗发展。新中国成立后,教育的发展势必让诗歌的普及度越来越高,作为一个拥有丰富的诗创作经历的文艺工作者,何其芳对新诗进行定义,不仅能完善中国新诗理论,还能帮助青年人在创作时有更好的理论指导。

延安文艺座谈会之前,何其芳潜心于文学创作,他对诗的理解及理论体系的构建首先是在创作过程中逐渐建立起来的。爱情诗《莺莺》代表了何其芳早期诗歌创作风格,形式上受到新月派影响,每节六行总共十八节;内容上受到中国古典文学和民间传说的影响,极具浪漫主义色彩。②这时的他对新诗形式没有过多的理论知识,只学习新月派"豆腐块"式的诗歌创作。1934年至1937年期间,何其芳完成了诗集《预言》,这些诗倾注了他太多的精力和热爱,代表了他前期诗歌创作的风格和理想追求。但随着革命局势的紧张,何其芳逐渐意识到自己的这些诗是脱离时代、脱离中国革命的产物,只表达了一个政治上落后的青年幼稚的欢欣与苦闷,并用李煜"流年光景惜朱颜"来形容。③大学毕业后,何其芳做了三年中学教员,其间国内的抗日爱国运动高涨,他喜欢的作家也变成了鲁迅、高尔基等现实主义作家,这些变化对何其芳的诗歌的题材选择和感情变化产生影响,由此开始寻求转型之路。1938年何其芳北上延安,在鲁迅艺术学院从事教学工作。其间他完成了《我为少男少女们歌唱》《生活是多么广阔》等诗作,这些诗歌素材来源于广大的社会生活。延安文艺座谈会之后,由于身兼数职,工作繁忙,何其芳基本停止了诗歌创作,这实际上也是对前期为"艺术而艺

---

① 何其芳:《关于写诗和读诗》,载《何其芳全集》第四卷,河北人民出版社,2000年,第286页。
② 周忠厚:《啼血画梦 傲骨诗魂——何其芳创作研究》,文化艺术出版社,1992年,第7页。
③ 何其芳:《关于写诗和读诗》,载《何其芳全集》第四卷,河北人民出版社,2000年,第324—325页。

术"的唯美主义诗歌的告别。诗集《夜歌和白天的歌》代表了他此时期的艺术追求,内容更多地关注社会生活,形式和感情抒发也受到马雅可夫斯基和惠特曼的影响,饱含革命热情和对劳动人民的赞颂,展现了一个小资产阶级知识分子思想上的转变。

尽管整风运动过后何其芳只发表了三首诗,但这期间他参加的文学活动,却为新诗理论做了准备。在论及写诗要做哪些准备时,何其芳的理论观点形成离不开延安经历。延安文艺座谈会之后,陕甘宁边区文化协会和鲁艺开始收集和研究民间文艺,何其芳负责了《陕北民歌选》的歌词编选、注释等工作。大量接触民歌进一步让何其芳对诗歌产生感悟,即中国的新诗除了古典诗歌、五四以来的自由诗,还有民歌体,能极大地表达群众的思想感情。1944年,何其芳在《谈写诗》中写道:"今天是一个新的群众的时代,最好的诗的源泉,或者说我们最应该感到富于诗意的,不是个人的哀乐,不是自然的美景,而是人民大众的生活与其斗争。"[1]进行诗创作首先要有合适的材料,知道哪些人、事、物值得写,而这个获取材料的途径便是参加实际的斗争,以劳动人民的身份深入工农兵的生活,从中获得写诗材料。由此可见,何其芳在延安时期创作观的转变伴随着对新诗理论的思考。

(二)建立中国现代格律诗的愿望

1953年7月10日,何其芳在《马雅可夫斯基和我们——纪念马雅可夫斯基诞生六十周年》中称赞马雅可夫斯基的作品里有"火一般的革命热情",认为:"一个诗人是必须有这种对于全世界工人阶级的革命事业的热忱,然后才可能写出很感动人的革命诗歌的。"[2]作为诗人和革命者,马雅可夫斯基从革命实践中获取素材,用心推敲诗的语言,以"一年开采一克镭"的精益求精态度创作了具有高度革命热情、能激发广大劳动人民的诗作。以至两个多月之后,何在《关于写诗和读诗》这篇关键性文章中引用马雅可夫斯基的诗作《开会迷》来论证丰富大胆的想象给诗歌带来的艺术效果。

从奔赴延安到延安文艺座谈会的召开,再到新中国成立,何其芳的身份渐渐由创作者转变为研究者、评论者。新中国成立后他开启广泛深刻的古典文学研究,并在古典文学的研究中再次对新诗有新的感悟。中国古典文学以诗歌为主,屈原的《楚辞》的丰富想象、白居易《长恨歌》典型的题材、

---

[1] 何其芳:《关于现实主义》,载《何其芳全集》第二卷,河北人民出版社,2000年,第374页。
[2] 何其芳:《关于写诗和读诗》,载《何其芳全集》第四卷,河北人民出版社,2000年,第248页。

杜甫绝句的优美节奏和遣词都让何其芳极为赞叹。

语言形式发生变化，诗歌就要发生变化。在新诗定义的基础上，何其芳展开进一步的诗歌发展设想，即建立中国现代格律诗，原因有二：一是中国新诗理论还不成系统，二是大部分诗歌创作者专业素养不够。他认为很多人写自由诗是因为好入门，或者因为大多数人在写所以盲目从众，很难产生优秀的作品，这对中国诗歌发展无益。因此，何其芳认为写诗是一个过程，先要学习语言文字，以便区分诗和散文。格律诗在语言文字的推敲上能做到足够精练，所以先学习格律诗再进行自由诗创作能产生更好的效果。但眼下中国缺乏优秀的格律诗供诗人学习，由此提出有必要建立中国的现代格律诗。

三、何其芳新诗定义的论争

在关于新诗的系列文章中，何其芳多次引用中国古典诗歌、民歌及西方现实主义诗人的作品作为例子，以佐证其对新诗的定义的合理性，由此可见该定义是有丰富的理论基础的。但关于新诗定义的讨论仍然引起了学界的争论，主要有四：没有涉及诗的艺术形象问题、修辞手法问题、意境问题以及韵律问题[①]。

在新诗理论上还有关于建立中国现代格律诗和中国新诗形式两个问题上的争论。早在《关于写诗和读诗》发表之前，在关于建立中国现代格律诗这个设想上便产生了是否以五七言律诗来建立的争论，林庚主张以五七言为主的形式，何其芳则认为现代格律诗的初步蓝图既不是毫无拘束的自由诗，也不是林庚主张的五七言，而是在民族传统基础上，根据现代口语特点创作的格律诗体[②]，部分人还因此认为何其芳轻视自由诗。1956年，何其芳在《写诗的经过》一文中说明了一篇可以无愧于被称为诗的作品应该具备两个基本条件："首先要有能够感动人的诗的内容；其次，要有相当优美的诗的表现形式。"[③]这番说明引发了诸如"什么样的内容才能打动人""如何定义优美表现形式的标准"等讨论。关于新诗的讨论也让何其芳反思自身暂停诗歌创作的原因，并激起了他的热情。因此，在理论的基础上，

---

① 雷业洪：《何其芳诗歌定义管窥》，《社会科学研究》1984年第6期。
② 尹在勤：《何其芳新诗建树》，载《何其芳评传》，四川人民出版社，1980年，第111页。
③ 何其芳：《关于写诗和读诗》，载《何其芳全集》第四卷，河北人民出版社，2000年，第327页。

他创作了一些感情诚挚的新诗,如《讨论宪法草案以后》《我好像听见了波涛的呼啸——献给武汉市和洪水搏斗的人们》。

1958年,时任中国作家协会文学讲习所所长的公木发表文章认为何其芳有反对或怀疑歌谣体新诗的嫌疑,随后何其芳在《关于新诗的百花齐放问题》一文中回答了自己从未否定过歌谣体和民歌体,而是在承认它们价值的基础上看到了诸如句法与现代口语存在矛盾等局限性,将公木对其新诗的理论争论总结为:

> 新诗的民族形式是否只有一个样式,还是多样化的? 新诗的民族形式是否只能利用旧形式,而不可能创造出新的民族形式来? 新诗的形式是否只能向我国的古典诗歌和民间诗歌学习,还是同时也还可以适当地继承"五四"以来的传统并吸收外国诗歌的影响?①

文学理论是科学理想的,但文学创作是感性的。何其芳在这篇文章中表明了自己主张现代格律诗并非否定自由诗和歌谣体诗的观点,中国的新诗应该是吸取各种题材之益处,而不论是中国古典诗歌还是西方优秀诗歌,这样才能"开一代诗风"。文章发表后,再次引起争论:首先是张先箴、宋垒和沙鸥等人认为何其芳怀疑、轻视、否定和歧视民歌甚至是新民歌,张先箴还认为何其芳的新诗理论带有主观唯心论,再是萧殷认为何建立现代格律诗带有资产阶级的艺术趣味和个人主义倾向,田间还认为何对民族诗歌传统的学习抱有歧视态度,张光年说何其芳是在贬低古典诗歌和民歌的基础上发展新诗等。②这些争论超出了何其芳的预期,其认为是歪曲观点或断章取义的结果,如《关于新诗的百花齐放问题》中"它们最吸引人的还不是它们的形式"一句话被张先箴理解为"之所以好,能吸引人的并不是它们的形式",被宋垒歪曲为"引人之处不在形式",从而断定何其芳否定民歌。实际上,何其芳在1942年发表的《杂文三则》中便表示:"那些还活在民间的传说,故事,歌谣,我们也要算入我们的财产单内。"③其不仅没有否定作为民间文学存在的民歌,而且还希望民歌得到保护和发扬。至于在解释新诗定义中多方引证,目的是取古典诗歌、自由诗及民歌之精华以建立

---

① 何其芳:《关于新诗的百花齐放问题》,载《何其芳全集》第五卷,河北人民出版社,2000年,第78页。
② 何其芳:《关于诗歌形式问题的争论》,载《何其芳全集》第五卷,河北人民出版社,2000年,第81—84页。
③ 何其芳:《关于现实主义》,载《何其芳全集》第二卷,河北人民出版社,2000年,第316页。

健全的新诗形式。

何其芳对新诗下的定义是一个站在中国古典文学基础上、五四以来新诗发展状况以及西方优秀诗作传统的基础上完成的,这实际上亦融汇了他在诗创作、诗研究过程中的感悟和成果,从而形成的具有系统性和革新性理论总结。乃至关于建立中国现代格律诗的设想,亦是其新诗理论的发展之一。无论是文学创作还是理论,如果不能反映生活本身的发展,不能反映生活本身所不断提供的新事物、新问题,那必定是灰色的无味的。[1]何其芳对新诗的认识是随着时代发展和个人创作的转变而发展的,其对新诗的定义虽引起了一番争论,但亦是对推动中国新诗发展有益的成果。

第四节 何其芳现代格律诗理论

何其芳的文学道路是从诗歌开始的,正式出版了《预言》《夜歌》,他去世后被人整理出版了《何其芳诗稿(1952—1977)》《何其芳译诗稿》等,还有未被收集的一些佚诗。何其芳的诗歌创作经历了从早期的唯美主义转向中后期现实主义的一个过程,从《预言》(写于1931年至1937年间)的朦胧深婉、内敛华美走向了《夜歌》(1940年)的热烈奔放、明朗质朴,再到《何其芳诗稿(1952—1977)》(其实这部诗集是何其芳的遗作,是在诗人病逝后,由其夫人整理出版,收录了诗人20世纪50年代以来诗作)的纯粹的现实主义,《何其芳译诗稿》是《何其芳诗稿》的呼应。早期的何其芳只想当个纯粹的诗人、作家,对理论研究并没有太大的兴趣,直到1938年8月,他去了当时的革命根据地延安,经过延安文艺座谈会后的思想转变以及对《讲话》的高度认同,他自觉接受了解放区文化的洗礼,开始了自觉的理论探索与文学批评活动。兼具"诗人"和"理论家"双重身份的何其芳为20世纪50年代的格律诗理论的发展做出了一定的贡献,他是五四新文化运动以来较早承认五四新诗传统的学者,并建构了系统且独特的现代格律诗理论体系。

---

[1]何其芳:《关于写诗和读诗》,载《何其芳全集》第四卷,河北人民出版社,2000年,第257页。

一、何其芳的现代格律诗理论

现代格律诗理论体系的来源,何其芳曾经说过,"从我国古典诗歌还可以学到一个很重要的东西,那就是如何建立我们现代的格律诗。我在'关于现代格律诗'里提出的那些意见,就是根据我国古典诗歌的一些格律上的特点并且参考'五四'以来某些作者试写格律诗的主张和经验而提出来的"[①]。从这段自白中,何其芳给我们提供了他进入现代格律体系的重要路径,即古典诗歌的格律以及五四现代诗人格律诗主张和经验。何其芳还透露出一个细节,就是小时候学作过试帖诗。他说:"学作试帖诗却是一件苦事。试帖诗是清朝考科举的一种诗体,每篇限定十六句,每句五字;除了开头两句和结尾两句,都要对仗工整;而且平仄讲得很严格,除了个别的字,一律不准错用。这种所谓诗,我学做了一年还不能完篇,只做到了八句。"[②]尽管何其芳最终没有成功,但作试贴诗还是对他现代格律诗理论建构有一定影响,影响他对于格律与现代诗融合的思想探索。

(一)现代格律诗理论探索阶段

何其芳的格律诗歌理论并不是一蹴而就的,而是经过了十多年的探索与酝酿逐渐形成的。何其芳"一直认为,新诗形式问题未能很好的解决,他提出现代格律诗的主张,就是在新诗形式问题未解决的情况下的一种探索"[③]。从1950年到1959年,何其芳发表了《话说新诗》《关于写诗与读诗》《关于现代格律诗》《写诗的经过》《关于新诗的百花齐放问题》《关于诗歌形式问题的争论》等一系列诗学文章,建立了他独特且系统的现代格律诗理论,为新诗的发展提供了另一种可能。他在1929年就已经开始了具有新月派诗歌特征的新诗创作,但他明确提到"中国新诗还有一个形式问题尚未解决"却是在1944年。1944年,他发表的《谈写诗》对诗歌的特点进行了说明,认为"诗,是人在激动的时候,是人受了客观事物的刺激,其情感达到紧张与高亢的时候的产物"[④]。在何其芳接下来一篇关于新诗的文章中,对这一主张进行了更详细的解释。他认为不管是直接抒情,还是歌咏事件,都应该带有强烈的诗的情绪,不然就会出现被时人耻笑的"连则成文,分则

---

① 何其芳:《写诗的经过》,载《关于写诗和读诗》,作家出版社,1956年,第122页。
② 何其芳:《写诗的经过》,载《关于写诗和读诗》,作家出版社,1956年,第86页。
③ 牟决鸣:《何其芳诗稿·后记》,载《何其芳诗稿(1952—1977)》,上海文艺出版社,1979年,第153页。
④ 何其芳:《何其芳全集》第二卷,河北人民出版社,2000年,第373页。

成诗"的情况。这里他所强调的是诗人应该对诗歌的原始材料进行筛选、裁剪与升华,而不是把诗歌写成"流水账"。这也从侧面反映出何其芳对诗歌创作的思想内容和艺术水平有着较高的要求。

同时,在《谈写诗》中,何其芳以两篇新诗(一篇是纪念"七七"所写,另一篇名为"悲愤")作为批评对象,指出新诗的缺点在于内容不够新,而且不够充实、深刻。因此,他呼吁诗人向人民群众的生活靠近,用心去体验生活,并努力丰富自己的生活经历,提高自身的思想修养,积极吸收劳动人民的生活营养来酿成"蜜"。在文章的最后一节,何其芳意识到"中国的新诗还有一个形式问题尚未解决",并且也为他日后的诗歌理论研究指明了方向。从何其芳20世纪30年代的诗歌创作中我们可以看出,他是主张自由诗的,因为他觉得自由诗可以让他最自由地表达他所想要表达的东西,但是到了20世纪40年代,他动摇了。因为他感到广大群众长期受到五七言诗歌的影响,还不习惯于这种形式,也不大容易接受这种形式。再加上自由诗自身的形式也存在着"最易流于散文化"的弱点,所以,何其芳发出了"恐怕新诗的民族形式还需要建立"[①]的慨叹,同时也是对自己的一种鞭策。

在写于1950年3月29日的《话说新诗》一文中,何其芳就新诗的内容问题和形式问题发表了自己的看法。就内容问题来说,他认为新诗应该继承中国古代诗歌中"善陈时事"的传统,诗人的作品应该反映一个时代的社会生活与精神面貌,而新诗在内容方面存在的问题就是太狭窄、太表面,甚至太注重自我,而脱离人民群众与实际生活。出于政治原因,何其芳还提倡诗歌的内容与形式要贴近工农兵的生活,创作一些刻画工农兵生活日常与昂扬精神的诗歌,文字要通俗易懂,节奏要朗朗上口,便于传唱。对于形式问题,何其芳首先反驳了当时诗坛上流行的两种对新诗发展不利的倾向,一种倾向是以"内容决定形式"为借口来掩盖新诗形式上存在的缺点,另一种倾向则是以新诗在形式上存在的不足来抹杀一切新诗的价值,或者是试图用一种形式来统一所有新诗的形式。同时,他也针对诗歌的"散文化"现象提出了自己的见解,认为诗歌区别于其他文体(尤其是散文)的最本质的特征就是它的语言与节奏,哪怕是惠特曼那样的自由诗,它的语言也比散文精练,节奏也比散文规律,那强调"格律"的格律诗在语言上自然要更加精练和谐,节奏也要更加规律鲜明,押韵自然也要更加严格才是。

[①] 何其芳:《何其芳全集》第二卷,河北人民出版社,2000年,第376页。

何其芳还说明了现代格律诗不能采取五七言体作为形式参考的原因。他认为:"五言七言首先是建立在基本上以一字为一单位的文言的基础上的。我们今天的新诗的语言文字基础却是基本上以两个字以上的词为单位的口语。"①的确如此,文言文相比白话文,其优势在于精练,能以单个的字表达出丰富的内涵,比较适合五七言诗歌严格限定字数的要求。而用口语来写五七言诗限制就大得多,不管是词汇,还是句法,都与文言有着明显的区别,如果试图用五七言诗体来解决新诗的形式问题,那就等于把问题看简单了。自从新文化运动以来,人们已经渐渐习惯使用白话文进行交流沟通,诗人们也开始使用白话文进行创作,并且取得了不错的成绩。五七言诗歌(属于古典诗歌这一传统)在新诗出现之前确实是诗坛的支配形式,那我们也不能否认新诗其实已经开创了古典诗歌之外的一个传统,并且这个传统在现代更具有生命力,更适于表达现代人的情感与生活。总的来说,何其芳认为五七言诗歌已经不适宜用来反映丰富的新社会生活和复杂的人民群众的斗争,而民歌体又存在着许多缺陷,所以我们有为现代格律诗创建一种新形式的必要。他又对新诗未来的支配形式进行了大胆的设想:"它既适应现代的语言的结构与特点,又具有比较整齐比较鲜明的节奏和韵律。"②这种探索过程不仅仅停留在理论思考和建构阶段,也伴随着他新中国成立后的诗歌创作实践。

(二)现代格律诗理论的成熟阶段

在《谈写诗》和《话说新诗》两篇文章中,何其芳只是意识到了新诗在内容和形式上存在一些问题有待商榷,初步明确了新诗的形式不能采用现有的五七言诗体和民歌体,而应该创建一种适合现代语言文字和句法的新形式,但对于是怎样的"新形式"却没有过多的说明。1953年11月1日,何其芳在由北京图书馆主办的讲演会上明确提出了自己的现代格律诗歌主张。他以"关于写诗和读诗"为题,对读者们在新诗的内容及形式方面存在的疑问进行了解答。讲演会上,何其芳先是对"什么是诗的特点"这一问题进行了回答,之前在《谈写诗》一文中是这样表述的:"诗也是现实生活中在人类头脑中的反映和加工的结果,不过这种生活是一种更激动人的生活,因此这种反映和加工就采取了一种直接抒情或歌咏事物的方式。而诗的语言

---

①何其芳:《何其芳全集》第三卷,河北人民出版社,2000年,第72页。
②何其芳:《何其芳全集》第三卷,河北人民出版社,2000年,第77页。

文字也就更富于音乐性。"①而何其芳在《关于写诗和读诗》中对这一观点进行了深入的补充与修正："诗是一种最集中地反映社会生活的文学样式,它饱和着丰富的想象和感情,常常以直接抒情的方式来表现,而且在精炼与和谐的程度上,特别是在节奏的鲜明上,它的语言有别于散文的语言。"②在"诗是一种最集中地反映社会生活的文学样式"这句话中,何其芳强调的是"集中"二字,认为诗歌创作不仅题材要"集中",写作方法也要"集中"。题材上的"集中"并不在于诗歌所描写的生活的短暂或长久,而是看这种生活在当时有没有典型性、代表性,有没有一定的社会意义。写作方法上的"集中"是指"善于用生活中最有特征的形象来表现全体"③。何其芳特别注重诗歌创作中的"想象"和"感情",这里的"想象"是新奇且大胆的想象,他以马雅科夫斯基的《开会迷》为例,他描写开会现场"坐着的都是半截的人",这是因为"他们一下子要出席两个会","不得已,才把身子劈开,齐腰以上留在这里,那半截,在那里"。④这样的想象凭借超出读者的预料而获得了一种陌生化的效果,可以加深读者对这首诗歌的记忆。相比小说和戏剧这些体裁,诗歌的感情难以通过生动的人物和冗长的情节来表达,因而它"感情"的表达多半采取直接抒情的方式。

同时,在这篇文章中,何其芳对新诗的形式问题有了一个比较确定的看法："虽然自由诗可以算作中国新诗之一体,我们仍很有必要建立中国现代的格律诗;但这种格律诗不能采用古代的五七言体,而必须适合现代的口语的特点;现代的口语的基本单位是词而不是字,而且两个字以上的词最多,因此我们的格律诗不应该是每行字数整齐,而应该是每行的顿数一样,而且每行的收尾应该基本上是两个字的词;中国古代的诗都是押韵的,中国的语言同韵母的字很多,押韵并不太困难,因此我们的格律诗应该是押韵的,而不必搬用欧洲的每行音组整齐但不押韵的无韵诗体。"⑤如果说前面的文章是处于摸索阶段,那么《关于读诗和写诗》一文则是这次摸索的一个小汇总。在何其芳看来,新格律诗的形式应该是"每行的顿数一样",而且每行的收尾"基本上是两个字的词",应该押韵,与西方的无韵诗体

---

① 何其芳:《何其芳全集》第二卷,河北人民出版社,2000年,第374—375页。
② 何其芳:《何其芳全集》第四卷,河北人民出版社,2000年,第267页。
③ 何其芳:《何其芳全集》第四卷,河北人民出版社,2000年,第269页。
④ 陆耀东、邹建军主编:《世界百首经典诗歌》,长江文艺出版社,2004年,第214页。
⑤ 何其芳:《何其芳全集》第四卷,河北人民出版社,2000年,第286页。

不同。

　　经过了十多年的探索、梳理与争论,何其芳终于在现代格律诗的理论探索方面有了比较系统的说明。在写于1954年4月11日的《关于现代格律诗》一文中,他首先回答了"为什么有必要建立格律诗"的问题,有两个要点,一是"因为我认为我们还没有很成功地建立起这种格律诗的缘故"①,而这样不利于新诗的发展;二是"并非一切生活都必须用自由诗来表现,也并非一切读者都满足于自由诗,因此,一个国家,如果没有适合它的现代语言的规律的格律诗,我觉得这是一种不健全的现象、偏枯的现象"。②这就是他主张建立现代格律诗的理由。

　　其次,他解释了现代格律诗不能采用五七言体的原因,并详细介绍了"顿"的概念。"我感到五七言的句法和口语有很大的矛盾,很难充分地表现我们今天的生活"③,具体表现在五七言体诗歌是建立在文言以字为单位的基础上,而现代格律诗则是需要适应白话文以词为单位的现状。何其芳还特别强调现代格律诗的节奏和押韵问题,因为我国诗歌自古就有押韵的传统。何其芳认为:"我们说的现代格律诗在格律上就只有这样一点要求:按照现代的口语写诗,每行有整齐的顿数,每顿所占时间大致相等,而且有规律地押韵。"而后又补充道:"从顿数上来说,我们的格律诗可以有每行三顿、每行四顿、每行五顿这样几种基本形式。"④这里的"顿"用何其芳自己的话来说就是:"指古代的一句诗或现代的一行诗中的那种音节上的基本单位。每顿所占的时间大致相等。"⑤

　　总的来说,何其芳的现代格律诗理论主要围绕现代格律诗的内容问题与形式问题来展开,在内容方面,他反对不经过酝酿与加工的记账式的诗歌,要求诗歌的内容要带有强烈的诗的情绪,而且要足够新,足够充实和深刻,要继承中国古典诗歌"善陈其事"的优良传统,要能够反映社会生活和时代精神,还要有一定的社会意义。在形式方面的要求则更加细致,主要强调现代格律诗要"按照现代的口语写得每行的顿数有规律,每顿所占时间大致相等,而且有规律地押韵"⑥。何其芳的现代格律诗理论是总结了中

---

① 何其芳:《何其芳全集》第四卷,河北人民出版社,2000年,第289页。
② 何其芳:《何其芳全集》第四卷,河北人民出版社,2000年,第292页。
③ 何其芳:《何其芳全集》第四卷,河北人民出版社,2000年,第296页。
④ 何其芳:《何其芳全集》第四卷,河北人民出版社,2000年,第302页。
⑤ 何其芳:《何其芳全集》第四卷,河北人民出版社,2000年,第293页。
⑥ 何其芳:《何其芳全集》第四卷,河北人民出版社,2000年,第303页。

国诗歌的发展规律而提出来的,具有一定的合理性,同时也是建立在顿数整齐和押韵这两个基点上的,符合现代汉语音乐美的审美特质。这对于改善现代格律诗的"欧化"和"散文化"的症结有着不可忽视的作用,更重要的是促进了现代格律诗理论的丰富与发展,与当时鼓吹的以"五七言体"或"民歌体"作为新诗的支配形式的其他学者相比,他的诗歌理论具有前瞻性与进步性。但这个理论也被评论家称为"虚拟的诗学理想",其实用价值与现实意义在今天依然受到学界的质疑。

二、何其芳现代格律诗理论提出的背景

何其芳称自己创建现代格律诗理论的参照物为"三个海洋和一个大湖泊",即古典诗歌、民歌和外国诗歌为"三大海洋",五四以来的新诗传统为"大湖泊"。因为在何其芳看来,我们应该采取"拿来主义",扩大眼界,勇于吸收世界其他国家的著名诗人的作品营养(虽然选择范围限定在极个别的国家与诗人中),正是这种难得的包容气度使得他的现代格律诗理论能够内涵丰富且富有参考价值。

(一)现实和理论基础

何其芳的现代格律诗理论并不是凭空出现的,而是有一定的现实基础和理论基础的。何其芳说:"五四以来的新诗,从形式方面概括地说,就是在格律诗和自由诗两者之间曲折地走了过来","格律化"与"自由化"作为诗体形式的两种基本倾向也一直在相互竞争,相互促进。何其芳本人的诗歌创作也经历了从"小诗"到"每行字数整齐且有规律地押韵的诗",再到自由诗的过程。1942年以后,他基本停止写诗,转身投入文学理论研究中来。

晚清由梁启超和黄遵宪倡导的"诗界革命"动摇了传统诗学观念,开启了中国诗学的现代化。梁启超主张诗歌要有"新意境""新语句"和"古风格",要求融入"新语句",却不愿对传统格律与语法进行变革。而黄遵宪则主张向宋诗靠拢,向着散文化方向努力,因此,晚清的诗界革命最终止步于宋诗派的模仿风气中。胡适受到"诗界革命"的影响,在纲领性文件《谈新诗》中明确提出"作诗如作文"的主张,并身体力行,出版了他的第一部白话诗集《尝试集》。经过集体的努力,中国新诗逐渐形成了自己的特色,它在内容方面有两种形态,一是"用白描手法如实摹写具体生活场景或自然景

物,显示出客观写实的倾向"[①],二是"通过托物寄兴,表现诗人对社会人生的感悟与思索"。[②]在形式上则表现出散文化的倾向,基本不用韵,不顾及平仄,随情感的起伏变换长短句式;同时,大量运用虚词,采取白话散文的句式与章法,以清晰的语义逻辑联结诗的意象。

显然,在早期的诸多诗歌流派中,何其芳受新月派的影响最大。前期新月派的代表诗人闻一多为了创立"具有中国式的美"的新诗,提出了"新诗格律化"的主张,主张诗的"三美",认为诗歌应具有"和谐"与"均齐"的审美特征。这一主张纠正了早期新诗创作过于散漫自由、创作态度不严肃造成的一定程度的混乱局面,使新诗趋于精练与集中,具有了相对规范的形式。到了后期新月派,徐志摩意识到了他们所标榜的格律的流弊与危险,所以将研究重心从前期的格律(形式方面)转向"诗感"(内容方面),注重阐发自我生命的体悟。当时有学者这样总结新月派的创作:"前期诗人的作品,大半是初期作品形式自由,后来慢慢走上字句整齐的路;后期诗人作品则大半是初期作品字句整齐,后来慢慢走上形式自由的路。"[③]何其芳曾经在他诗歌创作的新月时期确实极端追求作品字句整齐,后来追求自由体诗创作,再后来又探索现代格律体,在新中国成立后的现代诗创作和诗歌翻译中,何其芳探索了现代格律体的具体应用,所以何其芳诗歌创作是一个曲折的过程。

(二)与闻一多现代格律诗的渊源

不得不说,何其芳对闻一多的现代格律诗理论是既批判又继承,如果说闻一多的现代格律诗理论是中国新诗史上首次出现的现代格律诗理论,那么何其芳的现代格律诗理论则算得上是第二次对新诗的格律问题进行系统的探讨与阐述的理论。他们二人提出新诗"格律化"的时候,诗坛环境都比较混乱。其中,闻一多身处中国新诗诗体解放之初,这是一个破坏与创造并存的时代,但偶尔也出现"破"而无"立"的情况。在胡适"作诗如作文"的号召下,诗人们过度追求诗歌语言形式与思维方式的散文化,再加上早期创造社把情感与想象作为诗歌的基本要素加以强调和突出,将五四新文化运动中的诗体解放推向了极致。虽然这个阶段也诞生了许多杰出的

[①]钱理群、温儒敏、吴福辉:《中国现代文学三十年》,北京大学出版社,1998年,第107页。
[②]钱理群、温儒敏、吴福辉:《中国现代文学三十年》,北京大学出版社,1998年,第107页。
[③]石灵:《新月诗派》,《文学》1937年第1期。

诗人和优秀的诗歌作品，但由于诗人们追求"绝端的自由，绝端的自主"，"破坏"了传统诗词的形式，却没有确立起新的艺术形式与美学原则来供后人学习与参考，在一定程度上导致新诗在形式上出现了混杂的情况。这"就迫切需要出现形式与内容严格结合和统一，可供学习、足资范例的新诗作品，确立新的艺术形式与美学原则，使新诗走向'规范化'的道路"[①]。以闻一多、徐志摩为代表的前期新月派诗人就肩负起这样的责任，开始了新诗的形式探索之路。

何其芳则处于抗战与新中国成立初期的复杂时期，这一时期政治活动频繁，明确强调"文艺为政治服务"和"政治标准第一，艺术标准第二"等口号，因此，为了方便"战歌"和"颂歌"在工农兵中得到广泛的流传，出现了一向被视为较冷门的民歌体成为诗坛的支配形式的情况，虽然也有少数优秀的诗歌作品，但大多数还是存在着艺术粗糙、内容单一和形式散文化的弊病。民歌体的泛滥有政治原因，这就特别需要诗歌这个体系内部出现一个既能服务于工农兵，又能保持诗歌自身特质的范式来作为打破僵局的工具。这就是何其芳提出新诗格律化主张的背景。

三、关于何其芳现代格律诗理论的争论

在当时的历史语境下，新诗的内容问题留给学者们讨论的空间不大，就连何其芳也意识到："形式的基础是可以多元的，而作品的内容与目的却只能是一元的。"[②]因此，从抗战时期到新中国成立初期，关于新诗的发展问题学者们更多的是将讨论重心放在形式方面。1950年，《文艺报》发起了新中国成立以来关于诗歌形式问题的第一次公开探讨。这次探讨中明显存在着三种不同的倾向：第一种是主张向古典诗歌或新民歌学习，学习它们的语言、音韵、节奏和旋律；第二种是主张"自由体"，反对诗歌的规范化或以一种形式统一其他形式；何其芳则属于第三种取向，主张建立一种新的适合现代汉语的结构特点，且顿数整齐、押韵规律的现代格律诗。三个阵营由此展开激烈的争论。

---

① 钱理群、温儒敏、吴福辉：《中国现代文学三十年》，北京大学出版社，1998年，第112页。
② 何其芳：《何其芳全集》第三卷，河北人民出版社，2000年，第76页。

(一)认同与否

何其芳的现代格律诗理论从提出起就一直备受争议,支持他现代格律诗理论的学者认为他的主张具有建设性与系统性,能够矫正当时诗坛"诗"隐退,而"歌"泛滥的弊病,而且在那个复杂多变的时代,为赓续五四新诗的命脉做出了贡献。王力力挺何其芳的现代格律诗理论,认为何其芳"要解决新诗的形式和我国古典诗歌脱节的问题,关键就在于建立格律诗"[1]的这句话"正确地指出了格律诗的方向"[2],而且对他的绝大多数观点都表示赞同。周煦良在他的《论民歌、自由诗和格律诗》中说何其芳的现代格律诗理论在拒绝以外国诗歌或民歌体作为新诗形式的这一点上,"我的意见和何其芳同志差不多"[3],并赞成何其芳"顿"的相关主张。陈业劭认为何其芳的主张"是对我国诗歌形式更深入一步的探索,提出了不少有益的意见,对我们解决我国诗歌的形式问题有一定的启发"[4],接着也表明了自己的态度。总的来说,他是不同意何其芳关于现代格律诗的主张的,而是主张创建一种"自由格律诗",并对何其芳诗歌理论的具体内容进行了否定,例如对押韵的要求不严格,对形成诗歌节奏的因素认识不够准确和"顿"的概念不适宜新诗创作。罗念生认为何其芳在新诗的节奏方面的探索还是有实际意义的,因为"新旧体诗的节奏问题是一个老问题",而"何其芳同志提倡格律诗,会触及这个问题"[5],但他对何其芳"顿"的主张有着不一样的看法。除这些主要从事文学创作、文学批评的文学界人士外,陈毅给予过何其芳探索现代格律诗的肯定。陈毅说:"何其芳同志有个主张,要搞新诗的格律,这也是一种做法,不要忙于说他不对。把几十年的新诗,总结几条规律,按这个去做,难道就一定不能成立? 也许他在这茫茫的诗海里面,能摸出几条经验来,又有什么不好?"[6]从陈毅的发言中可以看出,当时何其芳提出现代格律诗的主张影响是很大的。

反对何其芳现代格律诗理论的许多学者给他扣上了一些非文学领域的帽子,有着怀疑民歌、轻视民歌、否定民歌、歧视民歌和诗歌具有"资产阶

---

[1] 何其芳:《何其芳文集》第六卷,人民文学出版社,1984年,第69页。
[2] 王力:《中国格律诗的传统和现代格律诗的问题》,《文学评论》1959年第3期。
[3] 周煦良:《论民歌、自由诗和格律诗》,《文学评论》1959年第3期。
[4] 陈业劭:《论"自由格律诗"》,《文学评论》1959年第3期。
[5] 罗念生:《诗的节奏》,《文学评论》1959年第3期。
[6] 《诗座谈记盛》,《诗刊》1962年第3期。

级的艺术趣味和个人主义倾向"[1]等言论。公木在写于1958年的《诗歌底下乡上山问题》里说过何其芳"反对或怀疑"过"歌谣体的新诗"[2],而在张先箴的《谈新诗和民歌》(发表于1959年10月)、宋垒的《与何其芳、卞之琳同志商榷》(发表于1958年10月)和沙鸥的《新诗的道路问题》(发表于1958年12月)等几篇文章中,用一种笃定、板上钉钉的口吻将公木那种不确定的语气取代了,批评何其芳"怀疑民歌,轻视民歌,否定民歌,歧视民歌,或者说怀疑新民歌,轻视新民歌,否定新民歌"[3],民歌在当时不仅仅是一种诗歌体裁,还是一种能代表诗人思想倾向和政治态度的时代产物,所以对民歌的态度一般与对新政权的态度相提并论。萧殷的《民歌应当是新诗发展的基础》(发表于1958年11月)中则何其芳的现代格律诗理论带有明显的资产阶级色彩:"对于那些妨害新诗歌发展的资产阶级的艺术趣味与脱离群众的个人主义倾向,千万不要放松警惕,应当展开斗争。"[4]陈骢的《关于向新民歌学习的几点意见》(发表于1958年11月)中说,何其芳的诗歌主张带有形式主义的观点。曹子西的《为诗歌得到发展开拓道路》(发表于1958年)一文则说何其芳"自觉或不自觉地对诗人和群众的结合、知识分子诗人的彻底改造或工人阶级化有所抵触"[5];张光年的《在新事物面前》(发表于1959年1月)认为何其芳的现代格律诗理论"是贬低了从古典诗歌和民歌基础上发展新诗,包括从旧形式推陈出新发展新形式、新格律的创造性的努力"。这些评论不一而足,何其芳在他的《关于新诗的百花齐放问题》一文中进行了否认与辩解。

学界对于何其芳新现代格律诗理论的批评和争议很大,这可以从以上论述中得知,但对于何其芳现代格律诗持有支持态度的是卞之琳。卞之琳关于现代格律诗的观点在很大程度上和何其芳是一致的。在关于新民歌问题上,何其芳和卞之琳一同遭到批评。"到了新年,对卞之琳和何其芳的批驳越来越惹人瞩目。论战已经从文学杂志转移到了发行量巨大的《人民日报》,已经发表的观点日益频繁地被人重新引用、重新反击(虽然见不到多少新意),双方似乎都没有妥协的意思。1959年1月5日,《人民日报》专

---

[1] 何其芳:《何其芳全集》第五卷,河北人民出版社,2000年,第82页。
[2] 高昌:《公木传》,广东人民出版社,2008年,第136页。
[3] 何其芳:《何其芳全集》第五卷,河北人民出版社,2000年,第82页。
[4] 萧殷:《民歌应当是新诗发展的基础》,《诗刊》1958年第11期。
[5] 何其芳:《何其芳全集》第五卷,河北人民出版社,2000年,第82页。

第十二章　何其芳的文艺批评道路

门召集诗人、编辑和文学评论家开了一个讨论会,并发表了一组新文章。参加者包括卞之琳(但何其芳没出席)、沙鸥、臧克家、田间、贺敬之和张光年等人。"[1]何其芳没有参加这个会议,但卞之琳参加了,他后来以在这个会议上的发言为基础写了《关于诗歌的发展问题》作为对来自其他论者的批评。早在1953年卞之琳就认同"何其芳在现代口语基础上建立格律诗的意见,并认为顿应当成为其形式原则的基础"[2]。卞之琳在1959年发表了《谈诗歌的格律问题》。从这篇文章中可以看出,卞之琳之前对何其芳提出"顿"的认可,也有不同观点。何其芳认为押韵和顿在现代格律诗中同样重要,而卞之琳认为顿是诗歌最重要的形式原则,而且他指出了顿与音步的区别。但卞之琳认同何其芳"现代口语的基本单位是词而不是字,而且两个字以上的词最多,因此我们的格律诗不应该是每行字数整齐,而应该是每行的顿数一样,而且每行收尾应该基本上是两个字的词"[3]的观点。只是在诗的收尾上卞之琳与何其芳的观点有差异,但都倾向于古体诗和现代诗的格律基础是有差异的。这场论争并没有持续下去,原因是"1958—1959年论争的缘起是围绕新民歌展开的群众诗歌运动,而运动本身又是大跃进期间的政治经济在文化上的反映。1958年末,正是在关于诗歌形式的辩论最为激烈的时候,大跃进的政治政策遭到了严重反对,被迫做了调整"。"在这样的大气候下,虽然1959年诗歌形式之争仍在学术层面继续,它似乎没有导致任何整肃、下放或者其他与政治文化运动联系在一起的严重后果。甚至何其芳这位在论争中一再作为真正靶子的'反面'人物,也没有因为直言无忌的表现而危及自己的地位。"[4]事实也正是如此,1959年7月,《文学评论》《文艺报》《人民日报》和《诗刊》的编辑班子召开了一次诗歌格律研讨会,何其芳也是参会人之一,这次会议争论激烈,但没有得出一致的结论。1964年,何其芳继1956出版《关于写诗和读诗》诗歌论文集后,又出版《诗歌欣赏》,其中大篇幅提到闻一多及其新格律诗的观点,其实也在另一个侧面反映了自己现代格律诗的观点。这本书的出版也说明1958—

---

[1] 汉乐逸:《发现卞之琳:一位西方学者的探索之旅》,李永毅译,外语教学与研究出版社,2010年,第101页。
[2] 汉乐逸:《发现卞之琳:一位西方学者的探索之旅》,李永毅译,外语教学与研究出版社,2010年,第107页。
[3] 卞之琳:《诗歌格律问题的讨论》,《文学评论》1959年第5期。
[4] 汉乐逸:《发现卞之琳:一位西方学者的探索之旅》,李永毅译,外语教学与研究出版社,2010年,第111页。

1959年关于诗歌大讨论中尽管很多人都抨击何其芳,但对于何其芳发表自己关于现代格律诗的观点影响不大。毕竟除卞之琳在很大程度上支持外,也有其他一些论者支持何其芳的观点。

(二)合理性与局限性

到了新时期,对于何其芳现代规律诗理论的评价就客观全面多了,大都是对理论中的合理性因素表示赞扬与认同,对理论的局限性和短板也有着比较清晰的认知。如杨义、郝庆军的《何其芳论》就认为何其芳有着较高的诗美品位,能够将个性命题上升为时代命题,"思考着长期困扰着文学界,至今尚未得到令人满意的解决的'新诗向何处去'、'新诗如何建立传世的范式'的'世纪难题'"[1],在谈及何其芳对于现代格律诗的发展做出的贡献时,列举了几点。第一个就是提倡现代格律诗,认为他的理论是"着眼于整个民族诗歌的发展,着眼于探索符合现代汉语规律的诗歌形式"才提出的。[2]在这篇文章中,作者对何其芳的研究态度给予了肯定。

王永的《谫议何其芳"现代格律诗"理论》则从何其芳"现代格律诗"理论的提出目的、资源、价值与局限性几个方面进行了论述,认为"何其芳的'现代格律诗'理论,既是直接批判继承闻一多为代表'新月派'的理论遗产,衍续五四以来的新诗传统,同时又是试图将五四时期断裂的古典文学传统与现代诗歌相联系的努力"[3]。按照王永的说法,何其芳在深入研究中国现代汉语的特点之后,发现现代汉语的基本单位是"词"而不是"字",古典诗歌的"字思维"已经不适合现代诗歌,而西洋格律诗中的"音尺"也不太适合,继而提出了"顿"和"两字顿结尾"等见解,还抓住了节奏的格律化这个格律诗的本体特征。除了赞赏,王永也毫不留情地指出何其芳的理论中存在的问题,"一个关键症结表现为实用价值的不足"[4]。究其原因,他认为有三个因素不可忽视,一是何其芳所主张的"格律诗"属于文人诗,其过于精细的美学趣味与当时追求"多、快、好、省"的大跃进时代相悖;二是因专重诗歌的外在形式而显得"偏至",正如朱光潜先生所说,"诗既用语言,就不能不保留语言的特性,就不能离开意义而去专讲声音"[5];三是何其芳的

---

[1] 杨义、郝庆军:《何其芳论》,《文学评论》2008年第1期。
[2] 杨义、郝庆军:《何其芳论》,《文学评论》2008年第1期。
[3] 王永:《谫议何其芳"现代格律诗"理论》,《石家庄学院学报》2007年第4期。
[4] 王永:《谫议何其芳"现代格律诗"理论》,《石家庄学院学报》2007年第4期。
[5] 朱光潜:《诗论》,北京出版社,2005年,第161页。

诗歌理论正如周作人在《文艺的宽容》里所说的那样，"只是已往事实的综合分析，不能作为未来的无限发展的规范"，因为何其芳的诗歌理论在创造精神和眺望品格上有所欠缺。

崔勇的《何其芳现代格律诗的出发点》则从何其芳的政治身份与诗人身份之间存在的矛盾出发，认为："何其芳的'现代格律诗'提法并不是从他自身的诗歌实践中得来的，也不是一种自觉地对中国新诗形式的思考，它是一种很强的意识形态行为，一种新政权在文化领域中的规范化行为，它与'新民歌'主张在某种意义上是具有同一种性质。"[1]同时，指出何其芳对五四新诗传统的维护也是出于对自己的艺术准则的认同和新诗诗人身份的认同，而不是一种艺术自觉行为，并对何其芳现代格律诗理论的现实意义进行了否定："'现代格律诗'理论，无论是在当时，还是在以后，并没有合适的诗歌实践来保证。在这个意义上，我们可以说，'现代格律诗'理论对于现实的诗歌写作是无效的，这样它也就失去了现实意义。"[2]这个说法是从何其芳现代格律诗理论的弊病出发的。於可训的《二次创格：何其芳的格律诗学》、夏冠洲的《论何其芳对中国新格律诗的理论建树》、陈本益的《何其芳现代格律诗论的三个要点评析》和罗念生的《格律诗谈》等多篇文章都能从何其芳创建现代格律诗理论的时代背景、具体主张、参照体系、理论的优缺点进行较为客观的讨论与评价。

何其芳的现代格律诗理论有得有失，是在弄清楚诗歌的起源、定义、特点这些重要概念后才逐渐形成的，批判地继承了古典诗歌、外国诗歌、五四新诗、民歌中的有益成分，具有一定的包容性；而且何其芳的这种包容气度与批判精神在当时的语境下实在难能可贵，只是受到政治语境与时代背景的限制，对具体的诗歌创作的指导意义是有限的。包括何其芳本人在自己现代格律诗理论指导下创作的现代诗歌艺术成就确实没有诗集《预言》《夜歌》中的诗歌高。以至于何其芳在晚年采用了一种极端的行为来实现格律的思想，创作古体诗。这样一条路之前也有相当一批作家走过，就是原本以创作自由体诗为代表的诗人，最后走向古体诗的创作。何其芳很认真地在做古体诗，他的妻子牟决鸣在他逝世后整理出版的《何其芳诗歌》后记中说："其芳于一九六三年开始发表他写的旧体诗——七言绝句，一九七五年开始'学作旧体七言律诗'。他写律诗，对格律很讲究，经常在对仗韵律等

---

[1] 崔勇：《何其芳现代格律诗的出发点》，《文艺争鸣》2008年第2期。
[2] 崔勇：《何其芳现代格律诗的出发点》，《文艺争鸣》2008年第2期。

问题上,向一些同志和朋友请教。他还同比他年轻的同志在这些问题上开展讨论,甚至争论。但他也有偶尔失律的,那是他觉得从诗意、从内容考虑,倒不妨拗一下的。"①何其芳对于格律的追求是坚持的。何其芳"从1971年开始,特别是'四人帮'被粉碎后,他写作了较多的新体诗。在形式上他一直是实践他提出的现代格律诗的主张"②。其实1952年至1977年何其芳创作的现代诗都在某种程度上践行的是他现代格律诗的理论。从诗歌的外形看,节与节之间、行与行之间确实比较匀称,与闻一多提倡的格律诗很像,说明何其芳确实不是仅仅为提出理论而理论,而想要的是真正能够指导实践的理论,实践唯有创作。这让我们不禁联想,他1944年第一次去重庆宣讲《讲话》,有人问他按照《讲话》精神创作出来的作品有没有,能不能拿作品说话。这种提法对何其芳是一种触动,所以,直到他提出现代格律诗理论,他是想拿出作品来的。

尽管何其芳确实想让自己的现代格律诗的理论能够付诸实践,他本人也做出过艰苦的探索和努力,但相比较他提出现代格律诗诗歌理论的系统和深度,实际创作却未能跟上。包括有意运用何其芳现代诗歌理论创作的也很少,所以有论者就说:"在过去,就有人认为别人很少按何其芳设计的方案去写,可见这一主张赞同者极少。诚然,自觉按何氏的模式去写诗的不多,但不自觉地按此格式去写的却有不少。如闻捷的《复仇的火焰》第一、二部,郭小川的《厦门风姿》《乡村大道》《甘蔗林——青纱帐》,艾青的《在浪尖上》等,均可看做是符合或基本符合何其芳主张的现代格律诗。"③这也从另一侧面反映,何其芳现代格律诗理论与实践之间并不是没有相通的道路,他的思考在某种程度上是合理的,甚至有预见性,只是没有谁愿意主动承认自己按照或者符合何其芳提出的现代格律诗理论罢了。还有一点局限,就是何其芳在现代格律诗中认为:"我们的新诗的格律的构成,主要依靠顿数的整齐,因此需要用有规律的韵脚来增强它的节奏性。"罗念生认为何其芳的这种提法是错误的,原因是:"我们可以从反面来证明:把韵去掉,改用不协韵的字,节奏并不起变化。"④罗念生找到一些比较有说服力的证据,如《诗经》中有些就不押韵,如顾炎武就在《日知录》中提到《诗经》

---

① 何其芳:《关于写诗和读诗》,作家出版社,1956年,第153页。
② 何其芳:《关于写诗和读诗》,作家出版社,1956年,第153页。
③ 古远清:《中国当代文学理论批评史(1949—1989大陆部分)》,山东文艺出版社,2005年,第228页。
④ 罗念生:《格律诗谈》,载《罗念生全集》第十卷,上海人民出版社,2016年,第615页。

中有全无韵的,如《周颂》《清庙》《唯天之命》《昊天有成命》《时迈》《武》等诗。罗念生又找出印度的梵文诗是不押韵的,古希腊、拉丁诗也是不押韵的,英国的五音步素体诗也是不押韵的。据此,罗念生认为:"我们不能说,不押韵的诗,就不是格律诗,也不能说孙大雨、卞之琳用五音步素体诗翻译的莎士比亚悲剧,以及徐迟用五音步素体诗翻译的荷马史诗《伊利亚特》不是格律诗,而是自由诗。"[1]罗念生的观点有一定的正确性,但也不绝对,原因是何其芳在更多的层面上讲的是现代格律诗,突出了现代,罗念生找的案例基本都是中外古典诗歌。但单从格律诗的角度看,确实,何其芳以韵作为增强节奏的技法确实有讨论的空间。

总之,从何其芳走过的文学批评、文学理论建构道路看,他的文学批评和文学理论建构具有逻辑缜密清晰、深刻透彻的哲理性思辨。学界对于何其芳文艺理论道路上的特点是认同的,但这些特征是从何而来,当然,这跟何其芳对工作认真有关,这涉及何其芳作为马克思主义文艺理论家的责任感和使命感。但学界往往忽略了何其芳的大学经历。在大学期间,何其芳对几何特别感兴趣,同时他大学学习的是哲学,他哲学学士的身份往往被遮蔽,这跟何其芳自己几乎不提及自己的哲学背景也有关。何其芳曾经很清楚地交代过自己大学时期对课程的偏好。他在读大学时,很多课并不能引起他的兴趣,"但有两门课我却是用心听的。一门是几何。教几何的老师讲得那样明晰,使我感到这个功课不但不枯燥,而且那种逻辑和推理的精密好像有着吸引力。这对少年人的头脑是一种有益的训练"[2]。联想何其芳之后的文学批评中那种逻辑和推理的清晰追求,可以从这里找到部分答案。还有,不要忘记,何其芳在大学学习的可是哲学,尽管他不喜欢这个专业。何其芳说:"我在大学里念的是哲学系。我的志愿本来是终身从事文学。但我当时有这样一种想法:从事文学的人应该了解人类的思想的历史;文学作品是可以自己读的,而思想史却恐怕要学一学。于是我就上哲学系了。"[3]这种对哲学的耳濡目染,必将潜移默化地影响何其芳的思想与创作,对他的文学批评影响更明显,他大量的文学评论甚至文学理论建构那种哲理的深度,是可以溯源到他大学哲学背景的。个别的批评家对于何其芳的哲学学士背景偶有提及,如评论何其芳《画梦录》非常知名的李健吾

---

[1]罗念生:《格律诗谈》,载《罗念生全集》第十卷,上海人民出版社,2016年,第616页。
[2]何其芳:《写诗的经过》,载《何其芳全集》第四卷,河北人民出版社,2000年,第318页。
[3]何其芳:《写诗的经过》,载《何其芳全集》第四卷,河北人民出版社,2000年,第320—321页。

在1936年写的文章《〈画梦录〉——何其芳先生作》中就提到:"说到临了,何其芳先生仍是哲学士。然而这沉默的观察者,生来具有一双艺术家的眼睛,会把无色看成有色,无形看成有形,抽象看成具体"[1],"他把人生里戏剧成分(也就是那动作,情节,浮面,热闹的部分)删去,用一种魔术士的手法,让我们来感味那永在的真理,那赤裸裸的人生的本质"[2]。李健吾通过比较何其芳与李广田的作品,得出这样的结论:"同样缅怀故乡童年,他和他的伴侣并不相似。李广田先生在叙述,何其芳先生在感味。叙述者把人生照实写出,感味者别有特殊的会意。同在铺展一个故事,何其芳先生多给我们一种哲学的解释。"[3]李健吾尽管在评论何其芳的散文集《画梦录》,但他已经提到何其芳的哲学士身份,而且发现何的作品是充满哲理性的。李健吾对何其芳的这些评论如果用来评说何其芳后续的文学批评文章,在很大程度上也是恰当的。后续的文学评论,如司马长风在评何其芳的散文时,也一笔带过,说何其芳是北京大学哲学系毕业。[4]司马长风只是注意到何其芳的哲学系毕业生身份,但在后面的论述中并没有涉及这个背景。1985年7月,黎活仁写作了《乐园的追寻——何其芳早期作品的一个主题》一文,在文中黎点明了何其芳的哲学学士的背景,说:"何其芳在北京大学(1931—1935)是念哲学的,所以他对柏拉图思想应有一定的认识。"[5]这也是黎活仁在追溯何其芳诗歌中与西方哲学有关的诸如柏拉图、《圣经》等哲学因素时所想到的,何其芳的哲学学士背景。在之后的研究中,学界都在关注他的代表性诗集、散文集,以及他在延安前后的变化,忽略了何其芳血脉里曾经注入的哲学源流。但纵观何其芳走过的文艺批评道路,他能成为重要的马克思主义文艺理论家,哲学学士的背景不容忽略。

---

[1] 刘亚渭(李健吾):《咀华与杂忆——李健吾散文随笔选集》,中央编译出版社,2005年,第53页。
[2] 刘亚渭(李健吾):《咀华与杂忆——李健吾散文随笔选集》,中央编译出版社,2005年,第53页。
[3] 刘亚渭(李健吾):《咀华与杂忆——李健吾散文随笔选集》,中央编译出版社,2005年,第54—55页。
[4] 司马长风:《中国新文学史》(中卷),昭明出版社,1978年,第114页。
[5] 黎活仁:《〈乐园的追寻——何其芳早期作品的一个主题〉》,《何其芳研究》1986年第9—10期合集。

结　语

　　方敬对何其芳的转变曾经这样评价,认为他在诗和散文的创作上,内容从空想到现实,形式从雕琢精巧到朴素生动,从脆弱的艺术"预言"到强烈的革命梦想,转变的道路异常曲折,但他通过革命实践改造思想和艺术,不断地变化和前进,终于把自己锻造成"一个优秀的革命文艺战士"。方敬此说是有正面的价值判断的,但也说出了何其芳思想、文学变化的部分史实。何其芳确实从一个唯美主义作家转变成为带有浪漫色彩的革命作家,他自己在1974年1月创作的现代诗《我梦见》中就明确地自白:"最初'为艺术的艺术'//后来走革命的道路,//从逃避现实到战斗//是旧世界分化的规律。"何其芳在从唯美主义作家到革命作家的转变过程中道路确实异常曲折。因现实的残酷逼仄,何其芳在很小的年龄就与现实世界保持着距离,到后来埋首书中,沉迷于唯美的文学世界。当何其芳把文学作为一生要从事的事业时,他对文学充满宗教般的情结。在创作中追求文学的唯美,从他创作上的新月时期的浪漫与唯美,到他的京派时期彻底追求创作的唯美,也使其成为一名真正的唯美主义作家。随着他离开大学安稳的"象牙塔"而走向残酷的社会,战争与民族的苦难使他的思想与创作发生着不断的变化。全国抗战爆发,在巨大的民族灾难面前,他停止了"画梦录"式纤弱的抒情,转而为民族解放真诚地工作,最终走向延安,走向革命。何其芳曾说知识分子走向革命的原因,也同时是我们爱好文学的原因。因为文学曾给予知识分子一个比现实更广阔更美好的世界,而科学的革命理论使知识分子能把这个朦胧的梦想的世界看得更明确些,所以,就为争取这个世界的实现而努力工作。这是何其芳走向革命的单纯的想法,现实的革命要更为复杂,所以当他真正到了延安,去过前线后,思想上"新我"与"旧我"又展开激烈的斗争,但他最终还是留在了延安。延安文艺座谈会和整风运动,使何其芳的思想和创作发生转折,他不再沉迷于思想的矛盾斗争中,而是按照《讲话》的精神"开步走",通过思想上的自我批评和反省,成为延安知识分子改造的好典型。赴重庆作为宣讲《讲话》的使者和做统战工作,是他具体贯彻落实《讲话》精神的实际行动。他真诚地嬗变着自己,最终演变为一个充满浪漫气息的革命作家。以上所论也是何其芳由一名唯美主义作家转变为革命作家的大致轨迹。除以上所论外,还有两点要说:一是何其芳的转变是复杂的,他的革命作家身份依然复杂;二是何其芳转变的文学史意义。

在1929年至1949年20年的时间里,何其芳由成为唯美主义作家再到转变为革命作家,这一过程确实是复杂的,而且即使转变为革命作家,他在思想与创作上依然是复杂和矛盾的。荒芜在《我所知道的何其芳同志——跟何其芳同志谈诗》中说曾经当面跟何其芳谈过,说不大喜欢他的诗,原因是在荒芜看来,何其芳的诗是文人诗,从思想感情到语言都过于纤弱,与真实的生活和波澜壮阔的革命洪流有很大的距离,在他的诗中,为人民服务的内容和民族新形式之间的矛盾,始终未能得到解决。就是说,尽管从何其芳的思想和创作上看他都实现了转变,但是在真正意义上并非那么简单。荒芜说的他的诗中内容和形式的无法统一确实存在,何其芳本人延安文艺座谈会后几乎停止诗创作跟此也有关。

何其芳虽然在新中国成立前完成了身份的转变,但革命作家这重身份是复杂的。原因是在何其芳的内心始终存在着"新我"与"旧我"的矛盾,这种矛盾在延安文艺座谈会和整风运动后,似乎得到解决,其实并没有完全解决。何其芳对文学的唯美追求已经深入骨髓,让其完全在创作上放弃文学性而屈从政治性,这确实困难,所以,他在新中国成立后的文学活动中就又出现了"新我"与"旧我"的矛盾和彷徨。

对《我们最伟大的节日》何其芳是不满意的。何其芳的这首1947—1949年间唯一的诗作,尽管艺术性不强,但有论者却指出这首诗是有其自身优点的,如洪子诚等在《当代文学概观》中就认为这首诗相比新中国成立初期其他许多诗人歌唱祖国新生的诗,以激越的感情和深刻的概括结合见长,它从漫长的历史进程里揭示了新时代诞生的伟大意义。尽管如此,何其芳本人仍对此诗十分不满意。他在《写诗的经过》中说,写作的过程就很痛苦,写了前四节就实在写不下去了,直到后来政协会议闭幕,看到天安门前的壮观场景,才又写完了余下的诗篇;何其芳明确说这首诗他不满意,说它情绪不饱满,形象性不强,有些片段写得拖沓不精练。他说之所以写得不好,原因是自己很久没有写诗,"手艺生了"。如果追寻真正原因,并非很久没写手生,而是他从内心里面还是排斥这种空洞的"大我"抒写。不然,怎么解释他几年后能写出《回答》那样的艺术性相对较高的诗呢?1954年何其芳在《人民文学》第10期发表《诗三首》,包括《回答》《讨论宪法草案以后》《我好像听见了波涛的呼啸——献给武汉市和洪水搏斗的战士们》。这

三首诗抒发的主要是个人情感,写自我内心的矛盾与彷徨。其中《回答》的开头很能代表这几首诗的风格:

> 从什么地方吹来的奇异的风,
> 吹得我的船帆不停地颤动:
> 我的心就是这样被鼓动着,
> 它感到甜蜜,又有一些惊恐。
> 轻一点吹呵,让我在我的河流里
> 勇敢地航行,借着你的帮助,
> 不要猛烈得把我的桅杆吹断,
> 吹得我在波涛中迷失了道路。

洪子诚说,这一节诗抒写了一种既甜蜜又有些惊恐,既决心勇敢航行又担心迷失道路的矛盾情感。这种矛盾的情感实质是诗人的生活,也可以理解为诗歌创作方面。如果我们从生活变革引起的诗歌观念的变化与诗人原有的艺术个性的矛盾这个方面来理解的话,这些诗行为我们提供了诗人困惑的感性材料。当然,何其芳这种忧郁的感情基调是与新中国成立初期对诗歌的要求冲突的,所以引起了争议。何其芳的《诗三首》发表后,盛荃生发表《要以不朽的诗篇来讴歌我们的时代——读何其芳的"回答"》、叶高发表《这不是我们期待的〈回答〉》、曹阳发表《不健康的感情——何其芳同志的诗〈回答〉读后感》对何其芳进行批评,指责其诗中含有"不健康的情感""消极的情绪",这明显是政治批评。从何其芳这三首诗的思想内容和艺术形式及受到的批评来看,与1942年《叹息三章》和《诗三首》遭到批评如出一辙,而这六首诗抒发的也是个人情感的矛盾,与《回答》等三诗相似。从表面来看,这说明何其芳在1949年经过整风和延安文艺座谈会后已经转变为革命作家了,但是由于"新我"和"旧我"的矛盾没有根本解决,随着时间的推移,这种矛盾又将爆发。这也说明何其芳转变的复杂性。

其实,何其芳新中国成立前的转变对研究何其芳新中国成立后的思想与创作有重要的参考价值。《回答》等诗遭到批评后,何其芳与1942年一样,又暂时默不作声地放弃这种抒写自我抒情的诗创作。他在晚年,又转向去翻译海涅等人的诗,同时转向古体诗创作,尽管他一直认为做古体诗在新诗史上是一种严重倒退。这就是何其芳的苦衷所在:一个曾经的唯美主义作家,在现实中无法"写熟悉的题材",只能另辟蹊径,去追求心中无法放下的唯美文学,这也说明何其芳的转变有很深的内在隐情,其文学道路是曲折与复杂的。

何其芳的转变在20世纪30年代知识分子转变的大潮中具有普遍性和典型性,也有重要的文学史意义。那个年代,世界范围内法西斯残暴肆虐,国家民族处于危亡的境地,有良知的知识分子纷纷转向,倾向革命,乃至有红色30年代的说法。中华民族在日本帝国主义的疯狂侵略下,面临亡国灭族的危险,很多有良知的知识分子由"象牙塔"走向十字街头,有的直接走向延安,知识分子参加革命是一种普遍现象。何其芳走进延安参加革命就是带有这种普遍性。

何其芳由追求唯美和自由的京派作家最终转变成革命作家也具有典型性。在时代动荡不安的大背景下,一个作家在思想与创作上发生改变并不为怪,但何其芳却摇摆于两个极端——"新我"与"旧我",无法使两者有效协调,确实有典型性。何其芳在20世纪30年代思想几次发生变化,进入北大之前的思想变化吴天墀称为"奇突"起来。大学毕业到山东莱阳师范由大学时期刻意逃避现实政治而开始关心现实并宣誓"要叽叽喳喳发议论"。全国抗战爆发,他回到四川万县老家,思想进一步左倾,连卞之琳都感叹说何其芳思想变化太急遽了。1938年8月,他与沙汀、卞之琳一起奔赴延安,作出"一生中非同寻常的选择"。

在延安去留问题上,何其芳也表现出典型性。何其芳、沙汀、卞之琳同去延安并抱着共有的从军收集材料写报告文学的原初计划,三人都没有准备长期留在延安的打算。沙汀最终也没有留在延安,尽管周扬一再挽留。与何其芳同为京派文人的卞之琳也先于沙汀从延安回到四川成都,但何其芳却最终留在了延安。何其芳的延安去留并非孤立现象,它折射的是一种复杂的文化现象:一代知识分子群体与延安的复杂关系,除沙汀、卞之琳有延安去留问题,丁玲、萧军、徐懋庸等不都牵涉到延安的去与留问题吗?由此可见,何其芳,作为一个京派唯美主义作家,他的延安去留问题有典型性,也有文学史的价值和意义。

延安文艺座谈会和整风运动后,大批的延安文人也包括国统区左翼作家都面临着转变问题。何其芳却转变得更为纯粹,他按照《讲话》和整风运动精神彻底地"改造自己,改造艺术",不仅从思想上反省自己,而且在创作上作出重大转向,放弃个人抒情性的写作。他的思想与创作的重大改变使他成为改造的典型,也是知识分子中接受改造的特殊的一位。巴金说他始终认为何其芳是"知识分子改造的一个好典型"并"始终保持着这个极其深刻的印象"。在延安时,与何其芳非常熟悉的陈荒煤说,延安文艺座谈会后,每个人的思想当然都有进步和变化,但是,"我感到其芳的变化很大"。陈荒煤的惊讶也反映了何其芳的转变不同于一般的延安知识分子。鲁艺学生岳瑟对何其芳的转变有一个评价,颇具有代表性。他说何其芳始终是一个容不得半点虚假和谎骗的革命文学家,他的作品是他个人的真实写照,也是当代知识分子自我思想斗争的历程的真实反映,从这个意义上说,他"这个人",本身就具有体现时代精神的典型品格。何其芳由一名唯美主义作家转变到革命作家,确实是"当代知识分子自我思想斗争的历程的真实反映",他"这个人"也确实"具有体现时代精神的典型品格",或许这就是何其芳的转变所具有的文学史价值和意义。

何其芳在新中国成立后的诗歌(包括现代诗、古体诗)创作、译诗、小说创作、散文创作、文艺批评从整体上看正反映了他作为一个文学家和政治家之间的冲突和矛盾。他摇摆和生存于文学家的文学审美诉求与政治家的革命要求的夹缝中,他试图进行调节缓和两者在内心中的冲突,但始终无法解决。何其芳的朋友说何其芳始终有些天真与"书生气",终究还是"诗人"的气质多一些,缺少一点政治家的气质。孙犁也说何其芳"是一个真正的书生,也是一个真正的学者"。毛泽东在修改何其芳起草的《不怕鬼的故事》序时,说何其芳"比在延安少了些书生气",这也再次说明何其芳确实有"书生气"。他的"天真"还表现为"认真"的一面。创作文学作品时他"认真"到精益求精,贯彻马克思文艺理论和毛泽东文艺理论思想时追求极致。所以,毛泽东评价何其芳有一个优点就是认真,这对何其芳来说是一种勉励,更多体现出何其芳确实有认真执着坚持的一面。从《画梦录》唯美的个人主义追求到热情歌颂毛主席歌颂毛泽东思想,何其芳走的是一条不平凡的道路。在这条不平凡的文学道路上,何其芳始终拥抱与徘徊于唯美主义这条主线,一直没有断裂过。何其芳在新中国成立后的思想与创作其实也和他在新中国成立前一样复杂,这种复杂性除了体现在已有的他遗留下来的作品中,还要结合他没有发表的或者至今封存的作品来看,而且何其芳有写书信与日记的习惯。但无论是他写的书信还是日记都只是其中很小的一部分,要想推进何其芳文学道路研究,这些作为史实的材料迫切需要进一步发掘与研究。

参考文献

一、何其芳研究资料

尹在勤：《何其芳评传》，四川人民出版社，1980年。

易明善、陆文璧、潘显一编：《何其芳研究专集》，四川文艺出版社，1986年。

中国社会科学院文学研究所编：《衷心感谢他》，上海文艺出版社，1987年。

万县师范专科学校、四川省万县文化局编：《何其芳学术讨论会论文集》，1987年。

方敬、何频伽：《何其芳散记》，四川教育出版社，1990年。

周忠厚：《啼血画梦 傲骨诗魂——何其芳创作研究》，文化艺术出版社，1992年。

何锐、吕进、翟大炳：《画梦与释梦——何其芳创作的心路历程》，贵州人民出版社，1995年。

廖大国：《一个无题的故事》，文史哲出版社，2002年。

贺仲明：《喑哑的夜莺——何其芳评传》，南京师范大学出版社，2004年。

卓如：《青春何其芳——为少男少女歌唱》，北岳文艺出版社，2007年。

王雪伟：《何其芳的延安之路——一个理想主义者的心灵轨迹》，河南人民出版社，2008年。

王雪伟：《何其芳的文学之路》，湖北人民出版社，2010年。

赵思运：《何其芳人格解码》，河北大学出版社，2010年。

谢应光、谭德晶：《梦中道路——何其芳的艺术世界》，巴蜀书社，2010年。

宇田礼：《没有声音的地方就是沙漠——诗人何其芳的一生》，解莉莉译，社会科学文献出版社，2010年。

姚韫：《主流话语下的何其芳文学思想研究》，辽宁大学出版社，2012年。

卓如：《何其芳传》，中国三峡出版社，2012年。

陶德宗：《百年中华何其芳》，金城出版社，2012年。

卫之祥编：《巴蜀芳踪——何其芳的故事》，长江出版社，2012年。

叶郎主编，董志新校订：《百年红学经典论著辑要·第一辑·何其芳卷》，安徽教育出版社，2020年。

万县师范专科学校何其芳研究室编印：《何其芳研究资料》（1—14期），

1982.10—1990.5。

重庆三峡学院中国现当代文学研究所主办:《何其芳研究》(年刊),《何其芳研究》年刊编辑部编辑、出版,2000年第15期(副刊号)、2001年第16期、2002年第17期、2003年第18期、2004年第19期、2005年第20期、2006年第21期、2007年第22期。

重庆三峡学院文学与新闻学院主办,重庆市万州何其芳研究会协办:《何其芳研究》,2008年卷、2009年卷、2010年卷、2011年卷、2012年卷、2013年卷、2014年卷。

何其芳文墅杂志社:《何其芳文墅》,2009年第1期(创刊号),2009年第2期,2010年第1期(总第3期),2010年第2期(总第4期),2010年第4期(总第6期),2012年第1期(总第15期),2013年第1期(总第21期),2013年第2期(总第22期),2013年第3期(总第23期),2013年第4期(总第24期),2014年第1期(总第25期),2015年第3期(总第31期),2016年第4期(总第36期),2017年第2期(总第38期),2017年第3期(总第39期),2018年第2期(总第42期),2018年第4期(总第44期),2019年第1期(总第45期),2019年第2期(总第46期),2019年第4期(总第48期),2020年第1期(总第49期),2020年第2期(总第50期),2021年第2期(总第54期),2021年第3期(总第55期)。

二、研究何其芳的博士论文

赵思运:《何其芳精神人格演变解码》,博士学位论文,华东师范大学人文学院,2005年。

王雪伟:《何其芳的延安之路》,博士学位论文,山东师范大学文学院,2005年。

姚锼:《论何其芳文学思想的建设性和矛盾性》,博士学位论文,辽宁大学文学院,2011年。

三、研究何其芳的硕士论文

刘淑倩:《何其芳文艺思想初探》,硕士学位论文,山东师范大学文学院,2001年。

胡天春:《从"画梦"到"星火"》,硕士学位论文,西南师范大学文学院,2002年。

刘进:《何其芳论》,硕士学位论文,曲阜师范大学文学院,2003年。

姜艳:《何其芳散文论》,硕士学位论文,扬州大学人文学院,2003年。

张士喜:《论何其芳诗歌的意象艺术》,硕士学位论文,华中师范大学文学院,2003年。

陈建华:《延安文学体制与作家的创作转向》,硕士学位论文,西南师范大学文学院,2004年。

顾夏:《借鉴与转换》,硕士学位论文,湘潭大学文学与新闻学院,2005年。

卢志娟:《"现代"审美世界中的心灵"独语"》,硕士学位论文,内蒙古师范大学文学院,2005年。

贺莹:《寻梦者的文艺梦与政治梦》,硕士学位论文,河北大学文学院,2006年。

郝艳杰:《情景交融的心灵披露》,硕士学位论文,河北大学文学院,2006年。

彭云:《何其芳的新诗理论初探》,硕士学位论文,苏州大学文学院,2006年。

高欣荣:《何其芳早期诗歌与中国古典诗歌意象传统》,硕士学位论文,华中师范大学文学院,2006年。

袁飞舟:《梦里云烟芬芳满园》,硕士学位论文,西南大学文学院,2007年。

冯雷:《何其芳"艺术自觉"研究》,硕士学位论文,首都师范大学文学院,2007年。

林美钦:《"何其芳现象"新探》,硕士学位论文,福建师范大学文学院,2007年。

王晓云:《论何其芳的新诗理论》,硕士学位论文,辽宁师范大学文学院,2009年。

王荣:《何其芳前后期创作转变的原因初探》,硕士学位论文,苏州大学文学院,2009年。

成丽丽:《政治与艺术纠葛下的别样人生》,硕士学位论文,延安大学文学院,2009年。

雷洋:《从扇上的烟云到延安的夜歌》,硕士学位论文,重庆师范大学文学院,2010年。

张兴祥:《论何其芳的唯美追求》,硕士学位论文,扬州大学文学院,2010年。

周密:《孤独的"画梦"诗人》,硕士学位论文,黑龙江大学文学院,2010年。

魏文佳:《论现代文学语言简化现象》,硕士学位论文,河北师范大学文学院,2010年。

苏琳琳:《何其芳与艾青诗歌理论比较研究》,硕士学位论文,山东师范大学文学院,2010年。

张岩:《心灵本真的浅吟低唱》,硕士学位论文,辽宁师范大学文学院,2011年。

梁飞雪:《何其芳文学批评论》,硕士学位论文,四川师范大学文学院,2011年。

史飞燕:《矛盾与张力——论何其芳及其创作的多面性》,硕士学位论文,山东大学文学院,2011年。

徐川:《何其芳与〈红楼梦〉》,硕士学位论文,中国艺术研究院,2013年。

赵静:《何其芳文艺思想研究》,硕士学位论文,湖北民族学院文学与传媒学院,2014年。

许匕:《论何其芳诗歌与晚唐诗风》,硕士学位论文,华中师范大学人文学院,2016年。

翟慧鹏:《重庆时期何其芳对毛泽东〈讲话〉的传播研究》,硕士学位论文,西华大学马克思主义学院,2018年。

史诗源:《论何其芳诗歌的现代性》,硕士学位论文,东南大学人文学院,2018年。

袁婧怡:《何其芳诗歌中的"抒情"研究》,硕士学位论文,江西师范大学文学院,2021年。

四、相关作家作品

刘西渭(李健吾):《咀华集》,文化生活出版社,1936年。

刘西渭(李健吾):《咀华二集》,文化生活出版社,1942年。

T.S.艾略特:《托·史·艾略特论文选》,周煦良等译,上海文艺出版社,1962年。

安徒生:《安徒生童话全集》,叶君健译,上海译文出版社,1978年。

师陀(芦焚):《芦焚散文选集》,江苏人民出版社,1981年。

周立波:《周立波文集》(5卷),上海文艺出版社,1982年。

李广田:《李广田文集》(5卷),山东文艺出版社,1983年。

济慈:《济慈诗选》,朱维基译,上海译文出版社,1983年。

蓝棣之编:《现代派诗选》,人民文学出版社,1986年。

波德莱尔:《波德莱尔美学论文选》,郭宏安译,人民文学出版社,1987年。

蓝棣之编:《新月派诗选》,人民文学出版社,1989年。

方敬:《方敬选集》,四川文艺出版社,1991年。

艾青:《艾青全集》(5卷),花山文艺出版社,1991.

梁实秋:《梁实秋怀人录》,中国广播电视出版社,1991年。

波德莱尔:《恶之花 巴黎的忧郁》,钱春绮译,人民文学出版社,1991年。

方仁念选编:《新月派评论资料选》,华东师范大学出版社,1993年。

胡风:《胡风回忆录》,人民出版社,1993年。

周扬:《周扬文集》,人民文学出版社,1994年。

胡乔木:《胡乔木回忆毛泽东》,人民出版社,1994年。

丁尼生:《丁尼生诗选》,黄杲炘译,上海译文出版社,1995年。

瓦莱里(瓦雷里):《瓦雷里诗歌全集》,葛雷、梁栋译,中国文学出版社,1996年。

沙汀:《沙汀日记》,吴福辉编,山西教育出版社,1997年。

俞平伯:《俞平伯全集》(8卷),花山文艺出版社,1997年。

温庭筠：《温飞卿诗集笺注》，曾益等笺注，王国安标点，上海古籍出版社，1998年。

胡风：《胡风全集》(10卷)，湖北人民出版社，1999年。

卞之琳：《卞之琳译文集》(上、中、下卷)，江弱水编，安徽教育出版社，2000年。

废名：《废名文集》，止庵编，东方出版社，2000年。

周作人：《周作人自编文集》(36卷)，止庵编，教育出版社，2000年。

朱自清：《朱自清全集》，时代文艺出版社，2000年。

纪德：《苏联归来》，《纪德文集》，徐和瑾、马振聘、由权译，译林出版社，2001年。

丁玲：《丁玲全集》(12卷)，张炯主编，河北人民出版社，2001年。

卞之琳：《卞之琳文集》(上、中、下卷)，江弱水、青乔编，安徽教育出版社，2002年。

瓦莱里(瓦雷里)：《文艺杂谈》，段映虹译，百花文艺出版社，2002年。

胡风：《胡风三十万言书》，湖北人民出版社，2003年。

师陀：《师陀全集》(10册)，刘增杰、解志熙编，河南大学出版社，2004年。

鲁迅：《鲁迅全集》(18卷)，人民文学出版社，2005年。

T.S.艾略特：《荒原》，赵梦蕤等译，北京燕山出版社，2006年。

废名：《废名集》(6卷)，王风编，北京大学出版社，2009年。

周作人：《周作人散文全集》(14卷)，钟叔河编，广西师范大学出版社，2009年。

林徽因：《林徽因文集》，当代世界出版社，2010年。

李广田：《李广田全集》(6卷)，云南人民出版社，2010年。

美特林克著：《青鸟》，郑克鲁译，上海译文出版社，2011年。

沙汀：《沙汀文集》(10卷)，四川文艺出版社，2017年。

萧军：《延安日记(1940—1945)》(上、下卷)，牛津大学出版社，2013年。

陈荒煤：《陈荒煤文集》(10册)，中国电影出版社，2013年。

五、相关研究著作

吴奔星：《中国现代诗人论》，陕西人民出版社，1988年。

张曼仪：《卞之琳著译研究》，香港大学中文系，1989年。

严家炎：《中国现代小说流派史》，人民文学出版社，1989年。

李辉：《胡风冤案始末》，人民日报出版社，1989年。

马立安·高利克：《中西文学关系的里程碑(1898—1979)》，吴晓明等译，北京大学出版社，1990年。

吴福辉：《沙汀传》，北京十月文艺出版社，1990年。

文化部党史资料征集工作委员会、《延安鲁艺回忆录》编委会编：《延安鲁艺回忆录》,光明日报出版社,1992年。

艾克恩编:《延安文艺回忆录》,中国社会科学出版社,1992年。

罗振亚:《中国现代主义诗歌流派史》,北方文艺出版社,1993年。

陈丙莹:《卞之琳评传》,北京工业大学出版社,1993年。

中共中央文献研究室编:《毛泽东年谱(中)》,人民出版社、中央文献出版社,1993年。

李怡:《中国现代新诗与古典诗歌传统》,西南师范大学出版社,1994年。

王彬彬:《在功利与唯美之间》,学林出版社,1996年。

陈子善:《闲话周作人》,浙江文艺出版社,1996年。

解志熙:《美的偏至——中国现代唯美—颓废主义文学思潮研究》,上海文艺出版社,1997年。

沙汀:《沙汀日记》,吴福辉编,山西教育出版社,1997年。

李生露主编:《沙汀年谱》,四川人民出版社,1997年。

蓝棣之:《现代文学经典:症候式分析》,清华大学出版社,1998年。

陈子善:《论新诗及其他》,辽宁教育出版社,1998年。

陈丙莹:《卞之琳评传》,重庆出版社,1998年。

孙玉石:《中国现代主义诗潮史论》,北京大学出版社,1999年。

程光伟:《艾青传》,北京十月文艺出版社,1999年。

高恒文:《京派文人:学院派的风采》,上海教育出版社,2000年。

吴晓东:《象征主义与中国现代文学》,安徽教育出版社,2000年。

杨佳欣编:《观察丁玲》,大众文艺出版社,2001年。

杨佳欣:《丁玲评传》,重庆出版社,2001年。

蓝棣之:《现代诗的情感与形式》,人民文学出版,2002年。

王德威:《现代中国小说十讲》,复旦大学出版社,2003年。

耿传明:《现代性的文学进程——20世纪中国文学的动力与趋向考察》,中国文史出版社,2003年。

王培元:《延安鲁艺风云录》,广西师范大学出版社,2004年。

陈晋:《文人毛泽东》,上海人民出版社,2005年。

王增如、李向东编著:《丁玲年谱长编》,天津人民出版社,2005年。

严平:《燃烧的是灵魂　陈荒煤传》,中国电影出版社,2006年。

钱锺书:《管锥编》第1卷,生活·读书·新知三联书店,2007年。

钱谷融:《钱谷融论文学》,华东师范大学出版社,2008年。

解志熙:《考文叙事录——中国现代文学文献校读论丛》,中华书局,2009年。

艾克恩主编:《延安文艺史》(上、下卷),河北教育出版社,2009年。

黄科安：《延安文学研究——建构新的意识形态与话语体系》，文化艺术出版社，2009年。

止庵：《周作人传》，山东画报出版社，2009年。

黄曼君、马光裕编：《沙汀研究资料》，知识产权出版社，2009年。

李华盛、胡光凡编：《周立波研究资料》，知识产权出版社，2009年。

张振国编：《冯文炳研究资料》，知识产权出版社，2009年。

朱鸿召：《延河边的文人们》，东方出版中心，2010年。

李洁非、杨劼：《解读延安——文学、知识分子和文化》，当代中国出版社，2010年。

刘群：《饭局·书局·时局——新月社研究》，武汉出版社，2011年。

朱鸿召：《延安曾经是天堂》，陕西人民出版社，2012年。

杜忠明：《延安文艺座谈会纪实》，中央文献出版社，2012年。

夏志清：《中国现代小说史》，复旦大学出版社，2012年。

丁耀廷、卫之祥编：《巴蜀芳踪——何其芳的故事》，长江出版社，2012年。

萧军：《从临汾到延安》，中国国际广播出版社，2013年。

陈学召：《延安访问记》，中国国际广播出版社，2013年。

赵超构：《延安一月》，中国国际广播出版社，2013年。

高杰：《延安文艺座谈会纪实》，陕西人民出版社，2013年。

刘福春：《中国新诗编年史》，人民文学出版社，2013年。

陈子善主编：《中国现代文学编年史：以文学广告为中心（1928—1937）》，北京大学出版社，2013年。

《红色档案（延安时期文学档案）》编委会编：《红色档案（延安时期文学档案）》陕西人民出版社，2013年。

李怡：《中国新诗讲稿》，中国人民大学出版社，2014年。

高恒文：《周作人与周门弟子》，大象出版社，2014年。

任文主编：《永远的鲁艺》，陕西师范大学出版总社有限公司，2014年。

高恒文：《论京派》，北岳文艺出版社，2015年。

李怡：《中国现代新诗与古典诗歌传统》，中国人民出版社，2015年。

解志熙：《文本的隐与显：中国现代文学文献校读论稿》，北京大学出版社，2016年。

刘润为主编：《延安文艺大系》，湖南文艺出版社，2016年。

崔荣：《京派作家叙事研究》，中国社会科学出版社，2016年。

董建、丁帆、王彬彬主编：《中国当代文学史新稿》，北京师范大学出版社，2017年。

朱鸿召：《延安文艺繁华录》，陕西人民出版社，2017年。

王树文：《中国"现代派"诗人在英语世界的接受研究》，中国社会科学出版社，2018年。

庞海音：《延安鲁艺——我国文艺教育的新范式》，群众出版社，2019年。

张军锋编：《延安文艺座谈会的台前幕后》，陕西师范大学出版总社有限公司，2019年。

任文主编：《延安时期的社团活动》，陕西师范大学出版社总社有限公司，2019年。

王德威：《史诗时代的抒情声音：二十世纪中期的中国知识分子与艺术家》，生活·读书·新知三联书店，2019年。

段从学：《中国新诗的形式与历史》，人民出版社，2020年。

陈子善：《中国现代文学文献学十讲》，复旦大学出版社，2020年。

文学武：《故都的文化记忆与文学书写：京派文学与中国现代都市文化空间关系》，东方出版社，2022年。

六、相关研究文章

天用（朱湘）：《桌话》，《文学》1924年第144期。

闻一多：《诗的格律》，《晨报副刊·诗镌》1926年第7号。

孙作云：《论"现代派"诗》，《清华周刊》1935年第43卷第1期。

张景澄：《〈汉园集〉里何其芳的诗》，《国闻周报》1936年第13卷第21期。

刘西渭（李健吾）：《读〈画梦录〉》，《文季月刊》1936年第1卷第4期。

尘无：《画梦录》，《光明》1937年第3卷第4期。

周木斋：《〈画梦录〉和文艺奖金》，《生活学校》1937年第1卷第3期。

李影心：《〈汉园集〉》，《出版周刊》1937年第237期。

袁勃：《读〈汉园集〉》，《诗歌杂志》1937年第3期。

艾青：《梦·幻想与实现——读〈画梦录〉》，《文艺阵地》1939年第3卷第4期。

吴时韵：《何其芳的〈叹息三章〉和〈诗三首〉读后》，《解放日报》，1942年6月19日。

金灿然：《间隔——何诗与吴评》，《解放日报》，1942年7月2日。

贾芝：《略谈何其芳的六首诗》，《解放日报》，1942年7月18日。

胡风：《文艺工作底发展及其努力方向》，《抗战文艺》1944年第9卷第3、4期合刊。

梁宗岱：《试论直觉与表现》，《复旦学报》1944年第1期。

黄药眠：《读了〈文艺工作底发展及其努力方向〉以后》，《民主世界》1945年第2

卷第2期。

乔冠华：《方生未死之间》，《中原》1944年第1卷第3期。

黄药眠：《读〈夜歌〉》，《中国诗坛》1946年光复版第3期。

劳辛：《评〈夜歌〉》，《文联》1946年第1卷第1期。

辛迪：《夜歌》，《文艺复兴》1946年第1卷第2期。

黄伯思：《谈何其芳》，《文艺春秋》1947年第1卷第1期。

沈宗澂：《何其芳的转变》，《观察》1948年第5卷第2期。

巴丁：《何其芳小论——诗人的道路》，《春秋》1949年第6卷第1期。

臧克家：《为什么"开端就是顶点"》，《人民文学》1950年第9期。

盛荃生：《要以不朽的诗篇来讴歌我们的时代——读何其芳诗"回答"》，《人民文学》1955年第4期。

叶高：《这不是我们期待的回答》，《人民文学》1955年第4期。

清一：《为"回答"辩护》，《人民文学》1956年第11期。

宋垒：《与何其芳、卞之琳同志商榷》，《诗刊》1958年第10期。

卞之琳：《分歧在哪里》，《诗刊》1958年第11期。

何其芳：《关于诗歌形式问题的争论》，《文学评论》1959年第1期。

何其芳：《再谈诗歌形式问题》，《文学评论》1959年第2期。

卞之琳：《谈诗歌的格律问题》，《文学评论》1959年第2期。

董楚平：《从闻一多的〈死水〉谈到新格律诗问题》，《文学评论》1961年第4期。

刘绶松：《马克思主义的文艺批评准则——纪念毛泽东同志〈在延安文艺座谈会上的讲话〉发表二十周年》，《武汉大学学报（人文科学版）》1962年第1期。

何其芳：《毛主席在"鲁艺"的谈话永远鼓舞着我们》，《人民戏剧》1977年第9期。

沙汀：《悼念·回忆·誓言》，《人民文学》1977年第10期。

文洁若：《梦的道路——何其芳诗文选》，《新文学史料》1979年2期。

卞之琳：《〈雕虫纪历（1930—1958）〉自序》，《新文学史料》1979年第3期。

萧乾：《鱼饵·论坛·阵地——记〈大公报·文艺〉1935—1939》，《新文学史料》1979年第2期。

赵浩生：《周扬笑谈历史功过》，《新文学史料》1979年第2期。

沙汀：《〈何其芳选集〉题记》，《文艺研究》1979年第1期。

董鼎山：《从何其芳著作的英译本谈起——一个小小的回忆》，《读书》1979年第1期。

肖乾：《大公报文艺奖金》，《读书》1979年第2期。

唐祈：《悲哀——缅怀诗人何其芳》，《诗刊》1979年第11期。

凡尼:《何其芳解放前的诗作》,《文学评论丛刊》第二辑,中国社会科学出版社,1979年。

郑之东:《回忆〈新华副刊〉》,《新华日报的回忆》,四川人民出版社,1979年。

文洁若:《梦的道路——何其芳诗文选》,《新文学史料》1979年第2期。

臧克家:《悲愤满怀苦吟诗》,《新文学史料》1980年第3期。

茅盾:《现实主义与反现主义的斗争是文艺历史发展的规律》,《文艺研究》1980年第4期。

艾青:《中国新诗六十年》,《文艺研究》1980年第5期。

吴奔星:《关于诗歌创作的几个问题——兼纪念何其芳同志逝世三周年》,《文艺理论研究》1980年第2期。

单演义:《陕北解放区前期的文艺运动纪要》,《中国现代文学研究丛刊》1980年第4期。

尹在勤:《他的名字是一个问号——缅怀诗人何其芳》,《山花》1980年第5期。

何其芳:《何其芳早年诗六首》,《诗刊》1980年第6期。

姚雪垠:《学习追求五十年(一)》,《新文学史料》1980年第8期。

蔡清富:《〈在延安文艺座谈会上的讲话〉在国民党统治区的传播》,《中国现代文学研究丛刊》1980年第1期。

邱晓崧、魏荒弩:《从〈枫林文艺〉到〈诗文学〉的点滴回忆》,《新文学史料》1981年第1期。

臧克家:《少见太阳多见雾》,《新文学史料》1981年第1期。

雷加:《四十年代初延安文艺活动(一)》,《新文学史料》1981年第2期。

雷加:《四十年代初延安文艺活动(二)》,《新文学史料》1981年第3期。

雷加:《四十年代初延安文艺活动(三)》,《新文学史料》1981年第4期。

雷加:《四十年代初延安文艺活动(四)》,《新文学史料》1982年第1期。

孙玉石:《新诗流派发展的历史启示——〈中国现代诗歌流派〉导论》,《诗探索》1981年第3期。

锺敬之:《延安鲁迅艺术学院概貌侧记》,《新文学史料》1982年第2期。

朱企霞:《忆早年的何其芳同志》,《新文学史料》1982年第4期。

蓝棣之:《论新月派诗歌的思想特征》,《中国现代文学研究丛刊》1982年第1期。

蓝棣之:《论新月派在新诗史上的地位》,《北京师范大学学报》1982年第2期。

章子仲:《何其芳年谱初稿》,《武汉师范学院学报(哲学社会科学版)》1982年第1期。

易明善:《〈何其芳评传〉若干史实辨正》,《四川大学学报(哲学社会科学版)》

1982年第2期。

尹在勤：《关于〈《何其芳评传》若干史实辨正〉的信》，《四川大学学报（哲学社会科学版）》1982年第2期。

朱光灿：《回忆何其芳老师——访王清同志》，《齐鲁学刊》1982年第4期。

汪文顶：《"为抒情的散文找出一个新的方向"——谈三十年代几位青年散文家的创作》，《福建师大学报（哲学社会科学版）》1982年第4期。

章子仲：《何其芳年谱（初稿）》，《武汉师范学院学报（哲学社会科学版）》1982年第1期。

卞之琳：《何其芳与〈工作〉》，《新文学史料》1983年第1期。

劳洪：《认真·严谨·朴质·热忱——回忆何其芳同志》，《新文学史料》1983年第1期。

肖崇素：《沙汀在重庆》，《文谭》1983年第4期。

王大明：《周恩来同志与"重庆文艺座谈会"》，《文谭》1983年第5期。

章子仲：《年轻人与年轻人——读何其芳的两篇未完成的长篇小说》，《武汉师范学院学报（哲学社会科学版）》1983年第3期。

陈尚哲：《何其芳的诗歌创作及其发展》，《中国现代文学研究丛刊》1983年第1期。

B.S.麦克杜格尔：《西方文学思潮对中国的影响》，陈圣生译，《中国现代文学研究丛刊》1983年第1期。

卞之琳：《冯文炳〈废名〉选集·序》，《新文学史料》1984年第4期。

章子仲：《何其芳同志在香港发表的两篇散文》，《武汉师范学院学报（哲学社会科学版）》1984年第2期。

易明善：《关于新发现的何其芳佚诗五首》，《四川大学学报（哲学社会科学版）》1984年第1期。

卞之琳：《何其芳晚年译诗》，《读书》1984年第3期。

章子仲：《何其芳早期诗歌在艺术上的渊源》，《湖北大学学报（哲学社会科学版）》1985年第1期。

孙玉石：《梦中升起的小花——何其芳〈预言〉浅析》，《名作欣赏》1985年第2期。

卓如：《何其芳传略》，《中国现代社会科学家传略》，山西人民出版社，1985年。

李光廌：《何其芳年谱》，《吉林大学社会科学学报》1986年第1期。

蒋勤国：《何其芳传略》，《新文学史料》1987年第2期。

马希良：《老诗人毕奂午今昔记》，《新文学史料》1986年第2期。

李光廌：《何其芳年谱》，《吉林大学社会科学学报》1986年第1期。

汪文顶:《中国现代散文流派及其演变》,《中国现代文学研究丛刊》1986年第4期。

方敬:《意气尚敢抗波涛——忆朱光潜先生》,《群言》1986年第10期。

蒋勤国:《何其芳传略》,《新文学史料》1987年第2期。

沙汀:《现实主义小议》,《当代文坛》1987年第2期。

蒋勤国:《"以自己的心温暖他人的心"——何其芳的编辑生涯》,《编辑之友》1987年第6期。

姜涛:《论何其芳爱的历程》,《文学评论》1987年第5期。

翟大炳、王玉树:《读何其芳散文札记》,《文学评论》1987年第5期。

陈尚哲:《论何其芳早期散文的艺术贡献——〈画梦录〉、〈刻意集〉试析》,《中国现代文学研究丛刊》1987年第2期。

季风:《何其芳致沙汀的一封未刊书简》,《四川大学学报(哲学社会科学版)》1987年第4期。

易明善:《读何其芳的一封未刊书简》,《四川大学学报(哲学社会科学版)》1987年第4期。

胡风:《关于解放以来的文艺实践情况的报告》,《新文学史料》1988年第4期。

方敬:《何其芳的文学青春》,《新文学史料》1988年第1期。

冯牧:《何其芳的为文和为人》,《文学评论》1988年第2期。

唐达成:《怀念何其芳同志》,《文学评论》1988年第2期。

蒋京宁:《树荫下的语言——京派作家研究之一》,《文学评论》1988年第4期。

应雄:《二元理论、双重遗产:何其芳现象》,《文学评论》1988年第6期。

倪墨炎:《三十年代大公报文艺副刊的启示》,《文艺报》1988年5月28日。

卞之琳:《追忆邵洵美和一场文学小论争》,《新文学史料》1989年第3期。

卞之琳:《话旧成独白:追念师陀》,《新文学史料》1989年第2期。

周良沛:《何其芳和他的诗及"何其芳现象"——〈中国新诗库·何其芳卷·卷首〉》,《文艺理论与批评》1989年第6期。

孙玉石:《〈荒原〉冲击波下现代诗人们的探索》,《中国现代文学研究丛刊》1989年第1期。

陈尚哲:《也论何其芳现象——与应雄同志商讨》,《文艺理论与批评》1989年第5期。

木斧:《关于何其芳的诗》,《诗刊》1989年第7期。

卞之琳:《人尚性灵,诗通神韵:追忆周煦良》,《新文学史料》1990年第2期。

卞之琳:《追忆李健吾的"快马"》,《新文学史料》1990年第3期。

刘白羽:《抗战时期中国文学的发展道路》,《文艺理论与批评》1990年第2期。

尚延龄:《评四十年代中期国统区的一场文艺论争——王戎与邵荃麟、何其芳争辩新识》,《九江师专学报》1990年第4期。

薛传之:《时代·气质·诗风——何其芳、戴望舒、邵洵美比较研究》,《郑州大学学报(哲学社会科学版)》1990年第1期。

杜丽莉:《论〈画梦录〉》,《中国现代文学研究丛刊》1990年第3期。

岳瑟:《鲁艺漫忆》,《中国作家》1990年第6期。

艾芜:《我在重庆的时候》,《新文学史料》1991年第3期。

罗守让:《何其芳文学道路评析——兼评所谓"何其芳现象"》,《文艺理论与批评》1991年第4期。

柯灵:《论何其芳》,《语文学习》1991年第8期。

艾克恩:《延安文艺运动纪实——毛主席〈在延安文艺座谈会上的讲话〉的前前后后》,《新文学史料》1992年第3期。

章绍嗣:《〈讲话〉在国统区的传播和影响》,《中南民族学院学报(哲学社会科学版)》1992年第3期。

席扬:《心态生成与文体建构的互塑——论何其芳的散文创作》,《山西师大学报(社会科学版)》1992年第4期。

陈学勇:《林徽因年表》,《新文学史料》1993年第1期。

孙玉石:《寻找中外诗歌艺术的融汇点——中国现代派诗人的艺术探求》,《中国文化研究》1993年第2期。

程光炜:《何其芳、卞之琳和艾青四十年代的创作心态》,《文学评论》1993年第5期。

张龙福:《心理批评:〈画梦录〉》,《文学评论》1994年第2期。

黎之:《回忆与思考——关于"胡风事件"》,《新文学史料》1994年第3期。

黎之:《回忆与思考——从"知识分子会议"到"宣传工作会议"》,《新文学史料》1994年第4期。

蓝棣之:《何其芳:倾听飘忽的心灵语言》,《诗探索》1994年第1期。

邵燕祥:《何其芳的遗憾　怪圈　毛泽东的睡袍》,《雨花》1994年第1期。

李怡:《"何其芳特征"与东方色彩——论何其芳前期诗歌的中西融合》,《东方丛刊》1994年第1辑,总第八辑。

高恒文:《"京派":备忘与断想》,《文艺理论研究》1995年第4期。

孟繁华:《精神蜕变的自我苦斗——何其芳的心灵冲突与话语方式》,《社会科学战线》1996年第3期。

高恒文:《鲁迅论"京派""海派"》,《鲁迅研究月刊》1997年第8期。

《胡乔木谈延安文艺座谈会前前后后》,《文艺理论与批评》1997年第4期。

《胡乔木回忆延安整风(上)》,《党的文献》1994年第1期。

《胡乔木回忆延安整风(下)》,《党的文献》1994年第2期。

孙玉石:《论何其芳三十年代的诗》,《文学评论》1997年第6期。

钱理群:《胡风的回答——1948年9月》,《文艺争鸣》1997年第5期。

孙玉石:《〈北平晨报·学园〉附刊〈诗与批评〉读札(上)》,《新文学史料》1997年第3期。

孙玉石:《〈北平晨报·学园〉附刊〈诗与批评〉读札(下)》,《新文学史料》1997年第4期。

高杰:《流动的火焰——回顾延安文艺座谈会始末》,《传记文学》1997年第5期。

王培元:《从象牙之塔到延安窑洞——何其芳三四十年代的文学道路》,《新文学史料》1998年第4期。

王鸣剑:《何其芳在重庆》,《四川统一战线》1998年第7期。

黎之:《回忆与思考——关于"胡风事件"的补充》,《新文学史料》1999年第4期。

李夫泽:《何其芳的小说〈浮世绘〉浅析》,《中国现代文学研究丛刊》1999年第1期。

韦济木:《从〈画梦录〉看散文的"原则"》,《当代文坛》2000年第4期。

蓝棣之:《略论何其芳的文学理论遗产》,《文学评论》2000年第5期。

贾冀川:《1942年解放区的文艺思想》,《新文学史料》2000年第3期。

张洁宇:《"荒原"与"古城"——30年代北平诗坛对〈荒原〉的接受和借鉴》,《中国现代文学研究丛刊》2000年第1期。

王兆胜:《中国现代"诗的散文"发展及其嬗变》,《中国文学研究》2000年第4期。

李岫:《现代的两位诗人——方敬与何其芳》,《诗刊》2000年第11期。

朱鸿召:《延安交际舞》,《上海档案》2001年第3期。

罗振亚:《何其芳〈预言〉的情思空间与艺术殊相》,《江汉论坛》2001年第9期。

北塔:《卞之琳先生的情诗与情事》,《新文学史料》2001年第3期。

周良沛:《永远的寂寞——痛悼诗人卞之琳》,《新文学史料》2001年第3期。

王培元:《鲁艺在1942年》,《长城》2001年第1期。

谢冕:《论中国新诗》,《文学评论》2002年第3期。

董乃斌:《超越时空的心灵契合——论何其芳与李商隐的创作因缘》,《文学评论》2002年第5期。

王培元:《左翼文学是如何被消解的》,《中国现代文学研究丛刊》2002年第1期。

朱金顺:《〈何其芳全集〉佚文考略》,《中国现代文学研究丛刊》2002年第3期。

王富仁:《关于左翼文学的几个问题》,《中国现代文学研究丛刊》2002年第1期。

陶德宗:《在文化视角中的何其芳——何其芳的文化选择与创作倾向》,《文学评论》2003年第2期。

谢应光:《论何其芳诗歌叙事因素的迁移》,《文学评论》2003年第2期。

何休:《个人话语与时代语境的脱离与融合——何其芳前期思想与创作》,《文学评论》2003年第2期。

贺昌盛:《现代中国象征论诗学流变年表(1918—1949)》,《新文学史料》2003年第2期。

江弱水:《论何其芳的异性情结及其文学表现》,《中国现代文学研究丛刊》2003年第3期。

张洁宇《梦中道路的迷离——早期何其芳的"神话情结"》,《中国现代文学研究丛刊》2003年第4期。

袁盛勇:《延安时期"鲁迅传统"的形成(上)》,《鲁迅研究月刊》2004年第2期。

袁盛勇:《延安时期"鲁迅传统"的形成(下)》,《鲁迅研究月刊》2004年第3期。

解志熙:《刊海寻书记——〈于赓虞诗文辑存〉编校纪历兼谈现代文学文献的辑佚与整理》,《中国现代文学研究丛刊》2004年第3期。

高恒文:《读〈闻一多全集·书信〉札记》,《中国现代文学研究丛刊》2006年第2期。

陆耀东:《论何其芳的诗》,《长江学术》2006年第2期。

吴敏:《关于何其芳的文稿修改——以诗集〈夜歌〉和论文〈关于现实主义·序〉为例》,《复旦学报(社会科学版)》2006年第4期。

舒芜:《参加胡风文艺思想讨论座谈会日记抄(1952年9月7日—12月16日)》,《新文学史料》2007年第2期。

袁盛勇:《论后期延安文艺批评与监督机制的形成》,《文艺理论研究》2007年第3期。

郭建玲:《论1945年前后国统区进步文艺界的内部整合》,《中国现代文学研究丛刊》2007年第3期。

颜同林:《何其芳与巴蜀文化》,《贵州社会科学》2007年第6期。

柳鸣九:《何其芳在"翰林院"》,《新文学史料》2008年第1期。

晓风:《胡风致舒芜书信全编(上)》,《新文学史料》2008年第1期。

晓风:《胡风致舒芜书信全编(下)》,《新文学史料》2008年第2期。

杨义、郝庆军:《何其芳论》,《文学评论》2008年第1期。

王富仁:《河流·湖泊·海湾——革命文学、京派文学、海派文学略说》,《中国现代文学研究丛刊》2009年第5期。

北塔:《述论何其芳诗的英文翻译》,《中国新诗:新世纪十年的回顾与反思》,北京大学新诗研究所、首都师范大学中国诗歌研究中心联办,2010年。

李遇春:《作为话语仪式的忏悔——何其芳延安时期的诗歌话语分析》,《南京师大学报(社会科学版)》2011年第1期。

王信:《樊俊未了的心愿》,《新文学史料》2011年第2期。

熊飞宇:《〈在延安文艺座谈会上的讲话〉在战时首都重庆的传播》,《抗战文化研究》2011年第00期。

刘忠:《〈讲话〉在解放区和国统区的传播与接受》,《文艺理论与批评》2012年第2期。

蒋登科:《西方视角中的何其芳及其诗歌》,《现代中文学刊》2012年第4期。

李德凤,鄢佳:《中国现当代诗歌英译述评(1935—2011)》,《中国翻译》2013年第2期。

钱理群:《胡风、舒芜与周扬们》,《书城》2013年第2期。

高恒文:《南朝人物晚唐诗——论周作人和废名对"六朝文章"、"晚唐诗"的特殊情怀》,《汉语言文学研究》2013年第1期。

熊辉:《历史束缚中的自我歌唱:何其芳的诗歌翻译研究》,《中国社会科学院研究生院学报》2013年第6期。

解志熙:《气豪笔健文自雄——漫说文坛健将杨振声兼谈京派问题》,《文艺争鸣》2014年第11期。

辛晓玲:《诗歌意境与散文意境的打通——浅析何其芳散文的审美特征》,《文艺争鸣》2014年第1期。

彭民权,陈丽芬:《"延安时期"高校文学系的设置与新文学传统》,《文艺理论与批评》2014年第2期。

陈振华:《论何其芳的戏剧批评》,《四川戏剧》2015年第1期。

朱鸿召:《延安,开座谈会解决文艺问题》,《档案春秋》2015年第4期。

高恒文:《废名的诗:深玄的思想特征及其艺术形式》,《文艺争鸣》2015年第4期。

易明善:《1938年:何其芳在成都》,《文史杂志》2015年第5期。

赵思运:《何其芳晚年旧体诗探幽》,《文学评论》2015年第6期。

向天渊:《摇摆于"政治正确"与"文学正义"之间——何其芳文学史观的系谱学阐释》,《广东社会科学》2015年第1期。

王超然：《作为"黏合剂"的"现代格律诗"理论——兼谈对"何其芳现象"的再思考》，《美育学刊》2015年第6卷第1期。

李朝平：《何其芳佚诗钩沉与索解》，《芒种》2015年第13期。

秦原：《延安文艺座谈会之后的丁玲，艾青，何其芳》，《党史博览》2015年第8期。

熊飞宇：《何其芳的佚简〈致范用〉及其解读》，《重庆三峡学院学报》2016年第1期。

张立群：《论"何其芳传"的书写——兼及一类史料的应用》，《文艺评论》2016年第4期。

吕东亮：《批评的抱负与温情的细读——何其芳〈红楼梦〉研究的批评史意义》，《文艺争鸣》2016年第7期。

余绮：《何其芳对〈红楼梦〉研究及其在"红学"史上的地位》，《兰台世界》2017年第6期。

易明善：《何其芳在成都》，《文学教育（下）》2017年第4期。

赵牧：《论何其芳形象的当代建构》，《中国现代文学研究丛刊》2017年第8期。

李杨：《"只有一个何其芳"——"何其芳现象"的一种解读方式》，《中国现代文学研究丛刊》2017年第1期。

宫立：《何其芳佚文三篇》，《中国现代文学研究丛刊》2017年第8期。

杨伟：《何其芳与中国人民大学"文研班"》，《中国人民大学学报》2017年第5期。

袁洪权：《尴尬的"四十自述"与体制内文学的处置张力——何其芳〈回答〉的"再解读"》，《现代中文学刊》2017年第5期。

熊辉：《仿写与抒情：何其芳与诗歌翻译》，《现代中文学刊》2017年第5期。

王德威：《梦与蛇：何其芳、冯至与"重生的抒情"》，《中国现代文学研究丛刊》2017年第12期。

方长安，仲雷：《选本数据与"何其芳现象"重审》，《江汉论坛》2017年第12期。

刘璐：《何其芳的"工作伦理"与文学转向——以1937年—1942年何其芳的经历和写作为中心》，《文学评论》2018年第4期。

魏天真：《从"原始的单纯"达到"圆满的单纯"——革命话语作用下的何其芳诗歌创作》，《华中师范大学学报（人文社会科学版）》2018年第2期。

谢慧英：《自由的"悖论"：关于"两个何其芳"的透视与省思——兼论中国现代知识分子的归属感》，《东南学术》2018年第6期。

王彬彬：《鲁迅有关抗日问题的若干言论诠释》，《西北大学学报（哲学社会科学版）》2019年第1期。

丁帆:《现实主义在中国百年历史中的命运》,《当代文坛》2019年第1期。

李卉:《何其芳佚作〈怎样研究文学〉等两篇钩沉》,《新文学史料》2019年第1期。

刘璐:《何其芳的自传性写作与自我检讨》,《中国现代文学研究丛刊》2019年第3期。

胡文彬:《旧话重提说评点——读〈何其芳批本《红楼梦》三种〉有感》,《曹雪芹研究》2019年第3期。

王永:《谫议何其芳"现代格律诗"理论》,《诗探索》2019年第5期。

李怡:《成都与中国现代文学发生的地方路径问题》,《文学评论》2020年第4期。

解雪洁:《人格人情的象征性抒写——鲁迅的〈雪〉与何其芳的〈雨前〉较读》,《名作欣赏》2019年第32期。

李琬:《散文的"有结构"与"无结构"重审何其芳〈画梦录〉的形式问题》,《上海文化》2020年第1期。

李朝平、张雅:《"转折期"文艺思想的斑驳面影——何其芳五篇佚作释读》,《重庆三峡学院学报》2020年第3期。

李朝平:《唯美诗人向文化斗士的转变——何其芳旅蓉佚文暨一份刊物梳考》,《中国现代文学研究丛刊》2020年第6期。

董志新:《何其芳与吴组缃〈红楼梦〉专题课"擂台赛"》,《红楼梦学刊》2020年第4期。

郭东:《何其芳与〈不怕鬼的故事〉》,《炎黄春秋》2020年第10期。

石兴泽:《何其芳诗歌的当代浪漫主义》,《东方论坛》2020年第5期。

金传胜:《何其芳佚文六篇辑存》,《现代中国文化与文学》2020年第2期。

骆淑文:《"第三个何其芳":试论私人场域的何其芳形象——以书信,家信,日记为例》,《荆楚学刊》2021年第1期。

杨华丽:《〈流亡琐忆〉与何其芳的延安道路》,《中国现代文学研究丛刊》2021年第4期。

刘锋杰:《"锦瑟尘封"与"巴比伦的悲哀"——笺释何其芳诗七首》,《南方文坛》2021年第3期。

王彪、金宏宇:《新发现何其芳佚诗〈夜歌(第五)〉》,《新文学史料》2021年第2期。

冷永:《一路撒播芬芳与星火——记何其芳》,《师道》2021年第7期。

李朝平、周长慧:《何其芳《流亡琐忆》初版钩沉》,《重庆三峡学院学报》2021年第4期。

张庆善:《马克思主义文艺理论的成功实践——何其芳〈红楼梦〉研究在学术史上的贡献》,《文学遗产》2021年第4期。

苟健朔、李永东:《多重地方经验的接续与何其芳的成渝想象——考察"何其芳现象"的一条路径》,《当代文坛》2021年第5期。

姜涛:《"新的抒情":何其芳〈夜歌〉中的"心境"与"工作"》,《文艺研究》2021年第9期。

熊飞宇:《何其芳〈新年有感〉的发表考释》,《后学衡》2021年第2期。

张佳、杨晓艺:《何其芳屈原研究的特色与意义探赜》,《新纪实》2021年第31期。

曹亚男:《何其芳诗集〈夜歌〉版本比较》,《中国现代文学研究丛刊》2021年第12期。

赖永兵:《现代性视野下的"何其芳道路"原乡民俗印记》,《重庆三峡学院学报》2022年第1期。

翟二猛:《"画梦"与寻梦:何其芳与延安文艺教育》,《现代中国文化与文学》2022年第1期。

后　记

　　《从"梦中道路"到"革命的路"——何其芳文学道路研究》这部专著即将出版,书稿成书的过程虽充满艰辛,但对于我而言是一段收获、成长、感恩之旅。这部书是以我的博士论文为基础,通过大量的增删而成。2011年硕士研究生毕业后,我的第一份工作是在贵州人口最多的一个城市的党校工作。因我始终有读博的打算,所以,无论工作多么忙碌,我都没有放弃对专业的持续学习。当时我妻子,也在该市下面的一个小镇当特岗老师,条件异常艰苦。记得那时我爱人所在的小镇甚至连桶装纯净水都很难买到。因当地水质较硬,不敢直接饮用,只能购买瓶装纯净水作为长期饮用水。后来我们离开那里时,她所住的那个宿舍,空空的纯净水瓶整整齐齐堆满了半屋子。我妻子所在的学校是一个普通的乡镇中学,学生基本不住校,加上所住宿舍无室内卫生间,晚上校园一片孤寂漆黑,出去上卫生间都变成一件非常艰难的事情,一直想她能换一个条件相对好一点的工作。所以,考博对我来说,确实是我一直的理想。2013年9月,我奔赴天津求学,师从高恒文教授。从考博、读博直到今天,我都非常感恩和庆幸能够遇到高老师。

　　在读博及以后的日子里,高老师不仅仅在学术上给予我深入的指导,在做人方面更是我的榜样。记得刚入学那会儿,我第一次向高老师汇报读书情况,当时我们约在一家肯德基店内。一开始和高老师交流的就是我的博士论文选题。高老师说听说你想研究沈从文,我说是的。高老师说那我问你一个问题:《沈从文全集》读完了没有?我一下子愣了,当时沈从文的名篇我确实都有涉猎,但惶惶三十几卷的《沈从文全集》哪里能读完呢?高老师接着问我读了哪些关于研究沈从文的资料。我赶快把读过的凌宇的《从边城走向世界》《沈从文传》以及金介甫的《沈从文传》等说出来。高老师说这都是多年前研究沈从文的成果,又问我有没有读到最新的研究沈从文的成果,我只能诚实地回答看得很少。后来我自己很快就意识到,博士论文选题不是想当然,而是一件艰难的事情。每每想来,那次交流,高老师其实是在启迪我做学问的方法,在研究一个学术问题前,必须下苦功夫占有充分的材料,更要注重学术训练。在那次交流中,高老师给我开了一个长长的手写书单,我一直珍藏着。看到书单时我感到非常震撼,上面列的全是学术大家的作品,如:陈寅恪、钱锺书、梁启超、钱穆、汤用彤、严家炎、田余庆等的作品。这些大家我平时听到的多,真正涉及他们的研究成果却较少。看着书单我感到了读博的压力,高老师告诉我,一定要看这些大家的作品,不仅能开阔学术视野,最重要的是学习他们做学术的方法。那次交流完后,有一个细节也让我感动至今。高老师和我一起走出那家店的时候,因九月初的天津天气还较炎热,我当时穿一件长袖衬衫,袖口撸起,显得很散漫。高老师喊我停下来,把我的袖口放下来,扣上扣子,规整完毕后对我说你现在读博士了,要严谨,着装怎么能这么随意呢?我顿感一股暖流流遍全身,这是老师对我的关心,更是一种父辈对晚辈能够好好成长的期望,每每想起,都很温暖很感动。

在三年的读博过程中,高老师对我要求非常严格,几乎每两个星期我都会跟他汇报我的学习情况。毕业论文从选题到写作,高老师都给了我精心的指导。当时选题的时候,我准备了几个研究方向,不是范围过大就是难度过大,后谈到研究何其芳这个选题时,高老师当场给予肯定。他说何其芳是重要的京派年轻成员之一,前期创作的诗和散文文学性、艺术性都很高,后期又走向革命成为重要的革命作家,影响如此大的一个中国现代作家,学界对其的研究却并不是很深入,尤其是他从一个唯美主义作家如何转变为革命作家的过程异常复杂且有重要的学术价值和意义,可以好好研究。其实这个选题正如高老师在给本书写的序言中讲的那样:"何其芳的思想和创作的转变,是众所周知的事实,但这个事实作为一个史实,即转变的由来、发生、发展及其结果,却未必众所周知,这就是思辉这本专著——《从"梦中道路"到"革命的路"——何其芳文学道路研究》的学术价值。"得到高老师的认可后,我按照高老师一直指导我的研究方法,找到了何其芳的作品(包括他创作的诗歌、散文、小说、戏剧,以及日记、书信,还有部分未收入已出何其芳全集、文集、选集的佚文,包括当时学界已发现的佚文),研究何其芳的专著、论文以及回忆录等相关资料。在论文的写作过程中,高老师更是不厌其烦地为我逐章逐句修改,非常有耐心,非常严谨,直到感觉这一章没有大的问题了,才允许我进行下一章的写作。有时论文中存在问题较多,高老师要修改到深夜,我深深感动的同时,又为自己的学术功底薄弱而惭愧。论文终得以完成,与高老师的严格要求和耐心指导是分不开的。在读博的三年期间,我不仅从高老师身上学习到很多治学的方法和经验,更重要的是学习到如何做人。我入学时心浮气躁,但在高老师的熏染下心态渐渐平和下来,而平和的心态恰恰是将来能在学术道路上走得更远所必须具备的。

从2016年博士毕业到2019年以博士论文为基础申报国家哲学社会科学后期资助项目,三年间我对原来的博士论文进行了大量的增删。我的博士论文对于何其芳文学道路的研究时间跨度为1929—1949年,其实就是何其芳在新中国成立前的文学道路。何其芳在新中国成立后的文学道路是我毕业后新增加的内容,几乎占了这本书的一半内容。另外,原博士论文中的部分内容也进行了适当删减。从博士论文到课题书稿的完成,真诚地感谢给予我关心支持的师辈们。感谢参加我博士论文答辩的各位评委老师,感谢答辩主席清华大学解志熙教授对我论文的肯定和鼓励,后续论文修改时解老师更是提出了很多宝贵的意见。感谢北京大学吴晓东教授、南开大学耿传明教授、南开大学李新宇教授、天津师范大学刘卫东教授,感谢你们给我的论文提出了宝贵意见。感谢天津师范大学现当代文学教研室的张林杰教授、刘卫东教授,比较文学与世界文学教研室的赵利民教授、王晓平教授,读博期间在你们的课堂上我学到很多新的知识,尤其是在课堂讨论中,我受到很大启发,在此深表谢意。感谢郭长保老师、范伟老师、杨爱琴老师、鲍国华老师、周宝东老师、王烨老师,在我三年博士学习生涯中给我的帮助和指导。

感谢毕婧师姐、王莉师妹、何健师弟在读博期间给予我的支持和帮助。感谢毕婧师姐在学习上给我的引导和帮助。每当写作思路受阻时,毕师姐都给我耐心的引导。感谢王莉师妹在我论文写作中给予的一些很好的建议。感谢何健师弟在给我一些好的写作建议的同时,还耐心地帮我校对毕业论文。感谢你们在学习生活上给予我的帮助。

感谢我的工作单位毕节市委党校在我读博的三年中给我的大力支持,正是在这种有力的支持下,我才能有充足的生活保障和时间保障,从而顺利完成学业。感谢我现在的工作单位贵州师范大学文学院的各位领导和同事,在课题申报、课题立项、书稿撰写、课题结项整个过程中给予的大力支持和关心。

感谢我的家人给予我无私的关心和支持。我的父亲家中有七姊妹,他排行第四,那个年代生活异常困难,爷爷没有足够的经济能力供应所有的孩子读书。父亲初中没有读完就退学了,跟着爷爷做小生意。他十六岁就自己独立做小生意,之后换了好几种营生。我的父亲和母亲非常辛劳,记得小时候他们经常赶夜路,拉货时没有机动车辆,就是人力平板车。后来条件好点,换成了脚蹬的三轮车,再后来才买了农用机动三轮车。但质量不好,有时半夜拉鱼经常坏在野地里,我都好多次一个人夜里战战兢兢地在车边守着,父母回村里喊人帮忙。也正是因为父母的艰辛,我在读书期间虽然艰苦,但也没有因为经济的问题耽误学业。读博期间,他们虽已是花甲之年,却还要为我牵挂操劳。我无论工作还是学习的地方都离他们千里之遥,每每听到他们说让我照顾好自己不用担心家里时,我都会感动,也惭愧不能在身边照顾他们。正是他们的支持,才能让我安心地工作和学习,顺利博士毕业。让我异常悲痛的是,2019年父亲突发脑梗离我们而去,他走时才61岁,常年的熬夜劳作,累垮了他的身体。他走得太匆忙了,早上发病马上送医院,几个小时候后就不能说话了,经过十多个小时的抢救,也没有能挽回父亲的生命。每每想起父亲临走连一句话都没有给我们留,我就充满绝望,我没有能照顾好他让我感到极度悲痛与无助。庆幸的是母亲健康地跟我们生活在一起,感谢母亲对我们这个家的照顾,让我和我爱人能够安心工作生活。儿子周子墨特别喜欢奶奶,在奶奶的照顾下他健康快乐地成长着。

更要感谢我的妻子张芳,我远赴海滨之城求学之时,她却在偏远的大西南坚守着属于我们的家园。她是那样无怨无悔地支持我的理想。可以想象,在读博三年中她在那里受了多少委屈,吃了多少苦头。在那里我们是外地人,我们的亲人都不在那里,她的同事又大多在偏僻的乡下,她要奔波于交通状况极差的城乡之间。每每在生活与学习中遇到困难,是她在电话的那头给我安慰。在博士论文写作最困难的时候,是她给我鼓励关心,才让我有勇气完成学业。可以说,我的学业没有我爱人的支持是无法完成的。书稿在成书的过程中,我爱人全力支持我,她和我现在一个单位,她工作非常繁忙,但还腾出很多时间照顾家照顾我,只能说她辛苦了。

感谢国家哲学社会科学办公室推荐优秀的西南大学出版社。感谢西南大学出版社李浩强、李晓瑞编辑。感谢你们认真严谨的编辑工作,让我感到编辑工作是那么富有责任感和艰辛。从文章字句的编辑到文献精准的校对等每一个细节、每一步都可以看出编辑老师所付出的艰辛以及严谨的编辑精神。同时感谢西南大学出版社每一位为本书出版付出辛苦工作的编辑老师。

  因本人学术积累的薄弱以及学术训练的不足,本书难免会有很多疏漏,还请大家见谅并提出批评和建议,我一定虚心接受,谢谢大家!

2024年1月2日贵州师范大学龙文山下龙文苑